Zoé Oldenbourg

La Joie-
Souffrance

I

Gallimard

Zoé Oldenbourg, née à Saint-Pétersbourg, est venue en France à l'âge de neuf ans. Elle a été peintre avant de devenir romancière et historienne. Elle a reçu le prix Femina en 1953 pour *La Pierre angulaire* et, depuis, a été appelée à siéger dans le jury qui l'avait couronnée.

Son œuvre d'historienne et de romancière a été souvent inspirée par le Moyen Age : *Le Bûcher de Montségur*, *Les Croisades*, *La Joie des pauvres*, *Les Brûlés*, *Argile et Cendres* et *La Pierre angulaire*. Zoé Oldenbourg a aussi publié des livres de souvenirs : *Visages d'un autoportrait* et *Le Procès du rêve*. Elle sait également être un peintre du temps présent, comme le montre *La Joie-Souffrance* qui fait revivre la communauté des Russes exilés à Paris entre les deux guerres.

Première partie

Première partie

I

AUBE INQUIÈTE ET VERTE

Entre 1925 et 1935 Meudon (S.-&-O.) passait à bon droit pour une colonie russe. A vrai dire — sur les quelque vingt mille habitants de cette localité de proche banlieue il ne devait guère y avoir plus de deux mille Russes ; mais ces Russes ignoraient les indigènes.

Ainsi, la très mémorable avenue de la G..., vers 1928 débaptisée en avenue du Maréchal J..., comptait une cinquantaine de maisons : pavillons avec jardins dont certains abritaient trois ou quatre appartements, et le N° 1, la « grande maison » ou la « maison blanche », était un vaste immeuble moderne, haut de six étages et dominant la passerelle qui enjambait la ligne de chemin de fer électrique Versailles R.G.-Invalides. La grande majorité des habitants de cette avenue étaient des Français. Mais on ne les voyait jamais. Peut-être ne daignaient-ils pas sortir dans la rue ? ou bien encore les plus belles maisons étaient des résidences secondaires ? ou, plus simplement, ces gens n'avaient pas d'enfants ? ou, s'ils en avaient, ces enfants ne jouaient pas dans la rue ?

Tala, Gala et Pierre connaissaient les quelque dix maisons plus ou moins habitées par des Russes, et se sentaient chez eux dans une demi-douzaine de jardins, dans trois ou quatre appartements de la Grande Maison, dans la petite épicerie russe située en face de ladite maison, et sur les trottoirs et la chaussée de cette rue providentiellement paisible... Car elle avait, cette avenue de la G... — disaient les gens qui voulaient faire de l'esprit — un trait commun avec la situation des émigrés russes : au sommet de sa côte raide, sommet qui était aussi sa fin, se dressait une pancarte : « *Voie sans issue* ».

Paradoxe : une belle rue, dont le Nº 1 était un des grands immeubles de Meudon, se terminait (ou plutôt commençait) sur des voies interdites aux voitures. En face — le petit sentier qui longeait le chemin de fer et menait à la gare ; à gauche — une ruelle fort escarpée et barrée d'un poteau de bois ; à droite : la passerelle à escalier de fonte qui dominait la voie ferrée. Donc, les possesseurs de voitures habitant la Grande Maison devaient, pour se rendre au centre de la ville, grimper toute la côte de l'avenue de la G..., puis prendre un tournant en épingle à cheveux et emprunter la majestueuse rue des Ruisseaux qui longeait l'avenue de la G... en la dominant de ses terrasses, de ses jardins et de ses passages à escaliers.

La chaussée, ni pavée ni goudronnée, était de teinte jaunâtre, tout comme l'étaient les trottoirs défoncés, boueux par temps de pluie, et séparés de la chaussée par des moellons. Tout au long des trottoirs des grilles s'élevaient, sur des murets en meulière ou en pierre blanche, et les jardins étaient pleins de lilas, de seringas, de troènes, certains possédaient de grands arbres — pommiers ou marronniers, ou platanes ou sapins ; lierre et vigne vierge grimpaient sur les murs, les maisons étaient bordées d'hortensias, de rosiers, ou de parterres où poussaient giroflées ou capucines. Là où le muret était haut, les enfants l'escaladaient et, accrochés aux barreaux des gilles, admiraient les fleurs, le gazon et le chemin couvert de gravier, avec l'éternelle nostalgie que l'on éprouve devant les jardins défendus. Les propriétaires mécontents leur criaient de descendre, et ils s'égaillaient comme des moineaux.

Et il leur semblait que ces jardins leur appartenaient et qu'ils en étaient injustement privés par de revêches gardiens.

Les B..., les J... avaient des jardins assez grands mais laissés à l'abandon, et — pour des Russes — cela semblait naturel, qui donc avait le temps de s'en occuper ? Des fleurs y poussaient étouffées par la mauvaise herbe, le gazon était de l'herbe sauvage mêlée d'orties et de plantain. Chez les O... le jardin était un vaste rectangle plat, herbeux, entouré de troènes, avec un jeune marronnier poussant au milieu — la maison était occupée par trois familles (russes), et par beau temps les dames de l'immeuble et leurs voisines se réunissaient dans le jardin, assises dans l'herbe ou sur des chaises longues, avec leur tricot, leurs bébés, et une inépuisable provision de commérages. Les enfants se livraient dans la rue à des courses en trottinettes, jeu qui n'était pas sans danger car la côte était raide ; des chiens, des chats, parfois des humains, traversaient la chaussée sans égards pour les trottineurs, et deux ou trois enfants prétentieux paradaient en bicyclette. Les ballons volaient d'un trottoir à l'autre et atterrissaient souvent dans des jardins — rires, coups de sonnette, pardon Madame, notre balle... Si par malheur la balle tombait dans un jardin d'absents, la récupérer devenait une expédition risquée : enjambement de grilles, exploration de buissons touffus, chutes dans un taillis de mûriers...

C'est un fait : les parents sont des gens peureux, timides, toujours à craindre que les Français ne leur causent des ennuis. Mais avant d'aller à l'école Tala eût été très étonnée si quelqu'un lui avait dit que les Français étaient, dans ce pays qui était le sien, les gens les plus importants, et de loin.

La « Voie sans Issue » était si notoirement colonisée qu'elle avait eu les honneurs d'articles humoristiques dans les journaux russes. Mais elle n'était qu'un des nombreux quartiers de « Medonsk » (sans parler de Bellevue, Clamart et du lointain Billancourt, voire de la porte de Versailles, de la rue Lourmel ; de la rue de la Convention et autres quartiers de Paris) où les Russes étaient, à vrai dire, noyés dans la foule des autochtones mais se retrouvaient infailliblement entre eux, dans une épicerie russe, ou une librairie, ou une église ou un club... Et la « rue Daru » (cathédrale Alexandre Nevski), reflet de splendeurs passées, se dressait dans un quartier aux loyers peu accessibles, mais attirait des foules tous les dimanches ; et les mariages et enterrements « rue Daru » étaient signe soit de richesse soit de notoriété.

Il y avait « Montparnasse », et « Botzaris » ou Institut Saint-Serge, et la Bibliothèque Tourguéniev près du Val-de-Grâce — et les gens qui, plus tard, s'étonnaient de rencontrer des Russes ne parlant pas le français après vingt ans de séjour à Paris avaient tort. Il suffisait de savoir dire : bonjour, merci, un quart de beurre, cordon s'il vous plaît, trois tickets, vous descendez à la prochaine ? je paierai à la fin du mois, quelle heure est-il ? pardon Madame s'il vous plaît Monsieur.

Les enfants, eux, apprenaient le français très vite (on disait : à cet âge, bien sûr...), tels parents jugeaient qu'ils l'apprenaient trop vite. Tala et Gala allaient chaque jour place du Val, avec les enfants d'une femme qui venait laver le linge chez les B. — Jeanne et Dédé. Jeanne portait un tablier rose à carreaux et des cheveux blonds coupés en frange au-dessus du front, et Tala pensait qu'elle s'appelait « Gêne ». Dans leur cour tendue de cordes à linge, où sur les fenêtres en planches noircies se perchaient des pots de géraniums, on sautait à la corde à deux et à trois — à la salade — quand elle poussera — on la cueillera on la mangera — avec de l'huile et du vinaigre — lundi mardi marcredi jeudi... on sautait à en attraper le vertige, on dépassait novembre de décembre, et vingt et trente ; à la corde Gala était si adroite que tous les petits enfants du Val venaient l'admirer. Et, bien sûr, Gêne et Dédé étaient français mais l'on n'y pensait pas du tout. Comment ctutapel ? Ouctabite ? Quéquiféton père ? Lépagro tonballon ; cépamaran merde, tavumapoupé ? ... Oh garde le Charlot, gard' le Charlot ! A la porte du hangar qui abritait le Cinéma du Val étaient accrochées des photographies : un homme en habit et chapeau noir dansait s'appuyant sur une canne. C'est Charlot, ça. — Kicé Charlot ? — Charlot, tiens !

A la maison, Tala tentait de montrer qu'elle savait parler français. Mman ! Ouctami mégodasses ? Et maman rit, de son rire léger, étonné et ravi, et laissa du même coup tomber deux mailles de son tricot. — Myrrha, voyons, n'en riez pas, elle croira que vous vous moquez d'elle. » — Oh ! non, Tatiana Pavlovna, elle ne le croira *jamais* ! » Et c'était vrai. Bien des choses lui seront pardonnées sur terre et au ciel — si tant est qu'il y ait beaucoup à pardonner à cette fille céleste — parce qu'elle ne s'était jamais moquée de personne.

Tatiana Pavlovna est la grand-mère. Ils sont tous là, pour une fois, à sept heures du soir, avant le dîner. Papa lit son journal, grand-père réfléchit à son problème d'échecs, maman tricote et grand-mère met la table. — Tu vois, Vladimir ? tu vois, tu entends ? Je te l'ai assez dit, n'est-ce pas ? »

— Oui maman. »

— Tu vois ce que ce sera, l'école communale ? Et je le sais bien Myrrha, que peut-être vous trouvez cela très gentil et vous en êtes quitte pour un éclat de rire, et cela va sans doute très bien à votre grâce de sylphide... »

— Maman ! »

— Vladimir, inutile de jouer aux époux chevaleresques, nous nous comprenons très bien Myrrha et moi, cela va très bien, dis-je, à vos grâces de sylphide que je suis la toute première à admirer, mais convenez-en il est *grand* temps de prendre une décision et de cesser de traiter ces enfants comme s'ils en étaient à dire tata et dada, vu qu'ils savent déjà lire et écrire Dieu merci, et si vous les laissez traîner dans le Val ils vous rapporteront à la maison un chapelet de mots français dont — Dieu merci encore une fois — vous ignorez le sens... »

Le grand-père abandonne son problème d'échecs, plie lentement ses lunettes. — Au fait, Tania, au fait. Nous avons compris. C'est à Vladimir d'en décider. »

Tatiana Pavlovna déplace et dispose pour la cinquième fois les couverts et les assiettes — elle semble danser un ballet autour de la table, sa belle voix résonne plus que jamais comme une guitare fêlée... « Oui parfaitement, C'est de leur avenir qu'il s'agit, car il n'est pas *du tout* impossible qu'ils aient à faire leur vie dans ce pays, et de toute façon le français est jusqu'à nouvel ordre une langue qu'il est nécessaire de savoir parler — et une langue superbe, oui Iliouche, bien que tu ne l'aimes pas, je ne la cède à personne, écoutez cela... Comme un vol de gerfauts hors du charnier natal... *Fatigués de traîner leurs misères hautaines...* Leurs misères hautaines !... *Frères humains qui après nous vivez...* Non, non, rien à dire, une langue *royale*, et vous ne voulez pas que ces enfants aient comme premier contact avec elle ouctami mégodasses ? Ça reste pour la vie ! Je ne suis pas antidémocrate mais c'est une simple question de bon sens. L'argent ? Mais j'irai mendier s'il le faut... »

Les enfants, couchés par terre près de la fenêtre et faisant semblant de jouer aux puces, se redressent, effrayés. Gala pousse un cri. « Oh non ! grand-mère, tu ne vas pas mendier ! Nous serons très bien à la communale. »

Tatiana Pavlovna arrête brusquement sa danse autour des couverts, et son visage rajeunit de vingt ans.

« Mais non ma chérie je plaisantais, mais non je ne vais pas mendier ! » Elle aime Gala. Des trois enfants seule Gala a droit à cette voix douce.

Mais elle allait bel et bien mendier, non pas dans la rue — et pourtant son orgueil eût peut-être encore préféré cela — mais auprès de gens qui la connaissaient, planqués dans des comités de bienfaisance. — ... Les petits-enfants d'Ilya Pétrovitch Thal, la nécessité d'une instruction convenable, la seule école de Meudon qui offre quelque garantie d'une éducation correcte... non ce n'est pas un *luxe*, nos enfants sont notre avenir, l'avenir de la Russie...

En attendant, la discussion reprenait, entre deux bouchées de macaroni à la sauce tomate. — Je ne te comprends pas maman, tu as toujours été la première à te révolter contre l'instruction religieuse... »

— Et je me révolte toujours mon cher, n'aie crainte — je m'excuse, Myrrha — mais : *primo*, deux instructions religieuses valent mieux qu'une car elles se neutralisent mutuellement — *secundo*, le besoin de religion est comme la rougeole, et mieux vaut encore y passer à sept ans qu'à vingt ans... »

— Pas d'accord maman, pas d'accord du tout ! »

— ... Et pour tout dire, j'aime encore mieux les entendre dire Ave Maria que : ouctami mégodasses. »

O mon Dieu ces godasses, pense Tala, est-ce donc un si gros mot ? Je croyais que cela voulait dire chaussures.

Bizarre, que ce soient justement les Français qui ne sachent pas vraiment parler français. Non, il est interdit désormais de descendre dans le Val, un quartier louche de toute façon et mieux vaut ne plus jouer avec Gêne et Dédé. — Mais maman ils sont gentils. — Maman prend un air malheureux, oui, ils sont très gentils... — Comme si vous manquiez de petits camarades qui habitent notre rue ! dit Tatiana Pavlovna, tiens, les Chouvalov... » — Coca Chouvalov refuse de me prêter sa trottinette. »

— Je t'en achèterai une ! »

— A moi aussi, alors, dit Tala.

— Et à Pierre tant que tu y es, maman. » Vladimir — papa — est décidément fâché. « Pour qu'ils se cassent la figure sur cette côte ?... Et en quel honneur ? Ils ont besoin de chaussures neuves. »

Maman pousse un petit cri désolé. « Mon Dieu ! Encore ! Je me suis trompée de laine, voici ma mouette coupée en deux (elle tricote un pull-over bleu où volent deux grandes mouettes blanches) ! Il faut que je détricote ce rang. »

— Ce n'est pas avec ce tricot que tu deviendras riche, dit son époux sur un ton de tendre reproche, c'est bien la cinquième fois que tu détricotes des rangs. »

— Oh mais tu sais, *la nuit* je ne me trompe jamais. »

Elle tricotait nuit et jour. Elle avait toujours peur de ne pas « livrer à temps ». « Maman, regarde mon dessin ! Maman, mon bouton s'est décousu ! Maman, je n'arrive pas à lacer mes chaussures. »... — Mes chéris tout à l'heure, plus tard, j'ai cette manche à finir.

— Myrrha, c'est une honte, c'est une folie — à votre place j'irais leur jeter à la figure ces tricots de malheur, savez-vous combien vous gagnez dessus ? trois francs par jour. L'exploitation la plus éhontée que j'aie vue de ma vie et ce n'est pas peu dire. En dix-huit heures de travail vous gagnez moins qu'une femme de ménage en deux heures. »

— Je sais bien Tatiana Pavlovna, mais ils comptent sur moi. Ils m'augmenteront dès que leurs affaires iront mieux. »

— Folle ! disait la grand-mère avec un tendre mépris. Les gens comme vous on ne les « augmente » jamais. Et même s'ils augmentent, ils ne vont pas quintupler leurs prix, n'est-ce pas ? S'ils trouvent des amateurs, tant mieux, mais de votre part c'est *criminel*... »

Avec un petit soupir résigné Myrrha défaisait une fois encore un rang mal parti. « ... C'est que... je ne voudrais pas leur faire de la peine, Tatiana Pavlovna — » La belle-mère secouait sa petite tête altière. « O Mélisande, ô Mélisande ! » et revenait à ses légumes qu'elle épluchait debout devant la table, faisant glisser le couteau sur les pommes de terre à petits gestes vifs et secs. O Mélisande.

Qui sont ces « femmes de ménage » qui gagnent tant d'argent ? Le fait est que, persécutée par sa belle-mère, son beau-père et son mari, Myrrha finit par se décider à chercher des « ménages », et trouva deux employeurs dans la Grande Maison. Ce ne fut pas sans quelques remords : le chef de l'atelier de tricots n'était autre que son propre frère.

« Libre à toi ma fille, mais c'est dommage tout de même, une fois mes créanciers payés j'aurais pu t'assurer un salaire fixe, vu que je suis en train de décrocher un contrat avec les *Trois Quartiers* mais si tu aimes mieux frotter les parquets... »

— Oh ! oui, Georges, j'aime *beaucoup* mieux ! C'est tellement plus reposant. »

— Ma parole, si je ne te connaissais pas comme je te connais je croirais que tu te moques de moi. »

L'oncle Georges était un grand et bel homme, blond, large d'épaules et rose de teint ; ses yeux bleu pâle clignotaient un peu, comme s'il était sans cesse en train de regarder au loin en visant une cible mouvante. Il avait un fort nez droit et une fossette au milieu du menton. Les enfants l'aimaient bien, parce qu'il les portait sur ses épaules, les lançait en l'air, les soulevait dans ses bras pour les placer sur le haut de l'armoire — et leur soufflait au visage la fumée de sa cigarette. « Ah ! ha ! bon-jour, les deux princesses et le prince héritier ! Vous n'êtes pas encore fatigués d'entendre dire que vous avez grandi ? »

*

Ils habitaient une maison petite et quelque peu délabrée, qui ne donnait pas sur la rue mais en était séparée par le pavillon et le jardin de l'Anglaise ; on accédait à cette maison par un passage étroit entre une haute grille et une haie de troènes bordée de barbelés, et sur une porte de fer à barreaux rouillés était accrochée la plaquette bleue portant le numéro *33 ter*. Le grand tilleul du jardin de l'Anglaise couvrait la petite maison de son ombre jusqu'à la fin de l'après-midi, et les fenêtres de la pièce du fond donnaient sur un mur de deux mètres de haut, fait de grosses pierres meulières — des groseilliers rabougris poussaient au pied du mur, et ce qui restait des capucines d'autrefois disputait le terrain à de hautes graminées aux épis duveteux et grisâtres.

De l'autre côté du mur surgissaient les masses des hauts marronniers, derniers vestiges de ce qui, encore deux ans plus tôt, avait été un parc privé, si sombre même en plein soleil à cause du feuillage épais de ses arbres qu'il faisait rêver les enfants du quartier. Le parc disparaissait, et les arbres tombés les uns après les autres étaient remplacés par de larges trous rectangulaires creusés par les terrassiers dans le sol jaune et gluant — le parc se changeait en chantier, et de petites maisons y poussèrent au bout de deux ans, proprettes, gaies, à murs de briques et toits en forte pente — toutes pareilles les unes aux autres, entourées de clôtures basses en ciment, de tristes jardinets où pas un arbre ne poussait encore, et que des escaliers et des passages cimentés séparaient les unes des autres.

Le parc plus que centenaire avait disparu — en 1926 — laissant aux riverains, habitants de l'avenue de

la G..., un vague regret (après tout personne ne profi-
tait de ces majestueux ombrages, sinon les quelques
enfants qui grimpaient sur le mur). Les nouvelles
maisons s'étageaient sur une pente raide dont la partie
inférieure était un vaste pré sauvage où venaient jouer
les enfants du Val, et qui descendait vers le remblai
herbeux où passait le chemin de fer électrique (Versail-
les-Invalides). Le chemin de fer longeait le fond de la
vallée, c'est pourquoi sans doute le quartier avoisinant
s'appelait le Val ; et de là une côte raide, vaste rue en
terre jaune, flanquée de grands jardins un peu sauvages, montait vers l'autre gare de Meudon (ligne Montparnasse) dont les trains passaient à cent mètres au-
dessus du Val, sur l'énorme viaduc blanc à double
rangée de piliers soutenant des voûtes en plein cintre,
ouvrage impressionnant qui dominait la moitié de
Meudon.

Encore le Val n'était-il pas vraiment le creux d'une
vallée (aucune rivière, d'ailleurs, n'y coulait) — car de
l'autre côté du viaduc une longue rue descendait vers
le carrefour de Verdun et Issy-les-Moulineaux ; alors
que, de la gare de Meudon-Montparnasse (au niveau du
viaduc) une rue montait en pente raide vers la Grande
Terrasse. Meudon est un assemblage de montagnes
russes (jeu de foire que les Russes appellent montagnes
américaines), avec de rares parties plates, telles la
grande place Rabelais, et la longue avenue Verd-Saint-
Julien qui, passant par la place du Marché, va sur
Bellevue. Meudon était, dans les années 30, une ville
toute en jardins grands et petits, séparés par des rues
en pentes ou d'étroits sentiers ; seul le vieux Meudon,
au pied de la grande Terrasse, présentait un aspect
citadin, avec son église du XVIIᵉ siècle, ses rues étroites
à gros pavés de pierre grise, son cinéma, et les
magasins de la longue rue de la République qui se
terminait par des faubourgs pauvres et menait au Bois.

... La maison des Thal (33 ter) se composait d'un rez-de-chaussée assez vaste et d'un premier étage qui était une sorte de grenier : fortement mansardé, et séparé en deux petites pièces dont l'une donnait sur un toit de tôle ondulée, en pente si faible que les enfants pouvaient y jouer sans danger. Ce toit flanqué de gouttières pourries recouvrait une partie de la grande cuisine-salle à manger (également chambre à coucher des grands-parents), et cette cuisine était à tel point de plain-pied avec le jardin que par temps de pluie il fallait mettre des serpillières devant la porte. Les murs, moitié en torchis moitié en briques, étaient de toutes les couleurs, roux, marron, noir, vert, selon le degré d'humidité, de saleté, d'écaillement de la peinture ; et pour des enfants doués d'imagination cet ensemble de taches pouvait figurer des cartes de géographie ou des paysages sylvestres. Tala, Gala et Pierre trouvaient leur maison très belle. Ils n'en avaient pas connu d'autre : Pierre y était né, et les deux filles ne se souvenaient pas de leurs domiciles précédents.

Tala était née à Constantinople, Gala à Paris (rue de Lourmel). Les grands-parents et les parents étaient nés à Pétersbourg. Une famille composée de sept personnes — et face aux quatre adultes les trois enfants, êtres frêles, ignorants et maladroits, ne faisaient pas le poids ; à eux trois ils semblaient former, à peine, une seule personne appelée « les enfants », car si l'on parlait beaucoup d'eux, les paroles passaient par-dessus leur tête et ne semblaient pas les concerner. Tout le monde les aimait. Ils aimaient tout le monde. Ils étaient comme des oiseaux vivant dans une cage avec de grands animaux bienveillants.

Tala était « jolie », Gala était « intéressante », Pierre était simplement « le garçon ». Tala ressemblait à maman, Gala à papa, Pierre à maman... mais pas tout à fait car Tala avait « les yeux de grand-mère » (hérités de papa), Pierre « le nez de papa » ou, bien plutôt, celui de son cousin Vania, Gala avait la fossette au menton de l'oncle Georges — et encore : Gala avait parfois le sourire de... oui, *de*, de celle dont on préférait ne pas parler, la tante Ania qui n'avait pas vécu assez longtemps pour devenir tante ; et Pierre fronçait les sourcils *exactement* comme le grand-père Van der Vliet, père de Tatiana Pavlovna.

Tala était blonde et Gala brune — châtain toutes les deux mais l'aînée avait des boucles noisette, floues, à reflets argentés, et les cheveux de Gala avaient la couleur forte du pain de seigle russe. « Ne vous faites pas d'illusions, Myrrha, elles seront brunes toutes les deux » — Pierre, petit pour son âge, allait devenir grand, environ un mètre quatre-vingt-cinq, car il avait tout à fait la charpente d'André, le frère de grand-mère (non, de Georges, disait Myrrha) (non, d'André ! à treize ans on lui en donnait onze, et à quinze il dépassait son père d'une tête...), André arrêté en 1920, fusillé à Solovki après le coup de feu de Fanny Kaplan. Gala sera douée pour la danse — Tala sera une épouse docile.

Ce qu'ils *seront*. Les parents et surtout les grands-parents sont prophètes, mais leurs prophéties plongent toujours dans un temps d'avant le déluge, et les enfants ont presque envie de se retourner pour voir les ombres de ces oncles, tantes, grands-pères qui surgissent sans cesse derrière eux, flottant quelque part entre ciel et terre dans un pays de légendes sombres ou lumineuses.

Un pays qui est là et qui n'est pas là, dont on parle toujours comme s'il était le seul vrai — comme si on l'avait quitté la veille —, un pays où personne ne peut revenir, l'éternel « là-bas ». Pays où l'on cueille des cèpes par paniers, où toutes les fenêtres sont à double vitre, où l'on se promenait en barque sur des lacs — où l'on organisait des spectacles et des réunions politiques, et où la neige ne fondait pas de novembre jusqu'en mars.

Les amis de grand-père venaient prendre le thé, et restaient dîner, et buvaient du thé encore et encore — les amis de papa, eux, venaient plus rarement et c'était lui qui sortait avec eux dans des cafés. « Mais non mais non je rentrerai avant minuit ! » Les amis de grand-père avaient parfois des femmes qui toutes s'exclamaient : « Oh ! les *beaux* enfants ! » « Alors ? vous irez bientôt à l'école ? » « Incroyable — comme elle ressemble à Myrrha ! » Les hommes — vieux, et certains à barbe blanche — s'attendrissaient avec discrétion et solennité. « Le voici, notre avenir, Iliouche », et le grand et maigre Alexis Stépanytch, au pince-nez perché sur son nez aquilin, ne manquait jamais, en voyant les enfants, de lever les bras en déclamant : « *Salut, ô race*

« *Jeune, inconnue...* » « Oui, inconnue, Iliouche, nous ne saurons jamais ce que ces yeux-là verront un jour. Peut-être des hommes dans la lune ? » — Je suppose qu'ils verront toujours la mort de Staline. » (Grand-père semblait vouloir ramener son ami vers des pensées plus terrestres.) « Ceci, mon cher, j'espère bien que nous le verrons aussi. Mais ceux-là — l'an 2000 ! » Pourquoi se préoccupaient-ils tant de l'avenir ? Eberlués par de trop grands changements, ils vivaient sur des lendemains impossibles et improbables ; fascinés et en même temps agacés, par la vue de ces enfants pour lesquels on ne pouvait faire de projets. Et le vieux, le très très vieux (au moins soixante-dix ans) Nicolas Nicolaïevitch, un voisin plutôt qu'un ami, passait parfois sa main longue et mince sur les cheveux de Tala. « Tânetchka ! Les belles petites boucles d'autrefois ! Une vraie petite fille de l'Ancien Régime ! » On vantait son teint de pétales d'églantier, ses traits délicats de beauté anglaise descendue de quelque

tableau de Reynolds. — Tu ne diras pas, Marc, elle a
beau être le portrait de sa mère, il y a chez elle quelque
chose de *hollandais* — cela resurgit à la dixième
génération, qui sait ? »... La famille de Tatiana Pavlovna n'avait, depuis plus d'un siècle, de hollandais que
le nom ; mais de son lointain aïeul Pieter Van der Vliet,
marin de Zaandam et compagnon (on pouvait le
supposer) de Pierre le Grand, elle se souvenait avec
fierté. « Un beau nom pétersbourgeois », disait-elle.

— Je ne regrette pas l'Ancien Régime, Nicolas Nicolaïevitch. » — N'en parlons pas, Ilya Pétrovitch.
Aujourd'hui nous sommes tous logés à la même enseigne. » Il y avait, dans la voix des deux hommes, la
même tristesse un peu ironique. Le temps n'était pas si
loin où ils se lançaient des anathèmes — bouillant de
sainte colère, chacun accusant les partisans de l'autre
d'incapacité et de trahison. Pas si longtemps — moins
de dix ans. Et, certes, ils ne l'oubliaient pas. Ilya
Pétrovitch disait dédaigneusement de son vieux voisin : « Ce fantôme... » Grand, mince, sa barbiche grise
taillée en pointe, son visage étroit faisant songer à
quelque apôtre du Greco, Nicolas Nicolaïevitch était
de ces émigrés russes que même les Français les plus
ignorants n'hésiteraient pas à croire « princes », bien
qu'il ne fût pas prince mais simplement homme de
vieille noblesse ; ancien député de la Douma, jadis
grand seigneur libéral et tolstoïsant, il vivait à présent
dans le culte douloureux de la famille impériale
disparue. « Garde-Blanc » pacifique, il portait le deuil
d'innombrables martyrs, faisant partie d'une demi-
douzaine de comités de commémoration, assistant à
des offices funèbres célébrés rue Daru pour le repos de
l'Empereur, de sa famille, de ses cousins, de divers
généraux, amiraux, députés et ministres...

L'Ancien Régime ?... — Non, ma chérie, c'était un
régime assez minable mais mieux vaut encore être

tondu qu'écorché, tu comprends ? » — Non, pas très bien, grand-mère. »

— Attends... voilà : tu vis dans une maison mal bâtie, mal chauffée, pourrie, sale — tu fais ce que tu peux pour la démolir et en reconstruire une neuve ; et tu mets le feu à tes vieilles poutres, et tout brûle, et la maison et le jardin et la forêt, et ta famille et tes amis, et toi tu es toute blessée et défigurée... » — Et après ? » — Après ? je ne sais pas. La forêt brûle toujours. Tu sais ce que c'est, un incendie de forêt ? Le feu s'étale et court comme un troupeau de bêtes folles, et des arbres plus gros que ce tilleul craquent et sifflent et deviennent des torches rouges, et le feu saute et danse d'arbre en arbre et la forêt devient comme l'intérieur d'un fourneau qui s'emballe ; et toutes les bêtes des bois sont rôties vivantes, les renards et les lièvres et les écureuils... et les oiseaux qui veulent s'envoler sont engouffrés dans les tourbillons d'air chaud, pris dans la fumée, et flambent dans l'air comme de grandes étincelles... et le feu s'étale toujours parce que personne ne peut l'arrêter. »

— Grand-mère, il y a toujours des incendies là-bas ? » — Non, ma sotte, c'était comme une fable. Les cœurs brûlent, les cœurs sont brûlés. Tu comprendras plus tard. »

Là-bas, les cœurs ont brûlé. Ce n'est pas suffisant pour se faire une idée de ce qui s'y passe. Des incendies, oui, sûrement. Et la famine. Les grandes personnes parlent sans cesse de famine, pour dire — quand le dîner est un peu trop maigre — De quoi te plains-tu ? c'est merveilleux ! Pendant la famine on eût *rêvé* d'un tel repas ! » La famine : les pommes de terre pourries, les harengs saurs pourris, les fameux « haricots de fourrage » qu'il fallait faire tremper trois jours, passer au hachoir à viande, cuire cinq heures, passer encore au hachoir à viande, et à la fin c'était quand même immangeable... Et les jours où, tout simplement, il n'y avait rien. Et les filles s'étonnaient de voir que les grandes personnes, si indifférentes à la nourriture de la journée, pensaient tant à celle d'il y a dix ans. O le bonheur, si, par hasard on pouvait alors se procurer une livre de pain !... ma tante est allée une fois jusqu'à Louga à pied pour troquer sa pelisse de renards contre trois kilos de farine — on en faisait des soupes et des galettes... Pas de doute, dans leur souvenir cette soupe à la farine représentait le bonheur. Le seul, car les malheurs étaient nombreux et variés. La famine. Le froid. Les morts. Les arrestations. Les trains qui restent en gare ou en plein champ des jours et des jours. Le typhus. La grippe espagnole. Les « fronts ». Les Rouges. Les perquisitions. La peur.

... Mais ce « là-bas » terrifiant était toujours, semblait-il, leur maison à eux, leur chez-soi qu'ils n'avaient quitté que par malentendu. Comme des gens obligés de loger dans des campements improvisés à la suite d'un sinistre et qui attendent le jour où ils pourront retourner chez eux. Retourner ? Quand ? — Dieu le sait. Ce n'est pas encore pour demain. »

Oui, de ce jour-là Tala se souvenait encore, les autres étaient trop petits. *Lénine est mort !* Papa apporte une liasse de journaux russes et français. Des voisins sont là ; deux dames à tricots, Marc Semenytch (l'oncle Marc), l'oncle Georges et sa femme. Et l'oncle Georges court à l'épicerie pour acheter une bouteille de mousseux. Tant pis, ça vaut la peine. Pour fêter l'événement (Nunc dimittis...) J'aurai toujours vécu assez longtemps pour voir ça. Grand-père a les larmes aux yeux. A chien mort de chien. Les femmes, agitées comme des serins en cage, se lèvent, se bousculent, s'arrachent les journaux. Enfin !!! Que la terre ne lui soit pas légère. L'oncle Georges fait sauter le bouchon dans un bruit de pétard, Tatiana Pavlovna place sous le goulot de la bouteille les verres et les tasses, la mousse blanche lui coule sur les doigts. Une des dames dit : C'est un péché... — Quelle mentalité réactionnaire ! » — Alors ? au *Retour ?* » et ils boivent tous, brusquement solennels, recueillis, hésitants. « C'est le commencement de la fin ». Et les hommes parlent, vite et fort, se coupant la parole. Impossible, non, impossible qu'ils tiennent, ce sera la lutte pour le pouvoir, ils vont se dévorer entre eux — qui ? Qui ? — Trotzky, Boukharine ? Une dictature militaire ?... » — Non mes amis ce n'est pas encore pour demain, ils sont un corps décapité qui mettra longtemps à pourrir... — *Ça changera.*

Lénine ? Le pire de tous les hommes à coup sûr, mais plus tard on se met à parler d'un Staline qui ne vaut guère mieux. Mais non — il est peut-être pire encore, car Lénine était, dit-on, intelligent, et celui-ci ne l'est même pas. Un Asiate. Balourd et rusé. Un monstre de médiocrité. De ceux qui réussissent parce qu'ils osent ce qu'un homme intelligent, fût-il un scélérat, ne pourrait même concevoir. Le plus terne, le moins doué de toute l'équipe... De l'*acier ?* Non, un bloc de ciment. Donc, à présent il s'agissait d'attendre la mort de Staline.

*

Ils attendent. Tala, Gala et même Pierre apprennent à comprendre que la vie qu'ils mènent, leur jolie maison du 33 ter avec ses capucines sauvages devant la porte et le tilleul de l'Anglaise ne comptent pas vraiment — un quai de gare où l'on s'attarde Dieu sait pourquoi. Ce pays-là — la ville, le chemin de fer, la Seine, et le Paris où les maisons sont si grandes, les magasins si beaux et les rues si pleines de passants, tout cela appartient aux Français, et finalement, dès que l'on quitte l'avenue de la G... ou le boulevard Verd (Saint-Julien), on ne rencontre partout que des Français.

Mais ils ne sont — à part les enfants-avec-lesquels-il-

ne-faut-pas-jouer-parce-qu'ils-parlent-mal-français —
guère plus vivants que les maisons et les arbres. On ne
sait pas qui ils sont (bien que les grands en parlent
souvent). Si. Le Français est le receveur d'autobus, le
contrôleur du train, l'employé du gaz, le boulanger,
l'épicier, dans les grandes maisons la concierge ;
l'agent de police, le garçon de café, le chiffonnier, le
curé, le marchand de glaces... Gens que l'on regardait
passer, et auxquels on demandait parfois un service,
un kilo de pain s'il vous plaît, un ticket s'il vous plaît,
mais qui eussent tout aussi bien pu ne pas être là ou
être remplacés par d'autres (à l'exception de l'épicier
de la rue des Ruisseaux, qui donnait des bonbons aux
enfants et avait un fils nommé Jojo, grand et joli
garçon aux joues roses comme des pêches).

Les Français que l'on voyait semblaient être des gens
à la fois redoutables et sans importance. Ceux que l'on
ne voyait pas, tel le « propriétaire », étaient des êtres
puissants, qui réclamaient tous les trois mois un lourd
tribut appelé « terme » et exigeaient que les parquets
fussent toujours bien cirés (pourquoi ? ils ne venaient
jamais voir ces parquets). Les Français trônaient à la
Préfecture, et exigeaient chaque année un grand nombre de papiers légalisés, certificats de domicile, actes
de naissance, questionnaires et formulaires... « Et
chaque fois, quand tu as fait la queue debout pendant
cinq heures, on te dit qu'il te manque encore un papier
et qu'il faut revenir demain. — Et qu'ont-ils besoin,
chaque année, d'un nouvel acte de naissance ? Croient-
ils qu'entre-temps tu as pu naître ailleurs et à une
autre date ? » On les craignait. Pourquoi ? Quel châti-
ment menaçait la personne qui n'apportait pas tous ses
papiers à la date voulue ? En fait, une amende qui
pouvait être assez forte, mais qui ne justifiait pas à elle
seule l'inquiétude de gens par ailleurs insouciants.

... Grand-père avait eu des amis français. Des amis
de jeunesse. Jean Mercadier. Les cours à la Sorbonne,

le Luxembourg, les discussions chez Dupont au Quartier Latin. Avocat à la Cour, « incroyablement embourgeoisé ». — ... Quand je suis venu le voir il m'a reçu dans son bureau... Pressé, disait-il, rendez-vous important. » — C'était peut-être vrai, Iliouche ? » — Vrai ? quand on retrouve un vieil ami ? Il m'a dit : à un de ces jours, vieux. Et il m'a proposé de l'*argent,* tu te rends compte ? » Grand-père en avait encore des larmes dans la voix. « De l'argent. Et pourquoi pas son vieux manteau ? Eh oui — vingt ans de barreau de Dijon — la province. Un mariage... ici, on épouse des dots, sa femme m'a toujours paru du dernier nouveau-riche. Tu t'en souviens — comme tu étais outrée par sa façon de parler aux domestiques. Non, il y a autre chose : cette guerre les a rendus chauvins et mesquins, il m'a tenu des propos dignes de Déroulède. »

Avec l'autre Français Ilya Pétrovitch s'était disputé. Grand-mère avait pourtant fait des crêpes au fromage blanc en son honneur et acheté une bouteille de vin rouge. Un médecin. Revenu d'Afrique (Sénégal) ; maigre, le teint bistre, la moustache tombante. Une grosse pipe noire au coin de la bouche. Il prenait parfois cette pipe, la secouait, la rallumait d'une main tremblotante. Ils étaient trois à parler. Papa et maman (les deux « jeunes ») baissaient les yeux. Ils parlaient fort, ils avaient les yeux brillants. Tatiana Pavlovna se levait à tout moment, ouvrait et fermait les fenêtres, déplaçait les chaises, emportait et remportait les verres sans la moindre nécessité, se plantait au milieu de la pièce, la théière dressée en l'air comme un candélabre — Bernard, je ne sais s'il y aura une *autre fois,* parlons de la pluie et du beau temps ! » Ilya Pétrovitch s'était levé et se mouchait longuement. — Eh ! à quoi bon ? » Il se redressait, sa lèvre supérieure frémissante sous sa moustache coupée en brosse. « ... Laisse-le donc manger ses brioches, c'est nous qui payons. » L'autre bondit. — Et il était grand temps de vous faire payer, avoue-le ! » Ilya Pétrovitch se rejetait en arrière, comme frappé au visage.

— ... Non, Bernard, tu n'as pas compris, Iliouche voulait dire : notre peuple... » — Tania, laisse tomber. Notre *peuple*, pour eux, n'est pas un peuple mais du fumier, et qu'il crève par millions pour procurer un peu d'opium aux Sénégalais !... » Debout devant la porte les deux hommes, raides, essoufflés, n'osaient se regarder dans les yeux. Tatiana Pavlovna dit : « Bernard, *errare humanum est.* Essaie tout de même de ne pas *trop* persévérer, ce serait *vraiment* dommage... » — Je regrette, Tania. » Lui parti, les quatre Thal se regardaient, interloqués, consternés. « Quel idiot, Seigneur, quel idiot. » — Il ne fallait pas lui parler comme tu l'as fait, papa. Tout de même. C'est gênant. » — Tu ne comprends pas. C'était un *ami.* »

Ce n'était plus un ami. Il est des offenses qui ne se pardonnent pas. Toutes les injures personnelles se pardonnent. *Errare humanum est.* Mais cette volonté hystérique de ne pas être détrompés, ces bêlements de joie devant une « bonne nouvelle » dont on ignore tout... « Non Tania, ce n'est plus un pays où le ridicule tue. » — Le ridicule ? Pour eux, nous sommes *au-dessous* du ridicule, mon ami, tu ne l'as pas encore compris ? Que nous n'existons pas ? et que l'on crève par millions qu'est-ce que cela peut changer à leur « immense espoir » et à leur « dignité de l'homme » et à leur patrie des travailleurs ? Nous n'avons jamais existé pour eux... Et n'est-ce pas un honneur, pour les zéros que nous sommes, de prêter notre nom au symbole de leurs immenses espoirs ? Ils se sont servis de nous pour récupérer leur Alsace-Lorraine et nous ont rejetés comme un torchon sale, et maintenant voilà que nous servons de nouveau à quelque chose. Nous alimentons des rêves si grandioses que le monde entier en est illuminé — que les opprimés de Chine, d'Afrique, d'Amérique du Sud se tournent vers nous comme vers un Soleil levant — avec les zéros, Iliouche, on fait tout ce qu'on veut. Nous sommes cent vingt millions multipliés par zéro, ce qui importe, c'est la possibilité de fabriquer beaucoup d'opium à peu de frais. »

— Bernard était un ami. »

— C'est humain. Il a beaucoup d'autres amis. Plus influents (tu ne diras pas, il a toujours été un peu snob), des amis qui voyagent, qui écrivent, qui signent des pétitions, passent leur temps dans des congrès, et touchent des salaires et des honoraires au lieu de copier des adresses sur des enveloppes... Et dis-moi : s'il se mettait à parler comme toi, quelle joie pour l'*Action Française*, l'*Echo de Paris* et autres croquemitaines ? »

Myrrha, qui tricotait encore en ce temps-là, dut défaire la moitié du dos de son pull-over. « C'est cruel. Le pauvre homme n'arrivait même plus à allumer sa pipe. » — Non Myrrha. Vous parlez toujours de ceux qui ne savent pas ce qu'ils font. Et notez-le, je respecte toutes les convictions, mais non pas l'indulgence *facile*, vous comprenez ? Et qu'il s'étrangle avec sa pipe, ce pauvre petit illuminé aux attendrissements ronéotypés. Il ose parler de Jaurès. *Jaurès !* Les baisers de ces Judas bien gentils qui trahissent sans penser le faire et se gardent bien d'aller se pendre. »

Vladimir — le fils — fronçait les sourcils d'un air ennuyé, car depuis son enfance les passions politiques de ses parents l'agaçaient. Socio-démocrates passant leur temps à dénoncer les erreurs des socialistes-révolutionnaires, des cadets, des bolcheviks et des mencheviks, à railler la Constitution, la Douma, Witte, Stolypine, le tolstoïsme, Vladimir Soloviev, le Docteur Steiner... Ilya Pétrovitch, au cours de sa vie, s'était « brouillé » avec une bonne cinquantaine d'amis. Mais jadis ces disputes avaient le caractère spectaculaire et ludique des joutes oratoires, les réconciliations étaient faciles, Ilya Pétrovitch passait pour un homme pas-

30

sionné mais bon ; et huit jours après avoir voué les opinions d'un ami à l'exécration de tous les êtres pensants, il abordait ce même ami dans la rue ou dans les couloirs du Palais ou à la sortie d'un théâtre... A propos mon cher, ce que tu m'as dit l'autre jour au sujet de X... se trouve être *amplement* corroboré par les faits, regarde ce qu'en écrit le *Times*... Depuis qu'ils s'étaient, en 1921, retrouvés à Paris après deux ans de séparation, Vladimir luttait contre la tentation de voir en ses parents une copie caricaturale de ce qu'ils avaient été au temps de son adolescence. Ils avaient si peu changé, ils étaient comme des acteurs vieillis qui répètent en les exagérant les tics de l'emploi où ils avaient excellé...

Ils *auraient dû* changer, et trouver en eux-mêmes une réponse digne de la grandeur des événements qui venaient de bouleverser leur vie et le monde ; et ils croyaient avoir beaucoup changé, mais leur fils les voyait surtout amers et diminués, hésitant entre la fidélité au passé et l'obligation de trouver un nouveau système de valeurs. Le jeu joué, tout à recommencer, ce Régime qu'ils voulaient détruire est détruit, on ne peut mieux détruit, ils ont donné leur vie à ce qui désormais était aussi périmé que les journaux d'il y a cinq ans. Heureux les Nicolas Nicolaïevitch et les Gardes-Blancs, qui ont lutté pour ce qui existait, et pleuraient ce qu'ils avaient aimé.

Et sans doute ses parents l'eussent-ils moins agacé s'il n'était pas obligé de partager avec eux un logement relativement exigu. Ils occupaient le rez-de-chaussée qui était en fait la salle commune où la famille se tenait toute la journée. Myrrha et lui et les trois enfants dormaient dans les deux pièces de grenier mansardé — et tout le monde se lavait dans la cuisine pour éviter la corvée des brocs et des seaux à monter et à descendre deux fois par jour. La salle à manger-salon-cuisine-chambre à coucher des vieux était une pièce vaste et

31

plutôt sombre, mais son manque de lumière, dû à la verdure des arbres, n'était pas déplaisant. Il évoquait la poésie des vieilles maisons de campagne, et la pénombre dissimulait la laideur du papier peint à fleurs violettes et jaunes et la pauvreté du mobilier : bois blanc repeint au petit bonheur, divan bosselé, poêle Godin d'occasion à l'émail terni — et les cretonnes de couleur vive des coussins et couvertures pouvaient, de loin, passer pour des cotonnades anciennes, Tatiana Pavlovna ne manquait pas de goût. Il ne fallait pas y regarder de trop près, roses grossièrement stylisées, damiers noir et mauve, bergers dansant sur fond de feuillages roses, rayures et zigzags rouges et verts... l'ensemble Dieu sait pourquoi avait de la grâce — la pénombre aidant.

Tatiana Pavlovna était la *femme* de la maison, donc Myrrha était rien ou peu de chose, et Vladimir eût parfois préféré, chez elle, un peu de combativité. « Tu es affligée d'un manque d'égoïsme pathologique » — Mais non Milou, je suis très égoïste, mais je le suis pour les choses qui m'importent vraiment. » Et avec un regard à la fois tendre et exaspéré il soupirait, parodiant sa mère : « O Mélisande ! » Surnom que Tatiana Pavlovna avait trouvé pour sa bru, le jour où elle avait surpris son fils en train de caresser les longues tresses blondes de son épouse. Inutile de rappeler qu'elle n'admirait ni Maeterlinck ni Debussy.

Ils eussent été des parents parfaits si seulement ils avaient pu trouver un logement dans le XVe, ou à Bellevue... Mais pour élever trois enfants, avec les maigres revenus de l'adulte émigré moyen, quatre personnes suffisaient à peine. Vladimir n'avait pas de travail régulier : recherches dans des bibliothèques pour le compte d'historiens amateurs, traductions, parfois emplois de secrétaire à titre temporaire ; de toute façon il ne possédait pas de carte de travail.

Il était en France depuis sept ans. Il était père de trois enfants, et comptait les années par les marques au crayon sur le chambranle de la porte d'entrée, par la longueur des cheveux des filles, leurs bronchites ou leurs progrès dans les études — les enfants seuls évoquaient la présence de cette vie que jadis on appelait normale. Il n'était pas assez plongé dans les spéculations idéologiques, ni assez fasciné par le spectacle des bouleversements sociaux pour ne pas se poser de questions sur sa propre vie.

Vingt ans en octobre 1917. Il allait être mobilisé au moment de la signature du traité de paix. Après une instruction militaire sommaire, il avait quitté Pétersbourg (affecté au secrétariat du ministère de l'Instruction Publique, section de Riazan). Comme tous les jeunes gens de son milieu il n'avait nulle envie de se battre pour un gouvernement qui avait trahi la Révolution. Au cours de ses pérégrinations à travers la Russie, deux fois arrêté et ayant de justesse échappé au peloton d'exécution, il avait entièrement perdu la notion du temps et vivait au jour le jour dans l'indicible liberté morale que l'on ne connaît que dans les époques de grandes catastrophes. Engagé dans un groupe de partisans qui se trouvaient être « blancs » parce qu'ils luttaient contre les Rouges, il n'avait connu de la guerre que le repliement des *fronts,* les occupations éphémères de villes dévastées où régnait la famine et où les balles sifflaient aux coins des rues.

Des Comités d'entraide et des cellules politiques se formaient pour être dissous huit jours plus tard, et dans les hôtels de ville et les gares, civils et militaires allaient et venaient comme des fourmis dans une fourmilière éventrée — on commentait les nouvelles, plus folles les unes que les autres, et les journaux imprimés avec des moyens de fortune par des équipes improvisées, faute de faits certains, nourrissaient le public de résolutions, de polémique et de commentaires sur les possibles développements d'une situation dont on avait perdu toute idée précise. Des proclamations affichées sur les murs parlaient de défense héroïque, « Ils ne passeront pas! » et annonçaient une reddition prochaine, repli provisoire, arrivage de haricots distribution à l'hôtel de ville, le rouble en papier n'a plus cours par suite de l'usage abusif de fausse monnaie; les commerçants sont invités à ne pas afficher de prix supérieurs au double de ceux de la veille, et autorisés à rendre la monnaie en bons dûment signés par eux — le pillage de magasins d'alimentation sera sévèrement puni.

Dans les hôpitaux on manque de matelas, de pansements, d'alcool, les chirurgiens opèrent sans anesthésie, on parle de peste et de choléra, les assistants infirmiers sont debout nuit et jour. Vladimir avait travaillé ainsi dans deux hôpitaux — enrôlé par hasard, il fallait bien, et l'on évacuait les hôpitaux devant l'avance des Rouges, les blessés en priorité, un blessé ne peut cacher sa qualité de « garde-blanc », on les empile dans des wagons à bestiaux en espérant que le train pourra partir.

Sur ces villes déferlait parfois un vent de fraternité bizarre, hagarde, joyeuse même, des inconnus partageaient leur assiette de soupe ou leur lit, on entrait dans la première maison venue pour échapper à une fusillade ou à une rafle — et des rafles, il y en avait, on craignait les espions et les provocateurs, et des bandes armées pillaient sous prétexte de perquisitions.

Dans un train entre Kharkov et Sébastopol Vladimir avait rencontré Myrrha, et cette rencontre l'avait rendu à lui-même et tiré de son état d'oubli de la vie pour le plonger dans un rêve nouveau.

Il faisait partie d'une génération bénie. Il est des

époques dans la vie d'un pays où la montée de sèves nouvelles fait éclater une floraison sauvage de forces créatrices — et c'était, dans son pays à lui, le temps des poètes. La langue connaissait un renouveau miraculeux. Tache d'huile, boule de neige, le talent devenait contagieux, les *écoles* se fondaient, se dissolvaient, fusionnaient, dans un climat d'ardente rivalité fraternelle, et tout jeune homme était poète et espérait devenir chef de file. Dans l'échelle des valeurs humaines, le poète surclassait de loin le héros, le saint, le conquérant et le réformateur politique, les grands événements étaient le dernier poème d'un maître vénéré, le dernier recueil de vers d'une jeune gloire, le dernier spectacle d'un metteur en scène d'avant-garde.

... Vladimir Thal avait du talent comme tout le monde, et composait des poèmes lyriques et des ébauches de tragédies en vers ; il ne comptait plus ses idoles, il faut dire qu'il y avait embarras de choix, et avec ses camarades de lycée puis d'université il « séchait » les cours pour organiser des colloques littéraires et des séances de lecture à haute voix, et en été passait des nuits doublement blanches à arpenter les fameux quais de granit de la Néva avec des amis ivres comme lui de recherches verbales et de symbolisme inspiré.

Eux les heureux, les élus, la deuxième génération d'une Renaissance sans précédent par son ampleur et sa variété, grandis dans l'ombre de glorieux ancêtres encore jeunes et déjà figures de légende ; lancés sur la voie d'une liberté créatrice qui n'était pas abandon de formes mais découverte miraculeuse de richesses nouvelles.

André Chénier monta sur l'échafaud
Et moi je vis, et c'est mortel péché...

et Marina Tsvétaïeva vivait, avec fureur et désespoir, dans la grisaille d'un Paris qui n'avait que faire de poètes étrangers ; reine en exil, arpentant en vieilles savates les rues de Clamart — les « ménages » sont un gagne-pain plus honorable que bien d'autres, en frottant les carrelages et les éviers on ne vend que la force de ses muscles. Elle *vivait,* séparée du monde entier par la terrible musique des mots qui la brûlait jour et nuit, Narcisse et Prométhée, pythonisse et bacchante, louve, sorcière, enchanteresse, étoile tombée sur un quai de métro. André Chénier est mort, et vous, Marina Ivanovna changée en torche vivante en statue de chair écorchée vive vous faites pendant à l'Autre [1] — celle qui est restée *là-bas* est devenue statue de sel comme la femme de Loth et « a *donné sa vie pour un regard* » et par son chapelet de larmes pétrifiées dur comme cristal de roche nous lance à tous de loin le reproche de trahison. Mais si vivre est déjà trahison, quelle importance que l'on vive ici ou là-bas ?

Du temps de Lénine, on discutait encore — rester, revenir ? seuls pouvaient faire la navette, hirondelles qui dix fois dans l'année se trompent de printemps, les aînés que leur nom illustre plaçait au-dessus des lois même dans un pays pratiquement sans lois, encore ceux-là payaient-ils cher chaque nouveau retour ; seul Ehrenbourg, homme à la peau de serpent disaient les uns, d'éléphant disaient les autres, semblait toujours heureux et content, avec son « vive le Roi vive la Ligue » devenu une habitude.

André Chénier est monté sur l'échafaud — de son temps ils n'avaient qu'un seul poète, nous en avons deux bonnes douzaines en ne comptant que les grands, et à part Nicolas Goumilev pas de fusillés chez nous, l'on n'ose guère porter la main sur le poète, on ne l'ose pas fût-on même affligé de l'invincible surdité morale d'un Lénine, mais il est d'autres moyens de tuer les poètes. Essénine, le paysan, s'est pendu ; Maïakovski, le bourgeois converti est devenu pourvoyeur des bour-

1. Allusion à la poétesse Anna Akhmatova.

reaux. D'autres se taisent, et, pourrait-on dire, qui les empêche d'écrire, de cacher leurs poèmes dans la semelle de leurs souliers... de les garder dans le cœur comme le conseillait innocemment Tioutchev (lequel écrivait et publiait *Silentium*) — eh bien, non, le cœur n'y est pas, on ne chante pas dans le fracas des marteaux-piqueurs, encore moins dans le monotone bourdonnement de paroles plates comme un mur de briques et répétées en chœur sous peine de perte de droit à la vie.

... *N'est pas un être humain celui — qui de nos jours — vit...* et Tsvétaïeva ne croyait pas si bien dire car ici et ailleurs la vie devient inhumaine. Vivre, la belle affaire, vivre et l'on est content de n'être pas mort ni en prison ni mourant de faim.

Mais, écoutez vous autres Occidentaux bourgeois qui n'avez pas connu le malheur extrême, et qui du haut de votre mauvaise conscience paternaliste croyez que l'homme (pas vous mais l'autre) doit être trop heureux de vendre sa liberté pour du pain, sachez que rien au monde n'est plus précieux que le pain, mais ceux qui pour du pain vous forcent à vendre votre âme assassinent l'homme, car ils le ravalent au rang des bêtes.

Non vous ne saurez jamais ce que c'est que de vivre avec des ailes coupées, car vous n'avez jamais eu d'ailes. Nous, nous en avions. Et les vôtres, car vous en avez tout de même, s'atrophient et se changent en moignons ou en nageoires... et en fin de compte les sottes paroles de ce pauvre Bernard me restent dans le cœur, et j'en suis plus blessé que mon père, lequel, en vieux militant qu'il est, en est toujours au niveau de la politique.

Mais la politique est toujours là, vous guettant au tournant — comme les légionnaires qui ont ramené d'Afrique la malaria nous sommes malades de la « politique » ou de ce qui en a l'air; elle est une obsession on ne prononce pas un mot qui n'en soit contaminé. — Nos enfants. Que deviendront-ils ? Leur vie est déjà en équilibre sur la corde raide. Vivront-ils « ici » ou « là-bas » ? Que faut-il leur révéler du passé ? quelle image de l'avenir faut-il construire pour eux, qui ne soit pas de la fantaisie délirante ?

*

« L'homme heureux » — ses amis et collègues le disaient en riant, et l'enviaient. Les uns célibataires, d'autres vivant en union provisoire avec des dames qui remettent l'enfant « à plus tard », l'un marié à une veuve avec grands enfants, l'autre à une beauté notoirement infidèle, bref, il se trouvait que de la bande d'amis qu'il voyait régulièrement il était le seul à posséder à la fois un père et une mère vivants et bien vivants, une femme légitime charmante et irréprochable et trois enfants que tout le monde s'accordait à trouver fort beaux. Homme heureux et pourquoi pas ? C'était un bonheur tout bête qui dans les temps d'avant le Déluge était celui d'un grand nombre d'hommes riches et pauvres — pas celui des Savonarole, bien sûr, ni des Rimbaud, ni des martyrs pour la cause du peuple.

Ils vivaient tous à la petite semaine, et ne s'en plaignaient pas, dépensant parfois leurs derniers cinq francs pour une tournée de vin blanc au *Sélect*, et Dieu merci n'avaient pas à se demander avec quoi ils achèteraient des chaussures à leur fille aînée (la cadette pouvant hériter celles de sa sœur).

Tala était mignonne et douce, et la préférée de son père. Elle l'avait élu dès les premiers mois de sa vie, au temps où elle gazouillait à peine elle le cherchait des yeux et poussait de petits piaillements de joie à sa vue. Car avec sa mère elle était tendre et bienveillante — qui pouvait ne pas l'être avec Myrrha ? — mais le père était pour elle comme la lampe vers laquelle le papillon se précipite.

A présent, grande fille de sept ans, mûre pour son âge comme le sont souvent les filles aînées, elle restait la fille à papa ; et c'était déjà le rôle que toute la famille lui avait attribué et qu'elle jouait en toute innocence, sans comprendre qu'un sentiment s'affaiblit quand il devient une obligation. Et il y avait des jours où elle exigeait d'accompagner son père au café, non parce qu'elle en avait vraiment envie mais parce qu'elle pensait que papa serait peiné si elle ne le faisait pas.

Papa s'installait sur la terrasse du grand café qui faisait face à la gare de Meudon-Val-Fleury, au coin de la rue de Verdun ; ses amis, en le voyant, souriaient, et saluaient cérémonieusement la jeune « Tatiana Vladimirovna » pour oublier aussitôt sa présence. Les amis de papa, presque tous des hommes, étaient plus agréables à voir que les amis de grand-père : moins vieux. Et même beaux, à leur façon, à condition de ne pas les comparer à papa. Des visages lisses, des yeux clairs et vifs ; des lèvres pleines ; il y en avait même un, Boris Serguéitch, qui avait des cheveux qui faisaient penser à du satin jaune grisâtre et rappelaient le joli coussin de grand-mère.

Elle restait assise sagement, bras étalés sur la table et le menton posé sur ses mains, et admirait les reflets rose-orange-corail de son verre de grenadine où parfois un rayon de soleil oblique allumait une flamme d'or qui projetait des filaments roses sur le bois lisse et marron de la table. La grande bouteille à siphon, en verre d'un bleu verdâtre, emprisonnée dans sa cage de métal brillant, était de ces objets magiques qui font peur, car il suffisait d'appuyer sur la manette du bouchon pour voir l'eau jaillir toute seule et vous inonder de bulles frétillantes, vives comme un éclat de rire.

Les messieurs buvaient du café noir dans des verres

à pied posés sur des soucoupes blanches où étaient écrits en noir les chiffres 0,40 F. Le grand cendrier en verre vert se remplissait de bouts de cigarettes noircis et jaunis ; oh tiens, ils fument tous comme des Français, sans filtres en carton, grand-mère dit que c'est « barbare ». Papa aussi ! Ils parlent, ils ont des voix un peu étouffées, comme s'ils disaient des secrets — ceci pour ne pas gêner les autres consommateurs, mais, penchés en avant et leurs têtes se touchant presque, les yeux graves, le débit rapide et passionné, ils avaient réellement l'air de conspirateurs, et Tala n'eût pas été surprise d'apprendre qu'ils projétaient d'aller « là-bas » pour tuer Staline, ou de sauver la Russie de quelque façon plus difficile encore et plus mystérieuse.

Ils parlaient de fonder une revue. S'ils y parvenaient la Russie serait-elle enfin sauvée ? Oui, disaient-ils, la *Pensée Nouvelle* bat de l'aile, la *Pensée Russe* ne tient pas ses promesses, et quant aux *Annales Contemporaines*... toujours la même pierre d'achoppement, un éclectisme qui aboutit à la facilité, à l'insignifiance, nous commencerons par un *manifeste*... Il nous faut des noms. — C'est ça ! toujours les *noms* ! Le public se jette sur ceux qu'il connaît et ne voit dans les autres que menu fretin. » — Tout de même : pour le début...

— Remizov a promis sa collaboration, Tsvétaïeva aussi. Kouprine — Balmont ? — Celui-là — que ne promettrait-il pas ? Il écrit partout et de plus en plus mal, il pense que sa signature suffit pour faire avaler n'importe quel galimatias. » — Il boit. » — Ce n'est pas une raison. Dis plutôt qu'il vieillit. »

— Teffi ? » — Tu en es là ?... — Ne dis pas, elle a du talent. C'est l'écrivain le plus *lu* de toute l'émigration. On prétend qu'elle fait gagner à *La Renaissance* plus de lecteurs que tous les autres collaborateurs réunis. » — Ah non ne dis pas cela, ils ont Khodassiévitch... ; » — Teffi a un public plus vaste. » — Mais quel public ! » — Mais enfin nous n'en sommes pas là mon cher, Teffi ne fait de cadeaux à personne, tu l'auras le jour où ta revue tirera à deux mille exemplaires, et à condition que tu lui paies au moins le double de ce que toucheraient Balmont ou Remizov... »

Teffi... Tala ne lisait pas encore les journaux, mais tous les dimanches grand-père achetait *La Renaissance* (journal honni) à cause du feuilleton de Teffi, et le lisait parfois à haute voix en pouffant d'un rire qui se changeait en toux, « ah ! une vipère, disait-il, une garce mais rien à dire : un humour *diabolique !* Tiens, écoute-moi cela Tania... » — Une femme ignoble. » — Mais non, disait Myrrha, elle a une sensibilité très fine, c'est parfois *déchirant,* ce qu'elle écrit... » Un humour douloureux. — Féroce. Teffi la Femme qui rit, la femme qui rit de tout, et avec quelle drôlerie pince-sans-rire elle eût sans doute décrit les conciliabules de Vladimir Thal et de ses amis autour de leur projet de revue. Un projet sérieux ; et l'on calculait le prix du papier et les frais d'imprimerie et même les salaires des rédacteurs. L'argent ? Il faut emprunter pour les deux premiers numéros... à qui ? — Non, l'essentiel est d'avoir les idées claires et de ne pas se noyer dans le détail. Ce que nous avons à dire personne d'autre ne le dira, il s'agit de garder une indépendance absolue, de ne pas se laisser politiser et étiqueter... Pas de copinage ni de complaisance, c'est cela qui fait sombrer les entreprises au départ très valables...

On demandait encore des cafés et les soucoupes blanches s'empilaient sous les verres. Tala essayait de calculer le prix total de toutes ces soucoupes à O,40 F. Mais Goga avait pris un bock à 0,45 F.

... « Voyons, Goga et si par hasard ta petite amie veut publier ses poèmes ? » — Quelle insinuation perfide. Je n'aurai pas de petite amie qui écrit mal. Il est d'ailleurs certain que nous sommes tous des génies. »

On salue de nouveaux arrivants. — Ah ! Don Juan !

quelle est cette Donna Anna que tu nous amènes ? » La
dame ne s'appelle pas Anna mais Eudoxie Filippovna.
Elle a des sourcils épilés à ras, les lèvres dessinées
comme un cœur arrondi par le bas, et un accroche-
cœur noir collé sur la tempe gauche. Son joli visage un
peu gras est blanc et rose comme de la crème fouettée
teintée par endroits de sirop de framboises. Salut
messieurs les poètes... Non, moi je suis cantatrice ou
plutôt chanteuse, mais ne vous croyez pas obligés pour
autant de vous mettre à débiter des platitudes. Ciel !
qui est cette ravissante petite sirène ? N'est-ce pas,
Boria, qu'elle a tout à fait la tête de la « Petite Sirène »
d'Andersen ? »

L'ennui, avec les dames, est qu'elles se croient
obligées de faire attention à vous. — La fille de Thal. »
Elle soupire et s'installe près de Tala, ses petits doigts
aux ongles pareils à des amandes rouge cerise jouent
avec les trois rangées de perles vertes qui tombent sur
sa poitrine. — Homme heureux. » Elle plante une
« High Life » dans un long fume-cigarette. « C'est vrai,
ce que dit Boris, que votre revue va s'appeler *Le
Poignard* ? N'est-ce pas un peu sinistre ? »

— C'est une référence au poème de Lermontov,
explique Vladimir Thal. Le symbole du poète. » Il
déclame, d'une voix de poitrine brusquement devenue
chantante : ... *Car il était alors la coupe des fes-
tins/L'encens des heures de prière*... La poésie est action
et action sacrée, l'« acier irréprochable » orné d'arabesques d'or et couvert d'inscriptions coraniques... »
— Coraniques ? pourquoi grand Dieu ? » — Parce que
c'est le poignard d'un Tcherkesse. »

— Mais Thal tu ne crois pas... » le grand brun au nez
crochu nommé Goga avance ses coudes sur la table —
tu ne crois pas que ce poème plaide pour une poésie
« engagée » ? et nous avons déjà vu le résultat ! » —
C'est là où tu te trompes : les Nekrassov (note-le, je ne
méprise pas Nekrassov), les Nikitine, Nadson et *tutti*

quanti n'étaient pas du tout des poignards à garde ciselée, mais des gourdins, armes improvisées ; ni objets d'amour ni symboles... »

... L'Art pour l'Art est une notion périmée et à part Balmont et Brussov elle n'a rien donné car elle est un non-sens, une tautologie, comme... que sais-je ? « manger pour manger » — on mange pour ne pas mourir de faim. L'art existe pour empêcher l'homme de mourir de faim...

... Mais bien sûr la prose aussi sera acceptée, si sa tenue littéraire est d'un niveau convenable, si elle rend un son authentique... — Messieurs, demande Eudoxie, qui donc sera juge de l'authenticité de ce *son* ? Avez-vous déjà fabriqué des diapasons à cet usage ? » La question ne reçut pas de réponse, et c'était, pensait Tala, bien dommage. Donc, il faut qu'ils invitent un juge ? et s'il les condamne à aller en prison ? Elle le savait très bien — l'éternel obstacle à tout ce que les gens souhaitent était le manque d'argent, et à coup sûr la revue de papa était en danger d'être interdite par un juge car ni papa ni ses amis ne possédaient d'argent.

Ils rentraient à la maison par le sentier de la Gare, dont le mur de meulière et de ciment, couvert de lierre, longeait la voie ferrée. Un train passait, et papa la soulevait en l'air pour qu'elle pût, par-dessus le mur, regarder filer les wagons vert et jaune aux toits arrondis sur les bords. Elle riait : Papa, je ne suis plus un bébé ! oh papa, pose-moi par terre, j'ai peur ! »

— Peur, avec moi ? » — Papa. Ecoute. Tu sais. Je n'ai pas besoin de chaussures neuves. Ça ne fait rien si celles-ci sont trop petites, je m'habituerai. Comme les petites filles chinoises. Tu sais, c'est très joli, les petits pieds. »

Vladimir est si stupéfait qu'il s'accroupit devant la fille, pour bien la regarder dans les yeux. « Mais... qu'est-ce qui te prend Louli ? Des petits pieds, en voilà une idée. »

— Non c'est vrai, ces chaussures ne me font plus mal du tout. »

— Quoi ? regarde-moi bien. Là. Tu vois que ce n'est pas vrai. Alors ? »

Elle baisse les yeux, elle baisse la tête, déjà vaincue. Il a tout deviné, il la connaît si bien. « Je te défends d'avoir des idées pareilles. Tu crois être gentille, mais c'est à moi que tu fais du mal. » Il voit les petites lèvres sur le point de frémir, et le pâle visage vaciller, comme reflété par une glace déformante, il agrippe des deux mains les épaules de l'enfant — on rattrape ainsi au vol un objet précieux qui va tomber et se casser, mais non, écoute, *jamais* tu ne me feras de mal...

Ils s'arrêtent chez l'épicier russe, face à la Grande Maison, pour acheter du pain, et l'épicier donne à Tala un bonbon en praline feuilletée nommé « cou d'écrevisse ». C'est un monsieur grand et gros, à la moustache noire et au teint grisâtre, et qui n'enlève jamais son chapeau. « ... Est-ce que je peux, papa ? » — Bien sûr. » Elle prend le bonbon, le fourre dans sa poche, et dit merci d'un air sévère. De grands enfants, dans la rue, disent que monsieur Aïvaz est peut-être un provocateur ou un espion soviétique. Parce qu'il est très curieux et pose des questions à tout le monde. « ... Votre papa va bien ?... » (il s'agit d'Ilya Pétrovitch) « ... Cela fait bien dix jours que je ne l'ai vu aller à la gare... » M. Aïvaz est un Arménien plutôt bourru, qui reçoit toujours ses clients avec un air de profond ennui, soupire comme s'ils étaient des importuns à qui par bonté de cœur il doit rendre service ; et c'est pourquoi ses incessantes questions, proférées de la même voix désabusée, semblent suspectes.

En sortant du magasin Tala tire son père par la manche. « Penche-toi, je veux te parler à l'oreille. » — Ah ! quel est ce secret ? » — Papa. C'est vrai qu'il est un espion ? » Il rit. Quelles bêtises. Qui peut-on espionner *ici ?* mais non, c'est un brave homme. (L'ennui, avec les parents ; pour eux, tout le monde est bon et brave.)

Une dame blonde, en bigoudis et robe de chambre bleue, se penche par une fenêtre du quatrième étage de la grande maison. « Vladimir Iliitch ! Soyez gentil, dites à Myrrha Lvovna qu'elle vienne demain à *huit heures et demie* et pas à neuf heures et demie, je reçois des amis à déjeuner ! » Vladimir répond par un signe de tête à peine poli et tire par la main Tala qui ne marche pas assez vite. Il ne lui est pas tellement facile de s'habituer à voir sa femme travailler comme domestique. Orgueil masculin, orgueil bourgeois. Il se dit, que diable, *il y en a* qui se débrouillent mieux que moi. Ma pauvre petite fille, avec ses chaussures.

Au bas de la côte, devant la maison des Ivchine, un groupe d'enfants appelle Tala. « Tu viens ? on joue au chat et à la souris. » — Oh ! oui ! Je raccompagne mon père et je redescends tout de suite. »

Il sourit. « Tu peux rester. » — Non, j'aime mieux... » non, c'est *vraiment* plus gentil de monter jusqu'à la maison avec lui. Quand ils s'approchent du pavillon de l'Anglaise ils voient la grande femme en noir sortir du 33 ter et se diriger de son pas régulier et rapide vers le haut de la rue, vers le carrefour des Ruisseaux, c'est drôle, pense Tala, elle devrait descendre vers la gare, pourquoi va-t-elle dans l'autre sens ? Tala sait qu'il vaut mieux ne pas faire cette réflexion à voix haute devant papa.

Elle suit des yeux la silhouette noire qui monte vers le ciel rose orangé, gravissant la pente jaunâtre et caillouteuse de l'avenue. La petite porte à barreaux verts s'ouvre en grinçant sur l'étroit passage noyé d'ombre. — Ah ! combien de fois j'oublie de la graisser !... » Il est contrarié, il entre dans la maison et, sans parler, se laisse tomber sur le divan et prend un journal. Tatiana Pavlovna met la table. Non, Tala n'aura plus le temps de descendre jouer au chat et à la souris.

Dans le jardin, Pierre et Gala enterrent un mulot. Ils l'ont mis dans une boîte de maquereaux marinés, avec des capucines, des boutons d'or et des feuilles de groseillier. Tala, les mains dans le dos, les regarde du haut de sa taille de sept ans. Ils creusent un trou dans le terreau mêlé de poussière de charbon. Gala chantonne, de sa voix vive comme un cri d'oiseau : « Accorde le repos Seigneur — à l'âme de ta serva-an-ante... » ... « En un lieu de lumière, reprend Pierre en récitatif, en un lieu verdoyant, en un lieu tranquille... » Ils connaissent l'office des morts, maman l'avait fait chanter plusieurs fois à l'église en mémoire de sa mère morte en Russie. « Ce n'est pas bien, dit Tala. Pour une bête. » Elle connaît d'avance la réponse de sa sœur : « Les bêtes ont une âme ! Il faut les respecter. »

La petite tombe est recouverte de terre molle et de roses grimpantes arrachées à la haie de l'Anglaise. Pierre a les larmes aux yeux. « C'est Rip qui l'a tuée. Pourquoi ? il ne les mange même pas. » Rip est le chien de l'Anglaise, un berger allemand sombre et hautain dont tous les enfants de la rue ont peur. « Venez manger les enfants ! » — Maman n'est pas encore rentrée. » — Tant pis, on commence sans elle. »

*

En été la maison des Thal est verte et douce, les herbes hautes montent jusqu'aux fenêtres, la vigne vierge pend du toit de tôle au-dessus de la porte d'entrée, le vieux poirier au tronc pourri étale ses branches noueuses qui s'appuient d'un côté sur le mur du parc et de l'autre sur le toit mansardé de la maison. C'est une année à poires il faudra trouver des tuteurs. Petits et verts, les fruits commencent à se détacher sur le feuillage sombre. Tatiana Pavlovna et Myrrha, armées de pinces en bois blanc, suspendent leur linge multicolore sur les cordes tendues entre le mur et l'arbre, petits chandails, petites robes, petites culottes, torchons de cuisine à raies rouges et blanches et serviettes de toilette bleues — les chemises des hommes vont au blanchissage, et les femmes ont peu de linge de rechange. « Je vous dis toujours qu'il faut repriser les chandails *avant* de les laver, voyez-moi ces trous sur les coudes... » Myrrha n'écoute pas, elle rêve. Elle voit des ailes rose corail et vert pâle dans des entrelacs de feuillages argentés à reflets bleu lavande, le tout traversé de rayons de lumière blanche et entouré de lueurs d'incendie. Myrrha est peintre. Elle peint à ses moments perdus (depuis qu'elle a abandonné le tricot) sur des morceaux de carton préparés à la colle.

Sur la petite table de jardin les hommes ont disposé leur échiquier et une lampe à pétrole dont le long verre incandescent entouré d'un halo de moustiques fait paraître autour d'eux le jardin tout noir. La main noueuse et la main longue et lisse déplacent à tour de rôle une pièce sur les carrés noirs et beiges. Sur les cordes à linge les chandails et robes rouges et roses et bleues perdent leurs couleurs et le ciel à travers les dentelures sombres du poirier est d'un blanc pur qui déjà vire au bleu. Tatiana Pavlovna essuie ses mains humides sur sa jupe de cotonnade, et chantonne, de sa voix de contralto dont la douceur surprend toujours les siens « ... *Voi che sapete...* » elle passe rapidement ses doigts dans ses cheveux courts et bruns, et secoue la tête avec un petit rire qui ressemble à un sanglot sec. « Belle soirée, non, Myrrha ? *Béni soit le jour de peine Bénie la tombée de la nuit.*

« Hou ! j'ai peur des chauves-souris ! regardez-la : elle ne vole pas, elle tombe. Il y a quelque chose d'*irréel* dans cette parodie du vol. » La petite bête noire traçait dans le ciel ses zigzags fous, disparaissant par moments dans la masse noire des arbres. Vladimir avançait sa tour. « Echec, papa. » « Ha ha, ta tour est morte, mon cher ! » Ilya Pétrovitch jouait mieux que son fils, et n'en était pas peu fier. Mince sujet de fierté, Vladimir était un joueur médiocre, mais pour le père c'était la victoire de la vieillesse sur la jeunesse, et il avait beau sentir ce que sa joie avait de puéril, il ne pouvait retenir un rire de triomphe, étrangement dur, et que son fils malgré toute son indulgence filiale trouvait blessant. L'écho de ce rire dans son cœur disait : il ne m'aime pas il ne m'a jamais aimé. Ce n'était pas vrai, mais l'amour comme le vol de cette chauve-souris apparaît et disparaît par imprévisibles saccades, il n'est pas un lingot d'or enfermé une fois pour toutes dans la poitrine.

Les parents avaient jadis été fiers de ce fils. Même des parents révolutionnaires rêvent d'honneurs et de réussite pour leurs enfants. Qui donc, à dix-huit ans, ne songe à devenir poète ? Surtout en Russie, surtout à Pétersbourg, surtout entre 1900 et 1918 ? Passion passagère et du reste utile car l'apprenti-poète acquiert la maîtrise de la langue... Le voici, à trente ans, sans situation, sans « carrière » en perspective, sans diplômes, sans but précis dans la vie. Sujet de tristesse et de vague remords, en un temps où les malheurs publics font paraître mesquins ces soucis vieux comme le monde.

Il n'y avait rien à lui reprocher, sinon peut-être un mariage assez absurde — un de ces mariages comme il y en a eu des milliers dans les années de guerre civile, où les hommes jeunes perdent la tête pour une jolie fille en détresse, par brusque volonté de s'évader dans un monde de conte de fées. Tatiana Pavlovna savait bien que sa bru possédait toutes les vertus, mais pensait-elle *le moindre grain de mil ferait bien mieux mon (son) affaire...* les perles fines ne sont pas comestibles le pauvre Vladimir s'y casse les dents et d'ici quelques années il plaquera tout pour aller vivre avec une de ces demi-poétesses, demi-modèles, demi-vierges, demi Dieu sait quoi qui traînent dans les cafés de Montparnasse, crèvent de faim, boivent de l'alcool, pleurent et rient et dansent jusqu'à l'aube...

Les enfants — eh! qu'ai-je, qu'avais-je besoin d'être grand-mère? *Malheur aux femmes enceintes et à celles qui allaiteront en ces temps-là!*... Une belle époque pour apprendre à ces pauvres innocents à devenir des hommes. Et le diable emporte mon cœur stupide, qui fond comme un gâteau de miel mal cuit devant leurs sourires angéliques — toi aussi, toi aussi ma fille tu as été, voici plus d'un demi-siècle, un petit ange en porcelaine de Sèvres.

— Iliouche, tu ne crois pas que tu devrais écrire une lettre ouverte aux *Dernières Nouvelles* pour protester contre cet article de Milioukov? Il est trop facile, aujourd'hui, d'accabler Kerensky, après avoir tout fait pour saper son autorité au moment où il lui restait encore une chance... » — Je n'écrirai rien à personne Tania. Et je ne suis pas non plus de ceux qui écrivent leurs mémoires. » Il rangeait en piles ses paquets d'enveloppes, vidait les cendriers, replaçait sur l'étagère les livres qui traînaient, cherchait d'autres menus objets à remettre à leur place avec l'exaspération contenue de l'homme qui constate que sans lui la maison risque de prendre l'aspect d'un taudis. Jamais aux temps, pas si lointains, où il était avocat à la cour et membre d'un grand parti politique il n'avait été méticuleux ni tatillon. Tatiana l'observait, n'osant se mettre au lit la première — et il était deux heures du matin — car il souffrait d'insomnies, et lorsqu'elle manifestait l'envie de dormir il se répandait en excuses blessantes.

— Et pourquoi, au fait, n'écrirais-tu pas tes Mémoires? L'histoire aura peut-être besoin de nos témoignages. Pourquoi laisser écraser notre passé sous le rouleau compresseur ? » Il la regardait, debout, pensif, ses yeux d'un jaune délavé figés dans un effort de concentration, la main levée tenant un verre de thé froid qu'il était en train de porter à sa bouche. Elle dit : Ecoute, ce thé t'empêchera tout à fait de dormir. » — Au diable le thé. Je vais te dire : il n'y a plus de témoignages valables. Une fois que le mensonge a été — où que ce soit — érigé en loi, la vérité elle-même devient mensonge. »

— C'est du défaitisme.

— N'employons plus jamais de mots en *isme,* Tania, voici cent ans qu'ils sont en train de nous dégrader... Défaite — oui, défaitisme — non. Marx — oui, marxisme, non. La Commune, oui mais « communisme »... la *psyché,* bon, cela signifie quelque chose, mais le psychisme va donc savoir ce que c'est. Déterminisme, populisme, terrorisme, freudisme, pacifisme, arrivisme, christianisme, scientisme, interventionnisme, spiritisme, surréalisme... de petits mots, tous pareils, seul le *isme* compte, dès qu'il apparaît on est sûr de s'enfoncer dans la médiocrité. Si je t'aime je ne parlerai pas de Tatianisme ? Ni d'amourisme, tant que j'y suis. La Défaite — oui, je l'accepte. Nous avons subi une défaite. »

— Amourisme ?... pas mal ma foi, pas mal. C'est un mot qui nous manquait. »

*

Enfin nous irons à la vraie école. Une école catholique. Les Français sont catholiques. Non, ils ne le sont pas. A l'école communale ils n'ont pas de religion du tout. « Quand vous irez au Lycée » dit papa. Au Lycée on parle bien tout en n'ayant pas de religion, mais pour y aller il faut prendre le train. Les sœurs aînées de Coca Chouvalov vont au lycée Molière. Elles reviennent chaque soir toutes fières avec leurs grands cartables.

Des crâneuses qui parlent de « profs », de « compotes », de « gym », de « récré » et qui affectent de n'utiliser que le français avec les filles de leur âge, le russe leur paraît déjà trop provincial, trop enfantin. Nathalie Pétrouchenko (neuf ans) va à l'école catholique ; elle en revient chaque samedi en portant en travers de la poitrine un large ruban de coton vert orné d'une « croix » argentée en forme d'étoile. « Oh dis, tu me la prêtes. » — Bêtasse, elle n'est pas à moi, on nous les reprend tous les vendredis. » — Et après ? « — Eh bien, on me le redonne. C'est parce que je travaille bien. Je suis la seule de la classe à avoir la croix chaque semaine... » — Est-ce que les maîtresses sont sévères ? » — Oh non, elles ne battent pas les enfants. Sauf Miss Margaït, la maîtresse d'anglais. »

Elles sont catholiques et font au mois de mai la Première Communion. Les dimanches de mai beaucoup de filles se promènent dans la rue en longue robe blanche et voile blanc. Si je vais à cette école je ferai aussi la Première Communion ? Non, dit papa, c'est un usage catholique. Vous, vous communiez déjà depuis longtemps. Dommage, c'est si joli ces robes de petites mariées.

Myrrha emmène les enfants à l'église de Clamart le dimanche matin. Elle a obtenu cela de ses beaux-parents, après de longues discussions. Vladimir servait d'intermédiaire. Dans *leur* situation l'église est un facteur social et culturel que nous n'avons pas le droit de repousser. La grande majorité des enfants émigrés vont à l'église. Nous n'avons pas le droit d'augmenter encore leur déracinement. « Mais mon cher tu les « déracines » toi aussi il me semble en en faisant de petits orthodoxes dans un pays qui ne l'est pas. » — Maman j'espère bien qu'ils retourneront en Russie un jour ; et devenus grands ils auront le moyen de choisir, est-ce que tu n'as pas été toi-même élevée dans la religion ? — Rien à voir. C'était une corvée officielle que nous ne prenions pas au sérieux. Ici, ils risquent de s'y attacher. » — Maman, j'aimerais *au moins* que tu respectes les sentiments de Myrrha. Elle n'est pas, que je sache, un esprit faible. » — Myrrha, mon cher, est la fille des dieux à qui tout est permis, ce n'est pas une raison pour fausser à jamais l'esprit de ces enfants. » — Et qui te dit que vous n'avez pas faussé le mien ? » — Vladimir, j'admets l'obscurantisme, le fanatisme, tout ce que tu voudras, mais non cette espèce d'indifférence mi-cynique mi-sentimentale qui est *vraiment* la maladie de ta gnénération... »

Les enfants aimaient l'église à cause des chants et des cierges, et des tapis et des icônes de toutes les couleurs ; de l'éclat des croix d'argent, des reflets bleus, verts et rouges des petites lampes à huile sur les visages bistre des saints. Aux jours de grande fête le « batiouchka » portait des vêtements brodés d'or. Sur les herses surchargées de cierges la lumière jaune vacillait et crépitait ; et la chaleur faisait fondre la cire blanche, et les cierges se penchaient comme des amis qui cherchent appui sur l'épaule de leurs amis.

La Porte Royale dont les deux volets représentaient la Vierge et l'Ange Gabriel s'ouvrait pour laisser passer l'imposant père Alexandre, avec sa large barbe blanche mêlée au scintillement d'or et d'argent de son habit, le Calice étincelant recouvert d'un mouchoir de soie violette levé dans ses mains tendues en avant. Et tout le monde tombait à genoux et penchait le front jusqu'à terre.

Les enfants communiaient d'abord : les petits bébés sur les bras de leurs mères, puis ceux qui marchaient déjà et que leurs mères soulevaient vers le Calice, puis ceux de cinq ou six ans vers lesquels le père Alexandre devait se pencher... « Au très saint Corps et au très saint Sang du Seigneur communie l'enfant... » (il fallait dire son nom à voix basse) « l'enfant Tatiana... l'enfant Galla... l'enfant Boris... Au très saint Corps et

au très saint Sang du Seigneur communie l'enfant...
Alexis... au très saint Corps et au très saint Sang... » et
les *communiés* se retiraient sur le côté gauche de
l'ambon, après avoir pris une gorgée de vin et un
morceau de pain bénis présentés par le sacristain. Tout
contents, parce que la messe était presque terminée, et
qu'après la communion ils se sentaient libres comme
des oiseaux qui s'échappent d'une cage. Les parents les
embrassent, je te félicite mon chéri, on a le vertige
parce qu'il est midi et qu'on n'a rien mangé depuis la
veille, le chant du chœur et les scintillements, et les
tremblotements des cierges et la fumée bleue de
l'encens se fondent en un seul ruissellement doré.

... Est-ce que les catholiques prient comme nous ?
Nathalie Pétrouchenko et Nathalie Burns racontent ce
qui se passe dans leur école. — Non. Ils font le signe de
croix de travers — de gauche à droite, et sans réunir les
trois doigts. Et ils communient *sans vin !* — Comment,
sans même une goutte ? — Rien du tout. Juste une
« prosphora » toute mince et ronde comme une grande
pièce de monnaie. » Eh bien, pourquoi font-ils tant
d'histoires pour leur Communion, si c'est pour ne pas
communier vraiment ? « Et ils ont un pape qui s'appelle Pion[1]. » — Maman qu'est-ce que c'est qu'un
pape ? » — C'est l'évêque de Rome. Pour les catholiques il est le chef de tous les évêques. »

« Quand nous irons à l'école, est-ce qu'il faudra prier
avec eux ? » — Bien sûr. Ils sont nos frères, même si
nous ne sommes pas toujours d'accord avec eux. Ils ont
gardé la succession apostolique. » On ne demande pas
à maman ce qu'est la succession apostolique, car elle a
l'habitude de parler de beaucoup de choses qu'on ne
peut pas comprendre. Ce n'est pas toujours commode
mais c'est agréable.

Maman va à l'église alors que ni papa ni les grands-

1. Pie Onze.

53

parents ne veulent y aller. Papa n'y va que la nuit de Pâques. Pourquoi ? Maman dit : « Dans la maison du Père il y a plusieurs demeures. » Papa : « Tu comprendras plus tard. » Tala ne pose pas de questions, Gala est plus hardie : « Mais tu y crois, oui ou non ? » — Il y a sûrement beaucoup de façons de croire. »

Tala s'appelle en réalité Tatiana — et non Nathalie comme tout le monde a l'air de le croire au premier abord. C'est drôle, c'est comme si l'on jouait un tour aux gens. Toute petite, elle aimait cela : éclater de rire. « Mais non ! je ne suis pas Nathalie, tu t'es trompé ! » C'est parce que grand-mère s'appelle Tatiana et grand-père n'a pas envie de confondre tout le temps sa femme avec sa petite-fille. On avait envisagé Tata (banal) Toussia (peu gracieux). Tassia était hors de question pour une raison à la fois évidente et mystérieuse, les Tanioucha ou Tanetchka étaient trop longs ; on s'était décidé pour Tala, doux, mélodieux, et rimant avec le diminutif de la cadette — Gala.

Gala ne s'appelle pas oh ! non, Gallina, nom banal et qui en outre signifie « poule » en latin. Elle est Galla. Prénom d'impératrice. Galla Placidia. Une femme extraordinaire pour laquelle à Ravenne (en Italie) on a construit le plus beau des mausolées... « Ah ! Ravenne !... Le seul lieu de la terre qui témoigne encore de la splendeur de Byzance, non pas de la Byzance décadente des Commènes, des Anges, des Paléologues... » — Maman, les Commènes ne sont pas la décadence ! » — Pour moi, si ! et la chute a commencé bien avant... » Bien avant, il y a presque mille ans, mais Vladimir et sa mère en parlent avec autant de passion que s'ils s'agissait d'Alexandre II et d'Alexandre III. Galla Placidia repose dans un mausolée dont les murs et la coupole sont recouverts de pierres bleues, et c'est le bleu le plus profond qu'on ait jamais vu, et des colombes en mosaïque blanche y boivent dans une coupe blanche, la bienheureuse Galla vit à jamais dans un monde où tout est noblesse, paix et lumière, près du superbe Saint-Vital où Justinien et Théodora règnent dans les pierreries de pourpre et d'or, de nimbes et de croix, oh! non on ne peut pas y aller, pas maintenant... Ils ont vu Rome et Athènes, Londres et Cologne, ils ont vécu dans un temps où les visas s'obtenaient facilement, et l'argent aussi semble-t-il « Tu avais beaucoup d'argent grand-mère? » — Beaucoup, peut-être pas. Mais beaucoup plus qu'aujourd'hui. » — Pourquoi? » — Comme ça. Nous avions plus de chance que d'autres. Mais c'est *si peu* de chose, tu sais. »

Ils disent tous que c'est peu de chose. Mais ils ont vu Grenade. Et Venise... « Figure-toi, une ville dont les rues sont des canaux où l'on circule en longues barques noires, et toutes les maisons sont des palais bleus, roses, verts... » — Oh! J'ai envie d'y aller! » — Mais qu'est-ce que tu crois? Paris — mais c'est la plus belle ville du monde! Notre-Dame, le Louvre, les quais... » Paris — on veut bien le croire. « Et Versailles! et Saint-Germain... » Mais Gala rêve de grands voyages et de pays lointains, pas de Versailles qui est à vingt minutes de train.

Gala est plutôt brune, elle a un visage qui n'est ni rond ni carré ni triangulaire mais le tout à la fois; les lignes de ce visage étrange sont pures comme des courbes d'ailes d'oiseau, elle a les yeux ronds et avides d'un faucon, le nez court et recourbé. Tatiana Pavlovna vantait sa « magnifique laideur » alors que Gala savait déjà parler. Elle ne comprenait pas le mot « magnifique » mais comprenait « laideur ». Elle sentait cependant qu'il y avait dans cette prétendue laideur quelque chose de rare, de précieux, et que pour grand-mère au moins la beauté de Tala était peu de chose. Elle sentait aussi que dans leur maison grand-mère était la Reine. Pour grand-mère elle eût quitté sans larmes papa, maman et grand-père. Mais non pas Pierre et Tala.

Plus jeune que Tala d'un an et demi elle avait tôt compris que sa sœur était molle comme un édredon, fluide comme le lait ; celle qui accepte de jouer à la marelle quand elle a envie de jouer au ballon. Ils disent tous que Tala est « grande », mais ils ne savent pas, Tala elle-même ne le sait pas, c'est un jeu, le jour où elles sont nées il y a eu échange ; la fée a dit : cette petite à tête d'oiseau est la plus vieille, mais l'autre viendra chez ses parents un peu plus tôt, de cette façon elles seront toutes les deux des *aînées.*

Ils disent : un jour tu seras plus grande que Tala, tu tiens de la famille de ton père. Maman n'est pas grande. Elle ne mesure qu'un mètre soixante, et grand-mère un mètre soixante-dix. Moi je veux être une géante. Pierre aussi — nous serons pareils pour qu'il ne soit pas vexé. « Tu vois Pierre, tu grandis plus vite que nous, tu as pris trois centimètres en six mois. Donc, à vingt ans, seize fois six, tu auras... Un mètre quatre-vingt-seize centimètres — dix-huit de plus que papa ! »

Pierre est un enfant, il croit que les centimètres sont des espèces de billes, et ne peut pas compter jusqu'à cent. D'ailleurs, se dit Gala, je me suis trompée, Pierre mesure un mètre vingt-trois — *plus* quatre-vingt-seize, cela fait deux mètres dix-neuf. C'est trop. Deux mètres est suffisant, il va peut-être s'arrêter de grandir à dix-sept ans. « Tu dois apprendre à compter, Pierre, surtout si tu veux devenir marin. » — Pourquoi ? » — Parce que les marins doivent toujours compter les étoiles pour savoir où aller. » — Je ne veux plus être marin, je veux travailler dans un cirque. »

Ils n'ont jamais été au cirque mais ils ont vu des affiches sur les murs, rue de la République : des hommes montés sur la tête d'un éléphant tuent un tigre à coups de lance ; d'autres, debout dans une barque, attaquent un crocodile. C'est écrit en français : *Cirque Médrano.* Sur l'affiche du Cinéma un homme masqué, vêtu de noir des pieds à la tête, lève un poignard brillant et sanglant, ses yeux blancs brillent entre les deux fentes du masque noir. C'est Fantomas. Pierre dit : « Je veux être Fantomas », d'une voix hésitante, car il a si peur de Fantomas qu'il voudrait pouvoir ne pas le regarder, et il sent bien que la meilleure façon de ne pas regarder une chose effrayante est d'être cette chose soi-même. Et il n'a peur de rien. « Hou ! dit Gala, je voudrais voir ce film ! J'aime avoir peur. » Il pense : comme elle est brave. Personne au monde n'est plus brave que Gala, ni plus fort.

Dimanche, ils se promènent sur la Terrasse de Meudon, avec maman. Elle court avec eux sur la grande pelouse verte, se cache derrière les arbres, noue son écharpe bleue autour de ses yeux, les trois enfants tournent autour d'elle et fuient en riant ses mains qu'elle avance en se penchant un peu, paumes étalées. Ils font semblant de fuir, mais ils savent bien que le gagnant est celui qui se laisse attraper le premier, seulement il ne faut pas tricher ni faire exprès. Ils tournent en se laissant frôler, le temps d'un cri. Maman est mince, longue, sa robe blanche semée de bleuets tourne sur elle comme un volubilis, elle rit d'un rire enfantin, aigu, et son chignon se défait et se déroule sur ses épaules, aïe aïe mes épingles ! les enfants se baissent pour chercher les épingles dans l'herbe pendant qu'elle reste debout, bras levés, perdue, aveuglée par son écharpe bleue, et se gardant bien de tricher.

Au soleil ses cheveux paraissent faits de lumière, leurs mèches jaune pâle mêlées à des mèches cendrées — chevelure si jeune encore, préservée par miracle, et c'étaient les dernières années de son éclat. Myrrha reste debout, les lèvres serrées dans un rire retenu, les yeux ouverts sur la lumière bleue de l'écharpe traversée de soleil. Aveugle aveugle éblouie. Comme un oiseau qui s'abat brusquement elle se baisse, plonge, saisit à pleins bras les enfants à ses pieds « Tous les trois ! tous les trois ! » Les quatre voix ne sont plus que cris aigus et rires ravis. « Tu as triché, tu as triché ! » O si tous les jours étaient dimanche.

Ils courent sur la terrasse, dépassant des bandes de grands enfants qui jouent au ballon. Tout au bout, la balustrade blanche domine les voûtes blanches, roses et lézardées des anciennes écuries, et, plus loin, après un énorme plongeon dans des allées jaunes bordées de haies, s'étale, jusqu'à l'horizon hérissé d'arbres, un vaste espace qui semble prolonger la terrasse et qui a dû jadis faire partie du parc — large enclave dans la forêt, terrain sauvage, vert, jaune, mauve, envahi sur les bords par des taillis de ronciers, le pâle chiendent et les brassées brunes des buissons morts. Cette immense allée abandonnée donne envie d'avoir des ailes, tant elle semble être à la fois loin et près.

Du côté de la terrasse qui domine la ville, on voit, en se penchant, les vieilles rues étroites et grimpantes — puis l'église et la rue de la République — et au loin la Seine et le blanc viaduc d'Auteuil, et, par temps de vent Notre-Dame et les Invalides et le Panthéon, et le Sacré-Cœur surgissant dans l'air bleu comme un château en sucre en train de fondre. Cela s'appelle voir tout Paris. Si petit, une ville de jouets étalée sur l'horizon entre les grands arbres de la route des Gardes et les escaliers de toits gris et rouges de la ville de Meudon. Sur une Seine d'acier brillant par endroits, cachée par les bouquets de verdure, les péniches noires sont petites comme des fourmis. Le ciel devient rose et orange, mais au-dessus de Paris il est d'un rouge grisâtre, la ville se noie dans un nuage de fumée violette, il est temps de rentrer. Parti, le soleil, la maman des beaux dimanches. Oh oui, nous sommes en retard, vite mais ne courez surtout pas sur la pente, jamais jamais. O comme la descente est longue, vers les ombres de la ville, par la rue de la Paroisse raide et pavée. A la gare de Meudon Val Fleury l'horloge marque huit heures et quart.

Elle a rajusté son chignon sur la nuque et noué l'écharpe autour de la tête, elle boitille parce que la boucle de sa chaussure gauche est cassée, ses yeux se figent entre ses paupières clignotantes. Myrrha est une blonde délicate, déjà fanée, elle a le teint d'une fleur jaunissante battue par la pluie. Des rides légères comme les ailes transparentes d'un moustique autour des yeux et aux coins de la bouche. Son cou est long et blanc, un petit collier de perles de verre bleu tombe sur ses clavicules fines bordées d'un creux profond. « C'est vrai, lui demande Pierre, gravement, que tu es très belle ? »

ARC-EN-CIEL ET CIEL DE PLOMB

Vladimir Thal avait rencontré Myrrha dans un train. Dans un wagon de 4e classe, où sur les banquettes inférieures et supérieures, et par terre dans le passage entre les banquettes, des dizaines de corps fatigués étaient affalés pêle-mêle, hommes en capotes d'uniforme grises, paysans barbus en vestes de mouton retourné et bonnets de fourrure, femmes emmitouflées dans des châles de grosse laine grise, enfants roulés dans des couvertures. Des crachats sur le bois vert-gris des banquettes, et des taches de graisse sur les lourdes capotes des soldats ; de la boue séchée sur les chaussures de bourre, sur des jambes entourées de chiffons maintenus par un réseau de ficelles ; un jour gris tombant des vitres opaques du wagon où la buée avait formé une mince couche de givre dentelé de place en place grattée par des voyageurs curieux ou simplement désœuvrés.

La triste et déjà habituelle démangeaison à la tête, au cou, aux aisselles, eh ! disent les gens en se grattant, ces salopes vous tiennent chaud faute de mieux. Faut croire que le moteur de la locomotive est gelé. Le train s'est arrêté en rase campagne, pas une fumée en vue. Un froid sec, les champs sont de la boue glacée, des bouquets de saules noirs s'effondrent dans une rivière pétrifiée d'un blanc bleuté. Un homme entre dans le wagon, bousculant les paysans assis par terre devant la porte. Paraît qu'on attend le bois de chauffage, le village est à quinze verstes d'ici, et pas de chevaux. On peut le dire, tout s'y mêle, quinze ans qu'on n'a pas vu un hiver pareil.

Paraît que les Rouges réquisitionnent tous les chevaux, et qui fera les labours au printemps ?... Une femme tire de dessous son châle une miche de pain noir, autour d'elle des yeux s'allument, des visages se détournent, hé, la mère, tu n'en as pas pour moi ?... Je t'en donnerai vas-y voir, et les gosses ? Ce n'est pas encore la faim sauvage. On a encore de pauvres sourires et la voix gouailleuse. Les enfants, d'entre les couvertures et les peaux de mouton tendent leurs petites mains rouges. Un blessé, assis sur une des banquettes supérieures, se balance de gauche à droite et de droite à gauche, tenant sa jambe des deux mains, et de ses lèvres sort un grognement saccadé.

Vladimir, affalé sur sa banquette, mains enfoncées dans les manches de sa capote, lutte pour garder les yeux ouverts car il a peur de s'endormir, et pourtant voici deux nuits et deux jours qu'il ne dort pas. Il a la fièvre, tout son corps du fond des entrailles jusqu'au bout des cheveux vibre comme une toile battue par la grêle. Il ne sait plus si ce qu'il éprouve est de la lassitude ou une effrayante gaieté. C'est à ce moment-là qu'il a une vision : il a reconnu le long tableau en noir et blanc suspendu dans la chambre de ses parents, *l'Amour dans les Ruines* de Burne-Jones. A trois mètres de lui, allongés par terre face à la porte du wagon, ils sont là — le jeune homme, le coude appuyé contre un sac, domine de sa tête blonde la jeune femme en noir qui des deux bras s'accroche à lui.

Ce ne sont pas des « ruines ». Non, des dos gris et des ballots. Mais avec une fidélité hallucinante le jeune couple reproduit le mouvement sinueux du tableau, Vladimir reconnaît bien le profil altier du garçon, sa tête pensive — coiffée d'un bonnet gris — tendrement penchée sur le visage éperdu de sa compagne. Elle — elle est de noir vêtue, une toque d'astrakan sur le front ; un visage de porcelaine blanche, des yeux clairs, figés, entourés de cernes bleuâtres, des lèvres pleines, longues, naïves, gercées par le froid... oh ! non, elle est bien plus belle que la beauté anglaise un peu lourde du tableau, ô la finesse princière de la ligne du nez, et la douceur de ces joues jeunes et pâles ! Comme ils étaient beaux tous les deux, comme leurs vêtements — la capote d'officier de l'homme, sale, sans épaulettes, une manche à moitié décousue, et le manteau de la femme poussiéreux et fripé — ressemblaient à ces gros chiffons et bandes de bourre dont on enveloppe pour les protéger, de précieuses statues — Où sont les pierres croûlantes et les barbelés faits d'arceaux de rosiers sauvages ?

Depuis quand ce couple est-il là ?... Sans doute de ces gens qui marchent d'une station à l'autre le long des rails, pour monter dans un train arrêté — à bout de forces ils s'étaient affalés près de la porte. Et la porte, malgré le froid, s'ouvre souvent, des voyageurs impatients courent jusqu'à la locomotive pour demander des nouvelles ou simplement pour se dégourdir les jambes.

Tout ce qu'il peut offrir, en ce monde, à la plus belle des femmes, est une place sur une banquette de bois. Il s'approche du couple, enjambant deux soldats couchés par terre, et s'étonnant de sa propre audace car il a déjà pénétré dans un monde où rien n'existe que cette beauté inconnue. Il s'agenouille près d'eux et touche l'épaule de l'homme, avec cette familiarité que créent les années de misère entre êtres de même âge et de même milieu social. Madame, dit-il, serait peut-être mieux sur une banquette. Si vous me faisiez l'honneur...

L'homme blond soulève doucement dans ses bras sa jeune compagne de noir vêtue qui promène autour

63

d'elle un regard de somnambule et tente de sourire. O cette politesse plus forte que l'abandon d'un corps qui a franchi la limite de ses forces ! L'homme se dresse sur ses jambes, il est grand et d'apparence robuste, il prend la femme dans ses bras et la porte jusqu'à la banquette. Très aimable à vous. Je me présente. Zarnitzine. « — Très heureux. Thal. » Du menton, l'autre désigne sa compagne « Ma... femme. » — Très honoré. »

Les hommes installent la jeune femme sur la banquette, lui calant le dos contre son baluchon. « ... Si vous voulez accepter ma capote ?... » « Pas question, la mienne fera l'affaire. » La voici enveloppée dans les deux manteaux, et brusquement endormie. Le blanc de ses joues devient plus crémeux, une ombre rose aparaît aux narines, les longs cils collés de larmes tremblotent. Fini. C'est donc ainsi. Ma vie est déjà finie. Il se sent prêt à vivre avec ce couple pour la seule faveur de donner à cette femme ses manteaux, ses places dans les trains, sa portion de pain... et qu'importe qu'elle aime ce grand bellâtre aux allures de Viking ? qui sait ? il a dit : ma... femme, peut-être ne sont-ils pas vraiment mariés ? Ils sont assis par terre et l'homme blond maintient sur ses genoux les pieds de la femme, chaussés de hautes bottines à crochets, jadis élégantes. Des gens de Pétersbourg, on le reconnaît à l'accent et aux manières. « Vous ne seriez pas parent du professeur Zarnitzine ? » — C'était notre père. Il est mort à Kharkov, il y a dix jours. » Oh ! désolé...

« Parce que, voyez-vous, reprend le jeune homme blond passant brusquement de la tristesse à une malice bon enfant, nous sommes en réalité frère et sœur... » pour ces paroles Vladimir eût embrassé cet homme, pour ces paroles, il s'est senti prêt à lui pardonner tout ce qu'il allait découvrir en lui d'exaspérant, car il le connaissait déjà, avec cette lucidité des heures de fièvre où le temps est aboli, et où comme dans deux miroirs placés face à face l'image de l'homme que vous regardez mille fois répétée plonge dans les couloirs lumineux du passé et de l'avenir.

Un splendide et insolent bourdon tournant autour d'une frêle rose blanche. Elle dormait, sa toque noire drôlement penchée sur le côté découvrait une tempe aux veines bleues. « ... Nous sommes jumeaux ; continue l'autre. Mais je dis aux gens qu'elle est ma femme, par les temps qui courent on ne sait jamais. » Il tend à Vladimir une cigarette de « makhorka » roulée dans du papier journal. « Tenez. Ça trompe la faim. » Lieu commun archi-usé qui ne trompe rien n'y personne, mais en tirant sur ce tabac qui brûle les poumons on se sent revenir dans un monde civilisé.

« Hé voisin, dit le soldat de la banquette d'en face, tu m'en passes une aussi ? » — De la merde je te passerai, oui », dit le bourdon, en tendant tout de même à l'autre sa cigarette. Il se met à en rouler une troisième. « Et, les gars, je n'en offre plus, faut pas croire que le tabac me pousse sur le corps. » Son grand briquet de cuivre s'enraie, puis fait jaillir une longue flamme qui manque lui brûler les sourcils. « Hé, Thal ! je viens d'en trouver une bonne. Qui est le grand bienfaiteur de l'humanité ? » — Bon allez-y. Qui ? » — Eugène Onéjski. Pourquoi ? parce qu'il a tué Vladimir Lénine. » Vladimir est un peu trop étourdi par le tabac et par la contemplation d'un grain de beauté couleur noisette au coin d'une lèvre pâle, pour saisir aussitôt la contre-pèterie : Eugène Onéguine, Vladimir Lenski — Eugène Onéjski, Vladimir Lénine. Mais l'auteur de la plaisanterie n'attend pas l'approbation pour lancer un rire bref et brutal. Et la sœur tressaille et ouvre les yeux.

Le train s'ébranle — si brusquement que des colis tombent des banquettes supérieures, des femmes projetées contre du bois dur poussent des cris, le fracas des roues secoue le plancher. O les abrutis, voyez ça, sans prévenir ! et des gens qui sont restés sur la voie ! Des hommes affolés s'accrochent aux marchepieds, cognent dans les portes. A travers les trous grattés dans le givre des fenêtres, le paysage déjà familier commence à disparaître, une colline couverte d'arbres noirs surgit derrière la rivière. A savoir combien de temps il va rouler.

Paraît qu'à Ekaterinodar on fait descendre tout le monde des trains pour charger des blessés. — Non, c'est pour des contrôles. — Qui ? les Rouges ou les Blancs ?

Les roues scandent avec monotonie des cris et des chants de triomphe. L'amour dans les ruines nous voguons jusqu'au bout du monde. Eurydice à jamais retrouvée, arrachons de la main des dieux le laurier du vainqueur !...

... Ils vont à Yalta retrouver leur mère.

Leur père, oui, Lev Lvovitch Zarnitzine, celui-là même. La grippe espagnole. La mère s'est rendue à Yalta, chez sa sœur mourante, mais pas de nouvelles depuis six mois. Un hiver très dur, il paraît qu'en Crimée il gèle aussi. Et puis à quoi bon jouer les autruches, les Rouges y seront avant le printemps.

« Moi, dit Zarnitzine, les justes causes, c'est fini. Jeté mes épaulettes où vous pensez, tu m'excuses Mour, quatre des plus belles années de ma vie, l'armée, le front, la débâcle, la loi Kerensky et vos soldats qui s'égaillent de tous côtés comme des perdrix quand ils ne vous réduisent pas en bouillie à coups de crosse, moi les miens m'aimaient bien.

« ... Les justes causes quand on n'a pas pour qui se battre, mais seulement *contre* qui... » — On a pour *quoi* se battre, dit Vladimir. — Erreur mon cher. Pas de quoi sans qui. Qui ? Wrangel ? Denikine ? le grand-duc Cyrille ? Kerensky, Milioukov ? Petlioura ? Les « Alliés » ?... et je vous dirai que si Nicolas était vivant les Rouges seraient balayés en trois mois. Mais il a abandonné, abdiqué, trahi, et s'est laissé abattre

comme un chien — *per viltate face il gran rifiuto*[1] — le
« tzar-martyr » qu'ils disent, et moi rien qu'à penser à
lui j'ai envie de cracher. Je me suis battu, ne croyez
pas, et assisté à Dieu sait combien de messes funèbres
et baisé son image. Fallait bien. »

— Moi, dit Vladimir, je ne l'ai pas fait, je me suis
battu quand même. »

— Hé hé ! Cadet, bien sûr ? K.D. ? » — Non, S.D.,
social-démocrate. »

« ... Nous irons en Amérique, poursuit Zarnitzine.
Pas aux Etats-Unis, non, en Amérique du Sud. Des pays
neufs, on peut y faire fortune. » — Mais Georgik, je
n'ai pas la *moindre* envie d'aller en Amérique du Sud. »

— Voilà les femmes ! L'éternelle peur de l'Aventure.
On n'attelle pas au même char
Le coursier et la tremblante gazelle... non qu'elle soit
une gazelle, Thal, de nous deux c'est elle la plus forte...
Du reste notre attelage est tout provisoire, Mour,
trouve-toi un époux, je serai débarrassé. Le Brésil, ça
ne vous dit rien ? Les plantations de café ?... »

Il était bavard, content de lui, agité comme s'il avait
bu un coup de trop, et Vladimir hésitait entre l'agacement et une chaude tendresse pour le frère jumeau de
celle qu'il appelait à présent, avec délices, Myrrha
Lvovna. Ils étaient d'un an plus âgés que lui. Et
Vladimir se souvenait brusquement d'avoir entrevu
jadis ce grand garçon au long cou et à l'opulente
tignasse blonde dans les locaux de l'Université de
Pétersbourg, en ce temps-là déjà sa provocante beauté
l'avait frappé. « ... En 1916, disait Georges, j'ai laissé
tomber les études, je me suis engagé. Pas par héroïsme,
pour changer d'air. »

— Ce que tu peux m'*agacer*, Georgik, avec ton
affectation à poser au mauvais garçon. » — Myrrha

1. « Par lâcheté fit le grand refus. » Dante, *Enfer*. Allusion à
l'abdication du pape Célestin IV.

Lvovna, faites-moi la grâce de ne pas poser aux sœurs protectrices. Oui, je veux bien, par héroïsme aussi. Nous étions beaucoup à l'avoir fait. Elle — elle est allée au front comme infirmière. Renvoyée au bout de six mois à Pétersbourg après avoir failli crever du choléra... et pour les infirmières, vous vous en doutez, il y avais pis que le choléra : elle a reçu trente-deux demandes en mariage. Avec son bon cœur, je m'étonne qu'elle y ait résisté. »

— ... Je disais : je regrette mais je suis fiancée, et je montrais la photo de Georges. A la vue d'un tel Apollon ils n'avaient plus qu'à battre en retraite. »

Le train s'arrêtait dans des gares où l'on décrochait la locomotive pour la remplacer par une autre au bout de deux jours. Il s'arrêtait à l'orée de villages où des escouades d'hommes armés entouraient les wagons, faisaient descendre des voyageurs choisis au hasard, réclamaient des papiers et parfois confisquaient aux plus malins des saucissons ou des sacs de grains dissimulés sous les vêtements. Et dans les gares des paysans se pressaient, avec du pain, des œufs et des pommes de terre cuites, mais ils refusaient l'argent et ne voulaient que des objets ; or en hiver on se sépare difficilement de bottes ou d'un chapeau de fourrure. Tout le baluchon de Myrrha finit par y passer : deux blouses de batiste, une chemise de nuit, des bas, une veste en tricot mauve... une douzaine de mouchoirs. Sa brosse à cheveux. Ses ciseaux, son dé en vermeil.

Yalta. Les réfugiés commençaient à affluer en Crimée de toute la Russie, et le pays avait pris l'allure de ces derniers rochers où des hommes courent pour échapper à des vagues montantes, abandonnant en route leurs bagages. Après un mois de gel, chose inouïe en Crimée, la neige fondait, mais des rafales de pluie froide s'engouffraient dans les ruelles, les branches des lauriers-roses, des citronniers et des mimosas, noircies par le gel, gémissaient sous le vent des montagnes. Et les rues étaient pleines de monde, comme au jour de quelque grande fête, mais ce n'était pas la fête, et pourtant des chants scandés et repris par de belles voix d'hommes s'élevaient à tous les coins de rues ; et dans les grands cafés le long de la plage des centaines de militaires faisaient un vacarme tel qu'on n'eût pas entendu les sirènes des bateaux.

La course vaine, à travers la ville grouillante comme un quai de gare, à la recherche de la mère introuvable. La maison de la tante jadis mourante et à présent selon toute probabilité morte était occupée par des étrangers. Au cimetière parmi les innombrables tombes fraîches dont les provisoires croix de bois avaient été volées, comment trouver celle de la tante ? Non, ma bonne demoiselle, depuis quarante ans que je suis gardien ici je n'ai jamais vu pareille honte, on ne respecte plus rien, c'est Sodome et Gomorrhe !... Comment voulez-vous que je me souvienne ? Et le visage déjà assez long de Myrrha s'étirait et se décomposait comme le reflet de la lune dans un baquet d'eau noire. « Et ces amis, les Brunner, qui avaient une maison près de la plage ?... » On trouve la maison, occupée par des inconnus. Ce sont les Soloviev, vagues amis des Brunner — lesquels se sont embarqués pour Constantinople trois mois plus tôt. Mais venez donc coucher ici, il y a de la place... non, ils ne nous ont pas parlé de votre mère. Si elle était morte ils nous l'auraient sûrement dit.

... Vladimir se rend compte que Myrrha n'est pas une beauté parfaite : son menton et son front sont un peu proéminents, et son nez long et fin tombe presque à la verticale, si bien qu'elle a un profil en demi-lune. Elle lui en paraît plus émouvante encore, plus racée. Il souffre comme un collégien d'un désir têtu qui lui ôte toute faculté de penser à autre chose. Un désir bête, impatient, douloureux, une âpre et stupide envie d'embrasser sans arrêt la seule bouche qui existe au monde, le seul cou, la seule nuque — la prendre et l'emporter loin de son Apollon-Cerbère et l'écraser et la décortiquer de caresses... si jamais une telle béatitude était possible avec cette fille adulée qui compte les demandes en mariage par dizaines. Pour elle tout homme est un amoureux transi qu'il faut décourager gentiment.

Un amour de collégien à vingt-trois ans. Le monde croule autour de vous, on fusille les suspects dans les cours des commissariats, des foules se pressent sur le port guettant des bateaux qui n'arrivent pas, au Nord les Rouges avancent comme une marée sanglante. O que nous soyons elle et moi comme les amants de Pompéi, je ne demanderais rien d'autre. Elle, pâle, crispée, sa torsade de cheveux blonds toujours fourrée à la diable sous sa toque d'astrakan, elle court d'un bureau à l'autre, entraînant les deux hommes — puisqu'il n'y a pas moyen d'avoir des nouvelles le mieux serait de retourner à Pétersbourg, si elle est en vie c'est là qu'il y a le plus de chances de la trouver... Partout on répond que traverser les deux fronts est impensable, que toutes les routes sont coupées.

D'ailleurs comment voyager sans argent ? Car les quelques roubles qui leur restent n'ont plus cours. « Mour, écoute-moi. Maman ne risque pas grand-chose, à son âge, et pour moi c'est tout différent. Personne au monde ne me prendra pour un *socialement proche*. Donc, quand ils seront ici c'est le peloton. Je reste pas, je m'embarque. Une fois à l'étranger, on se débrouillera pour écrire à maman et la faire venir. » — Oh ! dit Myrrha — la bouche amère, un petit pli droit entre les sourcils — va en Amérique si tu veux. » — Ne fais pas l'enfant. D'abord, les femmes aussi, on les fusille. Mais joue les héroïnes si cela te plaît, de toute façon je ne pars pas sans toi. » — C'est du chantage, Georges ! — Parfaitement. A prendre ou à laisser. »

Vladimir tomba sur son cousin, Vania Van der Vliet

à l'entrée d'une cantine pour réfugiés. Ils se regardè-rent, surpris d'abord : tiens qu'est-ce que tu fais là?, puis émus : tiens, quelle coïncidence! puis heureux : Dieu merci, tu es vivant. Alors? — Je viens de Kharkov. » — Moi de Pétersbourg. Passé à travers les fronts. »

Vania est brun, sec, le visage en papier mâché craquelé, une veste paysanne sur les épaules. Il se raidit brusquement, détourne les yeux. — Qu'y a-t-il ? » — Ania, ta sœur. »

Une chute du haut d'une falaise. Je n'ai plus de sœur. Il y a une seconde je l'avais encore et je n'ai pas pensé à elle depuis des semaines. Une place vide se creuse à ses côtés. Il est amputé de son enfance et de sa jeunesse, jamais il ne sera plus le même et tout continue comme avant.

Ils s'accoudent à la balustrade de la plage. « ... Maman... » dit Vladimir. Les larmes se mettent à lui couler le long du nez, il renifle comme un enfant. La pitié pour sa mère envahit tout son corps et le roule dans une vague d'écume salée, maman de quel droit t'a-t-on fait cela ?! « Tante Tania est très courageuse, dit Vania (pour ce qu'il en sait...). Une diphtérie. Elle était affaiblie par la faim, le cœur a lâché. En... décem-bre, oui. Trois mois. Tante Tania fait des démarches pour obtenir un passeport, ils veulent aller à Paris.

Raisons de santé, consulter des spécialistes, non n'aie pas peur Vlad c'est un prétexte. En fait ton père parle trop il se croit encore sous l'Ancien Régime. Ça devient dangereux même sans parler. Pour les S.D. aussi... Tu sais que mon père est aux Solovki ?

« Avec tout son groupe d'amis, oui. Ils se méfient des Essères, et à bon droit... D'abord, ils se sont acharnés sur les Cadets et ceux-là ont filé doux, mais les nôtres ne se laisseront pas museler vu que l'illégalité ne nous a jamais fait peur... »

— Les Solovki ?... « — La Sibérie d'avant 1905 était

le Paradis à côté. » Vania doit partir, il a divers messages à transmettre à des amis qui tiennent leur quartier général à Théodosie. « L'émigration, dit-il, *peut* être une solution provisoire. Nous ne serions pas les premiers. Un régime de terreur se détruit fatalement lui-même, ce n'est qu'au lendemain de Thermidor que l'on peut reprendre une lutte constructive. »

Au diable son Thermidor, pense Vladimir. Je ne reverrai plus la petite Ania. ... Fais-moi tourner comme une toupie. Rajuste-moi mes patins. Comment dit-on « mésange » en anglais ?... Qui aimes-tu mieux, la princesse Marie ou Natacha ?...

... Si tu te fais tuer je porterai le deuil toute ma vie.

— Vous avez rencontré un ami ? » demande Zarnitzine. — Un cousin. » — C'est vrai, dit Myrrha, il vous ressemble. »

Et parce qu'elle avait daigné le regarder d'assez près pour voir cette ressemblance, il a chaud au cœur comme s'il était sûr qu'elle l'aimât déjà. Pour la joie de voir les beaux yeux gris pigeon rayonner de tendre compassion il vend sa sœur, il vend tout, oui il vient d'apprendre un malheur, sa sœur unique, Ania, dix-neuf ans.

Il faut subir la bruyante sympathie de l'inévitable Georges. Myrrha ne dit rien, elle lui effleure l'épaule de ses doigts légers. « C'est cruel, dit Georges, cruel. Injuste. Et il y en a qui croient en Dieu !... Thal, écoutez, vous allez peut-être m'envoyer chez la mère du diable, mais je vous dis une chose : *least said sooner mended*[1], autrement dit question d'instinct de conservation, il faut *vivre*, de nos jours c'est comme ça, venez, qu'est-ce que vous pouvez faire ?... »

Bruissement de vent dans des feuilles mortes. Rien n'empêchera d'entendre le grand hurlement qui monte on ne sait d'où, qui n'est pas encore là mais vous guette

1. Moins on en parle, plus vite c'est guéri.

72

de tous côtés — eh bien oui il a raison, qu'il parle des plantations du Brésil, de la trahison des Alliés, de n'importe quoi —, Myrrha s'accroche à son bras, ils marchent le long de la mer dans le flux et le reflux d'une foule qui semble tourner en rond sans savoir où aller. « Je vous rejoins chez les Soloviev, dit Georges.

« Ne lui en veuillez pas s'il parle un peu de travers. Vous savez, il a été très secoué par la mort de papa. » — Et vous, vous ne l'avez pas été ? » — C'est différent. » L'enfant douce. Endeuillée, portant son deuil comme une pierre qu'elle cache dans ses vêtements pour ne pas gêner les autres. « *Myrrha Lvovna voulez-vous m'épouser ?* » elle ne répond pas, il n'ose pas baisser les yeux vers elle. Il la sent se raidir dans un effort pour marcher droit. Elle ne répond pas parce qu'elle pleure, il le sent à son souffle saccadé. Oui, il la regarde. Ses yeux sont désespérément ouverts pour ne pas laisser déborder les larmes.

« ... Par... donnez-moi. Je ne sais que dire. Nous en parlerons plus tard. »

Chez les Soloviev Georges improvise une fête. Il a trouvé quelques bouteilles de vin de Kakhétie, et propose à tous les « jeunes » réunis — eux trois et les deux filles Soloviev — de boire à la *Bruderschaft*, « selon notre vieille coutume russe comme son nom l'indique — ridicule de continuer à se dire " vous " entre amis, surtout à notre époque d'éclatement de toutes les barrières... Allez, les demoiselles, les verres levés, une injure pour chacun et chacune, puis un baiser *illico*, et boire chacun dans le verre de l'autre. Thal, on donne l'exemple. Lovelace ! » — Tonneau vide ! » Les deux garçons s'embrassent bruyamment et les filles rient.

On boit. On cherche des injures bien appropriées. Macha Soloviev (qui a un faible pour Vladimir) traite Myrrha de « coquette », Vladimir l'appelle « sirène » et elle — Myrrha — ses dents régulières qu'il voit pour la première fois découvertes, à quelques centimètres de ses yeux — lui lance en riant : « roi Midas ! » et lui, au moment du baiser obligatoire, est pris d'une telle panique qu'il ferme les yeux et lui embrasse le nez. Et il sent sur le coin de sa bouche le contact tiède de quelque chose qu'il ne reconnaît pas, fruit tendre à goût de vin, perdu avant d'avoir été goûté.

Macha Soloviev lui dit : « chasseur de reflets dans l'eau » il est si distrait qu'il a failli oublier de l'embrasser, il dit tout bêtement : « idiote ».

Georges débouche une autre bouteille, non non, disent les filles, c'est trop ! — Parlez pour vous, sexe faible. » — Où donc, demande Vladimir, t'es-tu procuré de tels trésors ? » — Gagné au jeu. Parfaitement Myrrha Lvovna il me manquait ce vice-là. Eh bien !... *buvons, bonne vieille !* comme dit Pouchkine... »

— Mais non, fait observer Macha, il a dit : *compagne décrépite.* »

— C'est juste. Comment est-ce ?... *notre pauvre maisonnette*

« *est obscure et triste...* »

Derrière la fenêtre la mer, au loin, est d'un vert noirâtre qui lui fait mériter son nom, et dans le ciel parmi les nuages de plomb une traînée de feu projette sur l'eau des éclaboussures cuivrées. Du quai monte un chœur de voix éraillées... *Allons, allo-ons Dounia*... et pour la cent millième fois à travers toute la Russie Dounia se voit invitée à dénouer sa ceinture. Dans la pièce il fait sombre, les visages des filles flottent sur le fond gris du mur comme des portraits d'Eugène Carrière. Vladimir reprend :... « *Que restes-tu ma chère vieille*

« *Silencieuse à la fenêtre ?...*

— ... *Es-tu*, dit Myrrha, *fatiguée*

« *Par le hurlement de la tempête ?*

« *T'endors-tu ô mon amie*

« *Au bourdonnement de ton rouet ?...* »

74

La litanie continue, reprise d'une bouche à l'autre, vers par vers.

« ... *Buvons, compagne décrépite*

... « *de ma jeunesse désolée...*

— *Pour nous consoler, buvons !*

— *Où est la cruche ?...*

« *Notre cœur en sera plus gai !... »*

Et pourquoi diable tout le monde est-il si heureux d'apprendre (ce que tous savent depuis longtemps) qu'un monsieur mort il y a plus de quatre-vingts ans a eu envie de boire un verre de vin en compagnie de sa vieille nourrice ? Ils étaient tous à Boldino dans la « pauvre maisonnette » aux côtés de la douce et chaude Arina Rodionovna sommeillant à son rouet. Vladimir se lève et prophétise. « Mes amis, pourquoi ?... Nous voici réunis par hasard, en des jours où nous voyons notre patrie à feu et à sang, piétinée, déshonorée, trahie. Et tous éprouvés par des pertes cruelles. Et peut-être, qui sait, en danger de mort...

« *Tout ce qui nous menace de mort*

« *Recèle pour les cœurs mortels*

« *D'inexprimables voluptés...* Car, vous le voyez bien il n'est pas d'expérience humaine pour laquelle *il* n'ait pas une fois pour toutes trouvé les mots qu'il faut. Ne croyez pas mes amis que, comme des enfants effrayés, nous cherchons un refuge auprès de la « bonne vieille » dans ce chant de paroles qui n'est que tendresse et bonté !

« Non. Mais lui, il est présent à nos côtés dans chacune de ses paroles, prenons n'importe laquelle au hasard... *Mon oncle observe les coutumes...* que sais-je ? il est avec nous parce que son Verbe est chair réellement, et il ne mourra jamais tant que *dans le monde sublunaire* notre langue sera connue

« car il savait bien, lui, que le vrai Empereur n'était pas le stupide Nicolas, mais lui-même, et qu'à notre peuple pas pire ni meilleur que d'autres il a donné une âme infiniment belle, la flamme de Prométhée qui ne s'éteindra pas à moins que l'on ne tue non seulement tous les poètes mais tous ceux qui gardent en eux ce verbe unique, et qu'on brûle tous les livres et alors les roseaux et les pierres parleront !

« ... les Nicolas, les Lénine, et toute la boue et tout le sang et la loi de la baïonnette... ne nous laissons pas aller à croire qu'ils sont les plus forts, car forts ils le sont, comme la Peste et la peste peut tuer la moitié de l'humanité et là nous ne sommes pas dans le règne de l'humain ; mais que pour les survivants l'Amour reste la lumière de vie,

« ... nous avons ce privilège sur beaucoup d'autres peuples de posséder ce Verbe incomparable, et si *lui* est à jamais le plus grand ne voyons-nous pas de nos jours tant de grands poètes qui ne sont pas indignes de lui, Blok et Biély, Akhmatova et Tsvétaïeva, Pasternak et Mandelstamm, Essénine et Goumilev, Annensky, Balmont, Brussov, Sollogoub... quelle époque en a connu autant ?... *Où que le destin nous jette...* souvenons-nous : *camarades ! le monde entier nous est terre d'exil.*

« *Notre patrie est Tsarkoïé Sélo !*

« La patrie de notre âme. Buvons à lui !

« A Alexandre Serguéiévitch, pour toujours et à jamais. »

Il boit, si ému que ses dents claquent contre le verre, et se rassied. Il est encore en transe, à cause du vin, à cause du baiser, à cause du vacarme des chants avinés derrière la fenêtre. Il fait sombre (le courant électrique a encore été coupé) ; deux jeunes gens, amis des filles Soloviev, sont entrés en plein milieu du discours et se tiennent debout près de la porte, bras croisés.

Lorsque Mme Soloviev entre portant une lampe à pétrole qui force tout le monde à fermer les yeux, Vladimir surprend un regard éperdu d'admiration sur le pâle visage de Macha et se détourne vivement.

Myrrha, pelotonnée au milieu des coussins du divan, ouvre des yeux immobiles comme ceux d'un aveugle. O la gravité enfantine de ces lèvres ! Vladimir comprend que cette femme ne se moquera jamais de lui. Comme le soleil qui luit sur les justes et les injustes... est-ce que le soleil peut aimer ? Elle ne m'aimera jamais.

« ... Le fait est que nous avons trop bu. A propos, je te félicite Thal, ton discours sur Pouchkine m'a presque fait pleurer. Le sacré bonhomme ! il savait vivre. Comme quoi on peut être poète sans se croire obligé de poser aux anges damnés. Je n'aime pas Blok — note-le, je l'admire comme poète, mais l'homme... sinistre ! » — Tu me laisses dormir ? — Attends. Attends un peu. J'ai envie de parler. Thàl est-ce que tu sais ce que c'est, que d'être le fils prodigue pour lequel on n'a pas tué de veau ? Ecoute-moi : j'arrive à Kharkov, tout droit de la gare, je vais à l'hôtel où ils sont logés, notre vieille Fräulein m'ouvre la porte et se jette dans mes bras : *Du Unseliger ! du kommst zu spät !* Tu viens trop tard. Je tombe raide ni une ni deux. Elles ont mis une demi-heure à me ranimer. Mon père vivait encore, il ne m'a pas reconnu. Il était tout violet et râlait à faire trembler les verres sur le guéridon. Nous nous étions séparés sur des mots très durs. Il était comme ça. Il savait pourtant que je partais pour le front.

« Le monde croule autour de nous, et lui, il lance des malédictions paternelles pour des vétilles. Les femmes, Thal, ça ne compte pas, les femmes pardonnent tout. Maman et Fräulein qui pleurent, et Myrrha qui sourit d'un air olympien. Elle verse un peu dans le mysticisme, en ce moment.

« ... Il n'était pas intelligent, non. Un homme de valeur, de talent, mais l'intelligence, c'est *autre chose !* Le sens des proportions. Un fils, ça compte, tout de même ! Il n'aurait pas jeté un chien dans la rue, et pour un fils, ça se fait ?... »

— Georges. Je sympathise, ne crois pas. Essaie

d'oublier. Moi aussi j'essaie. Il te reste du vin ? » Ils se
lèvent à tâtons. Ils couchent sur des matelas étalés à
même le sol froid de la véranda vitrée. Dehors plus de
bruits (c'est le couvre-feu) mais de sourdes rumeurs.
On ne sait si ce sont des chants lointains, des ronfle-
ments, des bourdonnements de voix angoissées, car
l'angoisse, la nuit surtout, monte dans la ville comme
une crue qui progresse avec une inexorable régularité.
Le phare au bout de la jetée lance des signaux rougeâtres, il n'y a ni ciel ni mer, un bateau garde-côtes laisse
traîner sur l'eau le tremblant reflet jaune d'un fanal.

Dans le port obscur s'agitent des lumières si ternes
que l'on se demande si ce sont des fumées de cigarettes
ou des lampions camouflés. « Tu vois cette lumière au
loin ? » — Non, rien. Jamais eu de très bons yeux. Dis,
Thal. Ils ne nous laisseront pas tomber ? C'est qu'il faut
des dizaines de bateaux pour embarquer tout le
monde. »

Et Vladimir pense qu'après tout il devrait lui aussi
tenter de se faire embarquer : si ses parents allaient à
Paris il fallait tenter de les rejoindre. ... Peut-être
même le croient-ils mort ? O la honte étrange d'être là,
frémissant d'envie de vivre, et englué jusqu'aux yeux
dans cet animal et tendre désir pour un corps de jeune
fille plus insensible qu'un coquillage de nacre. Un
cœur qui bat terriblement fort, Ania, l'horreur de ce
qui nous arrive je ne l'ai pas encore avalée, je ne veux
rien comprendre, je veux cette fille, j'ai faim d'elle à en
perdre la tête.

... Qui sait ! elle a peut-être perdu un fiancé à la
guerre ? Elle est peut-être amoureuse d'un garçon qui
vit à Pétersbourg ? Ils partagent un dernier verre de
vin. Jusqu'à la lie. « Zarnitzine, tu n'as jamais songé
d'aller à Paris ? » — Nous ne sommes pas encore sortis
de l'auberge, tu sais. Moi, pourvu que nous arrivions à
nous tirer d'ici avant la venue des Rouges... Pourquoi

Paris ? » — Mes parents. Ils y ont vécu quand ils étaient étudiants. Ils y ont des amis. »

Les Soloviev, Pétersbourgeois fort distingués, qui avaient fui la capitale à cause de la famine, ne voulaient pas émigrer. Ils n'avaient pas de fils adultes ni de passé politique. On plie sous la tempête. La terreur ne dure pas éternellement.

Un ami à eux, vieil officier, colonel de réserve, parlait de souricière. Il n'y aura ni trains, ni permissions de voyager. Et la *famine* pour l'été ; c'est sûr. — Un risque moins grand que des voyages sur des bateaux surchargés qu'on renvoie d'un port à l'autre. On dit qu'à Pétersbourg le ravitaillement commence à être assuré. — Les « verts » ?... non, c'est plus calme maintenant, on dit même que les arrestations deviennent plus rares.

C'est qu'une fois émigrés, il ne sera pas facile de revenir. Myrrha, les yeux rouges, a l'air d'une bête traquée. Tu vois bien Georgik. Et qu'est-ce que je risquerais avec Mikhaïl Milkhaïlovitch et Anna Egorovna ? L'un de nous doit rester pour retrouver maman et Fräulein.

Toute la Russie est une immense charrette de foin où des milliers d'aiguilles cherchent sans cesse à se retrouver les unes les autres. — Je ne partirai pas sans toi. » On raconte des histoires. Des prisonniers enterrés jusqu'au cou, leurs têtes mangées par des chiens. Les équipes de Chinois qui suivent les sections spéciales des Commissaires du peuple. Bela Kun. En Crimée la répression sera plus féroce que partout ailleurs.

— Vous, Vladimir... » — Nous nous disons *tu*, ne l'oublie pas ! » — *Tu* dois partir aussi ! » Elle a peur pour moi ! pense-t-il. Elle le regarde comme s'il était Dieu sait quel trésor menacé.

*

Dans la cohue sur la jetée, devant les barques surchargées qui transportent les émigrants vers les grands navires, Vladimir fait ses adieux à la famille Soloviev et remet une lettre destinée à ses parents.

« Mes bien-aimés, j'ai rencontré ici Vania V. qui m'a dit que vous pensiez retrouver nos amis Rubinstein. Je suis sûr que ce sera une excellente chose de les revoir. Il m'a dit, au sujet d'Anetchka. Ce que je ressens vous devez le deviner. Nous sommes tous mutilés pour toujours, vous surtout je le sais, mais je vous conjure tout de même de *vivre* et de ne pas trop exposer votre santé. Pour moi je vais aussi bien que possible, et j'espère de mon côté revoir bientôt nos amis Rubinstein. J'ai certains projets dont il ne m'est pas encore possible de vous parler. J'espère que nous ne tarderons pas à nous retrouver. Je vous embrasse de tout mon cœur. Vladimir. »

La tragédie d'un départ définitif reste aussi incompréhensible pour le voyageur que l'arrachement du ventre maternel l'est pour le nouveau-né. Les cris, la bousculade, les valises égarées, les enfants qui pleurent, l'inconfort des embarcations où les hommes se tiennent debout et risquent à chaque coup de ressac de tomber sur les genoux de vieilles femmes assises... et la peur d'être au dernier moment refoulés du grand navire faute de place — et le balancement de l'échelle de corde qui fait pousser des cris aigus aux femmes et aux enfants. Et, sur le pont, la course aux places les mieux abritées, et l'affolement : parents, amis se cherchent des yeux, se frayant un chemin les uns vers les autres entre les colis, les câbles, et les coudes et les épaules d'inconnus plus importuns et aussi privés d'âme que les câbles et les colis.

La joie (à peine perçue) de se trouver, *enfin !* sur terre ferme si le navire mérite ce nom, et la peur de voir le navire rester éternellement en rade, ou bien de voir le capitaine faire redescendre les émigrants dans les barques, pour quelque raison de priorité ou d'urgence, cela s'est vu. Tous ces hommes et toutes ces femmes n'ont plus aucun droit sur terre, aucun titre à la sollicitude de qui que ce soit, même pas protégés par le semblant de convention internationale qui règle le sort des militaires. Ici, les ex-militaires, rendus à l'irresponsabilité de la vie civile par volonté ou hasard, se sentent plus désarmés que les vieilles femmes — suspects, toisés avec mépris, parfois avec rancune, l'« Armée Blanche », parlons-en, même pas la fierté de leurs épaulettes...

Et des barques petites et grandes tournent autour du navire comme des fourmis autour de leur reine, signaux échangés, pancartes hissées, cris à travers des cornets en forme d'entonnoir, d'où venez-vous ? Un enseigne va descendre examiner votre cas, combien de personnes ?... De Simféropol, en mer depuis deux jours ! — Des rires, des pleurs, et déjà dans l'encoignure près de l'échelle qui mène à l'écoutille, le frémissement discordant, aigu et fiévreux d'une guitare.

Et les inévitables et sarcastiques réflexions sur les défauts du peuple russe qui comme chacun sait n'a pas son pareil pour le manque d'organisation, d'ordre, de solidarité, de civisme et même de politesse, ce dont nous voyons les tristes résultats dans la situation actuelle, car jamais dans un autre pays un Lénine n'eût réussi à s'imposer, sa dictature serait-elle pensable en Allemagne ? en France ?... Y verrait-on jamais des jeunes gens assis et des vieillards debout ?... — Je suis mutilé de guerre, Monsieur !...

Ne crachez donc pas par terre, Monsieur, vous voyez qu'il y a à peine de la place pour mettre les pieds... Un chien ! Madame ! Il n'y a même pas où coucher les enfants ! Vous avez une autorisation ?... Des jeunes filles en longues jupes noires et corsages à col marin jouent déjà à faire flotter une taie d'oreiller au bout d'une longue ficelle ; et un prêtre en soutane grise, ses cheveux blond roux flottant au vent, une étole sur sa large poitrine, une écuelle d'eau bénite dans une main et une branche verte dans l'autre, se met en devoir de bénir, à grands gestes en signe de croix, le navire, et asperge ce qu'il peut en atteindre : bastingages, échelles, parois de cheminées — quelques femmes du peuple s'inclinent en se signant avec une componction machinale, d'autres haussent les épaules, quel extravagant, et d'où sort-il ? il y en a toujours qui veulent se faire remarquer.

Le ciel est strié de longs nuages pareils à des écharpes déchirées qui s'effilochent au vent, changeant de forme, et la mer d'un bleu lourd et dense, couverte de traînées indigo, paraît presque noire à l'horizon. Et les mouettes crient et plongent et s'abattent, agitées comme si elles attendaient une riche proie de cette bruyante cargaison humaine. Une voix d'homme, forte, fêlée, métallique, entonne — aussitôt repris par d'autres voix — le chant à la gloire de ceux qui sont « *tombés dans la lutte fatale* » victimes de leur ardent amour pour le peuple. Scandé comme une marche funèbre et martiale à la fois, le vieux chant flambe un instant, cri jailli d'un autre monde, brandissant comme un drapeau qui prend feu l'ivresse de passions jadis ferventes. *Vous lui avez tout donné — Jeunesse honneur et liberté !* Sur la guitare grésille et se déchire en lamentations la romance tzigane. *Je vous dis adieu, tziganes — vers une nouvelle vie je m'en vais loin de vous !*

Myrrha sanglote, la tête dans ses bras, écroulée sur un rouleau de cordages. Son chapeau a roulé dans la sciure du pont, ses cheveux défaits tombent jusqu'à terre. Nous les retrouverons, Mour, ce n'est pas encore la fin du monde. Vladimir ramasse le bonnet d'astrakan, tendrement, comme une relique. Que n'est-il son frère, pour pouvoir la consoler ? *Jamais, jamais jamais,* dit-elle, jamais plus. Je sais que nous ne reverrons jamais notre pays.

Ils devaient débarquer à Paris un an et demi plus tard.

Ils s'étaient mariés sur le bateau — Vladimir et Myrrha —, bénis par ce même prêtre blond si pressé de sanctifier la nouvelle Arche de Noé. Avec de petits cercles d'argent ciselé en guise de couronnes, un voile blanc fait avec trois mouchoirs, et des anneaux prêtés par des voyageurs attendris. Garçons d'honneur : Georges et un jeune ex-lieutenant de marine qui soupirait et dévorait des yeux la mariée.

Elle était amoureuse comme une noyée ramenée à la vie. Vladimir ne croyait pas mériter tant, et à vrai dire son amour fou des premières semaines s'était au lendemain même des noces mué en un amour moins fou mais excessivement tendre et fait d'orgueil comblé et de simple bonheur sensuel.

Mais comme les temps sont durs, et les malheurs publics si grands qu'ils dépassent toute mesure, ce bonheur-là est une sorte de « repos du guerrier » que l'on rêve de connaître à plein dans une vie meilleure qui peut-être viendra un jour, ou que peut-être quelques heureux ancêtres ont connu — mais qui en 1921 et à Constantinople, ou à Belgrade ou à Marseille, sur les bateaux, dans les trains, dans des centres pour réfugiés ou des hôtels borgnes, n'est pas tout à fait possible. ... Car il rêvait pour elle de peignoirs de dentelle blanche et d'abat-jour en soie rose, de vastes bols de cristal pleins de nénuphars ; de prés non fauchés rouges de coquelicots et mauves de pois de senteur, de canots sur une rivière calme parmi les roseaux et les arceaux argentés des branches de vieux saules — elle l'insouciante, qui trouvait « pittoresque » les pires taudis, arborait fièrement les disgracieux manteaux fournis par la charité publique, se déclarait ravie de se nourrir de sardines grillées achetées dans la rue, perchée sur les planches vermoulues d'un ponton et contemplant le Bosphore... évoquant les gloires et les horreurs de Byzance, et la *Prise de Constantinople par les Croisés* de Delacroix.

Car elle était peintre. « ... Et tu sais, disait Georges, elle a du talent, elle a même exposé à une manifestation de jeunes peintres... tu sais, un style nouveau, tu connais un type nommé Chagall ? il est devenu quelque chose comme directeur de l'Académie des Beaux-Arts. Un talent très curieux, non, pas cubiste pour un sou — bref, elle a été un peu de son école, mais en plus « décadent » si tu veux. Son tableau, *la Ville de Kitège* tu vois, la ville noyée. Des reflets dans des reflets, la ville noyée se réfractant dans l'eau et se reflétant dans les nuages ; et la vierge Fébronie planant dans l'air, bras levés... un peu bâclé, mais joli, tout vert bleu et or. Mais comme le tableau était accroché juste au-dessous d'une nature morte figurant des carottes et des radis, les gens disaient : évidemment, Fébronie tend les bras pour attraper les légumes. »

... La vierge Fébronie. O ma vierge, comme au jour de sa naissance pure. Vénus de Botticelli. Pas la peine — et ce serait gênant, avec Georges — de recommencer les savantes discussions jadis tenues avec des camarades d'université — et même aux bivouacs et dans les trains de militaires — bavardage de jeunes mâles sur le plus fascinant des sujets. Tchékhov, dans *Ariane* (et il s'y connaissait), a bien dit : « elle était sensuelle comme le sont toujours les êtres froids... » et l'on décidait, le plus souvent, que la femme amoureuse ne pouvait être sensuelle, et que chez la femme la chaleur du corps était en quelque sorte inversement proportionnelle à celle du cœur — et la preuve, Pouchkine lui-même ne dit-il pas : *Combien tu me plaîs mieux, ô ma toute modeste*... plaçant la femme froide bien au-dessus de la « jeune bacchante » ?

84

... Bref, la même femme ne saurait incarner Aldonza et Dulcinée : la femme réellement désirée est celle qui ne désire pas. Pôle positif, pôle négatif. Pour la femme qui *aime* l'amour physique est comme la bougie à côté du soleil... Bref, l'amant doit se réjouir de la froideur de son amante, et de cela Vladimir n'était plus si sûr tout en se persuadant qu'il en était sûr — car, en dépit de son âge qu'il croyait déjà respectable, vingt-quatre ans, ses connaissances dans ce domaine-là étaient faibles.

Il avait la tête qui plaît aux femmes : racée, mais non trop fine, juste assez irrégulière pour provoquer un petit choc de surprise : comme il eût *pu* être beau ! L'air toujours affamé, ou inspiré (on avait le choix), quelque chose de pathétique dans le pli des lèvres longues et douces ; des yeux marron clair, yeux de rapace, qui, sans être à fleur de tête semblaient, Dieu sait pourquoi, mal protégés. Georges, un peu jaloux de lui, le traitait de corbeau déplumé, et expliquait que les femmes russes n'aiment pas les hommes beaux, parce qu'elles ont peur d'avoir l'air de se promener au bras d'un Don Juan... Or, les vrais Don Juans mon cher, c'est vous, les hommes laids ! Elles se laissent attendrir et pensent n'avoir rien à craindre.

Un an après le mariage, l'objet de l'amour fou était la petite Tatiana qui ne s'appelait pas encore Tala — à trois mois — mais portait les mille noms absurdes et éphémères des petits bébés, croquette, noisette, bouton, glaçon, chiffon, marmotte, linotte, Tati, Tinou... blonde et chauve, une tête d'une pureté de lignes qui fait paraître grossiers les plus délicats albâtres florentins, de grands yeux bleu pervenche d'où l'intelligence et la tendresse jaillissent à flots, non encore bridées par la prudente conscience. Elle a souri à cinq semaines. Elle essaie timidement les gazouillis qui sont aussi des rires de joie. Elle tire le nez et les sourcils de son père de ses mains plus petites que des abricots. Un amour fou, le choc d'une rencontre avec un monde *autre* où tout est lumière. Pour un peu, Vladimir eût cru en Dieu.

Vania Van der Vliet n'avait finalement pas émigré. Trois jours après l'arrivée des Rouges en Crimée il avait été pris et fusillé. Des rescapés arrivaient encore, porteurs de mauvaises nouvelles. Dans des barques de pêcheurs ou des chaloupes, affrontant les tirs de gardes-côtes, les tempêtes et la faim, quelques courageux parvenaient à joindre les eaux roumaines, à trouver droit d'asile sur des navires marchands, et, avec ou sans papiers, après des semaines d'attente à la porte de consulats, finissaient de façon clandestine ou officielle par atteindre Constantinople. Attirés par la grande ville qui semblait être une fenêtre ouverte sur l'Europe et sur le reste du monde. Et même des soldats parqués à Gallipoli, lassés d'une attente sans but et d'une misère oisive, fuyaient les baraquements ravagés par le thyphus pour tenter leur chance dans la misère mendiante de la vieille capitale délabrée, bigarrée, grouillante, fastueuse et sordide, hospitalière par indifférence. On y parlait tant de langues qu'il semblait que personne n'y fût étranger, ou que tout le monde l'était.

Les hommes jeunes cherchaient à s'embaucher comme dockers dans le port, et les enfants tentaient de vendre dans les quartiers riches des fleurs volées, des galettes, des poupées de chiffons et autres colifichets fabriqués par leurs mères. Et des femmes se prostituaient à tous les prix, avec l'amère joie de ceux qui n'ont plus rien à perdre.

Gigantesque hall de gare après tant d'autres. Tant d'autres gares, et l'attente des trains, et jusqu'à quand ? Vania Van der Vliet fusillé, et Mikhaïl Mikhailovitch Soloviev fusillé aussi — Vladimir avait rencontré au consulat français Pierre Barnev, le frère d'un camarade d'université, qui avait fui de Sébastopol avec sa femme et deux amis, tous déguisés en pêcheurs.

Terrorisés, tremblants de haine, et ne parlant que d'intervention et de reprise de la guerre « et les fusiller, les fusiller tous jusqu'au dernier, écraser la vermine, aucune pitié pour les bourreaux. En Crimée dans les villages ils en sont déjà à manger de la chair humaine. Tous les notables fusillés, les *mullahs*, les instituteurs, les commerçants, ou simplement le paysan qui descend vers la ville espérant y trouver de la nourriture. Un peuple, ils sont en train de tuer un peuple. Les Tartares de Crimée, le peuple le plus paisible, le plus doux... C'est comme ça qu'ils libèrent les « nationalités ». Van der Vliet, Ivan Andréitch ? Oui, mon beau-frère l'a rencontré la veille du jour où ils l'ont fusillé. Pris dans une rafle. Il avait pourtant de bons faux papiers mais ils ne regardent pas les papiers. »

— Et toi ? » — Heureux. » Un sourire malgré tout amer. Un bonheur *inimaginable,* oui je crève de faim comme tout le monde c'est entendu colis de la Croix-Rouge une fois par mois, la criée à l'embauche sur le port et pas de chaussures, et après ? — Oui, marié. Et une fille. Quatre mois. Le lait concentré Nestlé dans le Centre d'Aide, elle le supporte bien. » — Ton père avait, je crois, des amis à Paris ? » — L'ennui, c'est que je ne connais pas leurs adresses. Pas de répondants. J'ai presque envie de signer un contrat. »

Le contrat, c'est la métallurgie ou les mines de charbon. Et Vladimir croit qu'avec les relations de son père il peut espérer mieux. — Et la Légion Etrangère ? dit Georges. Cinq ans et ensuite on est libre comme l'air. » Là, Myrrha pour une fois se transforme en tigresse. Non. Tant que je vivrai, Georges. Tu me passeras plutôt sur le corps.

Ils ont écrit à leur mère, à son ancienne adresse, et reçu au bout de cinq mois une réponse par la Croix-Rouge. « Mes chéris, j'ai failli mourir de joie, au sens le plus littéral du mot : crise cardiaque. C'eût été une belle mort mais rassurez-vous, je vais bien et ne recommencerai pas. Notre chère Fräulein Luise est enfin avec moi, et nous prions Dieu (oui, j'y suis venue, moi aussi, ma merveilleuse petite fille !) et lui rendons grâce pour le bonheur de Myrrha dont le mari m'est déjà cher comme un fils !... Ma joie sera plus grande encore quand Georges aura également trouvé la compagne de sa vie et que je recevrai, que nous recevrons toutes les deux, des nouvelles de nos petits-enfants !... Tout va bien ne vous faites pas de soucis pour moi on trouve à manger et les rations ont même augmenté... » Une longue, longue lettre écrite au crayon sur un papier jaune et cassant, ... « ô mes trésors nous savons maintenant qu'il n'est rien d'autre au monde que l'amour, tout le reste est mirage et vanité. Où que nous soyions et même si nous ne devons plus nous revoir je suis avec vous dans chaque battement de mon cœur et le serai toujours quand ce cœur ne battra plus... » Une fois à Paris, dit Georges, nous nous arrangerons pour les faire venir. Pour Fräulein ce sera facile, elle a un passeport étranger.

Une fois à Paris. De ses parents Vladimir n'a eu aucune nouvelle, mais a appris par des amis qui ont reçu une lettre d'amis de Pétersbourg qu'Ilya Pétrovitch et Tatiana Pavlovna ont effectivement réussi à aller rendre visite aux Rubinstein.

*

Ils descendent du train à la Gare de Lyon — un groupe d'étrangers ahuris, ensommeillés, vêtus de manteaux si fripés qu'ils n'en ont même pas honte, car il leur semble que leur histoire est écrite en lettres de feu sur leurs fronts. Ils sont cinq (plus le bébé) : Vladimir, Georges, Myrrha, Pierre Barnev et Nadia sa femme — et n'ont pas vingt francs en poche à eux tous.

... Au fait, sont-ils *vraiment* chez les Rubinstein ?

C'eût été trop beau, ou trop drôle. Papa avait aussi d'autres amis, français ceux-là. A en juger par l'annuaire téléphonique, il y a beaucoup de Rubinstein à Paris. Mais, ô bonheur, à la rédaction du journal *Les Dernières Nouvelles* où ils ont fini par échouer après deux heures d'errance dans le métro, on leur confirme qu'en effet, Ilya Pétrovitch Thal et sa femme vivent chez Marc Sémenytch Rubinstein, rue de Lourmel. Et Myrrha toute tremblante se met à rajuster son chignon éternellement croulant, et essuie avec un mouchoir humide les petites mains poisseuses de sa fille.

Enfin tu vas les voir dit Vladimir. Tu vas voir *ma mère*. Car il adore sa mère. Il l'a toujours adorée avec l'innocente droiture d'un temps où l'infortuné roi de Thèbes commençait encore à peine à exercer ses ravages dans les cœurs des fils. Sa mère était l'imprenable forteresse, et le guide sûr, et la sainte Anne de Léonard de Vinci.

Georges, par discrétion, était resté dans un café. Et le couple monta, le cœur battant, les trois étages d'un escalier à tapis rouge élimé. La petite Touni (Tati, Tinou, Taniou) sur le bras de son père, rêveuse et bienveillante, chantonne des « ra-ra...gho-go.. » interrogateurs. Un coup de sonnette, un bruit de pas rapides et la porte s'ouvre.

Et là...

Ce qui se passe là est quelque chose de si tragiquement ridicule que Vladimir en est à la lettre paralysé de stupeur et a juste le temps de passer le bébé à Myrrha, de peur de le laisser tomber.

Car la personne qui se trouve devant lui, et le regarde, hébétée, est Tassia Delamare, à laquelle il avait été fiancé avant de quitter Pétersbourg. Et il se rend compte qu'il avait oublié — oublié pour de bon — non seulement ses fiançailles mais l'existence même de Tassia. Tant et si bien que le visage de la jeune fille lui semble être celui d'un habitant de quelque planète inconnue qui par miracle a fait irruption sur la terre.

Il eût mieux fait de fuir en entraînant Myrrha, mais il n'en a pas la force. Ils se regardent des deux côtés de la porte ouverte.

Tassia est grande, brune, un peu lourde, un visage rond, un long nez, de grands yeux bruns. Elle porte une longue robe rouge foncé. Elle a les yeux terrifiés de quelqu'un qui a reçu un coup sur le crâne de façon imprévue. « Tassia ma chérie, qui est-ce, voyons ?... » c'est la voix douce d'Anna Ossipovna Rubinstein. Laquelle arrive du fond du vestibule, boîtillant et secouant ses bouclettes roussâtres. Et elle comprend aussitôt et joint les mains dans un geste involontairement théâtral.

« Vladimir ! ô mon Dieu mon Dieu mon pauvre enfant, mes pauvres enfants !...

« Non, non Tassia, je t'expliquerai (que peut-elle bien expliquer ?) mais... oh ! Vladimir mon petit mais c'est merveilleux ! Entre. Entrez donc. Oh ! mais... quel bébé angélique !... » La pauvre vieille amie parle vite, d'une voix où percent par saccades de petits cris, et s'agite comme une poule qui cherche à cacher ses poussins au vautour. Et Tassia, pareille à un grand oiseau pris au piège, se détourne, piétine, s'élance maladroitement vers le portemanteau, se cogne le front contre une patère et reste là, tapie, farouche, n'osant regarder personne et guettant l'instant où elle pourra franchir la porte sans avoir à frôler le couple qui lui barre le passage. Pendant ce temps Ilya Pétrovitch, en pantoufles et son journal à la main, apparaît au fond du couloir, soupire de saisissement — l'éclair de joie folle dans ses yeux s'éteint comme une ampoule qui a grillé en s'allumant.

La petite Tatiana dans les bras de sa mère se met à pousser des hurlements, et Myrrha sans comprendre ce qui se passe a la sensation de vivre la gaffe de sa vie.

— Vla... Vla... Vladimir, dit le père. Anna Ossipovna continue à faire face, bravement. « Mais non Tassia chérie, mais non... ô *Gott im Himmel*[1] non ! Iliouche, va, va prévenir Tania, le choc de la joie... Ma... dame (elle se tourne vers Myrrha avec un sourire héroïque) ne faites pas attention... »

A ce moment-là Tatiana Pavlovna fait son apparition, comme toujours rapide et triomphante, tombe en arrêt.

Ses yeux d'aigle, son royal visage effacés, brouillés, frémissants comme de l'eau sous un coup de vent, tout le corps projeté en avant dans un bond de chatte sauvage. « Oh ! Oh ooh ô mon pinson, mon hérisson mon tout petit !... » elle est dans les bras du fils et s'agrippe à ses cheveux et pleure sur son épaule, et Vladimir a le visage enfoui dans les cheveux bruns de sa mère. Tout son corps est secoué de lourds sanglots ; des jappements. Serrés dans les bras l'un de l'autre comme deux noyés qui coulent.

Et c'est l'instant de libération et d'abandon, tout est sauvé, oublié, emporté dans le chaud torrent de ces larmes versées sans pudeur, le père s'approche presque timidement, tend les bras. Tassia, près de la porte, son manteau sur les épaules, esquisse un pitoyable sourire, se sauve dans l'escalier, dévale les marches quatre à quatre.

— Ma femme. Ma fille. » Les parents, revenus sur terre, mais désireux de ne pas gâcher si vite leur propre joie, embrassent jeune femme et bébé — grands-parents encore mal à l'aise dans ce rôle imprévu. Et au bout de deux minutes Vladimir a l'impression d'avoir quitté ses parents pour trois semaines de vacances en Finlande, et de les retrouver après avoir égaré son (ou plutôt leur) appareil photographique dans le train. Et il ne sait comment faire pour échanger quelques mots

1. Dieu du Ciel !

avec Myrrha qui, la joue appuyée contre la tête de la petite Tania enfin calmée, a très exactement l'air d'une personne qui, dans une réunion mondaine, s'ennuie à mourir et sourit avec gentillesse pour donner le change. Quoi, a-t-il envie de leur dire, c'est ainsi que vous me recevez, moi l'imbécile qui pensais ne pouvoir vous causer de plus grande joie que la vue de mes deux splendeurs, et c'est à peine si vous les regardez, à cause d'une idiote qui se trouve ici on se demande pourquoi ? Moi votre fils. Mais il serre pourtant sa mère contre lui, retrouvant la fierté bête du garçon qui n'en revient pas de voir sa bien-aimée jadis géante devenue plus frêle et plus petite que lui. Et il répète, avec un attendrissement enfantin, encore puissant mais dont la force envoûtante s'affadit et s'écoule comme de l'eau dans le sable. *Maman, maman...* Papa ?... comme il a maigri et vieilli, mon Dieu !

Anna Ossipovna emmène Myrrha dans sa chambre pour la toilette du bébé ; appelle son mari... Mais imagine-toi seulement, quelle joie *imprévisible !...* Court dans la cuisine pour mettre la bouilloire sur le feu et disposer les tasses à thé sur le plateau. « ... Zarnitzine ? Lev Zarnitzine ? Comme le monde est petit, tout de même ! Mais oui j'ai rencontré votre père à Tsarskoïé, quand il était étudiant et moi une gamine sortie à peine de l'*Institut*... Quelle belle voix de ténor il avait ! » Myrrha (car déférence est due à une vieille dame et, de surcroît à une belle-mère) ne bronche pas sous l'insulte qu'elle sent calculée : son père avait tout de même d'autres titres de gloire que sa voix de ténor...

— Comment, Vladimir ! ton beau-frère attend au café et tu le laisses se morfondre ? Va vite le chercher ! » — Ah non, Iliouche, vas-y toi-même, je ne lâche pas mon fils, aujourd'hui c'est *mon jour !* »

L'appartement bourgeois mais modeste du... rue de Lourmel a déjà pris, en trois ans, cet aspect russe, pétersbourgeois, poétique et chaotique qui replonge

Vladimir dans un passé intemporel : piles de livres, de classeurs, de manuscrits ; partitions traînant sur un piano poussiéreux à côté de gants, de ciseaux et d'un vase bleu où se fanent des asters mauves ; des fauteuils de cuir roussis aux accotoirs, où s'amoncellent coussins vert olive, châles, livres, corbeille pleine de soies de couleur ; et la grande table est couverte d'un tapis vert et de napperons de dentelle. Dieu sait comment, les Rubinstein avaient réussi, avec des moyens de fortune, à retrouver sinon le décor exact du moins le style de leur maison de Pétersbourg — à tel point qu'on s'y tromperait... Mais, tiens ! où donc est le samovar ?

Ils n'en ont pas, cela ne se fait pas à Paris, on le remplace par une bouilloire. Le thé est versé dans des tasses dont la plupart sont japonaises et certaines en faïence bleue. « ... Oui, elle s'est endormie, n'aie pas peur, je l'ai calée avec des coussins. » — Oh ! une tasse encore pour monsieur... euh... » — Gheorghi Lvovitch. Très heureux. » — Académie des Beaux-Arts ? demande M. Thal. — Non. Géologie. »

Marc Sémenytch Rubinstein promène sur les nouveaux venus le regard doux et distrait de ses yeux bleu pâle à demi cachés par un pince-nez qu'il a la manie d'enlever toutes les trois minutes pour en polir les verres avec une peau de chamois. Vieilli lui aussi, son aristocratique barbiche couleur de neige sale, son grand nez plus osseux que jamais. « Une bonne, une excellente chose, mon cher. J'approuve. Parents et enfants doivent être réunis. Oui !... » (son propre fils avait échoué à New York) « Tes parents n'avaient aucune nouvelle de toi, mais je leur disais bien que la faute en incombe au mauvais fonctionnement des services postaux. » A vrai dire, les services postaux n'y étaient pour rien, ignorant l'adresse Vladimir n'avait tout bonnement pas écrit.

— Constantinople !... Tatiana Pavlovna rêve tout haut, l'air inspiré. Stamboul. Tsargrad, Vladimir ! la ville reine, la reine des villes. Byzance notre gloire et notre malédiction, notre héritage empoisonné. Car nous nous croyons « jeunes » et l'Occident nous prend pour des « barbares » et Blok proclame *nous sommes des Scythes !* quelle erreur ! oh non, chez Blok c'est la nostalgie du Romain décadent pour les « grands barbares blancs », car nous sommes des Byzantins, n'est-ce pas Vladimir, monophysites, ritualistes, hautains, perfides, secrets, profonds, âpres, et coupeurs de cheveux en quatre ô combien ! plus vieux que le barbare Occident avec son légalisme romain mâtiné de ferveur guerrière germanique... »

— Tout de même Tania, interrompt Marc Sémenytch avec un sourire conciliant, à force d'être « barbarisés » par les Tartares d'abord, en passant par les Pétchénègues, par Ivan ensuite, puis par Pierre le Grand, puis par les progressistes, déterministes, marxistes et autres... notre byzantinisme (que tu le regrettes ou que tu t'en félicites) me semble quelque peu moribond... »

Anna Ossipovna, prenant les visiteurs en pitié, insiste pour qu'ils reprennent de la confiture. « Encore une tasse de thé peut-être ? Vous l'aimez fort ?... C'est la première fois que vous êtes à Paris... Myrrha Lvovna ?... Votre frère aussi ?... » — Notre byzantinisme, Marc, ne mourra qu'avec notre identité nationale... car il y a plus de ressort en lui, plus de souplesse, de « finesse » si tu veux, que dans l'orgueilleuse primitivité occidentale... »

— Maman ! dit tout d'un coup Vladimir. Je t'en supplie, arrête ! »

Elle tressaillit comme s'il l'avait frappée, puis leva sur lui, de biais, un regard désarmé, humilié. « Je... Je ne sais plus ce que je dis, mon pauvre chéri. » — Maman, pardon. » — Non, non. Mes enfants. Myrrha — vous permettez que je vous appelle Myrrha ? je suis

— nous sommes, mon mari et moi — encore si
bouleversés... »

— Un peu de thé, Tania ? »

— Mon cher, et dire que tu ne nous as pas encore
appris le prénom de notre petite-fille ! » — Tatiana. »
La mère baisse la tête, ne voulant pas paraître émue.

— Vladimir, dit Ilya Pétrovitch, tu ferais bien d'aller te raser tu as l'air d'un évadé du bagne. » — ... Mais
vous devez tous mourir de fatigue... Après une nuit de
train... » Tous à l'exception de Georges qui n'est au
courant de rien essaient de faire bonne figure, et se
sentent comme des gens qui mangent en présence d'un
affamé, à cause de la grande fille brune qui s'est enfuie
en laissant la porte ouverte derrière elle.

Partie comme un chien battu. Sans avoir ouvert la
bouche. Errant peut-être comme une somnambule
dans les rues de Paris — ou peut-être qui sait les rails
du métro, l'eau grise de la Seine, et Myrrha qui en sait
moins que les autres imagine le pire. Tous ont la
sensation désagréable d'un courant d'air, d'une porte
restée grande ouverte alors qu'elle a déjà été plusieurs
fois rouverte et refermée.

Donc, les paroles qu'on prononce ont quelque chose
de factice, malgré la joie des retrouvailles. On parle
comme si la fille brune n'avait jamais été là. — ... Tout
ce que nous aurons à nous raconter, il y en aura pour
des semaines ! » Vladimir serre les lèvres pour ne pas
pleurer. Ces deux grands mutilés, qui enfin libérés de
l'angoisse pour le fils absent retrouvent la naturelle
partialité qui fait préférer l'enfant mort à l'enfant
vivant. Le vivant, banal et déjà encombrant, qui boit
son thé dans une tasse japonaise et qu'on envoie se
raser dans la cuisine. Alors que la petite Ania n'est pas
là pour sauter au cou de son frère.

... Parler ?... la famine à Pétersbourg, les arrestations.
Les files d'attente. La vie folle de Constantinople...
Comme docker, mon Dieu ! tu entends, Iliouche ?...

95

Serguei Fomitch mort du thyphus. Non, les Zaïtzev vont bien. Leurs fils a épousé Natacha Arapov. — ... Tu as su, pour Vania Van der Vliet ?... — Les mauvaises nouvelles, mon petit, semblent mieux circuler que les bonnes.

Et toujours cette sensation de porte ouverte dans votre dos.

Journée folle. Coinçant son père entre deux portes Vladimir réussit à lui souffler : « Mais bon Dieu que s'est-il passé ? Je suis peut-être idiot mais je n'y comprends rien. » Le père écartait les bras, l'air excédé. Détournant les yeux pour ne pas trop laisser voir ce que son fils devinait fort bien : la chaleur d'une indéfectible mais impuissante solidarité masculine. « Ta mère t'expliquera mieux, mon cher. La vie !... » — Vous n'avez donc pas reçu ma lettre ? »

Myrrha eût à son tour pris la porte si elle avait été femme à provoquer des scènes. Et Georges répondait timidement, par monosyllabes, aux rares questions qu'on lui posait, changé pour la première et la seule fois dans sa vie en un étudiant qui « sèche » devant ses examinateurs ; jamais Vladimir ne devait oublier cela.

On parle de *tout ce qu'il y aurait à raconter* et au bout de trois heures on ne sait que dire. La petite Tatiana est un spectacle, un paratonnerre. Lorsque l'enfant paraît, le cercle de famille... Georges et Myrrha s'endorment, assis sur le divan, leurs têtes penchées l'une contre l'autre, leurs cheveux blonds mêlés ensemble. Tatiana Pavlovna se redresse, un éclair de douceur passe dans ses yeux. Elle a oublié qui ils sont... elle chuchote : « Iliouche, regarde comme ils sont beaux tous les deux. » — Il est une heure du matin.

La porte ne s'est toujours pas ouverte. Les deux hommes âgés froncent les sourcils, prévoyant déjà des démarches, des appels aux commissariats. — Tania, dit doucement Anna Ossipovna, vous ne voyez donc pas ? Elle ne reviendra qu'une fois les lumières éteintes. »

Couchés sur le divan de la salle à manger — Georges dormant au pied du buffet — Myrrha et Vladimir entendent la clef tourner dans la serrure de la porte d'entrée, puis des pas furtifs dans le couloir ; puis une autre porte qui s'ouvre et se referme avec un grincement léger.

« Eh bien, est-ce que tu vas *enfin* m'expliquer ? » Comme si depuis des heures il avait songé à autre chose. Bon. Oui. Une fille qui m'aimait. Mes parents voulaient que je l'épouse. — Mais toi ? » — Eh bien, moi aussi, je pense. On nous considérait comme fiancés. »

Même une femme comme Myrrha est capable de faire des scènes. A mi-voix, bien sûr. « Et tu ne m'en as rien dit. Tu m'as trompée. » — J'avais oublié. » — Comme c'est vraisemblable ! » — Je te le jure. Sur la tête... (il allait dire « de la petite » et n'osa pas)... de ma mère. » — Parlons-en, de ta mère. Elle me déteste.

« ... Si la petite n'était pas si attachée à toi, j'irais dès demain au Consulat Soviétique pour essayer de me faire rapatrier...

« Et si tu l'avais vraiment oubliée c'est encore pire, cela prouve que tu n'as pas de cœur, je ne veux pas être une voleuse ni une intruse, et puisque tu l'as aimée tu peux l'aimer encore et tout ira pour le mieux dans le meilleur des mondes possibles... Et Georges avait bien raison et j'avais tort de ne pas le croire... » — Oh ! ton Georges ! » — Il m'aime plus que tu ne m'as jamais aimée. Lui, je le connais, je le connaissais avant d'être née. Pour toi, je ne suis qu'un entraînement sensuel, tu m'oublieras vite, tu oublieras même Touni, comme tu avais « oublié » cette pauvre fille au long nez... »

— Myrrha écoute. J'avais oublié. J'avais oublié beaucoup de choses en ces années-là. Toi, quand je t'ai vue c'était comme si je voyais le soleil en face... » —

Oh ! épargne-moi tes comparaisons vulgairement plates. Tu l'as aimée, oui ou non ? »

Non. Sûrement pas. Comment lui expliquer ? Dans le temps, n'importe quelle fille lui faisait envie. Sur cette Tassia il se fût bien précipité dix fois pour la couvrir de baisers. Sur elle ou sur une autre. Elle était toujours là. Elle ne voulait pas être embrassée. Elle parlait de poésie et d'amitié et il regardait le petit creux couleur de miel au bas de son cou, et sentait ses joues brûler et pensait · qu'on nous marie demain ! Et après il ne pensait pas plus au mariage qu'à aller dans la lune. Mais ils avaient tout de même fait des projets — non, pas de vraies promesses mais « plus tard, quand nous serons sûrs de nos sentiments »... Maman la traitait comme sa future bru, sans mettre les points sur les *i*, chez nous cela ne se fait pas, tout se passe dans la discrétion et la pudeur. « Elle avait l'air de tenir à moi, c'est quelquefois difficile de détromper une fille sans avoir l'air d'un mufle... » — Donc, il valait mieux la *tromper ?* » — Ce n'est pas si simple. »

— Mais elle ? Tu dis toujours, moi, moi. Et elle, elle n'est pas un être humain ? tu veux que j'accepte de faire le malheur d'une autre femme ? » C'était bien Myrrha. — Toi, tu laisserais ton propre enfant mourir de faim pour donner à manger à de petits gitans dans la rue. » — Oh ! ne dis pas cela, comme tu es cruel ! »

Les parents. « Mais enfin, vous avez bien reçu ma lettre de Yalta ? Elle était assez claire, il me semble ? » — Mon ami, dit Tatiana Pavlovna avec un humour pincé, comme nous ne sommes plus à l'âge des *tendres passions* nous avons eu la sottise de ne pas comprendre que le mot « projets » signifie forcément romance et mariage. Nous pensions à des projets plus... ambitieux. »

— Et en admettant, reprend Ilya Pétrovitch, que nous dussions deviner, la moindre des choses eût été de faire comprendre que tes « projets » excluaient Tassia. »

— Papa, justement : le seul fait que je n'aie fait aucune mention de Tassia dans ma lettre était, je crois, assez éloquent. »

— Excuse notre stupidité. J'aurais *tout de même* tendance à penser qu'une rupture exige autre chose qu'une simple omission du nom de la personne. »

— Maman, je te l'ai dit : j'avais oublié. »

— Parfait. Un cas clinique. Mais non, mais non, nous ne te reprochons rien, je suis persuadée que tu as fait un excellent choix... Mais considère tout de même dans quelle situation absurde nous nous trouvons maintenant...

« Voilà une fille qui a abandonné ses parents, sa famille, ses amis, ses études et un bel avenir... »

— Enfin, Tania ! à quoi bon ?... »

— A quoi bon en parler ? C'est la vérité. Qu'il comprenne *aussi* notre attitude. »

— Eh bien quoi, dit Vladimir, vous voudriez me voir bigame ? »

— Ne sois pas grossier. Ta mère n'a pas mérité cela. Je n'ai pas à te rappeler... »

Oh non, on n'a pas à lui rappeler. Un agrandissement un peu pâle de la dernière photographie d'Ania est accroché au-dessus du lit des parents, dans un cadre ovale en ébène. La reproduction est si floue que l'on reconnaît à peine le petit visage vaillant et rieur, entouré de bouclettes brunes qui s'échappent des sages et lourdes nattes. Ils n'osent pas encore parler d'elle, ils n'en parleront jamais. Ils ne diront pas à leur fils : elle savait tous tes poèmes par cœur, elle t'appelait dans son délire. Elle avait une anémie pernicieuse avec eczéma purulent, il avait fallu lui couper les cheveux à ras. Elle s'accrochait aux mains du Docteur Stein et criait : je ne veux pas mourir, je ne veux pas mourir !... Lui, le survivant n'aura pas trop de sa vie pour payer son bonheur volé. A peine l'ont-ils retrouvé qu'ils cherchent à se cacher à eux-mêmes l'excès de leur joie, non, pas trop de joie, ils sont des chats échaudés ils lui font grise mine pour ne pas tenter le mauvais sort.

Et au fond, il sent très bien la tendresse triomphante qui perce dans leurs voix à travers des propos aigres-doux, et la volupté qu'ils éprouvent à l'accabler de reproches ; comme on bouscule par jeu un enfant que l'on sait robuste... chaque mot qu'on lui dit est amour, ne devrait-il pas le comprendre ? Et l'amertume demeure, malgré tout, inguérissable : jalousie impuissante pour la petite fille qui, elle, n'aura pas eu sa part, ne viendra pas frapper à leur porte avec un jeune mari et un bébé sur les bras.

— Je voudrais que vous compreniez. Bon, traitez-moi de goujat, mais Myrrha je n'ai pas besoin de vous dire qu'elle est une femme délicate et fière, c'est à elle qu'il faudrait penser d'abord... »

Tatiana Pavlovna lève sur lui ses admirables yeux couleur d'ambre roux. Tendres, mais lourds d'une mélancolique ironie. — ... Au pauvre (si je cite bien l'Evangile) on enlèvera même le peu qu'il possédait... Vous êtes des riches tous les deux — Myrrha et toi — qui peut s'en réjouir plus que nous ? Nous ne sommes pas de vieux socialistes pour rien, nous avons tendance à prendre le parti du pauvre. »

O ses réponses à tout et son grandiloquent persiflage, dire que j'aimais tant cela ! — Nous partirons dès aujourd'hui, nous chercherons un logement ailleurs. » — Je vous le défends ! Tu crois que depuis cinq ans nous autres Russes nous n'avons pas pris l'habitude de situations autrement plus extravagantes que celle-ci ? »

Georges. — Eh bien, tu es un beau salaud. » Mais comme il n'a nulle envie de voir sa sœur chercher à se faire rapatrier, il prend les choses du bon côté. — Ne faites pas cette tête-là mes enfants. C'est une situation de vaudeville. Il ne faut pas y voir un roman de Dostoïevski. La fille trouvera facilement preneur : je suis sûr que parmi les Russes de Paris il y a au moins dix hommes pour une femme. Les susceptibilités, les offenses et autres délicatesses de sentiment, c'était bon pour l'Ancien Régime. »

La vieille génération. Marc Sémenytch rajuste son pince-nez et soupire. « Tania ma chère toujours ta façon de *dramatiser*. J'estime que ton fils eût pu tomber beaucoup plus mal. » — Justement !... debout, le dos à la fenêtre, elle lève en l'air la cigarette plantée dans un long fume-cigarette en écaille. C'est la bêtise de la situation qui m'agace, Marc... Et j'eusse très bien admis qu'il nous ramenât une fille de pope, une fille de marchand, une Circassienne, une Cosaque... au moins c'eût été drôle ! Mais faire le tour de toute la Russie pour dénicher la fille de Lev Zarnitzine, un solennel crétin... »

— Tania, intervient son mari, n'exagères-tu pas ? » —... Un solennel crétin admirateur d'Ernest Renan et qui s'est livré à propos des tumulus du Kazakhstan à un pitoyable plagiat de la *Prière sur l'Acropole,* et qui politiquement a viré de la plus ridicule façon après 1905 et s'est mis à adorer la Constitution, et ceci par le plus bas des arrivismes... »

— Enfin, paix à son âme il est mort. » — De nos jours, s'il fallait laisser en paix tous les morts !... Je l'admets : la fille n'y est pour rien. Et Vladimir aurait tout aussi bien pu la rencontrer trois ans plus tôt à Tsarskoié ou dans les Iles, et c'est même justement ce manque de *fantaisie* de sa part qui m'exaspère... J'y vois une preuve de — comment dire ? — de pusillani-mité, de refus du risque... »

— A ta place, dit Anna Ossipovna, je serais contente de voir mon fils se marier dans son milieu. Après tout, notre chère Tassia était un choix encore moins ' risqué ' il me semble... »

Tatiana Pavlovna écarta ses cheveux de son front avec une grimace douloureuse. « Ah! c'était *autre chose.* N'en parlons pas, veux-tu. Tu comprends : une *vraie* étrangère eût apporté comme un courant d'air frais — que sais-je, une touche d'exotisme. L'effet de dépaysement eût amorti le choc, je n'aurais pas eu à comparer... »

— La fille est plutôt charmante, dit Ilya Pétrovitch. Et jolie. »

— Ah! ah! tu entends, Anna? Voilà le mâle qui montre le bout de l'oreille. Je me rends. » Brusquement triste et radoucie elle vint s'asseoir sur le divan à côté d'Anna. « ... Et nous nous disons civilisés. Tu aurais pu t'abstenir de mettre si brutalement les points sur les *i.*

« Dans tous les cas tu sauras qu'à mes yeux Tassia est plus belle que toutes tes Madones de carte postale. »

— Tania ma chérie excuse-moi mais je voulais que tu te mettes un peu à la place de Vladimir. A son âge... »

— Je sais je sais, l'âge excuse tout. N'empêche qu'il nous a mis dans une situation impossible vis-à-vis de Tassia. »

— Tant que tu y es, je dirais plutôt que c'est Tassia qui nous a mis dans une situation impossible vis-à-vis de notre fils. Souviens-toi : nous avions tout fait pour la décourager. »

*

Tassia Delamare — Nathalie Evguénievna Delamare — étudiante en philologie, fille d'une amie d'enfance de Tatiana Pavlovna (Alia Buhler) et d'Evguéni Loukitch Delamare bien connu pour ses importantes recherches en géophysique — Tassia Delamare, donc, pouvait à bon droit se plaindre d'avoir sacrifié son avenir : son père, même sous le nouveau Régime, avait une position solide, occupait un appartement de quatre pièces dans le quartier de l'Université, et tout en étant un « sans parti » parvenait à intervenir en faveur de tel ou tel de ses étudiants menacé de déportation ou d'affectation abusive.

Les parents Delamare et les Thal avaient passé des heures et des jours à tenter de raisonner la fille têtue, car ils n'étaient pas aussi naïfs que Vladimir pouvait le croire. Hélas, on ne dit pas tout crûment à une fille : « Tu risques de le retrouver marié à une autre » ce qui était une éventualité prévisible, la phrase sur les « projets » n'était pas si obscure que cela, mais personne n'avait osé émettre l'hypothèse à haute voix, et Tassia elle-même tout en pleurant des nuits entières à cause de cette phrase faisait semblant de n'y voir rien qui pût la concerner.

Donc, le père avait fini par céder et par user de son influence pour l'obtention d'un visa de six mois. A présent, le visa était expiré, la citoyenneté soviétique perdue. Tassia gagnait assez bien sa vie en donnant des leçons de français, d'anglais, de latin, et contribuait à assurer la subsistance de ses futurs beaux-parents qui, eux, n'avaient pas de revenus fixes.

Et ce que Vladimir n'avait pas prévu, c'est qu'à Paris on ne vit pas de l'air du temps, pas plus qu'ailleurs et peut-être moins. Les Rubinstein avaient un frère, vieil émigré de 1900, qui les aidait et procurait aussi à Marc Sémenytch et à Ilya Pétrovitch d'occasionnels travaux de traduction. Vladimir arrivait chez eux avec femme et enfant, et sans autre possibilité de gagner immédiatement sa vie qu'une place de garçon dans un restaurant russe, et encore était-ce une chance, un voisin des Rubinstein connaissait le patron de ce restaurant. Le salaire était minable. Les époux Thal ne se sentaient plus en droit d'accepter l'aide de Tassia. La jeune fille avait toujours sa chambre chez les Rubinstein et passait son temps à jouer à cache-cache pour ne pas rencontrer Vladimir et sa femme.

Après quelques jours de griserie, de désarroi, d'hébétude et de fièvre — après ces quelques jours où malgré l'amertume causée par un ridicule malentendu les voyageurs se sentaient encore en vacances de la vie, insouciants comme des naufragés qui croient que tout est gagné si l'on a touché la terre ferme — il y eut une sorte de réveil qui lui aussi voulaient-ils le penser avait quelque chose de provisoire.

Georges s'était casé chez les Barnev, eux-mêmes hébergés par un vague parent émigré en 1918. Tassia s'était trouvé une chambre de bonne dans l'immeuble d'en face, et Vladimir et Myrrha héritaient sa chambre. Marc Sémenytch et Ilya Pétrovitch échangeaient des regards inquiets et entendus chaque fois qu'une des dames s'habillait pour sortir et prenait le filet à provisions. « Non mon cher, cette fois c'est mon tour... » — Marc tu commences à m'ennuyer. Tania, tu ne crois pas que... » Tatiana Pavlovna se donnait un coup de peigne supplémentaire et changeait de chapeau. « Ne m'attendez pas avant cinq heures. Il fait beau j'ai envie de me promener. » Elle courait emprunter dix francs chez des amis qui habitaient rue Lacépède, et revenait avec du pain, des pâtes, des filets de harengs et des cigarettes. Et de la semoule de blé pour le bébé.

Bref, le travail au restaurant allait être une aubaine... C'est provisoire bien sûr, le temps de te retourner. Les parents devenus brusquement timides semblaient lui demander pardon. Eh quoi, j'ai vu pire à Constantinople. — Et il n'en était pas sûr lui-même. Après des années de misère insouciante, extravagante, dangereuse, il se voyait, au bout du grand périple, confronté avec la tristesse implacable de l'argent gagné et dépensé sou par sou.

Un beau jour il comprit que Tassia avait, pendant

une année entière, pratiquement entretenu ses parents. Le comble ; il leur tombe sur la tête avec une femme et un bébé et les prive du même coup de leurs moyens d'existence si cela s'appelle un moyen — et les laisse avec une dette impossible à payer et le sentiment d'une cruelle humiliation. Bon, Marc et papa sont peut-être trop vieux — cinquante ans passés — mais moi ? Trop jeune, semble-t-il. Pas de diplômes et d'ailleurs à quoi serviraient-ils ? Ils ne sont pas valables ici, et le seraient-ils un étranger ne peut pas enseigner, ni travailler dans des bibliothèques ou administrations, ni être journaliste sauf dans des journaux russes où il y a dix candidats pour un emploi et où l'on cherche surtout des collaborateurs bénévoles. On a vite fait le tour de l'horizon, ici c'est la misère à la petite semaine, les grands privilégiés sont les chauffeurs de taxi (encore faut-il savoir conduire une voiture) et quelques ingénieurs, physiciens, chimistes qui avaient déjà des relations à Paris avant la guerre et qui approchent de la quarantaine.

— Maman, jure-moi, promets-moi une chose : tu n'accepteras jamais un sou de Tassia. »

Tassia n'avait eu, au temps de ses douteuses fiançailles, que la beauté du diable, la fraîcheur molle et mate des adolescentes un peu grasses ; des yeux de génisse, une lourde natte brune tombant jusqu'au milieu du dos. Austère, grave, naïve. A présent, elle pouvait passer pour laide. Le teint brouillé, le nez trop long, le menton trop court. Vingt-trois ans ; un an de moins que Vladimir. Elle s'habillait de façon si neutre, si terne qu'elle avait l'air d'une vieille fille. Ils s'étaient parlé, si cela s'appelle parler. Un quart d'heure en tête à tête, à regarder les lames du parquet. « J'espère que tu ne vas pas me demander pardon. » — Je n'ai pas le droit de te le demander. Si tu as compté sur moi, cela prouve que je suis un salaud. » — Je n'ai pas compté sur toi. »

— ... Nous nous verrons le moins possible. Mais tu me permettras quand même de voir tes parents. Ils se sont attachés à moi. » — Je n'ai rien à permettre ou à ne pas permettre. »

— Je ne retournerai pas en Russie. » — Pourquoi ? » — Drôle de question. »

Lorsqu'il rentrait à la maison il allait droit dans sa chambre et entendait sa mère raccompagner la visiteuse jusqu'à la porte d'entrée.

« Vladimir, tu ne sauras jamais ce qu'elle a été pour nous. » — Je ne veux pas que tu m'en parles. »

— Je t'expliquerai un jour. Plus tard. A quel point nous sommes tous des écorchés vifs. Nous — presque tous —, des écorchés, des amputés, des vitriolés, un peu fous mon pauvre enfant, et nous accrochant âprement à toute présence aimante, et nous donnons notre cœur à tort et à travers, comme des malheureux peuvent s'attacher à un chien ! (ce n'est pas une comparaison injurieuse crois-moi, j'ai la plus haute vénération pour les cœurs des bêtes). Mon amour absurde pour cette fille ne peut se comparer avec celui que j'ai pour toi, que j'ai pour celle qui n'est plus là. Il est une faiblesse si tu veux, mais je suis lasse, lasse, lasse de lutter, laisse-moi mes faiblesses, sois tolérant, accepte des relations simplement humaines sans nous embrouiller tous dans la bureaucratie d'une morale conventionnelle... »

— Est-ce que je vous fais des reproches ? »

— Par ton attitude, oui. Tu ne peux rien me cacher je te vois à travers. »

Dans la guerre, la défaite, l'exode, la terreur, la famine, les folles pérégrinations à travers la Russie et l'Europe, l'idée de l'*argent* ne signifiait plus rien, on mendiait et on donnait, la fraternité dans le malheur était facile, allait de soi, il fallait manger. Chiper une rave dans une charrette de transport de légumes n'est pas voler. Ici — ils ne sont pas dans la misère loin de là, mais trouver à manger est toujours un problème. Alors qu'on fait semblant de mener une vie normale : celle où l'argent n'a rien à voir avec les sentiments.

Servir au restaurant est un métier comme un autre. Provisoire. Tout devient de plus en plus provisoire, plus cela dure plus on se dit que c'est provisoire. Myrrha joue le jeu : un peu honteuse des propos mélodramatiques tenus par elle le premier soir. Souriante, courtoise, légère comme une ombre. Tes parents sont des gens admirables. Je les aime beaucoup. *Live and let live.* Vivre et laisser vivre. Nous sommes passagers sur le même bateau, rendons-nous la vie facile.

... C'est vrai, n'est-ce pas, que nous sommes *tellement* plus riches qu'eux tous ?

Blok est mort. Le matin, en apportant le journal, Marc Sémenytch annonce la nouvelle. C'est le silence — ils sont tous debout, figés, retenant un soupir de saisissement. Ilya Pétrovitch fait observer : « Il était très malade depuis des mois. »

— On a beau s'y attendre. » Anna Ossipovna interrompt un nouveau silence. « Quarante et un ans. Ils ont fini par le tuer. »

— Il l'a voulu, dit Tatiana Pavlovna. Il est des choses que je ne peux lui pardonner. »

— Est-ce le moment ?... Tania. »

— Tu as raison. Ce n'est pas le moment. »

... Non, je ne supporterai pas de les entendre en discuter. Il n'était pas pour eux ce qu'il était pour nous. Tassia fait irruption dans l'appartement. « Vous avez appris ? Blok est mort. »

Elle et Vladimir se regardent, le même désarroi désolé dans les yeux ; tout juste s'ils ne sont pas tombés dans les bras l'un de l'autre. A cet instant-là ils avaient rajeuni de sept ou huit ans, presque étonnés de l'absence des camarades de lycée avec lesquels ils couraient jadis à la gare attendre le retour à Pétersbourg

107

du grand poète. — Venez, Myrrha, Tassia, nous allons remonter jusqu'au Montparnasse. » Tous trois ils descendent les escaliers en courant. Ils sont sûrs de rencontrer des amis au *Sélect.* Tout le monde doit déjà savoir.

Ils ont oublié leurs drames sentimentaux, ils auraient honte d'y penser. Ils marchent le long de la rue de Vaugirard, côte à côte sur le trottoir étroit, bousculant dans leur course fébrile des passants qui se retournent sur eux en faisant des réflexions désobligeantes. L'insolence de ces étrangers. Et des jeunes, encore !

« ... Je l'ai vu, disait Tassia, peu de jours avant mon départ. Dans le petit amphithéâtre, à l'Université. Il est monté sur l'estrade parce qu'on l'y avait presque traîné de force, il ne voulait pas parler. Il y en avait qui criaient : *Les Douze !* Et puis toute la salle applaudissait et il restait là, debout, se passant la main sur le front comme s'il allait se trouver mal... Il a pourtant consenti à lire quelques poèmes de la « *Belle Dame* ». Mais avec l'air de s'acquitter d'une insupportable corvée. Mes amis et moi avions les larmes aux yeux. »

— Ses poèmes sur le Mort vivant... dit Myrrha... Comme s'il pressentait depuis longtemps qu'il en viendrait là. Vous vous souvenez du poème de Tsvétaiéva : *O voyez l'affaissement*

De ses paupières sombres !
O voyez ses ailes
Froissées et brisées !... »

— Oui, dit Vladimir, c'est ça : *Pleurez sur l'ange*[1] ! Ce qu'il y avait d'*angélique* en lui, la vieille génération ne le comprend pas, comme dit encore Tsvétaiéva : *Ils ont cru qu'il n'était qu'un homme...* or c'était un être d'une tout autre dimension, et dans ses yeux cela se

1. *Tsvétaiéva* avait en effet écrit des poèmes sur la mort de Blok bien avant la mort du poète.

voyait, l'écrasement par mille soleils et des millions d'années-lumière, ses yeux tu te rappelles, opaques comme du plomb — »

Au *Sélect* Georges, les Barnev et une demi-douzaine de garçons entre dix-huit et vingt-cinq ans — plus une fille — commentaient les articles des journaux russes. « ... Est-il exact de dire que le soleil de la poésie russe s'est éteint pour la seconde fois ?... Non, il n'était pas comme Pouchkine un génie solaire, mais la grande aurore boréale — la lumière des temps où il n'y a ni jour ni nuit. »

— Les *Douze*, tout de même... »

— Les *Douze* n'ont jamais eu de signification politique. Il était au-dessus de la politique. Les Douze — tu ne comprends pas ? c'est le cri d'émerveillement de l'homme ébloui par un gigantesque incendie... » — Il a prophétiquement traduit l'ivresse de la fête populaire, et fête sans lendemain — car les lendemains de ses « Douze » ce sont les marins de Kronstadt — car c'est le martyre que leur promet le Christ qui marche au-dessus d'eux *sur un semis de perles de neige...* »

... Ils parlent tant que le garçon les force à reprendre de la bière. — Allons-y, bon, on partagera ensemble... Donc, je te disais, Zarnitzine : est-ce que son silence nous condamne tous au mutisme ?...

le bourdon du tocsin
a scellé les bouches... — Pardon, il l'a écrit en 1905. »

— Tu découvres l'Amérique. Il ne s'est pas *tu* en 1905. *Dans les cœurs jadis ardents*
règne un vide mortel... Ce vide mortel, il en a eu la prescience et l'a vécu en dehors du temps, mais son silence, pour la jeune génération, est un défi et non l'exemple à suivre. »

Ils sont là, les garçons, malgré leur deuil se dressant déjà sur les ergots, la place à prendre, qui n'a pas rêvé d'être un jour lui-même le seul et unique ? Car les grands ne manquent pas, lui seul était l'Indiscutable. Il y aura un office funèbre rue Daru, à six heures. Des réunions commémoratives tant et plus, conférences et hommages. Et au fait ? A Pétersbourg, à Moscou, à Kiev, à Odessa... il y aura des foules en deuil, et le cortège de l'enterrement s'étirera sur un kilomètre. Bizarre, d'être dans un pays où la mort du Poète n'a même pas les honneurs d'un grand titre en première page des journaux. Doublement orphelins. Pour la première fois, dans cette ville distraitement hospitalière, dans ce quartier, dans ces cafés où des jeunes de tous les horizons vivent la grande fête folle de l'après-guerre, ils se sentent vraiment étrangers.

Le lendemain, Vladimir Thal perdait sa place — le patron du restaurant, Piotr Ivanytch Bobrov, grand et gros homme barbu, jadis épicier à Riazan, lui fit une scène devant deux autres garçons et les premiers clients. Car la veille il y avait eu foule, justement, et si l'on s'absente on prévient, et on envoie un remplaçant... « Mais, dit Vladimir, la mort de Blok... » — Et après, mon gars ? Vous croyez que c'était vendredi saint ? Ce n'est pas sérieux ! Je vous avais pris par faveur et parce que l'on m'a dit que vous étiez soutien de famille, et avec votre lenteur j'ai déjà perdu deux clients... » — Je ne tiens pas à ce que vous me gardiez par charité. »— Eh bien, allez-y. J'ai trois autres candidats pour votre place. Avec les intellectuels on n'a jamais que des histoires. »

C'est à cette occasion que Vladimir fit la connaissance d'un monsieur brun, sec, rasé de près et vêtu d'un impeccable complet gris pigeon. « Bravo, jeune homme (qu'il aille au diable, suis-je un 'jeune homme'?). Voilà au moins une magnifique raison pour se faire renvoyer. Venez donc prendre un verre avec moi. » Le monsieur se trouve être un littérateur, critique littéraire et poète à ses heures, et qui justement cherche un collaborateur pour un livre qu'il prépare (commandé par les éditions Payot) : Ivan le Terrible. N'étant pas historien il aurait besoin d'un homme qui fasse pour lui des recherches à la Nationale et à la Bibliothèque Tourguéniev. — Mais vous savez, dit Vladimir, ma spécialité à moi était plutôt l'Italie médiévale... » — Et je vous en félicite ! Une époque passionnante, Dante, les Condottieri... mais est-ce qu'on attend cela d'un Russe ? Pour ce que le public français peut y comprendre, vous vous débrouillerez très bien avec Ivan. »

Des années plus tard Vladimir se souvenait encore, avec un attendrissement amusé, de la joie de son père — presque prêt à chanter le « Nunc dimittis », sur le mode mineur et avec cette satisfaction exagérée bien que sincère des parents soulagés de voir le fils indocile s'assagir enfin. Comme s'il jouait à ignorer que l'épisode du restaurant avait été le fruit de la plus brutale nécessité et non d'un caprice. Et comme s'il voyait son fils réintégré dans la dignité d'être pensant. « ... Ce n'est qu'un début, tu pourras reprendre contact avec les études, te créer des relations, te faire connaître... le tout, c'est de prendre pied dans un milieu de travailleurs intellectuels. » Le travail, en fait, était ingrat et moins bien payé que celui du restaurant mais l'honneur familial était sauf. Hippolyte Hippolytovitch Berséniev était un homme cultivé et de bonne compagnie, et qui — s'il payait mal parce qu'il était lui-même mal payé — devait rendre à Vladimir quelques services car il avait des relations, et le livre sur Ivan le Terrible devait marquer le début d'une assez longue carrière de *nègre;* toujours en attendant mieux.

Attendre mieux. Le visage tourné vers la grande muraille de feu. Là-bas. La guerre de Pologne. La famine sur la Volga. Le Dnieprostroï. Le canal d'Arkhangelsk. Les milliers et milliers d'enfants devenus plus sauvages que des loups et traqués comme tels.

L'oncle Van der Vliet fusillé — on s'y attendait. Tant d'amis disparus, fusillés ou déportés on ne savait jamais. Les révoltes paysannes. Tchéka et Guépéou. Et l'attente fébrile et de plus en plus résignée de l'Evénement quel qu'il soit qui *enfin* changera ce Régime qui semble trop fou pour pouvoir durer et qui dure.

André Chénier monta sur l'échafaud... Et combien de fois ne l'at-on pas dit, à combien d'amis : tu comprends cela ? *Monter* sur l'échafaud, c'est tout de même quelque chose. Mais si l'on te fait descendre dans une cave pour t'abattre d'une balle dans la nuque, et que tu saches que personne ne saura rien de ta mort ni pour quoi tu es mort, merci on ne lutte pas contre le rouleau compresseur, la lutte n'a de sens qu'entre hommes. Ils nous ont volé le respect de la dignité humaine auquel ont droit les plus vils assassins.

... Puisque l'échafaud se révèle impraticable, au diable la tristesse civique de nos parents et grands-parents. Donc, profitons de la vie ! Aimons, buvons et réjouissons-nous ! On ne vit qu'une fois. L'Europe est rajeunie, transfigurée après le plus grand bain de sang de l'Histoire, le Vieux Monde est moribond comme un *chien galeux* (dit Blok), place aux jeunes.

Ah ! ah ! Ici à Paris il se défend encore très bien, le chien galeux enfermé dans un magnifique sépulcre blanchi, mais la vraie Révolution ne viendra pas de la République des Commissaires du peuple, dont le grand crime est encore de sécréter l'ennui et la tristesse aussi sûrement qu'un bois humide produit la fumée, leur morale enfumée, leur morale étriquée, la glorification de l'art de lécher les bottes.

Les cabarets russes. Les balles russes. Diaghilev. Anna Pavlova. Chaliapine. Les chœurs de la Cathédrale Alexandre Nevski (rue Daru). Les balalaïkas et le « gopak » russe en bottes et chemise paysanne, les chœurs de Cosaques et les chants langoureux de l'Ukraine, et le théâtre juif, et le folklore russe dilué à toutes les sauces...

Les Russes passent pour être les gens les plus insouciants et les plus gais du monde, à condition de disposer d'une quantité raisonnable de vodka — erreur, car il leur arrive d'avoir aussi la vodka triste et de se mettre à sangloter sur les « petits bouleaux »... Au fond, notre grand et principal défaut est d'être trop bavards. C'est ce qui nous a toujours perdus. Comme dit la chanson, l'Anglais invente des machines, et nous, nous chantons la « Doubina ».

*

« Pas malin. Non. Tu n'es pas malin. *Trois* enfants ! Mais dis-moi, tu ne t'es pas fait prêtre comme Pierre Barnev, ce n'est pas une question de scrupules religieux ! Pense un peu à ta vie. Pourquoi te condamner à une existence de bœuf de labour ? » — Admettons qu'il y ait scrupules religieux... » — Elle, oui. Pas toi. » — Ça te regarde ? » — Dans un sens, oui, car je pense à elle aussi, figure-toi. Aucune raison pour l'encourager dans sa vocation du martyre. Mais toi, tu te laisses enfermer dans un carcan. Plus ça grandit plus ça coûte cher. Tu verras. Moi, tant que je n'aurai pas un appartement de cinq pièces, et de quoi payer deux domestiques, et une automobile... » — Et quoi encore ? » — ... Oui, et de quoi aller faire trois fois par an un tour sur la Riviera — ceinture ! Et j'aurai tout ça. Tu as beau te moquer de mes tricots et de mes manches de parapluie et de mes poupées russes à cent sous pièce, il faut bien commencer par quelque chose. Toi, tu attends quoi ? l'inspiration ? et quand même tu aurais du génie — tu vendras tout au plus trois cents plaquettes et ça ne couvrirait pas les frais d'impression. »

— Et si tu savais, toi, espèce d'embourgeoisé, à quel

point cet éternel souci de l'argent te dégoûte de l'argent, et à quel point ces *trois* enfants finissent par devenir une sorte de garde-fou... en admettant que je fasse abstraction du fait que leur présence est un enrichissement... »

— Ha ! ha ! tu parles ! on te paie une prime pour chaque naissance ? Tu as... voyons — vingt-sept ans. Lermontov est mort à vingt-sept ans. Mais il ne s'était pas encombré de femme et de gosses. »

— C'est ça : pas faute de l'avoir voulu, sa jeune fille s'est mariée à un autre. Et après ? Si tous les célibataires avaient du génie... »

— Les raisins sont verts ! Ne le dis pas à ma femme : si c'était à refaire, je resterais garçon. »

Marié, Georges l'était depuis deux ans. Et nanti d'une belle-mère difficile à vivre. Mais il avait créé un atelier d'articles de Paris genre folklore russe, et un atelier de tricots à façon et d'écharpes décorées à la main, et faisait travailler une vingtaine de dames qu'il payait à la pièce, aussi peu qu'il était décemment possible, et exigeait un travail parfait. Le plus curieux, c'est qu'il était adoré de ces dames. Il leur faisait si bien valoir ses propres difficultés — qui étaient réelles — qu'elles le trouvaient généreux. Il gagnait bon an mal an autant qu'un professeur d'Université, mais songeait sans cesse à s'agrandir, à investir, à spéculer — si bien que certains jours une fois les ouvrières payées il venait avec sa femme et sa belle-mère dîner chez sa sœur, faute d'avoir de quoi s'acheter à manger.

Dans leur maisonnette de Meudon (avenue de la G... 33 ter) les Thal recevaient sans cesse des amis à dîner, parfois à déjeuner, sans parler du thé de l'après-midi. Lorsque des visiteurs arrivaient, on faisait cuire un paquet de pâtes en plus. Myrrha, les deux filles par terre au pied du divan, et le bébé sur les genoux, était si belle à cette époque-là que plusieurs amis de son mari avaient pris l'habitude de venir dîner trois ou quatre fois par semaine, avec l'espoir de toucher le cœur de cette frêle divinité maternelle (car, amitié ou non, chacun de ces jeunes célibataires eût avec joie pris à sa charge les trois enfants, et expliqué à la jeune femme tous les avantages d'une vie sans beau-père ni belle-mère ; un ou deux, même, la sachant pieuse, songeaient à lui faire valoir le bonheur de vivre avec un homme croyant, dans la communion d'un amour chrétien.)

Pierre Barnev, après deux ans de préparation à l'Institut de Théologie Saint-Serge, s'était fait ordonner prêtre dans la cathédrale Alexandre Nevski, et sa barbe et ses cheveux, abandonnés à leur volonté propre, croissaient et multipliaient, lui donnant l'air d'un roi assyrien. De tous les amis de Vladimir il était celui que Myrrha préférait ; et il était le parrain du petit Pierre (ah ! ah ! disaient les dames de Meudon, sait-on jamais ?... il est bel homme, et sa femme est un vrai lapin écorché). Il portait une soutane invariablement sale : on savait, car les dames savent tout, qu'il donnait lui-même le biberon au bébé et, à l'aîné, sa bouillie à la cuiller ; et on l'avait même vu porter à sa femme le petit déjeuner au lit avant d'aller célébrer la messe ! « Ces jeunes prêtres modernes ! Aucune tradition, ils viennent de tous les milieux. Un beau jour je l'ai rencontré sur le sentier de l'église en chandail et en pantalon. »

Il était curé à Meudon depuis que la rupture entre Mgr Euloge et Mgr Antoine avait rendu nécessaire la construction d'une deuxième église — simple baraque de planches d'abord (l'autre du reste l'était aussi), elle s'était rapidement couverte de fresques, de tissus brodés, d'icônes ; et le père Barnev, sans avoir la noblesse d'allure et l'autorité de l' « antonien » père Mironov, ne faisait pas mauvaise figure. Un peu trop intellectuel, disait-on, et enclin à dire la messe dans le style monastique, exagérément sobre. On lui reprochait aussi son goût pour les sermons. — Canoniquement, c'est régulier. » — Ce n'est pas une raison pour se croire saint Jean Chrysostome. »

Pierre Barnev avait découvert la foi au chevet d'un camarade blessé, pendant la guerre civile : un garçon d'origine modeste, qui avait, en mourant, demandé l'extrême-onction « ... et que j'avais vu, disait Pierre, de façon évidente, palpable, *entrer dans la Lumière.* Je n'ai pas été le seul à me convertir ce jour-là. » Son fils aîné reçut le prénom de ce camarade : Onésime, ou, comme on dit dans le peuple, Anissime. Le premier enfant, une fille, était mort à trois semaines, et Nadia ne s'en était jamais remise, ou plutôt, cette perte, venue s'ajouter à des blessures plus anciennes, avait été la goutte qui fait déborder le vase.

Les amis de tous âges se réunissaient souvent chez les Thal, surtout en été, à cause de l'agrément d'un jardin abrité des regards curieux. « Votre Thébaïde... disait Marc Sémenytch, qui avait quitté la rue Lourmel pour une moitié de pavillon à Bellevue. C'est ainsi, Iliouche : nous voici dans la saison des blés moissonnés. Il est temps, il est temps, mon cher... *Le cœur aspire au repos...* bénissons le sort pour une vieillesse calme et libre, reconnaissons humblement que notre combat est terminé. » Ilya Pétrovitch ne se sentait pas vieux. Il n'arrivait pas à croire qu'il avait presque soixante ans. Dix ans plus tôt, il était le même homme, un peu plus gros, un peu plus imposant peut-être... mais les quelques poils blancs dans sa moustache se voyaient à peine — libre à Marc avec sa barbe presque blanche de chercher refuge dans l'alibi de la vieillesse. Même à soixante-dix ans on peut encore ridiculiser l'avocat général et retourner comme un gant un jury hostile au départ... Messieurs les jurés ! jamais encore au cours de ma *longue* carrière... Quoi, ici, dans les pays à peine de mort, l'avocat d'Assises joue sur du velours, et si nous avions disposé chez nous d'un atout aussi formidable que la guillotine... et ils n'ont pas été fichus de faire acquitter Landru au bénéfice du doute !

Hé ! quelque soixante ans. — Parbleu ! c'est le bel âge.

Pour plaider... En effet, le bel âge — pour l'avocat... Et peut-être vaut-il mieux en effet — jouet pour jouet — se forger l'image d'une belle et calme vieillesse que se perdre dans des rêveries dignes d'un adolescent ?

— Marc, qu'est-ce que cela signifie : « notre combat est terminé » ? Au lendemain de mars avions-nous prévu octobre ? en octobre, prévoyions-nous Brest-Litovsk ? Nous ne savons pas davantage ce qui peut arriver demain. Tant que nous ne sommes ni gâteux ni impotents... » Marc Rubinstein est un optimiste, il croit au dynamisme du peuple russe, à des bouleversements proches, peut-être décisifs — mais le Monde Nouveau n'aura plus besoin de nous. Nos enfants lutteront... »

Ils sont assis sur le banc de bois du jardin, sous les branches du grand tilleul, et les dames devant la petite table de jardin épluchent les pommes de terre. Le groupe de jeunes gens rentre de promenade, c'est dimanche. Ils sont sept ou huit plus les enfants — Ilya Pétrovitch fronce les sourcils. « Je ne m'habitue pas à ce gars en soutane. Un déguisement ! Ces jeunes qui par nationalisme s'emballent pour les « valeurs éternelles » — pour la Russie pour la foi ! et ça les mène droit à : mort aux Juifs sauvons la Russie. » Marc est exaspérant de tolérance, il dit « ts, ts... » sur un ton de doux reproche.

Les jeunes rient aux éclats et Myrrha et Nadia courent dans la cuisine chercher les tasses à thé. Les enfants, assis dans les herbes près du mur, jouent à souffler sur les fleurs de pissenlit. Anissime, qui a l'âge de Gala (trois ans) cherche à éblouir les filles en sautant à cloche-pied, Tala le suit d'un œil inquiet : « Tu vas tomber », et il tombe.

Au milieu des taches de soleil qui, en fin d'après-midi, parviennent à se glisser entre le mur et la maison, les corps des enfants noyés de chaudes ombres roses, vertes et ambrées, sont comme des paquets de lumière mouvante dans les hautes herbes vertes. Cheveux à scintillements d'or pâle, bras nus à saveur de fruits mûrs. « Hou ! dit Tatiana Pavlovna montrant ses dents dans un sourire joyeusement féroce, on comprend les ogres ! Dévorons-les, hein Anna ?... Pierre ! Pierre ! malheureux ! Ne t'approche pas des orties ! »

Les jeunes hommes rient. On ne sait de quoi, d'une nouvelle histoire drôle arménienne ou d'un pantalon déchiré par une branche cassée en forêt. Myrrha apparaît à la porte, un plateau chargé de tasses dans les mains et une corbeille de pain posée en équilibre sur sa tête, les lèvres pincées dans l'effort de ne pas pouffer de rire. Huit bras s'avancent pour la libérer de ses fardeaux, il y a bousculade, la corbeille bascule, les morceaux de pain se projettent de tous côtés, attrapés au vol par les hommes qui, cette fois-ci, partent dans un rire si fracassant que le chien de la voisine à travers le double grillage et les haies de troènes manifeste sa colère par un aboiement si fort qu'il couvre le concert des rires. Et les enfants poussent des cris de frayeur.

— Ouf ! rien de cassé. » Myrrha dispose les tasses sur la table. « Vous pourriez peut-être m'aider un peu. Vive la galanterie russe. » Vladimir va chercher la bouilloire, et Pierre Barney jette un regard inquiet vers la porte de la cuisine-salon. Nadia ? — Elle a la migraine, elle s'est allongée un instant. » Les migraines étaient chez Nadia un prétexte qu'elle s'appliquait à rendre aussi transparent que possible. Pierre, qui pendant une ou deux heures avait oublié sa barbe, sa soutane et le fardeau d'universelle charité dont barbe et soutane étaient le signe visible, s'assit sur le banc, tête basse, mains croisées sur les genoux. Il était tout à fait inutile de déranger Nadia au cours de ses migraines.

Goga. Boris. Aram. Maxime. Amis venus de tous les horizons mais tous passionnés de littérature, car c'était l'activité noble par excellence, depuis que la politique était devenue semblable aux disputes sur le sexe des anges. Et pourtant, on y revenait sans cesse, à la « politique », tonneau des Danaïdes, irrésistible tentation de la parole inutile. La littérature même n'y échappait pas, car parler de la littérature de *là-bas* était encore parler politique. On citait des poèmes clandestins qui circulaient là-bas, le plus souvent attribués à Essénine. Il devait plutôt s'agir de disciples malhabiles du grand poète... Certains poèmes semblaient pourtant bien être de lui. — Et tu vois Boris, cela n'a peut-être pas tellement d'importance... il est des époques où les sources souterraines jaillissent et se répandent, et le cri fait écho au cri, et où le poète qui n'a pas le droit de se nommer s'identifie à la voix du peuple opprimé ; et le fait que ces paroles soient anonymes au apocryphes correspond à une nécessité profonde... »

— Apocryphes, oui, anonymes — pas d'accord. La chanson anonyme est belle dans les temps sans histoire. Aujourd'hui, c'est des noms qu'il nous faut, et *ils* le comprennent... et c'est pourquoi ils veulent faire table rase — et n'aie pas peur, on n'attribuera jamais de poèmes clandestins à Maïakovsky. » Pasternak ? Il *écrit*, c'est certain. Mais il est trop surveillé pour que ses poèmes puissent circuler. — Et si, comme Blok, il a vraiment choisi le silence ? » Comment savoir ? Non, il est un grand lutteur. Il n'abandonne pas, il attend son heure. « *Ma sœur la vie...* Un tel amour de la vie change en lave brûlante le plomb des cercueils. Son premier devoir envers le pays est de se ménager jusqu'au jour où... »

Tala, debout, sa tête blonde appuyée contre le genou de son père, écoute — car elle voudrait bien comprendre et ne comprend rien, après tout elle n'a même pas cinq ans. Elle observe leurs joues colorées, leurs yeux graves et mouvants comme des flammes reflétées par un miroir qui bouge, le soleil bouge doucement à travers les ombres vertes des feuilles illuminant d'un reflet d'or la grande croix d'argent sur la poitrine du père Pierre.

« ... Nous t'ennuyons, Louli ? » dit son père, elle répond poliment : « Oh non. » Il luttait contre l'envie de la soulever de terre et de l'asseoir sur ses genoux. « Va donc jouer avec les autres ». Elle secoue la tête : « Ils sont trop petits. » Mais, désirant lui faire plaisir elle obéit et décide de montrer son nouveau jeu de cubes aux garçons du père Pierre. « Non, n'entre pas dans la maison, dit sa mère, tante Nadia se repose. »

Les deux dames âgées, assises par terre avec leurs tricots à côté de leur casserole pleine de pommes de terre épluchées, jetaient des regards excédés vers cette porte qu'il ne fallait pas franchir. « ... Pierre devrait consulter un psychiatre. »

— Ah ! ah ! vous profitez de la belle soirée ! Mais c'est merveilleux, un vrai club. » Autrement dit : il n'y a presque plus de place dans le jardin. — Oh ! mais, Alexandre Ivanytch, Véra Borissovna, quelle bonne idée ! Tenez, il y a encore de l'eau chaude dans la bouilloire. » Vladimir et Goga cèdent leurs chaises, les visiteurs (des voisins), le général Hafner et sa femme, se contentent d'un thé plutôt tiède et des excuses désolées de Myrrha.

« ... Je refais chauffer de l'eau tout à l'heure... »
— Ma chère, par cette chaleur c'est un plaisir ». Le général est un homme raide et solennel à larges moustaches qui ne sont plus blanches mais jaunes comme du vieil ivoire : il fume sans arrêt la pipe. Et il aime bien Thal (qu'il traite, dans son propre cercle d'amis, d'esprit léger et de songe-creux socialo-pleurnichard) parce qu'ils sont de Pétersbourg tous les deux,

que Thal est de dix ans plus jeune que lui, et qu'il est un joueur d'échecs passable bien que mauvais perdant.

« ... Quoi de neuf dans vos journaux, *Herr* général ?... » — Inutile de me le demander, mon cher, lisez les vôtres et faites les rajustements nécessaires... Ça a l'air d'aller plutôt mal pour Trotski. » — Bravo. Je vous l'avais toujours dit — n'est-ce pas, Marc — ils y passeront tous. » — Oui, Iliouche — mais *quand ?* »

La générale, de vingt ans plus jeune que son mari a des cheveux d'un or fauve éclatant, des joues rose clycamen et une robe violette à volants qui lui couvre à peine les genoux. « Ah ! c'est beau, la jeunesse ! Vous ne m'en voulez pas de vous ranger parmi les jeunes, *Batiouchka ?* (elle donne du « batiouchka » à Pierre Barnev, au lieu de « père Piotr », comme pour montrer que cette appellation solennelle convient mal à un si jeune prêtre). Pauvre Myrrha Lvovna, vous devez vous sentir bien isolée parmi tous ces mâles ! La « matouchka » n'a donc pas pu venir ? » — Elle se repose dans la salle à manger. » — Ah !... » Véra Borissovna se tait avec l'air de dire : j'ai tout compris, et ajoute : « Mais — cette charmante... comment donc ? Nathalie Evguéniévna ? On ne la voit jamais ici le dimanche. »

Tatiana Pavlovna s'approche de la table et boit debout, dans la tasse laissée à moitié pleine par son fils. « Tu permets, je meurs de soif. Nous devrions fonder une agence matrimoniale chère amie, qu'en pensez-vous ? Les mâles solitaires sont en surnombre parmi les Russes émigrés. Tout le monde n'a pas notre chance, ou la vôtre... j'ai rencontré votre belle-fille au marché, ce matin, elle embellit de jour en jour ! » — Oui, dit innocemment Vladimir, c'est même frappant. » (La belle-fille du général Hafner passait pour être en train de vivre un merveilleux roman d'amour avec un Américain, les femmes comme il est de règle en pareil cas le savaient, alors que les hommes l'ignoraient.) « Oh! Vladimir Iliitch, quel cri du cœur! A la place de votre femme je ne serais pas rassurée. »

— Et croyez-vous *vraiment*, demandait Anna Ossipovna pour changer de sujet, à cette histoire de comptes falsifiés ? » Il s'agissait d'un gala de bienfaisance, et d'une dame soupçonnée d'avoir soustrait deux cents francs — une rumeur, comme toujours, mais qui avait déjà fait trois fois le tour de Meudon, si bien que certains prédisaient que les deux cents francs se transformeraient bientôt en deux mille, somme très supérieure à la recette totale. « Mais pensez-vous! (Tatiana Pavlovna hausse les épaules) ni les uns ni les autres ne savent compter; notre laisser-aller national, rien d'autre! Je la verrais plutôt y être de sa poche. » — Justement, justement ma chère, dit la générale, il y en a qui ne voient pas la différence entre leur propre argent et celui de l'Etat... » — L'Etat ? » — Une organisation officielle c'est tout comme. Elle a acheté samedi dernier une bicyclette à son petit-fils. »

— Mais enfin, dit Anna Ossipovna, il faudrait faire une enquête et qu'il y ait des preuves. Imaginez le tort que nous lui causons, si elle est innocente... » — Une enquête ? Grand Dieu comme vous prenez cela au tragique. Dans un mois tout le monde aura tout oublié. On parlera d'un nouveau scandale. »

Les jeunes gens s'en vont. Peu attirés par les scandales locaux. Nadia a fini par renoncer à sa migraine. Fluette comme un oiseau, le cou si frêle et long qu'il semble à tout moment prêt à se casser, les yeux exorbités, elle est l'image même de l'être destiné à inspirer la pitié; et, sa beauté (car elle avait été belle) perdue, elle use et abuse de cet atout équivoque. A vingt-sept ans. Elle se penche sur ses deux petits garçons pour leur essuyer les mains et la figure avec son mouchoir, et ce geste est un reproche à l'adresse de ceux qui les ont laissés se salir. Pierre est parti en avant pour dire les Vêpres du dimanche. « Mais bien sûr,

Nadejda Mikhaïlovna nous vous accompagnons tous. »
Une belle promenade au coucher du soleil. Le ciel du
côté de la gare est orange à faire mal aux yeux.

« Splendide, dit Myrrha. Effrayant. Mes amis, si
vous disiez des poèmes ? C'est gênant, de chanter en
pleine rue. »

— L'heure des oiseaux, dit le général. Vous les
entendez : à qui chantera plus fort que l'autre, on
dirait que tout le tilleul en frémit... Dans notre jardin,
à Pavlovsk... » Ses yeux brun clair sont des oasis de
paix, il s'est évadé hors du temps. Le temps le rattrape.
« Oui, dit Marc, Krassinsky l'a vu rue de Grenelle[1]. De
ses propres yeux. » — ... Dans la rue ?... » — Mais non,
voyons ! Il *en* sortait. Le chapeau enfoncé sur les yeux. »

— Vous avez entendu Alexandre Ivanytch ? Nous
parlions de Vériguine. »

— Pas possible, dit le vieillard, à la fois inquiet et
émoustillé, voyons racontez-moi ça. » — Krassinsky... »

— C'était peut-être quelqu'un qui lui ressemblait ? » — Pas de danger, avec sa canne et sa barbe en
éventail. »

— Krassinsky est une langue de vipère. » — Oui,
mais pas un mythomane. »

— Je ne le croirai pas, dit le général, avant d'avoir
vu de mes yeux. »

— Allez donc vous poster en faction en face de
l'ambassade. »

— Il en est, dit Thal, qui ne s'en privent pas. »

— Justement, Iliouche, j'y pense — Marc Rubinstein, selon son habitude, revenait prudemment sur ses
paroles — j'y pense : c'est peu vraisemblable ! Trop
risqué ! Voyons, un homme qui fait ça peut très bien se
douter qu'il sera vu — il les rencontre dans des
endroits plus discrets. »

— Attends, attends... Ilya Pétrovitch ne désarmait

1. L'ambassade de l'U.R.S.S.

jamais devant une objection pertinente. Ce n'est pas du tout invraisemblable, au contraire !... » Ils étaient à présent installés devant la table de jardin et de nouvelles tasses de thé, et Thal traçait du bout de sa cuiller des bâtonnets sur la peinture verte de la table, comme s'il dressait par écrit la liste de ses arguments. « Pas impossible du tout et peut-être même habile... »

... « Quoi que vous en disiez, Vériguine n'est pas n'importe qui et pour ma part je l'ai toujours considéré comme un type borné mais honnête... »

— Je le crois toujours honnête, dit le général, et sa parole contre celle d'un Krassinsky... »

— Nous y voilà, reprend Ilya Pétrovitch, le doigt pointé vers la bouilloire, coup double ! Krassinsky devient suspect lui aussi, et nous avons déjà le choix entre *deux* agents provocateurs — mais je suis enclin à croire Krassinsky justement parce que le mensonge serait un peu gros et que l'homme n'a pas tellement intérêt à se discréditer par des racontars extravagants... »

— Mais enfin... les dames Rubinstein et Hafner sont un peu perplexes. Quel intérêt auraient-*ils* à inventer de telles machinations ?... Pour le tort que notre action peut leur causer ?... »

Eternel scepticisme des femmes : elles tiennent l'action clandestine pour du simple bavardage, et il est vrai aussi qu'elles en ignorent presque tout.

— Primo, ma chère Anna, dit Ilya Pétrovitch, il faut bien que les petits planqués de l'ambassade soviétique fassent croire à leurs chefs qu'ils servent à quelque chose, donc ils nous dépeignent comme une redoutable maffia aux tentacules invisibles mais longues d'ici à Téhéran. Secundo : c'est entendu, nous ne parlons pas des contacts qué nous avons là-bas, mais ils existent... »

— Pour ce que nous en savons, soupire Rubinstein...

Combien d'entre eux sont peut-être des provocateurs ? »

— Je n'admets pas — vous entendez —, je n'admets pas — ce défaitisme ! » le général est tout raidi, les joues en feu. « Messieurs, messieurs, dit sa femme, Choura, ne nous lançons pas dans la politique, nous n'en finirons pas à minuit. » Tatiana Pavlovna, après avoir couché les enfants, sort dans le jardin portant une lampe à pétrole.

— Vous devriez faire passer un fil électrique par la fenêtre et suspendre une ampoule à ce petit poirier... » — Que voulez-vous ? nos hommes sont paresseux et j'adore les lampes à pétrole. Elles me rappellent ma jeunesse. Nous avions un abat-jour en porcelaine verte. »

— Nous aussi, dit le général.

« ... C'est charmant, chez vous, mais le voisinage... » Véra Borissovna baisse la voix, comme si à travers les deux grillages, les deux haies épaisses de troènes, la pelouse de son jardin et les murs en pierre meulière de sa villa, la voisine pouvait entendre ces paroles, en admettant qu'elle comprît le russe. L'Anglaise est une femme entretenue.

— Oh ! elle ne nous dérange pas, dit Tatiana Pavlovna, les seuls mots que je lui aie jamais entendus prononcer sont : Tout beau, Rip ! »

— Oh ! Dieu merci elle ne vous dérange pas, mais l'exemple, pour les jeunes, les enfants... » Tatiana Pavlovna serre brusquement les lèvres et recule dans l'ombre du tilleul, secouée par les spasmes d'un fou rire qu'elle ne peut réprimer, et son mari, prêt à en faire autant, parvient à sourire d'un air béat et niais. L'Anglaise, il faut le dire, a soixante ans, et ses allures hautaines intimideraient un roi.

Myrrha et Vladimir rentrent, à tâtons, sur la pointe des pieds ; dans un jardin déjà noir vibre la douce musique des grillons. Le ciel découpé en morceaux par la masse de la maison et les branches du grand arbre est d'un bleu lisse et dur et les étoiles s'y multiplient lentement, comme appelées à la vie par les yeux qui les regardent. Un rai de lumière jaune se faufile par la fente des rideaux tirés. « Ils sont couchés, tu crois ?... » — Ma chérie, ma merveille. »

Elle frissonne parce qu'il fait frais et se contracte comme une sensitive. Il sent dans le noir son sourire tendre, hésitant, comme on sent un parfum. Elle lève la tête vers la voix rauque qui lui brûle le front et la joue. Tu me rends fou. Tu ne m'aimes pas. Tu me rendras fou.' — Oh ! ne dis pas cela ! »... Il est vaincu par la plainte passionnée de la petite voix claire. — Mais non je suis une brute, tu es ma jeune fille, tu es mon tourment » Myrrha s'abandonne à cette chaleur haletante qu'elle connaît si bien — oh oui, bientôt six ans — Ce soir il est repris par l'amour fou, parce qu'ils sont seuls dans un jardin la nuit ; et parce qu'il n'a pas envie, juste maintenant, de traverser la chambre de parents non encore endormis qui vont soit poser des questions soit se taire avec une discrétion ostensible. Myrrha est une femme trop bien élevée pour se laisser prendre sur le banc du jardin — non, elle accepterait par douceur et indulgence mais serait terriblement gênée, ô la jeune fille ô la toute simple. Les grillons crissent plus fort ; et le rai de lumière jaune disparaît, la maison est toute noire à présent et les étoiles deviennt soudain plus vives, comme si l'on avait passé sur le ciel une couche de vernis. Elle regarde les étoiles, et lui ne voit que l'éclat du sang qui brouille dans sa tête des images brutalement magnifiques.

La maison noire et calme est là, où dorment les parents et les enfants. « Ma chérie, qu'y a-t-il ?... » — Pierrot. Il était si *rouge* aujourd'hui. Je me demande... » Sur le seuil, ils enlèvent leurs chaussures, puis traversent la salle obscure en retenant le souffle.

Il est cruel, pour une femme qui adore son mari, de
s'entendre dire des mots pareils. Mais il ne les lui disait
qu'en des instants de trouble violent, dans la nuit
noire, se reprenant et se contredisant si bien qu'elle
pouvait croire que ces reproches font partie de l'inévitable violence de l'amour masculin... Et pourtant, elle
gardait au fond d'elle-même un sentiment de faute,
pareil à la conscience de quelque légère imperfection
physique.

De son passé de gamine faussement affranchie il lui
restait ce doute bizarre, à cause des garçons qui lui
reprochaient sa froideur, et la traitaient de coquette et
d'allumeuse, et cherchaient à la persuader qu'un baiser doit vous transporter au septième ciel, alors que
leurs baisers étaient simplement ennuyeux ; après trois
ou quatre essais elle eut honte d'elle-même et ne
recommença plus.

Et pourtant — dans leur cercle d'amis, jeunes
« décadents » déjà revenus du symbolisme, on ne
parlait que des façons de vivre dangereusement — de
la Libération des Instincts, de la Beauté du Mal, et du
charme des fleurs vénéneuses — de messes noires et de
sabbats de sorcières, et de retour aux mystères du
paganisme antique. Et surtout à bas la tristesse civique, vive la Révolution mais qu'elle soit dans les
mœurs d'abord, laissons une bonne fois tranquille le
« moujik grand par son humilité » ! On se réunissait la
nuit, pour boire à la lumière de bougies noires plantées
dans des candélabres de cristal, au milieu d'amas de
rideaux rouges arrangés en tentures et draperies ; les
filles étaient parfois mises au défi de se dévêtir pour
prouver leur mépris de la morale bourgeoise, et
Myrrha avait même exécuté une danse de Salomé
vêtue seulement d'un voile pourpre autour des reins et
de la poitrine, et portant une courge sur un plateau

d'argent. En toute innocence, et sous les yeux de Georges, protecteur efficace.

Si certaines filles, après avoir bu quelques verres de porto ou respiré de l'éther, perdaient la tête, Myrrha gardait la sienne dans l'attente de l'amour vrai. Car la Libération des Instincts, déclarait-elle, consiste justement, pour la femme, à ne pas se laisser embrasser si elle n'en a pas envie.

Le père n'était pas au courant de cette vie folle, et la mère savait et ne disait rien, n'y voyant que jeux innocents. Myrrha attendait toujours l'amour véritable, sans impatience car elle avait autre chose en tête, mais avec une vague inquiétude. On lui avait tant dit que c'était le plus grand des bonheurs. Et au cours de son bref séjour sur le front, au milieu du sang, des excréments, des jambes et bras amputés et jetés à la poubelle, de linges souillés, de hurlements et de jurons, et de fracas de canonnades, elle parvint à ne pas passer son temps à vomir et à s'évanouir ; mais les hommages d'officiers, de sous-officiers, et ceux de médecins et d'infirmiers lui paraissaient indécents. Devant tant de souffrances, à quoi songent-ils ? Rescapée du choléra, rapatriée, elle sombra dans la mélancolie d'abord, puis dans une crise mystique qu'elle prit pour un symptôme de dérangement nerveux mais qui se révéla sérieuse.

... Mais enfin, de Vladimir Thal elle était bel et bien tombée amoureuse. Presque du premier jour. Dans ce train glacé où il faisait de si touchants efforts pour trouver un moyen de lui permettre de s'allonger sur un bout de banquette où l'on restait à peine assis. Elle l'avait aimé pour la grâce insolite de son visage juste assez tourmenté pour donner l'éveil à une vague inquiétude, pour démentir l'expression paisible et douce des lèvres. Il était amoureux. Mais les hommes le sont tous, et elle avait été avertie par Fräulein Luise sa gouvernante, ce sont des êtres à passions fortes et brèves. « Nous devons beaucoup leur pardonner,

Mürrlein, et ne pas trop exiger... Mais celui que tu voudras épouser, fais-le attendre longtemps avant de lui dire que tu l'aimes. Ils ne sont pas des trompeurs ; ils sont comme des enfants qui donneraient tout au monde pour le jouet dont ils rêvent, et l'oublient dès qu'ils l'ont obtenu. » ... Mais en 1920, en Crimée, — mais sur le bateau des émigrants qui se faisait renvoyer d'un port à l'autre, on ne fait pas attendre un amoureux des mois et des années. Tout est provisoire, à tout moment on parle d'épidémies. « ... Rien ne presse, disait Georges, il est accroché pour de bon, il ira là où nous irons. Ne te décide pas à la légère. Je le crois honnête mais pas très sérieux. Il ne gagnera jamais de quoi te faire vivre décemment. » Pour Myrrha c'était un charme de plus.

Et jamais fille ne fut plus sûre d'aimer ni plus heureuse de dire oui. Et pendant des mois dans la pire misère elle fut gaie et insouciante, baignant dans les rayons d'un soleil intérieur sans ombres portées. Même une grossesse difficile, un accouchement pénible, un allaitement rendu douloureux par des abcès au sein faisaient partie de la « Joie-Souffrance » (Blok), de l'exaltation des mille *croix* de la vie devenues étoiles. Et elle ne savait plus à quel moment elle s'était aperçue qu'il y avait dans leur grand amour comme une faille — on eût dit une lithographie dont une des planches a légèrement glissé de côté, laissant des contours flous et des couleurs faussées sur les bords. ... Ils l'avaient désorientée, ce fameux jour où, debout sur le seuil d'une porte ouverte elle avait vu cette face ronde et blême, ces yeux hagards, cette bouche entrouverte figée dans une stupeur morne. On vous ouvre la porte et vous vous trouvez face à une personne pour qui votre vue est une condamnation à mort. Vous avez beau ne rien savoir — mais le regard terrifié de Vladimir en dit assez long — vous, avec votre bébé blond sur les bras, vous êtes changée en un objet inanimé : la pièce à conviction. Bon, tout s'explique, tout s'arrange, personne ne meurt, personne ne court au Consulat Soviétique (je retourne chez maman !), un malentendu dont la fille seule est, semble-t-il, responsable.

Mais d'abord, si sacrés que soient vos droits, si stupide que soit cette fille, il est impossible de n'avoir pas le cœur blessé par la vue d'un amour aussi fou... Et elle croit que je possède tout et qu'elle ne me prend rien (ils le croient tous) mais un cœur n'est pas un paquet qu'on renvoie par la poste, l'amour bafoué pèse aussi lourd que l'amour partagé, et mon pauvre Milou ne comprend pas qu'ils lui ont attaché un boulet au pied.

Les beaux-parents étaient des gens très bien. Les Rubinstein des gens tout à fait exquis. Tassia elle-même était une fille admirable. Nulle trace de mesquinerie, chez eux, ni de vulgarité. Mais si Myrrha avait accepté une situation qu'au fond de son cœur elle jugeait intolérable, c'était à cause de cette timidité secrète qui, avec le temps, était devenue une habitude de l'âme.

O Fräulein. Vous l'aviez bien dit, nous ne sommes pas pétris du même limon. Et sans doute l'homme et la femme sont-ils comme l'eau et le feu, et les poètes l'ont souvent constaté, donc pas de quoi faire un drame. — Et si, tout de même, cette fille noire avait en elle cette force envoûtante qui me manque ? Tassia rendait visite aux époux Thal environ une fois par semaine, prenant soin de venir à une heure où Vladimir ne pouvait être à la maison. Elle se montrait avec Myrrha courtoise sinon amicale. Elle évitait de regarder les enfants. Elle s'installait sur un coussin aux pieds du fauteuil de Tatiana Pavlovna, et elles parlaient pendant des heures. — Une fille *très* capable. Elle donnait beaucoup de leçons, avait déjà sa licence, préparait l'agrégation de philologie, et espérait obtenir une place de chargée de cours libres à la Sorbonne.

Myrrha avait bien malgré elle — elle se trouvait au jardin en train de tricoter sur le banc en surveillant les enfants — surpris une dispute entre son mari et son beau-père. Vladimir venait de rentrer à la maison, alors que sa mère raccompagnait Tassia à la gare, et ils s'étaient croisés sur le sentier, lequel sentier était à peine large d'un mètre... « La prochaine fois, disait Vladimir, il faudra que je fasse un détour par la rue des Ruisseaux ! » — Mon cher n'en fais pas un drame ! »...

— Mais enfin — Vladimir, décidément, élevait la voix — cette maison est la mienne autant que la vôtre. »

— Et même davantage : toi et Myrrha gagnez chacun deux fois plus que moi. Merci de me le rappeler. »

— Ne t'abaisse pas à de tels arguments ! Et ne crois pas que j'oublie que c'est avec le subside de la caisse de secours aux Anciens Avocats que nous payons notre loyer. On ne peut te dire un mot sans que tu ramènes la question d'argent sur le tapis. Est-ce qu'il s'agit de cela ? Tu ne vois pas que maman me rend ridicule, et ce que les gens peuvent dire de moi... »

— Ah ! tu en es là ?... »

... — Mais enfin, si nous avions les moyens de vivre sur deux maisons... »

— Avoue que tu ne demanderais que ça ! »

— Ne recommence pas !... Je dis seulement : quand des amis à moi vous déplaisent je ne les amène pas ici... »

— Et tu crois que cela fait plaisir à ta mère de voir un pope s'installer ici comme en pays conquis ?... »

— Tu ne pourrais pas t'exprimer autrement ? »

— Bon : un *prêtre* si tu y tiens — donc, si tu crois que cela lui fait plaisir et qu'elle n'en est pas gênée devant nos amis... »

— Ne te barricade pas derrière maman — et je ne

vois pas ce que Barnev vient faire là. Avec ton art d'embrouiller les choses — »

— Mais enfin, *qui* cherche la dispute ? C'était une question réglée. Si tu te laisses impressionner par des ragots de bonnes femmes... »

— Je ne te savais pas mesquin. »

— Lequel de nous deux... » O Seigneur, pensait Myrrha, c'est de ma faute. Je reste là à tricoter alors que la première chose à faire était d'aller mettre à bouillir l'eau pour les pâtes. Devant elle ils ne se fussent jamais permis d'aborder ce sujet. Et si je vais mettre l'eau maintenant ils devineront que j'ai pu les entendre. « Tala, ma chérie, va me chercher ma pelote de laine bleu lavande, je crois qu'elle est sur le divan ... » La petite levait sur sa mère un regard pensif, encore embrumé par une rêverie trop brusquement interrompue, mais déjà — les yeux des enfants changent si vite — interrogateur, puis sagement complice : il n'était pas mauvais d'empêcher papa et grand-père de se disputer.

Elle traversait la cuisine-salle à manger-salon, frôlant les murs, faisant semblant de ne pas vouloir déranger les deux hommes — et, bien entendu, Vladimir oubliait jusqu'au sujet de la dispute. « ... Ma toute décoiffée !... Tu viens faire un tour avec moi jusqu'à l'épicerie ? » — Oh oui, papa ! » elle avait oublié la laine bleu lavande, et avec raison. « Bon, à tout à l'heure, papa. Si tu veux que je t'achète des cigarettes par la même occasion... » Ilya Pétrovitch, encore irrité, et surtout vexé d'avoir été si cavalièrement interrompu en plein milieu d'une phrase à la fois percutante, digne et mesurée, haussait les épaules.

Pour les simplettes et sagaces ruses féminines, les trois femmes de la maison (la quatrième, Gala, était encore trop petite) s'entendaient entre elle sans avoir jamais besoin d'en parler. Aucune des trois n'était rusée, ni diplomate. Mais la vie en commun avec deux hommes dont l'un travaillait à domicile et l'autre n'avait pas de travail fixe, les rendait souples sinon subtiles.

Aux yeux de Myrrha, tous les hommes à l'exception de son frère étaient des êtres dangereusement fragiles. Dangereusement — pour eux-mêmes plus que pour les autres. Chênes que la tempête peut déraciner ; mais parfois aussi grandes vitres qui lorsqu'elles volent en éclats peuvent causer des dégâts. Elle les observait avec tendresse, admiration et inquiétude.

... Des affamés, d'abord. Dans tous les sens du mot. Et elle avait découvert cela, en 1918, pendant la famine à Pétersbourg, et en avait tiré plus d'une conclusion d'ordre philosophico-psychologique. Ils supportaient la faim plus mal que les femmes. Elle voyait son père, cet homme qu'elle admirait avec tout l'enthousiasme de ses vingt-deux ans, pleurnicher et chicaner, la bouche tremblante, pour une assiettée de haricots mal partagée — tandis que maman et Fräulein (elle-même aussi), tout en couvant ces haricots de regards languissants d'envie, cédaient la moitié de leur part prétendant n'avoir pas très faim.

Aguerrie par son expérience des sanglants lazarets du front d'Ukraine, et le cœur chaviré de pitié pour ces grands êtres qui acceptent avec tant de simplicité leur destin de chair à canon, elle contemplait la majesté profanée du beau visage de son père avec un respect auquel rien au monde ne pouvait la faire renoncer. Il était emporté ; injuste à l'égard de Georges ; avide d'honneurs, jaloux de ses confrères — adolescente, elle avait connu des jours de révolte... faisons un feu de joie du vieil attirail des valeurs anciennes ! linceuls de pourpre ? bravo ! tant qu'on voudra !... mais n'avait jamais cessé de l'admirer. Et en le voyant humilié elle s'était dit que ce qu'on pouvait lui reprocher n'était que la rançon d'une grandeur qu'elle était incapable de mesurer.

Et s'il était si vulnérable, ce sexe affamé, inquiet, ardent, chimérique, vaniteux, c'était sans doute en raison d'une spiritualité plus intense que celle de la femme, donc plus cruellement meurtrie par les rigueurs de la vie terrestre. Tous — à divers degrés — devaient être porteurs de l'*ange* qui, comme celui de Blok, avait à tout moment les ailes brisées (l' « ange » des femmes devait être d'humeur moins sauvage, un bel oiseau domestiqué).

Elle n'était pas douée pour les amitiés féminines, et se sentait beaucoup plus à l'aise avec les personnes de l'autre sexe. Elle ne savait pourquoi. Au lycée, ses compagnes l'intimidaient. Certaines avaient recherché son amitié parce qu'elle était la sœur de Georges, et elle avait si bien pris l'habitude de se croire peu intéressante qu'il lui arrivait de dire (lorsqu'une amie lui demandait : je peux venir chez toi ce soir ?) : « Oui, bien sûr, mais mon frère ne sera pas là. » Ce qui lui valut une réputation soit de chipie soit de sotte. A Meudon, il y avait plusieurs dames de son âge, mais en quatre ans elle ne s'était encore fait aucune amie. Et ce n'était pas par manque de bonne volonté. On la laissait tricoter seule dans son jardin ou, en hiver, dans sa cuisine-salon-salle à manger ; elle avait le temps de beaucoup penser, et de composer des tableaux extraordinaires dans sa tête. Tatiana Pavlovna parlait beaucoup, mais Myrrha avait appris à ne l'écouter que d'une oreille.

*

A Tatiana Pavlovna les dames de Meudon pouvaient tout pardonner à cause de sa mauvaise langue : elle jouait le jeu et le jouait parfois superbement, et dans les divers petits clubs féminins qui se formaient, se défaisaient, se reformaient dans divers jardins ou salons de l'avenue de la G..., de la rue des Ruisseaux, du boulevard Verd (Saint-Julien) l'intérêt pour les affaires du prochain était la principale occupation de dames de tous âges qui presque toutes maniaient avec art le crochet, les aiguilles à tricoter ou l'aiguille à coudre. Ces ouvrages de dames étaient la prose du gagne-pain, la médisance était la poésie de la vie sociale.

Donc, la « petite Thal » comme on l'appelait souvent, avait violé la loi non écrite. Indulgente à l'égard de toutes les faiblesses humaines, elle se montrait paradoxalement sévère envers l'une des plus innocentes, et allait jusqu'à invoquer l'Evangile : « Ne jugez pas afin de n'être pas jugés... » ce qui était, estimaient les dames, du pire mauvais goût, et une affectation digne d'une évangéliste (ceci se disait lorsqu'il n'y avait pas de dames évangélistes dans la pièce) — ... Enfin, qu'en pensez-vous ? après tout, on ne les a jamais vus seuls ensemble... » — A l'église, si. » — Voyons ! Maria Andréevna, ne me scandalisez pas ! »

En dépit de petits rires étouffés personne n'imaginait vraiment le « batiouchka » profanant les mystères du saint lieu avec une de ses paroiss ennes... « Non, elle n'est pas de ces femmes-là. Mais lui, de toute évidence, est très épris. » — Avec la femme qu'il a ! »

— ... Et ne croyez-vous pas que Monseigneur s'est montré quelque peu imprudent ?... et qu'en tout état de cause il devrait, avant d'ordonner un prêtre, ou tout au moins avant de lui confier une paroisse, faire une enquête sur sa femme ?... Il me semble que nous devrions nous en occuper et lancer l'idée d'une pétition... » — Chère amie, sommes-nous en URSS ? de telles méthodes... » La dame à la pétition rougit et, consciente de ses torts, se tait pendant un quart d'heure. — Non, une pétition pourrait être justifiée si, par exemple, la femme se livrait à la débauche — et pourtant, je ne sais ce qui est pire. Qu'elle soit incapable de tenir son rôle de « matouchka » passe encore — mais elle est un tel poids mort sur les bras de ce pauvre homme qu'elle finira par le rendre incapable d'exercer son ministère. » — Et, tout de même, sans parler de pétitions, quelqu'un ne devrait-il pas laisser entendre à Monseigneur que certains fidèles deviennent « antoniens » simplement parce que le père Gleb a une femme qui sait recevoir et l'aide à s'occuper de la paroisse ?... et, que diable, si nos prêtres doivent être mariés, ce n'est pas pour leur plaisir... »

— Vous parlez d'un plaisir ! » — ... Ni pour mortifier leur chair, mais pour donner le bon exemple et être aidés dans leur tâche, mais celui-ci est un exalté qui n'a réfléchi à rien, or il devait connaître sa femme mieux que personne... » — Voici la vérité : c'est du favoritisme pur et simple, et Monseigneur nous l'a imposé parce qu'il est un érudit et a un faible pour les jeunes intellectuels touchés par la grâce. » — Et il le fait pour contrarier l'archiprêtre Joann... » — En quoi il n'a pas tort, car l'archiprêtre est un brave homme mais avouez-le un de ces popes d'autrefois comme on nous en montre des caricatures depuis un demi-siècle... »

— Non, ne dites pas cela, je tiens pour le vieux clergé, où la tradition se garde de père en fils, et tant pis s'ils disent *o* au lieu de *a* et ne dissertent pas sur les grands courants mystiques... » — Oui, encore faut-il qu'ils soient intelligents. » — Ceci, ma chère... et croyez-vous que le père Piotr Barnev est intelligent ? » — Le pauvre, s'il l'est, il n'a guère la force de le montrer... Et quand je vous dis qu'il est pris, et jusqu'au cou, il n'y a qu'à voir la façon dont il la regarde... »

— Encore un sujet de pétition ? »

— Mais non : elle est froide, comme toutes les coquettes. Et son mari doit en savoir quelque chose. »

— Vous me choquez ! Et d'où tenez-vous cela ? »

— Simple déduction. Puisqu'il cherche des consolations ailleurs. »

Il était admis, et la moitié au moins des dames de Meudon le croyait, que Nathalie Delamare était la maîtresse de Vladimir Thal. Ils se rencontraient à Paris, à la Bibliothèque Nationale, et ensuite... enfin passons. Il lui avait encore à Pétersbourg promis le mariage, et sans doute les choses étaient-elles allées très loin puisqu'elle s'était incrustée chez les parents Thal comme une belle-fille... mais la guerre civile, les fronts, l'évacuation, bref, on sait ce qui arrive, il a rencontré la belle Myrrha... — Oh ! belle ?... — Enfin avouez-le il y a cinq ou six ans elle devait être pas mal du tout. Puis, arrivé à Paris il a la mauvaise surprise de rencontrer son ancienne. Et il s'aperçoit qu'il n'a jamais cessé de l'aimer...

— Attendez, j'en connais une beaucoup plus curieuse... Mme Mizintzev, Varvara Pétrovna, figurez-vous que son mari se battait dans l'Armée Blanche et elle l'attendait à Kiev — et voilà qu'un camarade de son mari vient la trouver pour lui annoncer la triste nouvelle. Avec tous les détails, et comment il a envoyé ses derniers adieux à sa femme, et comment ils l'ont enterré, en lisière d'un champ, avec son sabre d'officier, et mis une croix de bouleau sur la tombe, et, bref, à force de pleurer ensemble, le gars est un joli garçon, et sentimental et hâbleur comme un Ukrainien qu'il est, les yeux nageant dans l'huile, et trois mois après, en Crimée, ils se sont mariés.

« ... Elle n'oubliait pas son mari, non, mais les événements, la solitude, l'envie de s'étourdir — et puis, on ne ressuscite pas les morts n'est-ce pas ? En 1922 ils échouent à Paris — le second mari, il s'appelle Roudenko, chante dans les chœurs ukrainiens, le ménage est assez heureux... » — Pas d'enfants ? » — Non, Dieu merci. Car vous allez voir : un jour, à la veille de Pâques, elle va faire ses emplettes au magasin russe *La*

Ville de Pétrograd, et y rencontre, devinez qui, son premier mari. »

— Comment ? Sorti de la tombe ? »

— Eh bien, justement, voilà le drame : il n'y avait jamais eu de tombe. L'autre avait tout inventé. Pas pour la tromper, mais comme ça, pour faire bien. De la littérature. Car le mari, Mizintzev, on l'avait vraiment cru mort. Ils se sont défilés et l'ont laissé en plein champ, et il avait réussi à se traîner jusqu'au village et des paysans l'ont soigné.

« Bon — et ensuite — je ne sais pourquoi ni comment, il est arrivé jusqu'à l'Oural, puis a traversé, à pied ou en charrette, toute la Sibérie, et puis de Chine s'est embarqué comme soutier pour le Canada... »

— Et que n'y est-il resté ? » — Le travail est trop dur. Abattre des arbres, ce n'est pas les usines Renault. Donc, arrivé à Paris, il réussit à se caser chez Renault, et pense toujours à sa femme (car Varvara était une vraie Madone Sixtine, même maintenant elle se défend bien) mais la croit morte. Et voilà qu'en venant acheter une livre de fromage blanc il la retrouve ! Elle, bien sûr, est à moitié morte de saisissement, il lui raconte tout, elle s'aperçoit qu'elle l'aime toujours...

« Mais vous savez comment sont les hommes : quand il apprend qu'elle est remariée, il la traite de prostituée, va casser la figure à l'autre, jure de ne plus la revoir jamais et se met à boire comme un trou. Et c'est ainsi qu'elle a perdu deux maris à la fois, car elle ne pouvait plus revenir à Roudenko après tous les mensonges qu'il lui avait racontés. »

— Et maintenant ? » — Eh bien, elle vit avec un troisième. »

— Donc, tout est bien qui finit bien ? » — Non, car elle aime toujours les deux autres. » — Les deux ?... »

— Et pourquoi pas ? »

— ... Enfin, Dieu merci, les femmes n'ont pas la ressource d'aller casser la figure à la rivale, Nathalie

Delamare, comme je vous le disais, ne s'en est pas si mal tirée... »

— Vous le croyez, vraiment ? »

— Vous êtes bien naïve. Si elle a déjà refusé deux propositions (dont un Français, agrégé et chargé de cours)... » — Et d'où le tenez-vous ? » — Mais de Tatiana Pavlovna elle-même. Je lui ai dit, cette pauvre fille, avec sa figure... et elle est montée sur ses grands chevaux. Enfin, les vieux Thal, on ne peut pas les blâmer, ils cherchent à sauver les apparences : ils ont exigé que leur fils ne rencontre jamais sa maîtresse dans leur maison... » — Et Myrrha, dans tout ceci ? »

— Elle est bien capable de tout ignorer. Elle vit dans la lune. Et avec son affectation de ne penser que du bien de tout le monde... »

Mais un certain nombre de dames voyait les choses tout autrement. Il y avait peut-être bien « liaison » ou « roman » appelez cela comme vous voulez, mais ce n'était pas du tout l'essentiel. Car savez-vous que le père de Nathalie Delamare est au mieux avec les Soviets et qu'il est même un ami personnel de Lounatcharsky ? » — Et après ? »

... « Les Thal m'ont toujours été suspects. Cette façon de se dire vieux socialistes... ce n'est pas si loin du communisme, non ? Question de nuances, et qui se ressemble s'assemble. Donc, que la fille Delamare serve d'intermédiaire, je n'y verrais rien d'étonnant, elle a tout à fait la tête de ces étudiantes fanatiques d'avant la Révolution, et avec son habileté à se faufiler dans les milieux français... et puis les Thal reçoivent des gens de tous les bords, et le vieux est habile à les faire parler... »

— ... Et vous avez remarqué que Tatiana Pavlovna n'aime *pas du tout* qu'on vienne la voir quand elle reçoit la visite de Nathalie ?... »

— Non, tout de même : de Tatiana... cela m'étonnerait. Son frère et son neveu fusillés... » — Ma chère, les passions politiques, surtout chez ces gens de gauche, peuvent fort bien passer avant les sentiments. D'ailleurs, elle s'entendait mal avec son frère. »

— ... Non, tout de même. Non, c'est affreux d'accuser les gens d'une chose pareille, vous devriez avoir honte. Des soviétisants, Dieu sait qu'il y en a. Le vieux Thal, quand il parle des Soviets c'est tout juste s'il n'a pas l'écume à la bouche... » — Peut-être justement en fait-il trop ? Même un monarchiste de la vieille garde ne montre pas tant de haine. »

— Oh ! cela peut seulement prouver qu'il est de tempérament bilieux...

« Mais enfin, est-il prouvé que la fille Delamare entretient encore des rapports avec son père ? » — Claudia Alexandrovna, vous tombez du ciel ? Si cette fille avait une activité de ce genre, vous pensez bien qu'elle trouverait d'autres moyens d'informer ses chefs que des lettres à papa et maman. Avec la vie qu'elle mène, elle a tout loisir de rencontrer n'importe qui, n'importe où, qui va se méfier d'une austère étudiante qui a des doctes entretiens avec untel ou untel dans le hall d'une bibliothèque ? Des Français qui servent d'informateurs, croyez bien qu'il n'en manque pas. »

— Mais dites-moi : quelles informations peut-on bien recueillir dans les palabres de nos messieurs autour d'une tasse de thé ?... »

Pavé dans une mare de grenouilles, mais ce n'est pas si simple. *Ils* savent tirer parti des allusions les plus anodines... *Si* la chose est vraie, les jeunes ne sont certainement pas au courant... Peut-être Vladimir Thal devine-t-il quelque chose, et c'est pourquoi il est si contrarié si par hasard il rencontre la Delamare. — Vous imaginez, quel déchirement, pour un fils, de croire que ses parents... » — Enfin, Mesdames, je commence à comprendre Myrrha ! A juger ainsi à tort et à travers on finit par dire des infamies! Car j'estime que c'est une infamie et rien d'autre! »

Claudia Alexandrovna Krivitzky s'était officiellement et ouvertement brouillée avec celles de ses amies qui brodaient sur le thème de l'espionnage pro-soviétique, pour six mois au moins. Ce thème fut du reste abandonné le jour où Tatiana Pavlovna accepta de participer à l'organisation d'une fête de bienfaisance au profit d'un hospice de vieillards — l'hospice ne put être créé par manque de fonds, et Tatiana Pavlovna ne s'intéressait pas aux vieillards mais adorait les fêtes en tous genres. Au cours des préparatifs elle eut le temps de se disputer dix fois avec les autres organisateurs et organisatrices, de laisser voir qu'elle les trouvait provinciaux, petits-bourgeois et même incultes, de glisser une vingtaine d'allusions mordantes sur la vie privée des uns et des autres; mais elle avait de l'entrain et payait de sa personne. Et sa façon de jouer Arkadina dans le Troisième Acte de *La Mouette* fit tomber toutes les préventions que l'on pouvait nourrir contre elle. « Un talent, ma chère! Vous auriez pu être une autre Knipper! »... « Une autre Kommissarjevskaïa... » Elle riait : « Une autre Rachel!... »

« Enfin, *le* sont-ils ou ne *le* sont-ils pas? » — A voir le vieux Rubinstein passer pour ainsi dire toute la journée chez eux, au moins deux fois par semaine... » — Vous croyez qu'ils seraient... euh... enfin, juifs? » — Lui, sûrement pas. Thal est de souche allemande, et n'*en* a pas du tout l'air, mais elle?... oui! ma main à couper. » — Impossible : elle est née Van der Vliet. » — Elle l'est donc par sa mère. » — Et les Markov? Je parie que leur vrai nom est Markovitch. »

— On irait loin, de ce train-là : Malinovitch, Jdanovitch... tout le monde le serait. » — Et connaissez-vous celle-ci : les trrois grrands écrivains « russes » : Pouchkinzon, Lermontovitch, Goguelman? N'empêche que les Filippov sont, la chose est tout à fait certaine, d'origine, euh, juive, malgré leur nom, et que la fille de Krassinsky qui vient d'épouser leur fils, ne le sait pas. »

— Et où est le mal ? »

— Enfin, si vous n'y voyez pas de mal... J'ai les idées larges, mais il n'est pas honnête de cacher cette chose-là. Si la fille l'apprend plus tard... »

— Si l'on ne peut plus épouser un Filippov à qui se fier, grand Dieu ? » — Décidément, c'était bien la peine de fuir une Russie enjuivée pour *les* retrouver partout ici. »

Tatiana Pavlovna évitait les dames réactionnaires et antisémites comme une honnête femme évite les prostituées ; mais l'on peut être obligé de maintenir des rapports de bon voisinage même avec des prostituées. ... Et cette rougeole ? Il n'y a pas de complications à craindre, au moins ?... Votre mari a-t-il trouvé du travail ?... Mais non, ne vous dérangez pas, mon cabas n'est pas lourd du tout... Femmes, mères ou veuves d'officiers de petit grade, braves femmes somme toute ; mais parfois aussi véritables ci-devant, de noblesse ancienne, fanatiques de l'Ancien Régime, ne parlant que tzars, cour et grands-ducs, ce qui ne les empêchait pas de passer leurs nuits le dos courbé sur des travaux de couture à façon.

Tous logés à la même enseigne. A quoi bon faire la fière, regarde-toi. Où t'a menée ton intégrité, ton intransigeance, parmi ces bonnes femmes jeunes et vieilles de tous milieux dont tu ignorais si superbement l'existence autrefois, tu ne fais pas figure de phénix. Terminée ma chanson. Cinquante-deux ans. Eunuque. Troisième sexe. Promue au rang des grand-mères. Celle-là avec son vieux chapeau drapé de crêpe noir et ses seins en forme de sacs de farine, et ses sandales usées, n'a pas grand-chose à m'envier. Sur le banc du square de la place Rabelais elle berce du pied le landau de son dernier petit-fils alors que Tatiana surveille du coin de l'œil les jeux d'une demi-douzaine d'enfants (entre six et deux ans). Il fait bon se reposer en rentrant du marché.

Anna Pétrovna est de ces femmes qui se signent en prononçant le nom du tzar-martyr, vont à l'église « antonienne », et croient dur comme fer que la France, l'Allemagne, l'Amérique, l'Angleterre, la moitié de l'émigration russe et Monseigneur Euloge lui-même sont vendus à la maffia judéo-maçonnique. Son mari, promu colonel pendant la guerre civile, ne sait pas un mot de français, et lime des boulons à la fraiseuse chez Citroën. Et ils ont quatre petits-enfants, un gendre maçon et une fille chanteuse-choriste dans un cabaret russe.

« ... Elle était douée pour la danse, mais que voulez-vous ? Chanter, passe encore, on le peut jusqu'au huitième mois — est-ce que votre belle-fille à des grossesses difficiles ?... Kolia, Kolia, voyons ! ne tire pas les cheveux de la petite ! »

— Laissez donc, Anna Pétrovna, c'est sa façon de lui faire la cour. Vous voyez bien qu'elle ne pleure pas. »

— Cette petite est un ange. » La dame le dit d'un air pénétré, prévoyant sans doute le temps où son Kolia voudra prendre femme... mais, pas de danger, ma chère ! ma petite-fille n'est pas pour lui.

« ... Est-il vrai, Tatiana Pavlovna, que votre maman est née Silvestrov ?... je l'ai entendu dire. » (ah ! ah ! vraiment, tu l'as entendu ? Silvestrov, ou bien plutôt Silberstein ?) « ... Ecoutez, Anna Pétrovna, je vais vous dire, mais ne le répétez pas... le nom de jeune fille de ma mère... » — Mais bien sûr ! Parole d'honneur. » Tatiana Pavlovna, les yeux élargis d'effroi, se penche sur l'oreille de sa voisine, et souffle, dans un chuchotement dramatique : « *Djougachvili !* » La dame esquisse un recul horrifié.

— Non ! » puis, tentant de se rassurer : « Elle était donc... géorgienne ? »

— Oui ma chère. Et la propre sœur du père de Staline. Mon père était officier dans le Caucase et l'a enlevée. Ce fut un scandale terrible. Et le jeune Sosso en a été si marqué qu'il a fait le serment de faire à la Russie et aux Russes tout le mal possible. *Et il a tenu parole !* »

Anna Pétrovna, médusée, bouleversée, finit par appeler sur ses lèvres un pauvre sourire désapprobateur. « Vous vous moquez de moi, Tatiana Pavlovna. » L'autre se redresse avec un rire bref et Anna Pétrovna éclate de rire à son tour. « Enfin, *se non è vero...* dit Mᵐᵉ Thal, si ce n'est pas vrai, comme on dit, c'est bien trouvé. Non, ma mère s'appelait tout bonnement Sokolov, cette fois-ci je n'invente pas. »

Anna Pétrovna ne la crut pas, le nom était vraiment *trop* russe, tu ne m'auras pas une seconde fois, tu es trop maligne. Mais drôle, rien à dire. Je raconterai cela à Maria Danilovna. — Tout de même, Tatiana Pavlovna, vous devriez, de temps à autre, aller à la messe — je sais bien que nous n'allons pas à la même église que votre belle-fille, mais c'est un conseil... Ça clouerait le bec à certaines mauvaise langues. »

— Nous avons toujours été agnostiques, mon mari et moi. »

— Oui, mais... *depuis* la Révolution, les choses ont changé. Beaucoup de gens, même parmi les intellectuels, ont retrouvé la foi. » — Eh bien, nous ne l'avons pas trouvée, que faire ? »

— Comme on dit : les œufs font la leçon à la poule. Votre fils pense sûrement comme sa femme ? » — Pas du tout. Et les vôtres ? »

La fille et le gendre de Mᵐᵉ Siniavine ne passent pas pour des modèles de piété. — Oh ! vous savez, les jeunes... pour eux, cela n'a pas tellement d'importance. Mais nous, les grand-mères... »

Bien visé, ma garce. Bravo. Tatiana jette un coup d'œil critique sur ses jambes longues et nerveuses, belles malgré les bas de coton reprisés aux genoux. L'autre a de vraies dames-jeannes. Mais le visage frais. Anna Pétrovna est assez surprise de saisir au vol le regard mélancolique et complice des yeux bruns soudain clignés, et le demi-sourire des longues lèvres, bizarrement affectueux... Serait-elle une brave femme ? mais avec ces intellectuelles, qui sait ?

« ... Elle m'a raconté, figurez-vous qu'elle était la nièce, non, la cousine de Staline — mais je ne l'ai pas crue. » La fille et le gendre éclatent de rire. « Elle t'a fait marcher ! Tu aurais gobé n'importe quoi. » Dans leur appartement exigu situé au premier étage d'une maison de la rue Armande Béjart dans le vieux Meudon, les Siniavine partagent un repas familial bien gagné, les deux hommes non encore lavés (car l'évier ne se libère que tard le soir), l'un noir de cambouis, l'autre blanc de plâtre. Anna Pétrovna jette des croûtons de pain au lard dans la soupe aux choux et noue les serviettes autour du cou des enfants. « Maman, je vais être en retard ! Je vais manquer mon train ! » — Tout de suite chérie, tiens, voici la betterave, sers-toi. »

Nastia dévore les betteraves sans attendre que les hommes aient fini la soupe et tire de sa poche une petite glace et sa pince à épiler les sourcils. Et le père, le dos voûté, penché sur son assiette, l'observe d'un œil sombre. Quand on n'a pas la voix des sœurs Kedrov il faut avoir des sourcils impeccables et la bouche comme un papillon rouge imprimé au pochoir. Nastia fourre dans son cabas son châle à franges et sa blouse russe brodée, entasse son chignon dans un grand béret basque. Son mari, oubliant pour un instant la soupe aux choux, lève sur le joli visage maussade un regard las, où perce un désarroi résigné : ils ne se voient jamais en semaine, elle rentre à trois heures du matin, dans le taxi du mari d'une collègue et voisine — quand il s'en va, à six heures du matin, elle dort, la bouche boudeuse, le visage barbouillé de crèmes de nuit mal mises sur des fards mal enlevés.

Le colonel, qui a renoncé au luxe de la barbe et de la moustache — trop difficiles à tenir propres — s'essuie la bouche du revers de la main. « Eh bien, à demain soir Nastenka. » — Papa, je ne t'embrasse pas, j'ai déjà mon rouge ! Maman, mes bottines, voyons ! » et Anna Pétrovna se précipite pour boutonner les multiples barrettes des escarpins de sa fille. « Oh ! tu ne les as même pas cirés ! O quel enfer, cette vie, quel enfer !... »

Le colonel, reprenant avec effort une allure martiale, contemple d'un regard fixe et attendri la grande photographie en couleurs de Nicolas II encadrée de noir, suspendue au-dessus de la cheminée sous une icône de la Vierge et une icône de saint Théodore. Le colonel — Nikiphore Loukianovitch Siniavine — a déjà bu deux pastis au bistrot en face de l'usine, et eût à présent préféré un verre de vodka à un plat de betteraves ; et faute de vodka il s'enivre, douloureusement, de la vue du beau regard triste du *martyr*. La profondeur de ces grands yeux bleus, pensifs sans pensée, lumineux sans lumière, ces yeux jadis célèbres dans toute la Russie — Siniavine était un ex-sous-officier, noté pour sa conduite héroïque dans l'armée de Koltchak. Un fils tué, l'autre Dieu sait où, mort peut-être ? et Nastenka a épousé un fils de noble, bon garçon, travailleur, mais d'humeur mélancolique.

Les enfants traînent par terre, jouant à se faufiler entre les pieds des chaises et de la table, et poussent des rires stridents, et le nourrisson se met à hurler dans son berceau. Le gendre se bouche les oreilles, « Anna Pétrovna pour l'amour de Dieu fais-les taire ! Ma tête éclate. » — La mienne n'éclate pas, peut-être ? Kolia, Pétia, *marsch !* au lit ! vous voulez des claques ? » — Je te défends de battre *mes* enfants. Ça se fait chez vous, peut-être... »

— Et voyez-moi ce gentilhomme avec sa gueule

pleine de plâtre. Tu te crois encore sous l'Ancien Régime ? nous n'avons pas eu d'Allemandes pour nous élever, et Dieu merci. »

Le jeune homme se lève, prend sa casquette et sort en claquant la porte. Siniavine se redresse, tressaille, son long visage osseux se fige à nouveau, pareil à un faciès d'icône grossièrement peinte. Ah ! qu'importe la vie, maintenant ? Criailleries et glapissements, larmes pour une piqûre de puce. Notre honneur à jamais perdu, notre tzar, notre Empereur, notre serment juré — notre foi promise dont personne n'aura plus jamais besoin. Fidélité morte. Il n'y aura plus de fidélité en ce monde.

Anna frotte avec du saindoux les petites fesses rouges du bébé. Mais oui mon trésor mais oui t'agite pas ton biberon est déjà chaud, me donne pas de coups de pied comme ça c'est malin, tu veux te faire piquer par l'épingle ? là, là, te griffe pas la joue voyons, faudra que je te coupe encore les ongles... Oh ! les femmes. Elles n'ont rien perdu. Elles n'avaient pas d'honneur ni de devoir à perdre ; Anna est lasse à mourir, le cœur malade, toujours furieuse contre son gendre, inquiète pour Nastia, et distribuant des taloches aux aînés, et s'il n'y avait pas eu de Révolution elle eût été toute pareille, à cela près qu'elle eût sans doute passé parfois sa mauvaise humeur sur une quelconque Palachka ou Malachka chargée des gros travaux de la maison.

— Ania, trois francs. » — Quoi ? pour aller boire ?! » — Non, je les dois à Maxime Makarytch. » — Tant pis, tu les lui rendras au soir de la paie. »

— Et puis, si : c'est pour un pastis. J'irai juste au bistrot en face du cinéma. » — Oui. Et Makarythch t'en offrira un second... il est célibataire, lui ! Et puis va, voici les trois francs. » Anna reste seule. Les aînés endormis, tous trois dans le même lit, le bébé pleurniche mais au rythme d'une chanson fredonnée à mi-voix il se calme.

Pour te bercer j'ai engagé
Le vent, l'aigle et le soleil...

La chambre est petite, on y respire mieux sans les hommes. Et Anna Pétrovna voudrait bien prendre le journal (*La Renaissance*) et lire enfin la suite du feuilleton policier, un roman d'Edgar Wallace, mais la vaisselle, mais les couches sales, mais les culottes des garçons, mais les chaussettes à repriser — et cette grosse Marfa Loukinichna qui me dit vous au moins vous avez de la chance, les vôtres gagnent tous leur vie, vous n'avez pas de travail à façon à livrer... quatre enfants et pourvu qu'il n'y en ait pas un cinquième en route, cet imbécile de Vsévolod est disciple de Tolstoï — jamais pu lire jusqu'au bout *Guerre et Paix* et ils font toute une histoire avec leur Natacha qui se conduit comme la pire des garces, et ce monsieur Tolstoï ne manquait sûrement pas de bonnes d'enfants — la *Nature!* et quoi encore? et voilà où leurs belles idées ont amené la Russie. Une honte. Ils nous ont fait perdre deux guerres. Et les voilà beaux maintenant et ils font les fiers. « Agnostiques » — ça ne devrait pas être permis, la Sibérie et puis des chaînes aux pieds, Sa Majesté le Tzar Dieu l'ait en son Royaume était bien trop bon.

... Siniavine se promène sur l'esplanade devant l'ancienne mairie, avec son Makarytch, et un jeune, Sacha Klimentiev. Il fait noir déjà, et ils regardent non sans envie les autochtones qui se pressent à l'entrée du cinéma, on joue *Fanfan la Tulipe V[e] épisode*. Une idiotie bien sûr mais la fille est belle. Claude France. Les poches vides. Et les femmes — Klimentiev est marié aussi — font des histoires si l'on rentre à minuit. Les sottes — elles sont plus tranquilles sans nous.

Le scandale du jour et même de la saison est l'affaire N. — N., secrétaire du Comité d'Action contre le bolchevisme, a demandé le passeport soviétique. Or cet homme savait beaucoup de choses, et beaucoup plus que les simples mortels, militants ou sympathisants de tous niveaux, ne l'imaginaient, et entre autres les noms et adresses d'agents travaillant sur territoire soviétique. Ce qu'était cette action, de petits ex-militaires qui se contentaient de cotiser une fois par an, ne pouvaient le savoir. Mais des bruits couraient, surtout après la démarche de N., si officielle que l'homme attendait d'un jour à l'autre la validation des papiers qui allaient lui permettre de retourner en Russie.

Comme de juste, N. habitait Meudon, avenue de la G..., si bien qu'en rentrant chez lui le soir il ne pouvait manquer de rencontrer des compatriotes, et ses voisins et ex-amis osaient à peine le saluer. « ... Et dire (Siniavine faisait une moue comme s'il avait envie de cracher) que nous vivons à quelques centaines de mètres de cette ordure — il y aurait de quoi quitter Meudon. » — Il s'en ira avant nous, faisait observer Maxime Makarytch. — A savoir : ils ont obtenu de lui ce qu'ils voulaient, ils ne tiennent peut-être pas à le rapatrier, à quoi leur servirait-il ? »

« C'est juste... Siniavine réfléchissait. Non — pour moi, ce doit être : donnant donnant. Il ne leur dira ce qu'il sait que lorsqu'il sera là-bas. Car — voilà son argument, ma femme le tient de ses voisines — il le fait à cause de sa femme qui a sa mère et ses sœurs à Moscou. Et comme il est tuberculeux et n'en a plus pour longtemps, il ne veut pas la laisser seule ici avec le bébé. »

— Une belle raison, dit Klimentiev. Mais un homme qui n'est pas un salaud laisse crever femme et enfant plutôt que de trahir !... Un homme qui occupait un poste comme le sien... »

— Et qui sait s'il n'était pas *leur* agent dès le début ? Si ça se trouve, il est peut-être du Parti et trahissait le Comité depuis des années... »

Klimentiev se redresse et se secoue comme si une guêpe lui était entrée sous le col. « Eh, dites, et si on lui réglait son compte ? J'ai gardé mon vieux revolver il faut croire que ce n'est pas pour rien. »

— Pas de blagues, sois sérieux voyons, tu ne t'en sortirais pas avec moins de dix ans, et ta femme, et ta fille ? » — Non, Sacha, ce n'est pas une chose à faire, les autorités françaises n'y comprendraient rien, ton avocat plaiderait l'aliénation mentale et tu te retrouverais au cabanon. »

— ... Et si c'était pour empêcher un salaud de livrer les héros qui, là-bas... qui luttent et risquent leur vie — ça vaudrait la peine, non ? La prison, ou l'asile, et même la guillotine, ça vaudrait la peine, non ? A quoi sert ma vie ?... à quoi je sers ? manœuvre chez Citron, c'est une vie, ça ? »

Comme il élève la voix, qu'il a puissante mais râpeuse et criarde, ses deux aînés le tirent par la manche, eh attention, tu vas ameuter tout le quartier et te retrouveras au poste — regarde, quelqu'un ouvre déjà les volets, dans la maison face au cinéma...

Klimentiev lève les yeux, soudain timide. « Une blague, Nikiphore Loukianytch, je ne vois rien du tout. Non, je ne suis pas saoul. Mais pour mon revolver c'est vrai. Je le garde tout en haut du placard à linge, pour que la gosse n'ait pas l'idée de jouer avec. Car il est chargé. *Toujours prêt !* Et ce salaud, je le descendrais en pleine rue, et en plein jour, et droit au milieu du front, si seulement je savais de quoi il a l'air... »

— Dis donc, tu as un permis de port d'arme ? » — Pour quoi faire ? personne ne sait. Tant que je l'ai je suis encore un homme. J'attends mon jour. Peut-être même ce type-là n'en vaut-il pas la peine, les Soviets s'en chargeront. Peut-être qu'il leur a déjà tout dit... »

— Mais oui, garde-toi pour une meilleure occasion : on ne te laissera pas recommencer. » Calmé, sombre, Klimentiev allume une cigarette avec son vieux briquet de cuivre, et la passe à Siniavine, puis en allume

150

une autre pour Maxime. « La troisième pour moi. On dit que ça porte malheur. Je m'en moque. »

Un homme bizarre, ce Klimentiev. Beau gars, la trentaine. Blondasse, pâle de visage, maigre mais d'une maigreur de fer. Des cheveux épais dressés en brosse au-dessus du front. Remuant, nerveux, se rongeant les ongles et se mordant parfois les phalanges. En apprenant qu'il garde un revolver chargé dans son placard à linge Siniavine se demande s'il ne faudrait pas conseiller à Mme Klimentiev de décharger l'arme, si tant est qu'elle sache le faire, les femmes sont si gourdes.

Klimentiev, Alexandre, familièrement appelé Klim, et parfois Vorochilov — car au nom de « Klim » il se trouve toujours un plaisantin pour ajouter « Vorochilov » ; et certains insinuent même que Sacha Klimentiev n'est pas beaucoup plus malin que l'illustre maréchal. On dit de lui qu'il a torturé des prisonniers, ce qui n'est peut-être pas vrai, car la médisance masculine ne le cède pas en frivolité à la féminine — ou qu'il a été torturé lui-même, ce qui est peut-être vrai mais il n'en parle jamais. Lieutenant de cavalerie, de naissance modeste mais passé par une école militaire et promu sous-lieutenant en 1915. De son bref passage à Meudon — car il allait en 1928 s'installer à Paris près de la gare de Pont-Mirabeau — on devait garder un souvenir plutôt pénible : un tonneau d'explosifs qui n'explose jamais mais menace sans cesse de le faire. Et il n'était pas le seul et loin de là à proférer des menaces contre le monde entier, notamment en état d'ivresse, mais avec lui ces menaces n'avaient jamais l'air de propos d'ivrogne.

III

FÊTES DES COURTS-CIRCUITS
ET DES COURANTS D'AIR

Georges Zarnitzine pendait la crémaillère, dans son nouvel appartement de quatre pièces..., rue Lecourbe. Ce n'était pas encore le XVIe ni le XVIIe mais à la prochaine mes amis et faute de grives. Nouvel An russe 1929, nouvelle étape dans l'ascension sociale de Gheorghi Lvovitch, tant d'invités que les quatre pièces les contiennent à peine, tant pis comme dit le proverbe russe « entassés mais non offensés », comment traduire ? pour les invités français car il y en a aussi ; dans chaque pièce une table dressée avec zakouskis, bouteilles et même bouquets de fleurs — glaïeuls, chrysanthèmes, œillets.

Des coups de sonnette toutes les minutes, exclamations de surprise ravie puis cris d'admiration ; et entassement de manteaux sur le large bahut de l'entrée et de chapeaux sur le haut de l'armoire. Et remerciements de Mme Zarnitzine devant les bouquets de fleurs ou le quatrième ou cinquième saladier.

Myrrha était venue à l'avance, vers quatre heures de l'après-midi. Avec les trois enfants. Georges, en costume bleu roi foncé en lainage si lisse qu'il donnait envie de s'armer d'une brosse pour le protéger à l'avance de toute poussière, émergeait sans cesse d'une porte ou d'une autre, mesurait en écartant les mains l'emplacement prévu pour tel meuble à déplacer, redressait les tableaux accrochés aux murs car il lui semblait toujours qu'ils étaient suspendus de guingois, et jetait de temps à autre un coup d'œil vers la grande glace au-dessus de la cheminée du salon, corrigeant du bout des doigts la ligne de ses cheveux brillantinés. Il était assez beau pour figurer sur une affiche publicitaire de la Belle Jardinière ou d'Old England, mais son menton s'alourdissait ; son nez aussi avait perdu de sa finesse ; bref, un monsieur presque imposant. Les blonds vieillissent plus vite, à trente-trois ans lui et Myrrha paraissaient avoir dépassé les trente-cinq.

Myrrha avait envoyé ses deux filles à la cuisine, où l'on avait besoin de leur aide pour disposer les sandwiches sur les plats ou pour essuyer les petites assiettes. Tala huit ans bientôt et Gala six ans et demie, de petites femmes déjà, dignes dans leurs robes à carreaux rouges et verts un peu trop courtes. Elles regardaient les dames étaler sur des rondelles de pain blanc et noir, beurre, caviar rouge, et crème d'anchois, et s'évertuaient à placer les sandwiches déjà prêts sur les plats de faïence à fleurs de la façon la plus décorative. Les dames, deux personnes d'un certain âge, étaient les plus anciennes ouvrières de l'atelier de Georges — des vétérans. Fières d'être admises à l'honneur de préparer une fête rendue possible par l'exploitation de leur capital-travail. Et c'est presque avec déférence qu'elles souriaient aux nièces du patron. L'une d'elles, pourtant, était une baronne, réputée pour son humeur hautaine dans son cercle d'amis, peut-être prenait-elle ainsi sa revanche sur une vie professionnelle malgré tout humiliante. Mais elle aimait son travail.

Les dames de la maison — Mme Zarnitzine et sa mère — s'étaient enfermées dans la salle de bains. Elles procédaient aux rites du maquillage, de l'essayage de divers colliers, de l'ajustage de bretelles sous les décolletés et des bas de soie tout neufs sur leurs longues jambes trop sveltes. Elles s'inondaient mutuellement de parfums et se couvraient les bras, la poitrine et le dos de poudre Chanel ambrée. « Il faut qu'ils tombent tous raides morts ! disait la mère. Attends, je crois que ce rouge mordoré irait mieux sur tes lèvres, la pointe de carmin juste aux coins de la bouche... et le mascara, ne crains jamais d'en mettre trop, que tes cils pèsent cent kilos, le regard *langoureux*, de quoi faire crever de rage les autres femmes... »

— Mais Georges, disait Myrrha, tu es complètement fou, je n'imaginais pas une telle orgie. On parle de crise, de récession, et toi tu t'endettes pour jeter de la poudre aux yeux à des gens qui ont vu beaucoup mieux que cela en fait de mondanités. »

— Ma fille, je fais ce que je peux, c'est l'intention qui compte. L'ambiance. La crise... eh bien, justement on ne prête qu'aux riches. Je fonde *ma* maison, je suis naturalisé, tout est en règle. Quand on a un pied dans la haute couture, ne t'en fais pas c'est l'industrie la moins menacée, Paris sera toujours Paris — pour la prochaine collection d'hiver j'aurai des contrats avec Worth, Chanel... »

— Ils ne demandent pas l'exclusivité ? » — Sotte. Pour des articles tout différents bien sûr. *Zarni*, avoue-le, ça a de la gueule — » et toutes les dix minutes environ il jetait un coup d'œil sur sa montre.

— Tes beaux-parents viendront, j'espère ? » la question est inquiète, presque menaçante. « Mais oui, je te l'ai dit ! Ilya Pétrovitch a sa crise de rhumatismes, mais *elle* saura bien le persuader... Elle m'aime beaucoup, tu sais. »

— Toi et tes illusions. Elle n'aime personne. Pas même son fils. La petite Gala, peut-être — et l'horrible fille. Tu sais — je suis sûr qu'ils sont jaloux. »

— Jaloux ? de quoi ? » — Ne fais pas la naïve. De moi, tiens. »

— Non, vraiment, je ne peux pas t'aider ? à arranger les fleurs, peut-être ?... »

Il soupirait : non, voilà le plus rageant, tout est prêt et archi-prêt, sauf les sandwiches mais les dames et mes nièces s'en chargent, et je reste là à tourner comme un fauve en cage, à me demander qui viendra et qui ne viendra pas. Après tout, c'est une occasion pour ménager des rencontres... et si certains types dont j'ai plus ou moins promis la présence me font faux-bond...

Le petit Pierre, cinq ans, lové dans un grand fauteuil de velours rouge, comme une abeille dans une rose, ouvrait ses yeux tout grands cherchant à faire pénétrer jusqu'au plus profond de son cœur l'incroyable beauté du visage de sa mère. Il la découvrait sans cesse à nouveau : aujourd'hui, avec son teint velouté, estompé par la poudre, ses lèvres de corail, la lumière douce de son long chandail rose très pâle, elle était infiniment mieux qu'une fleur. Et c'était dommage qu'elle ait fait couper l'an dernier ses longs cheveux mais cette coiffure toute en ondes cendrées à reflets d'or pâle lui allait très bien. Et ses yeux surtout : gris comme le reflet sur le cou des pigeons. Ces yeux dont il discutait avec Gala, non ils sont vraiment gris, pas bleus, sauf si elle met une robe bleue, ces yeux qu'on voudrait embrasser cent fois...

« Mais ce garçon va s'endormir dans son fauteuil, dit l'oncle Georges (il s'imaginait sans doute que les petits garçons doivent sans cesse courir et crier). On t'oublie, hein, prince héritier ? Viens, tu veux une bouchée à la pistache ? » — Non merci oncle Georges. » L'oncle l'avait déjà soulevé dans ses bras et installé à califourchon sur ses épaules. Un coup de sonnette. « Ça y est, dit Myrrha, vas-y, le défilé va commencer. » Georges va ouvrir la porte — c'est un client français, M. Salomon, avec son épouse et un bouquet de roses rouges et blanches. Ils s'inclinent cérémonieusement devant Myrrha : « ... Madame, enchanté.. » et lèvent sur Pierre un regard approbateur. — Non, ce n'est que ma sœur. Mme Thal. Mme Salomon. » Pierre est un peu gêné, devant ces gens dont il ne voit que la tête et qui contemplent ses pieds. Au coup de sonnette suivant Georges remet avec précaution son neveu dans le fauteuil rouge, tandis que Myrrha partage avec Mme Salomon une admiration courtoise pour le nouvel appartement de son frère. Ce papier à ramages argentés... Une trouvaille, et comme il se marie bien avec les rideaux vert amande... Le deuxième invité est un camarade de Georges, un nommé Pletneiev, rencontré à Constantinople, chauffeur de taxi, et parlant mal le français. « Myrrha Lvovna ! depuis combien de temps ! Vous ne cessez d'embellir ! »

« Bon, dit Georges, il va falloir que je m'occupe de mon harem. » Et il va cogner à la porte de la salle de bains. « Hé ! les stars, les femmes fatales ! Vous attendez le Jugement Dernier, ou quoi ? » Deux voix gutturales, un peu apeurées, répondent en chœur : « Oui, oui, Youra ! Nous sommes prêtes ! Une minute ! » Tiens, se dit Myrrha, il a fini par mater la princesse. Elle ne sait pas si cette constatation lui fait plaisir.

Le salon est déjà plein de monde — une quinzaine de personnes, deux fois plus d'hommes que de femmes. Madame Zarnitzine fait enfin son apparition, suivie de sa mère, et Georges leur lance des regards noirs. Ce qui est injuste, les deux femmes provoquent dans l'assistance un « ah ! » de saisissement à peine réprimé. Elles sont superbes. La jeune surtout ; elle est la plus parée des deux, tout en étant de celles dont on dit : à son âge la mère devait être encore plus belle. Elle est très longue, très mince, très brune, vêtue d'une robe de satin rouge cerise à corsage brodé d'or et jupe « en forme » qui tombe en plis flous autour de ses hanches — un châle transparent tissé en fils d'or couvre ses épaules nues et sous le châle on voit scintiller des colliers de jais et de verroterie vert émeraude enroulés en plusieurs rangs et dont les plus longs tombent jusqu'à la taille. Son visage est un masque peint par un grand peintre, en la voyant on se dit : Cléopâtre (ou la reine de Saba, ou Shéhérazade) devait être ainsi. Ses cheveux lisses, d'un brun presque noir, sont noués sur la longue nuque sinueuse en un lourd chignon. La mère est en robe noire scintillante de paillettes ; presque aussi maquillée que sa fille et encore plus brune — ses cheveux ont des reflets bleus, et du reste elle les teint. Elle a la noblesse d'allure d'un cheval de race, d'énormes yeux noirs voilés de paupières lourdes d'un brun violacé, et une bouche dont la ligne violente est accentuée par la couleur sang et pourpre du rouge à lèvres.

Elles se prêtent aux saluts et aux baisemains, la mère avec majesté, la fille avec une bonne grâce un peu boudeuse. « *Ma femme.* » M. Salomon échange un coup d'œil avec Pletneiev (dites donc !! il ne doit pas s'embêter...) « La princesse D., ma belle-mère. » La princesse évolue parmi les invités avec une raideur nonchalante qui trahit savamment la souplesse féline de son corps, ses talons de quinze centimètres et ses nattes noires roulées en diadème sur sa tête la font paraître grande, et sa belle bouche qui se contracte aux coins sans daigner sourire intimide ceux qui ne la connaissent pas. Les autres se disent : pas possible, elle est sorcière ; un vrai tour d'illusionniste. La princesse D. est une ruine, à quarante-cinq ans elle en paraît soixante-cinq. Ce soir, elle est éblouissante.

Plateaux chargés de verres circulent dans le salon qui commence à paraître petit, des groupes d'hommes heureux de se rencontrer parce qu'ils se connaissent, et d'autres heureux parce qu'ils ont fait connaissance, s'égaillent peu à peu dans les trois pièces, Myrrha et la princesse jouent le rôle de maîtresses de maison par intérim et tendent aux uns et aux autres des verres de vodka, des coupes de champagne, les prient de prendre des pirojkis, des sandwiches au caviar, au fromage, au saumon, à l'esturgeon, à l'anguille, au beurre d'anchois, au pâté, au salami, aux cèpes, au raifort, au jambon fumé, Myrrha est terrifiée, mon Dieu les pauvres femmes j'aurais dû venir le matin pour les aider. Les deux petites Thal, aidées par le fils aîné du père Pierre et par une grande de douze ans, vont et viennent avec des plateaux de petits pâtés, de verres pleins, de verres vides, et s'amusent beaucoup : il s'agit de faire boire et manger le plus grand nombre possible de gens.

Et comme des coups de sonnette résonnent toujours dans l'entrée, Georges et sa femme n'ont guère le temps de servir ni de parler aux invités. Dans le salon l'air devient bleu, presque tout le monde fume. La princesse donne l'exemple et allume une cigarette avant d'avoir fini la précédente, tout en manipulant verres, petites assiettes, sandwiches, cendriers, avec une aisance qui eût fait pâlir d'envie un serveur de chez Maxim's. M. Moreau, marchand de tissus et récent client de Zarni, se demande si cette dame n'usurpe pas son titre et si elle n'est pas une professionnelle de l'industrie hôtelière. Et Hippolyte Hippolytovitch Berseniev expose à MM. Moreau et Salomon ses théories sur les conséquences probables de la crise américaine : danger pour les grandes entreprises, mais la petite entreprise en sortira renforcée, et nous assisterons à une valorisation du travail de qualité, à une flambée d'idées nouvelles dans le domaine de la production de luxe, car dans les pays où règne l'économie libérale l'appauvrissement des masses ne fait qu'exaspérer chez les possédants le besoin de luxe, et l'insécurité pousse à la dépense plutôt qu'à l'épargne... M. Moreau Auguste, marchand de tissus en gros rue de Cléry de père en fils, fronçait les sourcils avec une curiosité sceptique et observait plus qu'il n'écoutait ce monsieur vif et sec qui dans son français de professeur de lycée pimenté par un accent rocailleux, palabrait

159

avec la visible intention de condescendre jusqu'au niveau intellectuel d'un homme d'affaires.

M. Salomon parlait d'usines lyonnaises et de commandes américaines programmées de longue date et annulées sans crier gare, — Mais cher Monsieur, l'histoire nous montre que chaque crise de ce genre s'est finalement révélée bénéfique pour les pays qui en étaient les victimes... nous tenons une belle occasion de retrouver la noblesse de l'ancien grand artisanat, les traditions des corporations médiévales... » Hippolyte Hippolytovitch était lancé, et commençait à s'intéresser pour de bon à l'avenir des industries de luxe, et même à éveiller l'intérêt de ses auditeurs, mais se voyait brutalement interrompu au milieu d'une phrase par une main s'abattant sur son épaule — ce qui eut pour effet de faire gicler sur sa main et sa manchette le contenu de sa coupe de champagne. « Polyte Polytytch ! Vous voici donc vous aussi dans cet antre de perdition ! » Aux sons de l'idiome étranger dominant dans cette assemblée les deux Français renoncent à méditer sur les corporations et cherchent des yeux la maîtresse de maison. Adossée au chambranle de la porte du salon, elle fait étalage de ses dents superbes au bénéfice de deux dames âgées. Où diable ce Zarni est-il allé pêcher une fatma pareille ? princesse mon œil ! mais, chapeau, elle vaut le déplacement.

« A vrai dire — Hippolyte Hippolytovitch se tourne vers son nouvel interlocuteur — j'ai été invité par Thal. Une assemblée tout à fait hétéroclite, mais une occasion d'observer divers types d'humanité — un écrivain en a besoin. » — Ta-ta-ta, excusez-nous ! Je tiens le gars pour un requin, mais la vue d'un *vrai* Russe qui sait se débrouiller fait toujours plaisir. Et que vient faire Thal là-dedans ? » — C'est son beau-frère. »

... Georges s'approche discrètement de Myrrha et la tire par la manche de son pull rose. « Mour. Si tu allais à la cuisine remplacer un peu ces dames ?... C'est gênant, quand même. Elles n'ont pas arrêté depuis midi. » — Oh ! mais Georgik bien sûr ! que je suis bête ! » Elle court à la cuisine, où la baronne et l'autre dame, Katerina Youlievna Tchavtchavadze, finissent de tourner la glace dans un énorme seau à palettes. « Vite, vite, mon frère vous réclame, attendez que je vous aide à enlever votre tablier. Oh ! quelle jolie robe, ces bleus, gris et mauves... » La baronne se redresse, fière, et après un coup de peigne à ses cheveux d'argent et une pointe de rouge plaquée au milieu de ses lèvres, brusquement redevenue la baronne von Hallerstein, gentiment bienveillante envers la petite Thal qui n'est pas baronne et qui est née Zarnitzine (petite bourgeoisie parvenue). Mme Tchavtchavadze s'inquiète un peu : « Il nous réclame ?... » — Je voulais dire comme invitées d'honneur, il veut présenter ses collaboratrices... » — Est-ce que Pollack est arrivé ? » — Je ne sais pas, je n'ai pas remarqué. » Celle-là, pensent les dames, ne remarquerait pas l'éléphant dans une ménagerie. Myrrha, restée seule, se met à tourner la manivelle du seau à glace, et comme la glace est déjà prise c'est terriblement dur.

Par la porte entrouverte le bruit de voix pénètre dans la cuisine, roulement de vagues sur une grève de gros cailloux, bruit continu coupé par moments de coups de sonnette et de rires masculins... et, tiens, j'entends le rire de Milou — elle en a un pincement au cœur comme si elle n'avait pas vu son mari depuis huit jours — si bon, de l'entendre rire. Une main douce frôle sa jupe, elle tressaille et se retourne. « Maman. » — Mon Pierrot ! tu m'as presque fait peur. » L'enfant lui entoure la taille de ses petits bras, frotte sa joue contre sa hanche. Et elle aurait bien envie de s'agenouiller, de le regarder dans les yeux, il est si beau dans sa jaquette de velours noir à col de dentelle, ses boucles blondes voletant autour de son visage comme des points d'interrogation lumineux. Mais il ne s'agit pas de rater la glace. « Mon chéri ma lumière. »

... On parle du dernier article de Ladislas Khodassievitch, consacré au dernier roman de Sirine. « ... Il est certain que Sirine se situe dans la lignée gogolienne... Laquelle selon certains critiques, tel Motchoulsky, serait plus riche en possibilités que l'héritage pouchkinien — et de tous les jeunes romanciers de la Russie en exil Sirine est, en apparence du moins, le plus brillant... » « La *Défense Loujine* est un grand livre. » Mais il est douteux qu'il aille plus loin. Il ne se renouvelle pas. En fait, le « gogolisme » est une impasse... »

— Attendez ! nous avons eu Biély, et même chez Leskov il y a du gogolien... » — *Très* à la rigueur — chez Leskov la veine gogolienne, baroque, est à tel point pénétrée d'une authentique passion pour les cultures populaires, pour ce qui est resté de la vraie Russie après le rouleau compresseur de Pierre le Grand... »

— Dostoïevski a *commencé* par Gogol, à tel point que dans *les Pauvres Gens* on l'a accusé de plagiat. Mais, déjà, *les Pauvres Gens* sont un anti-*Manteau*. Chez Sirine, ce qui est grave, c'est qu'il s'attarde dans le gogolisme (sans posséder le génie de Gogol), c'est-à-dire dans les âmes mortes... car jamais, notez-le, Gogol n'a créé une âme vivante et c'est ce qui rend son œuvre si terrible — et unique dans la littérature — et c'est pourquoi ses épigones sont, s'ils ne se libèrent pas de très bonne heure de son influence, des cadavres vivants. »

— Vladimir, tu es injuste ! je vais te citer... » — Oui, oui, le baroquisme et le démonisme de Gogol relèvent d'un des thèmes essentiels de la littérature russe, d'accord, et on en retrouve des échos jusque dans le Dostoïevski des grands romans, mais Sirine, justement, me semble être un Gogol sans folie, sans démons, trop « intelligent » pour débuter par *Hans Küchelgarten* (une risible bluette) et pour finir sur la *Correspondance avec les Amis...* »

— ... Ça y est, dit Georges — bras croisés il contemple son beau-frère et trois messieurs de trente à quarante ans, dont la tenue révèle le laisser-aller de travailleurs intellectuels qui arrivent tout droit de leur bureau ou de leur bibliothèque. « Ça y est les voilà partis et ils n'en finiront pas de la soirée. » Vladimir, un verre vide dans une main un sandwich au raifort dans l'autre, et de ce fait un peu embarrassé pour gesticuler, transperce de ses grands yeux brûlants et un peu absents l'homme qui lui fait face, et s'applique à lui démontrer qu'il n'y a et qu'il ne pourra jamais y avoir de « tradition pouchkinienne » car Pouchkine est le soleil et la pierre de touche qui éclaire, révèle et oriente tout ce qui est venu et viendra après... « On peut imiter tout le monde — mais personne n'a jamais pu imiter Pouchkine — ni tenté de le faire ! « classique » ? tu me fais rire ! » — Attends. Ne casse pas les chaises comme on dit, je te disais : Gogol est le seul qui ait, dans notre littérature, créé un courant absolument indépendant de la lumineuse omniprésence pouchkinienne !... »

— Eh bien, soupire Georges, résigné, j'ai été bien inspiré en demandant au cher Vladimir Iliitch d'amener ses amis littéraires... »

— Seigneur ! Il y a un Vladimir Iliitch ici ? Qui est-ce ? » — Mon beau-frère. » — Eh bien je le plains. » — Merci ! »

— Idiot, je le disais à cause de son nom. » — Ça va j'avais compris. Il n'y est pour rien. Comme il est poète je lui ai conseillé de prendre un autre prénom comme pseudonyme... Vadim ou Victor... Il ne veut rien savoir. » — Poète ? Il publie ? » — Deux plaquettes. Vladimir Thal. » — Ah oui, je connais, il me semble... »

— N'empêche que c'est gênant. Mais au fond, Georges — si l'individu en question s'était appelé Ivan Pétrovitch, songe au nombre de pauvres gens qui seraient gênés de dire leurs prénoms. » Un camarade de Georges fait observer que le malheur n'eût pas été grand, car Ivan Pétrovitch est un peu monsieur tout le monde. « Ah ! et si par hasard il s'était appelé, disons... Elpidiphore Avrélianovitch... » — Impossible : il eût changé de nom. » — Supposons qu'il ne l'eût pas fait — là une homonymie serait une coïncidence si bizarre, que l'homme n'en eût pas été plus ridiculisé qu'il ne l'était déjà par la simple bizarrerie de son nom. Tandis que Vladimir Iliitch n'est pas un nom rare, juste assez peu banal pour causer une impression désagréable... »

— Eh là, dit Vladimir, en s'approchant de la table pour prendre un gobelet de vodka, et en adressant à Georges son meilleur sourire bon enfant, on fait encore des réflexions intelligentes au sujet de mon nom ? ça prouve que vous n'avez pas de quoi parler. » — Tout le monde n'est pas d'humeur à disserter sur le soleil pouchkinien et la nuit gogolienne — tiens, je te présente mon ami Stepka — et, Stépane, sache-le, ce garçon est peut-être un fils de chienne des plus indéfendables, mais rien à faire, quand je le vois je ne lui résiste pas. » — Eh dis, c'est sérieux, combien as-tu déjà bu de verres ? Ne te crois surtout pas obligé de trinquer avec chaque visiteur ! J'étais à cent lieues de croire que tu organisais une telle tour de Babel, je vois d'ici la tête de mes parents. » — Et qu'auront-ils à redire, tes parents ? » — Mais ne te fâche donc pas, ce n'est pas un reproche au contraire ! Mon père est d'humeur hypocondriaque depuis quelque temps. »

Georges hausse les épaules — après tout, son père à lui est mort depuis neuf ans. — C'est l'âge, que veux-tu. » — Non. C'est la montée du fascisme en Allemagne. Il dit que ça le rend malade... Du reste il y a de quoi. » — Ha ! ha ! fais attention, Stepka que voici est fasciste, ou pro-fasciste, comment veux-tu que je te définisse ? Rénovation nationale, panslavisme, la Russie aux Russes ?... » — Ça va ça va Youra, tu ferais encore mieux de parler de littérature. » Stépane et Vladimir après un bref échange de regards s'éloignent de leur hôte et vont renouveler leurs hommages à la maîtresse de maison. « ... Eh bien, Sacha ! Je crois que vous nous avez tous foudroyés ce soir ! Et Dieu sait que vous nous avez déjà habitués aux sensations fortes. Appelons donc notre photographe, pour qu'il vous prenne aux côtés de l'heureux propriétaire... »

Lorsque Georges devient agressif en public on lui envoie sa femme, car il est de ces maris qui peuvent être odieux avec leur femme devant des intimes, mais devant une assistance nombreuse deviennent de vrais chevaliers du Moyen Age.

Akim Matveev, le possesseur de l'appareil photographique, tente de dégager la place, prépare les lampes de magnésium. Ah ! dommage qu'il n'existe pas de photographie en couleurs, ce serait splendide ! Mais quoi, ne fais pas de manières c'est toi le roi de la fête. — Bon, prends-la dans tes bras mais ne froisse pas trop son écharpe... » Georges casse une rose rouge dans un des bouquets et la plante dans les cheveux de sa femme. « Ma Carmen. » Elle adresse au photographe son spectaculaire sourire qui fait penser à une publicité pour pâte dentifrice.

En fait Georges n'est pas ivre mais juste un peu gai, et nerveux parce que deux ou trois invités importants ne sont pas encore là et qu'il est six heures et demie.

Messieurs messieurs écartez-vous. — Ça va, Akim, arrête, mes amis voici le plus charmant des garçons tant qu'il n'a pas son appareil photographique dans les mains... — Youra mon cher, je travaille pour la postérité. D'ici trente ans ces images seront des documents historiques. *Dix* minutes de patience ! » Le trépied du volumineux appareil est installé à l'entrée du salon. Akim est si touchant dans sa volonté d'immortaliser la fête que la plupart des personnes présentes collaborent avec lui de grand cœur, eh bien oui, écartez encore cette table, tirez le rideau pour éviter l'éblouissement de la vitre. Bon, Georges, fini de faire le joli cœur. « La princessse, la princesse ! » La majestueuse femme noire vient prendre place entre son gendre et sa fille et leur entoure les épaules de ses deux bras, les enveloppant dans son châle comme dans les ailes d'un corbeau. « Magnifique, Maria Pétrovna ! Allez, un deux trois ! Le petit oiseau. *Ne bougez pas.* »

A chaque éclair du magnésium les six ou sept enfants de l'assistance poussent des cris, comme devant un feu d'artifice. « Oh ça fait peur, oh je vois tout *vert* devant mes yeux. » La fumée bleue se dissipe lentement.

Tout le monde y passe. La famille ! La rose et pâle Myrrha aux côtés de la rouge et noire Sacha, le brun et quelque peu hirsute Vladimir à côté du blond et impeccable Georges. Et les enfants. Les deux petites filles vert et rouge, l'aînée devant papa la cadette devant maman, et le garçon sur le bras de l'oncle Georges... « Comme il lui ressemble, on croirait que c'est lui le père. » — L'aînée des petites est ravissante, une vraie miniature anglaise, dommage que cette robe lui aille si mal. »

Les ouvrières — elles sont cinq à représenter les ateliers, les plus anciennes, les plus qualifiées — les ouvrières plus le comptable et le modéliste, l'un vieux et timide l'autre jeune et gracieusement arrogant. « Mes *très* chers et précieux collaborateurs, et — place d'honneur à la baronne qui s'est si admirablement dévouée pour nous aider à préparer cette festivité... Akim, espèce d'abruti attends un peu, Daria Danilovna n'est pas encore là, allez ne faites pas la modeste ma chère où diable vous cachez-vous ?... » Un groupe d'invités s'écarte, faisant tomber deux vases de fleurs posés sur la table, l'eau inonde la nappe, les petits fours et le parquet, Georges se mord les lèvres mais fait celui qui n'a rien vu.

Monsieur Salomon et Madame, Monsieur Moreau et Madame, Monsieur Bertola et Madame, Madame Kuhlmann, Monsieur Prigent... d'autres. « Faites-moi cet honneur. Mes amis... (Gheorghi Lvovitch se met à parler la langue du pays avec un accent qui eût été impeccable sans son affectation de transformer les « r » en « gh » ce qu'il ne fait pas en russe, et qui ferait croire aux Russes qu'il est ukrainien). Mes très chers, une occasion de vous présenter mes amis autochtones qui aujourd'hui nous font l'honneur de prendre part à nos réjouissances d'exilés... et de fêter avec nous le Nouvel An russe avec treize jours de retard symbole de notre retard sur l'Occident que nous pensons bien rattraper et dépasser... » — Georges tu t'enferres », dit Vladimir. Georges écarte les bras en croix, si brusquement qu'il manque faire voler en l'air la petite toque en plumes de Mme Bertola, comme s'il voulait réunir dans une fraternelle étreinte tous les Français et Françaises présents, car il est au milieu de leur groupe et attend comme eux le « petit oiseau » d'Akim.

Georges eût peut-être longtemps continué à agacer Vladimir, Akim Stépane et d'autres — mais à ce moment-là un coup de sonnette énergique et deux fois répété retentit dans l'entrée. — C'est grand-mère ! disent les petites Thal, et Akim réussit enfin à photographier les Français.

Tala court ouvrir la porte, et Georges s'avance lui-même pour accueillir les beaux-parents de sa sœur. Le voici nez à nez avec une Tatiana Pavlovna armée d'un parapluie ruisselant d'eau, son chapeau cloche marron et son éternel manteau noir sont mouillés comme si elle n'avait pas eu de parapluie (elle le dresse toujours, obstinément, au-dessus de la tête de son mari), Ilya Pétrovitch se tient derrière elle, massif, voûté, renfro-

gné. « Enfin ! *Last but no least*[1], je désespérais déjà — »
et il reste bouche bée au milieu de la phrase, car
derrière l'épaule d'Ilya Pétrovitch il voit apparaître le
chapeau et le visage de celui qu'il n'attendait plus, le
fameux Monsieur Polin, commanditaire et intermédiaire pour les commandes américaines, qui est
devenu millionnaire et vient d'acheter un château en
Sologne avec 2 000 hectares pour ses chasses privées.

Monsieur Polin pénètre dans l'entrée et Georges
machinalement le débarrasse de son chapeau et de son
manteau. « Je suis heureux que vous ayez au moins
trouvé une minute... Sacha, viens donc ! » Polin est un
homme de quarante-cinq ans, solide, carré d'épaules,
carré de visage, vêtu d'un complet de drap fin bleu
marine ; faux col empesé, épingle de cravate en or,
chevalière en or à l'annulaire droit et montre en or au
poignet gauche, et, sous la plaque brillante de ses
cheveux ondulés et gommés, un visage dur mais qui
s'efforce de ne pas le paraître. « Très très heureux mon
cher. Je vois que la fête bat son plein. Ravi, Madame,
mes hommages. » Après un coup d'œil surpris et
relativement admiratif il se penche sur la fine main
couleur noisette de la maîtresse de maison (la sotte,
pense Georges, elle a déjà réussi à écailler le vernis de
l'ongle de son pouce droit). Myrrha sort de la cuisine
portant sur un plateau l'énorme glace enfin démoulée,
blanche et rose, garnie de crème fouettée, ornée de
fleurs en papier doré et surmontée d'une gerbe étince-
lante de cheveux d'ange qui fait penser à un jet d'eau.

Le plateau a l'air presque trop lourd pour les bras
frêles de Myrrha, et Georges manque pouffer de rire
(bien qu'il n'ait pas envie de rire) en imaginant une
scène genre « tarte à la crème » : sa sœur faisant un
faux pas, et la glace décrivant une trajectoire en quart

1. Dernier, mais non le moindre (Shakespeare, *King Lear*).

de cercle et s'écrasant en un grand soleil sur le visage et le costume de M. Polin.

Le millionnaire sourit aimablement mais ne pousse pas d'exclamation de joyeuse surprise, et Georges se demande qui, de la glace ou de l'invité de marque a droit de priorité pour pénétrer dans le salon. Il se décide pour Polin. Présentations et salutations, seules les ouvrières le comptable et le modéliste sont impressionnés.

M. Polin est ex-courtier d'assurances, français de souche, antisémite et même xénophobe, c'est pourquoi les ouvrières l'ont surnommé Pollack, ou, autre variante, Polikarpov, attribuant par raillerie son chauvinisme au désir de cacher ses origines. Et Georges se sent intimidé, son bel appartement (rue Lecourbe) lui paraît tout d'un coup minable, sa décoration de mauvais goût, son costume bleu sent la confection à dix pas, sa femme a l'air d'une vedette de music-hall de troisième ordre, sa belle-mère d'une tenancière de maison, sa sœur d'une petite bourgeoise provinciale (et que diable c'est une soubrette en tablier blanc, ou même un maître d'hôtel, qui aurait dû apporter la glace) ; ses amis — une bande de bohèmes ou de ronds-de-cuir, leurs dames des commères endimanchées, Moreau et Salomon de petits grossistes de la rue de Cléry (ce qu'ils sont en effet) et lui-même un hurluberlu prétentieux, même pas nouveau riche.

Bref, un spasme d'envie proche de la haine lui serre la gorge ; si puissante, si enivrante est l'odeur de l'argent, du vrai, de celui qui se traduit par des milliers d'hectares, des meubles d'époque, des croisières en paquebots... et par cette calme assurance de l'homme habillé et chaussé sur mesure chez les grands tailleurs et bottiers... Oh ! je te ruinerai un jour, va, si je le peux !
... en attendant, son rêve est, depuis deux mois, d'être invité par Polin à une partie de chasse en Sologne. Adolescent, il avait chassé dans les forêts de l'Oural

l'ours et le lynx — en Sologne ils n'ont pas de ce gibier-là. Le salaud, il est venu sans sa femme. Je lui revaudrai ça, et comment. Tout en se représentant lui-même en propre personne couché dans un vétuste et romantique pavillon de chasse sur le ravissant petit corps de Mme Polin de vingt ans plus jeune que son mari, Georges tentait de provoquer une conversation intelligente entre M. Polin, M. Thal (ex-célèbre avocat), Hippolyte Berséniev (écrivain et critique littéraire) et Alexis Lambert (critique d'art) les trois derniers messieurs étant des gens visiblement distingués et parlant un français irréprochable. Pourvu surtout qu'ils ne se lancent pas dans la politique. « ... Dans les Etats-Unis d'Amérique, disait Berséniev, nous nous contemplons nous-mêmes comme dans un miroir grossissant, déformant, par endroits recouvert de taches opaques... L'effet est saisissant, et le reflet parfois même embelli (comme dans la nouvelle de Tchékhov, *Le Miroir*) — mais nous ne sommes capables d'y voir que ce que nous y reconnaissons de nous-mêmes, alors que l'originalité profonde de cette civilisation reste encore pour nous un mystère indéchiffrable... et ceci justement parce que nous sommes abusés par ces ressemblances à la fois frappantes et caricaturales... » Polin écoutait avec attention, sourcils relevés, devinant qu'il y avait bien là quelque chose de juste ; mais à ce quelque chose il ne voyait pas d'application pratique. Il n'était pas un intellectuel, et Zarni lui en imposait parce qu'il était fils de professeur d'université, et parlait l'allemand, l'anglais, l'italien aussi couramment que le français.

Sur la grande table du salon, débarrassée des verres sales puis recouverte de verres propres (c'est malin, pensait Georges, toute cette verrerie dépareillée, empruntée aux uns et aux autres. La première dépense en perspective ; quatre douzaines de coupes de champagne et au moins autant de petits verres...), la princesse découpait solennellement la glace monumentale, après avoir distribué aux enfants les fleurs d'or.

Tout le monde était debout à l'exception de quelques dames âgées installées dans les rares fauteuils. Et les enfants se chargeaient du service. Le petit Pierre tirait M. Polin par le bas de son veston (devinant dans son innocence que ce Français était en quelque sorte le roi de la fête, alors que la politesse eût exigé qu'il servît son grand-père d'abord). « Monsieur ! Tu veux la glace ? » Le Français avait souri, brusquement humanisé et détendu. Il était lui-même père d'un garçon de cinq ans. — Merci mon petit gars. Votre fils ? Compliments ! » — Non, mon neveu. » Cela devenait un peu lassant : se voir sans cesse attribuer la paternité des enfants de Vladimir.

Et, comme il avait été convenu qu'on célébrerait le Nouvel An russe avec quelques heures d'avance, les coupes de champagne sont remplies et dûment véhiculées dans tout l'appartement sur des plateaux décorés par la maison Zarni. (Car la plupart des invités sont déjà retenus ailleurs pour la soirée). Il y a décidément trop de monde pour faire des discours. Vladimir fait sauter les bouchons des bouteilles et la mousse coule, scintille, déborde des verres, et disparaît sous les yeux émerveillés de Gala et d'Anissime Barnev : de la magie ! comment — est-ce possible ? — C'est comme la neige qui fond à la chaleur, explique Gala. Tu vois : les bouteilles sont placées dans des seaux pleins de glace. » — Père Pierre ! A toi l'honneur et le premier verre ! Daigneras-tu bénir notre maison ? » Pierre Barnev, plus roi assyrien que jamais, très décoratif avec sa soutane noire pour une fois propre ornée de la grande croix d'argent massif, secoue la tête avec un sourire de maître d'école indulgent. « Un temps pour tout, Georges mon cher, et hourrah ! de grand cœur pour toi et les tiens et ta maison nouvelle ! Le premier verre à la princesse, je suis ici à titre de modeste invité. » La princesse lui prend le verre des mains et le vide d'un trait.

Les coupes s'entrechoquent et résonnent doucement, dans un brouhaha de « salut » de « Prosit », de « longue vie », « vivat », « tchin tchin » à la vôtre à la tienne tant pis mon cher ma chère on s'embrasse, Georges, oubliant M. Polin applique des baisers sonores sur les joues de toutes les ouvrières, de Mme Salomon, de Stépane, du père Pierre, du vieux comptable, il va même jusqu'à embrasser Tatiana Pavlovna, qui se raidit mais sourit avec bonne grâce... C'est *tout de même* beau la jeunesse, que seras-tu dans vingt ans mon petit gars ?...

Et, dans la mesure où il se voit négligé par le maître de maison Polin commence à prendre goût à cette tumultueuse réunion où la langue française est perdue dans un sabir rauque et sonore, et en resurgit çà et là par bribes au milieu des éclats de rire. « Curieux, ce prêtre barbu et chevelu, est-il missionnaire ? » Je crois comprendre monsieur, lui dit le père Pierre, que vous revenez d'un voyage en Amérique. » C'est la dixième fois qu'on lui pose la question. « Charmante, cette réception ».

« ... Et que l'année 1929 si bien commencée nous apporte ce que nous espérons tous, et la descente dans les sphères infernales de qui vous savez... » — Non, dit Myrrha, non, je ne bois à la mort de personne, retire tes paroles. » — ... Princesse ! je vous accompagne, où est la guitare ? Laissez-vous fléchir ! »

Debout au milieu du salon, bras ballants, torse bombé, la grande femme noire rejette sa tête en arrière d'un mouvement si superbement brutal que son échafaudage de nattes risque de chavirer, et pousse un long soupir rauque, suivi d'une plainte gutturale si puissante qu'un silence se fait à l'instant même dans la salle. Et sa voix inhumaine, sa voix de cor fêlé, s'arrache du fond de sa poitrine en une mélodie savante et sauvage comme une incantation de sorcière, et il est même difficile de comprendre qu'elle chante tout simplement en russe et parle de guitares et de passion mortelle, et d'amour désespéré noyé dans le vin, et des clochettes d'une troïka sur la route neigeuse... Stépane, assis à ses pieds, pince les notes basses de la guitare, tandis que la voix de la femme se déchire en un chant qui tient du hurlement des pleureuses et du cri qui excite les chevaux lancés au galop — « *Aïe ! aïe mes chers ! Une fois encore/Une fois, mille fois !...*

Epuisée, dans un grand et théâtral geste d'accablement, la princesse incline la tête, salue d'un vague mouvement des bras, et retourne chancelante à son fauteuil sous des applaudissements qui éclatent comme une rafale de grêle. Les yeux troubles sous leurs paupières encore frémissantes. Stépane pose sa guitare, et, pliant le genou devant la princesse, lui baise la main. Georges vient à son tour s'incliner sur la grande main maigre aux ongles recourbés comme des griffes. « Tu es une magicienne belle-maman ». Elle hoche la tête d'un mouvement lent et rythmé. Du rimmel coule, comme dans une rigole, le long des plis profonds qui forment des poches sous ses grands yeux, ce qui change définitivement son maquillage en un masque tragique. Elle a vieilli de dix ans, après s'être lavée elle aura vieilli de vingt ans.

Dans l'entrée et la chambre à coucher la recherche fiévreuse des manteaux, chapeaux et parapluies a déjà commencé, Sacha ne sait où donner de la tête, tourne en rond courant vers les uns et vers les autres, ne sachant à qui il est plus urgent de dire au revoir ; et Myrrha la prenant en pitié joue les maîtresses de maison par intérim. Comme c'est gentil d'être venue... Merci encore... N'oubliez pas votre écharpe... Quel temps, cette pluie glaciale... Vous avez été merveilleuse, quelle trouvaille ce collier vert... Ce n'est pas tout à fait le jour d'en parler, dit Georges, mais, parole, je rabats de cinq pour cent sur le prix accepté par votre client. Par accord verbal. Chmulevis ne le pourra jamais, il vient de se faire retourner sa commande par la Samaritaine — tissu brûlé. « — Chmulevis est honnête bien que juif. Il a toujours livré à temps. » — Ce n'est pas pour le débiner mais il n'a pas de bons fournisseurs de tissu. C'est un brave garçon, mais il fait trop confiance à ses coreligionnaires. Moi, ce n'est pas pour parler boutique mais pensez-y quand même. J'irais jusqu'à six pour cent. » — Nous verrons dit Polin, je passerai demain voir vos modèles. Trois mille pièces. Pour deux jours de retard on risque de perdre un client. » — Avec moi vous les auriez en avance. J'engagerai du nouveau personnel s'il le faut. Quand je promets c'est une question d'honneur. » Le mot « honneur » rappelle à Polin que Zarni est, ou se dit, noble, et — par association d'idées — il demande : « Votre belle-mère est donc la princesse de... » (il avait oublié le nom, un peu compliqué).

— Oui. La princesse D. Une des plus grandes familles de Russie. Vieille noblesse : onzième siècle. »

— Une femme extraordinaire ! »

— Je vous crois ! — Georges, là, est tout à fait sincère. Une femme admirable — héroïque. Si vous saviez ce qu'a été sa vie. »

Polin qui a déjà enfilé son manteau s'approche de la porte du salon pour jeter un coup d'œil sur la douairière. Celle-ci, sa tête royale dressée haut sur son cou raide, et les mains croisées sur son châle noir, écoute d'un air grave les propos du jeune prêtre, ils se tiennent au milieu du salon telles deux statues noires.

« ... Et puis après tout, dit Georges, laissons tomber. J'en parlais comme ça. Je ne veux pas faire de la peine à Chmul il est déjà assez embêté. Ce sera pour une autre fois. » — Nous verrons cela demain. Je voudrais régler cette question avant mon départ. » (Ouf pense

Georges je crois que c'est dans la poche je touche du bois — et quelle ironie, si j'y songe : être obligé de rogner sur le salaire des gens qui ont à peine de quoi manger pour permettre à celui-ci d'ajouter quelques dizaines de milliers de francs à ses millions. Six pour cent... je suis peut-être allé trop loin. Tant pis, il faudra marchander avec Salomon pour la liquidation de son stock.) « Non vraiment, j'ai été très, très touché. Que vous ayez pris sur votre temps pour passer nous voir — une petite fête bien modeste, mais l'on est entre amis, mes respects à Mme Polin. »

Ouf ! Une fois encore. A peine la porte s'est-elle refermée sur Polin que la baronne, la Tchavtchavadze et le modéliste se précipitent vers leur patron. Eh bien ?... Il fait la moue. « Ce sera dur. Il veut augmenter son pourcentage. » — Non !! » — Dix pour cent. J'arriverai peut-être à obtenir six. » — Mais c'est du vol, dit Mme Tchavtchavadze, j'appelle cela tuer la marchandise, et pourquoi pas vingt pour cent ? » Georges hausse les épaules. La crise. C'est ça ou rien. Tant pis mes enfants, mieux vaut une mésange dans la main qu'une cigogne dans le ciel, l'essentiel est de tenir, de façon à ne congédier personne.

« Mais dites-moi, demande Hippolyte à Vladimir, cette dame est tout bonnement une Tzigane. Pourquoi votre beau-frère la présente-t-il comme la princesse D. ? »

— Parce qu'elle est une Tzigane qui s'est fait épouser par un prince D. »

— Epouser ? Diable ! Une maîtresse femme. »

— Le prince avait quarante-cinq ans et elle dix-huit. »

*

La fête terminée, l'appartement ressemble à un champ dévasté. Les parquets salis (il pleut dehors)

175

jonchés de cendre ; brûlés çà et là par des bouts de cigarettes, tachés par l'eau qui a coulé de vases de fleurs renversés, et par des miettes de gâteaux écrasées — les dizaines de verres vides, les piles d'assiettes sales, les sandwiches esseulés traînant sur les grands plateaux, les nappes blanches constellées de taches grisâtres. Deux taches de graisse noires sur le satin des rideaux. L'abat-jour en perles de verre bleues pendant de guingois sur la lampe de bronze doré posée sur la cheminée — l'air bleu à cause de la fumée des cigarettes et de la fumée des lampes de magnésium. « Quelle *cochonnerie !* dit la princesse, ouvrons les fenêtres et les volets. » La pluie glacée s'abat sur ses bras bruns et noueux couverts de poudre ambrée Chanel, et dégouline sur le rebord de la fenêtre et le papier à ramages argentés. « Voyons, belle-maman, toujours à te précipiter, pourquoi les *volets ?* Regarde-moi cette inondation ! L'enfant va geler. » — L'*enfant !* répète la belle-mère, sombre. Les volets se referment. Sacha et Myrrha se reposent dans les fauteuils de velours cerise, Myrrha tient Pierre endormi sur ses genoux.

Il est minuit passé.

Les derniers amis intimes sont partis, après un dîner pris sur le pouce et encore quelques toasts en l'honneur de la Nouvelle Année commencée treize jours plus tôt. Myrrha a voulu rester pour aider sa belle-sœur. Tous ces verres, Seigneur ! et l'argenterie. Et les meubles à remettre en place. Et les parquets ! « ... Tu ne sortiras pas de ton domaine, décidément. » Vladimir l'a laissée faire, résigné. « Ton frère devrait *tout de même* trouver moyen de se payer une femme de ménage. » — Tu n'y songes pas ! Il a bien dû dépenser mille francs pour cette fête. » Donc, les Thal étaient partis, emmenant les petites filles ensommeillées, et Myrrha a gardé Pierre. « Je veux rester avec ma maman. » « Comme fils à maman, dit son père, on ne fait pas mieux. Bon, reste, tu dors debout. »... — Je me demande, Vladimir, dit Tatiana Pavlovna en ouvrant son parapluie pour le dresser au-dessus de la tête de son mari, si cet enfant n'est pas *maladivement* attaché à sa mère ? » — Que viens-tu chercher là ? Il l'aime. J'étais pareil, à son âge. » — Oui. Mais moi, je n'étais pas *pareille*. »

Réveillées par le froid et la pluie, les petites filles sont gaies. Elles avaient cru s'amuser beaucoup à la fête de l'oncle Georges, puisque fête veut dire amusement. Et même, offrir des verres à longs pieds fins et des sandwiches pour poupées posés sur des plateaux à des tas de messieurs et de dames fort gentils avait été un jeu intéressant, et du même coup une occasion de jouer un rôle important dans un événement mémorable. N'eût été ce rôle d'adorables petites maîtresses de maison, quel ennui elles eussent éprouvé sans le savoir, à déambuler parmi les hanches et les coudes d'hommes en vestons sombres et de dames en robes de soie unie ou imprimée ! Recevant parfois sur le nez des cendres de cigarettes ; se glissant à quatre pattes sous la table pour n'avoir pas à contourner des groupes trop denses d'adultes engagés dans une discussion... Le mélange de voix masculines et féminines, russes et françaises, graves et rieuses, résonnait encore dans leurs têtes — comme le fracas des roues d'un train après un très long voyage.

Et les merveilleux et effrayants éclairs blancs de la petite lampe d'Akim Andréitch, et le chant — effrayant aussi — de la princesse D. que les grandes personnes trouvaient si beau et qu'elles, les enfants, jugeaient un peu fou... Et la beauté de la glace apportée par maman, avec sa lumineuse fontaine de cheveux d'ange... à cette glace elles avaient à peine goûté, trop occupées à servir ; elles avaient ramassé quelques cuillerées de crème fondue, sur le grand plat. Dieu qu'il faisait chaud, comme la fumée piquait la gorge, comme tante Sacha était jolie avec son écharpe d'or !

Comme on est bien, dans la nuit, à l'air pur, parmi

les filets de pluie brillant autour des réverbères, et les gouttes étincelantes dansant des rondes folles sur les flaques d'eau des trottoirs. « Papa, tu t'es beaucoup amusé ? » — Bien sûr ! » — Tu aimes beaucoup l'oncle Georges, n'est-ce pas ? » — Bien sûr ! » — Papa, est-ce que l'oncle Georges est riche ? » — Bien sûr ! » Gala demande : « Alors pourquoi n'a-t-il pas de femme de ménage ? » Vladimir sourit. Il commence à apprécier de plus en plus sa seconde fille. Un jour, pense-t-il, elle mettra les deux autres dans sa poche. Il n'en est pas jaloux pour Tala : il sent monter en lui un inavouable et égoïste attendrissement, si elle est fragile elle aura longtemps besoin de moi...

Myrrha et Sacha disposent les verres sur les tables après les avoir lavés et essuyés : il faut les trier, les répartir par groupes pour les rendre à leurs propriétaires respectifs. Myrrha en a cassé deux. Trois autres se sont brisés au cours de la réception. Sacha, en robe de chambre japonaise, les cheveux tombant dans le dos, le visage démaquillé, est à peine jolie. Ses yeux sont éteints. Ses joues et son front sont d'une couleur bistre clair, un peu grisâtre, qui semble tuer la lumière au lieu de la refléter : la peau de son visage est légèrement rugueuse, comme parsemée de sable. Et pourtant, Sacha paraît très jeune, on ne lui donnerait jamais vingt-cinq ans. Myrrha l'aime beaucoup tout en pensant qu'elle n'est pas la femme qu'il fallait à Georges. Sacha, elle, n'aime pas sa belle-sœur — d'ailleurs en dehors de sa mère et de son mari elle n'aime personne. Parce qu'elle est née princesse D. elle est, envers tout le monde, aimable et indifférente. Lorsque Myrrha a laissé tomber sur le carrelage de la cuisine deux verres de cristal, Sacha avait eu le petit haut-le-corps effrayé de la femme qui a peur d'être grondée par son mari, puis une petite moue amère : le malheur n'est pas grand, Myrrha, *elle*, on pouvait être sûre qu'il ne la gronderait pas.

« Sacha ma chérie je vais terminer cela toute seule, tu es à bout de forces, va dormir. » — Non pourquoi ? Il n'est pas tard. » Il est presque deux heures du matin. La princesse dort dans sa chambre, affalée sur son lit non défait, en dessous de dentelle noire, et ses lourdes nattes déroulées sur l'oreiller, pareilles à deux gros serpents. Son visage est barbouillé de rimmel et sa robe à paillettes traîne au pied du lit. On croirait voir une image d'un film : la vieille courtisane assassinée après une nuit d'orgie. Il ne manque que le poignard sanglant entre les deux seins, encore beaux, mal protégés par un soutien-gorge défait. De sa bouche ouverte sort un râle si puissant qu'on l'entend jusque dans l'entrée. « Elle aura froid, dit Myrrha, cherchons une couverture. » Sacha relève les coins de ses lèvres en un semblant de sourire. « Elle n'est pas douillette. » Ce qui veut dire : nous autres Tziganes sommes d'une autre trempe. La fille du prince D. met toute sa fierté princière à revendiquer la noblesse du sang maternel.

A quatre heures du matin Sacha dort dans son lit, et le petit Pierre sur les deux grands fauteuils du salon. Les rideaux verts tirés, le parquet balayé. Georges, en bras de chemise, passe en revue les bouteilles posées sur la table, espérant en découvrir une qui ne soit pas vide. Chic. Une qui n'est même pas débouchée. Je l'ouvre, tu veux ? « Ça va faire du bruit. » — Penses-tu. Je sais les ouvrir sans bruit. Prends un verre... *ma bonne vieille*, non, *ma compagne décrépite* tu te souviens ? Non, pas « décrépite », inventons autre chose pour toi... *compagne lumineuse de ma jeunesse désolée...* tu te souviens, Mour ? »

— Si je me souviens ! »

— C'est avec sa dissertation délirante sur Pouchkine qu'il t'a eue, hein ?... Pouchkine est un grand entremetteur. *Galeotto...* Voilà. Je l'ai ouverte sans bruit, mais alors de la mousse partout ! Tiens ton verre. »

Elle le prend, et les voici côte à côte sur le canapé

rouge, dos calés sur les coussins de velours, coupes de champagne encore pétillant dans les mains. — Je me sens tout vidé, Mour. Quelle minable comédie sommes-nous en train de jouer ici ? »

— Tu as le *Katzenjammer*[1]. »

— Juste. J'aime bien le mot. Je n'ai d'ailleurs pas la gueule de bois, un peu d'énervement c'est tout. C'était minable, non ? »

— Pas du tout. Il y avait de l'ambiance. »

— Tu parles. » Il vide sa coupe et va s'en chercher une autre. Il reste debout, face à sa sœur, à monologuer. « ... Ce que je te reproche, Mour — et pourtant ce n'est pas de ta faute — c'est que tu t'embourgeoises *t'empetibourgeoises,* tu trouves naturel de voir petit et de te mettre au niveau des dames de Meudon... L'humilité chrétienne, ma chère, c'est très bien au couvent, mais dans la vie sociale il faut avoir de la dignité. Qu'est-ce que papa aurait dit de cette... réception ? »

— Mais Georgik, papa disposait de moyens que nous n'avons pas. »

— Aha ! tu avoues, tu avoues ? Voilà ce que papa aurait dit : minable. Petit-bourgeois. Je fais apporter la bombe glacée par ma sœur, et laisse ma belle-mère s'exhiber comme une saltimbanque. »

Elle rit : « Georges, je n'aurais pas cru que tu pouvais manquer à ce point de sens de l'humour. »

— Papa, lui, n'avait *aucun* sens de l'humour. J'en avais peut-être un peu trop. Avec l'âge, on devient sérieux. Nous avons trente-trois ans. L'âge du Christ. Je ne suis pas croyant, mais le Christ, pour moi, ça compte — comme pour tous les Russes, je suppose. Donc, tu vois, l'âge du Christ est, pour tout homme, l'âge critique — celui du Jugement et de la Condamnation, et quand on l'a dépassé sans s'estimer vraiment

1. Gueule de bois (en allemand).

180

— car qu'est-ce que tu crois, que je m'estime moi-même ?... »

— *Katzenjammer*. Moi, je t'estime. »

— Toi ! Dis-moi plutôt qui tu n'estimes *pas*. Non, laisse-moi parler. C'est une vie de minables que nous menons, Mour, une petite vie diminuée, des métèques tout juste tolérés, sans droit à un travail à notre mesure, sans droit au travail tout court, la preuve, toi avec tes ménages à la sauvette, tu voles le pain de quelque brave baba française...

— C'est *banal*, Georges, trouve autre chose. »

— Mais non, tu n'y es pas du tout. Ce n'est pas la rengaine classique. Les plus décatis de nos humoristes l'ont épuisée depuis longtemps. Non... tu embrouilles mes idées — non, vois-tu. Je m'en veux. Pour m'être laissé prendre au jeu. Comme un gosse. Pour m'être abaissé au niveau d'un jeu social qui est peut-être *divertissement* au sens pascalien du mot, mais qui est excusable quand il s'intègre dans l'ordre d'une société donnée (n'importe laquelle d'ailleurs) mais nous, nous faisons tous semblant — et ça faisait petit-bourgeois —, mais que ce soit bourgeois, ouvrier, paysan ou même « milieu » de Pigalle, aucune importance quand les gens sont ce qu'ils sont vraiment, mais nous nous sommes *autre chose*, et venus de mondes différents, et tant qu'à nous jouer la comédie, un seul moyen : l'argent, encore de l'argent et toujours de l'argent. Le seul langage que tout le monde comprenne, et moi je me suis embarqué dans cette galère sans avoir les moyens de faire les choses comme il faut. »

— Georges. Tu sais. Je n'ai pas dormi depuis bientôt vingt-quatre heures. »

— Tu as sommeil ? »

— Non, même pas. Même plus. Donne-moi encore du champagne. Et une cigarette. » Et ils fument en silence, affalés sur le canapé, épaule contre épaule. Décoiffés, le teint blafard : éclairés par la lampe de bronze aux perles de verre dont l'abat-jour pend si tristement de côté. Ils ont éteint la grande lumière qui gênait l'enfant endormi.

— Tu as froid. » — Non Mour, je suis bien. Ecoute : tantôt, quand je préparais ma fête, je pensais à papa. Il aimait recevoir, lui, tu te rappelles ? Notre grand salon à haute cheminée en céramique bleue. Quatre mètres de hauteur de plafond. Et le lustre en verre de Venise. Et le grand tapis de Chine bleu pâle et sable. Et maman dans sa robe de dentelle grège avec ce col étroit qui lui montait jusqu'au menton. Et les invités assis par groupes autour de tables rondes en vieil acajou... Et il en était fier, papa, il plastronnait — toujours vécu au-dessus de ses moyens, sur la dot de maman, et moi... nous avions quatorze ou quinze ans peut-être... je le méprisais à cause de cela et des courbettes qu'il faisait au Recteur, et à l'Académicien Untel, à la princesse Unetelle, tu te souviens ?... »

Bien sûr ? Myrrha se rappelait. Et les fins de soirées, les invités partis, la bonne débarrassant les tables, maman — dans sa robe de dentelle grège, ses cheveux blonds relevés et bouffants au-dessus du front — en larmes dans son fauteuil à bascule aux coussins dorés. Et papa tournant de long en large dans le salon, épaules haut levées, mains dans les poches (exactement comme Georges il y a une heure), « C'est fini ! Non, j'y renonce ! C'est bien la dernière fois ! *Incroyable !* Une *cuisinière* aurait montré plus de tact ! » Sacha aussi devait en voir de belles, les soirs où Georges recevait, et c'était en partie pour cette raison que Myrrha avait décidé de passer la nuit chez son frère.

Et elle se souvenait aussi de la grande baie de leur appartement, aux vitres en verre cloisonné décorées d'iris, de roseaux et de hérons, et du vestibule au carrelage blanc, et des trois marches enneigées, et de la ruelle qui longeait le canal gelé — elle et Georges patinant sur le canal et s'essayant à imiter des figures de ballet... comme il était léger et svelte en ce temps-là, un elfe monté en graine. Un duvet blond formant une tache dorée entre le nez et les lèvres roses. La lumière tendre et froide des belles journées d'hiver de Péters-bourg.

— Tu vois... ce sont des détails. Mais un tapis chinois n'est pas une carpette de la Samaritaine. Et je me suis dit : devant *qui* papa faisait des courbettes, et devant *qui* moi, je suis obligé d'en faire ? La différence ! Ça ne te fait pas mal au cœur ? »

Elle regardait devant elle, penchée en avant, mains jointes sous le menton. — Es-tu vraiment obligé ?... Je veux dire : tu fais ce qui te plaît. Tu as plus de courage que la plupart des gens que je connais. Rome ne s'est pas faite en un jour. »

— Je sais, je sais. Et ma prochaine pendaison de crémaillère dans dix ans : un hôtel particulier ou tout au moins un appartement de huit pièces dans le XVIe. Pollack me lèchera les bottes. Et Sacha aura son manteau de chinchilla. Je ne me décourage pas, non. Je fais simplement un peu de dostoïevskisme. Le champa-gne aidant. »

Myrrha le regardait, soucieuse comme une mère qui essaie de deviner pourquoi son enfant pleure. — ... Je sais pourquoi tu es énervé. La baronne m'a dit. C'est parce que ce Polin exige six pour cent de plus sur sa commission. » Il se tourna brusquement vers elle, sidéré, puis éclata d'un rire bref qui en une seconde effaça de son esprit toute trace de « dostoïevskisme ». Mais tu n'as rien compris, ma fille ! C'est *moi* qui le lui ai proposé — et à moins que Chmulevis ait le cran d'en faire autant et il ne l'aura pas, la commande est dans ma poche. Dès demain. » Myrrha se rejeta en arrière avec un petit soupir de saisissement.

— ... Parce que Chmulevis était aussi sur cette commande ?... »

— Et comment qu'il l'était! Tout le drame était justement là. La baronne ne t'a pas dit ? »

Elle n'avait plus envie de parler, soudain très lasse. Et Georges, son accès de bonne humeur dissipé aussi vite qu'il était venu, se disait qu'après tout il n'était pas impossible que Chmul fît de la surenchère... car d'ici demain quatre heures Polin aura eu largement le temps de le contacter, et lorsqu'il s'agit d'affaires même les antisémites font plus facilement confiance aux juifs qu'aux non-juifs, ils leur attribuent on ne sait quel sixième sens, et Dieu sait que Chmulevis est un gars doué mais qui se fait toujours posséder par tout le monde — la preuve — et s'il relève le défi il ne me restera plus qu'à proposer dix pour cent ce qui serait une catastrophe... travail à perte pendant deux mois pour le seul plaisir d'avoir coulé Chmul, tout à recommencer, il faudra que le client soit *vraiment* emballé pour que Polin soit accroché. Voyons, ne te monte pas la tête, Chmul a bel et bien dit son dernier mot il me l'a juré sur la tombe de ses parents ou tout juste, en traitant Polin d'écorcheur et de malfaiteur public, j'aime mieux crever qu'accepter de tels prix, ce qui veut dire qu'il les accepte mais n'en rabattra plus un sou.

Courage, courage, si l'affaire se fait demain, lundi nous fêtons cela dans l'atelier. Pour vingt... Voyons, vingt-deux personnes il faudra dix bouteilles. Du mousseux. Et là au moins on s'amusera *pour de bon*.

D'avance, il sourit de plaisir. « Mour, ma *compagne lumineuse,* tu dors ? Allonge-toi. » — Et toi ? » — Il y a de la place pour deux. » Ils s'étendent sur le divan rouge, côte à côte, enlacés comme deux enfants. Ils ont oublié d'éteindre la lampe aux perles bleues qui, de la cheminée, projette ses rayons lunaires jusqu'au divan.

Le jour est levé. On le devine même à travers les rideaux tirés et les volets fermés. Pierre se demande pourquoi le plafond est si haut et si propre, et pourquoi des rayures blanches sortent du haut de l'armoire pour s'étaler sur le plafond. Il est couché dans un lit de velours rouge aux rebords pareils à ceux d'un berceau, et il rêve qu'il est devenu un prince, sa vie de Pierre Thal n'était qu'un rêve, voici, il se réveille dans son palais, et tout à l'heure des dames en crinoline et en perruque blanche viendront s'incliner devant lui ; portant sur un plateau d'or des abricots, des pêches et du sirop de grenadine... oh non, non, j'ai peur, je ne veux pas être prince, je veux maman.

Il s'assied sur les coussins de velours, se frotte le visage des deux mains, comme pour faire rentrer dans sa tête sa vie de la veille. Beaucoup de bruit. Une forêt de pantalons d'hommes. Des robes de dames... tante Sacha avait des oiseaux d'or sur sa poitrine couleur de framboises mûres, tante Sacha... bien sûr, je suis chez l'oncle Georges !

S'extirpant du lit formé par les deux fauteuils, il descend à terre. On l'a laissé seul, on l'a oublié, la chambre est silencieuse, obscure et déserte. Il s'approche du divan. Non, il n'est pas seul. L'oncle Georges et maman sont là, endormis, et il les entend respirer. Maman a la tête appuyée contre la chemise blanche de l'oncle ; et le long bras de l'oncle entoure le cou et le dos de maman.

Pierre les regarde. Il ne comprend pas pourquoi il a mal tout d'un coup — tellement mal parce qu'il comprend qu'il est trop petit et ne pourra jamais dormir ainsi avec maman, l'entourant de ses bras comme si elle était son enfant, et l'envie le prend de saisir le bras de l'oncle Georges, de le repousser, de le casser... Non, il n'est pas de taille, l'oncle Georges qui est grand et fort va le soulever en l'air et le jeter par la fenêtre... Il crie : « *Maman !* » et les deux autres se réveillent en sursaut, se redressent ; oh mon Dieu Pierrot tu m'as presque fait peur...

Georges va ouvrir les volets, et Pierre, blotti contre

sa mère, le regarde — pas très rassuré. La chambre est claire et blanche tout d'un coup. « Tiens, il a neigé, viens voir, Pierre. » Pierre s'agrippe des deux bras au cou de sa maman, avec un cri. « Non! non je ne veux pas! » — Il a peur, il a dû faire un cauchemar. Je suis là mon chéri. Allons à la cuisine, on va faire du thé. »

Ils sont trois à boire du thé au lait et à manger les restes des sandwiches. « Mes femmes dorment, laissons-les dormir. J'aurais bien dormi moi aussi, sans ce bandit qui nous a réveillés. »

— Oncle Georges. La vieille est *aussi* ta femme? » Les deux autres rient. « Tu sauras cher neveu que dans les pays où nous vivons un homme ne peut avoir qu'une seule femme. Mais si je voulais en avoir une deuxième je ne prendrais pas une vieille. » — Georges, voyons. » — Eh quoi, il est un homme. N'est-ce pas, brigand? Tu aimerais, toi, avoir deux femmes? » Pierre s'imagine que l'oncle lui offre sa femme et sa belle-mère. — Non, j'ai déjà maman. »

— Ha! ha! fais attention, Mour. Il a le complexe d'Œdipe. »

Pierre s'installe sur le divan et se met à feuilleter un gros journal où sur chaque page on voit une dame qui sourit. Toutes habillées de façon différente, ce doit être un jeu, il ne sait lequel.

— Ce garçon, dit Georges, est bien la seule chose que j'envie à Vladimir. » Pierre, lassé de regarder les dames en manteaux de fourrure en longues robes, robes courtes et nombreux colliers, passe dans la cuisine. « Tu ne crois pas qu'on le néglige un peu, dans votre tribu matriarcale? Il n'y a que le vieux qui s'occupe quelquefois de lui, noblesse oblige. » — Et moi. »

Pensif, Georges garde les yeux fixés sur la porte. « *Un fils.* »

— Est-ce que... est-ce que Sacha ne *peut* pas?... »

— Oh que si, elle *peut* ! J'en sais quelque chose. Trop tôt. J'ai tout mon temps. »

— Je ne crois pas qu'il soit trop tôt. Après six ans de mariage. »

Il rallume une cigarette et se met à contempler la table, comme s'il comptait et recomptait les douzaines de verres de champagne. « Mour. Vois-tu. Je te le dis, mais alors, je le jure, pour ne plus le répéter jamais. Je n'ai pas très envie d'avoir des enfants avec Sacha. »

— Mais... avec qui, alors ? »

Il hausse les épaules. « Je n'en sais rien. Avec personne si ça se trouve. C'est — c'est peut-être terrible à dire, mais je ne me sens pas d'humeur à devenir l'ancêtre d'une tribu de Tziganes. »

Myrrha eut un soupir horrifié. — Quelle honte, Georges ! Le prince D. a été plus généreux que toi. »

— *Quod licet Jovi*[1]... Ce qui est permis au prince D. ne l'est pas forcément à Gheorghi Zarnitzine. Nous sommes déjà assez abâtardis par la vie que nous menons ici. »

— En somme... », elle baisse un peu la voix, « ... tu ne l'aimes donc plus ? »

— Mais si, je l'aime ! Je ne la trompe même pas — de petites passades, *vraiment* pas grand-chose. Tiens — on raconte que je couche avec mes employées. C'est idiot : je n'y ai pas intérêt. *Du lieber Gott*[2] ! Assurer la bonne marche du travail dans trois ateliers est une pénitence que je ne souhaiterais pas à mes ennemis (façon de parler ; j'adore ça), et s'il fallait encore s'embarrasser de drames, larmes, crêpages de chignons, tentatives de chantages et maris jaloux... »

— Qui sait ? tu adorerais peut-être cela aussi... », ils se regardèrent un instant et pouffèrent de rire.

1. Ce qui est permis à Jupiter (ne l'est pas à un bœuf) (proverbe latin, fréquemment cité en Russie).
2. Bon Dieu !

— Non, je te jure. Pour moi, une employée, fût-elle Greta Garbo, est sacrée. Et les femmes apprécient cela, tu sais. Même celles qui ne demanderaient pas mieux. Sacha se fait des idées... Et puis, tu sais comment elle est : pas moyen de parler d'autre chose que de chiffons. Aucune instruction, et notre aristocratie n'a jamais été bien brillante sur ce plan, langues étrangères, piano, aquarelle et les belles manières — et puis, leur malheur leur a tapé sur la tête. J'ai essayé de faire son éducation. Lui donner des livres à lire, l'emmener dans les musées... Tiens, l'autre jour elle me demande dans quelle partie du monde coule le fleuve Léthé... pas mal ? et même poétique, comme idée. Je l'ai embrassée, que pouvais-je faire d'autre ?... Bien sûr que je l'aime ! Peut-être plus que je ne crois. »

— Et alors ? qui t'empêche ?... »

— Tu y reviens. Oui, c'est dégoûtant de ma part, d'avoir dit ce que j'ai dit. Mais je le pense. Un *sang* drôlement fort. Elle n'a hérité du prince que son nez et ses mains, et son art de savoir se taire. Pour le reste, elle est tzigane jusqu'aux pointes de ses cheveux. Il y en a qui pensent que je l'ai épousée pour son titre... et il y a peut-être de cela, je ne dis pas, le titre a servi d'excuse... Mais j'étais salement mordu si tu t'en souviens, et la vieille était coriace. Avant la cérémonie pas question de toucher à la fille fût-ce avec le bout d'un parapluie. Tiens je te raconterai ça un jour. Comment elle marchandait Sacha à un Américain, l'Amérique était à la mode en ce temps-là. Je n'avais pas le sou. Nous nous regardions avec des yeux languissants à trois mètres de distance. »

« Elles sont réveillées », dit Myrrha. De la cuisine parvenaient les sons de basse fêlée, coupés de contraltos — la fameuse voix tzigane. « Allons les voir. » — Rien ne presse. » — Mais *si*, Georges. » Bonjour, « bon matin » et embrassades. Pierre, qui joue par terre avec des bouchons de bouteilles de champagne, est fasciné

188

par la transformation de la reine noire de la veille en vieille sorcière. « Dis donc, Youra. Tu n'as pas oublié que nous sommes invités chez les Trediakov cet après-midi ? » — Allez-y sans moi. J'ai rendez-vous à l'atelier avec Pollack.

— Un dimanche. Si ce n'est pas une honte. » — Et tant qu'à faire, qu'attendez-vous pour aller à la messe ? » — *Gueldéboua*, comme disent les Français. Tu as donc fini par l'avoir, ton Pollack ? » — Je le saurai ce soir. Jette-moi un bon sort. » — Ah non, mon cher. Débrouille-toi. Tu peux très bien te défendre tout seul. »

Myrrha s'arme du balai-brosse, d'un chiffon de laine et d'une boîte d'encaustique. Ah non, Sacha, ce travail-là ça me connaît. Laisse-moi faire... En vingt minutes le parquet sera impeccable. A vous y mirer ! La princesse emballe les verres, un par un, dans du papier de soie.

— Et Chmulevis, là-dedans ? » Georges hausse les épaules. « Il n'en mourra pas. » — On en parlera. »

— Laissons parler. »

— Moi, dit Myrrha, j'aime bien Chmulevis. »

— Mais moi aussi, chère sœur ! Seulement vois-tu... Et je le dis parce que tu n'es pas cancanière, ni belle-maman non plus : il ne tiendrait pas le coup long-temps, de toute façon. Tu sais pourquoi il a eu ce scandale avec la Samaritaine à cause de la soie brûlée ? parce qu'il a été obligé de racheter un stock douteux au quart du prix, je ne dis pas qu'il *savait* que la soie était brûlée, il croyait au miracle — il s'était trouvé à sec, et tu sais pourquoi, parce qu'il est un flambeur. Le poker. Et, dans le commerce, ayez tous les vices, alcool, femmes, n'importe quoi, mais le joueur est un homme perdu. Je toucherais plutôt une barre de fer chauffée à rouge qu'un paquet de cartes. Je sais ce que c'est, j'ai joué aussi, dans le temps. A Constantinople, tu t'en souviens, Mour. »

— Tu ne perdais pas souvent. » A peine eut-elle parlé qu'elle se sentit prête à rentrer sous terre, car le visage de Georges était devenu rouge comme la crête d'un coq.

Il ouvrit la bouche ; puis, renonçant à répondre, se précipita vers la cheminée et se mit à redresser l'abat-jour aux perles bleues... Comment ai-je pu ?... — quelle bassesse. A cause de la présence des deux femmes elle n'osait lui demander pardon.

Un souvenir pénible. Cette baraque de bois, froide et humide, perchée sur la côte dans le quartier de la Corne d'Or, et elle-même enceinte, affamée, souffrant de douleurs aux reins... et Georges lui apportant pour la troisième fois une liasse de billets de vingt dinars. Elle lui avait reproché son *trop* de chance au jeu ; furieux, il avait répondu que seuls les imbéciles jouent pour perdre. Cette scène qu'elle lui avait faite, ses larmes de fille gâtée à qui quatre ans de malheurs divers n'avaient pas encore appris à comprendre qu'un homme est plus facilement tenté qu'une femme — emporte ça et que Vladimir ne se doute de rien ou j'en mourrai de honte ! Elle pleurait, ô dérision, à Constantinople, en 1920, après Brest-Litovsk, Petlioura et Bela Kun. Georges était reparti en silence, il avait eu la délicatesse de ne pas lui laisser un seul dinar, il était allé faire la noce sur le port avec ses camarades.

Georges, j'ai blessé en toi le gamin de vingt ans qui fût mort de honte à l'idée de passer pour un Schuler (tricheur). Pardonne à la femme futile que je suis, quoi que tu fasses je ne te juge pas. Ne te juge pas trop durement toi-même.

Il est facile de n'avoir rien à se reprocher quand on gagne sa vie en faisant des ménages. — Pierrot, nous rentrons. » — Je vous accompagne jusqu'au métro. » Sur les trottoirs, les flaques de boue noire sont bordées, le long des murs, par des bandes échancrées d'un blanc aigu qui se givre et bleuit. — Je t'ai choquée, hein ? Tu sais, l'artisanat libre est une jungle. Tout est permis, et au bout de six mois on ne t'en veut plus. Tout le monde joue le jeu. »

— Tu ne m'as pas choquée. »

— Dis à Vladimir que j'ai été très touché. Pour ses parents. Passe me voir plus souvent. »

Dans le métro Pierre demande à sa mère : « Tu aimes beaucoup l'oncle Georges ? » — Bien sûr ! »

— Plus que papa ? »

— Non. De façon différente. Tu vois : suppose que je sois une jacinthe dans un pot de fleurs. L'oncle Georges est comme le terreau et papa est comme le soleil. »

Pierre ne comprend pas tout à fait et plisse le front pour réfléchir. — Et moi ? »

— Toi aussi tu es un soleil. J'ai quatre soleils. »

— Et un seul terreau ? »

Il est jaloux de Georges, pense-t-elle. « Vois-tu, Pierrot. Le terreau... j'avais moi aussi un papa et une maman, et une très chère Fräulein. Ils sont morts. »

Pierre se souvient vaguement des offices funèbres à l'église de Meudon, pour la grand-mère-morte-en-Russie. Et aussi de l'office à l'église luthérienne — l'été dernier — une église triste et grise sans icônes, sans cierges, sans jubé, sans vrai « batiouchka » ; pleine de chaises pour s'asseoir. Maman sanglotant tout haut, et l'oncle Georges se mouchant très fort. *Fräulein.* Il n'y avait à la maison aucune photographie des parents de maman, ni de Fräulein. Il y en avait beaucoup, de la famille de papa.

Dans leurs pérégrinations ils n'avaient rien pu sauver. Papiers volés, perdus, brûlés, pas même une boucle de cheveux dans un médaillon. Des lettres, envoyées de Russie. Maman, Dieu sait pourquoi, n'osait pas envoyer de photographies. ... Une si belle femme, maman, bien plus belle que Tatiana Pavlovna. A moitié italienne... « Tu sais, Pierrot, que ma grand-

191

mère était née à Venise ? » — Venise ? » — C'est une
très belle ville où à la place des rues il y a des canaux. »

*

« *Nos ancêtres les Gaulois avaient les cheveux
blonds...* » Les filles en tabliers noirs, coudes sur la
table, nattes tombant sur le livre, récitent tout haut,
pour mieux retenir. « ... Ce n'est pas vrai, fait observer
Tatiana Pavlovna, qui se rapproche de la lampe de
bureau pour enfiler son aiguille. Les Gaulois étaient
des Celtes. Les Celtes sont bruns. »

— Mais c'est écrit dans le livre. »

— Tout ce qui est écrit dans un livre n'est pas
forcément vrai. » Les filles échangent un regard : *qui*,
de la grand-mère ou du livre, faut-il croire ? Elles
supposent que le livre est le mieux renseigné des deux,
mais Gala demande : « Et pourquoi aurait-on écrit
cela, si ce n'est pas vrai ? »

— Les « Gaulois » qu'on voit sur votre image sont
en réalité des Germains. Les auteurs du livre étaient
des ignorants. » Les filles se regardent une fois encore,
perplexes et choquées.

— Mais enfin, grand-mère, demande Tala, quand
nous réciterons la leçon, que faudra-t-il dire ? qu'ils
étaient bruns ou qu'ils étaient blonds ? »

Tatiana Pavlovna lève en l'air sa main et son
aiguille. — Ah ! bonne question. Que ferons-nous, mes
enfants ? souffrirons-nous au nom de la vérité ? »

— Peut-être, suggère Gala avec un petit sourire,
pourrons-nous dire qu'ils étaient châtains ? »

— Ah ! ma fille sérieuse qui se moque de moi (elle a
l'air ravie) ! Ecoutez, mes colombes : dites « blonds »
pour ne pas mériter de mauvaise note, et pensez
« bruns ». L'essentiel est de *savoir* ce qui est vrai. »

— Grand-mère, dit Gala, la joue appuyée sur la
main, les yeux tranquillement provocants — est-il

vraiment si important de savoir quelle était la couleur des cheveux des Gaulois ? »

— Ah ! là, tu me fais de la peine, ma trop maligne. Tu connais le proverbe français : qui vole un œuf volera un bœuf ? Qui accepte l'inexactitude dans les petites choses l'acceptera aussi pour les grandes. Et là, ça peut devenir *très* très grave. »

Les filles reprennent la suite de leur leçon d'histoire ; un peu troublées. Pourquoi apprendre, si le livre est écrit par des ignorants ? Et s'il est permis de mentir pour ne pas mériter de mauvaise note — non !

— Grand-mère, dit Gala. Grand-mère. » — Ma chérie ? »

— Je ne comprends pas. Qu'est-ce qui est plus important : la bonne note ou la vérité ? »

Et, devant le petit visage ferme, vers elle levé, Tatiana Pavlovna après un vain effort pour ne pas détourner les yeux se rejette légèrement en arrière, éloignant son visage à elle du halo de lumière projeté par la lampe. Vaincue, et se sentant petite et mesquine ; vaincue, et, comme le pélican, heureuse de l'être, eh oui, j'ai été abîmée par la vie, mais toi ma chérie tu es intacte, ô reste-le toujours !

Elle se lance dans une explication embarrassée, après tout il existe plusieurs théories, on a longtemps cru à la blondeur des Gaulois, le type celtique est plus vraisemblable, mais ce n'est peut-être pas une vérité absolue, donc il vaut mieux ne pas offenser les maîtresses... Les filles comprennent que la « vérité » n'est pas une chose simple et claire, il y a du reste longtemps qu'elles l'ont compris.

Les filles sont en « Classe Verte » (10ᵉ et 9ᵉ) Tala parce qu'elle est en « vert liseré » (9ᵉ) avale une double ration de leçons d'histoire et de géographie, et apprend que Louis XIV était le « Roi Soleil ». — C'est comme saint Vladimir ? » demande-t-elle.

— Si tu veux, mais Vladimir vivait sept siècles plus

tôt. » — Ah ! dit Tala, tout heureuse, donc les Français ont copié ça sur nous ? »

— Oh, non, ma chérie... Nous, nous avons beaucoup copié sur les Français, mais eux ne se sont jamais donné la peine d'en faire autant pour nous... Et puis, qui sait ? (Elle a un sourire en coin, léger et amer.) Maintenant, ils sont peut-être en train de s'y mettre ?... »

— Oh ! dit Gala, intéressée. C'est bien. Qu'est-ce qu'ils vont copier sur nous ? »

— Le bolchevisme. » Les filles éclatent de rire.

Grand-père, derrière son bureau placé au fond de la pièce, travaille toujours sur ses piles d'enveloppes. Il en froisse une, la jette dans la corbeille à papier, et pousse un soupir excédé. « Tania. Tu ne peux pas laisser ces enfants apprendre leurs leçons ? Elles ne cherchent qu'un prétexte pour bavarder. Elles ont de qui tenir. »

Tatiana Pavlovna se lève et va mettre les pommes de terre sur le feu. Encore trois paires de chaussettes de reprisées ; mais cela devient de plus en plus difficile, il me faudrait des lunettes. Comme à une vieille femme, oui ma chère. A la fin du mois je demanderai de l'argent à Vladimir.

Myrrha, sur le pas de la porte, secoue son manteau trempé. « Mes enfants quelle averse. On dit que les berges sont inondées. On parle de couper la circulation des trains entre Javel et les Invalides. » Tatiana Pavlovna met un doigt sur sa bouche et désigne du regard son mari. Myrrha chausse ses pantoufles, et de ses yeux las et inquiets inspecte la vaste pièce sombre, comme pour deviner par quelle tâche urgente il convient de commencer la soirée. Repassage ? trop tard. Secouer le poêle, vider les cendres ?... plier le linge séché, rallonger la robe de Tala, je peux au moins faire le bâti... après la fatigue de la journée il lui est difficile de s'arrêter, elle est comme une bête traquée qui, ayant échappé aux chasseurs, ne peut ralentir et court toujours. Elle vient de passer trois chambres à la paille de fer. Les Vogt font le grand ménage, pour la fête de sainte Tatiana. — Nous avons deux Tatiana à la maison, nous aussi, il faudrait penser aux cadeaux. « Vladimir est en retard. » On met la table, les filles rangent leurs livres, Pierre fait tourner sur le parquet des toupies fabriquées avec des ronds en carton et des allumettes taillées.

— On ne l'attend pas, décide Ilya Pétrovitch. Mets-lui sa part de côté. Tu ne crois pas ?... » Il échange avec sa femme un regard soucieux qui signifie : « qu'il s'attarde dans un café pour boire avec ses copains », mais Tala comprend tout autre chose. Elle ne peut détacher de la porte un regard qu'elle voudrait rendre fort comme un aimant — qu'il attire papa, qu'il fasse que la porte s'ouvre, qu'il fasse au moins qu'on entende un raclement de chaussures sur la grille de fer devant la dalle de pierre de l'entrée, ô qu'il vienne mon Dieu, que ce ne soit pas pour ce soir-ci, je promets de ne plus être jalouse de Suzanne du Mail, je promets de ne plus chiper de morceaux de sucre.

La porte s'ouvre. C'est Goga Lubomirov, les Thal le reçoivent avec une cordialité que Tala juge déplacée, car pour elle la déception est si vive que l'ami de papa lui paraît haïssable. « Tiens, je pensais trouver Vladimir ». — Il ne va sûrement pas tarder. Venez donc. Tala, va chercher une assiette pour Goga. »

— Les berges sont inondées. Et ça monte toujours. Il paraît que la Seine est sortie de son lit à Montereau. »

— Eh bien, Goga, demande Ilya Pétrovich, est-ce bientôt le mur, pour Trotzky ? » (le mur, les enfants le savent, veut dire : être fusillé). — Dieu sait. Trotzky est trop connu en Occident. » Et pourquoi veulent-ils tous mettre Trotzky au mur ? ce n'est pas chrétien, et... si tant est que l'on puisse comprendre quelque chose... Trotzky est moins mauvais que Staline. « ... Décidément, Vladimir est en train de se dévergonder. Je parie qu'il est au *Sélect*, et ils n'y boivent pas que du café. » — Après tout, dit Myrrha, c'est très sympathique, leurs réunions au *Sélect*, vous savez. » — Vous y avez assisté ? » — Non, mais il m'en parle. » Goga n'aime plus Montparnasse, il est depuis quelque temps devenu sérieux et politisé, sous l'influence d'une dame bulgare, belle, et socialo-anarchiste.

Il était venu pour voir Vladimir et ne sait trop quoi dire aux vieux. « A propos, j'ai rencontré devant Dupont-Latin votre amie Mlle Delamare — elle m'a dit que sa demande de naturalisation était en bonne voie... » — Elle l'aura, dit Tatiana Pavlovna. Je ne crois pas qu'elle puisse compter sur une chaire, les Français sont bien trop misogynes, mais elle peut être nommée chargée de cours à titre permanent. C'est moi qui l'y ai poussée... »

... Pourquoi, se demande Tala, parlent-ils de cette Tassia, elle *sait* que cette femme porte malheur. Sinon pourquoi serait-elle toujours vêtue de noir ? Elle a un nez de sorcière et papa a l'air fâché quand il la voit — et si vraiment elle était une espionne comme l'avait dit Micha Souvarine ?... Toujours rien, la porte est toujours immobile et silencieuse, ça finit par donner mal aux yeux. « Au lit, les enfants. » Tala s'accroche à sa mère, et supplie, à voix basse. « Maman. Je veux attendre que papa soit rentré. » — Bon. Lave-toi et installe-toi au bout du divan, si tu t'endors je te réveillerai. » Tatiana Pavlovna a déjà compris.

— Non, ma petite fille. Tu feras comme ta sœur et ton frère. Vous êtes trop faible, Myrrha. »

— Mais — elle y tient vraiment. »

— Elle le croit — parce que vous lui cédez. Vladimir est capable de rentrer par le dernier train. » Tala, pour ne pas causer d'ennuis à sa mère, dit : « Après tout, j'aime mieux monter. »

Et, dans son lit, elle enfouit son visage dans l'oreiller

et se bouche les oreilles comme si de cette façon elle pouvait empêcher les images effrayantes de se précipiter dans sa tête. Papa saisi, bousculé, frappé, seul au milieu d'hommes noirs... Il est peut-être déjà loin, sur un grand bateau perdu en mer, jeté tout au fond d'une cale sur un tas de charbon. Ils vont le mettre contre le mur. Il ne reviendra plus, j'aurai beau regarder la porte, des jours et des jours... Ils sont là. Les hommes noirs. Un taxi noir. Personne dans la rue, il ne peut pas appeler — elle s'endort dans les larmes : pleurer fait du bien, elle a moins peur.

Le matin, les trois enfants sont assis sur le lit de leurs parents, maman est descendue préparer le café. Allez, enveloppez-vous dans les couvertures, vous prendriez froid. Papa est là comme tous les matins, vêtu de son pyjama à rayures vertes, et le menton bleu-gris. — Ça pique, ça pique ! dit Gala en riant. Si tu ne te rasais pas, tu aurais une barbe comme le père Pierre ? » — Plus longue ! Elle me descendrait jusqu'aux genoux. » — Comment le sais-tu ? demande Gala. Tu as essayé ? » Papa pouffe et s'étrangle de rire, et ne parvient plus à s'arrêter.

Ils rient tous les quatre... Tala, pourtant, n'est pas tout à fait réveillée de sa tristesse de la veille. Elle en veut presque à son père d'être si gai. Serrant autour de ses épaules les coins de la grande couverture en molleton violet, elle reste blottie au pied du lit et regarde les deux cadets jouer à la main chaude avec papa — quels bébés. — Louli. Tu m'en veux d'être rentré si tard ? »

Elle soupire. — J'ai eu peur. Je croyais qu'on t'avait enlevé. »

— Quelle idée. On n'enlève pas les hommes. »

— Ils ont bien enlevé le papa du petit Koutiépov. » (Le petit Koutiépov était un ami des A., et venait jadis jouer avenue de la G... A peu près de l'âge de Tala, un blond plutôt fluet, qui, quand on lui demandait son

197

nom, disait : Je suis Koutiépov ! comme il eût dit : je suis fils de roi.)

— Tu y penses encore ? Mais petite sotte, le général Koutiépov était un homme très connu. »

— Et toi ? » — Je ne le suis pas. »

— Mais tu es poète. » dit Tala. Gala, sentencieuse, déclare « On n'enlève pas les poètes. »

— Tiens, et pourquoi donc ? » demande le père.

— Parce qu'ils ne sont pas dangereux ! » et papa rit de nouveau. Ravi. Cette fille est, décidément, *quelqu'un.* — Aha ! et tu aimerais que je sois dangereux ? »

Gala réfléchit, très sérieusement. Roulée dans sa couverture dont seule la tête émerge, elle a l'air d'une potiche astèque. Avec son visage rond, durement taillé, encadré de deux nattes brunes.

— Si tu étais dangereux tu serais très fort. »

— Et d'après toi, je ne suis pas fort ? » Elle baisse les yeux.

— Je ne sais pas. » Il se sent tout de même un peu, un tout petit peu, humilié. L'inconvénient de vivre avec les grands-parents. L'image du Père manque de majesté, si ledit père est sans cesse rappelé à l'ordre par deux personnes éminemment respectables.

Et les filles s'en vont à l'école après des baisers à tous les adultes. Vladimir se rase, penché au-dessus de l'évier pour se voir dans la petite glace suspendue un peu trop bas, pour que les femmes puissent s'y mirer. Pierre, attristé comme il l'est chaque matin par le départ de ses sœurs, tourne en rond en regardant les adultes s'affairer à des tâches où il n'a aucune part. « Papa. J'ai le complexe d'Œdipe. »

Vladimir est si interloqué que sa main fait un saut brusque et le rasoir lui entaille profondément la joue ; le sang coule. « Oh ! m... et m... ma chemise est fichue ! » Il se retourne et baisse les yeux vers l'enfant.

— Tu as entendu, papa ? » Ils avaient tous entendu et

poussé des exclamations. — Pierre, voyons ! s'écrie la grand-mère. Qu'est-ce que cela veut dire ? »

Il réfléchit un instant. « Ça veut dire : être un fils à maman ?... »

— Seigneur ! qui t'a raconté des choses pareilles ? »
— L'oncle Georges. »

— Tu sais bien que ton oncle aime plaisanter. » Pierre se demande en quoi peut bien consister la plaisanterie. Papa semble amusé, malgré la longue estafilade qu'il éponge de son mieux avec des mouchoirs. Mets-y de l'eau oxygénée. Du coton hydrophile.

— Je t'ai toujours dit que ces grands rasoirs vieux modèle étaient dangereux. » C'est là un fréquent sujet de discussion entre le père et le fils, car Ilya Pétrovitch a parfois la main tremblante, ou a peur de voir ses mains perdre leur fermeté. Il préfère les rasoirs nouveau modèle, et l'obstination de Vladimir à se servir du vieux rasoir lui paraît être un inutile défi à sa vieillesse. Donc, l'accident lui fait presque plaisir.

Pierre, avec son complexe d'Œdipe, ne se sent pas très fier de lui : il a forcé papa à se blesser, et la vue du sang, rouge à faire mal aux yeux, le fascine. Myrrha dit qu'il faudrait coller une bande de sparadrap, Tatiana se demande même s'il ne faut pas faire recoudre la plaie par un médecin. « Tu auras une cicatrice pour la vie ». Pour la vie, mon Dieu ! pense Pierre.

... Tout de même, Myrrha, votre frère devrait... Myrrha pourrait discuter. Dire que Georges est loin d'être le seul à parler à tort et à travers devant les enfants. Mieux vaut se taire. Sa belle-mère soliloque, chez elle c'est un don naturel. « ... Je trouve que c'est dommage, oui dommage, qu'un garçon comme lui — fin et cultivée et de bon milieu pétersbourgeois — se soit ainsi fourvoyé avec des gens douteux... à cause de ce mariage rocambolesque, car je suis sûre qu'il est au fond un faible et se laisse mener par sa belle-mère... » Myrrha serre les lèvres pour ne pas sourire, oh ! pas *lui*, pense-t-elle, vous jugez des autres belles-mères d'après vous-même... « Vos filles grandissent et je ne crois pas que l'exemple de votre belle-sœur... » — J'aime beaucoup ma belle-sœur. » — Aimez qui vous voulez c'est votre devoir de chrétienne, mais j'ai vu l'autre jour Tala regarder cette jeune femme bouche bée d'admiration, et vous ne voulez pas qu'elle se mette à rêver de rimmel, de fards gras et de colliers en toc et de robes de carnaval ?... » (À quoi bon lui expliquer que ces fards et ces robes brodées sont à la mode ?) « ...Car même si cela *se porte* je sais ce que vous allez me dire, ce n'est pas *notre* genre et ne le sera jamais... et je ne suis pas Dieu le sait admiratrice de l'aristocratie russe mais qu'ils s'habituent à voir une *princesse* dans une vieille Tzigane aux allures de tenancière de cabaret... » — C'est une femme digne, dit Myrrha. Elle a beaucoup souffert. » — Elle n'en reste pas moins une vieille Tzigane. Ils sont déjà obligés de fréquenter des enfants qui ne sont pas de leur milieu, mais que la famille, du moins... je n'aime pas tellement les entendre dire : *tante* Sacha... » (Mon Dieu, cette pauvre Sacha, que leur a-t-elle donc fait, à tous ?)

Tassia Delamare vient rendre sa visite hebdomadaire à ses beaux-parents manqués, et Myrrha prend son manteau, son chapeau et ses grosses chaussures pour se rendre à son travail. Comme dans une tragédie d'Eschyle, pense-t-elle, pas plus d'un acteur en scène à la fois. Tassia a pour elle un sourire un peu timide, mais franc. Elle a de beaux yeux, une stature imposante, et des manières qui retardent d'environ un demi-siècle. A la longue, Myrrha qui est tout de même assez femme pour deviner ce que disent les dames de Meudon, s'est prise pour cette fille d'une fraternelle pitié. La vie est injuste. Tassia méritait mieux.

Comment un amour aussi tenace est-il possible ? Un amour qui se nourrit de l'espoir d'une rencontre considérée par l'autre comme un malheureux hasard, et Tassia joue le jeu et s'applique à ne pas rencontrer son bien-aimé ; à faire un détour en allant à la gare pour ne pas risquer de le croiser sur le sentier — elle l'aperçoit parfois descendant du train, montant l'escalier, et craint et espère qu'il l'apercevra aussi et s'approchera d'elle. Il ne le fait jamais. Et parfois elle rêve — et explique cet acharnement à la fuir par un reste d'amour.

Elle a vécu en huit ans des centaines de romans d'amour extravagants, qui varient, nuit après nuit. Il est blessé dans un accident — un déraillement de train — et elle se penche sur lui. Il est abandonné par sa femme et elle vient le consoler. Elle est devenue titulaire de la chaire de philologie comparée en Sorbonne, et lui, plongeur dans un restaurant, la voit en train de fêter sa promotion au milieu de ses collègues — elle fait semblant de ne pas le voir, non, elle se lève et quitte ses amis et part avec lui. La maison du 33 ter avenue de la G. est en feu, Myrrha et les enfants y sont restés, et, oui, même le vieux couple ; seul V. sanglant, cheveux et vêtements calcinés, a été retiré du feu — par elle — il est mourant et lui dit ; je n'ai jamais aimé que toi. Non il survivra elle saura le soigner, il a perdu la mémoire des dix dernières années de sa vie... Ils se rencontrent dans le petit train qui les emporte vers la gare de Pont-Mirabeau, elle fait semblant de ne pas le voir mais il s'approche et lui pose la main sur l'épaule, retrouvons-nous, tout est oublié — il vient frapper à la porte de sa petite chambre rue Berthollet, hagard, les yeux brûlants, viens, l'épreuve est terminée, je ne peux plus supporter cette séparation — il la rencontre à la gare de Meudon-Val-Fleury et la force à monter dans le train... qui va dans la mauvaise direction — que fais-tu ?

à Versailles, ils vont à Versailles et passent la nuit dans le Temple d'Amour, non, au milieu des nymphes du Bain d'Apollon je te suis toujours restée fidèle en acte en parole et en pensée... c'était une erreur, un mirage, cette femme est une sylphide et non un être de chair et de sang, toi, toi seule, ... tu te souviens de nos soirées sous la lampe verte ?

Le jour, elle se moque de ces rêveries, la nuit elle en a besoin comme d'une drogue. Le jour, elle est la femme ambitieuse qui s'est fixé pour but d'obtenir une chaire à la Sorbonne. Elle ne manque pas de *pistons* : son père a encore des amis à Paris, oui, la fille du grand physicien soviétique, etc. mais elle n'a presque pas besoin de cela, la volonté de réussir est par elle-même une carte maîtresse — étrange à dire, cette volonté est un phénomène très rare... Elle frappe à toutes les portes, demande avec fermeté ce qu'elle veut, et l'obtient. Un sujet « brillant », un travailleur hors pair. Sa thèse de doctorat, imprimée, est déjà traduite en anglais, fait école. Et cela — ce n'est pas du rêve.

D'ailleurs, on ne veut même pas croire qu'elle est russe : en philologue par vocation qu'elle est, elle n'a pas le moindre accent, et son nom est purement français — héritage providentiel d'un arrière-arrière-arrière grand-père établi en Russie au temps d'Elisabeth Pétrovna, car en fait Tassia est aussi russe qu'on peut l'être quand on est intellectuel et pétersbourgeois, tout juste un grand-père à demi anglais. Mais voilà : la magie du nom. Incroyable, le nombre de portes et de visages qui au nom de Mlle Delamare, s'ouvrent, ou du moins ne se referment pas automatiquement. Elle passe pour laide et ne l'est pas : sa stricte tenue, tailleurs noirs, cheveux tirés en arrière, accentue l'originalité puissante de son pâle visage au nez trop long. Elle a repoussé plusieurs demandes en mariage. Elle répondait chaque fois, avec une amère volupté : Impossible, j'en aime un autre. Et jusqu'à quand jouerait-elle ce rôle, romantique (le cœur inébranlable) ou ingrat (la femme dédaignée qui se repaît non des miettes tombées de la table, mais des coups de balai qui jettent ces miettes hors de sa portée) ?

« Ma chérie, je t'en conjure : décide-toi, ne refuse pas cette fois-ci. Dieu sait que je n'ai pas intérêt à te le conseiller, je pense à toi. Tu resteras toujours ma fille bien-aimée, j'aimerai ton Alain comme mon propre fils, vous viendrez me voir tous les deux, je tricoterai des brassières pour vos enfants... Pense à la joie de ton père. Tu as déjà trente-deux ans. Ce n'est pas comme si tu épousais un homme qui exigerait que tu renonces à ta carrière... » — *Tu quoque Brute* [1], ô pourquoi cherches-tu à te mettre au niveau des « femmes », toi qui hais tant la morale conventionnelle ? Je ne me vendrai pas pour un plat de lentilles. Lui, il l'a fait, et tu vois où il en est. » Et Tassia se reproche ces paroles, car elles ne blessent pas Tatiana mais blessent à travers elle le vieil avocat dont l'orgueil masculin se résigne mal à voir la fille Delamare surclasser de si loin, sur le plan social, son fils à lui. Le Fils. Un petit poète émigré parmi cent autres, secrétaire à temps partiel.

L'homme est un *riche*, il ne passe pas par le chas d'une aiguille, dans l'adversité les femmes sont les plus fortes, malléables, fluides, elles se faufilent à travers le chas Dieu sait comment, on ne les craint pas, pour elles l'échec n'est pas humiliant, la réussite sans conséquence, et les voilà du bon côté exhibant leurs diplômes en petites filles sages qu'elles sont, et l'homme reste chameau comme devant.

Ilya Pétrovitch avait eu jadis une grande affection pour cette petite « fiancée » ; fille d'amis d'enfance, camarade de jeux de Vladimir et d'Ania. Dans leur grand malheur elle avait été l'abri pauvre mais sûr où la bête traquée à mort vient lécher ses plaies. Il ne pouvait oublier sa chaleur, sa muette patience, la

---

1. Toi aussi, Brutus. (Parole de César poignardé par les conjurés, dont Brutus, son « fils ».)

calme force de ses bras — non il ne faut pas, non il ne faut pas — sa voix un peu sourde qui savait ordonner, qui par des mots pauvres comme les notes d'une vieille berceuse savait engourdir la douleur. Elle avait réussi ce miracle : après l'horreur qu'ils avaient vécue, leur enfant morte dans de cruelles souffrances, leur enfant défigurée enfermée dans un coffre de bois et changée en un vide plus affreux à supporter que la vue de ses souffrances, Tassia Delamare avait été le seul être vivant dont la vue ne fût pas pour eux un outrage.

Donc, il ne pouvait reprocher à sa femme cette fanatique tendresse qui, par des voies souterraines, nourrissait l'amour qu'elle gardait à son enfant morte. Mais lui-même n'aimait plus en Tassia que le souvenir de ce qu'elle avait été. Situation malsaine, pénible, sans issue — et qui le rendait honteux de sa propre mesquinerie : sa jalousie devant les succès de cette fille, et sa peur inavouée, humiliante, qui en des heures d'insomnie menaçait de devenir une obsession. Heureux ceux pour qui le pain quotidien n'est pas un problème.

Tassia était une fille naïve malgré son intelligence. Elle ne comprenait pas. Ou, si elle comprenait, elle s'en moquait. De quel droit aimer qui ne vous aime pas ? Ce droit, elle le prenait. Un grand amour donne tous les droits. Fidèle comme la mort. Autrefois, sous la lampe verte, près d'un grand feu de cheminée, Vladimir avait tenté — à deux reprises — de jouer avec elle à Paolo et Francesca, leurs deux têtes penchées sur un livre de poèmes de Blok. Il l'avait embrassée, non pas sur la joue, mais sur le coin de la bouche, sur la narine gauche, baiser indiscret qui cherchait les lèvres ; et elle l'avait repoussé. Il avait les joues en feu, elle avait eu peur malgré sa joie ; et parce qu'il avait dix-huit ans il n'avait pas recommencé par peur de se rendre ridicule. Au temps de leurs demi-fiançailles elle l'avait cru amoureux. Les deux familles étaient d'accord ; Ania aussi. Une charmante fille, de quatre ans plus jeune que son frère.

Ils discutaient, ils discutaient sans fin, et Vladimir s'intéressait bien plus à ses camarades qu'aux filles, dans les réunions littéraires ou politiques les filles parlent peu. Il s'agissait de rénover la langue, de bouleverser les structures des formes littéraires, ils composaient tous des poèmes hermétiques, des poèmes phonétiques, cabalistiques, magiques... et c'était déjà la guerre, et l'on parlait de révolution imminente, et les cousins Van der Vliet (le plus jeune, Paul, avait un an de plus que Vladimir) se lançaient dans des diatribes contre les « esthètes décadents », et se faisaient traiter d'esprits plats et de fossoyeurs de la culture, et de distillateurs de l'ennui obligatoire, dont le prophète mort et enterré depuis un demi-siècle avait entrepris de tuer le genre humain en le privant de l'aspiration à la beauté.

En ce temps-là, Tassia s'en souvenait bien, il était un garçon déchaîné, plus sérieux qu'il ne voulait le paraître, et parlant de la nécessité d'une libération à la fois orphique et bachique de la langue et même de la pensée et même des sentiments... Fiévreux, et s'épuisant en courses folles à ski sur le lac, en discussions nocturnes et lectures à haute voix avec ses camarades, groupe où elle avait l'honneur d'être admise — et une fois, une seule, mais elle ne l'avait compris que dix ans plus tard, il avait été sur le point de lui faire une proposition qu'à l'époque elle eût jugée outrageante, ils étaient seuls dans sa chambre à elle, cherchant un livre égaré qu'il fallait absolument retrouver ; et il tremblait et prononçait tous les mots de travers, il était parti brusquement sans même la regarder.

... On dit que les hommes ont des besoins — et elle ne pouvait y penser sans rougir — Pauvres êtres, pour ce besoin qu'ils n'osent même pas nommer ils jouent leur vie ; et il s'est lié avec cette blonde lymphatique et lunatique.

Le 30 septembre 1927. Elle et Tatiana sur le sentier de la Gare étaient tombées pile sur lui, parce qu'il rentrait plus tôt que prévu. Il marchait d'un pas rapide, mains dans les poches, tête baissée, et sur le sentier étroit il était impossible de l'éviter. Elle s'était accrochée au bras de sa compagne avec une telle violence que Tatiana avait poussé un cri de douleur. Et lui — il avait rougi, luttant contre l'envie de passer devant elles sans s'arrêter, de simuler une invincible distraction. « Oh pardon, pour un peu je vous rentrais dedans. Tiens, comment vas-tu ?... ta thèse... je suis très content, tu sais... » et ils se retrouvaient tous deux à Pétersbourg, sur le Vassilievski Ostrov, et il avait exactement l'expression qu'il aurait eue en rencontrant devant l'Université un camarade perdu de vue que par solidarité estudiantine il congratulait d'une réussite aux examens. Et il jouait la comédie, mais si maladroitement qu'il lui fallait rajeunir de dix ans pour adopter, devant elle, une attitude naturelle. Il prit congé, balbutiant une vague excuse, qu'il était pressé...

Changé, vieilli, durci... des creux sous les pommettes, les paupières clignotantes. Pouvait-il deviner à quelles longues nuits d'espoir ranimé d'ardeur ravivée il l'avait condamnée — et à quel point elle allait exploiter jusqu'à la dernière limite du possible le souvenir de cette brusque rougeur. Mais est-il possible, humainement possible de se résigner à l'idée d'une injustice aussi effrayante ? Une « invraisemblance » — comme dans le jeu qu'ils jouaient autrefois pour distraire Ania...

... Sur ce petit chemin vert à ornières de sable blanc, qui menait vers la forêt et où les digitales, les fougères et les chardons étaient si hauts qu'ils se balançaient à la brise... Le jeu tournait au charabia et au fou rire, et Ania leur bombardait les cheveux de boules de char-

206

dons. « La tragédie de la grenouille qui veut être plus petite que le bœuf ! Le pavé de l'ours s'est fracassé en mille morceaux sur la tête du vieillard ! Vladia, je grimpe sur cet arbre et tu me chantes une sérénade !... » et il avait pu oublier tout cela, oublier cette enfant tendre, il venait d'apprendre sa mort et ne pensait qu'à ses « projets » relatifs à la fille Zarnitzine.

L'Invraisemblance — tu pèses cent grammes sur la vie d'un être qui, pour toi, pèse une tonne... et c'est lui qui est léger, moi qui suis lourde. ... J'ai été très content pour ta thèse... Même pas jaloux, alors qu'il y aurait eu des raisons de l'être — *tout de même !* Ilya Pétrovitch était bien jaloux, lui.

... Mais non, il était sincère, trop content de trouver quelque chose à lui dire, insolemment indulgent, tant mieux tu es un laideron, tu te consoles comme tu peux — et si demain j'épousais Alain il se dirait : bon débarras. Mais il a rougi. Mais il a perdu contenance. Elle rêvait. *Mon âme a son secret mon cœur a son mystère...* un homme aussi peut cacher un secret. *Comme une pierre blanche au fond d'un puits...* elle brodait sur le poème d'Akhmatova : *comme une pierre noire...* et si j'étais sa pierre noire ?

« Ma chérie tu vois je suis impartiale il n'en vaut pas la peine — tu te montes la tête, tu *rêves*. Les souvenirs d'adolescence, c'est très poétique mais ne le juge pas sur ces souvenirs, il n'a ni ton intelligence ni ta force de caractère. Il est un Van der Vliet, il n'a pas hérité grand-chose de son père — ni des Sokolov — il me rappelle toujours davantage mon pauvre frère André. Inconséquent, brouillon... Ils organisent un attentat à la Gare Maritime, trois morts et je ne sais combien de blessés, ça fait du bruit, sa femme tremble de voir arriver la police, et lui, il fait une grande scène parce que Vania a tiré la queue du chat : un *crime*, de laisser développer chez un enfant des instincts de cruauté... »

— Je ne vois pas Vladimir causant la mort de trois

personnes sans parler des blessés. » — Pur hasard ma chérie. Il est *très* facile de causer la mort de personnes qu'on n'a jamais vues. Les généraux sont le plus souvent de braves gens. Moi, je n'ai jamais approuvé que les attentats au revolver, et encore !... Aujourd'hui, ils se forgent tous une pseudo-philosophie teintée de nietzschéisme, de bergsonisme, Berdiaiev, André Breton, Gurdjieff, un beau mélange ! Et si un jour Vladimir se met à tromper sa femme, ce sera par idéalisme, et avec conviction. »

— Tatiana Pavlovna, au nom de Dieu, pourquoi m'en parles-tu ? Cela me fait mal. »

— Ma pauvre enfant. Je sais bien que j'ai la main lourde. Mais je me dis que la meilleure façon d'apprendre à ne plus penser à l'ours blanc est d'en parler sans cesse. Jusqu'à ce que tu en bâilles d'ennui. »

... Et comment se fait-il que je n'en bâille pas d'ennui ? Fidèle. Têtue. Amoureuse de ma jeunesse perdue... Vois, ma chère ma douce ma tendre Tatiana, je travaille dur, je prépare mes cours de façon à pouvoir les dire par cœur sans avoir l'air de réciter une leçon, à la Nationale je recopie des pages entières des manuscrits que j'étudie, je retape à la machine pour la troisième fois mon ouvrage sur les racines communes de l'époque antérieure aux Invasions du VIe siècle... et que me reste-t-il de ma vie à moi, quand mon cerveau est trop fatigué pour s'orienter vers l'espoir de nouvelles découvertes en sémantique, et que dans un lit brûlant mon adolescence folle m'envahit comme un torrent de vin chaud, ô si un soir sous la lampe verte je n'avais pas repoussé un baiser trop timide — je pensais que c'était le début et qu'il y en aurait des milliers d'autres et c'était le dernier !

Donc, elle vient tous les vendredis, et Tatiana Pavlovna lui prépare du thé, servi sur le petit guéridon près du divan dans une tasse qui n'est qu'à elle — une jolie tasse verte à fond doré — comme si par excès de pudeur Tatiana Pavlovna ne voulait pas exposer sa

« fille » au risque de boire dans la même tasse que Vladimir, Myrrha ou leurs enfants. Ilya Pétrovitch s'assied près d'elles, commente les nouvelles de politique étrangère, s'informe de ce qui se passe à la Sorbonne : il s'intéresse à certains professeurs qu'il a jadis connus étudiants... Eh bien, Tassia ma chère tu m'excuseras, il faut que je m'attelle de nouveau à mon harnais... — Ses enveloppes, ses vertigineuses piles d'enveloppes — « Tiens, reprends de ma confiture de fraises, qu'en penses-tu ? Tu vois, je suis devenue bonne cuisinière, on apprend à tout âge. As-tu des nouvelles de tes parents ?... »

Et les filles rentrent à l'école, amenant le petit Pierre qui jouait chez des voisins. Elles disent bonjour gentiment, en faisant une petite révérence. L'aînée est douce et indifférente, la cadette — celle qui ressemble à Vladimir — a des yeux durs comme des billes d'agate et un visage fermé. « Vous êtes en retard. » — C'est parce qu'on est au mois de mars, on dit les litanies de saint Joseph. »

— Vous n'êtes pas catholiques, on devrait vous en dispenser. »

— Mais j'aime ça, grand-mère, dit Tala. Tatiana Pavlovna hoche la tête. A celle-ci on fera aimer n'importe quoi.

... Tu vois chérie comme il est difficile d'élever les enfants dans notre situation. Leur pauvre tête est pleine de courants d'air, on y entre comme dans un moulin — ça élargit les horizons, comme dit Vladimir ? Voire ? Tant que l'œil n'a pas appris à évaluer les distances, à quoi servent ces horizons, et qu'ils ne sachent pas distinguer un chêne au loin d'un chardon qui est sous leur nez ?... » Tatiana Pavlovna pourquoi me parles-tu d'eux, ils sont en train de me voler même ta tendresse à toi, c'est la vie n'est-ce pas les liens du sang, la sentimentalité petite-bourgeoise comme tu dis... le plat de lentilles, que vous mangez tous sous

mes yeux, mais je ne vous ferai pas le plaisir d'épouser
Alain pour que vous disiez : elle aussi a fini par y
passer.

*

Marc Sémenytch et Ilya Pétrovitch parlent d'Hindenburg, d'Hitler (un fou... mais dangereux) de Briand
et de Stresemann, de Poincaré, de Léon Blum — le
communisme a-t-il des chances de triompher en Allemagne ? Impossible, les Alliés en ont trop peur. La
social-démocratie allemande, prise entre la réaction
capitaliste, le militarisme revanchard, la démence
nazie, et le fanatisme des communistes... c'est trop,
beaucoup trop. Sans moratoire ce pays va sombrer
dans une anarchie sanglante dont il ne se relèvera pas.
Tatiana et Tassia se rapprochent des hommes, avec
leurs cendriers et leurs tasses de thé, car le sort de
l'Allemagne les intéresse. Les millions de chômeurs, les
millions d'enfants tuberculeux — non, le communisme
ne s'y installera pas à moins d'une seconde guerre
mondiale, et à cela personne ne se résoudra jamais. La
Société des Nations ? quel théâtre de marionnettes !
qui, de nos jours, croit encore qu'on peut arranger les
choses par des discours et de la diplomatie ? En 1910
on ne le croyait déjà plus.

— Tu irais jusqu'à soutenir le parti communiste
allemand ?... » — Moi, dit Marc Sémenytch, je n'ai rien
à soutenir, on ne me demande pas mon avis. Oui, s'il
pouvait s'allier aux sociaux-démocrates je le soutien-
drais ! Il est seul de taille à servir de bouclier contre le
fascisme nazi... » — Ah ! tu crois cela, tu crois cela ? et
tu crois peut-être que parce que ce Parti est aux trois
quarts dirigé par des juifs ils se lanceront dans une
croisade contre ce fou hystérique qui mange du juif
parce qu'il sait que c'est *payant* ! Et s'il y avait moins

de juifs dans le Parti Hitler aurait eu moins d'arguments... »

— Hein ? qu'est-ce que tu as dit ? Répète-le, qu'est-ce que tu as dit ? » Marc Sémenytch s'était levé d'un bond et bafouillait, et ramassait d'une main tremblante sa cigarette tombée sur la table.

— Ce que j'ai dit, voilà : que les juifs se sont mêlés de vouloir détruire ce qui ne leur appartenait pas, ce qu'ils ne comprenaient pas, et que dans l'assassinat organisé de notre peuple ils ont leur part, et on ne peut la minimiser !... »

— Iliouche, voyons... » Marc Sémenytch reculait vers le mur comme s'il craignait d'être frappé, et les femmes étaient debout. « Iliouche tu vas trop loin, Marc tu l'as mal compris... »

Marc Sémenytch, sa barbiche blanche frémissante, ses yeux bleu pâle durs comme des aigues marines, hoche lentement la tête : « Oh si, Tania, j'ai très bien compris. »

Et son ami s'avance vers lui, comme un coq de combat, épaules en avant mains dans les poches. « Qu'est-ce que tu as compris, idiot ? Dis : qu'est-ce que tu as compris ?... »

Marc Sémenytch eût été bien en peine d'expliquer ce qu'il avait compris. Il lance : « J'ai honte pour toi. »

— Merci. Tu vieillis, mon cher, tu retombes dans le ghetto de ton enfance. Et je te traiterai désormais comme le font les antisémites bien élevés qui croient qu'il est délicat de baisser la voix en prononçant le mot ' juif '. »

— ... Je ne suis pas un dieu. Si nous avons l'épiderme délicat, c'est que nous avons reçu trop de blessures. Blessures vieilles de vingt siècles. »

— ... Vingt siècles ! Non, c'est trop beau, tu entends Tania ? ' Nous avons ' !... tu te prends pour une Majesté royale ? Si je n'ai plus devant moi Marc Rubinstein mais vingt trente ou quarante siècles de juiverie, je déclare forfait... »

Bref, après quelques phrases de plus en plus cinglantes Marc prend son manteau, « Tania je regrette mais il devient invivable. J'ai des palpitations, je m'en vais. »

... Tatiana Pavlovna pleurait, assise sur le bord du divan. « Non cette fois-ci je n'en veux plus, tu finiras par me tuer. » Il ne l'écoutait même pas. Debout, adossé à la fenêtre, il fixait son regard perdu sur les dalles hexagonales de carrelage rouge brique. Les femmes croient pouvoir tout arranger par les larmes. L'imbécile, où va-t-il chercher tout ça ?... et moi, je n'en ai pas reçu, de blessures ? Il leur faut vingt siècles et nous, depuis dix ans, toutes ces blessures que nous recevons sans jamais oser nous prévaloir de notre épiderme délicat, notre peau dit-on est faite pour le knout, l'humiliation ne doit pas nous faire peur ?... A cause d'un Hitler, lie de l'humanité et obscène voyou, te voilà devenu si faible, Marc, que dans des paroles que jadis tu trouvais naturelles tu vois une insulte ? Tu veux que nous soyons des animaux de race différente ? A ta guise, mon cher, et renie toute une vie de lutte pour l'égalité des hommes.

Vladimir, en entrant, comprit qu'il y avait de l'orage dans l'air. Son père, debout, le visage collé à la fenêtre ; sa mère s'affairant près du réchaud à gaz, tête basse et le nez rouge, les filles occupées à essuyer les assiettes avec un air d'enfants punis. Myrrha devait rentrer tard ce soir-là, vendredi était son jour de nettoyage de bureaux (locaux des Pompes Funèbres). « Et alors ? Pierre, toi au moins, dis-moi ce qui se passe ? »

— Grand-père s'est disputé avec l'oncle Marc. »

On aura tout vu. « Comment ça ? » Se haussant sur la pointe des pieds, étirant le cou pour se rapprocher de l'oreille de son père mais il en était loin, Pierre chuchote d'une voix dramatique : « Il lui a dit sale juif. » — Qu'est-ce que tu me racontes là ? tu as mal entendu. »

— Oh ! une scène ridicule, dit Tatiana Pavlovna, ils sont montés sur leurs ergots, Marc n'est plus à toucher avec des pincettes dès qu'il s'agit de la question juive. Ton père aurait dû le comprendre. »

— Je suis las de comprendre, dit Ilya Pétrovitch, toujours à la fenêtre et contemplant le reflet blafard de son visage dans la vitre noire. On ne peut plus dire un mot sans avoir à 'comprendre'. Eh bien, non, je ne *comprends* pas. Des pincettes — des béquilles, des pansements. Un gâteux. Gâteux à soixante ans. »

— Eh bien, c'est gai, comme dîner en famille. » Les enfants, fatigués, se tortillent sur leurs chaises et s'obstinent à mettre les coudes sur la table. Ilya Pétrovitch mange en lisant son journal et sa femme n'ose même pas le lui reprocher. Elle fait le partage des sardines. Deux pour chacun des hommes, une et demie pour chacune des filles, une pour elle une pour Pierre. « Eh ! et Myrrha ? » — Ne sois pas agaçant, j'ai mis la sienne de côté. » Il lorgne vers la porte. « Elle est en retard. » — Mais non, les Pompes Funèbres, c'est toujours très long. »

— On pourrait tout de même mettre une ampoule plus forte, cette lumière est sinistre. » — Mon cher, dit le père, je ne t'en empêche pas. Mais tu as toi-même insisté pour installer une ampoule dans l'escalier. » Silence encore. — Mais enfin, qui sommes-nous en train d'enterrer ? Demain vous vous retrouverez comme si de rien n'était. »

— J'eusse préféré ce soir. Demande à ta mère. Il a dépassé les bornes, n'est-ce pas ? »

— Tout à fait de ton avis. Il a été ridicule. Et après ? »

— Tu tournes tout à la plaisanterie. Je tâcherai désormais de coller sur son visage le masque d'un vénérable rabbin à papillotes. »

— Oh! tu dramatises, tu dramatises!... dit Vladimir, excédé. Tu t'enferres, tu montes au dixième étage!... Je finirai par donner raison à Marc. »

— Vladimir! » — Maman je t'en prie. Nous parlons entre hommes. Papa, je te connais et je connais Marc; et je l'aime aussi figure-toi, et je ne veux pas que tu te joues des tragédies à ses dépens... »

— Oh, vas-y, continue, fit le père, accablé, j'écoute, j'écoute, c'est très intelligent, et, mon cher, cela ne me touche pas le moins du monde. »

Myrrha rentrée de son travail était montée au premier étage avec les enfants. « Je mangerai plus tard, laissez la vaisselle, Tatiana Pavlovna. » — Un beau gâchis, continue Vladimir. Devant les enfants. Qui te prennent déjà pour un antisémite. »

— Qu'on me prenne pour ce qu'on voudra. »

— Iliouche, tu simplifies trop les choses. Le phénomène Hitler est le symptôme d'une crise morale très grave... pas seulement en Allemagne. Même s'il est, comme je l'espère, un feu de paille, il aura réveillé des passions troubles, incontrôlées, chez les juifs comme chez les non-juifs... Vois-tu, cela me fait penser aux éclats du miroir diabolique, dans le conte de la *Reine des Neiges* d'Andersen. Ce qui était beau et propre a été défiguré, sans qu'il y ait faute de la part de ceux qui ont reçu l'éclat du miroir dans l'œil. Et je vois dans ce phénomène — Hitler je veux dire — quelque chose de si laid, de si outrageant qu'il ne faut pas s'étonner si la tête tourne aux meilleurs d'entre nous. Je *peux* comprendre cela, c'est tout juste si ma grand-mère juive ne se réveille pas en moi pour se retourner dans sa tombe quelque part au fond de mon cœur... »

— Tania, Tania, tes contes et tes paraboles. C'est très joli, c'est très juste, réserve cela pour tes petits-enfants. »

Dix heures du soir. Ilya Pétrovitch ne louche plus vers la fenêtre. Il pleut, des branches mouillées de

214

rosier grimpant grattent la vitre ruisselante. Avec cette pluie et ce vent, douillet comme il est, il ne se risquera pas à traverser tout Meudon. Non, ils sont assis bien au chaud dans leur demi-pavillon, devant leur petite table incrustée de nacre, et leurs tasses de café ; en compagnie peut-être du vieux Grinberg et de Matveï Issakovitch Pérel, deux ex-essères qui ont viré vers le sionisme. Le fils de Matveï travaille dans un kibboutz en Palestine, fait à l'occasion le coup de feu et ne crache pas sur les bombes : tradition essère, faute de tzar on mange de l'Anglais, Marc hoche la tête mais admire en secret, il a toujours été un romantique.

... Se présenter là-bas, à onze heures du soir, le parapluie ruisselant et les pieds trempés, pour tomber sur ces messieurs qui se diront : voilà bien le Russe avec ses états d'âme et son goût de l'effet théâtral, et Marc rougira de moi devant eux. Va, mon vieux, je ne t'ai pas vraiment blessé, tu m'as déjà vendu pour le pauvre petit confort moral de pouvoir dire « nous » en toute quiétude, vingt siècles mon cher !

Marc était revenu au bout de huit jours — avec la douce Anna plus douce que jamais. Et Tania souriait ; ses grands yeux rayonnants d'une tendresse qui s'appliquait à avoir l'air coupable, et la touchante volonté de croire que tout s'arrange. Même les femmes fortes et dures gardent, de leurs centaines de siècles d'esclavage, ce goût du compromis nécessaire. Pour peu qu'elles soient capables d'amour.

Le fils de Marc avait épousé une fille de catholiques irlandais, et avait pris le nom de Ruby (qui fait tout aussi juif que Rubinstein), il s'était converti, les enfants sont catholiques. Marc n'oublie pas, peut-être parce qu'il a honte de lui-même. Peut-être parce qu'il a bel et bien reçu l'éclat de verre dans l'œil, et que dans Ilya Thal il voit — tout en se le reprochant — l'arrogance du Russe, la morgue du « Junker », la bonne conscience de ceux qui pour devenir révolutionnaires n'ont pas eu de droits à revendiquer mais des privilèges à abandonner.

... Grand-mère, pourquoi l'oncle Marc s'est-il fâché ? » — Oh! comment te l'expliquer, je ne le sais pas moi-même.

« *Le vase où meurt cette verveine*
« *D'un coup d'éventail fut fêlé...* »

Tala connaît ce poème et le trouve joli. *La fleur de son amour périt.* Comme il faut faire attention, ne jamais donner de « coups d'éventail ». J'ai dit à Bernadette que ses yeux étaient d'une couleur moins belle que ceux de Thérèse Grandjean et à cause de cela elle me préfère Suzanne du Mail...

La nuit. A genoux au pied du lit. Dix fois *Je vous salue Marie* en français dix fois en russe, sainte Marie saint Joseph saint Michel Archange sainte Tatiana sainte Bernadette faites que grand-père ne soit plus triste et... que Bernadette joue avec moi et pas avec Suzanne du Mail, et que tout le monde soit heureux et que la Russie soit sauvée — Tala ne se sent pas fière d'elle, car elle a prié pour grand-père exprès, comme si elle pensait que la sainte Vierge, saint Joseph... tous les autres ne s'apercevaient pas qu'elle a surtout envie de retrouver l'amitié de Bernadette. Bernadette d'Aiglemont. Et le plus bête — comment lui expliquer ? — c'est que je lui avais menti.

Bernadette est si belle, avec son visage pâle et mat et sa lourde frange de cheveux couleur brun grisâtre qui lui couvre le front, et ses yeux surtout, énormes, vert pâle, d'une forme jamais encore vue — presque carrés, les bords des paupières recourbés en angle droit à peine arrondi. Et pour ne pas lui laisser voir à quel point elle la trouvait belle Tala avait dit : Oh! non, les yeux de Thérèse sont d'une plus jolie couleur, et Bernadette avait haussé les épaules — elle et Suzanne du Mail sautaient à la même corde, la faisant tourner comme un cerceau au-dessus de leurs têtes et sous leurs pieds, *à la salade, quand elle poussera...*

et Suzanne disait : la Russe. Et elle se moquait : « C'est la mode, dans votre pays, une bande rose sur une jupe bleue ? » est-ce ma faute, pensait Tala, si je grandis trop vite ? mais Bernadette riait aussi. « La princesse russe. Vous êtes princesse ? » — Mais non ! » — ... Comment dit-on ' bouche ' en russe ? » — Rott. » — Elle rote, elle rote, elle rote !... Votre sœur a la gale, votre sœur a la gale !... » Pourquoi ? parce que Tala prononçait le nom de sa sœur à la russe : Gâla.

Bernadette a demandé à la maîtresse la permission d'être assise à côté de Suzanne du Mail. De sa place Tala peut la voir, Bernadette lève la tête et regarde un papillon bleu entré par la fenêtre ouverte. O ces belles grandes lèvres pâles !... « Tatiana Thal ! »

Elle se lève d'un bond. « Oui, tante Marguerite. » (Pourquoi se fait-elle appeler « tante » alors qu'on lui dirait plus facilement Altesse, longue svelte hautaine comme elle est, avec sa jupe noire traînant par terre et sa coiffure dressée en petite couronne ?) « Tatiana Thal vous dormez ? » — Non, tante Marguerite. » — Eh bien, récitez votre leçon. »

... « Pondichéry, Chandernagor, Yanaon, Mahé et Karikal. »

Elle a des chaussures une fois encore craquelées, le cuir fendu sur le devant, les barrettes recousues à la main parce que ce sont de vieilles chaussures dont quelqu'un a fait cadeau à grand-mère. Et la barrette gauche a encore craqué. Impossible de jouer à la balle au camp. Bernadette, en passant devant elle, dit : « La princesse ! » — Mais enfin, pourquoi dites-vous cela ? » — Toutes les Russes sont princesses. »

Bernadette était si jolie l'an dernier, le jour de sa communion privée, avec sa couronne de roses blanches et sa petite robe de mousseline blanche à manches bouffantes. Elles se sont toutes approchées de l'autel, tête basse mains jointes, et s'étaient agenouillées — et au moment où monsieur l'Abbé s'était penché sur Bernadette, son calice étincelant dans la main, Tala avait senti un choc électrique passer de sa bouche à son cœur. *Je communie avec elle, je l'aimerai toute ma vie.*

Mais, en fait d'amitié, il faut bien se contenter des filles russes. Elles n'intimident pas, elles ne sont pas riches. Gala dit : « Les Françaises sont bêtes, elles se disent 'vous' ». — Mais c'est parce que la maîtresse leur défend de se tutoyer. » — Et qui les empêche de le faire quand la maîtresse n'est pas là ? Tu aurais l'idée de dire 'vous' à un bébé de cinq ans ? »

— ... Ils sont bêtes : ils se moquent de nous. » — Mais, dit Tala, peut-être qu'on se moque toujours des étrangers ? » — Eh bien justement : c'est bête. »

Tatiana Pavlovna avait, du côté maternel, une grand-mère juive : une fille de rabbin, assez folle pour s'être enfuie avec un jeune officier en garnison à Kertch, ce pour quoi son père l'avait maudite dans toute sa descendance. Si bien que Tatiana Pavlovna, quand elle avait à se plaindre de ses enfants, avait jadis coutume de dire, avec un soupir à la fois ironique et excédé : « Ça y est ! c'est la malédiction du rabbin ! » Depuis la mort de sa fille elle ne le dit plus jamais.

Mais, justement parce qu'elle n'osait plus le dire, le souvenir de cette malédiction paternelle lui causait une gêne qu'autrefois elle n'avait jamais ressentie. Ainsi donc, elle était capable elle aussi de superstition et de faiblesse d'esprit. Il ne suffisait pas d'une ni même de deux générations — l'impact des religions, tabous ancestraux et autres atavismes était assez fort pour provoquer des réflexes de crainte irrationnelle chez des êtres élevés dans le culte de la vérité ? Elle avait accepté — il fallait bien — une belle-fille croyante, et, affectant de voir dans la piété de Myrrha une fantaisie d'esthète, s'appliquait à redresser l'esprit des enfants, et à les orienter sur la bonne voie, sans heurter trop crûment le respect qu'ils devaient à leur mère.

Et ce n'était pas une tâche facile. Myrrha était douce, mais obstinée à sa façon. « ... Enfin, vous-même n'avez-vous pas découvert la religion à un âge où vous étiez capable de choisir ? Ne commettez-vous pas un abus de confiance à l'égard de ces enfants ? » Myrrha, au cours de ses rares heures de liberté, s'installait près de la fenêtre, une planche préparée à la colle et au plâtre sur ses genoux, une vieille assiette servant de palette posée sur un tabouret à côté d'elle. Elle peignait, avec de petits gestes précis et fiévreux, comme si dans ces deux heures elle voulait faire entrer de force le temps d'une journée entière. Ecouter sa belle-mère exigeait d'elle un effort. « ... Un abus de confiance qui risque, plus tard, de provoquer chez eux une réaction de rejet, de refus... de rancune profonde, et même leur sentiment pour vous risque d'en être affecté... »

— Je ne vois pas pourquoi... »

— ... On ne donne pas aux nourrissons de pommes crues à croquer. Vous leur encombrez l'esprit de notions qui ne sont pas de leur âge. »

— Ils sont plus intelligents que vous ne croyez. »

— Une mère croit toujours que ses enfants sont des génies ! *Wishful thinking :* c'est là votre plus grand défaut Myrrha. Vous vous complaisez dans votre paix intérieure sans chercher à affronter la réalité. » Myrrha lissait, du bout de son pinceau, les bords d'une feuille d'or jetée en travers d'un cercle noir. Le noir sera mat et uni alors que sur tout le reste je passe une couche de vernis épais... avec reflets irisés. « Vous dirai-je, en parodiant Pilate : qu'est-ce que la réalité ?... »

— Ne vous en tirez pas par des pirouettes. Je vous disais : l'esprit d'un enfant est facilement troublé. Combien d'enfants ont perdu la foi et du même coup leur confiance en leurs parents à cause du Père Noël. »

— Je ne leur ai jamais fait croire au Père Noël. »

— Et croyez-vous qu'à leurs yeux votre Bon Dieu encombré de tout l'attirail de la très complexe et équivoque mythologie chrétienne pèse beaucoup plus lourd ?... »

— C'est un risque à prendre, Tatiana Pavlovna. » Lorsque Myrrha prenait ce ton détaché pour dire « Tatiana Pavlovna » la belle-mère se sentait presque intimidée, et se taisait — pour trois minutes. Elle reprisait les chaussettes des hommes, lunettes sur le nez, ses cheveux d'un noir de fer tombant sur ses yeux, le dos raide comme toujours, et elle luttait contre la tentation de se pencher en avant. « ... Myrrha vous vous tenez mal, vous prenez l'habitude du dos voûté, comme une couturière, un de ces jours vous marcherez à la façon des petites vieilles... » « Vous êtes encore une jeune femme, trente-six ans, il ne faut pas vous négliger ainsi. »

La longue fleur pourpre à reflets d'or et de cuivre vert... ô si j'arrivais à faire *chanter* cette couleur ! peut-être en glacis sur fond orange ?... — C'est que, dit tout d'un coup Tatiana, c'est *vraiment* joli, ce que vous faites. Vous devriez exposer. Envoyer cela à l'Exposition des peintres russes de Paris... En juin. »

— Trop tard. Je me suis renseignée. Ils n'acceptent plus d'envois depuis huit jours. » — Ah ! vous vous êtes renseignée ?... » Un pas en avant deux pas en arrière ; Tatiana ne tient pas tellement à voir sa belle-fille exposer.

« ... Vous voyez, Myrrha — je vous l'ai raconté une fois — la malédiction du rabbin. Ma grand-mère — une femme forte Dieu le sait, lucide, sans préjugés, en a été marquée — et a transmis ce remords inavoué à ma mère... et cela durera, qui sait ? cinq générations. »

Myrrha dit : « Je ne maudirai jamais personne. »

— Ah ! Et vous vous croyez maligne. On peut très bien se maudire soi-même. »

Tala avait demandé à sa mère : est-ce que nous ne pouvons pas faire notre Première Communion comme les autres ? — Mais non, ma chérie, c'est impossible. »

— Pourquoi ? puisque c'est la même religion. »

— C'est une question de discipline. Cela ne pourrait se faire que si tu devenais catholique. »

— Et tu ne voudrais pas que nous devenions catholiques ? »

Myrrha réfléchit un instant. — Je crois... que la tradition orthodoxe est plus proche du Christ. Mais les catholiques ne sont pas dans l'hérésie. La différence est une question de détails, mais les détails peuvent peser plus lourd que nous ne croyons... Je ne voudrais pas que tu deviennes catholique pour le plaisir de porter une robe blanche et de faire comme les autres filles. »

Maman avait toujours raison, ce qui était presque agaçant.

... « Grand-mère, pourquoi tu appelles maman Mélisande ? Qui était Mélisande ? » — Une fille douce qui avait de longs cheveux blonds. » — Mais maman s'est coupé les cheveux ! » — Elle est toujours douce. Un jour vous lirez cette histoire. »

— C'est une belle histoire ? » — Oh ! comme-ci comme-ça. »

« Mélisande » n'est pas un compliment. Grand-mère aime bien maman, mais la traite un peu en étrangère — parce que maman croit en Dieu et que grand-mère n'y croit pas. Papa et grand-père n'y croient pas non plus mais pour les hommes ce n'est pas grave.

Gala dit : « Grand-mère, il *faut* croire. » — Personne n'est obligé. » — Mais c'est *mieux*, de croire. »

— Alors ? tu penses que j'irai en Enfer ? » — Oh ! *Non !* » Non, grand-mère sûrement sera au Paradis à côté de saint Michel Archange. — Donc, à quoi bon croire ? » La petite baisse les yeux, essaie de comprendre et ne comprend pas. Elle prie tous les soirs. « Pour maman. Pour papa. Pour grand-père. Pour grand-

mère. Pour Tala. Pour Pierre. Pour l'oncle Georges.
Pour l'oncle Marc... » et aussi pour les enfants et
grandes personnes qu'elle aime bien, mais leurs noms
changent souvent. Elle ne peut pas prier à la fois pour
cinquante personnes. « Pour la Russie. Pour la France.
Et pour moi pécheresse la servante de Dieu Galla.
Amen. » Parfois elle dit : « la servante de Dieu Galla
Placidia » ce qui n'est pas un péché, car Blok parle de
la « bienheureuse Galla »... et Tassia faut-il oui ou non
prier pour Tassia ?

*

Ilya Pétrovitch copiait des adresses sur des enveloppes et sur des bandes de journaux, et se plaignait de
n'en avoir jamais assez à copier. Il le faisait pour
l'Ecole Universelle, pour les Galeries Lafayette, pour le
Petit Echo de la Mode et pour diverses maisons de gros.
Fier de son écriture droite et nette il passait ses
matinées, ses après-midi et parfois ses soirées, installé
entre ses deux piles d'enveloppes, les vierges à gauche,
les remplies à droite, la liste des noms et adresses
étalée devant lui à côté du massif encrier et du long
plumier bleu.

Et Pierre croyait, à voir les lèvres serrées de grand-
père et son regard solennel, qu'il accomplissait une
grande œuvre.

Les gens dont il était si important d'écrire les noms
et les adresses allaient recevoir des messages destinés à
les rendre meilleurs. Et plus grand-père enverrait
d'enveloppes plus il y aurait dans le monde de gens
heureux, et cette fraternité de bonheur pénétrerait
jusqu'en Russie et les gens, là-bas, cesseraient de
souffrir.

A vrai dire, Pierre savait que ces messages étaient
simplement envoyés par des commerçants en gros qui
proposaient aux destinataires d'acheter du vin, ou des

tapis ou des appareils de chauffage, mais il se plaisait à imaginer que ce n'était qu'un trompe-l'œil. Dans chaque enveloppe grand-père glissait la petite feuille transparente portant les mots « vrais ». Et cela même n'était qu'une histoire qu'il aimait à se raconter, essayant de penser *comme si*.

« Pierre tu dors, dit grand-mère. Ton problème. » — Je ne le comprends pas. » — Voyons : un train roule à 30 km à l'heure. Un autre à 50 km à l'heure mais il est parti de Paris trois heures plus tard... »

Ilya Pétrovitch dit : « On ne peut pas avoir la paix ? » Grand-mère baisse la voix. Voyons, Pierre. C'est facile pourtant.

Rien à faire, cet enfant refuse de travailler. Il ne manquait que cela. Que le seul garçon de la famille se trouve être un cancre. « Et ne compte pas sur tes sœurs pour faire les devoirs à ta place. Cela s'appelle *tricher*, tu comprends ? »

— Enfin, Tania, tu le bouscules. Tu vas le terroriser. » — Mon cher, c'est toi qui nous terrorises avec tes enveloppes. Arrête-toi donc, je te ferai du thé. » — Le thé ! Tu connais le prix du thé ? Nous en usons cent grammes par semaine. Oui, ma chère. Nous avions convenu : pas plus d'un paquet de cinquante grammes... » — Il reste encore du thé de midi dans la théière. »

Il a l'air de croire qu'avec ses enveloppes il est seul, ou presque seul, à entretenir la famille — alors que le produit de son travail s'élève à peine au sixième du revenu familial ce qui est déjà très honorable car, le tricot à façon mis à part, il n'est guère de métier plus mal payé. « Il n'y a pas de sot métier. » « Il n'y a pas de petites économies. » « Les petits ruisseaux... » etc. L'essentiel, c'est l'ordre et la méthode. Vladimir n'a jamais été capable d'un travail méthodique, dans ses recherches à la Nationale il perd deux fois trop de temps, il aurait dû livrer ses notes sur Savonarole il y a trois semaines...

Tatiana Pavlovna, armée de sa louche, verse la soupe dans les assiettes, et Myrrha coupe le pain — son beau-père dit : « Pourquoi de si grands morceaux ? du gâchis. »

— Oh ! grand-père, dit Gala, nous mangeons tout jusqu'au bout. »

— On a fait une *enquête* à l'école, annonce Pierre, heureux d'avoir quelque chose à raconter.

— Comment ça ? » — Nous avons rempli des fiches. J'ai dit que j'étais russe, c'est bien ? »

— Il fallait dire « réfugié russe ». — Mais non, c'est bien, dit Myrrha à l'oreille de son fils.

— Et pour 'Profession de la mère' j'ai écrit : 'femme de ménage'. » Il les affronte tous de son regard clair et fier, il croit qu'ils seront contents mais ils ne le sont pas.

— Mais malheureux ! il ne fallait pas. Elle n'a pas de carte. »

— Il fallait écrire 'sans profession' dit Vladimir — ou alors 'artiste-peintre'. »

— Mon Dieu ! s'exclame Myrrha, tu crois qu'ils viendront faire une enquête chez mes employeurs ? ce serait le comble si on leur collait une amende. »

— Enfin..., dit Vladimir, comment sauraient-ils chez qui tu travailles ? »

— Ce sont les Pompes Funèbres qui m'inquiètent ; les autres peuvent passer pour de simples voisins. »

— Un peu de bon sens, dit Ilya Pétrovitch. La police ne se dérange pas pour de telles vétilles. »

— Oh ! c'est très surveillé en ce moment... s'ils viennent et ne me trouvent jamais à la maison... »

Les filles baissent les yeux sur leur soupe aux petites pâtes. Un peu humiliées : *même pas* femme de ménage.

Avant de monter se coucher Pierre s'approche de sa mère, qui penchée sur l'évier récure les couteaux à la poudre Nab. « Maman » Elle tourne la tête, il la regarde droit dans les yeux. Il a le visage grave d'un disciple qui contemple son maître. « Maman. Je suis très fier que tu sois femme de ménage. » Elle ne peut détacher les yeux des purs yeux bleu-gris, du visage trop délicat devenu brusquement rose. « Tu as raison, Pierrot. »

Et quoi encore, pense Tatiana, « raison » ! Elle va pourrir cet enfant, Pierre va, sagement, embrasser son père. « Et à propos, demande Vladimir, qu'as-tu mis pour ' profession du père ' ? »

— J'ai mis : je ne sais pas. »

— Pourquoi ? Tu ne le sais vraiment pas ? » — J'ai oublié. »

Vladimir sourit. Avec une tendresse non pas triste, mais rêveuse. Ce garçon à complexe d'Œdipe lui inspire une estime mêlée de perplexité. Un *fils*. Un étranger.

Il est charmant, fluet, d'une grâce féminine qui lui vaut, en classe, plus de coups et de railleries qu'il n'en mérite. On lui promet qu'il sera *très* grand. « Georges, quand nous avions huit ans, était plus petit que moi, et à quatorze ans !... une girafe. » Chez les femmes, cette évaluation des ressemblances familiales est une science infuse, dont on se moque mais qui en général se révèle juste. S'il a la forme des mains et le port de tête de Georges, il sera aussi grand que lui. Il aura les yeux moins clairs, les jointures plus fines... Le Fils. Le *Rival*. Il en va toujours ainsi dans la vie, et Vladimir sait qu'entre son fils et lui la vieille loi est abolie et qu'il ne sera jamais jaloux de cet enfant. Il ne sera jamais irrité par ses faiblesses, ni offensé par ses révoltes injustes. Et la légèreté tendre de ses rapports avec ce garçon lui cause il ne sait pourquoi un vague remords.

Pierre va à l'école communale, parce qu'il n'y a pas assez d'argent pour l'envoyer à l'Ecole Saint-Joseph (Issy-les-Moulineaux) et que ses sœurs parlent déjà un bon français — à eux trois, dans leurs jeux, ils utilisent le français. Si Pierre dit : « que je voye », « ils croivent » les filles le corrigent sans pitié. « A la Communale, on *dresse* les enfants, dit Tatiana Pavlovna — pour un garçon comme lui c'est peut-être mieux... nous ne le préparons pas à une vie de Lord Fountleroy ?

Il a de petits camarades russes qui sont des garçons très bien : le fils Herschman, Volodia Rakitine... même Pétia Touchine, d'une famille de militaires de petit grade mais un enfant sérieux, bon élève (le comble : le petit-fils d'Anna Pétrovna premier en classe, et le mien vingt-cinquième).

« Le baccalauréat, voyons. Nous n'y sommes pas encore. » — Quoi, dans six ou sept ans... A votre âge cela paraît *encore* long, vous êtes jeunes... » Jeunes — le septième lustre dépassé, ils ne se sentent pas jeunes du tout. Myrrha est déjà de ces femmes dont on dit : comme elle a dû être jolie. Fine, pâle, ses cheveux blonds de couleur tout à fait imprécise, autour de la bouche et des yeux comme un léger voile de poussière. Et Vladimir ne songe même plus à lui reprocher son manque d'ardeur, elle est une épouse parfaite, toujours douce, toujours consentante, et il se demande comment il avait pu être jadis si amoureux d'elle, alors qu'elle était *Agapé* jusqu'au bout des ongles, et pas *Eros* pour un sou.

Elle a exposé une toile à l'Exposition des Peintres russes, et une au Salon des Indépendants : tableaux remarqués, bien que jugés un peu trop « féminins » ; rêveurs, naïfs, abstraits, en dehors de toute école. Elle n'a guère le temps de peindre, mais a des crises d'inspiration, le dimanche, très bien, Tatiana Pavlovna se charge de presque tous les travaux du ménage « ... puisque je suis l'élément improductif, il faut bien que j'assume le rôle traditionnel de la Femme, Myrrha ma chère, je vous en veux parfois d'être trop parfaite mais n'y faites pas attention : savez-vous que je vous adore ? » Avec son sourire de Joconde juste un peu plus malicieux que nature Myrrha répond : « Je m'en suis toujours doutée, Tatiana Pavlovna. »

Vladimir n'écrit plus de poèmes. A trente-six ans, si l'on n'est pas chef de file on n'est rien. Comment être chef de file dans un bocal fermé où s'entassent au hasard des échantillons de trente espèces d'insectes ? On n'écrit pas pour les confrères. Nos soirées poétiques où trente poètes lisent leurs vers pour cent auditeurs. « La tour d'ivoire » quelle blague sinistre, l' « écho sonore » est plus juste — Mais non, pas un *écho*, un tonnerre, les trompettes des anges ! — Oui ma Mélisande, et la voix qui crie dans le désert. Les époques maudites. Celles où il n'y a même pas de déserts pour y crier — car l'air du désert est pur, il porte la voix au loin.

— Tu manques de temps... tu devrais prendre des vacances, aller à Chartres, que sais-je... » — Ah ! non merci ! Le rôle ridicule de ' papa écrit ' ! Je me sens déjà assez parasite parce que tu gagnes avec tes ménages autant que moi par mes travaux de nègre. Il est des gens qui parlent de périodes de stérilité et de ' nuit obscure '. Disons simplemnt que je n'ai pas de talent. Je partage ce malheur avec les neuf cent quatre-vingt-dix-neuf pour mille de l'humanité. »

« ... assez parasite parce que tu gagnes... » Terrible, comme la question d'argent revient sans cesse, Ilya Pétrovitch qui compte les pots de confiture consignés et insiste pour qu'on achète des allumettes soufrées et non des suéduoises. L'argent ? l'orgueil.

L'orgueil. Georges s'est installé un nouvel atelier, travaille sur trois maisons, et agrandit sa production de céramiques... deux comptables et un nombre indéterminé d'ouvriers en atelier et à domicile. En temps de crise, un exploit qui fait des jaloux. Sacha est maigre comme un héron et le cerne gris sous ses paupières n'est pas toujours dû au maquillage. Pourtant, ils ont enfin une domestique.

227

Marc Sémenytch reçoit régulièrement de l'argent d'Amérique. Son fils est « dans les affaires ». Un garçon qui avait jadis rêvé d'une carrière de violoniste, mais avait tout de même acquis des notions de droit. Il envoie des photographies de ses enfants irlandais et catholiques, Maureen et David, David est un ange blond que du premier coup d'œil on identifie comme un juif polonais. Une automobile (tous les Américains en ont) et une propriété dans le Wisconsin, pays d'origine de la belle-fille. « Génia Pavlov, tu te souviens de lui, Tania, est professeur de littérature latine à Harvard. Il a... combien ? cinq ans de moins que nous, peut-être ? Encore un qui a su utiliser ses relations. »

Marc Sémenytch vient retrouver l'odeur du pays natal dans le salon-salle à manger-cuisine du 33 ter — et il se regardent, Ilya Pétrovitch et lui, avec une douceur résignée de vieillards qui ont appris qu'il est dangereux de se marcher sur les pieds quand on souffre de goutte, remisons les sujets scabreux au grenier, à la cave, dans le tiroir de bureau où l'on jette les lettres de créanciers non ouvertes quand on sait que de toute façon on ne pourra jamais payer. Car le nommé Hitler devient semblable à une tumeur cancéreuse qui croît et prolifère projetant ses ramifications jusque sur les plaies douloureuses mais traitables, Staline, la collectivisation, les camps, objets de haine simple et franche... mais Hitler a inoculé à Marc Rubinstein un poison lent qui détruit en lui, bien qu'il s'en défende, simplicité et franchise. Tu ne comprendras jamais. — Tant pis pour toi, Marc. »

— Rien à dire : il est bon de voir grandir ses petits-enfants. Quel beau garçon ! Il me rappelle ton frère Michel. » Michel, frère cadet d'Ilya Thal, était mort de tuberculose à dix-huit ans. — Oui, il y a de cela... c'est le seul qui tienne de *ma* famille. » En attendant, mon vieux, je les vois grandir et me désole qu'ils grandissent si vite parce que les chaussures coûtent cher, les tiens ne sont pas à une paire de chaussures près, ton fils réussit « dans les affaires » — et toi pauvre imbécile tu as honte de m'en parler parce que tu as peur que je ne pense : bien sûr, un juif. Et qui sait ? peut-être que je le pense. Mais avant cette scène stupide je n'aurais jamais eu l'idée de le penser.

Vladimir est nerveux, irritable — il s'agite comme une mouette sentant l'orage, impatient, presque joyeux, que quelque chose bouge, que quelque chose *arrive* —... Toi qui te moquais de la politique. « Il ne s'agit plus de *politique*. » Depuis bientôt dix ans, du vieillard gâteux à l'élève d'école primaire ils pensent tous : si Staline mourait. Chez les uns c'est un désir ardent, chez d'autres un souhait quasi machinal car il en est qui se trouvent heureux ici — mais pour tous cette mort de Staline est le symbole de quelque bouleversement radical. Les vannes ouvertes — digues rompues, cataractes emportant les peuples vers la liberté dans le sang, les cris de haine, les chants de triomphe, l'horreur et l'espoir. *Quelque chose* se passera. Encore faut-il qu'il meure.

L'idole monstrueuse dont les pieds ne sont pas en argile mais en béton armé encastré dans le sol à cent mètres de profondeur, la profondeur d'une peur dont la frivole bourgeoisie d'Occident ignore jusqu'à l'existence.

« ... Si j'avais pu prévoir où nous en serions au bout de quinze ans de ce régime, je n'aurais jamais quitté la Russie. »

— C'est assez cruel, ce que tu dis là. Et idiot : souviens-toi de la Crimée. »

— J'aurais peut-être passé entre les mailles du filet. Tous nos amis de là-bas ne sont pas morts. »

— Tu m'inquiètes, mon cher, tu m'inquiètes. »

La nostalgie — et moi, et Tania, nous ne sommes pas rongés par le mal du pays ?

Maman le matin, leur tire doucement les cheveux, leur caresse les épaules. Il est sept heures. Oh maman j'ai sommeil. Maman dit, tout excitée : « Vous savez la nouvelle ? » Gala, d'un bond, s'assied sur son lit : « *Staline est mort !* »

Myrrha, son effet de surprise si résolument désamorcé, baisse les yeux. « Hélas non, ma chérie. C'est une triste nouvelle : un monsieur russe a tué le Président de la République. »

Les trois enfants poussent un soupir d'horreur. « Un monsieur *russe* ? » Au petit déjeuner ils sont émus et gênés comme si ce Russe mystérieux avait été leur parent ou leur ami. Un émigré authentique, ex-officier — Gallipoli — ou un de la Légion Etrangère ?... un nommé Gorgulov Paul, trente-huit ans... — Tu le connais, papa ? » — Ne dis pas de bêtises. » — D'ailleurs, le Président n'est peut-être pas mort. Va chercher le journal. » Vladimir court jusqu'à l'épicerie-marchand de journaux, et se sent tout bête devant le regard glacial d'une épicière dont il est client depuis dix ans et qui, d'habitude, a de charmants sourires pour « monsieur Vladimir ».

— Eh bien, il paraît qu'il n'y a pas grand espoir. Il est dans le coma. » Les photos du journal montrent un vieillard à barbe blanche carrée, et un homme assez jeune, décoiffé, le visage rond et lourd, des yeux de bête aux abois. Ilya Pétrovitch soupire : « Quel imbécile, quel imbécile. »

— *Pourquoi* a-t-il fait cela ? »

— Sûrement un fou. Regarde cette tête. » Les enfants prennent leurs cartables et s'en vont — pas très rassurés. Que va-t-on leur dire à l'école ? Chez les filles tout se passe bien — un peu de froideur, quelques camarades qui s'écartent sur le passage des Russes

230

comme si elle portaient des revolvers dans leurs serviettes. Et pendant la récréation le groupe des Russes de quatre classes différentes se réunit, s'interrogeant sur l'attitude à adopter : nous n'y sommes pour rien, gardons la tête haute. — Non c'est quand même une honte pour nous, il faut prendre un air triste. — Eh quoi, il faut leur demander pardon ? — Mes petites, on va prier pour que le Président guérisse... — Qu'est-ce qu'elles en sauront ? Tu ne vas pas te mettre à genoux en plein milieu de la cour ? »

A l'Ecole Communale, les garçons russes se font traiter de Gorgulov, et sont obligés de faire front commun dans une bataille rangée, non que leurs camarades éprouvent quelque tristesse, mais le prétexte est bon pour s'en prendre à une minorité brusquement devenue vulnérable. Dans le feu de la bagarre le grand Serge Rakitine monte sur un banc, repousse ses agresseurs à coups de pied et de cartable, et hurle : « Vive Gorgulov ! Il a bien fait ! » et ses camarades russes le regardent avec une admiration effrayée. Qu'est-ce qu'il va prendre...

Et en effet — les cheveux blancs de poussière, le visage en sang, une manche de son tablier à demi arrachée, Serge Rakitine est emmené au bureau du directeur et se voit rappeler ses devoirs à l'égard du pays hospitalier qui l'a recueilli, et reprocher sa conduite indigne qui lui vaudra d'être pour huit jours exclu de l'école. Serge est un dur. Il a déjà treize ans, l'âge du certificat d'études. Mâchonnant sa joue douloureuse, essuyant du revers de la main le sang qui lui coule de la bouche avec une arrogance digne de Douglas Fairbanks, il promène sur ses camarades russes un regard dédaigneux. « Bande d'abrutis. J'avais raison, non ? Elle est belle, leur hospitalité... Et Tannenberg, hein ?... » Au fait, peu de garçons savent ce que signifie Tannenberg ; mais tous font semblant de le savoir. — Huit jours de vacances, tant mieux... et s'ils me font recaler à mon certificat, tant mieux encore. Je leur dis merde ! »

— Et papa, qu'est-ce qu'il dira ? » lui demande Volodia, son cadet.

— Ah ! ça... Serge perd un peu de son assurance. « Papa devrait comprendre. Il dit que dans la vie il faut avant tout être brave. »

... — Mais c'est affreux, ce qu'il a dit, le frère de ton camarade... » même grand-mère est effrayée, non par l'immoralité du propos — Pierre le sent bien — mais par les ennuis que de tels propos peuvent causer aux émigrés russes. « Il ne faut jamais dire des choses pareilles. Cet homme est un criminel. Le Président Doumer était un bon vieillard qui a perdu ses quatre fils à la guerre... » Quatre fils pense Tala. Le malheureux. Après tout, il a dû être content de mourir.

Mais pendant plusieurs jours et même plusieurs semaines le triste Gorgulov hante les premières pages des journaux russes et les réunions en famille et entre amis. — Un exalté. Un fou ? non, les psychiatres l'ont déclaré normal, la preuve — on va le juger. Un agent provocateur ? A-t-il agi seul ? Des complices — et pour quoi faire ? Il n'a pas donné d'explications ... Maîtrisé par la foule il n'avait su que répéter : ma patrie nationale, ma patrie nationale. Il voulait attirer l'attention sur les malheurs de sa patrie ?

Mais la presse russe de droite insinue qu'il était un communiste, qu'il a accompli ce geste dans le but de compromettre l'émigration russe aux yeux des Français... — Quelle bêtise. Qui irait sacrifier sa vie pour ça ? — Ah ! tu ne sais pas ce qu'est la discipline du Parti. Il a pu recevoir des ordres. — Dans ce cas c'est un comédien extraordinaire. — Et après ? on les dresse, on les éduque, la provocation est une de leurs armes les plus efficaces.

— Non, je crois que là, vous allez trop loin. Et quel intérêt Staline aurait-il eu à faire tuer un Paul Doumer,

232

personnage parfaitement inoffensif ? Il eût choisi un homme politique influent. » — Non si c'est un coup dirigé contre l'émigration, la mort d'un président fait plus de bruit. »

— Mon très cher Marc Sémenytch ! Soyez sûr que même aux yeux de Staline nous ne faisons plus le poids. A quoi bon nous ' compromettre ' ? S'ils ne sont pas tout à fait stupides, ils savent maintenant à quoi s'en tenir sur nos dons d'organisation et notre esprit combatif. »

— S'ils ne sont pas ?... mais ils le *sont* ! C'est là leur force. Il n'est au monde de force plus terrible que la stupidité humaine. Jamais l'homme intelligent ne lui fera concurrence : il pourra tout prévoir et tout comprendre, mais les insondables abîmes de la bêtise lui restent inconnus... si inconnus qu'il y voit parfois une ruse suprême. Voyez Staline : dans ses bourdes les plus spectaculaires on s'évertue à trouver des calculs profonds. »

— Voyons, Marc : le crois-tu vraiment bête ? »

— Ah ! ah ! toi aussi. Bête, bien sûr. L'énorme bêtise à front de taureau. C'est imposant. C'est impressionnant. Et on l'adore. Et si on ne le fait pas on fait semblant sous peine de mort, et on finit par se persuader qu'il y a, tout de même, une raison... »

Le salon-salle à manger-cuisine est bleu de fumée, des voisins sont venus pour discuter des nouvelles ; les uns affalés sur le divan, les autres installés sur des chaises éparses en désordre dans la pièce, qui à présent sent l'essence de térébenthine et s'encombre toujours davantage de cartons, de journaux, de planches et de paquets de linge à repasser. Et l'unique ampoule suspendue au plafond est toujours aussi sinistre. C'est vendredi et Tassia sert le thé. « ... Vous, Nicolas Nicolaïevitch, c'est sans sucre ?... »

— Une honte pour nous, dit le vieux gentilhomme.

Un jour à marquer d'une pierre noire. Dans ce deuil nous sommes tous solidaires avec les Français... »

— Il ne semble pas que beaucoup de Français aient pris le deuil. »

— Eh bien justement : c'est à nous de le faire. Dans notre âme, et avec le légitime sentiment de notre culpabilité collective, car je ne crois pas, non messieurs, que ce malheureux soit un agent de la N.K.V.D., en dépit d'indices troublants... »

— Plus que troublants. On l'a vu traîner rue de Grenelle... »

— Et où ne l'a-t-on pas vu traîner ? intervient Vladimir. On l'a vu dans les antichambres de tous les bureaux de rédaction, de tous les comités politiques et centres d'aide, un type si terne que personne ne faisait attention à lui, et dont on s'est souvenu après coup — le genre cinglé ennuyeux, les gens se sauvaient dès qu'il ouvrait la bouche. »

— Peut-être, dit doucement Nicolas Nicolaïevitch, si, au lieu de se sauver, on l'avait accueilli, fraternellement secouru... il n'en serait pas venu à de telles extrémités ?... Combien y en a-t-il, de ces pauvres solitaires abrutis par la boisson... »

— Tous ne tuent pas des Présidents de la République. On ne peut rien pour un fou. »

— Il n'est pas fou. Sinon on ne l'eût pas inculpé — ils ont dû découvrir qu'il était un simulateur. C'est ce qui me fait croire à la thèse de la provocation. »

— Laissez donc ! Ne nous prenons pas pour le centre du monde. Nous 'compromettre', à quoi bon ? »

Le général Hafner raidit son dos déjà raide et se donne un coup de poing sur le genou. — Eh là, Ilya Pétrovitch, je vois encore du défaitisme ! Car *ils* nous craignent ! Car à force de pleurer misère la plupart de nos émigrés oublient que nous sommes encore une force. Et une force de combat — pourquoi, croyez-vous, auraient-ils enlevé Koutiépov ?... Et si le 'combat' est

mené dans l'ombre, s'il n'est pas spectaculaire, soyez
sûr que *leurs* espions les renseignent, et qu'ils en
savent là-dessus plus que vous et moi !... Or, en nous
discréditant aux yeux des Français, ils s'assurent
d'avance la complicité tacite de la police française,
qui, peut-être, fermera plus volontiers les yeux sur de
futurs enlèvements... »

— J'ai meilleure opinion de la police française, dit
Marc Sémenytch, elle n'est pas encore une
'Okhranka [1]'... »

— Vous n'êtes pas guéri de votre occidentalisme
d'avant 1914 ! Je vous laisse à vos rêves bleus. Et,
sachez-le, aux yeux des Français nous sommes une
vermine aussi méprisée par la droite que par la
gauche, il est donc *très* facile de nous 'compromettre' :
Gorgulov, l'homme au couteau entre les dents, incar-
nation et portrait-type de l''émigré russe' — du
'bandit-blanc' ! »

— N'êtes-vous pas trop pessimiste Alexandre Ivanytch ? demande Tassia.

— Vous, Nathalie Evguénievna — et je ne vous le
reproche pas, au contraire — êtes du bon côté de la
barricade. Vos pareils sont peu nombreux... et il n'est
pas sûr que vos amis français vous laissent voir leurs
vrais sentiments. »

— Je crois être à même de juger de leurs sentiments » dit Tassia d'un air pincé. Le vieil homme
baisse les yeux, ne sachant comment se faire pardonner son manque de galanterie. « Je voulais dire : il est
naturel que *vous*, Nathalie Evguénievna, n'inspiriez
partout que du respect et de l'amitié... alors que nous
autres, vieux lutteurs de tous bords, ne sommes pas
toujours plaisants à connaître. »

Myrrha apparaît à la porte d'entrée et amorce un
geste de recul, si étrange est cet air bleuâtre chargé

1. Terme méprisant pour « Okhrana », nom de la police tsariste.

d'odeur de tabac. Elle pense : les enfants ont-ils mangé ? Quatre vieillards, deux hommes assez jeunes, cinq femmes de tous âges, une table si couverte de tasses vides et de cendriers pleins qu'on ne voit plus la nappe, des paires de jambes allongées sur le bord du divan, croisées devant les pieds des chaises, et une bouilloire sur le feu laissant échapper de son bec un puissant jet de vapeur. Elle court éteindre le gaz ; puis le rallume et va remplir la bouilloire qui était presque vide.

— Ah ! Myrrha Lvovna, enfin ! comme vous le voyez, nous discutions.

— Oh oui, je vois. »

— Nous disions : y a-t-il responsabilité collective, réelle, ou bien supposée mais telle que notre situation puisse en être affectée ? »

— Pour les enfants, dit Myrrha, c'est désagréable. »

— Voilà : je te le disais, Iliouche — ce sont les réactions psychologiques qui sont à redouter, non les mesures administratives que le gouvernement est trop raisonnable pour songer à prendre... Les enfants d'abord, et aussi les êtres timides, craintifs, pauvres, humiliés... »

— N'en fais pas une montagne, Marc, nous en avons encaissé d'autres. »

Tiens, Tassia est là. Elle fume, jambes croisées, raide et désinvolte dans son tailleur noir boutonné par-dessus un chemisier gris. Les yeux baissés. Après tout, c'est presque une belle femme. Myrrha voit encore danser devant ses yeux les plaques de marbre. Regrets éternels. A mon Epouse. A notre Père chéri. Requiescat in Pace. Regrets, regrets, regrets — et un angelot de marbre blanc tenant une croix. N'ai-je pas oublié de frotter le cercueil noir ? Comme Milou a l'air fatigué. Il lui jette un regard bizarre — tendre, amusé, excédé, vaguement coupable : ma pauvre fille, il ne te manquait plus que de tomber sur ces raseurs.

... Dans leur chambre, à minuit passé, elle demande :

236

« Crois-tu que Tassia va finir par se marier ? » — Il serait temps ! Elle a peut-être une vocation de vieille fille — ça existe. » — Dis-moi (si ce n'est pas indiscret) as-tu encore de l'amitié pour elle ? » Il est embarrassé, elle regrette sa question.

— Vois-tu : je me demande si elle n'est pas un peu folle. J'ai peur qu'elle ne m'aime toujours. Tu n'imagines pas comme c'est pesant. » — Oh si, j'imagine. »

— Non vois-tu. Ce n'est pas à cause du ridicule. A notre âge. Tu ne crois pas ? Que c'est une forme de folie ? »

— Tu crois que pour t'aimer il faut être atteint de folie ? »

— Toi et tes airs pince-sans rire. Non, c'est sérieux. Elle a l'air tellement tellement tellement équilibrée. »

*

... Tala ne pense plus du tout à l'effrayant (ou malheureux) Gorgulov — ni même à Staline. Elle a commencé à écrire des poèmes. L'année prochaine j'irai au lycée. Lycée Molière, comme Nathalie Pétrouchenko. Et je ne verrai plus jamais Bernadette d'Aiglemont.

Le visage de Bernadette s'est allongé, sa bouche est devenue plus lourde, deux gros pétales d'iris gris... ses yeux sont aussi beaux, mais durs, froids, à quoi peut-on les comparer ? à du verre vert pâle entouré d'ivoire ?... elle joue avec Marguerite-Marie Laffon, et la nuit Tala l'imagine droite, longue, svelte « comme un palmier » dans de blancs voiles de communiante, à peine plus blancs que son visage mat ; et un cercle de diamants autour du front. Un lis dans sa main droite. Elle est la Damoiselle Elue.

... *Tu sauras que tes yeux ont fait battre mon cœur*
Tes longues blanches mains ont fermé mes paupières...
Oui, parce que, bien sûr, je serai morte et elle me verra dans mon cercueil, non c'est quand même dommage —

Depuis quelque temps Tala est obligée de se forcer un peu pour penser à son idole, elle rêve du temps où elles étaient plus petites et Bernadette plus jolie.

Une fois, en rentrant du cinéma, ella a pris le bras de son père, et lui a demandé : « Papa, est-ce que tu crois que j'aimerai un jour quelqu'un plus que toi ? »

— Mais... je l'espère bien ! » dit-il.

— Ah ! et pourquoi ? » au fond, elle ne tient pas tellement à ce qu'il l'espère.

— Tu vas te marier, tu auras des enfants... »

Oh ! c'est banal, pense-t-elle, pourquoi disent-ils toujours des choses banales ? Et lui, il se dit : quand même — aurait-elle déjà des problèmes de ce côté-là ? à douze ans...

— Tu penserais à quelqu'un ? »

— Oui, à une fille de ma classe. Je l'aime vraiment beaucoup. » Puisqu'elle a osé le dire, elle sait que ce n'est plus tout à fait vrai. Et elle soupire, en pensant : puisque je l'ai dit à papa il faut que ce soit de plus en plus vrai. Il sourit. « Oh, une fille... » ce qui veut dire : cela n'a pas beaucoup d'importance. Pourquoi ? — On peut être amoureux d'une fille ? »

— Oui, si l'on est un garçon. »

— Et pas moi ? » — Non, sûrement pas. » Oh ! si, je veux toujours aimer Bernadette. Elle rougit de plus en plus fort. Elle sait pourquoi. Parce qu'elle pense en réalité à Serge Rakitine et elle se dit qu'il est brutal, insolent et laid.

Elle pense au film : *Cœurs brûlés*.... Amy embrasse le gentil Adolphe Menjou, enlève ses chaussures à hauts talons, et s'en va dans le désert pour suivre le beau légionnaire. Adolphe Menjou a une moustache à pointes et de beaux yeux, mais il est vieux... Ils descendent vers la gare, le ciel est rouge au loin — derrière la gare et derrière les fils brillants des rails dominés par le sentier et les jardins, se dresse la Maison Blanche, le N° 1 ; et Tala sait que les grands garçons jouent au football sur la partie plate de la rue entre la maison et le magasin russe ; et elle s'accroche plus fort au bras de son père, se disant : quand nous passerons devant le magasin je fermerai les yeux... si je suis avec mon père ils n'oseront rien me dire. Elle aurait tellement voulu avoir déjà traversé l'endroit dangereux, et, brusquement elle se voit transformée en Marlène Dietrich, embrassant papa pour aller ensuite — pieds nus, ô non quelle honte — courir sur les vagues de sable pour rejoindre... non, non et non.

Les garçons, adossés au mur du grand immeuble, prennent des airs importants, s'essayant à tenir leurs cigarettes entre l'index et le médius de la main gauche, et exhalant des bouffées de fumée grise. Serge Rakitine n'a que treize ans, mais il est aussi grand qu'une femme de taille moyenne, et ses cheveux châtains et plats tombent presque sur son nez court et fort couvert de taches de rousseur... Il est vraiment laid... — mais sa bouche a toujours un sourire en coin qui veut être arrogant, viril (car il est un terrible poseur, toutes les filles le savent). Il m'a regardée. Je sais qu'il m'a regardée. Cette bouche méprisante, cruelle. Parce que je suis une petite fille qui se promène au bras de son papa. Les garçons l'appellent « la fille à papa ».

Tala se sent rouge comme si sa figure, dans cette rue déjà bleuie par l'ombre de la grande Maison, était devenue un charbon incandescent. Et si encore elle avait songé, est-elle bête, de tenir le bras droit de papa et non son bras gauche, de façon à ce que papa fît écran entre elle et les garçons, mais pouvait-elle prévoir que ces idiots resteraient plantés comme des quilles le long du mur ? Plongée dans un trouble qui lui fait voir, à travers le tremblotement de larmes sur ses cils, des étincelles sur les grosses pierres du trottoir, elle n'entend pas la voix de son père. « Mais enfin, finit-il par demander, tu rêves ? » Il se penche un peu, il n'a plus tellement à se pencher, le visage de sa fille lui arrive à l'épaule — Mais tu pleures !... » — Oh ! c'est à cause des garçons. Ils me regardent toujours d'un air méchant. Ils m'appellent la fille à papa. » — C'est si vexant ? — Oui, parce qu'ils le disent pour m'enrager. »

— Mais Louli, les garçons taquinent les filles, c'est une loi vieille comme le monde, et tu sais ce que ça prouve ? qu'ils se sentent inférieurs à vous ! » Elle hausse les épaules. « Mais c'est vrai, dit-il, après tout j'ai moi-même été un garçon. »

Elle pense tout d'un coup : mais il n'était pas un garçon *comme l'autre...* et elle a honte de cette pensée comme si elle avait trahi papa. D'ailleurs, les Rakitine, on le sait, ne sont pas des gens à fréquenter, avec leurs idées fascistes, « Jeune Russie », les Sokols, marche au pas et garde-à-vous...

Et Vladimir se sent déçu. Et au moment même où il prend conscience de cette déception il sait qu'elle pourra un jour se muer en souffrance, car déjà — si tôt, si vite — de petites brutes vulgaires changent en femme son innocente. Ah ! elle saura vite trouver moyen de ne plus se faire appeler fille à papa — et tant mieux tant mieux, mais ce brusque dégoût que lui inspire le petit Rakitine (il sent que c'est bien de lui qu'il s'agit) fait vaciller cette lampe douce, cette tendresse sans nom, ce qu'il croyait être sa grande certitude au milieu des mille et une déceptions et tribulations...

... Est-ce que j'aimerai quelqu'un plus que toi ? Ah non par exemple. Un peu fort. Un peu tôt. Tout de même pas ce petit voyou aux yeux bridés. Seigneur, en arriver à voir des *ennemis* dans des gamins, rien de plus ridicule. « Oh je ne pleurais pas, dit Tala. J'étais *émue*, à cause du film. »

— La prochaine fois, dit-il gravement, je vous emmènerai au Cinéma du Val, voir Tom Mix. » (sous-entendu ironique : cela ne te fera pas pleurer). Elle rit. Elle l'aime parce qu'il sait toujours donner le change, avec lui on ne perd jamais la face, mais il a tout deviné, tout compris, tout pardonné (qu'y avait-il à pardonner?), peut-il ne pas tout comprendre?

« Cet été, décide Vladimir, il faudra se débrouiller pour que les enfants partent en vacances. » — Les camps de la Jeunesse Chrétienne? propose Myrrha. Je pourrai obtenir cinquante pour cent de réduction; peut-être même soixante-quinze pour cent. Le camp de la Napoule. » — Pourvu que le camp des filles ne soit pas à vingt mètres du camp des garçons. » Il se fait huer par ses parents pour sa mentalité rétrograde. Toi qui, autrefois étais partisan de l'école mixte.

La petite Gala est presque aussi grande que sa sœur, et tout à fait brune. Elle porte les cheveux coupés « à la Jeanne d'Arc », elle est forte dans tous les jeux : balle au camp, balle au mur, saut à la corde. Galla Thal passe pour être celle qui ne se laisse pas marcher sur les pieds, et à l'école on ne l'aime pas beaucoup. On l'admire en secret. Elle n'est pas une chiffe molle comme sa sœur. Jamais Tala n'avait compris qu'on lui en voulait à cause de son joli visage, que sa timidité passait pour une incurable indifférence, et que Bernadette d'Aiglemont avait pendant deux ans rêvé d'elle comme elle avait rêvé de Bernadette.

Gala préfère les Russes aux Françaises, démontre à tout le monde que la religion orthodoxe est supérieure à la catholique, la langue russe plus belle que la langue française. « Alors, qu'est-ce que tu fais en France? » — Parce qu'en Russie mon père et mon grand-père auraient été fusillés. Quand je serai grande je retournerai là-bas... » — Ah! et comment feras-tu pour *retourner?* tu es née à Paris. » — J'irai là-bas. J'y organiserai un mouvement de résistance. »

Le soir, dans leurs lits, les sœurs se parlent. Parfois Pierre se rapproche d'elles et s'assied sur le lit de Gala. « Tu as vraiment envie d'aller là-bas? » — Je ne sais pas. » Gala est honnête, elle dit toujours ce qu'elle pense. « Peut-être que j'aurai peur. » — Mais quand nous serons grandes, Staline sera mort. Nous irons tous là-bas. » Assise dans son lit, immobile, mains jointes sous le menton, Gala se tait. Elle réfléchit, et sa sœur sait qu'il ne faut pas interrompre sa réflexion.

— Je crois que je n'ai pas très envie de devenir grande. »

— Et pourquoi ? Moi, j'ai envie. »

— Parce que quand nous serons grandes, grand-père et grand-mère seront morts. »

Oh ! c'est vrai... Tala n'y avait pas pensé. Une étourdie, une égoïste. Et alors — quand nous serons tout à fait grands papa et maman seront morts aussi, et après ?... Gala, Bernadette, Pierre, l'oncle Georges, Nathalie, Boria... (elle n'ose pas penser : Serge)... elle-même il lui semble qu'elle doit vivre très longtemps. Ils s'en iront tous, comme des branches au fil de l'eau... ils passeront comme l'herbe des champs, *pass'pass'passera*

la dernière la dernière
pass' pass' passera
la dernière restera !...

Ils s'en vont, par couples, et la dernière reste seule au milieu de la cour. Exclue de la ronde.

Deuxième partie

FÊTES DE LA FLAMME NOUVELLE

Au lycée où elle arrivait excitée, joyeuse et effrayée d'accéder à une dignité nouvelle, Tala se trouvait — en classe de 5ᵉ — entourée de trente-cinq filles, ce qui après les classes de quinze à vingt élèves (6ᵉ et 5ᵉ réunies) de l'Institution Notre-Dame de Meudon lui semblait admirable. Comme les salles de classe étaient spacieuses, claires, propres, et le bâtiment lui-même, fait d'un rez-de-chaussée et de deux étages de longues galeries donnant sur une longue cour rectangulaire d'un côté et de nombreuses salles de classe de l'autre — comme ce bâtiment était majestueux et sévère, sévère et gai à la fois, la vraie Grande Ecole, enfin !

Les *camarades*. Il y a l'embarras du choix, on ne sait où donner des yeux, des grandes, des petites, des jolies, des laides, blondes, brunes, même une rousse, pâles, roses, négligées, coquettes — toutes en tabliers couleur beige clair ce qui est tellement plus gai que les noirs, mais tous les tabliers ne se ressemblent pas. Il en est qui sont coupés comme de jolies robes à ceinture et jupe à plis.

Y a-t-il des Russes ? Je le saurai, pensait-elle, quand la maîtresse va faire l'appel. La maîtresse — professeur de français, dame trapue et pâle en tailleur marron, et qui malgré ses joues flétries eût été belle sans cet air d'avoir envie de pleurer — tenait dans ses mains une grande feuille de papier. Elle dit : « Levez-vous » sur un ton de reproche (en effet : les élèves auraient dû deviner qu'on ne s'assied pas avant l'appel).

Voyons — Achard, Madeleine — présente. Aronson, Elisabeth — présente. Bastide, Hélène — présente, présente, présente... Devilliers, Claude... Duvignaud, Marie-Thérèse...

Flamant, Marie-Louise — présente. Florent, Bernadette (tiens, Bernadette)... Giraudon Marthe, Guillemin Odette — de Guiv... remond, Ghislaine, Hirschman, Désirée...

... Kantoro... vitch, Agnès (ah ! enfin une Russe !), Klimentiev, Victoire (encore une), Légouvé, Françoise — Montancier, Mireille — Martynov, Alexandra (une troisième) — Perez, Annie...

présente, présente, présente...

Ramirez, Mercédès (un nom comique, ça rime), Rougemont, Marie-Anne, Sidorenko, Irène... Décidément pense Tala nous faisons nombre — Thal, Tatiana, Thévenet, Geneviève, Tourtier, France, Vermeersch, Lilianne, Wasselin, Catherine...

Ne pouvant retenir tous les noms et tous les prénoms, Tala s'appliquait du moins à identifier les quatre Russes ; l'une d'elles, Irène Sidorenko, était assise à deux pupitres d'elle, une longue blonde au visage chevalin. Kantorovitch Agnès était justement la rousse : mignonne, rose fine visage tout rond, petit nez bouche menue. Tala observait sa voisine de pupitre, Françoise Légouvé, fille à cheveux châtains bouclés, aux lèvres minces, au regard sérieux — persuadée que les Françaises qui vont au lycée sont toutes des filles de haut niveau intellectuel, Tala se demandait quelle question intelligente elle pouvait poser à Françoise, et finit par dire : « Vous aimez le latin ? » et l'autre répondit, avec raison : « Chut ! » car la maîtresse commençait à expliquer que cette année elles allaient étudier *Esther*.

Pendant la récréation, les élèves, forcées de s'abriter

246

de la pluie dans la galerie qui longeait la cour, tentaient de former des groupes — piétinant dans une foule assez dense, car elles partageaient la galerie avec les élèves d'autres classes, et Tala cherchait déjà des yeux les Sixièmes et Gala — ... tiens, celle-là est jolie, je crois que c'est Ghislaine de Guivremond, quel nom, sûrement une noble, quelle longue tête fine. Là, elle reçut une tape sur l'épaule et tressaillit si fort qu'elle en eut honte. Son agresseur amical était une grande fille à longues nattes blondes — celle précisément dont elle avait admiré le tablier ; fait sur mesures, joliment ajusté sur un corps svelte, tombant en plis impeccablement repassés, et dont l'encolure laissait voir un haut de corsage en velours vert avec un petit col de dentelle.

La fille souriait. D'un air mi-complice mi-timide. « T'es russe, toi ? » — Oui. Comment le savez-vous... le sais-tu ?... » — Tiens ! Tatiana ! Tatiana Thal, c'est bien toi ? » — Et toi ? » — Victoire Klimentiev. »

Ladite Victoire avait une demi-tête de plus que Tala, et était une des plus jolies filles de la classe : teint clair, joues et lèvres d'un rose corail, yeux d'un bleu vif tirant sur le turquoise, nez droit, cheveux d'un blond clair à reflets jaunâtres. Dès cet instant Tala comprit que cette fille pouvait être aimée. Et ce n'était pas seulement sa beauté, presque banale, beauté simple, paysanne mais non sans noblesse. Son sourire insouciant semblait quêter et promettre l'amitié avec une franchise dont Tala se sentait incapable.

— T'as quel âge ? » — Douze ans. »

— Moi treize. Faut pas croire que j'étais mauvaise élève, j'ai pris du retard parce que mes parents ont déménagé. J'ai fait ma première année de latin toute seule à la maison pendant les grandes vacances. » — Tiens, moi aussi. Avec mon père. »

— Oh ! ton père sait le latin ?... » admirative. — Oui. Et le tien ? » Victoire baissa les yeux. « Non. C'est un voisin qui m'a aidée. » La grande fille semblait brusquement se faire petite, ou du moins modeste, il y avait une humilité hésitante dans son beau sourire, Tala pensait : elle sera mon amie quand je le voudrai. Et, parce que cela semblait trop facile, elle n'avait plus tellement envie d'en faire son amie.

Elle en eut encore moins envie à midi, au vestiaire. Les filles, se rattrapant après trois heures de silence, faisaient un de ces vacarmes qui rappellent l'agitation de centaines d'oiseaux au coucher du soleil, et la surveillante des classes de 5e, Mlle Bildstein, en dépit d'une voix criarde et perçante qui jurait avec son corps menu, ne parvenait pas à se faire entendre. « Mesdemoiselles voyons, de la tenue ! » Cette première matinée sentait encore les vacances ; l'excitation d'anciennes qui se retrouvent, de nouvelles qui se réunissent pour échanger leurs impressions ; la curiosité réciproque, vive, heureuse et qui s'éteint au bout de quelques jours — mais ce matin-là chacune s'imagine trouver dans la foule quelque perle rare.

Victoire Klimentiev paradait, très fière de sa robe de velours vert et de son élégant petit manteau fait de longues bandes de drap noir et marron. A vrai dire, c'était une tenue un peu solennelle pour un jour de classe, mais il est des filles qui, le premier jour, s'habillent comme pour une fête. « ... Dis donc, il n'est pas mal, ton manteau... » — Oui, ma couturière a copié ce modèle chez Chanel. » — *Ta* couturière, voyez-moi ça ! » — Enfin, celle de ma mère. »

— ... Il paraît que tu es russe ? » — Oui : émigrée. Mon père est prince. Il pourrait s'appeler 'prince *de* Klimentiev' mais il trouve que, dans l'exil, c'est plus digne de ne pas s'afficher. »

Une des Françaises, Marie-Louise Flamant, dit à mi-voix : « Comme il a raison... » Tala, qui l'avait entendue, fit la grimace — gênée pour sa compatriote. Et, comme elles descendaient ensemble la rue George-

Sand, elle demanda (pince-sans-rire) « C'est vrai que tu es princesse ? »

L'autre se tourna vers elle avec un petit rire bref et un tout aussi bref clin d'œil (elle n'avait pas saisi l'intention ironique).

— *Tu parles !* »

— Alors pourquoi le dire ? » La fille lui lança un regard surpris, du genre : quelle question !

— Ben... ça fait bien, non ? »

— Mais tu aurais l'air ridicule si elles savaient que ce n'est pas vrai. »

— Et pourquoi qu'elles le sauraient ? »

— Elles ne sont peut-être pas si bêtes. » Victoire Klimentiev fronça les sourcils, car elle n'était pas bête elle non plus, la phrase voulait dire : personne au monde ne te prendrait pour une princesse. Mais, à l'école communale, les filles le croyaient.

— Non, tu vois — tout d'un coup elle devenait sérieuse — tu vois : ce n'est pas un vrai mensonge. Chez nous on est quelqu'un et ici rien du tout. Alors il faut exagérer pour être au moins *un peu* quelqu'un. »

... et, chose étrange, Tala trouva que cela pouvait se défendre. Seulement le procédé était stupide.

— Mais ton père, lui, ne dit pas qu'il est prince ? »

— Oh ! non ! Il est honnête. »

... — Tu vas jusqu'au Pont ? » — Moi, dit Tala, je prends le train à la gare de Pont-Mirabeau, j'habite Meudon. »

— Tiens ! je connais. On y a vécu. Il y a quatre ans, oui. »

— Nous, c'est depuis dix ans. »

— C'est drôle, dit Victoire, je ne t'ai jamais vue à l'église. Tu n'allais pas à la même ? Nous c'était celle du père Gleb. »

— Nous, celle du père Pierre. » Victoire parut réfléchir un instant. — Ah oui, je comprends... Papa, il est pour Monseigneur Antoine. Et pour le Grand-Duc Cyrille Vladimirovitch. »

— Moi, dit Tala, la politique je m'en moque. Pour ce qu'on y comprend à notre âge. »

— Ah! ne dis pas ça! De notre temps, *tout le monde* doit lutter. Moi, je suis chez les Sokols. Promue cheftaine des tout-petits. »

— Et moi je trouve que c'est la barbe. La politique, pas les Sokols. » Un peu à contrecœur, Victoire Klimentiev reconnut que c'était juste. « Et puis tu sais, le Bon Dieu est le même dans toutes les églises. C'est toujours la messe orthodoxe. »

— Le père Pierre est presque un saint, tu sais. »

Victoire émit un petit sifflement admiratif. —... Et quel bel homme, dis donc!... J'aimerais bien être confessée par lui. Je m'inventerais des péchés exprès. »

Tala dit : « C'est un grand ami de ma mère. »

— De ta *mère*, tiens tiens! »

— Qu'est-ce que j'ai dit de drôle ? »

Victoire prit un air sérieux et même protecteur. « Fais pas attention. Non, tu vois : il faut dire ‘un grand ami de mes parents’, parce que si tu dis ‘de ma mère’ ça peut donner aux gens de vilaines idées. Tu es encore trop naïve. »

Tala ne comprit pas tout de suite, puis — saisissant l'énormité de l'insinuation — resta suffoquée, puis haussa les épaules. Quelle belle mentalité! Elles se séparèrent devant la petite gare de Javel, après un « A cet après-midi ! » froid de la part de Tala et cordial et insouciant de la part de Victoire Klimentiev.

... « Tiens, dans ma classe il y a une fille russe qui s'appelle Klimentiev et qui se dit princesse ! » tout en trouvant la fille peu intéressante Tala ne pouvait s'empêcher d'être obsédée par le souvenir de ses joues roses, de sa fière démarche. L'idée d'une princesse Klimentiev fit rire toute la famille — sauf Myrrha, qui dit : « Il ne faut pas se moquer, c'est sûrement une fille très pauvre. »

— Mais non : c'est la mieux habillée de la classe. »

— Même si elle n'est pas pauvre, elle est d'un très petit milieu, il n'y a aucune raison que vous vous moquiez d'enfants qui n'ont pas les mêmes chances que vous... »

— Au nom de Dieu, Myrrha, pourquoi ne pas rire de ce qui est drôle. Princesse... comment as-tu dit ? Dementiev ?... »

— Klimentiev. »

— C'est encore mieux. Enfin, chez une enfant ce genre de bêtise est encore excusable, mais c'est peut-être son père qui lui fourre de telles idées dans la tête, et ceci est déjà de la promiscuité... »

— Oh non, dit Tala, pas son père, elle dit qu'il est trop honnête. »

— Tiens ! Tatiana Pavlovna se redressa, brusquement intéressée. Un bon point pour cette fille. »

... Dans le courant de l'après-midi Tala comprit que, décidément, Klimentiev était une fille infréquentable. Car pendant la récréation comme elle parlait des « cinq Russes » de la classe, Victoire demanda : « *Cinq ?* Lesquelles ? » — Eh bien : toi, moi, Martynov, Kantorovitch, Sidorenko... »

— ... Ssque t'es naïve ! Kantorovitch n'est pas une Russe, c'est une youpine ! »

— Comment peux-tu dire de tels mots ? »

— C'est pas vrai, ça ? *Kanntorrô-vitch*, tout ce qu'il y a de plus youpin comme nom. »

— Ne parle pas si fort, elle peut t'entendre ! »

— Mais je m'en fiche royalement qu'elle m'entende ! Tu crois que je vais *les* ménager ?... »

Avec une petite grimace de dédain Tala expliqua qu'elle était d'un milieu où l'on ne prononçait pas de mots grossiers, et où l'on ne disait pas de mal des juifs.

— Ah ! ah ! et pourquoi ça ? Après tout ce qu'ils ont

fait à la Russie ! » elle se redressait, secouant ses belles nattes blondes ; une flamme d'or, comme dans les prunelles d'un chat, rendit pour une seconde ses yeux bleus tout à fait turquoise. « Moi, je les *hais* ! »

— Eh bien, tant pis pour toi. »

Donc, Tala se décida, dès ce moment, à se lier d'amitié avec la petite Kantorovitch — ce qui semblait être juste et nécessaire, car Sidorenko Irène avait tout l'air de partager les façons de voir de Klimentiev. Et elle se disait que la fatalité la réduisait, là aussi, dans cette école nouvelle, à se contenter du groupe des Russes (puisque groupe il y avait par la force des choses) et à se trouver des amies non par choix mais par nécessité.

D'abord contente (nous sommes cinq, on est moins dépaysée) elle se sentait déçue. Il eût mieux valu être la seule. « ... Et chez toi, c'est comment ? » — Deux Russes, disait Gala, une Espagnole... » — Tiens, chez moi aussi. Ramirez ? » — Oui, comment sais-tu ?... Une Anglaise, une Turque, les autres des Françaises. » — Il y en a des gentilles ? » — Je ne sais pas encore. Il faut le temps de les connaître. » Ce qui était la chose la plus intelligente à faire, mais Tala n'avait jamais la patience d'attendre. Elle avait peur de la solitude, peur de n'avoir personne à qui parler pendant la récréation, peur de n'avoir pas de voisine de table attitrée. Va pour Kantorovitch.

Une fille douce et plutôt timide. Jolie, oui, avec ses petits yeux myosotis brillant entre les longs cils roux. Son père avait un magasin de confection, rue de Boulainvilliers. Elle avait une grande sœur en classe de Seconde A et un frère à Jeanson de Sailly. Ses parents étaient d'Odessa, émigrés en 1920. Et toi ? — Les miens sont de Pétersbourg. Moi, je suis née à Constantinople. » — Tiens ! moi aussi. » Elles riaient : « Nous sommes des Turques ! »

— Mademoiselle... heu... Thal ! si vous avez quelque

chose à dire à votre voisine, vous pouvez le faire pendant la récréation. » Tala rougit... dès le premier jour elle se fait mal voir. Elle balbutie : « Oh pardon, Madame » et toute la classe rit. Non que la leçon manque d'intérêt : il s'agit de l'anatomie du corps humain et la maîtresse explique comment sont situés les os dans le squelette, jamais à l'Institution Notre-Dame on n'avait rien expliqué de pareil. « ... Et tu sais, chuchote Kantorovitch Agnès, qui a déjà fait sa Sixième au Lycée, dans la salle des Travaux Pratiques il y a un *vrai* squelette... » — Mademoiselle... Kantorovitch ! »

— Un vrai squelette ? Tu veux dire un homme mort ? » Tala pense au malheureux privé de sépulture et exposé aux rires de petites filles curieuses. Et dire que les Pharaons, pour que leur corps ne fût pas profané, s'enfermaient dans des pyramides où l'on ne pouvait accéder que par un labyrinthe dont les portes étaient scellées... Mlle Thal écoute mal la leçon, elle n'en a pas l'habitude, à Notre-Dame les maîtresses n'expliquaient rien et se contentaient de faire réciter leur leçon à toutes les élèves pendant toute l'heure du cours.

... Dans les souvenirs de Tatiana Thal les hauts, les bas et les calmes plats du sentiment devaient de très loin l'emporter sur l'histoire, la géographie, les maths, les sciences nat., le solfège et même la littérature, et même l'angoisse devant de possibles mauvaises notes. Car cette angoisse pouvait durer toute une matinée, ô mon Dieu faites que je ne sois pas interrogée, que Mlle Bernard s'attarde dans son explication des origines des guerres puniques, que ces feuilles mortes qui brûlent derrière la fenêtre prennent feu si fort que les flammes lèchent la vitre et fassent irruption dans la classe... que cette horloge retarde et que la cloche sonne dans une minute ! — Tatiana Thal... Eh bien ? »

253

Elle bafouille, fait semblant d'être intimidée, et s'en tire avec une note correcte. Cette angoisse est oubliée comme un mal de dents. Mais on n'oublie pas un regard de travers ou un sourire froid.

Donc, au bout d'un mois elle fut abandonnée par Agnès Kantorovitch, qui s'était trouvé, dans la classe parallèle, une amie appelée Liliane Goldenberg. Dont le père était, lui aussi, dans la confection (bonneterie) et qui habitait avenue Mozart. Une fille charmante, cette Agnès, mais un peu trop timide, et influençable ô combien. Est-ce que Tala ne l'avait pas bravement défendue contre les chipies, supportant des taquineries ridicules ? Sidorenko et Klimentiev s'amusaient à l'appeler Morgenthal, Rosenthal, Goldenstern, Finkelstein, ah ah tu es juive et tu le caches ! — Mais non je ne le suis pas ! »— Ah ah, pas de quoi rougir puisque tu aimes tant la Kanto. » — Mais je ne rougis pas ! » — Si tu rougis ! Goldenthal, Finkelstein ! »

— Et tant qu'à faire, avait-elle fini par lancer, j'aimerais encore mieux m'appeler Finkelstein que Sidorenko ! » A sa grande surprise Sidorenko en fit un drame, comme quoi son nom était un bon nom ukrainien, et qu'il n'y avait pas de quoi le mépriser, et que ce n'est pas parce que *Mademoiselle* Thal était soi-disant de la noblesse qu'elle pouvait se permettre... « Ça, c'est trop fort ! vous qui vous moquez de mon nom à n'en plus finir... » — C'est pas pareil ! c'est pas pareil ! » Irène Sidorenko avait les larmes aux yeux.

Et Agnès écoutait, avec un regard mi-figue mi-raisin. « ... Tu sais, j'apprécie beaucoup... » Quoi ? qu'est-ce qu'elle appréciait ? Tala pensait à la scène entre grand-père et l'oncle Marc. Pourquoi les gens sont-ils toujours en train de se rejeter leur nationalité au visage ? La fille Goldenberg avait dû dire : « Tu sais, elle n'est *quand même* pas comme nous... » Et un beau jour, dans la cour après la partie de ballon prisonnier, Victoire Klimentiev vint passer son bras ferme et léger autour des épaules de Tala. « Eh bien, tu vois comment elles sont, les juives : elles se tiennent entre elles, t'as beau être gentille. Moi, je t'en ai pas voulu, c'était même plutôt chic de ta part. » Il y avait une réelle bonté dans la voix de cette fille. Mais rien à faire, Tala était trop fière pour tourner casaque — une fille d'un très mauvais genre, et commune en dépit de ses beaux habits.

Pendant les vacances de Noël elle oublia ses amies du lycée. Elle était amoureuse, comment avait-elle pu ne pas s'en rendre compte ? amoureuse depuis plus de six mois.

*

Finie l'Enfance.

Finies les courses sur la Terrasse de Meudon, et l'émerveillement devant la grande allée sauvage vue du haut des Jardins de l'Observatoire. ... Et les veilles du 14 juillet quand tout Meudon montait sur la terrasse pour pousser des cris à chaque pluie d'étoiles rouges, vertes, blanches et or qui, partant du lointain et invisible viaduc d'Auteuil, se défaisaient dans un ciel noirâtre en cascades, en gerbes, en soleils. Et le manège à balançoires sur chaînes qui tournait le 14 juillet sur la petite place, où l'on s'envolait dans les airs, la chaîne tendue à l'horizontale, une terreur merveilleuse vous arrachant le cœur de la poitrine... et si la chaîne se rompait ?

Finies depuis si, depuis si longtemps les courses en trottinette du haut en bas de l'avenue (du maréchal J., plus celle de la G.) le vent dans les cheveux, vertige, les grilles des jardins filant de plus en plus vite. Partie pour toujours l'Anglaise avec son chien Rip, la grande puis moins grande Anglaise, longue maigre avec sa jupe courte, ses bas de soie, ses belles blouses ses cheveux teints en blond et son long et vieux visage

255

fardé — fière comme une reine elle descendait l'avenue de son pas décidé : « tout beau, Rip ! »

Le Central Cinéma est une pauvre petite salle aux lumière grises donnant sur le coin d'une vieille ruelle à pavés défoncés vieux de cent ans — les cinémas de Paris sont tellement plus beaux — et que dire du Cinéma du Val et de ses bancs de bois et de ses éternelles pannes d'électricité par jour d'orage et même sans orage, qui interrompent le film pour une demi-heure ? et des bandes de gamins en guenilles qui se pressent sur les bancs en applaudissant Tom Mix et Charlot et le bon Vitalis avec ses chiens ?... et le beau ô combien Fanfan la Tulipe ?... il tombe mort, douze balles dans la peau, et se relève aussitôt après, son vieil ami avait persuadé les soldats de tirer à blanc... il relève, et de la bouche des enfants de la salle s'échappe un soupir de joie qui est presque comme un long cri.

Finis les jeux dans le jardin devenu trop petit et dont on voit à présent toute la falote misère : les troènes étriqués, la cendre du poêle Godin en guise de gravier, les vieux grillages rouillés, les larges lézardes du mur qui longe l'ancien parc — et les murs en torchis et briques de la maison qui a dû être, jadis, une sorte de hangar, plus tard rafistolé et agrandi avec des moyens de fortune pour servir de local habitable. Les nouveaux locataires de la villa de l'Anglaise ont taillé les branches du vieux tilleul, qui donne moins d'ombre et n'épand plus au printemps ses pâles fleurs odorantes sur le toit de la véranda.

On ne rêve plus que de cinémas parisiens et de sorties dans divers lieux où l'on s'amuse à Paris — et pourtant, les fêtes à la salle Tivoli sur la route des Gardes de Bellevue ombragée par ses quatre rangées de vieux marronniers étaient peut-être plus gaies, on y connaissait tout le monde, on commentait la toilette de chaque grande fille et l'on s'adossait au mur, le cœur pincé par un petit espoir bête : mademoiselle, voulez-vous m'accorder cette valse ? oh non monsieur je ne danse pas encore.

... Et l'autre espoir : que tel garçon s'approche et dise — après tout nous sommes aussi assez grands pour danser, si on y allait ?

Parce que cet étrange visage ne se tourne jamais vers vous... Tala avait perdu la foi en Dieu, et la foi dans les bienfaits de l'instruction. Pour un clignement d'yeux. Pour une ombre de sourire. Pour deux mots adressés à elle par cette bizarre voix tantôt rauque tantôt bêtement piaillante (elle « mue » disent-ils). Pour un claquement de doigts... « viens ici »... elle eût renoncé à tout, même à son honneur ; et eût consenti à partager les idées pernicieuses de la famille de ce garçon-là (qui sait, après tout elles ne sont peut-être pas si mauvaises ?)

Elle eût consenti à vivre comme l'Anglaise, toute sa vie enfermée dans sa villa du 33 bis, attendant chaque samedi la visite de son vieux Français à moustache blanche... Il était marié et ne pouvait pas l'épouser, et jusqu'à la fin de sa vie elle se parait et se maquillait pour rester toujours belle à ses yeux. Et un jour il est mort, et sa famille à lui est venue, et a chassé la vieille Anglaise de la villa qu'il louait pour elle... Un jour, S(erge), marié et devenu médecin, me rencontrera sur le quai de la gare de Pont-Mirabeau... oh, mais... vous êtes... — Mais bien sûr ! — J'ai toujours pensé à vous et n'osais pas approcher, à cause des idées de vos parents. — Quelle folie, S... ! est-ce que les 'idées' comptent ? — Il est trop tard, maintenant. — Jamais trop tard. » Ils prennent le train et s'en vont à Versailles. Dans la ferme de Marie-Antoinette il... l'embrasse, et depuis ce jour elle vit seule dans un petit pavillon et l'attend tous les samedis.

En attendant — ô temps heureux où elle aimait Bernadette d'Aiglemont ! C'était simple et pur, un amour tout en fleurs blanches, prières à la Sainte

Vierge et au Sacré-Cœur et poèmes écrits en secret. Pour S... elle ne peut pas faire de poèmes, la plume brûlerait. « Tala devient paresseuse » « C'est l'âge ingrat » « Elle est anémique, il faut qu'elle prenne du Pancrinol » « Les voyages en train quatre fois par jour la fatiguent, elle est moins solide que sa sœur et son frère. » Son père demande : « Taliouche voyons, qu'est-ce qui ne va pas ? » (il ne l'appelle plus Louli, il sait qu'elle n'est plus la même).

S... (erge Rakitine pour tout dire) est dans les Sokols, et, à la fin de sa classe de 3e, Tala tente de se rapprocher de la poseuse et crâneuse Victoire Klimentiev, sans oser pourtant lui demander quels sont les garçons qu'elle connaît dans ce mouvement de jeunes. Victoire s'appelle à présent Victoria — « c'est bien plus joli » — et a perdu son accent parigot et son langage d'école communale. Une *excellente* élève. Elle a aussi perdu un peu de son ardeur patriotique, oh les Sokols tu sais c'est bon pour les gosses.

— Ça convient peut-être mieux aux garçons qu'aux filles... »

— Ah ! tu as rougi. Je parie que t'en pinces pour un garçon Sokol. »

— Pas du tout, j'en pince pour le fils d'un ami de mon père. Et toi ?... » (et si elle disait : oui, un nommé...)

— Moi ? moi j'aimerais bien rencontrer un type comme Ronald Colman. »

... Le dimanche de Pâques je l'ai rencontré dans la rue, lui et ses deux copains, nous nous sommes tous embrassés trois fois — puisque c'est la coutume — et je n'ai rien ressenti que de la peur. Les trois garçons s'en vont dansottant autour d'un ballon ovoïde en cuir roux « Oh ! c'est bath, dis, ton ceinturon ! » Serge Rakitine a terriblement embelli, et il est capitaine de l'équipe de football juniors au Lycée Janson.

Un jour, en parlant incidemment de lui, papa a dit :

une belle petite brute, mais ce sont ceux-là qui réussissent. C'est faux, il y a chez Serge Rakitine une violence sombre qui l'empêchera de réussir. Bon élève pourtant. Je n'ai plus de bouche, plus de visage, plus de corps — je voudrais devenir invisible à ses yeux — n'avoir plus de corps n'avoir plus honte d'un corps vulnérable comme un œuf mollet épluché — un corps fait pour laisser échapper du sang sans blessure, et pour former en soi des enfants venus du corps d'un étranger.

.... Jamais de tels rapports ne pourront exister entre un homme que j'aimerais et moi, avant même d'imaginer une chose pareille je mourrais de honte. Il ne me regarde pas parce que les garçons sont trop purs. Lui du moins, de tous le plus indifférent. Comme Phèdre aimait Hippolyte... le *vrai* Hippolyte, dit grand-mère, ne s'est jamais embarrassé d'aucune Aricie.

*

Tatiana Thal passa en classe de Troisième avec trois examens de passage (une honte mais la famille est indulgente, seule grand-mère prend ses airs de jours d'orage, mais ne dit plus rien). En 1935 Hitler a déjà pris le pouvoir en Allemagne, Staline n'est toujours pas mort, Marlène Dietrich semble avoir presque détrôné Greta Garbo et tant de gens possèdent la radio qu'en passant dans n'importe quelle rue on entend s'échapper des fenêtres des étages inférieurs les chansons de Tino Rossi, de Saint-Granier et de Georges Milton. Et Vladimir Thal, décidément, ne trouve plus de travaux de « nègre » et s'est résigné à un travail de mi-secrétaire mi-homme à tout faire chez un grand épicier-traiteur, son premier patron à Paris, Piotr Ivanytch Bobrov. « Papa, il faut vivre ». Ils sont toujours en train de s'excuser de vouloir vivre.

La carte bleue : travailleur. Aux yeux d'Ilya Pétrovitch c'était une déchéance — les hommes de profession libérale, considérés comme non-travailleurs, ont la carte verte, la bleue est considérée comme un enviable privilège. Mais un privilège pour ouvriers, magasiniers, employés de bureau, et autres salariés exploités par des patrons. Le troupeau. Lui qui depuis plus de dix ans déclarait à tout propos et souvent mal à propos que son fils se faisait honteusement exploiter par des éditeurs sans scrupules et des parasites littéraires, trouvait humiliant qu'il se fît exploiter par un vulgaire boutiquier.

« Je n'y suis pas en mauvaise compagnie, Boris Kistenev y travaille à la manutention » — Un bel exemple ». Boris passait pour coureur, anarchiste, on disait que sa paie touchée le 30 était liquidée le 2 du mois suivant en paiement de dettes. Bon garçon, du genre large nature russe. Mais Ilya Pétrovitch lui-même trouvait toujours de moins en moins d'enveloppes à copier, était-ce la faute de la crise ? pourtant les affaires reprenaient. Mais les machines à ronéotype et les machines à écrire faisaient une concurrence dangereuse au travail exécuté à la main.

... Je deviens un fardeau inutile... Soixante-cinq ans. Pour beaucoup d'hommes — dans les professions intellectuelles — c'est la pleine force de l'âge. Un fardeau — non qu'il se fût jamais fait de grandes illusions sur l'utilité de ses enveloppes. Mais il y tenait. Ils étaient quatre — et même sept en comptant les enfants — à entretenir la légende familiale de l'égalité virtuelle entre les trois sources de revenus. Et il savait que c'était là, de la part des autres, pure charité. Telles sont les servitudes de la vie en commun. Trois fois par jour il maudissait la fatalité qui les condamnait, lui et Tania, à cette cohabitation non dénuée d'agrément mais pesante, avec une famille qui se fût très bien passée d'eux. A cause d'eux Vladimir préférait voir ses amis au-dehors, Myrrha courbait la tête devant sa belle-mère; les enfants... oui les enfants ont besoin de grands-parents, oui somme toute il rendait encore service à son fils.

Il passait à présent des heures avec Pierre, s'efforçant de lui rendre agréable la préparation de leçons et devoirs, de consolider son esprit vif mais porté au rêve; de faire comprendre à ce garçon — héritier du nom, après tout — ce que sont les droits et les devoirs de l'homme. *And Which is more, you'll be a man, my Son*[1] — quoi qu'on fasse, on ne dit pas *you'ill be a woman, my daughter*[2]. Tania misait, en féministe qu'elle était, sur la petite Gala. Mais la femme forte devient, au mieux, un merle blanc, exception honorable qu'on cite en exemple sans la prendre tout à fait au sérieux, et qui réussit à cause de l'étonnement qu'elle provoque : imaginez que Jeanne d'Arc ait été un jeune berger et non une jeune bergère... et le maigre succès qu'elle aurait obtenu. L'homme, lui, est forcé de jouer le jeu honnêtement.

... Tu as deux sœurs aînées, Pierre — tu as le bonheur d'avoir une mère et une grand-mère admirables; des femmes exceptionnelles toutes les deux, et il est impossible de juger, d'après elles, des autres femmes. Toi — tu seras un homme. Même la meilleure des femmes ne peut jamais servir d'exemple à un homme. »

« Grand-père » — Pierre le regardait, sa tête fine penchée de côté, appuyée sur la main. Avec un léger sourire en coin, gentiment moqueur, pensif — et toi et papa, vous n'êtes pas des hommes exceptionnels ? » Le grand-père reprenait le sourire sur les lèvres de l'enfant, y ajoutant un soupçon de gravité patriarcale. « ... Il est difficile, comme tu le sais, de parler de soi, et même de son propre fils. Dans le temps, je me défen-

1. Et, ce qui est plus important, tu seras un homme, mon fils (Kipling).
2. Tu seras une femme, ma fille.

dais assez bien. Ton père était un garçon très brillant. Un jour tu comprendras ce que c'est : faire partie de la génération sacrifiée. Un homme, Pierre, a les jambes longues ; les dents longues. Il lui faut de grands espaces pour courir, de gros morceaux à avaler. Ton père n'a pas eu les chances qu'il méritait. »

— Mais moi, est-ce que tu crois que je les aurai ? »

— C'est autre chose. Toi, tu es averti. C'est pourquoi je t'en parle. Toi, tu seras préparé à une vie, qui, pour nous autres, n'est pas *normale*... Il n'est pas normal d'être un déraciné, tes camarades de lycée ont cent coudées d'avance sur toi, tu dois te forger une âme forte. Si tu ne les dépasses pas tu seras écrasé. »

Ils étaient deux à expliquer aux enfants la nécessité de la lutte — ils étaient vieux. Leurs exigences y gagnaient une sorte de rigidité contraignante, et les parents étaient toujours là à s'interposer — Ce n'est pas si grave voyons ! » « Tu en fais une montagne » — « Cinquième en mathématiques, sur trente-cinq, ce n'est déjà pas si mal » « Il est réellement enrhumé, j'aime mieux qu'il garde la chambre ». Maman, la chère *femme* qui donnerait aux plus égoïstes envie de se faire médecins ou avocats ou professeurs pour qu'elle n'eût plus à aller frotter les parquets chez des voisins plus riches. — Je t'assure maman, je me sens très bien.

Ma mère est femme de ménage. A l'école communale personne ne s'en étonnait, au Lycée Janson les garçons n'ont pas l'air de le croire, ils pensent qu'il est si bête qu'il ne sait pas ce qu'il dit ; qu'il parle mal le français et que sa mère reste à la maison pour s'occuper de son ménage à elle... D'ailleurs, elle est peintre, elle a exposé plusieurs tableaux — remarqués — Myrrha Thal-Zarnitzine. Mais parce que ces tableaux ne rapportent pas d'argent Pierre en est moins fier que des « ménages ». « Après tout, dit-elle, je suis en bonne compagnie, Marina Tzvétaiéva en fait aussi. » Marina Tzvétaiéva, la reine et l'orgueil de l'émigration russe (selon papa). Un des trois grands poètes russes encore vivants.

Les deux autres — Akhmatova et Pasternak — vivent en URSS autrement dit Russie, mais l'on peut supposer qu'ils écrivent toujours. ...Et si je devenais poète ? — Garde-t'en bien, dit grand-mère. Et si même tu as envie d'écrire des poèmes, fais ce que tu peux pour t'empêcher d'écrire. » — Quel conseil, maman ! » — S'il a le don, rien ne l'arrêtera. Sinon... »

— J'ai compris maman. J'ai eu le malheur de naître à une époque où l'on se lançait à l'eau sans calculer les risques. »

Le bourdon du tocsin
  a scellé nos lèvres...

Le tocsin, le glas et le bruit des foreuses. Et les Hourrah ! — comment est-ce ? La chansonnette : *Je ne connais pas d'autres pays*
  Où l'homme respire aussi librement[1].
C'est ce « respire librement » qui nous empêche tous de respirer — même ici. Trop proche. Ça fait trop mal. Mais lui, mais eux, pourquoi leur imposer notre fardeau ? Et qu'ils deviennent français s'ils le veulent ce n'est pas plus mal. »

— Oh tu sais, la France et les poètes, ça fait deux. Même Aragon — un homme doué — a eu besoin de s'affubler symboliquement d'un petit air « russe » fût-ce à travers la parodie soviétique, pour acquérir quelque crédibilité. »

... Français ? Que signifiait donc, pour les enfants, devenir des Français ? Après qu'on leur eut tant dit et fait sentir, de tous côtés, qu'ils ne l'étaient pas ? Aux filles on disait de plus en plus souvent : Oh ! vous épouserez... elles épouseront... des Français. Pas de problèmes : la femme a la nationalité du mari. Le garçon fera son service militaire — né en France, il le fera de toute façon. Mais... renoncer à sa nationalité

1. Chanson soviétique des années 30.

pour en adopter une autre ? Vous ne renoncez à rien : apatrides. Avantages certains : possibilité de devenir médecin, avocat, commerçant, professeur, chercheur scientifique ou simplement employé des postes... de voyager ; de n'avoir plus à recommencer tous les ans ou tous les deux ans la course aux certificats de domicile, actes de naissance et autres papiers en vue de renouvellement de la carte d'identité. Rien que pour échapper à cette corvée on se ferait naturaliser. Pour les garçons ce n'est pas difficile : futurs soldats. Tala, quinze ans : sa première carte d'identité. Verte. Etablie pour un an. Lorsque son père l'emmène à la Préfecture de Versailles elle se sent à la fois fière (une adulte) et humiliée : te voici toi aussi condamnée à subir le sort commun... cela lui rappelle le jour où elle avait pour la première fois découvert du sang sur sa culotte, eh oui, tu es femme, les femmes doivent *subir* — ceci et beaucoup d'autres choses.

L'homme étranger est comme une femme, il doit subir, il doit accepter, il doit se contenter d'emplois subalternes où ses dons sont mal utilisés.

Le travail au magasin n'est pas trop difficile. Parfois agaçant — les fins de mois, les échéances, une comptabilité embrouillée, les inévitables falsifications de comptes car « voler l'Etat c'est ne voler personne » et l'on n'en finit jamais avec les contrôles fiscaux. Les lettres aux clients de province et aux fournisseurs — il faut rendre justice au vieux Bobrov, il a su mener sa barque, en saison de Pâques il fournit en koulitchs jusqu'aux colonies russes du Creusot et de Clermont-Ferrand, et s'est également acquis une bonne clientèle juive, Pessah et Pourim, gefilte fisch et borchtch kasher — il s'arrange pour être antisémite avec les bons Russes et pour faire croire aux juifs qu'il est un peu juif lui-même.

Aux heures où il y a peu de travail Vladimir et Boris passent au magasin et bavardent avec des clients, ce qui aux yeux de Piotr Ivanytch donne à sa maison un atout de plus : le cachet intellectuel. Le vaste local encombré de vatrouchkis, de kalatchs, krendels, pirojkis, cornichons malossols, poisson salé, saumon, caviars, boublitchkis, sans parler de spécialités juives et turques, prend parfois des allures de club.

Le salaire est honnête, 1 000 francs par mois et de menus avantages en nature. Après des années d'énervement, de vaines attentes, de déceptions chroniques, ce travail-là est reposant... Car Ilya Pétrovitch ne sait pas ce que peut être l'amertume du travail dit intellectuel, pour celui qui ne possède ni titres, ni notoriété, ni position sociale. Il est sans cesse roulé, amicalement, courtoisement, par ceux qui se disent ses pairs et jouent sur sa fierté pour différer le paiement des honoraires promis, et pour réduire — parfois de moitié — les sommes convenues en invoquant des promesses non tenues et des contrats résiliés — si bien que pour un travail effectif, et dont ils se serviront ensuite sous quelque nouveau prétexte, ils vous paient en ayant l'air de vous faire l'aumône, je sais, vous avez trois enfants...

Il se souvenait de ses soirs de révolte, de colère puérile — une fois les enfants couchés. « J'abandonne. Dès demain j'essaie de m'embaucher chez Renault. » Menace ridicule, en temps de crise on n'embauchait pas, on licenciait. La mère s'alarmait. Tu n'y penses pas ! Avec tes poumons. Depuis son enfance elle lui attribuait des poumons fragiles, c'était la grande mode en 1910, en fait il avait simplement tendance aux bronchites chroniques. Le père ne disait rien. Un silence éloquent. D'autres se débrouillent mieux que toi... Il y en a beaucoup et pas des moindres qui se débrouillent encore moins bien mais la déception d'un père est impitoyable : ceux qui font moins bien ont, dans leur échec, l'excuse d'une certaine démesure, leur misère a du « panache »... Jamais de paroles échangées, mais avec les parents, le malheur est de pouvoir lire en eux comme dans un livre ouvert.

Et toi ? qui as gâché toutes tes chances, infligeant à ceux qui pouvaient te servir — et me servir — des blessures cruelles pour le plaisir de faire une belle phrase — si effrayé de passer pour un quémandeur que sous les prétextes les plus futiles tu insultais ceux qui te voulaient sincèrement du bien, et laissais maman aller s'humilier devant ces mêmes gens ou peu s'en faut, en se servant de ton nom — homme orgueilleux et futile, et ne crois pas que je ne t'aime pas, mais à quoi bon t'armer de la sagesse de tes soixante-cinq ans pour juger les autres ?

Nathalie Delamare est assistante et collaboratrice du professeur B. ; auteur de thèses traduites en anglais et en allemand. Ils s'imaginent que cela me fait quelque chose et évitent d'en parler devant moi. On a beau ne rien éprouver, on ne peut s'empêcher d'être atteint par les sentiments qu'on vous attribue. — Jaloux d'une femme, on n'a pas idée. — Mais sont-ils fous, quand même : en réparation de sa vie prétendument gâchée à cause de moi, elle serait devenue recteur de la Sorbonne, je ne pourrais qu'en être heureux, et cela sans la moindre arrière-pensée. Tassia et ses visites du vendredi, métronome noir — bonne fille, sans mesquinerie aucune, notre génération est meilleure que la leur, nous n'aurons pas connu les préjugés de ceux qui ont grandi et mûri dans la vie dite normale.

... Georges. « ... Sais-tu ? si je meurs sans enfants, je léguerai tout ce que je posséderai — peu ou beaucoup — à Pierre. » — Quelles idées morbides ! » Ils sont assis à la terrasse de *la Coupole* tous les trois, par une soirée d'été lourde et rouge. L'orage ne se décide pas. Par moments des éclairs de chaleur font vaciller les pâles lumières des réverbères déjà allumés et les lettres du journal publicitaire lumineux qui courent comme des files de vermisseaux blancs sur le mur d'en face. Et Myrrha rappelle que leur nom, à elle et à Georges, signifie « éclair de chaleur » — *Zarnitza*. — Oui. J'ai toujours trouvé votre nom poétique. »

Georges se met à rêvasser. — ... Si je léguais ma fortune à Pierre, je le ferais à la condition qu'il porte le double nom : Thal-Zarnitzine. Après tout, pourquoi pas ? Les Espagnols le font bien... Rodriguez de Silva y Velasquez, Goya y Lucientes... Ainsi le nom ne serait pas tout à fait perdu. »

— Mais Georges, un homme peut avoir des enfants jusqu'à... soixante ans — je suis sûre que tu en auras une demi-douzaine. » Myrrha se mord les lèvres : c'est comme si elle enterrait Sacha. Celle-ci, c'est connu et établi, ne peut plus enfanter, Georges est revenu à de meilleurs sentiments un peu tard.

Le tonnerre éclate si brutalement que tous les consommateurs assis sur la terrasse se relèvent en sursaut, ils croient que le toit de l'immeuble s'effondre, le tonnerre est si proche qu'il semble avoir précédé l'éclair d'une aveuglante blancheur qui pendant une bonne seconde balaie le boulevard Montparnasse et allume les vitres des étages supérieurs. Puis tout devient pâle et gris et la pluie se précipite, rageuse, pressée, si violente que le bruit de l'eau devient un fracas ininterrompu — tous se regardent, pour un instant réunis dans le même saisissement, quelques-uns se lèvent, courent vers la vitre de la terrasse — mais ce n'est pas possible, mais c'est de la grêle !... Oui, il y a aussi de la grêle, les grêlons bondissent sur le trottoir comme de minuscules balles de caoutchouc, se poursuivent, roulent de tous côtés. « Mon Dieu, les fenêtres, dit Myrrha, ta mère est sortie, ils devaient aller chez Marc. » — Ça ne durera pas. » Tout le monde le répète. Tout le monde a le souffle coupé. Un nouvel éclair illumine les mille colonnettes blanches de la pluie, ô Seigneur que c'est beau.

Georges reste immobile, renversé en arrière sur le dossier du fauteuil de rotin, jambes croisées mains dans les poches. Ses yeux clairs, dirigés sur les rideaux brillants et ruisselants de l'eau qui s'abat sur la vitre, ne voient rien de tout cela. Il n'est pas, comme le sont ses deux compagnons, fasciné par le spectacle.

— Non, mais, sérieusement, tu y penseras. »

— A quoi ? » demande Vladimir.

— A ce que je t'ai dit tout à l'heure. Pour Pierre. » Vladimir doit faire un effort pour se souvenir. — Ah oui. Pourquoi ? C'est une drôle d'idée. Le nom de Thal est un peu court, mais je le trouve bien. » — Merci. » — Ce n'est pas ce que je voulais dire. Si ça lui plaît de porter aussi le nom de sa mère, pourquoi pas ? Mais ces histoires de testament — ça rime à quoi ? Tu auras le temps d'y penser quand tu seras vieux. »

— Nous ne sommes plus jeunes. J'aurai quarante ans l'année prochaine. » Et Vladimir se dit, un peu surpris : tiens, donc Myrrha aussi. Lui-même en aura trente-neuf, ce qui ne fait pas une grande différence.

*

La grande amitié entre Tatiana Thal et Victoria Klimentiev avait débuté le 31 janvier 1936. — Ce jour-là Victoria n'était pas venue en classe ; depuis la rentrée des vacances de Noël elle manquait souvent. Et puis, à quatre heures et demie, devant le vestiaire des Secondes, ses camarades la virent, en train de parler avec la surveillante, Mlle Goubelle.

Elles avaient aussitôt compris qu'il arrivait quelque chose de grave. Les nattes mal tressées, le béret de guingois, Victoria parlait à la longue Mlle Goubelle d'une voix un peu haletante ; elle avait le teint brouillé, et le regard désemparé d'un enfant injustement puni.

Les filles dans la galerie près du hall d'entrée rejoignaient une Victoria Klimentiev qui marchait tête basse, faisant semblant de se presser et pourtant désireuse d'être accostée. « Bonjour, ça va ? » « Bonjour. » Tala et Sidorenko, voyant qu'elle n'avait pas envie de parler, hésitaient. Elles pensaient on ne sait pourquoi à un scandale, une exclusion du lycée. Victoria, après un soupir, comme si elle reprenait souffle, dit d'une petite voix étrangement timide : « Ma maman est décédée. »

Elles l'accompagnaient ; le long de l'avenue Mozart, de la rue George-Sand, de la rue de Rémusat ; marchant de leur pas rapide qu'elles s'appliquaient, Victoria la première, à ralentir par souci des convenances. Elles étaient quatre — Tala, Irène Sidorenko, Françoise Légouvé et Hélène Bastide, deux couples silencieux et dignes flanquant la pâle et raide Klimentiev comme les saintes Femmes la Vierge Marie — bouleversées par ce malheur qui risquait, sait-on jamais, de fondre un jour sur chacune d'elles.

« ... C'est arrivé ce matin à huit heures et quart... expliquait Victoria, fiévreuse, gagnée par le plaisir momentané de se retrouver au milieu de camarades et d'être le point de mire de leur sympathie. On s'y attendait pas, elle a juste eu une petite quinte, craché un peu de sang. Très peu. J'ai appelé la concierge et puis j'ai couru chercher papa à l'usine...

« Vous allez la voir, elle est très jolie. Le père Matveï doit venir ce soir. »

Les filles, les deux Russes surtout, étaient partagées entre la tristesse et la curiosité, car depuis trois ans jamais personne n'avait mis les pieds chez les Klimentiev, Victoria invoquait toujours des parents très collet monté, des concierges féroces, voire même de mystérieux bolcheviks qui voulaient du mal à son père, on ne savait même pas son adresse... quelque part de l'autre côté du Pont Mirabeau. Pour une fois elle avait oublié ses faux mystères, elle était une petite fille effrayée et excitée qui s'accroche à la présence d'amies de son âge.

Et la demeure des Klimentiev était on ne peut plus modeste : un petit rez-de-chaussée sur cour, contigu à la loge de la concierge, dans une petite rue entre la rue de la Convention et l'avenue Emile-Zola.

Elles entrèrent sur la pointe des pieds, les Russes faisant de grands signes de croix. La pièce était de forme étrange, toute en angles aigus ou obtus ; une fenêtre à volets fermés, coincée dans l'un des angles aigus, et une ampoule à abat-jour en tôle peinte projetant une lumière forte sur la grande table couverte d'une toile cirée à grands carreaux rouges et blancs, et sur le large lit où la défunte était étendue, mains posées en croix au-dessus d'une poitrine creuse. Trois cierges de cire jaune brûlaient sur une petite table au pied du lit, des verres à moutarde servant de chandeliers.

Une pièce à murs noircis par l'humidité ; par terre un carrelage gris à dalles hexagonales fendillées ; dans le coin près de la fenêtre un vieux mannequin tendu de toile gris sale et une machine à coudre, dans l'autre coin un minuscule évier flanqué d'un étroit bahut en bois peint sur lequel était posé un petit réchaud à gaz. Klimentiev était bel et bien une fille pauvre... maman avait donc raison, pensait Tala.

Il y avait du monde dans la pièce. Une femme plutôt forte à chignon brun et grand châle en tricot gris, une femme très jeune et blonde en tablier de coton imprimé à fleurs, les yeux rouges, et qui s'approcha de Victoria pour l'embrasser... deux hommes d'allure martiale en costumes élimés, gris et qui semblaient avoir eu jadis une autre couleur. Et, sur une chaise près du lit, le veuf effondré, courbé en avant, coudes sur les genoux, ses grandes et lourdes mains croisées l'une sur l'autre en pendant entre les jambes, objets dont on ne sait que faire.

Le visage de l'homme, régulier, maigre, à la pâleur malsaine, était d'une immobilité qui n'évoquait pas la

mort mais plutôt une stupidité totale, bouche entrouverte, yeux bleu acier troubles et fixes.

Les filles se serraient timidement contre le mur. Tala
n'avait jamais vu de morts, elle n'osait tourner les yeux
vers le lit, pour ne pas profaner un saint mystère par
des regards où il y aurait plus de curiosité que de
douleur et de respect. « ... Tu peux approcher » lui dit
Victoria à voix basse, sans le vouloir elle avait l'air
d'une maîtresse de maison qui fait à ses visiteurs les
honneurs du peu qu'elle a — « Papa, c'est des amies à
moi... ». L'homme eut un léger mouvement de tête,
comme pour chasser une mouche, et grimaça ce qui
pouvait passer pour l'ébauche d'un sourire poli.

La chose maigre et menue étirée sur le lit, revêtue
d'une jolie robe en crêpe de Chine beige, avait une tête
fine, trop fine, nez pointu, petites pommettes à os
saillants, lèvres minces tendues dans un sourire forcé
mais assez doux — lèvres bleu pâle, comme bleues
étaient les petites paupières bombées sous un front
étroit et jaunâtre où collaient, en accroche-cœur, des
boucles jaune foncé. Mme Klimentiev avait dû être de
ces petites femmes vives, à joliesse d'oiseau, gracieuses
et un peu vulgaires, comme le sont les vendeuses,
modistes ou serveuses de restaurant ; et sur son lit de
mort elle semblait encore s'excuser de ne pouvoir offrir
à ceux qui la contemplaient une image plus majestueuse de la *face* qui doit, effaçant le visage vivant,
révéler enfin l'âme présentée à Dieu.

« ... N'est-ce pas ? murmura Victoria en reniflant
très fort, n'est-ce pas qu'elle est belle ?... » et, brusquement elle se mit à sangloter à voix haute, avec cris et
hoquets *Maman maman, maman, je ne veux pas, je ne
veux pas !* » elle se débattait dans les bras de la
Française blonde et les quatre amies, en larmes, se
retiraient après de brefs saluts auxquels personne ne
fit attention.

Et Tala rentrée à la maison avec une heure de retard

pleurait de nouveau en pensant à cette scène cruelle.
« Eh bien c'est vrai maman, elle est pauvre. Son père
travaille à l'usine. Sa mère était couturière. C'est
sûrement pour cela qu'elle est si bien habillée. »
Pauvre et honteuse, pauvre et fière. Pauvre ô combien à
présent, orpheline, seule avec un père désespéré...
Après l'enterrement Victoria revint au lycée, pâle, les
yeux cernés, son manteau rouge teint en noir.

... — Quoi, la fameuse antisémite, la fausse princesse ?... » — Mais grand-mère, elle a beaucoup changé
depuis trois ans. Elle est *vraiment* gentille. Et elle est
presque la meilleure élève de la classe — après Françoise Légouvé. En latin elle est même meilleure que
Françoise. » — Je voudrais bien qu'on puisse en dire
autant de toi. »

La grande amitié. La vraie, pour une fois, car
Klimentiev n'était pas de ces filles ou garçons dont on
évite les regards et auxquels on tremble de déplaire.
Elle était à la fois bavarde et attentive. Curieuse. Tiens,
raconte-moi l'histoire de ton premier amour. Et elle
écoutait, ses yeux bleus fixes et droits sous leurs
sourcils droits et drus légèrement froncés. « ... Ah ! ça
ma fille, il fallait pas faire ça, le gars a dû croire que tu
te moquais de lui. » — Mais c'est vrai que je me
moquais. » — Pourquoi, s'il te plaisait ? »

Et combien les souffrances endurées pour Serge
Rakitine devenaient douces et tendres, souffrances de
jeune fille (oui, de *jeune fille*) qui se confie à une amie.
« ... Ben *dis ddonc !*... Sque t'étais mordue. C'était du
sérieux. » Victoria semblait si admirative que Tala
commençait à se demander si son amour avait été si
sérieux que cela. — Et toi ? » — Moi ça durait jamais
longtemps. Tiens, il y avait un chef Sokol, un grand de
seize ans, il me regardait comme s'il voulait me
manger toute crue et je rougissais comme une tomate.
Il voulait toujours m'attraper quand on jouait aux
" brûlots " et je me laissais attraper exprès. Mais

quand il a voulu m'embrasser je n'ai pas voulu. » — C'est vrai, tu n'avais pas envie ? » — Oh si. Mais maman me disait : fais-les attendre, ils te respecteront davantage. Et elle avait bien raison, un mois plus tard je ne pensais plus à lui et il me courait toujours après. »

« ... Ton Rakitine — ha ! ha ! quel poseur celui-là ! Dès qu'il voyait une fille, il prenait un air méprisant, les yeux clignés, les coins de la bouche baissés, pour faire semblant qu'on ne l'intéressait pas. On l'appelait ' l'homme fatal '. » Tala souffrait de voir son premier amour ainsi profané... mais après tout, était-ce de l'amour ? Oui, et un amour vrai, et tendre, et ardent, mais amour pour l'âme belle et pure que chacun de nous porte en soi, et que le miracle de l'amour nous permet d'entrevoir. Cette âme parfaite, je l'avais reconnue en lui, mais peu à peu ma vision s'est affaiblie et je l'ai oubliée.

« Je suis née à Constantinople. » — Moi, à Yalta. Mais Constantinople, tu parles si je l'ai connu, nous y sommes restés quatre ans. Quand nous sommes arrivés à Meudon, rue de la Paroisse, je savais pas un mot de français, juste *Madame s'il vous plaît ! un dinar ! j'ai faim !...* et puis de l'anglais : *Sir ! my lady ! please ! money money.* Tous les enfants du quartier savaient ça. On courait après les étrangers bien habillés, on tendait la main.

« ... j'ai rapporté des petites pièces à la maison, j'étais toute contente, et papa m'a flanquée une raclée. Après, je ne les lui ai plus montrées, je les donnais à maman en cachette. »

— Comment ? Ton père te battait ? »

— Bien sûr. Pas le tien ? »

— Jamais ! »

Victoria la regardait, pleine de respect et un peu incrédule.

— Moi, l'an dernier il m'a encore battue ; parce que

j'avais répondu grossièrement. Les hommes sont comme ça. Il a un revolver tu sais. Il m'a juré que si jamais je faisais des choses avec un type, il me tuerait. Qu'il nous tuerait tous les deux. »

— Des choses ?... »

— Fais pas l'innocente. Tu sais bien, les choses qu'on fait pour avoir des enfants. »

... Et Tala se demandait s'il lui fallait être choquée par la crudité du langage de son amie, ou par la dureté d'un père capable de telles menaces, ou encore par la bizarre fierté de Victoria qui semblait approuver la sévérité de son père. Mais rien de tout ceci ne la choquait, au contraire : quoi, elle aime son père, elle l'admire. Et il y avait même quelque chose de romantique, de « médiéval » dans l'image de ce militaire jaloux de son honneur et possesseur d'une arme de mort.

Victoria Klimentiev avait fait teindre en noir plusieurs de ses vêtements, son tablier n'était plus aussi bien repassé ni ses petits cols aussi propres. Elle crânait moins, elle n'était plus la meneuse de jeu dans les parties de ballon prisonnier ; souvent même elle refusait de jouer, et s'adossait à un pilier de la galerie, mains dans les poches, yeux perdus. Tout le monde la comprenait. Elle travaillait toujours aussi bien. « Tu vois, Thal, nous autres, il *faut* qu'on soit bonnes élèves. C'est une question d'honneur. » — Pourquoi d'honneur ? » — Parce qu'on est russes, tiens !... Et après le bac je ferai en sorte d'obtenir une bourse pour la Sorbonne. Ou pour la Fac de Médecine, je ne sais pas encore.

« ... Avant, je disais à maman : quand je gagnerai de l'argent nous aurons la belle vie. Et elle n'est plus là. Ça fait un drôle d'effet. »

Madame Klimentiev, Maria Pétrovna, née dans la province de Koursk, Avksentiev de son nom de jeune fille, avait épousé Sacha Klimentiev sur le front d'Ukraine, où elle était infirmière. Coquette mais sage, fille de sous-officier en retraite, élevée par une mère stricte qui lui avait appris la cuisine, la couture, la crainte de Dieu, le respect sacré du mariage et la fidélité au tzar et à sa famille. Le monde bien tranquille de Maria Pétrovna avait chaviré le jour où elle apprit le massacre de la famille impériale, mais elle avait suivi le beau Sacha à travers toute la Russie, dans les bagages de l'Armée Blanche, priant Dieu de venger le tzar martyr et de libérer la Russie des juifs (elle croyait que Lénine aussi était juif) ; soignant les blessés, et revendant à l'occasion des biens pillés pour avoir de quoi manger.

A Constantinople, donc, elle ne grondait pas sa fille lorsque celle-ci lui rapportait de l'argent mendié, ne dédaignait pas de voler elle-même des marchandises dans le magasin d'épicerie en gros où elle était manutentionnaire, et croyait fermement que l'honnêteté absolue est chose bonne pour les hommes, mais que les femmes doivent savoir se débrouiller, elles sont honnêtes quand elles ne se prostituent pas.

Elle était douée pour la couture. Après avoir, à Meudon, végété dans les travaux à façon, elle s'était, rue A.V., mise à son propre compte. Le mari travaillait chez Citroën. Maria Pétrovna avait une bonne clientèle de quartier, et des ambitions pour sa fille unique. Victoria serait une demoiselle. Instruite, élégante, sage jusqu'au mariage, et elle épouserait un homme riche, de préférence français, car on ne peut guère compter sur les Russes.

Par un artifice vieux comme le métier de couturière, elle s'arrangeait pour prélever des morceaux de tissu sur le métrage fourni par les clientes, prélèvements qui devenaient de plus en plus importants à mesure que Victoria grandissait — par des prodiges d'habileté Maria Pétrovna en arrivait à tailler deux robes dans un métrage prévu pour une seule, et, n'imitant pas saint Eloi, gardait l'une des deux pour sa fille.

... Parfois, quand Victoria rentrait au lycée, sa mère l'accueillait, un paquet dans les mains — Tiens, chérie, va livrer ceci à Madame Unetelle, et arrange-toi pour être payée. » Victoria connaissait la chanson : « Merci ma petite fille, ta maman est bien gentille... je lui enverrai les cinquante francs demain sans faute... Je n'ai pas d'argent à la maison il faudra que je demande à mon mari. » — Mais je veux bien attendre votre mari, Madame. » — Ma pauvre petite, il rentrera très tard. » — Je peux attendre, Madame, ici dans l'entrée, je ne vous dérangerai pas. » Elle prenait son air le plus niais et le plus angélique. Parfois elle recourait aux grands moyens. « Je ne peux pas rentrer à la maison sans cet argent. » — Pourquoi ? » — Mon papa va me battre. » — Comment, il te bat encore ? » — Oh oui. Avec sa ceinture. » Elle riait en son for intérieur, jamais son père ne l'eût battue pour une histoire de paiement. Mais Victoria savait aussi qu'un paiement promis pour le lendemain peut être différé de trois semaines. Et, le plus souvent, elle obtenait ce qu'elle voulait. Les clientes l'aimaient bien. Si jolie, si polie, si douce.

Maria Pétrovna s'était tuée au travail. Elle travaillait tard dans la nuit, courbée en deux sous la petite lampe à abat-jour en papier de journal, pendant que son mari ronflait dans le grand lit et Victoria dormait dans le cagibi qui lui servait de chambre. Maria Pétrovna toussait à s'arracher les entrailles, par bonheur son mari avait le sommeil dur. Elle crachait du sang et cachait ses serviettes sanglantes, quand Klim ou Victoria la surprenaient elle disait : « Ce n'est rien, c'est la gorge » ou « c'est l'estomac » comme si perdre du sang par la gorge ou l'estomac était quelque chose de rassurant. « Ma petite maman, tu devrais aller au dispensaire » — Oui j'irai. » Elle n'y allait pas, elle avait peur. D'ailleurs, comment se soigner, est-ce qu'on hospitalise les étrangers ?

Ils auraient eu de quoi manger de la viande trois fois par semaine, et acheter des chaussures neuves, et aller au cinéma tous les dimanches, si seulement Klim n'avait pas pris l'habitude de boire. Il me faut ça, disait-il, une femme ne peut pas comprendre. Pour noyer ce feu que j'ai dans le cœur, pour ne pas vivre comme une bête. Au soir quand il rentrait de l'usine, il trouvait souvent la porte fermée à clef : sa femme recevait une cliente, laquelle se tenait au milieu de la chambre à demi vêtue, couverte de lés de tissu et d'épingles — il s'en allait au café du coin.

— ... Est-ce que ton père boit ? »

— Non, pourquoi ? »

Victoria avait un petit rire triste.

— Le mien dit que tous les hommes boivent. Mais qu'il y en a qui s'en cachent et d'autres pas. »

Gala disait : « Je n'aime pas ta Klimentiev. Je la trouve vulgaire. » — Elle est tout ce qu'on veut sauf vulgaire ! » ... Mais ce qu'allait être l'histoire de cette grande et terrible amitié, et celle des étranges aventures de Victoria Klimentiev, si Tatiana Thal l'avait prévu elle eût donné raison à sa sœur. Et pourtant, il n'y avait rien de vulgaire dans Victoria Klimentiev.

*

Elle avait amené sa nouvelle amie au 33 ter avenue du Maréchal J., un mercredi après-midi, parce que le professeur de français était absent et qu'il n'y avait pas cours. — Comme ça, nous étudierons notre *Britannicus* ensemble, et je te montrerai les tableaux de maman. » Victoria avait un grand respect pour son amie, respect qu'elle tenait de sa mère : fréquente les gens instruits, si tu veux être considérée il faut avoir de bonnes manières... Tala Thal avait sans doute possible de

bonnes manières ; et des parents qui savaient beaucoup de langues. Une sœur en Troisième qui passait
pour *très* bonne élève, et un frère à Janson-de-Sailly.

« ... Moi, qu'est-ce que j'aurais aimé avoir des frères
et sœurs ! Même un seul... Ma maman, tu sais, avait
perdu un petit garçon né beaucoup trop tôt, et ça l'a
rendue si malade qu'elle n'a jamais pu avoir de bébés
depuis... Tu sais, je suis pas jalouse, j'en parle comme
ça. » Et c'était vrai, qu'elle n'était pas jalouse. Elle
possédait cette simplicité de certains enfants uniques,
qui peuvent convoiter des biens sans jamais envier les
personnes.

A côté du rez-de-chaussée de la rue A.V., le modeste
pavillon des Thal était un palais. C'est bien, dis donc,
un jardin tout à vous. C'est bien mieux que du côté de
la rue de la République — là-bas, j'avais des copains,
des « petits », Kolia et Pétia Touchine — Mais je les
connais ! » Victoria, toute rougissante, salue Tatiana
Pavlovna. — Très heureuse de vous voir enfin, ma
petite-fille ne parle que de vous. » Ilya Pétrovitch se
lève lentement de son fauteuil, s'incline : « Mademoiselle — ravi, ravi. » et Victoria s'aperçoit que la vieille
dame, pas si vieille que cela a une tache de graisse sur
sa jupe ; elle se sent aussitôt moins intimidée. En fille
de couturière elle jauge la silhouette de la femme :
facile à habiller, taille fine, belles jambes. ...Chaussu-
res éculées. Ils ne sont pas *riches*. Elle respire. Tant
mieux. « Un tableau de maman. »

C'est si joli que Victoria se demande si son amie ne se
moque pas d'elle. « Ça représente quoi ? » — *Les lis
brisés.* »

Elles sont heureuses de se trouver dans la chambre
du premier étage, loin des regards dangereux des
adultes. « ... Alors tu leur as parlé de moi ? qu'est-ce
que tu as dit ? » Tala rit : « Tout le mal possible !
Tiens, ça c'est mon lit et mon étagère à livres — ça,
c'est le lit de ma sœur. Pour mon frère mon père a

fabriqué cette cloison de paravents, et il en est si fier —
mon frère je veux dire — qu'il ne veut pas qu'on entre
dans *sa* chambre ! »

Sur les deux lits à couvertures kaki (surplus américains) les filles ont mis de petits coussins de couleurs
vives, décorés par elles avec plus de fantaisie que
d'habileté : les cercles et étoiles en satinette se détachent et pendent en lambeaux. « ... Parce que quelquefois, dit Tala, on se les lance à la tête... Pas pour nous
battre, pour jouer. »

— Quelles gosses ! » la voix de Victoria est indulgente et un peu, très peu, mélancolique.

— Dis donc, tu te crois vieille ? »

— Un an de plus que toi. A notre âge ça compte. »

A travers la vitre embuée les deux amies contemplent la vaste plaque de tôle (« notre toit ») ruisselante
de pluie, noire, brillante, — et, derrière la ligne
grisâtre de la gouttière, les branches lourdes et muti-
lées du grand tilleul. « Maintenant c'est un peu triste,
mais au printemps c'est joli, tu verras, tout vert. »

— Bon, et notre *Britannicus ?* » Elles s'installent sur
le lit, avec livres et cahiers, bien décidées à ne plus
bavarder. Puis Victoria lève les yeux vers le mur,
tombe en arrêt. — Tiens, qui est-ce ? » — Qui quoi ? »
— Cette photo. »

— Mais..., dit Tala, comme surprise par une question aussi naïve, c'est mon père. »

Victoria regarde longuement le carré noir et blanc,
agrandissement d'une photo prise le jour de Noël chez
l'oncle Georges. Elle est pensive et perplexe. « Pourquoi ? tu le connais ? » — Non. Mais j'ai dû le rencontrer dans la rue, près du Pont Mirabeau. » — Ce n'est
pas étonnant, il prend le train à la petite gare. »

Victoria regarde devant elle en silence, sourcils
froncés, comme si elle s'efforçait de comprendre quelque chose de très ardu. « Mais... dit-elle à la fin... Il est
jeune. »

« — Oh non! Il a presque quarante ans. » Victoria, par un soupir mélancolique, semble reconnaître que c'est, en effet, un grand âge, et secoue la tête. « Bref, notre *Britannicus*, acte II. Tu ne les trouves pas un peu bébêtes, les notes en bas de page ? »

Debout au milieu de la pièce, entre les lits des deux sœurs, Victoria fait le geste de se draper dans un invisible péplum et rejette en arrière sa tête aux longues nattes...

« *Et moi qui sur le trône ai suivi mes ancêtres*

« *Moi, fille, femme, sœur et mère de vos maîtres !...* J'ai de la voix, hein ? Peut-être que je me ferai actrice ?

« *Je prendrai un pseudonyme : Viviane Clément.* »

— Pourquoi ? Tu n'aimes pas ' Victoria ' ? »

Elle soupire, se rassied sur le lit, reprend son livre. « Ça fait un peu vieille reine d'Angleterre.

« ... J'aime bien mon nom. Je suis une victorieuse, tu sais. J'aurai tout ce que je veux avoir. »

Tala tourne sur elle des yeux pleins d'admiration tendre. « Tu as de la chance d'être comme ça. »

— ... Et, au fait, comment s'appelle-t-il, ton père ? »

— Vladimir Iliitch. »

— Oh c'est trop drôle ! »

Ce n'est évidemment pas la première fois que Tala entend ses amies rire du nom de son père — dans le rire bref de Victoria il y a une pointe d'excitation forcée. Et l'on croirait même qu'elle aurait envie de rire plus fort, et se retient.

« ... Alors, grand-mère ? Qu'est-ce que tu penses d'elle ? » — Que veux-tu que je pense ? Mignonne. Entre... disons dix-huit et vingt-cinq ans ce sera une très jolie femme. N'est-ce pas Iliouche ? »

— ... Enfin, dit Tatiana Pavlovna pendant le dîner, à l'heure où s'échangent les nouvelles de la journée, nous avons vu la fameuse Victoria, ex-princesse Klimentiev. Un peu voyante mais pas mal du tout. »

— Voyante ?... » Vladimir, les yeux fixés sur le fin

visage de sa fille, réfléchit... bien sûr, une Victoria vaut toujours mieux qu'un Victor, mais il n'est peut-être pas si bon que cela d'avoir pour meilleure amie une fille « voyante », car par une contradiction assez naturelle chez un père il aimerait que sa fille attirât tous les regards, bien qu'il fût préférable qu'elle y restât insensible. Tala n'a plus la beauté aérienne, véni-tienne, anglaise qui avait jadis été celle de sa mère... dommage, nous autres avons passé par là. Plus de caractère, plus d'expression, ces superbes boucles châ-taines au-dessus des yeux d'aigue-marine, ce nez à l'arête forte — il n'ose pas dire tout haut que nulle fille ne saurait, et de loin, se comparer à Tala.

... Pourquoi, se demande Tala, dès qu'il s'agit d'une fille ne parle-t-on que de sa beauté ? A vrai dire, les grands-parents n'ont fait qu'entrevoir son amie, mais tout de même, cette ardeur, cette noblesse, cette force d'âme qui se lisent dans les yeux... ne les sent-on pas au premier regard ? « Si tu savais, papa, la vie dure qu'elle a, ce qu'il lui faut de courage pour travailler bien comme elle le fait... Et toujours si *gaie.* »

— ... Mais — je me souviens maintenant d'une dame Klimentiev ! Elle hantait le square de la place Rabelais en compagnie d'Anna Pétrovna Siniavine... dit Tatiana Pavlovna. Il y a bien huit ou neuf ans de cela, c'était avant l'enlèvement de Koutiépov... Une de ces petites femmes de petits gradés qui se croient de grandes dames parce qu'elles ne se mouchent pas avec leurs doigts. »

— Grand-mère, elle est morte. »

— Pardon, ma petite. Toujours ma mauvaise langue. Mais je n'en dis pas de mal — brave femme pour autant que je sache. Le mari passait pour un peu fou. »

*

Les grèves de 1936. — Il était sans cesse question de décider s'il y avait, ou s'il n'y avait pas, situation

281

révolutionnaire. Et si oui, à qui cette situation allait-elle profiter ? Donc, de nouveau, les conversations devenaient passionnées ou plutôt, — car passionnées, elles l'étaient toujours — empreintes de cette excitation qui appelle de ses vœux l'approche imminente de grands événements. Front Populaire, Blum, Jouhaux, guerre d'Espagne, lois raciales en Allemagne, occupation de la Ruhr — du pain sur la planche. Mais les *Grèves,* parce qu'elles touchaient à la vie quotidienne, replongeaient d'anciens révolutionnaires et contre-révolutionnaires dans un climat de lutte même lorsqu'ils ne se rangeaient pas au nombre des lutteurs — et bien des ouvriers, farouchement opposés aux idées du Front Populaire, faisaient la grève sur le tas avec conviction.

Klimentiev, Alexandre Ignatytch, s'en allait le matin à l'usine avec sa gamelle, son litre de vin sous le bras, tout heureux de retrouver ses camarades non pour tourner des boulons mais bavarder et jouer aux cartes. On attendra six mois s'il le faut. Ah ! ce juif croyait nous posséder avec ses belles promesses ! Parce que Léon Blum était juif, Klimentiev voyait dans les grèves une entreprise salutaire, éminemment antisoviétique. La preuve : Jouhaux est furieux. La C.G.T. est impuissante. Il fait des discours pour forcer les ouvriers de l'Exposition Universelle à reprendre le travail. Léon Blum vient les supplier. Il s'agit de l'honneur de la France... Il est bien placé, lui, pour parler de l'honneur de la France !

« Les Imbéciles, dit Ilya Pétrovitch — les imbéciles. Pour une fois qu'ils ont un gouvernement socialiste. Voyez le gâchis. Ce pays ne s'en relèvera jamais. »

Le général Hafner y voit une machiavélique manœuvre des communistes. — Mais la C.G.T., Jouhaux... » — Comédie ! Ils sont ravis. Blum discrédité, débordé sur la gauche, la preuve de son impuissance est faite, les

282

communistes l'abandonneront la conscience tranquille... »

— Ne vous réjouissez pas trop, Alexandre Ivanytch, Blum possède encore les moyens de redresser la situation. Et il saura se passer des communistes, qui sont à présent discrédités doublement : ils sont ‘ compromis ’ avec le pouvoir, et les masses ne suivent plus la C.G.T. »

— Ne sois pas trop optimiste, Tania. La réaction de la droite sera terrible — et en apparence justifiée. Tout ceci profitera en premier lieu au colonel de la Roque — »

— Casimir ? Il ne fera jamais le poids, nous ne sommes pas en Allemagne. »

Les places publiques — le square Rabelais, l'esplanade de l'église, les jardins de la Mairie se remplissent d'ouvriers désœuvrés qui n'ont pas tous envie de passer leur journée au milieu de machines arrêtées, dans des locaux qu'ils ne connaissent que trop bien. Car il fait beau. Les marronniers sont en fleurs. Les arbres de la grande Terrasse, de la route des Gardes étalent leurs masses de fraîche et royale verdure. Les semaines de chômage ne seront pas rattrapées, des années d'économie fondent au soleil, c'est peu de chose des économies d'ouvriers.

« ... Eh bien figurez-vous, dit Vladimir. Même chez nous on fait la grève. C'est une psychose. » Il est revenu à la maison à onze heures, accompagné de Boris. « Il a fermé le magasin à double tour et baissé le rideau de fer. » — Combien êtes-vous en tout ? » — Dix-huit en comptant les livreurs. » — Si les exigences des grévistes passent, fait observer Ilya Pétrovitch, il y aura des licenciements. »

— Les livreurs partiront les premiers. Nous... au fond Piotr Ivanytch nous aime bien. Mais pour dire que nous n'aurons pas à descendre, à l'occasion, au rang des vendeurs... »

— Je n'aimerais pas ça », dit la mère, lèvres pincées.

— Et pourquoi ? Maman, vous qui avez toujours été si *démocrates*... »

— Ne te moque pas de nous, Vladia, c'est trop facile. » Elle ne l'appelle pas souvent Vladia — c'est, chez elle, un signe de désarroi et de colère contenue, comme si par la douceur du nom elle voulait exorciser la dureté du sentiment.

Pas de journaux. Ilya Pétrovitch tourne en rond, s'apercevant à quel point la lecture quotidienne des nouvelles diffusées en russe et en français par les organes de presse de gauche, de droite et de simple information était devenue pour lui une drogue. La radio ? quel instrument barbare, quel pauvre *ersatz*, et dire que cela se développe de plus en plus, nous deviendrons bientôt une civilisation d'illettrés.

« ... Si toutefois ce vers quoi nous allons mérite encore le nom de civilisation. On dit que *là-bas* les appareils de radio existent dans la plupart des foyers. Le meilleur procédé d'abrutissement... » — Mais papa, il y a moyen d'attraper des ondes de l'étranger. » — Tu tombes de la lune ! celui qui tenterait de le faire serait vite repéré ! »

— ... C'est vrai, grand-père, qu'on pourra fabriquer des appareils qui transmettent des images ?... »

— Oh ! nous n'en sommes pas encore là. Mais il y a eu des essais... intéressants. » Gala rêve devant la petite boîte en faux acajou ornée d'un filet métallique.

— Et des téléphones où l'on voit la personne ? Si on la voyait grandeur nature et en couleurs, chaque téléphone équipé d'un écran grand comme une fenêtre ? »

Myrrha dit : « Oh ! Comme ce serait affreux ! »

— Mais pourquoi, maman ? si tu as envie de voir une personne qui est au bout du monde ? »

Myrrha, sur le point d'aller à son travail, arrange son béret devant la glace, et cligne des yeux, essayant d'imaginer cette glace changée en écran et lui renvoyant l'image... de qui ? — ô Fräulein. Et si, il y a dix ans, de tels appareils existaient ? Elle frissonne et secoue la tête. « Non. Oh non. On aurait l'impression de vivre au milieu de fantômes. On ne triche pas avec l'absence. » Elle a peur même du téléphone.

Tala arrive, accompagnée de sa chère Victoria. Elles sont rouges et essoufflées, elles ont couru en montant la côte. « Enfin tu me la rends, oui ou non ! » il s'agit d'une carte postale représentant Douglas Fairbanks Junior, carte au dos de laquelle Victoria avait écrit quelques mots en langage chiffré. Et Tala s'en était emparée et l'avait cachée dans son soutien-gorge. Simple taquinerie, mais Victoria est fâchée — et brusquement déconfite en voyant la pièce pleine de monde.

— Oh ! mais tu ne connais pas encore mon père et ma mère. Maman, c'est Victoria. »

Myrrha sourit de son sourire auquel personne ne résiste tant il révèle de sincère joie de rencontrer une personne qu'on a envie d'aimer. « Comme je suis contente. *Dommage* que je sois obligée de filer. » Boris Kistenev commence déjà à faire le paon, attendant avec impatience d'être présenté. Cérémonieusement Vladimir serre la main de la jeune fille. — J'ai *beaucoup* entendu parler de vous. » Mon Dieu pense Tala n'ont-ils pas honte de dire toujours de telles banalités ?

— Tu vois, dit Vladimir, tu as un père gréviste. » Elle rit. « Mais je te jure. Demande à Boris. » — Le mien, dit Victoria, la fait sur le tas. »

— Ah ! est-ce un reproche, mademoiselle ? demande Boris, tête inclinée sur le côté, ses yeux gris remplis d'une tendre et comique tristesse. ... Tu vois, ces jeunes dames spartiates voudraient nous renvoyer dans le feu et nous priver de leur douce présence. » — Oh ! Boris Serguéitch, dit Tala, toujours à vous payer notre tête ! » Et tous les quatre se mettent à parler de grève sur le tas ; Gala s'approche d'eux portant une lampe de bureau qu'elle est en train de réparer avec des fils de fer. « Mes mains d'or, dit tendrement le père — elle réparerait la tour Saint-Jacques. » (Cette dernière n'a jamais encore été vue par eux sans échafaudages).

Assise sur le bord de la table, Gala tourne artistement les fils de fer avec une pince plate. « ... Et si vous vous étiez tous enfermés dans votre magasin ?... » Les deux hommes se mettent à évoquer de possibles orgies, et aussi à vanter l'honnêteté de grévistes qui fussent morts de faim et eussent laissé pourrir saumons fumés et baquet de crème fraîche, plutôt que de toucher à ces instruments de travail. Et Victoria rit, plus ravie que la circonstance ne l'exigerait, ô la sotte, pense Tala, elle prend son genre « flatteur » comme si c'était nécessaire chez nous !

— ... Tala, viens m'aider pour le thé. » Les deux amies se lèvent, Victoria se précipite la première, si vous permettez, Madame — Tatiana Pavlovna suit à la dérobée ses mouvements, d'un œil d'artiste, fascinée : quelle grâce altière, des mouvements de danseuse.

— Et pourquoi donc, demande la grand-mère en desservant la table de thé, vous disputiez-vous en entrant ? »

— Ah ! laisse à la jeunesse ses secrets, dit galamment son époux. D'ailleurs, ne vois-tu pas que ces demoiselles brûlent d'envie de monter dans la chambre ? rendons-leur la liberté. »

— Tu veux te débarrasser de nous, grand-père. » Tala est un peu fâchée, mais voit aussi que Boris Serguéitch se montre trop aimable avec Victoria, et que grand-mère et même papa n'en sont pas ravis.

— Je m'amuse beaucoup, dit Victoria.

— Vous êtes polie, dit Vladimir. Le mieux ne serait-il pas d'aller faire un tour au bois ?... » Elle dit, soudain timide : « Oh non, je ne dois pas rentrer tard. »

Boris s'offre à l'accompagner à la gare, puisque lui aussi doit être à Paris avant six heures.

— Toi et tes rendez-vous galants !... » A cette rosserie délibérée Boris répond par un regard mi-plaisamment mi-sincèrement offensé. — Il me fait une réputation sinistre, mademoiselle Victoria ne l'écoutez jamais. » Les jeunes filles se lèvent. « Viens, dit Tala, on va là-haut chercher nos notes de cours. »

Les trois filles parties, Vladimir attire son ami dans le coin près de l'évier, pour lui reprocher — amicalement — son attitude frivole. « Tu vas les chercher au berceau, maintenant ? Je suis sûr que la jeune fille a été choquée. » — Quoi, elle était ravie, au contraire. Elle n'a pas l'air d'avoir froid aux yeux. » — C'est une amie de ma fille. »

— Tu n'avais pas besoin de me le dire. Un peu de gaieté ne fait de mal à personne. » Voilà ce que c'est, pense-t-il, que d'avoir des filles qui grandissent, il devient solennel. Mais, diable ! quelle taille, quelle poitrine. Seize ans. Pour les Orientaux, à cet âge, une fille est vieille... Et Vladimir se dit : espèce de satyre, va, tu y penses toujours...

« Eh bien, dis donc !... » distraitement, Vladimir assemblait en petits carrés les miettes sur la toile cirée. « Quelle belle fille, ta Victoria ! »

— C'est surtout, dit Tala, une fille de valeur. » — Toi, dit sa sœur, tu as le don de 'cristalliser'. Tu vois toujours chez les gens des qualités extraordinaires, tu te montes la tête, et après tu es déçue. »

— Elle a l'air d'une fille bien », dit Myrrha.

Gala hausse les épaules. « Oh ! elle a, comme on dit : du *sex-appeal*... » Son père, les yeux toujours baissés vers les miettes, corrige doucement : « Je dirais plutôt du *charme*. »

Gala dit : « Charme ! Qu'est-ce qu'il te faut !... » Mais Tala s'était brusquement raidie, sans comprendre pourquoi — comme si dans la voix de son père elle avait décelé une cassure, une faille, une faiblesse suspecte, quelque chose qui n'aurait pas dû, non n'aurait pas dû, y être... et c'était si bref qu'elle n'eut même pas le temps d'y penser.

... Car ce que peut être la grande, la Grande Vraie Amitié entre deux filles, Tatiana Thal ne l'avait jusqu'à l'âge de quinze ans et demi jamais imaginé. Elle qui croyait avoir beaucoup aimé et souffert, dans sa vie déjà longue — elle qui était, pensait-elle, étant donné sa précocité sentimentale, une vraie adulte. Elle se demandait par quel aveuglement elle avait pu pendant plus de trois ans rester presque brouillée avec cette admirable fille qui dès le premier jour lui avait offert son amitié.

Etait-ce la faute de Victoria si elle était née dans un milieu médiocre, elle qui était le diamant de l'eau la plus pure et n'avait rien de commun avec la gangue où le diamant est resté pendant des siècles enfoui ?... Car le père Klimentiev, que Tala voyait peu, était sans doute possible un homme antipathique.

... Victoria était sortie « faire des courses » — son père l'avait envoyée au bistrot chercher du vin rouge. « Asseyez-vous mademoiselle. » Sur le lit, puisque les chaises sont occupées. Les hommes, ils sont quatre, lui lancent des regards gênés puis oublient sa présence. « Klim, à toi de donner. » « Que diable devient cette sacrée gamine ? » Il a un tic sur la joue gauche, qui fait tressauter de longs plis de peau qui lui descendent de la pommette au menton, et fixe un œil plein de coléreuse impatience sur la bouteille vide.

« ... Tu devrais la tenir plus sévèrement. Moi, si j'avais une fille, à Paris... »

— Vous me dites tous ça. Allez-y, que feriez-vous à ma place ? Me mettre au chômage pour lui servir de chien de garde ? »

— Trois cœurs. » — Trois sans atout. » — Bon Dieu

de Bon Dieu, elle est allée chercher la mort, ou quoi ? »
— Dis, attention, devant la demoiselle... »

— N'envoyez jamais une femme vous chercher du vin, dit sentencieusement un des amis, un gros à la figure rouge et paysanne. Pour vous empêcher de boire elles rouleraient le diable. »

— Ha ! J'aimerais bien voir ça. Non, Vica a peur de moi. »

— ... Le lycée n'est pas tellement bon pour les filles, ça leur donne des idées. Je l'aurais mise en apprentissage. »

— Bon, après toutes ces années... qu'elle ait le bachot. Maria y tenait.

« ... Il faut bien que je porte ma croix. C'est ma croix, cette fille. »

— Voyons, Klim, qu'as-tu ? Elle est bien brave pourtant. »

— Ma croix ! Sans elle je serais un homme libre ! »
Victoria arrive enfin, avec une bouteille de rouge. « Tu n'as pas pu en avoir deux ? » — Ils n'aiment pas tellement vendre du vin à emporter, dans les bistrots... » — Tiens, voici une amie qui t'attend. La monnaie ! »

— Tiens, tiens, tiens ! crie Victoria, lançant l'argent sur la table. Je ne vais pas te le voler, compte ! Viens, ma Taline. On fait un tour sur le pont. »

— ... Hé ! tu disais qu'elle avait peur de toi ?... »
— Et comment ! pour la *conduite*... Sinon, elle sait ce qui l'attend. *Hein, Vica ?* » Il a, en direction de sa fille, un si brusque virement d'épaule, son regard gris acier s'allume d'un feu si sauvage, que Victoria recule d'un bond, et gagne la porte. Tala la suit.

« ... O si tu savais ! je le déteste ! je le déteste ! »
— C'est ton père. » — Et après ? Est-ce qu'il m'a mise au monde pour me tourmenter ?

« ... Ce n'est pas qu'il soit méchant. Au fond j'ai pitié de lui. »

Accoudées à la balustrade du pont, elles s'enivrent jusqu'au vertige de la contemplation de l'eau grisâtre dont les vaguelettes molles se font et se défont sans cesse. *Sous le Pont Mirabeau coule la Seine.* « ... C'est un *grand* poète, tu sais. Je l'aime mieux que Victor Hugo. »

— J'aime bien Hugo, dit Tala. Tiens, ceci : *elle était pâle et pourtant rose...* » Victoria secoue sa belle tête à présent coiffée d'un lourd chignon sur la nuque, et non de nattes. « Oh! non, quelle fille ennuyeuse!

Elle disait souvent : je n'ose

« *Et ne disait jamais : je veux!* — une nouille, quoi... Toi, Taline, tu es un peu comme ça, je ne t'en adore pas moins. Tiens, écoute. Donne-moi la main.

« *La main dans la main restons face à face*

« *Tandis que sous le pont de nos bras — passe*

« *Des éternels regards l'onde si lasse...* C'est *fou* ce que c'est beau. Non? Ça me fait pleurer. » Victoria avait la larme facile — son visage était frémissant, ses yeux mouillés brillaient comme des coquillages roses entrouverts sur une pulpe bleue, son sourire mouillé était presque douloureux — belle, pensait Tala, si belle! Mais il ne faut pas qu'ils disent tous qu'elle est belle, elle est bien plus que cela.

Elle venait au 33 ter à peu près tous les dimanches, et parfois en semaine, et restait dîner. On apprend nos leçons ensemble, c'est bien mieux, n'est-ce pas tu fais des progrès en latin depuis que nous discutons de nos versions?... et c'était vrai. Une fille sérieuse, disait grand-mère. Elle ira loin. C'est une bonne chose pour elle, elle a besoin de connaître un milieu différent de celui des amis de son père.

Il y avait eu ce dimanche de juillet. Les cours pratiquement terminés, toutes deux passant en *première!* Tala pour une fois sans examens de passage. Il faisait chaud, toutes fenêtres ouvertes, tout le monde dans le petit jardin ; sur la table repeinte en vert des verres de limonade, le journal d'Ilya Pétrovitch et le tricot de Tatiana Pavlovna.

Les trois jeunes filles, assises sur le banc, passaient en revue les profs comparant leurs mérites et défauts respectifs — Gala avait eu en 4e Mme Delille « le plus puissant soporifique du lycée », et nous cette année disait Victoria qu'est-ce que nous l'avons fait marcher, on lui demandait le sens exact du mot « favorite » et elle rougissait ! Mlle Quillan, disait Gala, est bien mais elle a des bêtes noires... Moi, je l'ai été, disait Tala, qu'est-ce que j'en ai souffert, tu te souviens, j'en pleurais la nuit... » — Pas possible d'être si bête ! Victoria passait son bras autour des épaules de son amie. « Si bête. Pour un *prof* ! »

Pierre et son ami Anissime Barnev, juchés sur le mur délabré de l'ancien parc, s'amusaient à lancer des cosses de châtaignes sur les filles, mais manquaient leur but — peut-être exprès. « Oh ces gosses ! » disait Tala. Anissime, de même âge que Gala, avait un faible pour elle, et manifestait son affection par des taquineries bêtes. Les garçons en étaient arrivés à l'âge où la taille des filles ne les humilie plus : Pierre, treize ans, avait en une année tellement grandi qu'à cinq centimètres près il atteignait la taille de son père, et dépassait ses deux sœurs de neuf centimètres ; Anissime, plus âgé, était plus petit, mais plus large d'épaules.

... Bref, Pierre trouvait l'amie de sa sœur aînée très jolie, et, pour cette raison, il finit par viser si bien que Victoria reçut une châtaigne en plein front et poussa un cri de colère. « ... Papa, Pierre est insupportable ! » Vladimir jouait aux échecs avec son père, et méditait à ce moment-là un coup qu'il croyait devoir être décisif.

Tout de même, en voyant que la personne agressée était l'invitée, il se vit obligé d'intervenir. Victoria avait sur le front une marque rouge qui saignait. « Oh mais non Vladimir Iliitch ce n'est rien il n'a pas fait exprès... » Les filles s'étaient levées au moment où le père mécontent s'approchait du mur pour forcer les garçons à descendre, et Vladimir se trouvait brusquement nez à nez avec la fille blessée, et obligé de contempler la petite marque rouge et le reste : la raie médiane et deux bandeaux de cheveux blond paille, et les yeux couleur de mer un peu fuyants, et les grandes lèvres rose corail, et le long cou blanc. « Voyons, dit-il, ça saigne, il faudrait désinfecter cela avec de l'alcool.

« ... Pierre tu vas t'excuser, Victoria Alexandrovna je suis je ne peut plus désolé... » Il avait à tel point perdu contenance qu'il ne savait ce qu'il disait, mais les enfants n'avaient pas l'air de faire attention à lui. Descendus du mur, les deux garçons renouvelaient leur provision de châtaignes. « Mais enfin, laisse, papa, dit Gala, nous ne sommes plus des bébés. Va jouer, grand-père a l'air furieux. » — Penses-tu ! vous m'avez fait rater mon meilleur coup de la partie. ... Vraiment, ajoutait-il, la voix de plus en plus incertaine, vous ne voulez pas que Tala vous cherche de l'alcool ?... » Car il ne pouvait plus détacher les yeux du visage de la fille, et il voyait fort bien qu'elle était gênée, c'était comme si ses paupières étaient devenues trop lourdes.

... « Enfin, mon cher, tu dors ? Qu'est-ce que c'est que ce coup ? tu exposes ta tour ! Tu triches pour me faire gagner ou quoi ? » — Oh pardon, papa. » — Encore mieux, il demande pardon. Si tu n'as plus envie de jouer, dis-le. Va faire le joli cœur auprès de ces demoiselles. » — Tu n'es pas drôle. » — Tu l'es encore moins. »

« ... Ils se disputent toujours quand ils jouent aux échecs, dit Gala. Ou plutôt c'est grand-père qui se dispute. » Il est vieux maintenant — son crâne arrondi est à moitié chauve : des mèches grises au-dessus des tempes et des oreilles ; et sa moustache qu'il ne soigne plus comme autrefois est presque blanche et ressemble à une brosse usée. Tatiana passe devant eux, son tricot dans les mains, ses doigts dansant un savant ballet au-dessus des aiguilles, elle se penche : « Ah ! Vladimir, je vois une possibilité... foudroyante — tiens, ton fou... » — Enfin, maman, vous me prenez tous les deux pour un demeuré ? » — Laisse-nous Tania, avec ta diploma-tie cousue de fil blanc. » Il sait qu'elle cherche à les ménager tous les deux, à attirer sur elle une irritation qu'elle sent monter en lui. Ces trois fillettes qui sont en train de caqueter comme des pies, ces deux garçons qui, avec leur taille d'hommes ont des cerveaux de gamins de six ans — se remplir les poches de marrons verts !

Myrrha peint, assise par terre, une planche sur ses genoux. « Oh ! Qu'est-ce, Myrrha Lvovna ? » — Une icône. C'est pour notre église. La grande martyre Catherine. »

Boris Krassinsky et son inséparable ami Cyrille Brunner annoncent aux filles Thal et à leur amie qu'ils ont été sélectionnés pour l'équipe du Mouvement d'Etudiants Chrétiens de volley, pour jouer contre les *Vitiaz* de Fédorov « Victoria ne sait pas de quoi il s'agit, dit Gala, elle est dans les Sokols. » — Mais non, je n'y suis plus. J'aimerais bien m'inscrire au Mouve-ment. » — C'est beau l'amitié ! »

« Papa, dit Tala, nous allons au bois, oui ou non ? Tu avais promis. » Il les regarde. Un peu dépaysé. Ces gamins devenus aussi grands que lui, visages aux lignes pleines, aux lèvres fraîches surmontées de duvet — Cyrille se rase déjà — corps de jeunes animaux un peu balourds. Et les deux « petits » qui les regardent avec respect. Il fait chaud, les plaques de soleil, alternant avec les ombres vertes, se posent sur les visages rougis, dorés, les cous lisses dans l'échancrure des chemisettes, les impeccables bras nus. La nommée Victoria porte une robe en Vichy rose à petits carreaux, un peu petite, un peu courte, et qui tire sur la poitrine si bien que les boutons semblent prêts à craquer... et c'est pourtant une poitrine menue, deux petits cônes que l'on devine durs et drus.

— Alors, tu viens ? Votre partie est finie. » — Non Tatiana Vladimirovna, j'en ai un peu assez du bois de Meudon et vous ne manquez pas de cavaliers. Une autre fois. » Tala est réellement déçue. Ses yeux s'agrandissent — comme autrefois. « ... Mais tu avais promis... » elle se penche sur lui et lui murmure à l'oreille : « Tu sais ils ne sont pas tellement drôles. J'aime beaucoup mieux me promener avec toi. Victoria aussi, j'en suis sûre. » Parce qu'il ne lui est pas souvent arrivé de voir sa prière suivie d'un refus, elle est triste, triste, elle ne sait pas pourquoi, elle a senti que quelque chose venait de se casser. Et elle s'accroche au bras de Victoria.

... « Myrrha. » Elle lève la tête, ses yeux gris embrumés par l'effort (s'arrêter de peindre est toujours un arrachement), mais sa bouche pâle et mince prête au sourire. « Oui, Milou ? » — J'avais quelque chose à te demander. Si tu venais là-haut ? » — Tu ne peux pas le demander ici ? » — Non, il faut que je t'explique. »

Une fois seuls dans leur chambre faiblement éclairée par la lumière verte des branches du marronnier, Myrrha comprend qu'il s'agit d'une invitation à se mettre au lit, et se sent tout à coup rajeunie de vingt ans — comme si elle se trouvait devant quelque jeune officier très malheureux et très entreprenant qu'il faut repousser avec autant de gentillesse que possible. Elle retrouve d'instinct sa douce froideur de jeune fille « *zierlich-manierlich* » « ... Quoi, dit-il, nous avons le temps ». — Je ne sais pas... c'est que Maria Fédorovna devait passer cet après-midi, je m'étonne même qu'elle ne soit pas encore là. »

Il fait une grimace excédée qui signifie oh ces Maria, ces Anna, ces Véra !... mais elle sent en lui une nervosité tendre et distraite, si étrange que son envie de le repousser grandit encore. Bref, faisant bonne mine à

mauvais jeu Vladimir renoue maladroitement sa cravate, fait quelques pas de long en large dans la pièce et
redescend l'escalier, fredonnant entre ses dents : *la
victoire, en chantant... nous ouvre la carrière...* Et
Myrrha restée seule contemple, perplexe, le large lit-
divan à couverture rayée de bleu et de violet.

Un instant, elle est affolée. Qu'ai-je fait ? quelle
stupide pudibonderie, et fallait-il le renvoyer comme
un enfant capricieux au lieu de chercher à comprendre ?... Car cette demande insolite, pense-t-elle, pouvait être le signe de quelque préoccupation sérieuse, et
elle, dans son égoïsme, n'avait pas su le sentir. Et
pourtant — et pourtant, il y avait eu là quelque chose
de blessant, de pas très *net*, oui quelque chose qu'une
femme n'accepte pas, et Myrrha regrettait vaguement
son incurable ignorance des mystères de l'amour
masculin.

Car blessé, Vladimir l'avait été, et plus qu'il ne
croyait pouvoir l'être ; et humilié par cette femme qui
si spontanément le remettait à sa place, et d'autant
plus humilié qu'il lui donnait raison. En descendant
proposer une nouvelle partie d'échecs à son père, il
réfléchissait à la traditionnelle et cléricale définition
du mariage — remède contre la concupiscence, autrement dit : on fait avec sa femme ce qu'on voudrait bien
pouvoir faire avec d'autres. Peu flatteur pour la femme
et peu satisfaisant pour le mari. Ce visage émouvant
avec ses paupières rose pâle et ses lèvres rose vif, quel
accident absurde. Ilya Pétrovitch disposait gravement
les pièces sur l'échiquier. « A toi de commencer. Cette
chaleur. Ça va tourner à l'orage. » ... L'orage. C'est
peut-être cela... se dit Vladimir comme s'il cherchait à
se rassurer.

Le lendemain — lundi soir, sur le banc du jardin
encore humide, devant les giroflées étiques et les
groseilliers aux grappes rouges revivifiées par la pluie
— il essayait de s'expliquer avec Tala. « Il ne faut pas

encourager cette petite à venir chez nous. Tu risques de la détacher de ses autres amies... » — Mais je suis sa meilleure amie ! » — Je ne suis pas pour les amitiés exclusives. Et puis, elle est tout de même d'un autre milieu... »

— Papa ! de la part de grand-mère j'aurais encore compris, mais toi ! Je ne te croyais pas *snob*. » — Petite sotte. Je pense à elle. Son père n'a jamais voulu venir chez nous. Elle ne tient pas à nous le faire connaître, comme si elle avait honte de lui... Je n'aurais pas aimé que tu t'installes à demeure chez des gens devant qui tu rougirais de moi. »

Tala s'était lancée dans un grand discours. Tu es injuste. Et mesquin, papa. Je ne l'aurais *jamais* cru. En quoi cela te regarde ? C'est *mon* amie. Elle est libre. Moi aussi. Très bien, si elle te déplaît nous nous verrons ailleurs. Mais où ? Elle a l'air si heureuse ici, elle voit une *vraie* famille. Elle n'a plus sa mère. Elle a besoin d'être accueillie, rassurée, d'ailleurs tu vois comme grand-mère est gentille avec elle... elle est femme, elle comprend.

« ... Toi; tu penses à son père — il n'est pas drôle, son père. Il boit et joue aux cartes avec ses copains de l'usine. Il est content de savoir qu'elle va chez des gens *bien*. Et si tu savais — elle est si fine, si généreuse... »

— Tu cristallises, tu cristallises... »

— Pas du tout ! c'est idiot. Je déteste ce mot. Quand on aime, on ne cristallise pas, on voit la vraie beauté d'une âme... » Elle avait des yeux tirés comme si elle allait pleurer. Très bien, je ne résiste pas. De quoi je me mêle. Faudra-t-il recommencer la comédie de Tassia, et s'arranger pour être le moins souvent possible à la maison, les jours où cette petite femme fatale serait là ?

Et ce n'était pas dramatique. Peut-être, l'effet de surprise brutale dissipé, finit-on par apprendre à discipliner ses pensées et ses yeux, et la présence fréquente de Mlle Victoria ne paraîtra-t-elle plus aussi gênante ? Mais entre lui et Myrrha, l'épisode du marron (puisqu'un marron en avait été le prétexte) était resté un de ces souvenirs embarrassants qui font qu'on ne se regarde plus dans les yeux avec la même franchise. Comme si cette scène brève et absurde leur avait révélé leurs torts réciproques. Et après tout, pensait-il, nous avons quarante ans. Et il se disait aussi qu'il avait pour elle assez d'amitié, de respect et d'admiration pour ne jamais la tromper de façon vulgaire — et les occasions et même les tentations ne lui avaient pourtant pas manqué.

Des fils d'argent sur les tempes. Des joues creusées par l'absence de trois grosses molaires, des lèvres amincies, un pli de peau courant du coin intérieur de l'œil jusqu'au bas de la pommette, la disgracieuse cicatrice causée par le complexe d'Œdipe de Pierre — un nez amaigri dont l'arête au cartilage plus fort qu'autrefois n'était franchement pas très droite — bref. On ne me donnerait pas *moins* de quarante ans. Ou peut-être si ? Certains jours. Question de bonne humeur — terrible, comme je me mets à ressembler à maman, en moins bien. Maman... et pourquoi diable tient-elle à encourager l'amitié de Tala pour cette fille ? Encore un de ses engouements.

... Après tout, l'amitié entre deux filles de cet âge n'est pas non plus sans danger. Car Tala est toute sentiment, et son intelligence lui sert à alimenter ses tendresses et non à les combattre. La petite Tala met tous ses œufs dans le même panier, donc tout compte fait, maman, c'était une erreur que de la laisser à la même colonie de vacances que... — Quoi, peut-on les en empêcher ? Avec ta mentalité littéraire et décadente, tu vois des dangers partout. »

*

Elles sont dans le Var. Sur une belle plage de sable jaune des deux côtés entourée de promontoires rocheux surmontés de pins parasols d'un vert cru, et descendant vers la mer en une cascade de rochers noirs et déchiquetés.

Le camp des filles était entouré de collines vertes et grises — vertes du vert terne des chênes-lièges, grises (grises et noires) de bois et de maquis brûlés. Là, les troncs des chênes, d'un noir de velours, vous donnaient la tentation de vous barbouiller de la tête aux pieds de charbon doux et de vous transformer en négresses... si toutefois il était permis de se dévêtir en plein air, et s'il n'avait pas été si difficile de se laver ensuite. Les filles portaient l'uniforme : jupes bleues, corsages blancs à foulards bleus, bérets bleu marine. Les « Droujin-nitzi » (quelque chose comme « guerrières ») version féminine des « Vitiaz » autrement dit « chevaliers » ou « preux », nom solennel donné aux jeunes Russes chrétiens qui n'étaient si Scouts ni Sokols, et les « Vitiaz » se divisaient en deux groupes rivaux : ceux du Mouvement des Etudiants Chrétiens, et ceux de Fédorov ; ceux-là plus russes que chrétiens, de loin les plus dynamiques, et accusés par les autres — avec raison — de fascisme et d'antisémitisme.

Le camp des garçons se trouvait à cinq kilomètres de là, au bord de la mer, la grande plage de Cavalaire n'était guère qu'à deux cents mètres et les tentes s'abritaient dans les pinèdes. Les filles de La Croix n'avaient pas de pins, dans les tentes exposées au soleil il faisait chaud le jour ; la plage était loin, de l'autre côté des collines ; petit monastère blanc au creux d'un large vallon à l'herbe jaunie et au maquis odoriférant et piquant. De la tente-chapelle des chants psalmodiés en slavon par des voix enfantines s'élevaient à l'heure des Vêpres, et matin et soir les filles bleues et blanches, rangées en files formant un carré, chantaient devant le drapeau russe (blanc-bleu-rouge) le cantique de Sion.

... Combien glorieux est notre Seigneur dans Sion...

Voix éclatantes, grêles, vibrantes et fraîches au grand soleil, voix joyeuses qui parfois se chevauchaient, déraillaient, happées par d'intempestifs fous rires. ... *La nuit comme le jour éclatant de lumière*...ouf, ça y est, on peut rompre les rangs et courir vers les tables chercher les bols de café au lait.

Les « grandes », quinze-seize ans, étaient les plus remuantes ; vexées d'être traitées en enfants et de s'astreindre à une discipline qu'elles jugeaient périmée. A seize ans on pourrait être déjà promue cheftaine... Moi, je l'ai été chez les Sokols. A treize ans. Ici, Victoria Klimentiev était peu de chose : une nouvelle, transfuge d'un mouvement concurrent, ignorante des traditions depuis quatre ans établies au camp de La Croix. Les « anciennes », comme toujours, prétendaient que l'atmosphère se dégradait, que l'esprit du Mouvement n'était plus le même, que l'année dernière on s'amusait bien mieux, et créaient assez vite une « atmosphère » nouvelle, particulière au camp de l'année 1936.

... Oh ! tu te souviens de ceci ou de cela, et comment Marie Troubetzkoï avait perdu sa jupe dans les ronces... et comment le père André a été arrosé par son café au lait, le jour du grand mistral ?... Comment Choura Martynov a failli se noyer en nageant après son ballon ?... Tala se souvenait, bien sûr, Tala retrouvait avec joie quelques camarades depuis un an perdues de vue. « Tiens, te revoilà vieille branche ! Tu t'es coupé les cheveux ? ce que ça te donne l'air godiche ! » « Défense de parler français, mademoiselle ! L'eau de mer abîme les cheveux, *that is the reason*. Tiens — tu sais que ma mère travaille chez ton oncle, maintenant ? — Eh bien je ne l'envie pas, mon oncle passe pour un radin. » — Il est régulier, au moins. A propos, tu sais que le fameux Léon Lvov est à Cavalaire, au camp des Etudiants ? » — Ah, ah, celui qui a un service si formidable, au volley ? Nous ne nous donnerons pas le ridicule de jouer un match contre eux ! » — Attends, qui a dit : il n'est pas nécessaire d'espérer pour entreprendre... » — C'est idiot, intervenait Victoria, on espère toujours. »

— ... Cette année nous avons Tati et Anna : un mètre quatre-vingts chacune. » — Tu aimerais ça : avoir un mètre quatre-vingts ? » — Oh pas du tout : les gars n'oseraient pas t'inviter à danser. » ... « Enfin, qu'est-ce que c'est que cela ? demande Anna, la *grande* cheftaine, passant devant la tente où les filles bavardent en se frottant les bras et les jambes d'huile d'olive — vous n'arrêtez pas de parler français, quel exemple pour les petites ! » — Mais elles ne nous entendent pas ! » — Pour vous-mêmes, mes enfants : d'abord, c'est la règle du camp, ensuite — si vous oubliez votre langue maintenant vous aurez du mal à la rattraper plus tard. » — Pas de danger : il y a les parents. »

« ... Quelle est cette grande blonde que tu as ramenée avec toi ? Elle n'a pas le genre du camp. » — Une amie du lycée. Une fille *épatante*. Rigolote et tout. Ce qu'on a comme fous rires ensemble ! » — Elle m'a l'air d'être du genre de filles qui courent après les garçons. » — Eh bien pas du tout. C'est une bûcheuse. »

Les groupes des grandes font des randonnées. A pied jusqu'à Gassin, Sainte-Maxime, et dans les monts de l'Estérel, dizaines de kilomètres à pied, en chantant en chœur quand on marche sur une bonne route. Et l'on s'écarte vers le talus pour céder la place à d'occasionnels camions ou voitures de tourisme ; les camionneurs sifflent et lancent des réflexions déplacées, mais une quinzaine de filles en uniformes blancs et bleus n'a rien à redouter de ces grossiers personnages. Le soleil brûle et tout paraît blanc et gris sauf le ciel. Le grand souci, les deux premières semaines, sont les coups de soleil — et, la nuit, les moustiques. On rivalise de coups de soleil : celle-ci est rouge comme une écrevisse, cette autre comme une tomate, celle-ci tourne au rose bonbon, les bras brûlent, les nez pèlent, quelques clavicules se couvrent de plaies, et les jambes mettent un temps *fou* à rougir en attendant de brunir. Huile d'olive, non, crème Nivea, non, Ambre Solaire, le saindoux est ce qu'il y a de mieux, mets-toi donc une feuille de vigne sur le nez en l'accrochant aux lunettes de soleil — les filles, nous sommes en plein dans la garrigue, enlevons nos corsages... Indécent ! Quoi, avec les maillots de bain en dessous ? Sommes-nous dans un couvent ?

En passant à travers les coteaux brûlés, où les squelettes noirs des chênes-lièges se détachent sur fond de maquis gris rouille, on trouve nécessaire d'enlever corsages et jupes, pour ne pas les voir couverts de taches de charbon. Les dos deviennent rouges et les cuisses roses, toi tu pèles, jette le foulard sur tes épaules !...

Il paraît qu'il en brûle comme ça tous les ans par milliers d'hectares — l'année dernière c'était tout vert par ici. — C'est malin ! Ils nous ont donné de la *soupe* pour le pique-nique, et pas d'assiettes. » — Une idée : on coupe les melons en deux, on les mange, et on verse la soupe dans les peaux de melon... » — Chic ! il y a déjà des mûres ! Tu vois, toute une grappe de noires, là-haut ! Attention, ne tombe pas dedans... » Bien entendu, Tala tombe, et rattrapée par ses camarades n'a plus qu'à tirer les épines de ses bras et de ses jambes.

... Elle brunit mal. Un vrai « teint de blonde », elle est d'un rose tirant sur le cyclamen, l'intérieur des bras et des cuisses d'un blanc laiteux. Et les moustiques la dévorent si bien qu'elle a les yeux enflés, des cloques blanches sur les joues et le cou. Le soir, on essaie de fermer hermétiquement les fentes de toile à l'entrée de la tente pour pouvoir allumer la lampe-tempête. On joue au bridge. D'autres lisent. Tout le monde bavarde, même les lectrices. « ... Non, elle était très bien dans

La Maternelle. » — Moi, je l'ai vue dans *Les Demi-Vierges*... là elle était ridicule, elle jouait la jeune fille angélique — c'était pénible à voir, elle aurait pu être sa propre mère ! » — C'est terrible — ne pas se rendre compte qu'on vieillit. »

— Moi, je voudrais mourir à trente ans. » — Un peu tôt tout de même ? — A quoi sert la vie, quand on est vieux ? — Non, moi, dit Tala, j'aimerais vivre au moins jusqu'à quarante ans.

— Je ' voudrais '... est-ce que tu te suiciderais le jour de tes quarante ans ? » — C'est un péché. » — Non, les petites, entre nous, sans bondieuserie, est-ce vraiment un péché ? En supposant que tu sois seule, que personne ne souffre de ta mort, que tu sois malheureuse... » — Je trouve qu'Anna Karénine a eu raison : elle voulait punir Vronski, elle l'a puni. Elle l'a forcé à l'aimer davantage après sa mort. » — ... Oui, mais en supposant que tu veuilles te tuer pour un chagrin personnel, tu fais souffrir injustement tes parents — dans ce cas il faut s'arranger pour que ta mort ait l'air d'un accident. »

— Vous êtes macabres, dites donc. Toi, Victoria, tu serais capable de te tuer ? » — Oh ! oui. Je n'ai pas peur de la mort. » — Ça se dit. »

La lampe éteinte, elles bavardent deux par deux, dans le noir à voix basse, au chant écrasant et doux des grillons. Il fait chaud dans la tente malgré les pans de toile de l'entrée largement ouverts. La pleine lune s'est arrêtée juste au milieu entre les pentes douces des deux collines qui, au loin, plongent vers la mer. Il fait clair, on verrait presque les couleurs. Et si l'on jouait aux somnambules ? Elles ont de longues chemises de nuit claires, et marchent pieds nus sur l'herbe sèche et piquante. Elles marchent d'un pas ondulant, se balançant et faisant avec leurs bras des gestes lents et gracieux. La lune brille sur les cheveux de Victoria leur donnant l'apparence de coulées d'or pâle. « ... Ils sont longs, dis donc. Mélisande... tu sais mon père appelle quelquefois ma mère Mélisande. » — C'est poétique. » — C'est grand-mère qui a inventé ça. On dit que c'est pour la taquiner. » — C'est joli quand même. »

Les grillons crissaient si fort que leur chant semblait changer les oliviers et les chênes-lièges des collines et les herbes et les taillis de buis en un ruissellement triomphant, et la lune devenait d'une intolérable blancheur. Le mât avec son drapeau en berne se dressait au milieu de la clairière, obélisque ridiculement allongé. « ... Oh ! met-toi ici, ça porte malheur de regarder la lune du côté gauche. » — Mais non : seulement la nouvelle lune. » — Tu y crois ? »

— Non... Non... Il y a des tas de choses auxquelles on croit sans y croire. Comme en Dieu. » — Tu ne crois plus en Dieu ? » demandait Tala, à la fois surprise et rassurée, car elle-même n'y croyait plus vraiment. Victoria se penchait pour cueillir des chardons bleus et des immortelles. — Je ne sais pas. J'aime bien chanter dans les chœurs de l'église, comme nous faisons ici. Quand je suis à l'église, j'y crois.

« ... Maman était croyante. Papa — non, pas du tout, mais il me force à aller à l'église. Il croit que c'est bon, pour les femmes. »

— Pour les femmes seulement ? » — Oui — sinon elles deviennent putains. C'est ce qu'il dit. » La voix un peu amère, un peu triste. « Il n'est pas très instruit tu sais. Ce n'est pas de sa faute. »

— Il t'aime sûrement beaucoup ? » — Oh ! ne le juge pas d'après le tien. Je ne crois pas qu'il y ait des gens qui m'aiment beaucoup. »

— Et moi ?! » — Ne nous égarons pas trop loin vers la colline. On se ferait attraper. Tiens, j'ai cueilli tout un bouquet, tu le veux ? »

Elles étaient ivres de la blancheur de la lune et du ruissellement des grillons, et parlaient doucement, mais avec des voix chaudes et pénétrées, comme si elles se disaient des secrets importants. — Et moi, tu crois que je ne t'aime pas ? » — Tiens, je vais te mettre des fleurs dans les cheveux, tu vas jouer Ophélie... *This is rosemary for remembrance...*[1] Ça t'irait bien, Ophélie. » — C'est un peu triste ! »

— Une Ophélie heureuse. C'est possible, tu crois ? Avec ses fleurs et ses chansons, mais elle ne se noie pas. »

— Pourquoi crois-tu que je ne t'aime pas ? » Victoria regardait le visage frémissant, d'un blanc lunaire, entouré d'épines et d'herbes folles. Les larges yeux qui, la nuit, semblaient sombres. — Tu es un chou. Je t'adore. Oh oui tu m'aimes. Ce serait bien si l'on pouvait s'aimer toujours. »

— Faisons un serment. »

Victoria, décortiquant les pétales secs des immortelles, soupirait avec une sorte d'accablement heureux. « Ce qu'on est bien. Tiens, demain on fera un grand serment, sur le rocher à droite de la plage, là où il y a ce grand remous de vagues qui fait si peur. »

Le lendemain, assises sur un bout de roche noire suspendu au-dessus de tournoiements et danses folles d'écume blanche, elles discutaient de la meilleure façon de prononcer le serment décisif qui pût les lier pour la vie. « Cela devrait être comme une sorte de sacrement, disait Tala. Tiens, il y a la coutume des hommes qui échangent leurs croix de baptême. » — Je ne pourrais pas : mon père serait furieux. »

— ... Ou alors... autrefois des hommes devenaient des frères de sang : ils s'ouvraient les veines des poignets et mélangeaient leur sang. » — Oh ! ça, ce n'est pas mal. Mais dis donc : et si l'on n'avait pas le même groupe sanguin ? Et mon sang t'empoisonnerait, et réciproquement ? » — Nous mourrions toutes les deux, quelle belle mort ! » Elles pouffaient, prises d'un

1. Ceci est du romarin, pour le souvenir (Shakespeare, *Hamlet*).

fou rire qui n'arrêtait plus, et qui, chose bizarre, ne diminuait en rien la solennité de leurs sentiments.

A deux mètres sous leurs pieds les flots d'écume se retiraient avec fracas, entraînant des coulées luisantes de galets noirs, puis la vague nouvelle se précipitait dans le creux entre les rochers, projetant d'énormes éventails de dentelle bondissante qui éclaboussaient les longues jambes brillantes d'huile des filles et teignaient en noir le rocher gris. — ... Les mèches de cheveux. Les tatouages. Les mutilations volontaires... se couper le bout du petit orteil, par exemple. S'obliger à dire chaque jour, toutes les deux, certaine prière ou certain poème exactement à la même heure... Mais on oublierait. » — Je n'oublierais pas » dit Tala. Si grave que son amie la regarda avec admiration. — Moi, je serais capable d'oublier. »

De retour à Paris Gala disait aux parents : « C'est le grand amour avec un grand A. Cette fille Klimentiev est amusante, je ne dis pas, mais Tala s'est fait chansonner à cause d'elle aux feux de camp. » — Et après, dit sa mère, qui ne chansonne-t-on pas ? » ... — Eh bien, raconte-nous ces fameux feux de camp. » Le grand-père met de côté son journal — à regret, car il est préoccupé par les événements d'Espagne. Les trois enfants, amaigris, hâlés — Tala encore plus rouge que brune — les cheveux brûlés et rêches, parlent tous ensemble. « ... On a joué des charades. Et le dernier acte du *Mariage* de Gogol. » C'était *formidable*, dit Pierre. La grande cheftaine brune, Tati, jouait Podkolessine et sautait par la fenêtre. » — Et Victoria était Agathe et pleurait de vraies larmes : seulement *vingt-sept ans* j'ai vécu fille !... et elle s'était mis des coussins sous son corsage et s'était fait un chignon qui tenait debout comme une tour ! » — ... Et la charade qui représentait l'*Emigration :* la fille fait de la danse, le fils s'exerce au football dans la chambre, la mère fait de la couture et le père sauve la Russie. » — Ha ha, tu entends Vladimir, l'idée que la jeunesse se fait de nous autres ?... »

— Mais c'est vrai, grand-père ! A quoi vous sert de parler et de parler, quand vous ne pouvez pas agir ? »

Pierre dit : nous avons gagné deux matches de volley contre les Etudiants. » — Toi, tu étais dans l'équipe ? » — Oui, j'y étais ! Anissime aussi, et Brunner. Je leur rasais de ces ballons par-dessus le filet ! » Un garçon qui a treize ans, ni blond ni brun, au nez osseux, aux lèvres fortes, aux pommettes presque creuses au-dessus de joues trop rapidement allongées ; et des sourcils en broussaille jaunis par le soleil et l'eau de mer. Il n'est pas beau — âge ingrat — anguleux, rapide et gauche dans ses mouvements, comme encombré par la poussée de sève d'une virilité innocente et ignorante, quoi, se dit Myrrha, sa voix mue déjà ? ou aurait-il attrapé un mal de gorge ? Il dit : « Pour chanter, c'était la catastrophe. On m'a exclu du chœur. Il paraît que ça se remettra dans un ou deux ans. » Grandi trop vite. « Maman ! je pourrais te soulever dans mes bras, maintenant ! » Plus grand qu'elle. Et, d'en dessous les lourds sourcils, un regard gris-bleu fixe et sévère qui jure avec les yeux rieurs des filles.

La chair de sa chair, l'âme de son âme — alors que les filles ont toujours été pour elle comme de petites sœurs très aimées, celui-là est un être tout à fait à part ; inconditionnelle lumière.

Ils sont tous là à ne rien comprendre — il grandit trop vite, il s'abrutit à des jeux violents, il néglige ses études, il répond insolemment à son père. Les ailes lui poussent, les plumes lui poussent à travers la peau, seule une mère peut voir ce qu'est la richesse des dons en esprit. « Complexe d'Œdipe » ? pense-t-elle. Que c'est bête. Pourquoi mettent-ils des étiquettes sur l'amour ?

... Car l'amour est pudique, et comme Eros se cache

306

de Psyché dans la nuit du lit nuptial, il ne supporte pas les projecteurs et les scalpels ; il ne meurt pas, non, mais il souffre. Il faut savoir se laisser vivre. Nous sommes tous Un dans le Christ. « ... Est-ce que tu aimes papa plus que moi ?... » — Ta question n'a pas de sens, Pierrot. » — Si. Pour moi elle est importante. » Elle réfléchit encore. « Non. Vraiment. Honnêtement. Je ne saurais te dire. »

... Il est normal, dit-on, que le garçon passe par une période de révolte contre le Père, et qu'il cherche un substitut à son père en la personne de l'oncle maternel (là où un tel oncle existe). Il était difficile de dire si Pierre aimait réellement Georges — par malheur les familles Thal et Zarnitzine se voyaient moins souvent que Myrrha ne l'eût souhaité. Myrrha, Vladimir et Georges se voyaient — de temps à autre, mais guère plus de cinq ou six fois par an — dans des cafés à Montparnasse, quelque dimanche après-midi où l'envie leur prenait brusquement de retrouver leur jeunesse déjà lointaine. Le frère et la sœur avaient un certain don de télépathie, et ces dimanches-là, si Myrrha disait : « Allons voir Georges » on pouvait être sûr que Georges avait de son côté la même idée et il n'était presque pas nécessaire de lui téléphoner pour dire : « Rencontrons-nous *à la Coupole ?* » — Tiens, justement, j'attendais ton coup de téléphone. » — Tu amènes Sacha ? » — J'ai bien peur que non. »

Pierre n'était pas sûr d'admirer son oncle. Ses grands-parents tenaient Georges en piètre estime — tel petit mot entendu par hasard, tel haussement d'épaules, en font plus pour discréditer un homme que des reproches précis. Et Pierre ne possédait pas encore assez de force d'âme pour vouer un culte si modeste soit-il à un homme que son grand-père méprisait. — Mais grand-père méprisait tant de gens. — Il s'agissait donc d'une admiration un peu honteuse, hargneuse —

car les manières de l'oncle n'étaient guère plaisantes, son affection trop démonstrative, son ton de camaraderie virile sentait la comédie mal jouée, bien qu'il fût sincère.

Un homme « riche » — et après ? Parfois, en voyant son père et son grand-père se reprocher leur incapacité d'assurer à la famille une vie décente, Pierre se disait que l'oncle Georges n'avait pas tort d'aimer l'argent. Il s'était fait naturaliser français ; il dirigeait plusieurs ateliers importants, travaillait avec des maisons de haute couture, de grands magasins, des « Américains ». Homme d'imagination et de ressource.

L'oncle Georges faisait travailler un grand nombre de personnes « sans carte » ; sans carte, donc sans assurances sociales et à des tarifs non contrôlés, et d'ailleurs, dans ces métiers-là — le travail à la pièce — le patron est maître des prix. Ceci, Pierre le savait par la mère d'un de ses camarades, Pétia Touchine, cette mère autrefois chanteuse de cabaret et ex-collègue de tante Sacha, et qui à présent faisait à domicile du rouleautage et de l'effrangeage en quantités industrielles. ... Et Nastassia Nikiphorovna, tout en laissant glisser ses doigts armés d'une aiguille sur les lisières de soies multicolores, parlait, plus pour elle que pour les garçons qui, dans leur coin, jouaient aux dames.

« ... Une jolie fille, la Sacha D., mais toute couverte de crèmes et de poudres parce qu'elle avait un teint impossible — choriste comme votre servante, car de voix elle n'avait qu'un filet, joli je ne dis pas. La mère, c'était autre chose ! On entendait une mouche voler. Elle arrivait sur l'estrade, avec ses châles noirs et ses colliers de pièces de monnaie, et tapait du pied, et se renversait en arrière comme un cheval qui se cabre... et quand elle s'y mettait, avec sa *Route lointaine...* elle y allait de toutes ses entrailles, on l'entendait jusque dans la rue... les gens pleuraient. Bref, une vraie de vraie. Elle chantait chez Yar avant son mariage, le prince l'a rachetée à sa tribu pour cent mille roubles, peut-être qu'elle se vantait... Cent mille! Il n'était pas si riche que ça. »

— Hé! disait la vieille mère, justement : il se sera ruiné pour payer la dot. »

— Peut-être bien. Donc, je te disais, mon petit Pierre, ton oncle, je l'ai connu dans ce temps-là, qui tirait le diable par la queue, et portait des vareuses des Stocks Américains, toujours propre et rasé de frais comme une image de catalogue, si joli garçon qu'on l'avait surnommé — entre nous les choristes — l'Apollon de Montparnasse; et il nous apportait à toutes des fleurs pour avoir un prétexte d'en offrir une à Sacha, sinon la mère ne l'eût pas permis, et où il les trouvait Dieu le sait, pour se moquer on disait qu'il devait les voler au cimetière... Et puis, c'est vrai, après tout, à quoi servent les fleurs au cimetière?... les gens riches laissent gerbes et couronnes se faner sur les tombes.

« ... La Sacha ne parlait pas beaucoup, une fille un peu 'sonnée', forcément, après ce qui leur est arrivé... Et quand on y pense le nombre de nous autres émigrés à qui il est arrivé ceci et pire... fallait les voir, tout frais, tout gaillards, tout juste si ça ne danse pas le *gopak* dans la rue — bon, elle est princesse rien à dire. Donc, tu vois la mère : 'Ce garçon-là n'a que sa belle gueule, et une belle gueule — à une femme, encore, ça peut rapporter si elle a de la tête, mais à un homme?...' et Sacha disait : 'Si je ne l'épouse pas je me tuerai!' Bref, la vieille princesse a donné congé à l'Américain et a béni le Georges avec la petite icône en argent ciselé qu'elle porte sur sa poitrine, allez, amour et bon accord, mes enfants, mais promets-moi que tu feras fortune! Tu penses! A Zarni, elle n'avait pas besoin de faire promettre ça!

« ... Et aujourd'hui Sacha D. se promène en cape de chinchilla et moi en vieille peau de lapin, je l'ai vue il y a quinze jours encore à l'atelier en allant livrer ma

309

commande, et à voir la tête qu'elle fait je ne changerais pas mon lapin contre ses chinchillas. »

— Nastia voyons, intervient sa mère, tu parles devant ce garçon de sa tante et de son oncle... »

— De nos jours maman, ce n'est plus comme de votre temps. Les enfants savent tout. Je ne dis pas de mal de son oncle — c'est un *gentleman.* »

Eh oui, l'oncle Georges était respecté. Et par les gens qui, disait-on, auraient eu des raisons de se plaindre de lui. Un gentleman. Et un homme qui gardait les restes de sa beauté jadis fameuse ; haute taille, épaules droites et mouvements souples, le corps épaissi laissant plutôt deviner des muscles légèrement empâtés qu'un excès de graisse ; un teint tournant au rouge par suite de couperose sur les joues et de la facilité à attraper des coups de soleil, même à Paris. Il se laissait pousser la moustache. Avec ses cheveux drus et bouclés, cette moustache lui donnait — à volonté — l'air d'un Viking, d'un gentleman-farmer, ou d'un officier de la Garde ; il hésitait entre les trois rôles lorsqu'il était en société...

Georges, le samedi, était fatigué — nerveux, s'emportant pour des vétilles. « Voyez-moi cette tache en plein milieu du fond, Anna Andréievna ! J'appelle ça une pièce gâchée. Vous savez ce que cela coûte — quatre-vingt-dix centimètres de crêpe de Chine ? » — On peut la camoufler, Gheorghi Lvovitch ! D'ailleurs, elle est à peine visible. » — Achetez-vous des lunettes si vous n'y voyez plus clair ! Elle crève les yeux ! — J'y mettrai un papillon. » Il levait les yeux au ciel. « Seigneur ! Voilà une femme qui est dans le métier depuis dix ans et qui ne sait pas que les papillons portent malheur ! » — Mais c'est vrai, Georges, que cette tache se voit à peine, on dirait un simple défaut de tissu. » — Myrrha Lvovna, voulez-vous bien vous mêler de ce qui vous regarde. » — Une violette, peut-être ? » suggérait Anna Andréievna, de plus en plus malheureuse.

« ... Vous avez déjà vu des violettes voler dans les airs ? Ce n'est pas *du tout* le genre du dessin... Allez ! collez-y une libellule, j'aime mieux ça que d'avoir à brader le carré. La prochaine fois vous n'aurez qu'à vous le garder et me payer le prix du tissu ! C'est parce que la commande est urgente, vous avez de la chance. »

Pour le *luxe*, Georges supervisait le travail lui-même. Chmulevis était bon pour le travail de série. Et là encore il lui arrivait d'avoir des scènes avec le patron.

Comment, après deux ou trois tours pendables — et connus par tous les ateliers concurrents — joués à lui par Zarni, Yacha Chmulevis en était venu à devenir l'employé et l'ami presque intime de son ex-rival, personne ne l'avait compris. Au début tout au moins la femme et les amis de Chmul s'étaient indignés. — Voyons, va chez n'importe qui, mais pas chez ce salaud qui t'a volé tes idées et tes clients, et a gagné rien que sur ton compte, en un an, ce que tu n'as pas gagné en huit ans ! Mais ces histoires-là s'oublient, et l'on respecte les chanceux. Zarni offrait une place de chef d'atelier et un salaire décent.

« Qui se souvient du passé qu'on lui crève un œil ! » « Mieux vaut mauvaise paix que bonne guerre. » « Nous sommes des vétérans, mieux vaut nous serrer les coudes. Maintenir la *qualité*. » « Tu es un *créateur* — avec un fixe tu as la tête plus libre, on fera une bonne équipe. » « Si je n'avais pas besoin de toi tu crois que j'aurais le culot de te proposer cette place ? » Bref, une fois assuré d'un salaire fixe Chmulevis n'avait plus à rougir de son vice qui n'était même plus secret : on ne le soupçonnait plus de risquer au jeu l'argent d'autrui.

Le soir, après la fermeture des ateliers, Georges emmenait les hommes les plus qualifiés : Chmul, le modéliste (Mihaïl Belinsky) et le chef potier boire un coup dans le grand café Zeyer, place Saint-Pierre de Montrouge, métro Alésia ; ils parlaient boutique. On

n'avait plus besoin de Pollack, la maison avait des contrats directs avec des Américains : demi-luxe façon haute couture, avec griffe *Chomel* (hommage discret au talent de Chmul, mais cela ressemblait aussi à Chanel)... Et si nous nous lancions dans les parfums, les gars ?... » Zarni en était à son troisième verre de Suze.
— Tu charries ? Rien que le prix de l'installation d'un laboratoire... tu connais un chimiste-parfumeur, ou quoi ? » — On en trouverait un. » — On pourrait, suggérait Ivan Sémenytch, le potier, les présenter dans des flacons de céramique... » Georges était ravi. « Bonne idée ! Yacha, tu nous dessineras les modèles. » — Mais non, disait Mihaïl, les clients ne veulent que du verre, c'est connu et éprouvé. »

— Défaitiste ! Il suffit d'inventer une présentation *fumante* — vous vous y mettrez tous les deux. On commencerait par le proposer aux Américains... » — Les Américains ne sont pas plus bêtes que d'autres. » Il est toujours permis de rêver — en fait, avec ses batiks, catalans, sertis, pochoirs, poterie, céramique et bouton, Georges était déjà débordé. La parfumerie sera pour plus tard. De l'argent, il en avait à présent — mais il lui semblait toujours être sur la corde raide, crédits, hypothèques, intérêts à payer, rentrées englouties par des investissements, si bien qu'avec un bénéfice personnel considérable il voyait toujours la maison Zarni menacée des pires catastrophes si elle ne s'agrandissait pas. Société Anonyme à Responsabilité Limitée. Les « sociétaires » étaient Salomon (l'ex-fournisseur de soie), Chmulevis, la princesse et lui-même, et si limitée qu'elle fût la responsabilité reposait sur lui seul.

Et il avait, en émigré qu'il était, la crainte du fisc et la crainte de la police, et son comptable, homme habile pourtant, ne s'y retrouvait plus dans les comptes légaux et illégaux.

*

Donc, cette année 1937 allait être inaugurée — mais non plus au Nouvel An russe — par une fête chez l'oncle Georges, qui pourtant n'avait pas encore son grand appartement dans le XVIe — patience, il se l'était promis pour 1939, mais avait considérablement embelli celui de la rue Lecourbe. Achetant les meubles de style (Louis XV) en prévision du futur hôtel particulier (ou vaste appartement à plafonds hauts de quatre mètres). La princesse s'y connaissait en mobilier et savait marchander avec les antiquaires. Les tapis persans, soigneusement recouverts de nattes rayées les jours de semaine, étaient reservés aux jours de fête. Le lustre à mille pendeloques de cristal — un peu grand, toujours en prévision de la salle à plafond de quatre mètres — éclairait de ses vingt ampoules reflétées par les arêtes de cristal taillé un plafond blanc crème et des murs recouverts de papier moiré or bronze. Dans le grand vase chinois d'époque Ming d'un profond bleu fumée trois tulipes noires se dressaient au milieu de roses-thé un peu trop épanouies déjà, d'un jaune pâle lumineux et mat.

Réunion intime, guère plus de trente personnes, la famille, le personnel qualifié, quelques amis — et cette fois-ci respect de l'heure, minuit tapant, le gui accroché au-dessus de toutes les portes, et les coupes à champagne en vieux cristal de Bohême gravé, se ressemblant toutes au point de donner le vertige. Disposées en deux files sur l'étroite et frêle desserte à longs pieds sculptés et dorés recouverte d'une bande de soie chinoise brodée.

Cette fois-ci la princesse trône dans une bergère Louis XV à vieille patine blanc et or, elle-même de noir vêtue comme toujours, le visage plus que jamais arrangé en masque de tragédienne. Et les hommes, les uns après les autres, viennent s'incliner sur sa grande main couleur de feuille morte ornée d'une bague de jais et de deux chevalières d'argent.

Et Georges envoie ses nièces chercher des sièges dans les pièces du fond, et des coussins de velours à mettre par terre ; un feu de bûches brûle dans la cheminée derrière un écran à cadre doré et écaillé tendu d'une toile jaunie toute en tons roses, bleus, crème et verts figurant des bergers amoureux au milieu d'une guirlande de fleurs. « Authentique, dit Georges — pas du grand style, un peu naïf, ça vient de quelque petite gentilhommière de Touraine... époque du Bien-Aimé. Ça se voit aux détails du costume. » — Dis donc, fait observer Ivan Sémenytch, un peu osé, le motif central ? Si Mihaïl nous dessinait un projet de ce genre, tu vois la tête des clients ?... »

Mihaïl, mince vieux garçon à tête d'éternel jeune homme, contemplait la nouvelle acquisition, les yeux clignés, les bras croisés par-dessus sa lavallière bleu ciel. « Pas mal. *Ah ! qu'en termes galants...* La Douceur de vivre. Dire que les hommes portaient des vestes de satin brodé, dentelles, colliers et culottes collantes — et regardez de quoi nous avons l'air aujourd'hui ? A en devenir jaloux des femmes — regardez-moi cette petite avec sa robe blanche et ses nœuds de velours noir : moulée comme une statue. La vraie Vénus de Rhodes... » — Qui est-ce ? » demanda Ivan Sémenytch, intéressé en dépit de ses cinquante ans. — L'inséparable amie de ma nièce Tatiana. »

— Oui, des *formes*, dit Mihaïl, rêveur — et des couleurs : voyez-moi l'effet de ces cheveux miel pâle contre le rose saumon de la joue... et c'est encore tout jeune, ça n'ose même pas s'épiler les sourcils et se mettre du rouge — » — Eh ! eh ! tu te convertis, mon cher, tu te convertis ! » Mihaïl n'aime pas les femmes et ne s'en cache pas. — Pure jouissance esthétique, je te jure. » Georges aspire l'air de toute la profondeur de sa poitrine. « La jeunesse ! *Jugend, Jugend !* ça fait presque mal à regarder. Ne le prenez pas, vous autres, dans un sens équivoque. »

Sacha faisait aux dames les honneurs du nouveau tapis de sa chambre à coucher. « Maman l'a eu aux Puces pour une bouchée de pain. Un authentique Kirman du XVIIIe siècle. Nous avons dû le faire restaurer un peu. » — La finesse du point ! s'exclame Régina Chmulevis. Combien de temps a-t-il fallu pour le faire ? » Sacha dit : « Après avoir terminé un tapis comme celui-ci l'ouvrière devenait aveugle. » — Affreux, dit l'épouse du comptable, je n'aimerais pas avoir cela dans ma chambre à coucher — oh ! pardon Alexandra Alexandrovna ! » — Pourquoi ? qu'est-ce que ça change ? Je ne suis pas superstitieuse. »

Il y a quelque chose d'amer dans la longue et mince Sacha ; même aux jours de fête, aimable et souriante, elle a l'air de porter le deuil de quelque amour désespéré. Ses longues paupières noires alourdies de cils artificiels sont à demi baissées dans un pli de lassitude hautaine. Ce soir-là elle est, par la grâce de son maquillage plus soigné que jamais, très belle, fond de teint vieil ivoire, lèvres d'incarnat mordoré, le tout illuminé par les chauds reflets d'une robe de mousseline couleur abricot sur fourreau de satin or.

Les jeunes sont arrivés en avance : les enfants Thal avec Victoria, les fils Barnev. « Voilà, dit Anissime, c'est toute une histoire *comme toujours,* ils sont là-bas tous les trois à la supplier à genoux. » — Anissime, quelle façon de parler ! » dit Georges, scandalisé. « Je m'en balance. Elle n'a fait que chialer toute la journée. » Georges pense : eh bien, c'est gai... « Et vous, mademoiselle Victoria, heu... Alexandrovna, vous auriez dû amener votre père ! On ne fait pas de manières, chez nous. » — Oh non, papa fête toujours le Nouvel An avec les anciens de son régiment. » — Bonne tradition. Eh bien, tant pis pour nous. »

— Il n'a même encore jamais voulu venir chez nous,

oncle Georges. Dieu sait si papa a presque supplié Victoria de l'amener. »

Les filles se mettent à bavarder avec Rosa et Haïa Chmulevis, deux belles brunes aux joues roses et aux mentons pointus, l'une en philo l'autre en seconde — Victor Duruy. « ... T'as pas eu peur, au premier bac ? » — Non, c'était marrant. Je l'ai passé à la Sorbonne — tout en haut d'un *énorme* amphithéâtre ; à la table voisine il y avait un vieux monsieur à la longue barbe rousse qui était si énervé qu'il se rongeait tout le temps les ongles. » — Ben on peut le dire, tu t'en faisais pas ! dit Victoria. Si tu as pu passer ton temps à regarder les voisins... moi, qu'est-ce que j'aurai le trac ! »

Victoria avait emprunté la robe de sa voisine et amie, Blanche Cornille, la fille de l'épicier — ancienne robe de mariée, changée en robe du soir, dont Victoria avait repris les coutures — elle avait garni le décolleté de nœuds de velours noir et promis à son père de ne pas quitter sa mantille noire en dentelle de crochet — et, naturellement, elle avait laissé la mantille sur le portemanteau... « Dis : il me reste encore un peu de mon hâle de l'été, regarde mon dos ! » Tala est en mousseline vert Nil, ce qui va avec ses yeux, elle a une rose pâle dans les cheveux et même un peu de rouge cyclamen aux lèvres. « C'est celui de maman. Elle m'a permis. » — Elle est chou, ta maman. » — Je te crois ! » Exclamation suivie d'un pincement des lèvres, mon Dieu qu'ai-je dit, elle qui a perdu sa mère il y a onze mois seulement ! C'est pour cela qu'elle s'est mise en blanc et noir. « Fais voir ta croix de baptême. » Unique bijou, et Victoria ne le porte pas souvent, par peur de le perdre. « Elle est en or, tu vois. C'est gravé : *Victoria. Sauve et préserve.* » La frêle petite croix hésite à s'accrocher aux nœuds de velours et glisse entre les deux seins. « Tu n'es pas un peu *trop* décolletée sur le devant ? » Victoria lui souffle à l'oreille : « La robe n'est pas à moi. » ... Bien sûr, sa mère n'est plus là pour l'habiller... Mais Victoria n'a pas l'air d'y penser, elle s'amuse, elle s'amuse, elle ne sait où donner des yeux — C'est plus joli que chez la comtesse Hohenfels — une cliente à maman. Elle a maintenant sa propre maison de couture. »

— Tu as vu, sur le mur, ce tableau de maman, il s'appelle *Les Emeraudes sidérales*... » un grand carton entoilé 16 figure, que Myrrha avait offert à son frère pour le douzième anniversaire de son mariage — oh suis-je bête, je parle encore de maman, serais-je méchante sans le savoir ? — Tes parents viendront ? » — Bien sûr ! »

Les grands-parents fêtaient le Nouvel An chez les Rubinstein, avec des amis de leur âge et Tassia.

Le père Pierre (ou Piotr comme on l'appelait pour faire plus orthodoxe) Barnev arrivait enfin, amenant sa femme dûment raisonnée et consolée par lui et par les époux Thal. Et la vieille princesse se levait et traversait le salon, ses châles et les longs plis de satin noir de la robe flottant autour de son corps lourd et osseux, et venait, inclinant son diadème de nattes noires avec une raideur dévote, baiser la main du prêtre et recevoir la bénédiction.

« Mais comme tu es magnifique, Nadia ! s'écrie Georges, tu vas éclipser toutes les jeunes filles. » Flatterie banale, mais, dans le cas présent, maladroite — car Nadia, maigre, pâle, menue, mais jolie dans sa robe de crêpe georgette bleu lavande à longues manches et boutons de nacre bleue, n'attend qu'un prétexte pour faire sentir à tous son infériorité, et adresse à son hôte un sourire doux-amer, souligné par un silence expressif. Georges, ne sachant que faire, se penche pour l'embrasser sur les deux joues et la remercier d'être venue, ce qu'elle prend pour une allusion à son caractère difficile, est-ce qu'on remercie Pierre ou Vladimir ?... Quel gaffeur, pense Vladimir, voilà tous nos efforts par terre. Nadia a l'art de changer le monde entier en une armée de gaffeurs. Son nez se pince pour retenir des larmes, et elle va s'asseoir sur un pouf à droite de la cheminée et se met à regarder les flammes.

Boris Kistenev s'avance vers les Thal. Enfin! *Last but not least*. La chère héroïne du jour. Savez-vous Myrrha que le critique d'art de l'*Illustration* a beaucoup parlé de votre tableau ?... » — Formidable ! Peut-être qu'on le vendra ? » — O femme matérialiste. Un verre de porto pour arroser cela ? Vous voyez, Zarnitzine, j'usurpe votre rôle. » Allez-y allez-y. Mademoiselle Georgette, méfiez-vous, ma sœur est une 'bourrelle' des cœurs. » A cette phrase dite en français la jeune Georgette (l'amie de Boris) éclate d'un rire poli et fait observer que ce mot n'existe pas au féminin. — Si! Il est même dans Ronsard. ... *O longues nuits d'hiver, de ma vi-e bourrelles...* » Ignorant que Ronsard est un auteur dont la langue est un peu périmée, Georgette ne dit rien. Jolie fille, vingt-quatre ans, de larges yeux vert doré, un admirable petit nez qu'on eût dit en porcelaine de Sèvres, et des ondulations régulières et luisantes de cheveux blond platine, de fait elle sort de chez le coiffeur. Elle est vendeuse au Bon Marché, sérieuse, et les amis de Boris commencent à s'inquiéter, la liaison est déjà vieille d'un an, la demoiselle comprend déjà un peu de russe, et sait chanter *Otchi tchornyia* et *Serdtze...* [1]

Vladimir, le bras passé autour des épaules de sa femme, semble chercher distraitement quelqu'un parmi les groupes d'hommes en costume sombre et de femmes roses, vertes et bleues — il cherche parce qu'il ne voit pas, et se dit... peut-être ont-elles manqué le rendez-vous à la gare de Pont Mirabeau, ce serait gênant... peut-être y a-t-il eu un empêchement ? Le père terrible aurait mis son *veto* ? Il est pris d'une petite angoisse qui lui déplaît, mais qu'il est si peu

1. « Les Yeux Noirs », « Cœur »... chansons en vogue.

capable de surmonter que son bras oublié sur l'épaule de Myrrha se contracte, et la main se crispe sur le drapé de satin bleu pétrole. « Mais, dit Myrrha, tu me fais mal... » — L'amour conjugal ! dit Georges. Au bout de... presque dix-sept ans de mariage ils sont tourtereaux comme au premier jour. » Ce Georges tout de même, pense Vladimir, le talent inné de la gaffe. Et, une seconde après, il respire. Il a reconnu un rire sonore dans un concert de voix fraîches et de gazouillis rieurs — il respire, libéré, et alarmé en même temps, et se force à tourner les yeux vers Myrrha.

... Car Georges n'a pas tellement tort, depuis quelque temps son beau-frère se montre à l'égard de sa femme tendre jusqu'à la mièvrerie. Il a un excellent prétexte, d'ailleurs : le relatif mais honorable succès des deux toiles exposées par Myrrha au Salon des Indépendants.

— La *jeune* peinture... » Ils sont là, les quadragénaires, debout et encombrant le passage entre le salon et la salle à manger, verre dans une main cigarette dans l'autre (pour l'amour de Dieu, rappelle Georges, utilisons les cendriers !) unis par leur âge et venus d'horizons divers, Vladimir Thal et Yacha Chmulevis, Boris Kistenev et Michel Belinsky, Myrrha et le père Piotr, Georges, Régina Chmulevis, Olga Mannheim la contremaîtresse de l'atelier des boutons, Akim Varlamov ami des temps de Constantinople, aujourd'hui opérateur de cinéma travaillant aux studios de Joinville... Les générations vont vite de notre temps, elles se suivent de cinq ans en cinq ans — dire que Tsvétaïeva, Khodassiévitch, Adamovitch, Chagall, Térechkovitch... Soutine, n'ont même pas dix ans de plus que nous (des ancêtres) — et que ceux de trente-cinq ans font à nos yeux figure de « bleus » qui n'ont rien vu ni connu. « La peinture n'est pas comme la poésie — il y faut de la maturité, le métier est long, on ne perce guère avant quarante ans... » — Modigliani, Van Gogh... » — Justement, ils ont peint, ils n'ont pas vendu. Il n'y a pas de loi pour le

319

génie, mais le peintre est l'ouvrier qui peut vivre cent ans et progresser toujours — il est de la race des poissons et des séquoias, vous commencez à peine votre carrière Myrrha Lvovna, et serez en pleine ascension quand nous serons tous des vieillards gâteux. »

La table ronde à nappe damassée se couvre de plateaux chargés de pirojkis, petits pâtés, sandwiches divers, et la domestique russe, rustaude et vêtue d'une robe bleu marine avec tablier blanc, se donne beaucoup de mal. Le service de porcelaine de Limoges orné de guirlandes de lauriers d'or, est de style Empire. « ... Anachronique, non ? dit Georges. On fera mieux la prochaine fois. » — Tu deviens maniaque. » — Le chef-d'œuvre, poursuit le maître de maison, sont ces coupes à champagne : cristal de Bohême *ancien*, je le garantis, service presque complet, et vous avez vu le chiffre gravé ? GZ ! Prévu pour moi depuis deux cent ans ! » — Quelque Gerhardt Zell ?... » suggère Vladimir. — Ou Gotelinde Zahnenfleisch ? » renchérit Myrrha et tout le monde pouffe. « ... Ou bien, dit Chmulevis, Gershon Zwiebel ? » — J'aime mieux supposer — Georges prend un air inspiré — que l'artiste dans son délire prophétique a pensé à *Georg von Zarnitzin !* » — Oh ! quels enfants vous faites ! s'écrie Régina Chmulevis. Georges, vous regardez l'heure, au moins ? A dire des bêtises on laissera la Nouvelle Année arriver sans être saluée ! »

Les enfants à une table à part, dans l'autre salle. « Quelle vexation ! » — Pensez-vous, ils seront trop heureux. Boris, tu laisses ta Georgette avec les jeunes ? » — Elle s'amusera mieux, ils parlent tous français sans la moindre pudeur, et nous, elle nous forcerait à vaciller sans cesse entre les deux langues. » — Prends garde, mon cher : il y a un beau jeune homme... » C'était Vania von Hallerstein, le plus jeune fils de la baronne — dix-neuf ans. « Pas de danger — il fait la cour à la belle blonde en robe blanche, ma Georgette peut se cacher. » — Oh! oh! pas de fausse modestie! » Vladimir louche un peu vers la belle blonde en robe blanche qui, adossée au battant de la porte vitrée, lève les yeux souriants vers le grand Vania, un brun aux yeux bleus du plus pur type celtique; superbement frais dans son costume bleu marine un peu étroit; le visage à peine déparé par un gros bouton sur la joue droite.

... Les rubans de velours noir... Elle aurait pu, tout de même, se décolleter un peu moins, le garçon plonge carrément dans son corsage. Nous ne sommes plus en 1900...

... Ce que je ne comprends pas, dit Akim Varlamov, entre deux bouchées de saumon fumé, c'est qu'il y ait encore, en Occident, des communistes sincères, et des PC influents... » — Où ça? » — En France. Et tous les clandestins des pays fascistes. » — Eh bien, tu l'as dit : l'horreur du fascisme. »

— Non! intervient le père Piotr avançant si bien ses coudes sur la table que son verre se renverse et le vin est absorbé par le sandwich au caviar, mais il n'y fait pas attention. Faux et archifaux. Supposons qu'il soit médicalement démontré que les lépreux ne peuvent attraper la peste — certains, question de goût, voudront se faire inoculer la lèpre pour ne pas mourir de la peste, il y a là une logique. Ils ne vont pas chanter de joie pour autant. Or, le communisme implique un enthousiasme obligatoire. *Là-bas*, il est naturel : qui ne crie pas hourrah est bon pour le *Konzlager*. Mais ici?... »

— Oui, après les Procès, dit Vladimir, on pouvait croire que la grande farce serait enfin démasquée, car pour une fois toute la presse d'Occident en a parlé en long et en large; eh bien — zéro ou presque. » — Si, dit Chmul, pensif, si tout de même. J'en connais qui ont été sérieusement ébranlés. »

— Pas possible! Non seulement 'ébranlés', mais 'sérieusement'? s'écrie Vladimir avec une feinte surprise.

— Oui, je ne comprends pas, dit Akim. Bêtise ou lâcheté? »

— Ça va plus loin, dit Georges. Car réfléchissez-y, c'est une histoire de fous. Prenons, par exemple, la maison Marx et Fils, puissante entreprise comptant des milliers d'ouvriers, des milliers d'actionnaires, un Comité d'administration, directeurs et sous-directeurs et bien sûr un président — les affaires ne vont pas trop bien, on bluffe, on essaie d'inspirer confiance, c'est légitime. Et puis brusquement on se met à crier sur les toits que les trois quarts des directeurs responsables ont depuis toujours été *a)* des vendus aux firmes concurrentes, *b)* des saboteurs conscients, *c)* des dégénérés incapables et pourris de vices... Que font les actionnaires? Ils se débarrassent de leurs actions au plus vite. Car il est évident que ceux qui restent, le Président y compris, sont soit des filous eux-mêmes soit des crétins finis, soit les deux.

« ... Or, à les en croire, plus ils auront clamé leur propre crétinisme, plus ils seront dignes de confiance. Tu m'expliques ça, Pierre? Phénomène de caractère religieux? »

— N'emploie pas le mot 'religieux'. » Le père Piotr devient rouge et menace de renverser un autre verre, car il a déjà trop entendu de propos de ce genre. « La comparaison est injurieuse. Même si l'on admet qu'il s'agit d'une grotesque parodie de la religion, ce que Staline et ses gars s'efforcent d'instaurer en Russie et ailleurs. L'hitlérisme est déjà plus proche d'une religion et c'est pourquoi il est si redoutable, c'est un appel sacrilège à des pulsions émotionnelles que la religion a parfois endiguées, parfois abusivement exploitées... Mais là, *là* — vous avez le mensonge sous sa forme la plus pure, sans même la promesse de

322

compensations émotionelles, diaboliques peut-être mais répondant à des besoins vrais... »

— Mon père, vous n'allez pas défendre le national-socialisme ? » demande Yacha Chmulevis, alarmé, le visage allongé. — Mais non, Yacov Danilytch ! » d'indi-gnation, le père Piotr plonge sa main dans sa barbe aux mille boucles où brillent déjà des fils d'argent — « Les gens sont politisés, de nos jours, à ne pouvoir dire un mot sans s'injurier ! Hitler me fait horreur, mais il est, comme je vous le disais, la peste : elle ne dure pas... Les autres sont la lèpre. La désagrégation lente, le pourrissement, l'abandon de centaines de millions d'êtres humains non aux passions bestiales mais à la lente usure par la faim, la peur, le mensonge, la misère intellectuelle, la lâcheté devenue vertu nécessaire à la survie... »

— Donc, vous aimez encore mieux les passions bestiales ? »

— La paix, Chmul. Disons une fois pour toutes que personne n'aime les passions bestiales, et reprends plutôt de cet esturgeon fumé... Pas besoin, Pierre, de nous démontrer qu'ils sont pires que le diable. On parlait des intellectuels occidentaux. Des gens pas forcément bêtes. Il y a là un mystère... métaphysique. »

— Pourquoi, Georges ? demande Myrrha. Rien de métaphysique. Ils sont mal informés. Et désireux de *croire*. Tu m'excuseras, Pierre, mais j'y vois bien un phénomène de caractère religieux. Un besoin de foi. Nos parents l'avaient aussi. »

— Non, dit le père Piotr, sombre. Un besoin de renoncement à la raison et à la liberté morale. Car comme l'a déjà dit le Grand Inquisiteur, l'homme n'a peur de rien autant que de la liberté, pour y échapper il ira manger des excréments... je demande pardon aux dames — il rampera non plus devant l'Inquisiteur mais devant un bouffon moustachu qui avant la Révolution eût tout juste fait un bon gendarme... »

« — Oh, Pierre, dit Nadia, ce n'est pas à *toi* de dire des mots pareils. » — Ma chérie, merci. Heureusement que tu es là ! »

— Un Gide, pourtant, dit Akim, n'était pas du genre rampant... »

— Si ! un homme très équivoque — et je ne parle pas de ses mœurs » — Georges s'est brusquement souvenu de la présence de son modéliste. « Un protestant défroqué qui ne cesse jamais de se sentir coupable... »

— Mais tu ne comprends donc pas, Georges, et vous Akim, s'écrie Vladimir, soudain rempli d'une amertume inspirée — vous ne comprenez pas vous tous à quel point c'est une *bénédiction* pour eux — que la Grande Unique Splendide et je ne sais plus quoi Révolution soit arrivée juste en Russie ? Oui, juste là, à l'extrême limite de l'encore-humain, car avouez-le si elle était survenue en Chine ou en Afrique, les hommes de ces pays-là sont tout de même trop jaunes ou trop noirs et 'ils' seraient gênés de se réclamer de leur exemple ? Mais nous autres, à peu près blancs, à peu près chrétiens, mangeurs de bougies, compatriotes des ours blancs, assez 'kalmouks' sur les bords pour qu'on puisse se moquer royalement de ce qui nous arrive... Ils peuvent rêver à nos dépens la conscience tranquille, et nous attribuer à volonté un désintéressement surhumain et joyeux, une stupidité indescriptible, la faculté de manger des pierres et de voir le soleil à minuit !

« ... Car parce que nous sommes tout de même un peu blancs, et leur avons tout de même fourni un *Tolstoïevsky* assez lisible, nous pouvons servir d'alibi à leurs rêves : ils n'ont ni à compter avec nous comme avec des interlocuteurs valables, ni à s'attendrir sur nous comme sur des petits Chinois qui meurent de faim. »

— Ne t'enferre pas, dit Georges — pour autant que je sache, c'est leur naïveté que nous leur reprochons, et non leur indifférence. »

— Ils ne sont pas idiots. Enfin — pas tous. Je sais, il y a les cyniques. Je les comprends. J'en veux à ceux qui sont *de bonne foi*. »

— ... Mais je connais des Russes, dit Boris, qui s'y laissent prendre aussi. Tiens, même ton Goga (entre nous soit dit...) Des 'partisans du Retour' tout à fait enthousiastes... »

Les dames tentaient en vain de ramener la conversation sur un terrain plus frivole. La princesse détestait les discussions politiques. Raide, la bouche dédaigneuse, elle contemplait d'un œil morne le verre que son gendre, à dessein, oubliait de remplir à nouveau. « Sacha, si tu allais tout de même voir ce qui se passe à la cuisine... Un joli imprimé, baronne — toujours le même *chic*. » Elle lançait ces phrases comme des ordres, d'une voix rauque et monocorde, sans regarder personne. « Youra, si vous n'arrêtez pas votre fracas de tambours, ma tête va tomber en quatre morceaux sur la table. »

— Pardon, belle-maman, juste un mot que je voulais dire encore à celui-ci : les gars du 'Retour', c'est tout autre chose. Patriotisme. Sentimentalité stupide, mais comme on dit le cœur a ses raisons. Les petits bouleaux. Je comprends ça. Ça me prend aussi. Notre maison sur le canal, tu te souviens Mour ?... *et claire est la flèche de l'Amirauté...*

« Il y en a qui pour revoir ça se laissent tenter, et puis sont pris dans l'engrenage parce que les gars de *là-bas* ne donnent rien pour rien... »

— Youra ! Ma tête est déjà sur la table. Compte les morceaux. »

... Les jeunes, dans leur salle où ils ont beaucoup de zakouskis, et des jus de fruits à boire, rient sans cesse, jusqu'au moment où Gala regarde sa montre : « Les enfants ! Minuit moins sept ! » Et l'on décide d'envoyer Pierre, le favori de l'oncle Georges, dans le grand salon, car les adultes étourdis bavardent sans songer à l'heure.

... Explosions de joie, explosions de bouchons de champagne, Sacha court à la cuisine appeler la domestique, tous les hommes sont debout entourant le groupe des jeunes filles « le ravissant bouquet » dit le maître de maison. « Que chacun ait sa coupe prête, plus qu'une minute. L'horloge va sonner les douze coups. » La mousse du champagne scintille et se défait envoyant vers les visages une poussière de gouttelettes glacées, l'or pâle scintille dans les facettes du cristal.

Un silence presque anxieux — comme s'il fallait parler et qu'on ne sût à qui revient l'honneur de la parole. La princesse, droite, les yeux vides, rêve — puis comprend, pousse un grand soupir. « Adieu donc la vieille année. Sans rancune. Pas pire que d'autres, et que le diable l'emporte ! » et l'horloge commence à sonner. Des coups mélodieux, presque une musique.

« Le carillon qui enterre 1936. Année bissextile, fertile en événements graves... » — Tais-toi oncle Georges ! lance Gala. Le onzième coup a sonné. »

1937 est là, bue dans les coupes de cristal GZ, pétillante, lumineuse et glacée, s'embrasse-t-on, ne s'embrasse-t-on pas ? vidons les verres. Les papas, les mamans, les époux. La petite bousculade un peu sotte, mélange de voix incertaines noyées dans les vagues de rires légers ; baisers sonores sur des joues chaudes. Vœux. Trois filles pour le bac cette année, et un garçon pour la licence de géographie, et vingt autres réussites espérées mais moins définies. « Maman ! que ton tableau soit acheté pour trois mille francs ! » — Alors Georges ? demande Mihaïl Belinsky, les parfums, c'est pour cette année ? » — Non, pour 1940. » — Et l'augmentation des fixes ? » demande malicieusement la baronne (dame à cheveux argentés, nez aquilin et yeux noirs, qu'on n'imaginerait jamais en blouse d'ouvrière dans un atelier). — L'augmentation ? Mais pour

1957, mes amis! Vous me connaissez. » Les employés partent tous d'un grand rire affectueux, en fait ils comptent non sur une augmentation mais sur certaines primes à l'occasion d'une grosse commande du *Printemps.*

Victoria avec sa coupe vidée reste à l'écart, près de la cheminée, où, derrière l'écran peint, sur les bûches grises et craquelées, de petites plaques roses s'agitent encore. Elle fait un Grand Vœu. Le Grand Vœu. Si absorbée et fervente qu'il lui est égal d'être oubliée de tous. Les braises rose aurore s'effondrent doucement sur la cendre couleur de fumée. Oh! mais pour que le Vœu soit encore plus fort, il faut boire encore. Tala vient vers elle et l'embrasse, et la prend par la taille. « ... Je comprends, tu sais. Oh, je comprends. Viens. Viens. N'y pense plus. » — Je veux encore du champagne. »

Elles sont assises par terre sur des coussins bleu turquoise et s'amusent à lever leurs coupes en l'air pour regarder l'éblouissement du grand lustre à travers le liquide doré tremblotant dans le cristal. « Je vide le mien d'un seul trait! » — Moi aussi. Quel est ton vœu à toi? » — Le bac, tiens! Et toi? La même chose? » Victoria sourit à peine. Un peu saoule. « Oh non. » — Quoi alors? » — Je ne peux pas le dire. » Elle boit le champagne d'un trait sans reprendre souffle, et sourit d'un air victorieux. « *Que ce soit pour cette année.* »

Tala fronce les sourcils, un peu — juste un peu peinée. Qu'est-ce que cela peut être? Que son père cesse de boire? ou une histoire d'amour? mais elle n'est pas amoureuse, elle me l'aurait dit.

On boit on danse, tous tapis roulés vers les murs. Sacha joue du piano, puis se fait remplacer par la baronne et accepte le bras de Vladimir. Ses lourds yeux noirs pareils à des charbons éteints suivent avidement son mari dont le bras gauche enlace délicatement la taille de Victoria. Georges est le plus cérémonieux des danseurs. « Je n'aime pas cette blonde » dit Sacha du bout des lèvres — Une enfant » dit Vladimir. La jalousie de Sacha est trop connue. « C'est toi l'enfant, Vladimir. » pour se distraire du petit choc causé par l'insolite pertinence de cette parole, et de l'agacement provoqué par le rire un peu vacillant de Victoria (elle n'aurait pas dû boire tant), il se met à admirer la beauté de l'épouse de son beau-frère, les lignes altières de son cou de tzigane, son profil racé, les doux reflets du drapé de mousseline abricot — de la classe, de la grâce, il est certain qu'elle me plaît beaucoup... voyons, si elle n'était pas la femme de Georges, voyons, si... Une pensée stupide l'obsède — Georges et sa partenaire vont passer sous la touffe de gui, va-t-il l'embrasser ?... Non, il n'y a même pas songé. O Georges, rien à dire, un brave garçon.

... Mais le grand Vania von Hallerstein ne se privera pas, comptez sur lui. En ce moment il fait valser Tala, rose elle qui est presque toujours pâle, ô cette délicate symphonie de couleurs, ce vert pâle et bleuté qui verdit ses yeux clairs, le blanc mat de ses frêles bras nus jusqu'à l'épaule, qui donc peut dire que sa sœur est la plus jolie des deux ? Les *fleurs* humaines, banal mais tellement juste. Ce Vania danse de façon correcte. Tala, pensive, regarde au loin avec un doux sourire de Mona Lisa, tout à fait comme sa mère.

« Vous nous jouerez un tango, baronne ? » Sacha s'empare du bras de son mari, Tala passe dans ceux de son père. « Voyons, je ne veux pas de sacrifices ! Le jeune homme a l'air tout déçu. » — Oh ! j'aime mieux avec toi. » Elle l'admire. Il est jeune et beau ce soir. Il la serre contre lui et lui embrasse les cheveux et le front, des baisers rapides — comme s'il était content de la retrouver après une longue absence. « On ne se voit plus beaucoup, hein Louli ? On devrait sortir ensemble comme autrefois. » Le cher papa. Bien sûr, elle aimerait ça. Elle a des remords, elle est prête à lui sacrifier le dimanche après-midi qu'elle comptait passer au Louvre avec Victoria.

... Les rires s'éteignent, se fanent comme des fleurs dans une pièce trop chaude. L'heure du premier train ou du premier métro est encore loin. La baronne laisse retomber le couvercle du piano. « *Basta !* mes chers amis. Que diriez-vous d'une partie de whist, Ivan Sémenytch ? » La princesse et Mihaïl Bélinsky se joignent à eux, et Chmul tout heureux, réclame une partie de poker. « D'accord, dit Boris, si l'on joue pour des haricots. » — Si je ne joue pas pour de l'argent je perds tous mes moyens. » — C'est toujours mieux que perdre de l'argent, dit Georges. Moi, mon cher, j'ai fait un vœu. Je ne touche plus aux cartes, je vous regarderai jouer. »

Myrrha qui adore le whist s'efforce de réunir une partie avec Nadia, Boris et Chmul, « Allez, Yacov Danilytch, c'est bien plus *passionnant* que le poker, et tellement plus distingué... » — Je n'y suis pas très fort. » — Un Russe ? c'est le jeu national, voyons ! » Il ne peut résister au sourire suppliant des longs yeux gris et vient s'installer à une petite table près de la fenêtre face à Boris qui bat déjà les cartes. Nadia, de ses énormes yeux qui semblent pleurer même lorsqu'elle est de bonne humeur, suit les mouvements de la longue main de Myrrha qui distribue — sérieuse et heureuse comme un enfant.

Les garçons s'ennuient ferme, et bâillent — sauf Vania qui joue les coqs de village entre cinq jeunes filles plus la jolie Georgette. Et il néglige les gamines, sans trop oser adresser ses hommages à la fille plus mûre. « ... Voyons, mademoiselle... quel est le prénom de votre père ?... » — Marcel. » — Georgetta Markélovna — éclat de rire général — vous n'êtes pas un peu embêtée d'être ici la seule indigène ?... » — Oh ! *indigène*, dites donc ! » elle est vexée. — Heu, je veux dire la seule Française. » — Ce n'est pas pareil ! » — L'indigène est quelqu'un qui est natif du pays où il se trouve » explique Gala.

— Je sais un peu de russe : *zdravstvouïté* — *dobry dén'* — *otchi tchornyia*... »

— *Ia vass lioubliou*[1]... » enchaîne Victoria, les autres filles rient. « Oh ! l'esprit mal tourné ! » — Pourquoi ? » demande Georgette. Tala, Gala, Haïa et Rosa la regardent avec pitié : aimer un vieux... elle a déjà vingt-quatre ans, mais tout de même — les hommes sont un peu dégoûtants. Vania, ne sachant quel compliment inventer pour la belle Georgette sans s'attirer les éclats de rire des cinq filles, propose de jouer aux « Portraits ».

— ... Ce qu'ils sont idiots, dit Pierre à Anissime. Assis à la turque sur le tapis, bras croisés, il laisse peser sur le groupe rieur un regard de mépris ostensible, si Vania von Hallerstein pouvait le voir il en eût rougi et se fût souvenu de sa dignité d'homme ; mais les *grands* garçons, c'est connu, deviennent idiots à un certain âge, j'espère bien que ce ne sera pas mon cas. « Dis plutôt : *elles* sont idiotes, lui se croit simplement poli. » — Tu crois, demande Pierre, sourcils froncés et rougissant un peu, car il cherche à se montrer plus audacieux qu'il n'est, qu'il a déjà 'couché' avec des filles ? » — Sûrement. » — A quoi tu le vois ? » Anissime n'en sait rien. — Peut-être parce qu'il n'a presque plus de boutons sur la figure ? » — Ça fait passer les boutons ? » — On dit ça. » Pierre a une moue hésitante. « C'est dégueulasse quand même. Dis — il sent sa voix qui s'enroue — on s'embête à mourir ici. Ton frère a de la chance, il dort. » — Allons voir s'il reste encore des petits fours. »

... O le léger sillon le creux de vague — les filles ne devraient pas s'asseoir ni se pencher, on les voit de

1. Bonjour — Bonne journée — Yeux noirs — Je vous aime —

haut — Vladimir qui ne joue pas aux cartes traîne dans le salon en se demandant s'il n'a pas trop bu. Mais non. C'est autre chose... on imagine ce qui se passerait si la bretelle blanche craquait sur l'épaule ronde (tellement enfantine que l'on s'irrite de la voir si grande) — et ces deux nœuds de velours noir si bêtement perchés au-dessus des seins pointus — si bêtement, comme d'énormes mouches sur du lait et la tête vous tourne et l'on s'irrite à chercher, en pensée, la forme parfaite brouillée par ces deux taches informes et gênantes (non, elle eût mieux fait de se passer de cette décoration ridicule qui ne cache pas grand-chose oh non, mais vous dessèche la gorge d'envie de chasser les deux grosses mouches) la robe un peu trop collante, oui, — majesté de statue — mais la couleur des épaules et des bras d'un rose pâle à peine doré, non si pâle — quand elle lève la main ; à la saignée du coude si blancs, ces bras qu'il ne semble pas permis qu'une fille si jeune s'expose ainsi, devant Dieu sait combien d'hommes, absurdement désarmée — et à vrai dire, toutes les autres (et, au fait, pense Vladimir, mes propres filles aussi) exhibent leurs épaules et leurs bras et une bonne partie de leur dos, mais — rien à voir ! — c'est charmant et frais, et il eût bien voulu (pour changer) admirer les jolies épaules tombantes de Rosa Chmulevis (par exemple) — et la violente sensation d'ennui qu'il éprouve à cette seule idée lui cause presque de l'inquiétude. Car la fille au lourd chignon couleur de miel pâle a beau être à l'autre bout de la pièce — le dos tourné, ou de profil, ou assise ou debout, ou enlaçant la taille de Tala et il a beau regarder ailleurs, il lui semble qu'elle se trouve toujours (par quelle magie ?) dans son champ visuel, et qu'à moins de coller le nez au mur et il ne peut éviter d'apercevoir cet objet décidément trop *voyant*

et le pire — lorsque les jeunes filles disparaissent (pourquoi ? Tala est allée leur faire admirer le tapis de

la chambre à coucher ? ou la salle de bains ?) l'irritation fait place à un sentiment de *manque* « Oh tiens, je
boirais bien... quoi ? » il prend sur la table un verre
encore à demi plein — laissé là par une dame à en juger
par la trace de rouge à lèvres — Belinsky et Akim
Varlamov, près de lui, rient aux éclats (une histoire
drôle, plutôt salée) Mihaïl a un rire de fausset à notes
aiguës et sifflantes. Bruit disgracieux qui empêche
d'entendre les fous rires enfantins qui résonnent dans
la pièce voisine... tout de même, pense Vladimir,
comme elle a un rire *tonnant*, éclat d'une averse de
grêle sur des feuillages drus — ô belle averse d'été...
« Remarquable, dit Mihaïl, tout à fait remarquable. »
Vladimir lève les yeux, surpris : il n'eût pas choisi ce
mot pour qualifier ce rire-là. « Vous disiez ? » —
Remarquable, le jeu de Louis Jouvet, dans L'*Ecole des
Femmes*. »

... Vladimir, Georges et le père Piotr, debout devant
la cheminée, évoquent leur rencontre à Constantinople. Des temps terribles, oui. Ce qu'il avait vu en
Crimée, le père Piotr ne l'oublierait jamais... Nadia y a
presque laissé sa raison... — Si je n'avais pas trouvé le
Christ, je me serais suicidé. Ton cousin Vania Van der
Vliet... tu te souviens, avec son réseau de résistance
qu'il pensait organiser sur place. Dénoncé par son
meilleur copain — lequel y a passé aussi, huit jours
plus tard. » Georges rallume le feu avec un fagot de
branches et une petite bûche. « Je ne sais pas pourquoi
— un feu éteint me rend triste ? Ce n'est pas qu'il fasse
froid. Par-dessus les braises mortes vive la flamme
nouvelle ! Hein, Vladimir ? » L'autre sursaute — à
demi tiré d'un invincible engourdissement de la pensée, et alarmé comme si ces paroles le concernaient de
façon précise. — Pourquoi me dis-tu cela ? »

— Pour rien, idiot. Ce n'est pas une allusion grivoise. Nous sommes là à évoquer nos souvenirs comme
des vieux. Le sang, le sang, le sang, nos ' vingt ans '

n'ont pas été drôles. Pas ennuyeux non plus. Ça flambe, regarde ! Ça danse ! Ça lèche la vieille bûche, ça l'a déjà entamée. Dans dix minutes elle sera prise jusqu'au cœur, tu verras, quel brasier ! »

Vladimir est dans un état de demi-rêve et c'est comme si chacune des paroles que Georges vient de prononcer décrivait sa propre situation avec une symbolique et effrayante exactitude.

Chmul et Boris viennent de gagner — largement — deux grands schlems de suite, et pavoisent ; pris par la fièvre du jeu. « ... Je ne me défends encore pas mal, vous voyez ! dit Chmul, et nous y avons eu du mérite, car Mme Thal est une joueuse de première classe ! » Myrrha lui lance des regards consternés, Nadia a les yeux de plus en plus grands. « Je te fais perdre ! » — Mais non, ma chérie ! tes annonces étaient parfaites, c'est moi qui les avais mal comprises... » — Ah ! pourquoi me mens-tu, pourquoi me mentez-vous tous ! » Elle éclate en sanglots, la tête sur le jeu de cartes éparpillé.

Le père Piotr, pâle, droit, les sourcils relevés vers la racine du nez dans une grimace de souffrance, quitte ses deux amis et se dirige vers le lieu du drame. « Nadia, voyons, viens, repose-toi. » Elle saute sur lui comme une petite chatte sauvage, et martèle de ses frêles poings la large poitrine noire et la croix d'argent. « Pourquoi t'es-tu fait prêtre ? ! si tu ne l'avais pas fait, tu aurais pu te remarier après ma mort, les garçons auraient une mère normale !... tu avais besoin du secours de Dieu pour supporter ta croix ? » « Nadia, chérie, Dieu te garde, pardonne-moi... » Il la caresse comme on caresse un enfant malade et tente de l'entraîner dans la pièce voisine.

Georges, raide, mains dans les poches, contemple la scène d'un air sombre. « Eh oui. *Les Epouses.* » Sacha ne fait pas de scènes ; il prévoit qu'elle gardera pendant trois jours une tête d'infante blessée à mort par un affront sanglant. « Toi au moins, dit-il à son beau-frère, presque avec rancune, tu as tiré le bon numéro. »

En effet, se dit Vladimir, et il n'est pas tellement sûr que Georges ait raison. Après tout — les fameuses tempêtes domestiques ajoutent peut-être du piquant à la vie ?... O mon charmant, doux et limpide Calme Plat —

Dans le vestibule, un peu lasse, les yeux clignotants, elle passe son manteau sur sa robe de satin bleu pétrole trop large — donnée par une de ses patronnes — « Nadia me fait tant de peine. Tu ne crois pas que je devrais les accompagner et passer la matinée chez eux ?... » — Oh ! va ! dit-il, agacé. Quand je mourrai tu te feras petite sœur des pauvres. » — Ça t'ennuie ? » — Rien ne m'ennuie de ta part. »

... Vaines sont vos perfections

J'en suis tout à fait indigne... Ce cher Pouchkine a raison comme toujours. Ils descendent l'escalier, après des adieux hâtifs et distraits. « Oh ! sais-tu, dit Myrrha, rêveuse, tu m'as *tellement* rappelé ton père, quand tu t'es lancé dans ce discours sur les ours blancs et les mangeurs de pierres... » C'est le bouquet. Il répond, avec humeur, qu'à vivre avec son père n'importe qui attraperait par contagion sa façon de parler. « Mais j'aime beaucoup sa façon de parler ! » — Myrrha, au nom de Dieu. Si jamais il se trouve au monde quelque chose que tu n'aimes pas, fais-le-moi savoir et je chanterai *nunc dimittis...* Enfin, ajoute-t-il, honteux de son emportement, pardonne-moi je suis grossier. J'ai mal à la tête. »

Je ne lui ai pas dit un mot de toute la soirée et de toute la nuit. Pas même serré sa main. Le bel exploit. Seigneur. Quelconque. Commune. Fraîche, c'est tout.

*

... Et ce fut pendant plus de trois mois une course contre la montre, un jeu de cache-cache, une glissade sur des montagnes russes, et un progressif dépouillement non des pensées, goûts, enthousiasmes, convictions qu'il avait pu accumuler en quarante ans de vie — mais de l'intérêt que tout cela lui inspirait. Tout devenait léger et fantomatique. Après tout, son travail lui suffisait. Après tout, sa vie était heureuse et même enviée par beaucoup de ses amis, après tout Pouchkine était mort à trente-sept ans.

Myrrha ne renoncera pour rien au monde à ses ménages (et elle aurait tort de le faire, car le salaire d'un magasinier même avec Assurances Sociales n'est pas le pactole) mais a réussi à vendre un tableau où plutôt à toucher un tiers sur le prix de vente.

Ah oui : une fête à cette occasion. Elle l'avait promise, elle y tient. « Vous feriez mieux, dit Tatiana Pavlovna, de garder cet argent pour les chaussures des enfants. » — Oh! *toujours* les chaussures! Non, j'emmène tout le monde au *Patrick's* on fera un repas léger avec des gâteaux, des cafés viennois et du champagne. » Ils occupent la moitié du Milkbar. « Une fête! déclare Myrrha aux garçons, je suis peintre et je viens de vendre mon premier tableau! » Elle attendrirait des tigres. Tout le monde est là, Georges et ses deux femmes, Boris (sans Georgette car Georgette l'a plaqué pour épouser son chef de rayon), le père Piotr seul avec Anissime, la baronne von Hallerstein, Loewenberg, le patron de la galerie, Mme Vogt (une des patronnes de Myrrha), Marc et Anna Rubinstein et même Tassia toujours de noir vêtue, et l'inévitable Victoria.

Toasts sur toasts, et Myrrha, droite, mince, poudrée pour l'occasion et les lèvres teintes de rose tyrien vif, trône au bout des six tables réunies et prophétise qu'un jour le Milkbar se souviendra de cet événement, et qu'une plaque de marbre l'expliquera aux générations de futurs consommateurs, et demande au patron s'il est permis de chanter en chœur. Non, mieux vaut pas.

« Tatiana Pavlovna, vous ne mangez rien, prenez un gâteau ! » — Myrrha ma chérie ! » La vieille dame se lève, bousculant un peu la petite table couverte d'une nappe à carreaux rouges et noirs. « J'ai une inspiration, j'attendais ce jour depuis longtemps ! Buvons à la *Bruderschaft* ! buvez avec Iliouche et moi ! Nous sommes *plus* qu'amis, et allons-nous nous dire ' vous ' toute notre vie ? »

L'événement est, en soi, plus solennel que la vente du tableau. Les larmes aux yeux, Myrrha embrasse son beau-père et sa belle-mère, boit avec eux le bras passé sous leur bras selon le rite. « Dispensez-moi des injures, mes très très chers, mais dites-m'en autant que vous voudrez ! *Toi*, Tania, *toi* Iliouche ! A moins que vous ne préfériez papa et maman ? » — Mais non, cela nous rajeunit. » Elle court vers les Rubinstein. « Vous aussi, Marc Sémenytch, Anna Ossipovna, vous voulez bien ? » Qui ne voudrait ?

Les jeunes sont ravis et un peu surpris, comme si leur mère était redevenue enfant, elle a l'air de s'amuser avec un abandon si innocent — elle change sans cesse de place pour s'asseoir à côté des uns et des autres « ... mais poussez-vous un peu — Georges, est-ce que tu crois que je suis saoule ? » — Tu as toujours tenu la boisson comme un grenadier. » — Oh ! mes enfants, si je vous racontais les orgies romaines de notre jeunesse !... » — Myrrha, dit Marc Rubinstein, transformerait une orgie romaine en fête sacrée. » — Le plus fort, dit Georges, est que c'est vrai. »

Sous les lumières tamisées du bar elle paraît non pas jeune mais intemporellement fraîche comme les elfes ; un peu décoiffée, et vêtue d'un simple pull bleu-gris ; elle a cette silhouette plate et gracile qui est en train de passer de mode au cinéma « on dirait Annabella » pensent les jeunes, mais son dos malgré ses efforts se voûte un peu.

Il est si rare qu'elle accapare l'attention générale

qu'elle le fait sans pudeur, sans presque y penser, toute au désir de faire plaisir à tout le monde — puisque c'est *sa* fête — elle paie — « Tassia ma chère vous voulez bien que nous nous disions 'tu'? » La grave Tassia ne refuse pas. Myrrha est fille de professeur de faculté — de Pétersbourg — (le père de Tassia a été arrêté et, croit-on, fusillé, en rapport avec l'épuration provoquée par Lyssenko) les Zarnitzine sont à présent pour Tassia des rescapés de son monde à elle, il n'y en a plus tellement. Tassia a pris racine dans la Sorbonne pour mieux témoigner de la gloire morte de la vieille université russe.

« ... Nous porterons un toast à l'heureux proprié-taire? » propose Boris qui trouve que son ami est tout de même un peu oublié. — Quel langage esclava-giste! » — Mour, est-ce que tu l'as jamais considéré comme ton propriétaire? » — Et comment! 'la femme est faite pour le mari et non le mari pour la femme'! Milou, ne bois pas, c'est à toi que nous buvons. » Au fait, Vladimir ne l'avait pas compris parce qu'il n'avait pas écouté. Et son père, qui le voit songeur, se demande si cette fête ne lui cause pas malgré tout de la tristesse. Ce serait humain. Mais le vieux monsieur sait bien que Vladimir, soit trop sûr de sa supériorité masculine, soit simplement généreux, ne voit dans les succès de sa femme qu'une raison de se réjouir. La tristesse, si tristesse il y a, vient d'ailleurs.

L'heureux propriétaire embrasse sa femme sur la joue d'un air aussi ravi que possible, puis propose un toast pour la princesse — pour la baronne, pour Loewenberg... Voyons voyons, nous n'allons pas y passer tous ou nous nous retrouverons sous la table!... Myrrha bat des mains, avec un claquement sec qui couvre le bruit des voix (elle a des mains fortes) « Garçon! Encore une bouteille! » — Ma chère, inter-vient la voix rude de la princesse, tu as vendu un Picasso? » — Oh non, il m'en reste encore, je sais faire mes comptes ! Une gorgée pour chaque toast, ce n'est pas terrible ! »

Or Vladimir avait l'intention secrète de faire porter un toast en l'honneur de la jeune fille assise au bout de la table. Qu'a-t-elle donc ? Coudes sur la table, la tête rejetée en arrière, le menton soutenu par les mains jointes et serrées ensemble, elle reste terriblement immobile — les yeux lourds comme si elle avait envie de pleurer, les coins des lèvres creusés et tirés en un faux sourire — toute amertume, toute nostalgie et volupté de souffrir... Et pourquoi les visages jeunes expriment-ils avec tant de facilité des sentiments violents, ou peut-être est-ce le privilège de la beauté vraie ?

Il est certain qu'elle souffre — et il se creuse la tête pour en deviner la raison. Et, à l'agacement que lui causent des têtes ou des bras qui dans leurs déplacements inopportuns lui cachent de temps à autre le visage de la fille blonde, il constate qu'il lui est impossible de penser à autre chose qu'à cette souffrance qu'il ne comprend pas.

Bref, après des toasts à toutes les dames présentes et au père Piotr « ... Maintenant, dit Vladimir, buvons à Victoria Alexandrovna... qui a l'air de s'ennuyer un peu dans son coin. » Victoria ouvre la bouche de saisissement, et passe vivement ses deux mains sur les bandeaux de ses cheveux jaune paille, comme si on l'avait surprise décoiffée. « Oh ! papa, que tu es solennel ! Victoria tout court. » Lui, debout, verre levé, déclare sur un ton affecté de plate galanterie, qu'il lui est impossible de traiter aussi familièrement une aussi charmante personne et qu'il veut bien l'appeler « reine Victoria ».

A la reine Victoria, donc, puis à Tatiana et à Gala Thal... on applaudit, bravo, bravo, les trois Grâces !... les filles rient avec indulgence, Pierre et Anissime les regardent d'un air hautain, les deux vieux messieurs poussent des soupirs attendris. « Ma Gala, dit Tatiana Povlovna que le champagne rend sentimentale, ma Gala Placidia. Myrrha, il est peut-être banal de te rappeler que tu as produit trois chefs-d'œuvre... avec le concours toutefois du sang des Thal, Van der Vliet, Sokolov, Krüger... » — Tania, dit son mari, *passons au déluge.* » — ... Trois chefs-d'œuvre moins durables que les autres mais dont il convient aussi de te féliciter en ce jour qui, je le prédis, marque un tournant décisif dans ta vie... » O maman, pense Vladimir, cette façon de tout gâcher en voulant mettre les points sur les *i*. Myrrha adresse des sourires rayonnants à chacun de ses enfants et déclare qu'il s'agit de porter encore des toasts « à la meilleure des mères », « à la meilleure des épouses », « à la plus courageuse des femmes de ménage », elle est toujours prête, allons-y, « s'il faut mourir que ce soit en musique » ! mais la chère, chère, chère Tania devrait ménager la modestie bien connue de Myrrha Thal-Zarnitzine qui va bientôt s'envoler au ciel en apothéose. Ce don qu'elle a, pense Vladimir admiratif comme à regret, de rire et de faire rire sans paraître un instant se moquer de qui que ce soit.

Eclat de phalène. Il la connaît : demain la même femme qui craint d'être en retard à son travail et tremble de vexer son beau-père en parlant de l'augmentation du prix du beurre. Il sait seulement que chaque sourire, chaque inflexion de voix de cette créature séraphique s'enfonce dans son cœur à lui comme une épingle, non à cause de lui-même mais à cause de la fille aux bandeaux jaune paille qui (il le voit comme s'il lisait dans ses pensées) en est cruellement humiliée. Il a si bien su dresser ses yeux à ne pas la regarder qu'il ne sait même pas comment s'y prendre pour lui lancer un clin d'œil rempli de sympathie. Il a l'impression d'être, dans cette assemblée de vingt personnes, le seul à voir dans cette grande enfant, pour une fois morose, un être humain.

« N'est-ce pas, dit Tala à voix basse, que maman est extraordinaire ? » Victoria pousse un long et profond soupir. « Oh ! Oui ! Je n'imaginais pas *du tout* qu'elle était comme ça. » Tala pense, avec remords, à la défunte Mme Klimentiev qu'elle n'a pas connue, cette femme d'un courage admirable.

Les invités circulent d'un bout à l'autre de la rangée de tables, bousculant les chaises et accrochant les nappes rouges et noires — la lumière rose tamisée de la salle du fond fait oublier qu'il fait déjà nuit sur le boulevard où les réverbères et les phares des voitures changent en rivière de lumière jaune, l'asphalte mouillé. « Eh bien, Reine Victoria, dit Boris — logiquement, et sans vouloir faire de tort à l'adorable Mme Thal, c'est vous qui devriez être la reine de la fête... » — Tiens, pourquoi ? » demande-t-elle, revêche. — Ne soyez pas faussement modeste. J'appartiens à l'espèce la plus traditionnelle des mâles jaloux de leurs privilèges. Le don le plus sublime de la Femme est la beauté. » Elle hausse une épaule, avec dédain. « Vous n'êtes guère poli. » — Au contraire, mademoiselle Reine. Vous ignorez vous-même la grandeur et la puissance de ce don. Ne prenez pas cela pour un compliment banal... »

Le fait est que Boris Kistenev est joli garçon, svelte, les cheveux blonds bien brillantinés, un visage fin et nerveux de Russe distingué, et une cravate gorge de pigeon en soie épaisse. Victoria, pour se débarrasser de lui, demande des nouvelles de Georgette. « Oh ! les Françaises..., dit-il d'un air blasé — un aveuglement passager. Rien ne peut égaler la *vraie* beauté de la femme russe... » Les sœurs Thal laissent glisser vers Victoria un regard de sympathie apitoyée : ce que ces vieux peuvent être collants.

« ... Vous passerez pour une tasse de thé chez nous, ce soir en rentrant ? dit Marc Sémenytch. Oui, toute la famille et la chère Tassia — nous prendrons le train à la gare Montparnasse, cela vous évitera le métro... mademoiselle Victoria aussi ? » demande-t-il, distrait et oubliant que la jeune fille n'est pas une habitante de Meudon ni de Bellevue. « Oh non, dit-elle, oh non papa m'attend je dois être de retour avant neuf heures. » Pour Boris, le prétexte est tout trouvé : il s'offre de l'accompagner, il habite avenue de Versailles ; elle accepte, maussade et résignée. Et Tala, dégrisée par l'air froid, la pluie et les vives lumières des terrasses des cafés, constate que jamais elle n'a vu son amie d'aussi mauvaise humeur, et se fait des reproches. Nous nous expliquerons demain à la récréation.

A Pâques, le mercredi saint, Victoria était passée au magasin de Piotr Ivanytch Bobrov (près de la Porte de Saint-Cloud) pour acheter du fromage blanc, des amandes, raisins secs et autres ingrédients nécessaires à la confection d'une « paskha » — la semaine *chaude* où tous les employés étaient requis pour la vente, on faisait la queue dehors. C'est Boris qui s'arrange pour la servir, se libérant d'un client plus important qu'il passe avec habileté au premier commis. « Vous la faites donc vous-même ? » — Oui, maman m'a appris. Les koulitchs, non, par exemple, nous n'avons pas de four. » Il pèse les amandes, les fruits confits. « Allez ! bon poids ! je parie qu'elle sera la meilleure du quartier. » Elle est droite, digne, très petite-fille-sage, et surveille la balance d'un œil méfiant et exercé. « Ne vous volez tout de même pas. » — Un secret ! dit-il, se penchant vers son oreille avec un faux air de conspirateur. Ce n'est pas moi que je vole. » Elle rit.

Pour un peu, Vladimir, qui les surveille de l'autre bout du long magasin, en emballant des bouteilles de vodka, eût lancé (à la cantonade mais assez fort pour être entendu) que le jour est mal choisi et que des clients attendent dehors — mais on ne fait pas cela,

même à un copain, et, surtout, il n'a pas très envie
d'attirer sur lui l'attention de la demoiselle — son
occupation présente n'ayant rien de glorieux.

C'est elle qui, après être passée à la caisse, s'approche de lui. Il tire machinalement sur la bobine de ficelle, la longueur qu'il prévoit pour son colis de bouteilles eût suffi pour emballer un éléphant. « Vladimir
Iliitch. Est-ce que je pourrai venir demain soir à votre
église, pour les Douze Evangiles ? » Il est plutôt ahuri.

— Mais... je ne suis pas le propriétaire de l'église,
que je sache. Venez-y tant que vous voulez ! » — Je
veux dire : je pensais passer chez vous *après*. » — Mais,
chère reine Victoria, depuis quand me demandez-vous
la permission ?... nous sommes toujours ravis de vous
voir. » Elle a son regard le plus enfant-sage, mais, tout
de même, elle parvient à y glisser une ombre de
reproche pensif. — Ah ! bon, je croyais... merci, Vladimir Iliitch. » Naturellement les clients, qui font la
queue près des tonneaux de cornichons malossol et de
harengs salés, lèvent les sourcils.

Les soirs des grandes Vêpres du Jeudi-Saint, dites les
Douze Evangiles, la moitié de Meudon, Clamart et
Bellevue prend un air de fête un peu mystérieuse, car
dans l'obscurité des sentiers et la pénombre gris-blanc
des rues éclairées par les becs de gaz se traînent de
petites processions désordonnées, groupes compacts
ou personnes isolées, ou se suivant à un mètre de
distance, d'un pas lent et légèrement balancé — chacun portant un cierge allumé dont la flamme jaune
baisse, vacille, se tord, souvent protégée par une main
qui, chez les enfants, paraît rouge par transparence, ou
par un cornet en papier blanc formant lanterne.

Aux quelques passants qui posent des questions, les
processionnaires répondent : « C'est une fête russe ».
« Ah !... c'est joli. » C'est joli en effet, cette lente danse
de petites lumières — des rires légers fusent de temps à

342

autre, des paroles prononcées à voix douce car il s'agit de ne pas laisser éteindre la flamme. Et, parfois, un isolé rejoint en courant un groupe : « Du feu. Le mien s'est éteint » et deux cierges blancs s'embrassent un instant dans une flamme commune, et se séparent.

Car ce soir-là les moins pratiquants vont tout de même aux Douze Evangiles pour rapporter leur cierge allumé — destiné en principe à alimenter toute une année les veilleuses qui ne s'éteignent jamais devant les icônes domestiques ; mais à présent assez peu de gens ont de telles veilleuses et beaucoup n'ont même guère d'icônes, peu importe, la flamme du Jeudi Saint doit être rapportée de l'église à la maison.

Cierges à la main, des amis se disent au revoir au seuil de portes ou de grilles de jardins, bavardent encore, visages recueillis et joyeux d'une de ces joies qui ne signifient rien et n'ont aucun rapport avec la vie, et qui vient de la présence des petites langues de feu vacillantes — et du souvenir encore vivant du long, très long office où, pendant la lecture, alternée de chants, des douze extraits d'Evangiles de la Passion, la petite église bondée, surchauffée, se changeait en un paisible brasier — des centaines de cierges levés en l'air et tremblants mêlant leurs lumières jaunâtres aux feux des lustres, grands chandeliers, herses surchargées et crépitantes, veilleuses bleues, rouges, vertes devant les icônes.

Donc, la joie de ceux qui transportaient à la maison leurs petites flammes du Jeudi Saint était due en partie au soulagement de se retrouver dans la fraîcheur d'une soirée de printemps après deux heures de prière solennelle mais assez éprouvante — prélude aux grands offices de déploration, de lamentation, de paix funèbre et d'attente anxieuse, jusqu'aux grandes Matines de la Résurrection chantées samedi à minuit. Les quatre seuls jours de l'année où toutes les églises étaient si pleines que souvent des fidèles restaient dehors, et pendant lesquels beaucoup d'incroyants se retrouvaient croyants pour cesser de l'être le dimanche de Pâques.

Ce Jeudi Saint, fête des jeunes qui plus que les autres tenaient à leur cierge allumé, se disputaient les cornets en papier, voulaient à tout prix ne pas laisser éteindre leur flamme une seule fois en un trajet de un ou parfois deux kilomètres. « Le tien s'est éteint deux fois ! » — Non c'est le tien. Le mien une fois seulement. » — Voyons, dit Myrrha qui marche à petits pas réguliers, protégeant son cierge non seulement de la main mais de ses épaules courbées en avant, voyons, la flamme est toujours la même, pourvu qu'un seul de nous ait encore la sienne... » — Mais quand on est cinq, c'est plus sûr ! » — Maman, dit Pierre, je rallume au tien ! » — Oh ! c'est bien mieux qu'à Paris », dit Victoria. « Vous avez une veilleuse devant l'icône à la maison ? » demande Myrrha. — Maman l'avait. Elle s'est éteinte. Nous avons la Vierge de Kazan et Alexandre Nevsky. Vous permettez que je laisse ma flamme chez vous ce soir, et je la rapporterai chez nous le dimanche de Pâques pour rallumer notre veilleuse. » — Voyons, dit Tala, d'ici dimanche ton cierge aura fini de brûler depuis longtemps, il n'en a même plus pour une heure. »

— Oh ! mais je l'apporterai jusque chez vous et là je l'éteindrai. Je le rallumerai après sur votre veilleuse à vous. »

A la maison du 33 ter les trois mécréants reçoivent les porteurs de cierges avec des sourires tendrement ironiques. « ... Les Douze Evangiles..., dit Tatiana Pavlovna — tu sais qu'après cet office, autrefois, dans les campagnes, les bonnes gens couraient incendier les boutiques des juifs ? peut-être avec ces mêmes flammes, si ça se trouve ? » — Oh ! je sais, dit Myrrha. Mais tu ne me scandaliseras pas, Tania, je suis aguerrie. Un vieux moineau. »

344

— Je ne parle pas pour toi, chérie, mais pour ces jeunes innocents. »

— Pourquoi ? Un temps pour tout. Tu sais bien qu'ils en savent déjà assez long, et ce soir est un grand soir. » Victoria contemple d'un air ravi et pénétré son cierge tout tordu qu'elle ne se décide pas à éteindre. Ceux des autres, après avoir rallumé les trois veilleuses vertes, sont pieusement rangés dans un tiroir de la commode, avec les branches de chatons du dimanche des Rameaux.

Sous la lumière électrique la petite langue de flamme est toute pâle, mais jette un reflet orangé sur les joues un peu trop roses de la jeune fille. Et une fois de plus, et cette fois-ci plus fort que jamais, Tala pense qu'il y a quelque chose de *trop* émouvant dans le visage de son amie, qu'on ne peut que l'aimer *trop*... est-ce qu'elle croit, est-ce qu'elle prie en ce moment ? A Pâques, tout le monde croit. C'est si beau, mon Dieu ! « Attention, tu vas te brûler les mains », les mains roses, moites, aux doigts un peu longs, se couvrent des croûtes translucides de la cire blanche, et le cierge est mort. Jusqu'au bout. Les doigts de la main gauche sont un peu rouges et Victoria les secoue vivement pour calmer la douleur de la brûlure. « Ce ne sera rien. La cire, ce n'est rien. »

Les deux hommes, absorbés dans leurs journaux du soir, lèvent les yeux. « Ah, vous vous êtes brûlée ?... pas grave au moins ? » — Une pomme de terre crue coupée en deux, conseille Tatiana Pavlovna. » — Tu restes dîner ? » — Oh non, il est si tard, papa m'attend. »

*

Un bal à la salle Tivoli, quelque chose de très local et d'intime, fête de bienfaisance au profit d'une école pour les enfants russes du Creusot. Il y aura un spectacle — chants et danses, Tatiana Pavlovna fait partie du comité d'organisation avec la baronne Strahl, Mme Vogt et Mme Hinkis, et Mme Siniavine. Des pirojkis, des gâteaux, limonade et même boissons alcoolisées, buffet payant. Cette fois-ci Victoria passe chez les Thal pour les derniers ajustements à sa toilette... Tu sais, je crois que l'autre fois, chez ton oncle, on m'a trouvée trop décolletée...

« Maintenant, tu vois, j'ai remonté les épaulettes et ajouté ces drapés de mousseline rose. » « Ce nœud de mousseline à la taille, c'est pour cacher une tache de roussi. » Gala ajuste à ses dimensions une robe de crêpe georgette orange donnée par on ne sait plus qui, trop large car Gala est mince comme un adolescent trop vite grandi. « Attends, que je t'épingle, dit Victoria, non je t'assure, un drapé au bas du dos et les hanches moulées, c'est mieux. » — Mais mon dos sera tout nu ! » — C'est la mode. » Tala, ne voulant pas se fatiguer, a simplement repris sa robe vert Nil, avec deux roses blanches en velours au corsage. « Ce que t'es mignonne, dit Victoria, si j'étais un gars je serais folle de toi... Tu crois que ton ex-Rakitine y sera aussi ? » — Oh ! maintenant, ça ne me fait ni chaud ni froid. » Victoria coud les plis du drapé de la robe de Gala, tandis que celle-ci s'occupe de l'ourlet.

Tala roule ses cheveux sur des bigoudis en bois... Oh ! ils sécheront, je les ai à peine mouillés. » — Dites donc, vous savez ce que Pierre m'a raconté, dit Gala, il l'a appris par la mère de Touchine. La fille Krassinsky a un *amant !* » Les autres poussent de petits cris de frayeur incrédule. « Non ! mais elle a seize ans ! »

« ... Ça fait tout de même un drôle d'effet... » — Et puis, la mère Touchine l'aura inventé. » — Non, dit Gala, baissant la voix. Il paraît qu'elle est *enceinte* et que c'est tout un drame dans la famille. »

Tala enroule à nouveau un bigoudi raté. « Oh ! m... merde alors ! » elle est heureuse de montrer sa liberté d'esprit, sa hardiesse. — Dis donc, crient les autres, dis donc, dis donc !! » Elle rougit, contente d'un prétexte pour rougir. « Je trouve ça dégoûtant. La Natacha Krassinsky je veux dire. »

— Pas de sa faute, observe sa sœur. C'est le type qui est responsable. » — Qui est-ce ? » Gala écarte les bras. « Ça !... mystère et boule de gomme. Elle ne veut pas le dire. »

Tala est bouleversée plus qu'elle ne veut l'avouer. « Dégoûtant. Non. J'aurais mieux aimé être morte. »

— C'est sûrement la faute du type, insiste Gala d'un ton grave et décidé. Ce n'est jamais la faute de la fille. »

— Tout de même, dit Victoria, on peut se défendre. Appeler au secours... Peut-être qu'elle voulait bien. »

Gala demande, doctorale : « Vous savez comment cela se passe ? » — Oh ! oh ! crient les deux grandes, pas encore, j'espère ! »

— Idiotes. » — On a négligé de nous l'apprendre au cours d'anatomie ! » ironise Victoria.

— Non. Voilà : la femme ne fait rien et ne bouge pas, et c'est l'homme qui fait tout. Ils peuvent le faire avec des femmes évanouies, droguées, et même mortes. »

— Brr... Non, mais, dit Tala, elle peut être consentante... C'est ça qui est dégoûtant. Et de toute façon la femme n'y a aucun plaisir. C'est de la bêtise ou de la lâcheté. »

— Il paraît, dit Gala, que si elle est très très très amoureuse... »

— Oh dites donc ! Victoria laisse tomber la robe orange sur ses genoux, elle s'est piqué le doigt, — quelle conversation !... Et après tout — c'est pas forcément dégoûtant — si tu sais que ta maman l'a fait. » — Oh ! mais le mariage est un *sacrement*. »

Après cet édifiant bavardage, les filles, un peu gênées, se replongent en silence dans la couture ; puis se mettent à étaler sur leurs bras, leurs épaules, leurs dos de la poudre de riz. « Oh ! ce qu'on devient jolies tout de suite ! Incroyable ! Tiens, je te mets de l'eau de

Cologne sur les cheveux. Et sur ton décolleté. On va éblouir toute la salle Tivoli. »

En bas dans le salon-cuisine, Vladimir se rasait au-dessus de l'évier, agacé par une lumière trop faible qui lui renvoyait, du fond du petit miroir, un visage qui lui semblait grisâtre et terne, agacé par la fin du faux jour qui à travers les vitres laissait voir les bouts de ciel blanc et de branches noires à petites feuilles crêpelées, confondus avec les reflets jaunâtres de la table carrée et de son père affalé dans un fauteuil. « *Quelle commission Seigneur...* être père non d'une mais de deux voire de trois grandes filles. Vivement qu'elles aient des cavaliers attitrés. » — J'aurais cru, fit observer doucement son père, que tu aimerais ça... » — On change. »

— Sais-tu ce que Marc m'a dit ? Que Tolia, son fils, allait venir à Paris le mois prochain. » Pour une fois, Vladimir est happé par une bouffée d'air frais. Tolia Rubinstein — un « grand ami », un « meilleur ami » d'il y a vingt ans, leurs longues promenades nocturnes sur les quais de granit, aux pieds des Sphinx, face à l'Amirauté. « Oh ! magnifique. Il vient pour l'Exposition ? » — Non, il ne pourra pas rester si longtemps. Pour trois semaines. Avec toute la famille. » C'est vrai : la famille. Un peu moins drôle. Alors, ces filles ? Elles descendent l'escalier, claquant de leurs minces talons trop hauts.

— Voyons : faut-il vous passer en revue ? Convenables. Décentes. Rien à dire. Il ne manque plus que Pâris. Tourne-toi, Gala : parfait ! je ne te savais pas ce talent de couturière, compliments ! »

— Mais c'est Victoria... »

— Compliments encore. Je suis prêt, mes enfants, prenez vos manteaux. »

En aidant Victoria à passer le sien il lui dit, toujours sans la regarder, avec elle il parle toujours à la cantonade. « Sérieusement, Victoria Alexandrovna, c'est bien la dernière fois ou nous nous fâchons. Je sais bien. Tout le monde est occupé. Si votre père ne veut pas venir jusqu'ici, voudra-t-il que nous venions en visite dimanche, ma femme et moi ? » Timide, elle murmure : « Je lui dirai. »

... La petite province, cette salle Tivoli. Située à deux cents mètres de la Grande Terrasse et de sa royale entrée gardée fièrement par le buste de Marianne ; au milieu des jardins de belles propriétés et derrière la double rangée des imposants marronniers de l'un des deux vastes trottoirs-promenades de la route des Gardes, le bâtiment de la salle Tivoli, loué depuis un demi-siècle à des fins de diverses réjouissances collectives, tenait à la fois du hangar et de la vieille maison de plaisance — couvert de peinture écaillée qui avait pu être grise ou vert pâle ; pourvu, pour les représentations théâtrales, d'une scène garnie de coulisses. Parquet fait de planches non cirées, nombre considérable de bancs, de chaises pliantes, et les soirs où l'on dansait le tout était rangé le long des quelque quarante mètres de murs, et pour que les jeunes filles n'eussent pas l'air de faire trop ostensiblement tapisserie on disposait les chaises autour de petites tables de café.

Le buffet, le long du mur qui faisait face à l'estrade, se composait d'un comptoir de bois blanc garni de plateaux couverts de pâtisseries faites à la maison par les dames du Comité, et ces mêmes dames invitaient généreusement les messieurs peu désireux de danser à boire à manger et à payer. « Pour l'Œuvre de l'Ecole du Creusot. » Le général Hafner, le baron Vogt, M. Siniavine et M. Hinkis, maris ou amis de ces dames, formaient groupe devant le buffet et discutaient de la guerre d'Espagne. Le général disait qu'il était urgent, nécessaire, de créer un centre de recrutement pour les ex-militaires russes encore jeunes et capables de donner leurs forces et leur sang pour la défense des libertés et le soutien au général Franco.

Seigneur, pensait Vladimir, si maman l'entendait !

mais maman était devenue philosophe depuis quelque temps. Vêtue d'un chemisier de soie marron tout en petits plis, orné d'une collerette de dentelle, elle disposait des verres sur le comptoir, puis, de son pas dansant car elle avait perdu l'habitude des hauts talons, traversait la salle pour donner des instructions aux musiciens. « Lamentable, le spectacle..., dit-elle à son fils, en passant, on se serait cru dans quelque banlieue de Koursk... pas de ma faute, c'est Anna Pétrovna qui s'en est mêlée, et moi pour ne pas faire de peine aux petits et aux humbles, bref ma mauvaise conscience d'intellectuelle... » — Et le bal ? » — Mon cher, une catastrophe : trop de jeunes filles. Les garçons doivent préférer le football... » — A minuit, maman ? » — ... Ou n'importe quoi, bref comme cavaliers elles n'auront guère que les gamins et les vieux messieurs, dommage ! Je ferai porter à boire aux musiciens, sinon ils passeront leur temps près du buffet. A propos, tu es en beauté. » Elle parle à un rythme deux fois plus rapide qu'à l'ordinaire, comme pour montrer à quel point elle est pressée et n'a pas le temps de bavarder.

Sur l'estrade le petit orchestre joue *Le Beau Danube bleu*, et Vladimir s'aperçoit, avec un plaisir mitigé, que son ami Boris est là aussi, un œillet rouge à la boutonnière. Et il l'emmène vers le buffet. « Vodka ? C'est ma tournée. » — ... Eh bien ! Vos mondanités locales !... » — Poétique, mon vieux, et évocateur de souvenirs d'enfance : de l'enfance de mes enfants, j'entends. Les fameux Arbres de Noël. »

— Non, celui-ci, c'est moi qui te l'offre. Pas mauvaise. Qui est ce vieux Cosaque du Don ? » — Le colonel Siniavine. Il n'est pas cosaque d'ailleurs. Beau-père de Vsevolod Touchine. Pour qui cet œillet si rouge ? »

Boris hausse les épaules. « Oh, ici, comme terrain de chasse... des mochetés ou des gamines, certaines sont

350

du reste les deux à la fois. Et comme tes filles et la reine Victoria sont chasse gardée... » — Victoria, pourquoi ? » — Oh ! à cet âge, tu sais... un homme de plus de vingt-cinq ans est Mathusalem. Et elles ont tort ! » — Bougrement raison, au contraire. »

Gala vient vers eux en courant, svelte flamme orange à petite tête de bronze antique. « Papa, Boris Serguéitch, venez donc, nous manquons de cavaliers ! Ce n'était pas la peine de nous accompagner, si c'est pour te saouler au buffet ! » — *O tempora, o mores*[1], voilà comment on parle à son père. Allons-y. Prends-la pour ce tango, Boris, ce sera sa punition. »

Couples et cavaliers isolés commencent à affluer après minuit, sans doute parce qu'à cette heure l'entrée est pratiquement gratuite. La salle est pleine, les musiciens fatigués. Ils traversent la foule, s'épongeant le front, et se dressent devant le grand comptoir où il ne reste plus de pâtisseries. A boire à boire. Non, pas de limonade, Madame. Derrière le comptoir, les dames affalées sur la banquette enlèvent doucement leurs chaussures et frottent leurs pieds enflés. « Alors, demande Tatiana Pavlovna à son fils. Combien tes filles ont-elles brisé de cœurs ? » — Je ne vois pas les cœurs. Elles paraissent ravies. » Il les voit de loin dans la foule, souriant d'un air d'ennui poli à de jeunes hommes dont le sourire hésite entre la politesse et le souci de paraître dignes. Tous impatients de voir les musiciens revenir sur l'estrade.

Victoria en robe blanche et rose, debout aux côtés du jeune et grave Serge Rakitine, puissant comme un petit taureau, rit les yeux clignés, tête penchée sur le côté, et Serge, les joues toutes roses, baisse les paupières. ... La merveilleuse petite coquette. Sur l'estrade les musiciens lancent leur coup d'archet annonciateur, Victoria demande à son cavalier : « Orchidée ou

1. O Temps, ô mœurs.

réséda ? » — Orchidée. » Elle lui pousse dans les bras Margo Winnert, une brune de vingt ans en robe rouge, et s'en va avec un garçon pâle qui depuis un moment se tenait incliné à côté d'elle.

Anna Pétrovna dit : « Tiens ! Nathalie Krassinsky est là aussi ? » Ses compagnes soupirent de saisissement. « Bon, elle a du cran. » « Sa mère n'aurait pas dû... » — Quoi, demande Vladimir, elle est malade ? » — Si tu veux » dit Tatiana Pavlovna avec une grimace. Tala arrive, un peu décoiffée, une fois encore fleur délicate rose pâle et vert Nil, avec un jeune homme blond aux longs yeux gris et rêveurs. « Il nous faudrait des boissons, là-bas. Oh ! papa, si tu nous aidais à apporter les verres ?... » Ils sont cinq ou six autour d'une table minuscule, où six verres de sirop de menthe et de cassis tiennent à peine.

« ... Attention à vos robes, les filles, ça tache ! » elle est excitée, Tala, sa voix est toute changée, cristalline, aiguë. « Il s'appelle Igor, papa. Igor Martynov, sa sœur est à Molière avec moi ! » Igor s'incline avec tant de respect que Vladimir se voit pousser une barbe argentée. Ce qui lui donne, il ne sait pourquoi, une folle envie de rire. Et lorsque la musique reprend une valse viennoise, il se trouve sur sa chaise pliante devant les six verres vides, seul avec Victoria, laquelle Victoria, renversée en arrière, jambes croisées, joue avec les mousselines roses de son décolleté et suit d'un œil d'envie la foule ondulante des danseurs.

Elle ne le regarde pas. Il se demande s'il faut ou non se montrer poli. « Eh bien, reine Victoria — je ne suis pas fort pour le slow, mais pour une valse... si nous risquions un essai ? » Elle se lève, royale et sereine, et donne la main.

Une fois debout contre elle, et la main sur le crêpe de Chine blanc moite de sueur, il se rend compte qu'il eût mieux fait de s'abstenir mais il est trop tard. Car il a beau essayer de danser avec une raideur digne des danseurs de pavanes, et de laisser au moins dix centimètres entre lui et sa partenaire, la chose devient impossible d'abord parce que la cohue est trop dense, ensuite parce que la tentation est trop forte.

Et comme il n'a jamais désiré une femme autant qu'il désire celle-ci, il est pris de vertige et parvient à peine à exécuter les pas de valse, si pénible est l'effort qu'il doit s'imposer pour ne pas serrer la douce chose blanche et chaude contre lui de la façon la plus indécente, et la serre quand même assez fort, et sent un cœur fou (pas le sien, celui de la fille) battre à grands coups lourds contre sa poitrine. Elle est si oppressée qu'elle a du mal à respirer, elle ne danse plus ; il la regarde, elle est rose jusqu'à la racine des cheveux et aux mousselines roses du col ouvert, elle dit tout bas : « Pardon, je ne suis pas bien, je voudrais m'asseoir. »

Quand il la dépose essoufflée et palpitante sur une chaise devant le comptoir du buffet, elle passe les mains sur ses joues et sur ses yeux. « Pardon, je ne sais ce que j'ai. » — Vite, un verre d'eau. » — De l'alcool peut-être ? demande Tatiana Pavlovna. C'est vrai qu'on étouffe ici, ils ont fermé la porte. » Anna Pétrovna bassine le visage de la jeune fille avec de l'eau de Seltz. « ... Mais non, elle est bien, voyez, elle n'est pas du tout pâle. »

La musique recommence et Victoria, reprenant son souffle avec de grands soupirs, fuit vers le milieu de la salle et rencontre la main levée et le bras tendu de Serge Rakitine. Trois heures du matin seulement, Dieu que ce bal est long ! Des couples très jeunes et plus jeunes du tout, matrones en soie bordeaux ou marron et colliers de fausses perles, colonels moustachus, adolescents pâles à petites taches rosâtres sur le menton, filles fanées dissimulant leur maigreur sous des flots de mousseline, séducteurs vieillissants en costumes impeccables, fillettes roses à cheveux maladroitement gaufrés, femmes opulentes à dos si nus qu'on se demande de quoi elles auraient l'air si elles se retournaient, petits coqs en herbe à moustache naissante et yeux hardis, jolies filles que le fugitif état de grâce d'une nuit blanche et du rythme de la musique rend encore plus jolies — comme toujours vers la fin de la nuit l'air devient si dense que les lumières des lampes en paraissent voilées, et la fatigue déclenche des rires de plus en plus contagieux ; d'ailleurs, quelques hommes ont bu, et se mettent, devant le buffet, à tenir des propos extravagants.

« ... Ton père et Myrrha ont bien fait de ne pas venir. Je suis morte, mon cher, je crois que je serai forcée de marcher jusqu'à la maison pieds nus. » — Pardon, maman ? » — Tu dors. Va donc danser, tu as l'air du petit garçon sage qui reste auprès de sa mère. » — Ce n'est pas de ma faute si tu t'occupes du buffet. » Pour se changer les idées, il se force à avaler encore trois verres de vodka. Une fête ruineuse, il faudra demander une avance, ô vie mesquinement petite-bourgeoise... nous l'amènerons jusqu'à la gare, elle prendra le premier train.

Bref, il est temps — il se disait cela, un peu étourdi par l'alcool mais tout à fait conscient — il est temps et grand temps d'en finir avec cette comédie.

II

DANSE DE SOLEIL
AU-DESSUS DE QUELQUES PLEURS

Jouer avec le feu.

Perspective séduisante. Le Feu. Métaphore si usée qu'elle n'est même plus banale. Les feux, tiens, les feux les flammes on brûle on s'embrase, un jeu combien plaisant,

mais jusqu'à cette date (précisément, ce dimanche 19 mai 1937) Vladimir Thal avait évité le *feu* avec la plus plate et parfois discourtoise prudence.

Parce que jamais encore ces « flammes » bien naturelles (quand on évolue dans des lieux où les objets enflammants et inflammables vous crèvent les yeux tous les jours) n'avaient été pour lui menace de souffrance.

En se disant « il faut en finir » il savait bien que tout son corps se révoltait brutalement contre ce verdict, et plus il y songeait plus la nécessité d'*en finir* lui faisait l'effet d'une contrainte absurde, inutile, périmée. Il y voyait même une forme de suicide. Et d'ailleurs le vieux mot de Napoléon « ... la seule victoire est la fuite » était à tel point juste que Vladimir savait fort bien que la seule solution à son problème serait de fuir sa propre maison les dimanches et les soirées en semaine (car pouvait-il savoir d'avance quel jour Mlle Unetelle viendrait au 33 ter reviser son latin ou sa physique en compagnie de Tala ?).

Et il avait, faisant preuve d'une imprudence perverse, choisi de jouer avec le feu, de prendre le taureau par les cornes — bref, de s'imaginer qu'il s'agit d'un incident mineur qu'il convient de traiter avec une aimable légèreté.

Bref, il n'était pas possible de s'imposer un sacrifice qui par moments lui semblait impensable, sans du moins s'offrir le dernier plaisir de marquer le coup

la fête ultime

(car, raisonnons, sans une *rupture* officielle, sans les points sur les *i*, rien n'est résolu, l'inquiétude et l'espoir subsistent, et grandissent, et qui m'empêchera de passer tel dimanche à la maison, et de tressaillir à chaque grincement de la grille d'entrée ? au point où nous en sommes...)

Ce soir-là il se sentait incapable de penser. Il savait seulement que ce besoin d'*en finir* devenait pressant au point de lui faire compter les minutes — et il regardait sa montre, à la *Coupole* où il se trouvait avec Boris, Goga et le peintre Vadim Grinévitch — car il s'était prudemment mis à l'abri des charmes printaniers du jardin du 33 ter. Et la belle Ioanna, l'amie de Goga, finit par lui demander s'il avait un rendez-vous urgent. « ... Non, je crois que ma montre s'est arrêtée. » Pure illusion, elle marchait, il parvenait même à suivre le mouvement de l'aiguille qui marquait les secondes (avec quelle lenteur).

— Il s'ennuie en notre société », dit Goga. Car lui et son amie bulgare ramenaient toujours la conversation sur le terrain équivoque de la politique, des « quand même » et des « malgré tout », de la « nécessité de tenir compte » du fait accompli, des « aspects positifs », etc. Grinévitch et Boris faisaient de louables efforts pour maîtriser leur colère (ne pouvant la laisser éclater devant une dame, Bulgare de surcroît). « Les aspects positifs ? disait le peintre, d'une voix qui montait au fausset à force de vouloir être ironique, mais cite-les, mon cher, cite-les-moi... » — Il te les citera, n'aie crainte, dit Boris, il n'aura qu'à lire la Constitution Soviétique, et te montrer quelques articles de la *Pravda*, et te chanter la chanson *Grand est mon pays natal !...*

Goga rougit. « Et après ? et quand même le centième de tout cela serait vrai... »

— Tiens ! dit Vladimir, un instant distrait (à son grand soulagement) de son obsession du temps mystérieusement ralenti — comme dit le Maire dans le *Revizor*. Et savez-vous que Khlestakov est, à sa manière, un homme de génie et un modèle à suivre ? Ce qu'il dit est faux d'un bout à l'autre mais il se trouve toujours des gens pour dire : et si la moitié, le dixième, le centième était vrai ? et le tour est joué. Et en attendant Khlestakov baise votre femme et votre fille... » Goga rougit encore — à cause du mot cru prononcé devant Ioanna. « Depuis quelque temps je ne te reconnais plus. Tu es nerveux au point de ne plus pouvoir te contrôler. »

Ioanna est une grande femme dont le visage taillé dans du granit fait penser à des Parques, des divinités justicières, des Judith, et... belle à n'en pas douter mais il faut, pense Vladimir, être étrangement efféminé pour tomber amoureux d'un tel monument (car ses pensées quoi qu'il fasse se tournent sans cesse vers des considérations sentimentales), Goga a toujours été une pâte molle. « Nerveux ? » parle pour toi, mon cher, moi au moins je ne me ronge pas les ongles...

— Vous êtes, vous autres, disait Ioanna, tournés vers le passé — quoi que vous puissiez dire. Des adorateurs du soleil couchant. Malheur ! Il disparaît derrière l'horizon. Le ciel est en feu, le ciel est rouge, le ciel devient violet !... la nuit. Et la terre tourne. Le soleil se lèvera, mais vous refusez de le croire. La nuit sera longue... » Le fait est que le coucher de soleil, ce soir-là, est beau — à en juger par les lueurs d'un rouge incandescent qui du côté de la Gare Montparnasse déchirent un ciel coupé de longs nuages roses et violets et font paraître bleus les feux pâles des réverbères qui viennent de s'allumer.

Les jardins de Meudon sont pleins de lilas. Le bois tapissé de jacinthes bleues. Vladimir voit (dans sa tête) le petit jardin — la soirée douce, les filles assises sur le banc sous le poirier, leurs livres et cahiers sur les genoux et — ... Eh oui la nuit chère Ioanna Miloradovna, le soleil se lèvera n'ayez crainte, la terre tourne — il regarde sa montre — encore! il s'agit justement de l'empêcher de tourner. « Je rentre, dit-il. Ne vous disputez tout de même pas trop. » Le cœur lui bat très fort et il espère (lâchement), et craint plus lâchement encore, que la nommée Victoria aura pris le train de neuf heures et demie. Il n'en est rien.

Tala est enrhumée et garde la chambre. « Bon, je vous accompagne au train de onze heures dix. » Pas plus compliqué que cela.

Et comme la soirée est douce, elle n'a sur elle qu'un léger imperméable gris par-dessus sa petite robe de cotonnade rose. « Soigne-toi bien Taline, il ne s'agit pas de tomber malade pour la compo de latin. »

Les tilleuls fleurissent. Elle dit : « Ce qu'il fait bon. » Ils descendent la côte de l'avenue du Maréchal J. La route est brève, et l'explication... Dieu sait. Il commence par lui dire de ne pas prendre en mauvaise part ce qu'il va lui dire. Elle demande : « Quoi donc ? » elle paraît nerveuse, un jeune animal aux aguets. « Voyez la lune ! C'est un dernier quartier. Elle a l'air de courir ! » Elle nage parmi des traînées éclatantes de nuages blancs. — Non, écoutez-moi. Je vais vous paraître grossier. Je vous serai *très* reconnaissant de ne plus venir chez nous. »

Elle pousse un petit « oh ! » apeuré, comme s'il l'avait frappée.

— Surtout — surtout — ne croyez pas que qui que ce soit ait quoi que ce soit à vous reprocher.

« Tala est votre amie, vous pouvez sortir avec elle aussi souvent que vous voulez... »

Ils sont déjà arrivés à la Grande Maison et vont s'engager sur le sentier de la Gare. Bon. Vingt minutes jusqu'au train.

Elle demande d'une pauvre voix d'enfant timide (une petite comédienne, et il le sait) : « Expliquez-moi. » Il ralentit le pas, tête basse, dos raide et mains dans les poches. « J'aimerais mieux ne pas trop expliquer. J'espère que vous me considérez comme un homme honnête. »

— Oh ! oui. »

— Alors faites-moi confiance. J'ai de bonnes raisons. »

— J'aimerais mieux que vous me les disiez. » Elle a des larmes dans la voix. « Je comprendrai. Je ne suis pas un enfant. »

Bien entendu. Il se sent de plus en plus mufle.

Ils arrivent à un coin du sentier où un mur s'avance d'un bon mètre sur la grille du jardin voisin construite de biais et formant un angle aigu avec le mur. La grille est couverte de rosiers grimpants et des branches de lilas déjà fanés la dépassent, et s'enchevêtrent aux branches du marronnier.

Vladimir, qui dans sa distraction a failli buter contre le mur, s'arrête, et, du coup, oublie complètement qu'il convient de continuer à marcher vers la gare. Il se met à expliquer à la jeune fille que, si elle comprenait et il est très sûr qu'elle en est capable, il en serait ennuyé, et qu'il s'agit pour lui d'un problème tout personnel... « ... et vous direz que j'agis en égoïste et qu'il n'y a aucune raison pour que j'empêche les gens de faire ce qui leur plaît, mais... » Debout face à lui, un peu grise et floue dans l'ombre portée du petit mur, elle lève la tête, la secoue doucement. « Je ne comprends toujours pas. Vous êtes trop compliqué. »

Il sait que sa voix à lui est changée, devenue sèche et

hachée par manque de souffle. « Oh si, Victoria. Je crois que vous comprenez assez bien. Voilà : disons que vous êtes trop jolie — beaucoup beaucoup beaucoup trop jolie. Et trop jeune — beaucoup beaucoup beaucoup trop jeune.

« Donc, soyez vraiment gentille. Oubliez ce que je vous ai dit. Et ne venez plus. »

— Alors ? dit-elle, se rapprochant brusquement de lui — vous ne voulez plus me voir parce que je vous plais trop ? »

— C'est à peu près cela. »

— Sérieusement vous ne voulez plus *du tout* me voir ?

— Très sérieusement. »

... Et là, il est pris dans une sorte de vol de mouettes irritées, dans une torrentielle averse de juin, car la fille est là, serrée contre lui de tout son corps et lui passe les deux bras autour du cou et se met à lui couvrir les joues, le nez, la bouche, les yeux de baisers avides mêlés de sanglots. Elle pleure tant que leurs deux visages ruissellent d'eau salée et chaude qu'ils avalent comme ils peuvent, elle est toute secouée et tremblante à force de sangloter, et lui — presque aussi tremblant qu'elle et tout à fait perdu — ne peut que lui caresser les épaules répétant bêtement : « Calmez-vous, Victoria calmez-vous Victoria. Calmez-vous Victoria. »

— Je ne veux pas me calmer. »

— On peut nous voir. »

— Je m'en moque. Je ne veux pas ne plus vous voir. » Il ne sait plus combien il lui a rendu de baisers.

— Je suis trop vieux Victoria. »

— Non vous n'êtes pas vieux, je suis plus vieille que vous. J'ai beaucoup souffert vous savez. » Elle a une voix chaude comme ses larmes, pressante, grave, enfantine, suppliante, elle se blottit, elle se serre, elle se laisse serrer à en avoir mal, elle se laisse embrasser sur les yeux, le cou, la nuque, le menton, les lèvres, s'offrant aux baisers avec la souplesse d'un jeune chat qui se tourne et se retourne pour se faire caresser.

Il dit — mal, parce qu'il tremble si fort qu'il peut à peine parler : « Victoria ça ne peut pas aller — Victoria pour l'amour de Dieu. » — Je vous ai toujours aimé. Il ne faut pas me chasser. » — Je ne vous chasserai pas. Voilà dix mois que je ne pense plus qu'à vous. »

Un jeune homme passe devant eux en courant, sans doute pour attraper le train de onze heures dix, et lance joyeusement : « Ne vous gênez pas les amoureux ! » Puis la grêle sonnerie retentit, suivie du coup de sifflet, puis ils entendent, à vingt mètres en contrebas derrière le mur qui longe le sentier, le cliquetis saccadé des roues qui accélère en un grincement léger, et le train passe, le train est passé, le sol vibre un instant sous leurs pieds et dans le silence de la nuit les rails chantent encore pendant quelques secondes, les grillons se mettent à crisser dans les jardins, musique lancinante qui ne cesse jamais et qu'on oublie d'écouter. « Le train. »

Revenus dans un monde où il existe des trains, ils essaient de s'y réadapter car une minute plus tôt il leur semblait évident qu'il ne leur restait plus qu'à aller coucher à la belle étoile dans la forêt de Meudon ou dans quelque vieux parc au mur à demi effondré. Donc Vladimir dénoue ses bras avec peine comme s'ils avaient été en fer et le corps de la fille en aimant, se passe la main sur les cheveux — ils ont tous deux perdu leurs chapeaux — « Votre chapeau quelle catastrophe, attendez que je le nettoie — » il ramasse le petit feutre gris à ruban bleu et le frotte contre la manche de son veston.

Des voyageurs qui rentrent de Versailles, Chaville, Viroflay s'approchent dangereusement, non il ne faut pas rester ici. Ils sont sur le pont de la voie ferrée, face à la gare, tous les cafés sont déjà fermés bien entendu, la place paisible et grise semble morte, seul le bâtiment de la gare brûle en dedans d'une maigre lumière jaune. « Ecoutez : nous prendrons le dernier train, je vous raccompagne jusque chez vous. » Elle ne dit rien, recueillie comme une communiante.

Il est décidément plus convenable de s'installer sur un banc du quai désert, où le jeune homme de tout à l'heure fait les cent pas. Les quais bordés de murailles hautes de trois mètres sont éclairés et les deux paires de rails brillent comme des rubans d'argent, séparés par les deux sombres barres des rails électriques. Ils sont sagement assis sur le banc, côte à côte, à leur droite l'énorme trou noir du grand tunnel qui passe sous la forêt, devant eux au-dessus du remblai en carrelage grisâtre se dresse monté sur des planches le grand placard publicitaire qui vante les mérites de la moutarde Amora : *Ni chair ni poisson... sans Amora* bien entendu.

Victoria a tant bien que mal renoué son chignon dont les épingles se sont à jamais perdues dans la terre noire du sentier ; les larmes lui débordent des yeux comme d'une éponge imbibée d'eau, et coulent le long du nez. « Vous pleurez. » — Non, je ne pleure pas. »

Il a retrouvé la parole. « Vous voyez bien. Comment faire ?

« Je vous aime de telle façon que je ne pourrai pas m'empêcher de vous faire du mal. »

Elle dit à voix basse : « Mais je veux que vous me fassiez du mal. » Il essaie d'expliquer que ce ne serait pas honnête, qu'elle est quelqu'un de beaucoup trop bien, que s'il était libre... Elle finit par tirer son mouchoir de sa poche et se mouche pour être capable de parler. « Ne jouez pas les Eugène Onéguine. Ça ne vous va pas. »

... Et il a déjà pour elle tant d'admiration qu'elle le retournerait comme une pâte à pétrir, en long en large et roulé en boule. « Vous avez mille fois raison mais vous ne comprenez pas Victoria que si nous nous voyons je vous en demanderai trop, je vous demanderai tout. » Elle tourne vers lui sa tête fière, ses yeux graves.

— Quand ? »

— Maintenant, tout de suite. »

Avec un soupir de saisissement heureux elle lui tend son visage humide, ses lèvres entrouvertes comme si elle était encore une petite fille qui croit que l'acte d'amour se réduit au baiser sur la bouche.

Retombés par la force des choses dans le domaine de ce qui est humainement possible, ils constatent tous les deux que le seul moyen de se retrouver est de se voir le lendemain matin, chez elle, après le départ du père à l'usine (car pas question d'aller dans un hôtel avec une fille mineure)... dans la semaine, dit-il, je trouverai une chambre à louer dans votre quartier, je m'expliquerai avec ma famille, quand vous le voudrez, demain si vous voulez. J'irai parler à votre père... « — Oh ! non, pas à mon père ! »

Le dernier train transporte des Parisiens revenant chez eux après un dimanche en banlieue, chargés de bouquets de fleurs des jardins ou de grosses gerbes de jacinthes bleues cueillies en forêt ; quelques militaires, quelques couples d'amoureux — les voitures, après la triste lumière du quai, paraissent trop éclairées et sont à un tiers remplies de voyageurs ; sur leur banquette jaune Vladimir et Victoria sont assis face à une dame imposante en chapeau de paille noire et portant une énorme gerbe de lilas sur ses genoux à côté d'un gros cabas à provisions. Elle scrute d'un œil critique ce couple plongé dans une adoration béate, parce que l'homme, se dit-elle, a au moins trente ans.

Devant la porte noire de son immeuble, Victoria, avant de tirer le cordon, rajuste une fois encore son chignon endommagé et son col défait, tire le chapeau sur son front et se laisse embrasser une fois encore si bien qu'elle est obligée de redresser de nouveau son chapeau. « Alors c'est juré et promis ? Vous venez demain matin ? » — Dès que votre père sera parti. » — Non, venez à huit heures, que j'aie le temps de ranger la chambre. »

— Bien. Huit heures tapant. »

— Juré ? » — Juré. » Elle lui plaque un instant les deux mains sur la poitrine, et examine son visage d'un œil méfiant, presque sévèrement. « Ce n'est pas un truc pour vous débarrasser de moi, au moins ? »

Et là, Vladimir est pris d'un spasme à la gorge qui est à la fois un sanglot et un hoquet, et se sent plutôt ridicule à cause de ce hoquet et se dit qu'il n'est pas possible, non pas possible de se quitter qu'il vaut mieux mourir.

Il faut, tout de même, affronter le père et lui expliquer la raison du retard. « Ah non, pas question, je ne vous laisse pas y aller seule. » Ils frappent à la petite porte sur cour ; de la lumière filtre encore à travers le volet. La porte s'ouvre. Vladimir se trouve pour la première fois face à face avec le fameux homme au revolver qu'il n'a plus la moindre envie d'inviter chez lui.

Il le voit à contre-jour, un peu éclairé tout de même par la minuterie de la cour qui s'éteint presque aussitôt. Un homme à peu près de sa taille, raide, carré d'épaules, des cheveux blonds en broussaille autour d'un front assez étroit. Le visage n'est pas déplaisant — un peu pâle, bougon, ensommeillé. « C'est monsieur Thal, papa, dit Victoria, d'une voix si gentiment petite-fille-sage que Vladimir en est saisi d'admiration. Il m'a raccompagnée parce que j'ai raté le train de onze heures dix. »

— Ah !... très aimable... dit Klimentiev. — Thal. Très heureux. De vous rencontrer enfin. » — Klimentiev. Enchanté. » Ils se serrent la main par-dessus le seuil (mauvais présage) mais l'homme est à la fois un peu endormi et gêné de sa tenue débraillée — un vieil imperméable jeté par-dessus une veste de pyjama déboutonnée. Vladimir peut au moins constater que cet homme-là ne le soupçonne pas plus de vouloir séduire sa fille qu'il ne pourrait lui-même soupçonner M. Klimentiev d'avoir des vues sur Tala — il sent surtout chez lui la timidité de l'homme du peuple devant le « monsieur ». « Heu, excusez-moi, je dormais un peu, je me lève de bonne heure... » — C'est à vous de m'excuser d'avoir laissé Mlle Victoria rater son train. » Serrement de mains une fois encore. « Au revoir. » « Au revoir. » « Au revoir Vladimir Iliitch, dit Victoria, et encore merci. » Au nom fatidique Klimentiev a un imperceptible recul, réaction dont Vladimir a l'habitude, dit encore une fois au revoir et referme la porte.

Donc, Vladimir se promena pendant une demi-heure environ sur le Pont Mirabeau, sans même songer à admirer les reflets d'une lune jaune et déclinante dans l'eau noire d'une Seine où les réverbères du Pont de Grenelle tracent deux lignes de grosses étoiles brumeuses. La beauté de la terre et du ciel avait disparu — réfugiée dans les yeux noyés d'ombre de Victoria sur le pas de la porte, Victoria enfermée dans le minable logis du rez-de-chaussée sur cour, derrière la fenêtre étroite à volets de bois peints en gris — seule avec l'homme en pyjama déteint dont l'haleine, la chose était sûre, sentait l'alcool. L'homme allait se rendormir, il avait visiblement sommeil — et elle, dans le noir, allait passer une nuit blanche.

Et à distance, à travers le pont, la place, deux pâtés de maisons et quatre murs, il la sentait palpitante et brûlante et le cœur battant, effrayée, aussi épuisée par le vertige de l'attente qu'il l'était lui-même, et il s'efforçait de ne pas y penser, si cruelle était la sensation d'arrachement après ces deux heures de vie pleinement vécue.

Il était encore beaucoup trop englouti dans un remous de baisers, de larmes, le goût de tendre fruit vivant sur ses lèvres, de sons de la voix éteinte et chaude contre son oreille, trop englouti et noyé pour songer même à se demander ce qu'une jeune fille comme Victoria pouvait lui trouver de si attrayant car après tout il y aurait eu de quoi s'étonner et il acceptait cet abandon magnifique comme s'il allait de soi.

Un agent de police faisant sa ronde finit par lui demander ce qu'il faisait là, à déambuler depuis Dieu sait combien de temps sur le pont, et l'invita même à montrer ses papiers. Ah ! Thal Vladimir réfugié russe sans nationalité profession magasinier né en 1897 marié domicilié à Meudon (S & O) « J'ai manqué le dernier train. » — Bon, allez-y. »

La seule chose à faire était d'aller jusqu'au métro Félix-Faure, et de demander l'hospitalité à Goga, qui vivait dans une chambre de bonne au sixième étage du... rue de la Convention. Il l'avait déjà fait plusieurs fois, les jours où il manquait le dernier train. Goga, par chance, souffrait d'insomnies et lisait dans son lit jusqu'à deux ou trois heures du matin... Il dépassa de cinq cents mètres le métro Félix-Faure, se vit perdu dans une rue qu'il connaissait comme sa poche, revint sur ses pas, finit par trouver la maison de Goga. En montant l'étroit escalier de service, sur le point de reprendre contact avec l'humanité, il se découvrait la surhumaine agilité des hommes menacés d'un danger mortel et qui sautent par-dessus des précipices ou grimpent sur des arbres nus sans même y penser — le danger mortel étant une vie sans Victoria, ce qu'il savait depuis assez longtemps, et c'est avec cette agilité animale qu'il avait manœuvré exactement de la façon qu'il fallait, et n'avait plus qu'à continuer.

Goga n'était pas étonné. « Bon, prends le matelas, je garde le sommier. Du thé ? » — Si tu veux. » Il était plongé dans la lecture du *Concept d'Angoisse* de Kierkegaard, et prenait des notes. « Sinon, avec l'âge, dit-il, on commence à oublier ce qu'on lit. » — Anachorète, va. Reprends ta lecture, je ne te dérangerai pas. » Goga, homme large d'épaules, plutôt corpulent, mal rasé, avait le tort de grisonner de façon non ambiguë et d'avoir perdu les trois quarts de ses cheveux jadis bruns... Et nous avons le même âge — dramatique, cette histoire de cheveux. « As-tu au moins un rasoir chez toi ? » — Pas fameux, mais à la guerre comme à la guerre. » Etrange — en être encore à penser à des rasoirs et des blaireaux.

Il essayait sinon de dormir du moins de fermer les yeux. Des airs de violons et violoncelles, jamais entendus mais extraordinairement émouvants lui résonnaient dans la tête. Et cela se brouillait et se changeait en sanglots. Les sanglots de Victoria contre sa joue. Je ne veux pas me calmer. O la femme impossiblement sage. Il ne faut jamais se calmer.

« ... Oui, bien sûr, qu'est-ce que tu crois ? Une femme. Une femme extraordinaire. » — Je ne te comprends vraiment pas. » — Tant pis pour toi. »

« ... Tu as un réveil ? Je le mets sur six heures. » — A quoi bon ? je ne me réveille jamais plus tard. » — Non, je veux être sûr. » Goga a éteint la lumière. Il est trois heures moins le quart. « Mais arrête de te retournr, tu as la danse de Saint-Guy ou quoi ? Tu me déranges. » Ecoute. Si seulement je pouvais t'expliquer. »

— Je m'en passerai. »

— Mais tu ne comprends pas. C'est demain la première fois ! »

Goga, ne sachant que dire, marmonne qu'il comprend très bien.

*

La première fois. Et après avoir dormi près de deux heures il s'est réveillé le cœur battant et pris de

367

panique, car en dormant « son cœur veillait » et il n'avait rien oublié et se demandait brusquement — et si elle refusait d'ouvrir la porte, si elle changeait d'idée ce qui serait trop naturel, en s'efforçant d'avaler le café au lait et les tartines de pain rassis et de margarine Astra, il se demande s'il y aura une première fois ou une seconde fois, si... car le visage de Goga, pas déplaisant mais fripé aux paupières et aux commissures des lèvres l'agace beaucoup, non pense-t-il moi j'ai à peu près tous mes cheveux, ça compte... mais le temps traîne, traîne terriblement, six heures et demie, six heures quarante, Goga le regarde presque avec pitié « Ce n'est tout de même pas le matin, ton rendez-vous ? » — A huit heures. » Le temps de se laver, de se raser, voire de repasser un col de chemise défraîchi — et les montres semblent s'être arrêtées. Elle n'ouvrira pas.

Elle ne sait pas ce que c'est.

Elle joue. C'est une enfant.

Elle aura peur.

Au moment où il frappe à la porte peinte en gris sale, il y voit tout de même assez clair pour s'apercevoir que les volets sont ouverts, les vitres tendues de petits rideaux à carreaux rouges blancs. Il frappe comme ils avaient convenu : trois coups brefs puis quatre longs. Et il lui semble qu'elle est là, collée à la porte et qu'il entend son cœur battre.

Le pène grince, les charnières grincent. Elle est là, devant la porte ouverte ; droite dans ses chaussures à hauts talons et jambes nues, vêtue d'une robe légère rouge coquelicot, et le visage a une pâleur inégale de fleur fanée, les paupières brûlantes, les lèvres graves comme celles d'un enfant. Mon Dieu, elle a peur ! pense-t-il, mon Dieu où ai-je la tête ? « Victoria, ne craignez rien surtout — venez, sortons si vous voulez — allons au Luxembourg. »

Elle le regarde en face, d'en dessous ses sourcils

fauves ; perplexe, comme offensée — puis rassurée. On eût dit que son visage à lui est un livre dans lequel elle s'exerce à lire. « Non, je ne crois pas que j'ai envie d'aller au Luxembourg. »

Ils commencent à réinventer le rite. Comment faut-il faire pour ne plus avoir peur l'un de l'autre, ne plus avoir peur d'une timidité écrasante, casser des fils invisibles devenus ridiculement inutiles ? Il tourne la clef dans la serrure et va fermer les volets, un instant la pièce est presque noire, puis le lit, la table, et leurs reflets dans la longue glace sur le mur émergent comme des taches blanchâtres, puis la robe de Victoria redevient rouge, et son visage blanc comme un nénuphar noyé. « C'est votre lit ? » — Non, celui de papa. Mais j'ai changé les draps. »

Il n'y a plus rien en elle qu'il n'adore inconditionnellement — il est émerveillé par cette réponse naïve et crue, et même par ce large lit bosselé où deux heures plus tôt l'ouvrier de chez Citroën dormait encore. Il se met à se déshabiller rapidement, comme un homme au bord d'un lac par temps chaud, du temps de sa jeunesse on se baignait tout nu — le lac rouge sur la couverture grise, assise sur le bord du sommier n'osant encore enlever ses chaussures dont elle a dégrafé les barrettes

elle n'a pas noué ses cheveux en chignon mais les a simplement rattachés sur la nuque par un bout de ruban, laissant pendre le faisceau de mèches le long du dos. A lui de défaire le ruban, d'écarter la vieille couverture, Victoria reste tapie comme une biche cernée, solennelle, soumise, les yeux perdus dans une attente à la fois maternelle et intimidée, interrogatrice, à peine affolée — les longues mains blanches abandonnées sur les genoux, si désarmées si inertes qu'il semble que de sa vie elle ne s'en servira plus.

La robe rouge passe par-dessus les bras, la tête, par-dessus les longs cheveux qui s'accrochent un instant aux boutons — comme le prophète Elie qui ressuscite l'enfant, couché sur son corps, mains sur ses mains, pieds sur ses pieds, bouche sur sa bouche — il pressent une résurrection extraordinaire — un instant — il a juste le temps de demander : « Mais Victoria, *pourquoi ?* » Elle souffle, si doucement qu'il devine plus qu'il n'entend : « Vous savez bien. » Il ne sait rien et accepte tout et prend tout.

Ils sont amants, époux et beaucoup plus et toujours davantage, et sons de cloches et sanglots, éblouissement certitude pressentie depuis près d'un an il savait de tout son corps et de tout son cœur que s'il était fait de chair et de sang comme tout le monde c'était pour s'abîmer jusqu'à la fin des siècles dans Victoria Klimentiev.

Encore une fois il lui demandait : « Mais pourquoi, mais comment ? » C'est tout de même un peu inexplicable. — ... Je vous avais vu dans la rue près du métro Javel. Je ne savais pas que vous étiez le père de Tatiana Thal. » — Et moi, je ne vous aurais pas remarquée ? Impossible. » Elle sourit, retrouvant avec cette effarante mobilité d'humeur que possèdent les êtres jeunes, la légèreté de la fille coquette. « ... Ne soyez pas banalement. galant, vous ne m'aviez pas vue, vous regardiez en l'air. » — Et comme ça vous me ferez croire que ma tête vous a causé une impression foudroyante ? » avec elle la gaieté est si facile. — Elle m'a fait *quelque chose.* Je vous croyais plus jeune. » — Bien visé ! O ma très vieille, divisons nos âges réunis par deux, cela nous fera à peu près vingt-huit ans pour chacun. »

Ils s'étaient endormis d'un sommeil bizarre, car Vladimir, réveillé et croyant avoir à peine fermé les yeux, s'aperçut en regardant sa montre qu'il était deux heures de l'après-midi. Une Victoria près de lui à peine rose et blanche dans la pénombre, le souffle léger comme le balancement de duvet de cygne, le cœur battant à petits coups tendres, comme un appel secret infiniment patient. Réveillée, elle a un air ahuri, comme si elle ne le reconnaissait pas — puis sa bouche enflée devient terriblement grave. Et elle lui prend la tête des deux mains, à pleines mains, s'emparant de ses cheveux à lui, de ses joues, de ses tempes, écartant ses longs doigts chauds comme pour en prendre le plus possible, attirant la tête vaincue contre son visage. Il dit : « Je suis Jean-Baptiste ».

De cette tête elle n'a qu'à faire ce qu'elle voudra. Du reste aussi. Elle lui plaque des baisers rapides, avides, sur les yeux, sur le bout du nez, sur le menton, dans le creux des joues. « C'est sûr ? dit-elle presque menaçante. C'est pour de bon c'est pour de vrai ?... » — O folle, ce serait plutôt à moi de le demander. » — Oh ! vous, dit-elle, vous avez eu d'autres femmes. » — Quelle différence ? Aucune n'a vraiment compté. »

Ils mangent les restes de filets de harengs, des croûtons de pain rassis, Victoria fait cuire quelques pommes de terre, ils ouvrent un litre de pinard, tant pis dit Victoria j'en achèterai un pareil. Au fait il va être nécessaire d'effacer les traces du crime. « A quelle heure rentre-t-il ? » — Oh ! guère avant sept heures et demie, il boit le coup au bistrot. » A force de se prendre et de se reprendre à nouveau ils ont oublié l'heure. Six heures passées nous n'avons presque pas eu le temps de parler. » Comme si l'on vous arrachait le pain de la bouche alors que vous commenciez juste à mordre dedans, est-il possible de se séparer *maintenant* nous commencions à peine à nous retrouver... Cela paraît absurde, et en même temps ne pas être sagement assise devant ses cahiers, le dîner prêt, à sept heures et demie, semble à Victoria d'autant plus impossible qu'elle tient à endormir la vigilance de l'ennemi.

Demain nous discuterons de tout. Oh oui ! aujourd'hui c'était impossible. Aujourd'hui c'était trop grave. « Ce sera toujours trop grave, Victoria. » — Demain à la même heure alors. J'ai peur. » — Peur ? de lui ? » — Oh non. Des vôtres. »

Les vôtres. Les miens. Les autres. Vladimir avait repris le train à l'heure presque habituelle, et rentrait au 33 ter avec une histoire plausible dans la tête, train manqué, nuit passée chez Goga. En ouvrant la porte de la cuisine-salle à manger il se heurte à six paires d'yeux interrogateurs et inquiets, plus une septième, celle de Boris. — Alors ! s'écrie Tatiana Pavlovna, soulagée et indignée, nous voulions téléphoner à tous les hôpitaux de Paris ! »

— Et à tous les commissariats », ajoute Ilya Pétrovitch. Quelle réception. « Nous avions manqué le train, je n'ai pas voulu laisser Victoria rentrer seule à minuit je l'ai raccompagnée jusque chez elle. »

Mais Boris est là, témoin à charge malgré lui. « Tu n'es pas allé à ton travail ! dit Gala. Nous n'étions pas encore inquiets avant l'arrivée de ton ami. » Très juste et très légitime. — Et d'ailleurs, dit Tala, rater un train en partant avec une demi-heure d'avance, ce n'est pas très malin. » — ... Enfin, justement : on fait un tour parce qu'on arrive trop tôt, puis on voit le train vous filer devant le nez... » — Un *tour,* autour de la gare de Meudon-Val-Fleury ! s'indigne la mère, comme lieux de promenade il y a mieux ! »

— Mais aujourd'hui ? demande Gala. Il hausse les épaules — oui, c'est vrai, il n'était pas bien il était resté couché, dans la chambre de Goga, crise d'appendicite ou quelque chose dans le genre. « Et tu appelles ça pas grand-chose ! Il faut dès demain voir le médecin. » — Mais non maman, c'est passé. » — Ça peut recommencer. » Tala le couve de ses yeux agrandis et tendres, Myrrha semble attristée et perplexe. Boris dit : « Tout de même ce Goga. Il aurait pu téléphoner au magasin de ta part. »

Aucun d'eux ne paraît mettre ses paroles en doute, ils sont d'une décourageante bonne foi. — C'est vrai que tu as une mine de déterré. Tu ferais bien de rester à la maison demain. » — Pas question ! » Pierre, recroquevillé sur un tabouret, un livre sur les genoux, suit son père d'un regard pensif, inquisiteur, tendu — comme s'il sentait qu'il se passe autour de lui quelque chose qu'on cherche à lui cacher.

— On peut dire au moins, constate (pendant le dîner) Ilya Pétrovitch, surpris mais sans malice apparente — que cette crise d'appendicite ne t'a pas coupé l'appétit. » — Mais c'est vrai, au fond ! tu ne devrais pas manger tant. Des pâtes surtout... » Vladimir, qui meurt d'envie d'être libre de penser à tout autre chose, commence à trouver la situation de plus en plus ridicule. Vers onze heures moins le quart il raccompagne Boris jusqu'à la grille du 33 ter. « On peut le dire, tu es malin, toi !... » — Mon cher, éclaire ma lanterne, je me doute que j'ai fait une gaffe, mais tu devrais au moins être touché par mes bons sentiments. »

— Ça va, je ne vais pas te faire rater le train à ton tour, je t'accompagne jusqu'à la Grande Maison. Ceci à l'intention de Piotr Ivanytch : ma crise d'appendicite recommencera demain. »

— Il était furieux, il y a une pile de correspondance, tu es le seul au courant. Enfin, ça te regarde. » Vladimir se met à expliquer sur le ton le plus nonchalant que ce sont là des choses qui arrivent, oui, une femme mariée, pas très jolie, non, mais charmante, le mari boit et joue aux cartes, elle est malheureuse... « Et tu la consoles, gentil de ta part. Tu aurais tout de même pu téléphoner au magasin. Je la connais, cette dame ? »

— Je ne crois pas. » Après tout, il existe tant de dames pas très jolies dont les maris boivent. Boris, pas mécontent car il y avait assez longtemps que son ami lui faisait la morale, jette un coup d'œil de biais, rien à dire, une femme volcanique, un moteur à 20 CV, le

373

visage de son ami creusé, brûlé par l'intérieur — ça va mal, ou trop bien, au choix. « ... Dis donc, c'est la fontaine des larmes, cette personne ? » — Pourquoi ? » — Tu m'as l'air de t'être donné un mal fou pour la consoler et elle veut encore que tu reviennes le lendemain ? »

L'autre hausse les épaules. — Oh ! tu sais, il y a des circonstances... »

— Bon, ne fais tout de même pas durer ton appendicite toute la semaine, le vieux se fâchera pour de bon. »

Et Boris finit par se dire qu'il doit s'agir de Victoria, et en est sincèrement scandalisé.

Il en est, plus il y réfléchit, peiné, et même écœuré. Bon, cette gamine (et si ce n'est pas elle je veux bien être pendu) était donc — dommage on ne l'eût pas cru — loin d'être une novice. Ce n'est pas une raison. Qu'un homme de notre âge en profite, ce n'est pas de jeu. Et citez-nous donc en exemple les maris fidèles. — Une femme ravissante, une femme angélique, même aujourd'hui elle n'aurait qu'à claquer des doigts pour avoir tous les hommes à ses pieds. Les perles aux pourceaux. Traitée en domestique ou en demeurée par les vieux — et par-dessus le marché cet abruti se met à consoler les demoiselles au cœur trop large et quand je dis *cœur*... — Enfin, ça ne me regarde en rien, je ne suis pas Pierre Barnev. Mais Myrrha, tout de même ?... » Vladimir pense : c'est vrai, Myrrha...

— Dans un sens tu as raison. Mais vois-tu — Myrrha et moi, cela fait des années que nous sommes en quelque sorte frère et sœur, ou tout comme. »

C'est ce qu'il allait, le lendemain matin, expliquer à Victoria. Après une nuit passée à se ronger le cœur en imaginant la petite enfermée dans son cagibi sans fenêtre. Le patriarcat : l'homme occupe le grand lit, la grande pièce, pour la fille la chambrette d'un mètre vingt de large où elle entasse ses vêtements et ses livres dans un placard à côté du mannequin et de la machine à coudre de sa mère. Une nuit passée à ne pas oser allumer la lampe pour regarder l'heure, de peur de réveiller Myrrha — et la douleur, car c'était bien une douleur, de ne pouvoir être aux côtés de cette enfant héroïque en une nuit si dure pour elle, étouffait presque le souvenir de la joie. A huit heures du matin en frappant à la porte il était ressuscité des morts, matin de Pâques, les bras blancs d'une Victoria cette fois-ci en robe bleue à fleurs mauves, un peu transparente. « Oh ! elle est déjà démodée — je n'en ai plus de nouvelles depuis la mort de maman. »

Les bras blancs. « Extraordinaire — comme vous êtes blanche. » — Oui mon hâle de l'été est tout parti. » Extraordinaires, ces deux calices renversés, fleurs de lait, arrondis à peine « ... il n'est pas dans les langues humaines de termes de comparaison, sinon tout à fait surréalistes — deux biches broutant parmi les lis... la Sulamite était brune — j'aurais dit : deux rouges-gorges. » Fleuve de lait, lave de lait, terre où coule le lait et le miel, terre promise... Elle l'écoute divaguer, songeuse. « Vous ne comprenez pas, Victoria. Parce qu'on en parle grossièrement ou pas du tout. A quel point c'est la seule chose qui vaille d'être vécue... » il avait laissé exprès le volet entrouvert, il la voit ainsi, rose, avec ses longs cheveux à la sainte Agnès, aux reflets dorés, ambre roux, paille et rose-thé ; ses yeux de sel marin ni verts ni bleus, le bleu océan, ces yeux si longtemps évités qu'il n'avait jamais encore osé définir leur couleur exacte. — Le temps file, et à force d'expliquer et de prouver en actes à Victoria que rien ne devrait exister au monde que l'union amoureuse des corps et des cœurs, il oublie que ce jour-là ils devaient décider de leur avenir.

Trouver un moyen de paraître semblables aux autres — car louer une chambre à l'autre bout de Paris pour y rester du matin au matin, sans laisser d'adresse à personne, n'est pas une solution — et du reste sans travailler on ne pourrait même pas payer la chambre ; il y a le travail et il y a le lycée, le baccalauréat dans deux mois, et d'ailleurs... demain la composition de version latine, au fait ? c'est important.

Elle fait peser sur lui, d'en dessous ses sourcils royaux, un regard sombre. « Demain ?... »

— Oui, demain mercredi. » Elle se lève et enfile lentement, ostensiblement, sa robe bleue et mauve. « Victoria, voyons ! ! » — Très bien. Deux jours, au revoir et merci. C'est pour mon bien. Vous m'avez fait réviser mon latin. »

— Victoria ce n'est pas beau de dire cela. » Elle se jette dans ses bras et éclate en sanglots.

— Mais que faire ? que faire ? Je suis folle. Je veux bien. J'irai au lycée demain, et après-demain c'est jeudi. »

— Je ne pourrai pas me porter malade à mon travail toute la semaine. On me mettrait à la porte. »

— Très bien. On vous mettrait à la porte. Vous ne perdez pas le nord. »

Lui, humilié par la conscience de son incurable lâcheté masculine, se sentait prêt à se lancer dans quelque ridicule fanfaronnade du genre : partons tout de suite, allons à la gare de Lyon, prenons le premier train pour Fontainebleau ou pour plus loin... tout en sachant qu'il ne perdait pas le nord en effet, et qu'il y avait le baccalauréat première partie dans deux mois, et qu'il ne pouvait en aucun cas laisser tomber le vieux Bobrov.

Tout cela était de la vie irréelle. Mais la réelle, débordant de tous côtés le temps et l'espace, tournait dans cette irréalité comme une mouche dans une toile d'araignée. « Ma chérie, essayons de nous tirer de là. »

Elle, debout contre lui, se laissait caresser ses mains crispées et respirait avec peine. — ... Si ce n'est pas jeudi, alors *quand ?* Pas avant dimanche ? » Ce qui paraissait, en effet, impossible. « Le soir, dit-il.

Demain soir. Vous direz à votre père que vous passez la soirée chez nous. Je vous rejoindrai au café du coin de la rue Balard. » Elle, retrouvant son souffle et se laissant aller au plaisir de respirer normalement, secouait ses tresses défaites et daignait même lire l'heure sur le bracelet-montre de Vladimir. « Oh, quatre heures et demie ? Et si Tala, ne m'ayant pas vue au lycée, venait prendre de mes nouvelles ?... — Non. Elle est encore enrhumée. » Dieu merci, pensait-il, pris tout d'un coup d'une frayeur abstraite devant sa propre insensibilité.

Retrouvant son courage, Victoria courut chercher ses livres, ses cahiers et le gros dictionnaire, et disposa le tout sur la table. « Voyez Klimentiev Victoria la forte en thème ! Vous pourrez peut-être m'aider à réviser mon Cicéron. » Il riait et ne pouvait se rassasier de son rire à elle, sonore et brutal, éclat de soleil si le soleil pouvait rire tout haut. « A condition de rester à l'autre bout de la table. »

« ... Mais, dites-moi donc, Klimentiev Victoria — et le mot d'excuse ? (il en avait assez écrit, depuis cinq ans, pour connaître l'importance de cette attestation parentale)... Comment ferez-vous ? »

Elle cligna des yeux, semblant sourire de sa naïveté à lui. — Je sais les faire moi-même, tiens ! L'écriture de papa est très facile à imiter. » Il la contemplait, admiratif et béatement complice. « ... Et dites-moi donc, votre Majesté la Reine Victoria, en quelles circonstances avez-vous déjà commis ce faux et usage de faux ? » — Oh ! des jours où je me sentais mal fichue. »

Cicéron était remis à plus tard — réservé à l'édification de M. Alexandre Klimentiev. « Il ne faut pas surtout il ne faut pas Victoria avoir des idées et des remords. Elle est comme une sœur pour moi, une camarade ; et pour elle c'est pareil. »

— Mais vous avez été très amoureux ? » Elle prenait

des airs de juge, et il continuait à trouver cela magnifique. — Amoureux, cela ne veut rien dire. De l'imagination. Rien à voir avec ce qu'il y a entre vous et moi. » Elle, impressionnée par le ton de calme autorité avec lequel il parlait de leur amour, devenait douce et grave, et l'examinait comme s'il avait été quelque extraordinaire bijou qu'on lui aurait offert pour sa fête.

Le seul malheur possible était l'arrachement. Provisoirement inévitable, mais la solution devait exister. L'obstacle le plus difficile à surmonter — parce qu'il représentait une violence légale — semblait être à ce moment-là l'autorité du père. « Et si je lui parlais, Victoria ? D'homme à homme. Je saurai lui faire comprendre. » Elle hochait la tête, souriant presque de sa naïveté. « Non. Il ne comprendra jamais. Il est trop bête. »

— Est-ce qu'on parle ainsi de son père ? »

Il vit passer dans les yeux bleus comme une petite ombre : ne vous égarez donc pas dans un rôle de moralisateur !... — Non, dit-elle. C'est vrai, ce que je dis. C'est pour ça que je ne lui en veux pas. »

— Alors, fille étrange ? quelle solution proposez-vous ? — Nous trouverons. Il faudra bien. »

... Car ils sont tous confiants jusqu'à l'indifférence, ou indifférents jusqu'à l'aveuglement, on leur dit : demain je rentre vers minuit, j'ai rendez-vous au *Sélect* avec Boris ou X ou Y. » — Très bien, et n'oublie pas de tirer le loquet de la grille. » La grille bat et grince par temps de vent. « Tu te sens mieux, au moins ? » — Parfaitement bien. »

Ils étaient devenus non pas des étrangers, mais des fantômes d'êtres aimés dont on craindrait d'offenser la mémoire. Tous à table, chacun à sa place pendant le dîner : Myrrha à sa droite, Tala à sa gauche, son père et sa mère en face de lui, Gala et Pierre aux deux bouts étroits de la table. Et Tatiana Pavlovna comme toujours se levait pour servir la soupe. Et il y avait presque deux semaines de cela, Victoria était assise à cette même table entre Pierre et Tala, et écoutait M. Vladimir Thal discuter avec sa mère des mérites et défauts du drame poétique de Blok, *la Rose et la Croix* — la mère trouvant la pièce risible, et le fils pardonnant les invraisemblances historiques, l'indigence psychologique et le mauvais goût d'un pesudo-mysticisme sentimental, en faveur de la beauté des vers et en faveur surtout du poème central, la fameuse chanson de Gaëtan — et pour convaincre ses auditeurs il récitait d'un bout à l'autre ce poème d'une si pure et déchirante musicalité, et le récitait parce qu'il savait qu'il le faisait bien et que la jeune fille l'écoutait les joues en feu. Il ne la regardait pas, ou peut-être par hasard, du coin de l'œil, il ne pensait pas à elle il était pris tout entier par le sortilège de la chanson de Gaëtan, si bien qu'à la fin après un bref silence général — et Tala, toute pâle et frémissante écarquillait les yeux pour ne pas pleurer — Tatiana Pavlovna, avec un grand soupir, dit : « Je me rends », puis répéta, à mi-voix en récitatif, imitant malgré elle la voix de son fils, le leitmotiv du poème : « ... *O joie, ô joie-souffrance !*...

Souvenirs d'une histoire d'amour déjà longue, faite de regards évités et de paroles dites à la cantonade, et d'informations transmises par l'innocente messagère.

Il s'était laissé inonder pour quelques instants par la bienheureuse nostalgie d'un passé qui lui apparaissait comme une lumineuse préfiguration du bonheur présent. Car malgré la pénible sensation de manque, le bonheur à ce moment-là s'installait en lui et prenait possession de son corps. — Les forces neuves, la pensée du lendemain soir six heures et demie (il trouverait un prétexte pour quitter le magasin plus tôt), le café du coin de la rue de la Convention et de la rue Balard devenu havre béni, jusqu'à dix heures environ (fermeture du café) et ensuite ?... le pont Mirabeau ?... « On peut le dire, fit remarquer Gala — que ce n'est pas un ange qui passe, mais toute la légion des chérubins et des séraphins. » Vladimir pensa : tiens, ça tombe bien. Les chérubins et les séraphins et l'échelle de Jacob. A présent il n'y avait plus un mot, ni un menu fait de la vie quotidienne, qui ne lui parût chargé d'un message se rapportant directement à sa situation. — C'est toi, dit sa mère, qui nous paralyses par ton silence, on dirait qu'on t'a plongé dans l'eau. Des ennuis à ton travail, ou quoi ? »

Il battit des paupières, distrait. « Oh... non, pas le moindre ennui. » Tala prit un cachet d'aspirine et dit bonne nuit à tout le monde. « Il faut que je sois d'attaque pour demain. » En l'embrassant sur les deux joues Vladimir comprit, sans oser encore y penser, que la situation n'était pas simple du tout.

— Enfin; les enfants sont couchés, dit Ilya Pétrovitch, tu peux nous parler franchement. Qu'y a-t-il ? le vieux forban te congédie, c'est cela ? » — Mais je t'assure... » — Ecoute. N'en fais pas un drame. Avec ta carte de travailleur et tes capacités... » La toile cirée à carreaux blancs et bleus est toujours la même, et Myrrha sert le thé. « Il n'est pas très fort, c'est la dernière pincée. » La dernière pincée, Myrrha. Il va pleuvoir. « Il pleut déjà, il faut que je ramasse mon linge, tu viens m'aider ? »

Ils ont couru dans le jardin où la pluie de mai s'abat sur les branches neuves du vieux tilleul, et frappe les chemises et serviettes étalées, déjà presque sèches. Avec de petits rires excités et fâchés Myrrha défait de ses doigts rapides les pinces à linge. « Mais prends donc, ne reste pas planté comme une souche ! » Il dit : « Rentre, tu te feras tremper, je finirai seul. » Elle ouvre la bouche pour une plaisanterie, et s'arrête. Comme s'il y avait eu quelque chose d'exaspéré, de presque menaçant dans ce *seul*. Elle a envie de dire : Milou, tu as vraiment des ennuis ? et ne dit rien. Ils rentrent, cheveux dégoulinants et épaules trempées, le linge à demi mouillé roulé en tas sur leurs bras.

— Enfin, qu'est-ce que vous pensiez sauver ? s'indigne Tatiana Pavlovna. Contre un orage de mai il n'y a rien à faire, ça vient trop brusquement. »

Le tonnerre se déploie en éboulements de pierres géantes sur des rochers géants ; fracas solennel, subi en silence avec un atavique respect. — Ça n'a pas dû tomber loin d'ici. » Et Ilya Pétrovitch cite avec un soupir heureux (il est presque inévitable que quelqu'un le fasse, en pareil cas) le premier vers du poème de Tiouttchev

« J'aime l'orage au début de mai... »
Rien n'est plus beau qu'un orage de mai.

*

Tala est inquiète pour sa composition de latin. « J'étais *vraiment* malade, explique-t-elle à Mlle Quillan, j'avais tant de fièvre que je n'ai même pas pu réviser. » — Cela ne me regarde en rien, Tatiana Thal. La version latine n'est pas une composition d'histoire, de toute façon on ne rattrape pas un retard en version en deux jours. » En fait elle soupçonne Tatiana d'avoir passé le lundi et le mardi à réviser Cicéron avec son amie Mlle Klimentiev, mais, un bon tour à jouer aux demi-tricheuses, le texte choisi n'est pas de Cicéron.

Les élèves « sèchent », échangeant parfois des coups d'œil désolés avec des voisines. C'est vache. « Marie-France Hébrard ! Il me semble que vous avez un dictionnaire sur votre pupitre. » — J'allais justement vous l'apporter Madame ! Je ne l'ai pas ouvert. » — Vous ne l'avez pas *encore* ouvert ; je le sais. Venez le déposer sur mon bureau, et c'est bien parce que je n'ai guère d'illusions sur votre travail que je vous fais grâce du zéro de conduite et de l'annulation de la composition. Car de toute façon vous ne perdez pas grand-chose ! »

Les trente-cinq filles en tabliers beige-crème suivent des yeux Marie-France Hébrard qui traverse la classe, son dictionnaire à la main. Cette Quillan, quel dragon ! Le Jupiter tonnant du lycée. Athalie et Joad réunis. Tout de même — laisser traîner un dictionnaire sur la table, ce n'était pas malin... Victoria. Victoria a les yeux battus et les lèvres mordillées et gercées, elle aussi a été malade, on dirait que nous sommes des jumelles qui attrapent les mêmes maladies.

« Eh bien, ma petite... ce n'était pas *du tout* ce qu'on croyait, mais je ne m'en suis pas mal tirée quand même. » Victoria a une voix un peu rauque, alanguie, tendre. Elle doit être encore enrhumée. Comme moi. — Dis : tu viens chez nous ce soir ? » Soupir. « Oh non, ce soir je ne peux pas. Papa a des copains à dîner. Faut que je me tape la cuisine. » — Je viens t'aider ? » — Oh ! surtout pas. Ce ne sera pas compliqué je fais des frites. Demain, tu veux ? S'il fait beau on ira ensemble au Bois de Boulogne. » Convenu pour dix heures du matin, et on emportera des sandwiches.

« ... Tu t'es fait un bleu au cou ?... » Drôle de place pour un bleu. « C'est idiot, je me suis pincée en voulant enlever un bouton d'acné. » — Ce que t'as la peau fine ! »

Elles se disent au revoir devant la petite gare de Pont-Mirabeau. Victoria regarde son amie, songeuse, les yeux à la fois gais et tristes, puis lui passe rapidement la main sur l'épaule. « Oh ! je t'aime, tu sais, mon chou. Je t'aime. » Et Tala descend les marches vers le quai, comme si elle avait des ailes.

Au Bois, assises au pied d'un grand chêne sur leurs imperméables étalés par terre, elles ont une longue conversation sur la mort, les chances de vie future, la transmission de pensée. « Ça existe, dit Tala. J'ai eu ça avec papa. Quand j'avais sept ans... » Victoria qui ce

jour-là est un peu distraite lève brusquement les yeux.
— Et maintenant ? » — Oh non. Il paraît qu'avec la
puberté on devient moins sensible... Tu es toute
bizarre, je n'arrive pas à comprendre si tu as envie de
rire ou de pleurer. » Silence, silence. Victoria laisse sa
poitrine se soulever en un soupir à la fois anxieux et
solennel. « Ecoute ma petite. Je vais te dire ne sois pas
choquée surtout. Voilà. Je suis amoureuse. »

— Oh ! pas possible ! » en principe c'est une bonne
nouvelle mais comment ne pas être jalouse ? Mais
depuis quand ?... — Oh ! depuis pas longtemps. Ecoute.
C'est grave, donne ta main tu vois comme mon cœur
bat, j'ai un trac fou à te le dire ! Tu ne m'en voudras
pas ? » Et Tala commence à être effrayée. « T'en
vouloir, pour quelle raison ? » Victoria est rose comme
une carotte, et tord dans ses mains un bouquet de brins
d'herbe.

— Tu sais. Je suis courageuse de te le dire. Attends,
tu te rappelles, l'autre jour, quand on parlait de
Natacha Krassinsky ? » Tala pousse un petit cri d'horreur, car elle n'a même pas eu le temps de réfléchir.
« Quoi ! tu es *enceinte ?* » et son amie éclate de rire.

— Non, sotte ! tout de même pas ! mais... » elle
redevient sérieuse. « Enfin, ce qu'elle a fait, je l'ai fait.
Ouf ! Tu vois, j'ai réussi à le dire. » Elle souffle comme
si elle venait de monter en courant trois escaliers de
métro. Mais pour Tala c'est une chute dans une sorte
de petit précipice pas très profond mais froid et mou, ô
est-ce possible ? *cela* peut donc arriver et elle a toujours la même figure, et est capable de rire et de parler
de sandwiches et de prémonitions ?... O ma pauvre
petite Mélisande perdue. Car Tala a le cœur si généreux que tout de suite elle tente d'oublier son dégoût,
elle caresse timidement le bras rose de son amie, c'est
comme si elle venait d'apprendre que Victoria est
atteinte d'une maladie grave. « Oh ma pauvre ! je
comprends. Oh non je ne suis pas choquée, je ne suis

383

pas une oie blanche. Tu aimes tellement ce garçon ?... »
Victoria a un sourire de biais, étrangement mûr.
« Faut croire. » — Mais depuis *quand ?* »

Oh il n'y a pas si longtemps. Il s'appelle Jacques.
Jacques Lambert. Rencontré... à l'épicerie avenue
Emile-Zola. Oh tu sais, un garçon sérieux, il prépare
son agreg de philo, ses parents habitent en province...
il a une « garçonnière » rue de la Convention.

— Tu ne m'en as pas parlé ! »

— C'est par superstition. »

Tout de même, elle aurait pu m'en parler plus tôt.
« Alors, ces deux jours... » Très, très rouge, Victoria
fait *oui* de la tête. Et elles restent silencieuses pendant
deux bonnes minutes.

Puis Tala, vaincue par la curiosité et s'habituant à la
pensée que Victoria est toujours Victoria, demande,
tout doucement car la voix lui manque : « Dis-moi.
Comment c'est ?... Ça ressemble à quoi ? Je suis peut-
être indiscrète. »

— C'est... » Victoria est grave, son visage dans
l'ombre chaude des branches de chêne paraît plus
tranquillement beau que jamais. « Je vais te dire. C'est
comme le soleil et tout le reste est la nuit. »

Oh ! ce n'est pas très difficile à comprendre. Tala
essaie de fermer les yeux sur les images honteuses...
puisqu'il faut de toute façon un état de grâce pour
accepter cela. Tout de même...

— Donc, moi aussi je suis la nuit ? » malgré elle sa
voix pleure.

— Toi... » Victoria revenue de son rêve secoue la
tête, hésite, réfléchit, sourit avec un sincère effort de
tendresse. « Toi, tu es la grande lune brillante au
milieu du ciel.

« ... Je t'aime tu sais. C'est vrai que je t'aime. »

Tala est triste. « Oh tu sais... je ne suis pas une gosse.
C'est quoi, la lune ? un reflet, non ? quand le soleil est
là — plus personne ! »

Sa voix est amère et vibrante, elle s'en veut de cette voix qu'elle ne maîtrise pas. Et elle ne peut s'empêcher de baisser la tête de plus en plus bas.

Et tout d'un coup Victoria la prend par les épaules, la secoue. « Sotte. Sotte. Je t'ai fait marcher, hein ? Ce n'est pas vrai ! Je t'ai raconté des blagues. » O la cruelle bonté de ce rire, si l'on peut imaginer une bonté cruelle. — Comment ! tu as pu me faire ça ? » et le soulagement est presque trop violent, elle comprend qu'elle vient de vivre un cauchemar. « Alors tu m'as menée en bateau ! »

— Oh, pas tout à fait. C'est vrai que je suis amoureuse. Mais la garçonnière et le reste... oh non, comment as-tu pu croire ? » En sûreté dans le havre tranquille, de nouveau.

— Toi Taline, ma Taline je t'aime. Tiens, comme ça, et encore comme ça !... » De ses lèvres humides et tièdes elle effleure les lèvres et les yeux de Tala, puis les presse doucement, s'attardant dessus. Puis elle s'écarte pour la regarder un instant, bouche frémissante dans un sourire triomphant, alangui, et embrasse encore, et ce sont des baisers gourmands, enfantins, emportés. « ... Tiens, encore, tiens, tu vois que je t'adore. Pardon ma Talinette je t'ai fait de la peine, je ne voulais pas ! »

Presque défaillante, Tala ne sait si c'est de joie ou de peur, peur de quoi ?... comme si dans sa tête les mots terribles résonnaient : c'est le soleil et le reste est la nuit — elle s'écarte, repousse des deux mains.

— C'est comme ça que tu embrasses ce garçon ? »

— Non, dit l'amie brusquement calmée. Non. Oh non. Nous n'en sommes pas encore aux embrassades. » Et la voici tout d'un coup jeune fille sage et un peu collet monté. « Nous discutons. Dans des cafés. »

— Tu me le présenteras ? »

Victoria se redresse, se mord les lèvres comme prise en faute. « Oh oui, bien sûr. Mais en ce moment il est en province. Chez ses parents. A Montélimar. »

... Et Tala se demande (sans savoir si elle en est heureuse ou non) si ce Jacques Lambert n'est pas d'un bout à l'autre un canular, si son amie ne lui a pas joué une cruelle comédie, et d'ailleurs c'est suspect, cet agrégatif de philo qui tombe du ciel dans l'épicerie de l'avenue Emile-Zola alors que Victoria passait plus de la moitié de ses soirées avec elle ; et le soulagement est si intense — maintenant qu'elle *sait* que cette histoire de grand amour est une bulle de savon — qu'elle se sent libre de plaider contre elle-même : non, Victoria n'a pas pensé à mal, elle a cru être drôle, une blague un peu forte, non elle a peut-être voulu m'éprouver

et peut-être, et peut-être était-ce parce qu'elle m'aime trop, et que contre cet amour elle veut se défendre ?... oh oui, depuis qu'elle avait lu *Lesbos* et *Delphine et Hippolyte* elle n'était plus innocente comme au temps du camp de La Croix... Trop aimer une amie, c'est peut-être se condamner à une vie triste — pas d'enfants, pas d'amoureux, en quelque sorte danser toujours au bal « chère avec ma chère » comme les filles laissées pour compte — ... et si Victoria valait ce risque ? Avec ses baisers *chauds comme des soleils, frais comme des pastèques* — comme c'est juste, c'était bien cela tout à l'heure au pied du grand chêne, des baisers presque amoureux,

elles couraient sous les marronniers, dans une herbe encore à peine piétinée, superbement fraîche — vers la porte d'Auteuil où Tala voulait prendre le tramway 123/124 qui devait l'emmener jusqu'au carrefour de Verdun au bas de la grande côte dominée par le viaduc. Moi, dit Victoria, j'irai à pied jusqu'à Javel. « Oh ! je t'accompagne ? » — Mais non, fofolle, ça te fera une marche ennuyeuse. » (Ennuyeuse — avec toi ? pense Tala) — Dimanche, dit Victoria, je ne pourrai pas venir chez toi, j'ai promis à papa de passer la journée avec lui. »

— Oui, tu as raison, après tout c'est ton père.

« ... Et d'ailleurs, ça tombe bien : je ne serai pas libre non plus, l'après-midi. C'est la fête de l'oncle Marc. La grande réunion familiale, tu comprends ? » Victoria fronce les sourcils, car elle n'a pas tout à fait perdu sa méfiance à l'égard des juifs. « Pourquoi tu dis : oncle ? Vous n'êtes pas parents ? »

— Non, mais il est comme un frère pour grand-père. Eh bien, tu vois : son fils arrive d'Amérique ! Donc ils font une grande fête pour ça. C'est un ami d'enfance de papa, ils ne se sont pas vus depuis vingt ans, alors tu penses si papa est heureux. »

— Ah !... Victoria devient ostensiblement indiffé-rente, ah bon, tu disais un ami d'enfance... » — Oui, ils ont fait tout leur lycée ensemble, Tolia, Rubinstein je veux dire, est devenu américain et même riche je crois, et a épousé une Irlandaise qui s'appelle Sheelagh... tu parles d'un nom ! il s'est fait catholique et l'oncle Marc en fait tout un drame sans en avoir l'air. » Victoria pousse un tout petit soupir, comme pour faire com-prendre que ces histoires de gens qu'elle ne connaît pas l'ennuient. « Bon, alors vous êtes tous de service, dimanche ? »

— Entre nous, mon chou, j'aurais de beaucoup préféré sortir avec toi, mais on ne peut pas faire ça à Marc il est susceptible. Le Tolia amène sa femme et ses enfants. Les *trois générations*, tu comprends ? »

— Et vive la famille ! le meilleur ami de papa, tu sais comment il est mort ? Mangé vivant par des chiens. Les communistes l'avaient attaché à un arbre et lâché des chiens affamés, c'était devant Ekaterino-dar. Papa, ils l'ont suspendu au-dessus d'un feu, heu-reusement les nôtres ont contre-attaqué et les rouges sont partis en vitesse et le feu s'est éteint de lui-même. »

Elle paraît dure, tout d'un coup, les sourcils lourds de défi ; c'est vrai, pense Tala, je lui rappelle toujours que mes parents sont des gens heureux comparés aux siens.

— Alors, à demain, *Your Majesty* (Queen Victoria, naturellement). » — A demain, *beloved sweethart*[1]. Je tâcherai de ne pas mourir de langueur en ton absence. » Elles se séparent en riant et sans s'embrasser. Les baisers de tout à l'heure sont intacts sur le visage de Tala — ô ma divine ô ma merveilleuse, si tu savais, je donnerais ma vie pour toi !

Très bien. Le magasin, et les « piles » de lettres de clients et fournisseurs auxquelles il faut répondre, et des colonnes de chiffres, Piotr Ivanytch qui sait tout juste lire s'y connaît en profits et pertes, crédits, agios, tarifs douaniers, cours des diverses denrées et caprices de l'offre et de la demande comme s'il était passé par l'H.E.C. Fils d'un petit cabaretier d'un village de la province de Riazan, en 1919 épicier lui-même. Son magasin pillé, sa femme morte du typhus exanthématique, il avait eu la sagesse de quitter un pays où le commerce privé était menacé pour ne pas dire plus ; un ballot sur l'épaule, des pièces d'or cousues dans des vêtements pouilleux de paysan, une icône-triptyque en bronze sur chaîne de laiton cachée sous sa chemise. Vieux croyant par la force des choses converti à l'orthodoxie : à Paris ses pareils étaient isolés, pas de lieu de prière, et la cathédrale Alexandre Nevsky était un morceau de terre russe. Piotr Ivanytch, en bon commerçant qu'il était, connaissait un seul dieu : l'argent, obéissait à l'Evangile qui interdit de servir deux maîtres, et attendait en soupirant l'époque de l'extrême vieillesse qui lui permettrait de quitter Mammon et de se tourner vers Dieu.

A présent il avait à son service des gens qu'avant la Révolution il eût salué bien bas si jamais ils daignaient

1. Votre Majesté. Chérie bien-aimée.

visiter sa petite boutique pleine de tonneaux de concombres, de pommes marinées et de sacs de grains de tournesol, grouillante de mouches et décorée de rubans de papier à mouches. Ha ha, la Révolution a du bon, j'ai fait mon chemin. A Paris, et après ? Là où est notre trésor là est notre cœur, les Français sont gens honnêtes en affaires : un pays riche. Et du reste il parlait à peine le français, et aux clients indigènes s'adressait en un sabir difficile à comprendre sachant que cela faisait partie de son personnage. Un homme pittoresque, ce brave M. Bobrov, la vraie couleur locale russe, il portait même une chemise ukrainienne à col brodé et de belles moustaches blanches de cosaque, alors qu'il était si peu ukrainien et cosaque qu'à ses clients juifs il lançait un clin d'œil : un *gescheft*, Moïsseï Davydytch !... mes *hamentasch*, Sarah Naoumovna, votre mère n'en faisait pas de pareils, j'ai ma recette, la vraie de vraie ! Soixante-dix ans et bon pied bon œil mon grand-père Dieu l'ait en son Royaume a vécu cent ans moins huit. De ses employés, pas un seul qui n'ait fait des études ou au moins servi jusqu'au petit grade — sauf le préposé au nettoyage des locaux, vrai cosaque du Don celui-là, ivrogne, mais vieux croyant irréductible.

Donc... Eh bien, Vladimir Iliitch, maladie ou pas maladie on *téléphone* ! C'est fait pour quoi le téléphone, hé ? Vous me lâchez ? Comme au temps où j'avais le restaurant ? — Mon cher Piotr Ivanytch, en ce temps-là j'avais seize ans de moins. Je rattraperai mes heures d'absence. Je travaillerai à l'heure du déjeuner. » — J'y compte bien. Ce fils de putain de Casanova me réclame, voyez-moi le chiffre, des arriérés sur les commandes du Nouvel An, le diable ne s'y retrouverait pas. » Piotr Ivanytch, lui, s'y retrouvait très bien, mais jonglait avec les dates et les chiffres pour retarder les paiements. « ... Boris Serguéitch, il manque une caisse de vodka à cette livraison ! » — Mais non : je l'ai déjà déballée. » — Et qui vous a dit de la déballer ? On peut toujours mettre des factices à l'étalage ! Le magasin est une arche de Noé je ne peux pas avoir les yeux partout, et les deux bouteilles volées qui me les remboursera ? » Le vol datait de deux ans, mais Piotr Ivanytch ne l'oubliait pas. — Allez ! Tapez-moi ça en vitesse, celle-ci est la plus urgente. » Boris replaçait les bouteilles de vodka dans la caisse, d'un air maussade.

— Le marécage, dit Boris. Les sables mouvants : plus on se démène plus on s'enlise. La dernière heure est dix fois plus longue que les autres, à quand la journée de huit heures dans le commerce libre ? Donc, tu es toujours au *Sélect,* ce soir — pour que je ne fasse pas de gaffe si jamais quelqu'un m'en parle ? » — Au *Sélect* ou n'importe où — si tu préfères *la Coupole...* » — L'homme invisible. Enfin, c'est la lune de miel, je comprends, mais tu devrais nous l'amener un jour à Montparnasse, ta charmante pas très jolie. »

Vladimir cligne des yeux. « Un secret ! Elle est *très* jolie. J'ai peur de la concurrence. » Boris se dit : ma parole il se prend pour un célibataire, quel salaud.

Au café du coin de la rue Balard Victoria attendait, raide, digne et tentant de fumer une gauloise verte. « Ma foi, vous vous dévergondez ! Depuis quand, ces habitudes vicieuses ? » Car elle rejette des volutes bleues par les narines d'un air si hautain et mondain qu'il doit se retenir pour ne pas se précipiter sur la jolie bouche pleine de fumée. Elle, ses yeux hésitent entre une joie confiante et la mauvaise humeur. « Ce n'est pas déplaisant. Ça étourdit. »

« ... Alors ? Il paraît que dimanche vous êtes bon pour une grande fête de famille ? » — Je n'en savais rien hier soir. A vrai dire je ne sais comment me défiler sans provoquer de scandale. »

Elle se lève, et, devant le regard presque terrifié de l'amant, sourit avec mansuétude. « Changeons de café. Emmenez-moi ailleurs. » — A l'Odéon, voulez-vous ? »

— C'est une idée. » Elle fait un pas puis revient pour prendre son paquet de cigarettes laissé sur la table, et l'enfonce dans sa poche d'un air de défi. « Allons. J'ai faim, du reste. Dimanche matin pas moyen vous savez, c'est mon jour de grand ménage. Je ne veux pas donner d'idées à papa. »

« ... Je savais bien. Que ce ne serait pas facile. Rome ne s'est pas faite en un jour. » Entre deux stations de métro elle se tait pour ne pas avoir à crier. « ... Ni défaite. » Il se tait, beaucoup trop coupable pour chercher à se justifier.

« ... Oh ! nous voici déjà à la station Cluny. » Ils sont assis dans le coin le plus obscur et le plus éloigné du sous-sol du *Dupont-Latin*. S'embrassant avec une frénésie qui frise l'outrage à la pudeur. « ... Mais ce n'est pas possible, Victoria. Il y a tout de même des hôtels... » Dans ce quartier-ci tant qu'on voudra, vers la rue de la Harpe, à l'heure, et sans demande de papiers d'identité. L'hôtel respire une si cinématographique atmosphère de débauche à bon marché que Victoria recule. « Oh non, pas ici. » — *Quand on meurt de faim...* » Tout de même, il a honte, et la prend par les épaules pour l'emmener admirer le reflet des tours de Notre-Dame grises dans l'eau noir et or.

... Demain je viendrai avec une heure de retard à mon travail.

La semaine prochaine je trouverai une chambre à louer.

Ils se séparent à la gare de Pont-Mirabeau, à onze heures et demie, provisoirement rassurés. Demain entre huit heures et neuf heures, liberté entière.

Dimanche, la famille se prépare comme pour la célébration du Nouvel An. Il faut faire honneur à Marc ; et qu'il puisse montrer à son fils américain que ses amis de Paris ne sont nullement de pauvres émigrés. La belle Sheelagh, dont Marc a fort loyalement accroché la photographie dans son salon à côté de celle de son fils, est d'une famille où le père, la mère et les enfants ont chacun sa voiture : luxe grotesque. « Quel âge a le fils de Tolia ? » demande Pierre. — Douze ans. » — Chic, on sera peut-être copain. » Pour trois semaines, mais à treize ans cela paraît long. « Il s'appelle David. » — Et la fille Maureen. Comme Maureen O'Sullivan. »

— Oh ! sont-ils bêtes, dit Gala à sa grand-mère, désignant du regard son frère et sa sœur, les voilà tout excités par des Américains qui s'en iront et qu'ils ne reverront plus. » « Ma chérie, dit Myrrha, une brève rencontre peut être très belle... Je n'ai jamais vu Tolia et je suis tout émue à l'idée de le rencontrer. » — Papa doit être dans tous ses états. »

Ils s'écrivaient rarement, mais des lettres toujours longues, chaudes, où ils retrouvaient des bribes du dialogue un peu fou, un peu affecté, un peu littérairement exalté de leur adolescence. De l'eau sous les ponts, des fleuves et des océans, l'écriture de Tolia bien que devenue anguleuse à l'anglaise n'a pas beaucoup changé, le style est émaillé d'anglicismes « ... et toi, tu crois que tu ne commets pas de gallicismes dans tes épîtres ?... » Tolia, à présent Mr Anthony Ruby, homme imposant à en juger par ses photographies, nez d'aigle, grands yeux pâles, sourire qui s'astreint à la gravité et où perce encore l'humour vif et un peu hautain du Tolia de Pétersbourg.

— Un garçon qui aurait pu aller loin ! »

— Voyons Vladimir, il *est* peut-être allé loin, qu'en sais-tu ? »

— Quand je pense qu'il rêvait de composer des opéras. »

— Oh ! dit Tala, c'est vrai ? Il a essayé ? — Drame lyrique — opéra, je faisais le texte et il avait fait des ébauches de partition : *Dante et Béatrix.* La conception était originale, il faut dire que nous avions dix-huit ans. »

... « Maman ! quelle robe faut-il que je mette ? » — La bleue à pois peut-être ? » Gala, elle, repassait son chemisier abricot. « Tiens, maman, si tu as besoin d'un coup de fer, si si, tu me passes ta robe, je te défais tes faux plis en une minute... »

Myrrha déambule dans le salon-cuisine, en combinaison de rayonne rose, cherchant un fil et une aiguille qu'elle a l'habitude d'égarer. « Milou, les boutons de ta chemise ne tiennent que sur une parole d'honneur. Veux-tu l'enlever ou je les recouds sur toi ? » — Bon, bon, je l'enlève, je ne veux pas être transformé en saint Sébastien. »

— O ciel ! Une visite ! » Au loin la grille de fer grince et claque. « Tant pis, dit Myrrha, ma combinaison est tout à fait décente, on peut même la prendre pour une robe sans manches. »

Et c'est Victoria qui entre, après avoir à peine frappé. « Oh ! pardon, je dérange, mais il faut absolument que Tala me prête son dictionnaire, j'ai prêté le mien à Sidorenko. »

— Oh ! Papa ! » crient les deux filles en riant, faussement scandalisées, et ravies. Il est torse nu, ce qui n'est pas indécent pour un homme, mais il a des poils frisés juste au milieu de la poitrine. Très gêné, il enfile la veste d'intérieur de son père.

— Quel dictionnaire ? » — D'anglais, bécasse. » Elle joue à la lycéenne, avec un naturel distrait, comme si elle était fatiguée ou souffrait d'un mal de dents. « Du thé ? » demande Tatiana Pavlovna. Le thé est sur la table, on le boit entre deux coups de peigne, deux essayages de chaussures, Gala écarte sa couverture de repassage. « Et, après tout, j'en prendrai bien aussi, sers-toi Victo, il reste encore un peu de *halva*. » Elle lisse des deux mains ses courtes mèches plates et

brunes. « Oh ! papa, tu me prêteras de ta brillantine ? »
— Je n'en ai plus. »

Tala est montée dans sa chambre chercher le dictionnaire et se demande pourquoi son amie ne l'a pas
suivie, au lieu de s'attarder devant une tasse de thé
refroidi. Victoria, assise sur le bout de la chaise, boit
son thé qu'elle a oublié de sucrer et écoute le vieux
M. Thal qui par politesse l'interroge sur sa composition de latin.

— Mais enfin ! s'écrie Tatiana Pavlovna. C'est la
famille Rostov allant au bal ! Il est bientôt cinq heures
et personne n'est habillé. » Myrrha se lève. « J'ai
renforcé tes boutons, Milou. Mais pour le roussi... tu
pourras peut-être le dissimuler sous ta cravate ? » Si
Victoria n'avait pas été là, il eût répondu quelque
chose de très désagréable, mais du reste il a envie de le
faire justement parce que Victoria est là. — Enfin, qui
de nous deux se rase le premier ? demanda Ilya
Pétrovitch. Tu traînes, tu traînes — tiens, Tania, fais-
moi chauffer de l'eau. Mademoiselle Victoria il faut
nous excuser... »

— Oui, dit Gala, nous voulons éblouir les Américains. Tu montes ? On va s'habiller là-haut. » Victoria
murmure : « Non, je suis pressée », et, serrant sur son
cœur le dictionnaire, ne bouge pas de place. Le vieux
monsieur lui jette un coup d'œil gêné et se dirige vers
l'évier devant lequel il tire l'insuffisant rideau de toile
cirée.

— Comment trouves-tu ma robe à pois ? » — Pas
mal. Non, très bien, franchement. » — Voilà une
semaine qu'on ne vous a pas vue, Victoria », dit la
vieille dame, presque avec reproche. La jeune fille se
lève. « Oh ! merci. Merci pour le thé. Au revoir tout le
monde, excusez-moi encore. » Elle s'en va, et Tala,
pour une fois, la raccompagne seulement jusqu'à la
porte, elle n'a pas encore mis ses chaussures. « A
demain, *Queen of Hearts*. Je te raconterai tout, ce sera

peut-être drôle quand même. » Elle l'embrasse rapidement, comme pour rire.

« Oh sûrement, dit Victoria, maussade, et avec une intention peut-être ironique dont le sens échappe à son amie, ce sera très drôle. Chérie *darling*, je file. » Après tout, se dit Tala dont la joie est gâchée, si elle est jalouse il y a peut-être de quoi... Demain — oh ! demain, comme je saurai lui expliquer qu'à côté d'elle rien ne compte !

... Pierre boudait dans sa demi-chambre parce qu'on le forçait à mettre une chemise blanche avec un nœud papillon, et que, d'autre part, étant de huit centimètres plus grand que ses sœurs, il exigeait un pantalon long que son père ne se décidait pas à lui acheter. « Gala, va donc le persuader. Il t'écoutera. » Gala ramène son frère, décoiffé mais en chemise blanche et cravate. Myrrha s'arme de son peigne. « ... Viens ma petite lumière. » Il lui arrache le peigne des mains. Avec tendresse, pourtant. Il est plus grand qu'elle, elle devrait lever les bras bien haut pour le recoiffer.

— Tout le monde est prêt ?... Myrrha, voyons, ton chapeau est encore de travers ! » La belle-mère s'approche pour redresser le chapeau. « Ça m'allait mieux autrement, Tania. » — Iliouche, n'oublie pas ton foulard, il fera frais ce soir ! »

Vladimir décide brusquement qu'il doit changer de costume, non, celui-ci est tout lustré, j'aime encore mieux le gris. Sa mère lève les yeux et les bras au ciel.

— Et l'on parle de la coquetterie des femmes ! Non mon cher. Nous sommes déjà en retard. »

— Eh bien, ne m'attendez pas, allez en avant. Dites à Marc que je viens dans un quart d'heure. »

En fait, il ne songeait pas à changer de costume, mais à courir à la gare pour prendre le premier train jusqu'à Pont-Mirabeau — et pour avoir celui de cinq heures vingt-cinq, en faisant le détour par la rue des Ruisseaux (pour ne pas être vu de la famille) il fallait faire vite. Il était à peu près incapable de penser — il n'avait devant les yeux que l'image d'une Victoria incroyablement humiliée — outragée par lui — et s'il ne pouvait attraper le train de cinq heures vingt-cinq — s'il fallait attendre encore une demi-heure à la gare...

Il allait sortir lorsqu'il entendit la grille claquer rageusement. Dix secondes après Victoria était devant lui, face à lui, avançant dans la pièce d'un pas si rapide qu'il eut un mouvement de recul comme devant une voiture qui fonce sur vous. Puis il tendit les bras. O la fille généreuse qui avait su deviner qu'il n'était pas homme à partir avec les autres après l'avoir vue s'en aller avec son dictionnaire sous le bras.

Elle parlait vite, serrée contre lui dans un élan dur ; elle parlait vite, tête rejetée en arrière, lui touchant presque le menton de ses lèvres et lui coupant l'haleine avec son haleine, elle disait : « *Je ne veux pas ce n'est plus possible. J'aime encore mieux le revolver qu'être tuée à petit feu. Oh et toutes vos promesses. Ils ne vous lâcheront pas. Je ne veux pas qu'elle vous recouse vos boutons. Et d'abord je veux vous tutoyer est-ce que nous sommes des étrangers ?...* »

Et il disait qu'il tiendrait toutes ses promesses qu'elle n'avait qu'à commander, qu'il ferait tout.

*

Et puis, une heure plus tard il était installé sur le vieux divan de cuir à côté de Tolia Rubinstein alias Anthony Ruby — aussi peu disponible qu'on peut l'être pour cette rencontre depuis si longtemps souhaitée. Il y avait beaucoup de monde dans le salon aux rideaux de velours jaune et aux napperons de dentelle au crochet. La table à nappe blanche, surchargée de verres, de tasses, d'assiettes de gâteaux, et sur un samovar en cuivre jaune se dressait une théière en faïence noire. Tous, à la russe, assis dans un désordre familier sur les fauteuils, le divan, par terre, tasses posées sur les chaises ou les accotoirs, seul Marc Sémenytch trônait au bout de la table, présidant la fête familiale avec une inutile mais charmante solennité.

L'Américaine, assise sur les coussins de velours jaune entre Myrrha et Tassia, parlait d'enfants, de collèges, du don de David pour la musique... elle admirait les enfants de Vladimir — Gala surtout, *a real beauty, such a quaint beauty*[1]... « Mon aînée ne va pas tarder, dit Myrrha, je ne comprends pas pourquoi elle n'est pas encore là. » Gala avait dit : elle est passée emprunter un livre à Natacha Pétrouchenko. On ne passe pas des heures à chercher un livre. « Ah ! les Russes... dit Tolia. Brouillés avec l'horloge et le calendrier. Toi, Vladimir, tu t'es fait attendre comme une mariée à l'église, j'allais partir à ta rencontre. Un coin charmant, Bellevue, je ne l'imaginais pas aussi verdoyant. »

Le jardin du demi-pavillon n'est pas grand, mais entouré de tous les côtés de propriétés assez belles, dont les érables, les tilleuls et les acacias faisaient de ce coin du sentier des Jardies un havre de fraîcheur en été et un puits d'humidité en automne.

— Les Jardies... mais la maison de Balzac ne s'appelait-elle pas ainsi ?... » L'Américaine n'est pas tout à fait une sauvage. « Oui, elle n'est pas loin d'ici. » — N'est-ce pas *merveilleux*, Tony ? » Sheelagh aurait pu servir d'excuse suffisante à l'apostasie du fils Rubinstein si M. Hitler n'avait pas existé... et après tout le mariage avait eu lieu bien avant la publication de *Mein Kampf*. Sheelagh était plutôt jolie, cheveux noir de jais et longs yeux de ce bleu que l'on dit violet, « des saphirs » écrivait jadis Tolia à son ami « ... une Vierge de Botticelli avec des cheveux *aile de corbeau* comme

1. Une vraie beauté, une beauté si fine...

dans nos contes populaires... » Vladimir en ce temps-là avait aussi sa Vierge de Botticelli.

En 1937 les deux Madones avaient de petites rides autour des yeux, des sourires gentiment las, indulgents, l'Américaine irlandaise avait la grâce chaude d'un beau fruit presque trop mûr. Ses yeux attendris ne quittaient pas le groupe des quatre grands enfants qui, assis à la turque près de la porte vitrée, s'exerçaient à bavarder en anglais et en français : les deux garçons parlaient de football et de boxe, les filles d'acteurs de cinéma... Maureen vouait un culte à Jean Harlow et Gala à Luise Rainer. « ...' *The good Earth' — absolutely smashing. I cried like a baby...* » — Mais ils ressemblent pas à des réels Chinois. » — *O you speak a marvellous French* [1]. »

Anna Ossipovna montrait aux vieux époux Thal une nappe brodée par sa belle-fille... « Elle y a mis six mois, c'est *gentil*, n'est-ce pas ? » Tatiana regardait de biais les mains de l'Américaine sagement posées sur les plis d'une jupe rouge violacé, trois bagues dont une à diamant solitaire, et un lourd bracelet en or massif au poignet droit. Les deux vieilles dames pensaient, et n'avaient pas besoin de le dire, que cet étalage de bijoux faisait « petit-bourgeois », en Russie Tolia n'eût pas permis cela... « Charmante, dit Tatiana Pavlovna, et les enfants sont superbes. La race nouvelle. J'ai toujours été pour les apports de sang frais — le greffage. »

Marc Sémenytch lassé de rester seul au bout de la table à contempler les tentatives de fraternisation, s'était levé, redressant son dos ankylosé. « Dis-moi donc, Anatolyi... si tu nous faisais les honneurs de ta *caméra*, l'occasion en vaut la peine, n'est-ce pas ? »

Le fils, assis en silence aux côtés de Vladimir,

---

1. Tout à fait renversant. J'ai pleuré comme un bébé. Oh ! Vous parlez un français merveilleux.

redressait sa tête blonde un peu lourde. « Mais je ne demande pas mieux, papa. Je pensais qu'il serait plus gentil d'attendre la jeune Tatiana. » La grand-mère de la jeune Tatiana déclara qu'il n'y avait aucune raison d'attendre une fille mal élevée qui s'attarde chez des amies de façon si inconvenante. « Tania, laisse donc. N'empiétons pas sur les droits de la jeunesse... » — Marc mon cher, le manque d'éducation est le seul crime vraiment impardonnable. Venez dans le jardin, mes enfants, tant que nous avons encore cette belle lumière d'or et de cadmiun orange n'est-ce pas Myrrha ? Tolia, quand tu viendras chez nous tu verras ses autres tableaux, tu choisiras celui qui te plaira — » — Oh ! oui, dit Myrrha, rayonnante, s'il y en a un qui vous plaît... »

— Comment ? tu dis ' vous ' à ce solennel dadais ? » Ilya Pétrovitch passait son bras droit autour des épaules de l'ex-petit Tolia Rubinstein. « Myrrha est une ancienne de notre ancienne Académie des Beaux-Arts, mon cher, une camarade de ton ami Génia, tu te souviens ? » — Ah oui, Génia. » Myrrha, Vladimir, Tolia et Tassia ont tous les quatre poussé un soupir, Génia a depuis longtemps disparu dans on ne sait quel camp de Sibérie.

« Non, c'est *moi* qui prends la caméra, *please let me*[1]... » Sheelagh était déjà dans le jardin, et disposait, sur un trépied, le savant appareil sous les yeux émerveillés des deux enfants Thal. « *Oh no, let me, Mummy !...* »

Vladimir et Tolia se sont levés lentement, hésitant à passer dans le jardin où les vieux, les jeunes et les dames attendent. Ils se tiennent par la main, comme ils le faisaient vingt-cinq ans plus tôt. « Je comprends, dit Tolia. Que tu sois venu en retard. Moi aussi j'avais le trac à l'idée de te rencontrer — car se revoir ainsi —

---

1. S'il vous plaît, laissez-moi...

à quarante ans — on a peur de briser le miroir de sa propre jeunesse. Dis-moi : sommes-nous déçus, sommes-nous intimidés ? » — Il faudra nous rencontrer autrement. Sur un terrain plus neutre. Mardi soir, veux-tu ? » Tolia s'étonne que son ami n'ait pas dit : « demain soir ». Il s'approche de la table et verse du whisky dans deux verres. « Je ne bois plus que ça. Entre nous, je deviens alcoolique. Tu n'imagines pas ce qu'ont été les ravages de la prohibition. » — Ah ! ah ! le fruit défendu. » Ils trinquent. « *Prosit.* »

Vladimir trempe ses lèvres dans le liquide doré, qui profane encore un peu plus, après le thé, les gâteaux et les baisers rituels, le tendre goût salé des lèvres embrassées une heure et demie plus tôt — déjà — ce goût qui par un phénomène d'hallucination gustative est toujours là, rendant le whisky imbuvable. ... Tolia, mon pauvre ex-Grand-Chef Œil-de-Condor, si tu savais combien de joie et de chaleur me sont restés en réserve pour toi, cachés quelque part Dieu sait où, je n'en trouve pas la trace. Des fantômes encore — et tout ceci est écran et toile peinte presque transparente, pas tout à fait, juste assez pour brouiller la vue.

Dans le jardin les lilas tardifs dressent au milieu de feuillages de satin vert d'épaisses grappes mauve pâle à peine grisâtre, Sheelagh je vous en couperai un bouquet — Oh ! *Mummy,* laissez-le fleurir, c'est dommage ! » — Filmons les Trois, non les Quatre, Myrrha fait aussi partie de l'équipe, mais tu te souviens du professeur Zarnitzine, Tolia, tu as même assisté à ses cours en 1914 ?... Tassia, un peu d'animation, tu n'es pas en train de poser chez un photographe d'avant-guerre. Ayez donc l'air naturel, tiens Vladimir, coupe les lilas... » L'appareil crépite doucement, braqué sur les quatre ex-étudiants pétersbourgeois, qui ont tous des sourires apprêtés et pensifs, ils sont dépassés par l'irréalité du temps, respectables quadragénaires jouant ce rôle d'adolescents qui est la raison d'être de leur rencontre sous les ombrages du sentier des Jardies.

— Tala, tout de même. Elle t'a bien dit qu'elle voulait juste emprunter un livre ? » — Je ne sais plus, dit Gala, les Pétrouchenko l'auront retenue... » — Ils ont, fait observer Tatiana Pavlovna, une table de *deck-tennis*. C'est la deuxième passion de notre Tatiana — la première étant Victoria. Tolia, j'espère que Maureen n'est pas une fille à passions ? » — A cet âge, tante Tania, elles le sont toutes un peu, n'est-ce pas ? » Maureen a seize ans, une superbe fille à cheveux bruns frisant en anneaux et aux yeux d'un bleu verdâtre. « Moi, dit Pierre à David, je mesure un mètre soixante-douze, et toi ? » David est de toute façon beaucoup plus petit. « Oui, mais tu n'as que douze ans. Moi, je serai comme mon oncle Georges, et même plus grand. »

— Quels auteurs étudiez-vous en français ? » — Corneille — *Le Cid.* » — Oh ! nous, dit Gala d'un air supérieur, on l'a fait en classe de Sixième. »

Tout ceci est charmant, et de plus en plus inconsistant, encore et toujours le *painted veil* transparent, et en dessous :

les petits coussins déteints et élimés du large divan-lit, et les cheveux d'or étalés dessus en méandres enchevêtrés. Les yeux profonds et troubles. Un nid de braise rouge. La voix basse et pressante contre sa joue, dans les plis d'une manche rayée de rose et de gris. *Je ne ferai pas de scènes — oh je ne veux pas que vous que tu souffres comme ça. Je ne veux pas te voir pleurer. Je veux bien être une Back Street si tu veux. Jusqu'à ma majorité et même plus longtemps.*

Je ne suis pas une accapareuse. Je vais même te recoudre ces boutons.

Il est difficile après cela d'entendre parler de lilas gris-mauve et de ciel rouge et de la maison de Balzac. — Le fait est, dit Ilya Pétrovitch, que nous avons un demi-siècle de retard sur vous, mais depuis que nous vivons dans cette banlieue verte plusieurs grands parcs sont déjà partis, et l'on construit de façon sauvage. Vous avez vu ce qu'ils ont édifié près de la gare ? » — Rien à voir avec l'Amérique, dit Marc Sémenytch. Il faut dire : les loyers, ici, ne sont pas chers. » — Qu'est-ce qu'il te faut ? » — Pas chers comparés aux normes des pays anglo-saxons. Ce qui n'encourage pas le bâtiment. »

— Vous avez une *Packard ?* » demande Pierre à Tolia, tout rouge d'avoir osé poser une question au fameux ami-de-papa. « Oh, une vieille, deux ans... Nous en achèterons une autre en automne. » Il se tourne vers Vladimir. « Quel gaillard ! Il sera plus grand que toi. » On le dit assez. Pour le moment, il s'en faut encore de six ou sept centimètres, mais le pantalon long commence *vraiment* à devenir nécessaire. Ces forts genoux osseux couverts de croûtes d'écorchures. « Tatiana est-elle aussi grande que sa sœur ? » — Elles sont de la même taille. » Victoria n'est pas plus grande mais porte des talons plus hauts.

... Mais non il faut que tu y ailles. Il ne faut pas provoquer de scandale.

Tu vois je suis raisonnable.

De toute façon j'ai promis à papa d'aller au cinéma. ... Les traces du crime : elle enlève, des bouts des doigts, deux longs cheveux accrochés au tissu rêche de la couverture. « Tiens, va les porter au roi Marc. » — Non merci, je les garde pour moi. » Tes genoux ma Victoire, oh tes genoux — lisses et sans défaut ; des jambes d'une seule coulée. On passerait des heures à les embrasser. — Non, écoute. Si tu n'y vas pas ils vont s'inquiéter et viendront te chercher. C'est bien simple, elle n'a qu'à parler. Le train de six heures moins le quart, et grâce au décalage horaire le ciel est encore inondé de soleil et le ballon dirigeable au-dessus de l'Observatoire fond dans une brume dorée.

— A quoi sert ce ballon ? » demande Sheelagh. — A

l'observation de taches solaires, je crois. Notre Observatoire est le Temple du Soleil. — Oh ! comment ça ? »

— Un des centres mondiaux pour l'étude du Soleil, notre illustre ville n'est pas à une gloire près. »

— ... Rabelais, Mme de Pompadour, Armande Béjart... Rodin... »

— Armande Béjart était la femme de Molière, explique Gala. Certains prétendaient qu'elle était même sa fille. » — Oh ! Gala ! » dit sa mère.

— Iliouche, il fait frais, mets ton écharpe ou rentre dans la maison. » Anna Ossipovna, dans le faux jour des dernières lueurs blanches et des lampes de bureau à abat-jour en soie jaune, dispose sur la grande table couverts et assiettes. Douce, paisible et heureuse, depuis si peu de temps et pour si peu de temps encore une mère et une grand-mère qui va regarder ses enfants manger. « Anna ma chère, laisse-moi essuyer ces verres... ils ont l'air d'un ménage très uni, n'est-ce pas ? » — Toutes les femmes ne sont pas comme Myrrha... bien sûr, il y a des heurts. »

— Papa m'a l'air d'avoir avalé sa langue, dit Gala ; elle entasse dans l'assiette de son père un monceau de *pelmeni* à la crème, il recule, contrarié. « Tu me prends pour un ogre ? » — C'est l'émotion. Sûrement. » En fait, elle pense qu'il est inquiet à cause de Tala, car elle-même commence à s'inquiéter.

Les *pelmeni*, c'est vraiment trop. D'autant plus qu'ils sont excellents. Un goujat, pense-t-il, qui après avoir obtenu ce qu'il voulait la laisse rentrer seule chez son sinistre papa et s'en va chez des amis d'enfance et de jeunesse boire du thé, du whisky et manger des *pelmeni*. Et il est temps d'en finir avec cette profanation joyeuse et systématique de lits paternels, qui devient franchement scabreuse de quelque côté qu'on envisage la question.

... Car après tout, plus elle se montre généreuse moins on a le droit d'en abuser, car il est évidemment plus *facile* de traîner, mais un engagement aussi profond ne peut souffrir ni facilité ni compromis.

Tolia est un peu gris, Vladimir aussi d'ailleurs, et les deux vieux messieurs commencent à être excités et larmoyants. Il y a de quoi — le souvenir de tant d'amis et parents disparus depuis le départ de Tolia pour l'Amérique. Tassia, toujours noire et digne, et elle du moins n'a pas vieilli, caresse les mains d'Ilya Pétrovitch « mais non mon cher, mon très cher *Que les dieux de l'Olympe d'un œil plein d'envie*
Contemplent la lutte des cœurs indomptés !

« Voyez : les *Deux Voix* de Tiouttchev. Chantons toujours sur la seconde voix. » Il lui baise la main. « O notre généreuse Antigone. »

Les deux « jeunes » couples, dans le jardin, s'amusent à compter les étoiles. On ne voit pas Vénus. Elle est derrière ce grand poirier. « Tolia, dit Myrrha, tu es un homme *de cœur* cela se voit. Quel dommage, *what a pity !*... si vous veniez vivre à Paris ? » elle est un peu saoule, elle aussi. « Vladimir est comme plongé dans l'eau ce soir, à cause de notre fille, il est un père ultra-sensible. »

*

... Tala n'avait aucun besoin d'emprunter un livre à Pétrouchenko. Elle voulait retourner à la maison, et de là se rendre chez Marc en compagnie de ce père pris d'une subite envie de changer de costume. Ils étaient si rarement seuls à présent. Et elle souffrait, à cause de Victoria, de sa bizarre et brève visite, de son air égaré... et si cela devient entre nous la *vraie* passion, et s'il y a là réellement quelque chose de criminel ?... et elle pensait que son père, peut-être comprendrait. Ou, même si elle n'osait pas lui en parler, leur tendresse mutuelle lui donnerait à elle Tala des forces pour se comprendre elle-même. O juste faire avec lui le trajet entre Meudon et Bellevue, comme autrefois.

Elle avait dépassé la grille, doucement, et se dit : ah tiens, la porte est grande ouverte. Elle s'arrêta et les vit, et s'appuya au chambranle, car elle ne comprenait pas mais savait qu'elle était sur le point de s'évanouir.

Ils étaient debout, à trois mètres d'elle, serrés l'un contre l'autre. Ils se tenaient par les mains, mains levées vers les visages. Et papa était en train d'embrasser les mains de Victoria.

Et il les embrassait avec emportement, comme s'il voulait mordre les jointures de ces mains roses qui échappaient aux siennes pour mieux s'y blottir de nouveau. C'était comme un jeu et une lutte, mais un jeu cruel, car il sanglotait sans larmes, et Victoria cherchait à attraper de ses lèvres les cheveux et le front penchés sur elle.

... Tala descendait en courant la côte de la rue de la Belgique, vers la place du Val, pour éviter le chemin pris un quart d'heure plus tôt par l'innocente famille. Elle filait droit, elle était légère, elle était une ombre et non un corps.

Elle avait eu la force de s'éloigner de la porte horrible sur la pointe des pieds, d'ouvrir et refermer la grille sans bruit. Car elle était restée longtemps à regarder. Ou alors le temps s'était arrêté ? A contempler l'Horreur, il n'y avait pas d'autre mot.

Elle courait, le corps insensible et absent, avec une seule pauvre petite phrase stupide montant d'on ne sait quelle tête qui n'était plus la sienne : s'ils voulaient s'embrasser, pourquoi ont-ils laissé la porte ouverte ? Ils ne l'avaient pas vue. Mais il eût suffi que papa levât la tête... Elle serait morte sur place d'une crise cardiaque.

Mais peut-être eût-elle aussi bien pu pousser un hurlement, et il ne se fût même pas retourné, si absorbé par cette tâche étrange — car il était grave comme si sa vie dépendait de sa façon d'embrasser les mains de Victoria — si absorbé qu'il n'eût peut-être rien entendu, et peut-être avait-elle hurlé, tout son corps n'était qu'un hurlement — Papa papa que se passe-t-il ?

Je ne comprends pas j'ai peur.

A la place du Val, elle s'arrêta devant le cinéma quelque peu rénové, à porte rouge, et se mit à regarder les affiches. *François Ier*, un film de Fernandel. La longue face chevaline de Fernandel lui grimaçait au visage l'éclat de ses dents énormes. Fernandel. Papa ressemble à Fernandel. Pourquoi pas ? Non, voyons, j'essaie de me rappeler, non son visage était effrayant mais beau, sa bouche et ses narines tremblaient et il disait peut-être quelque chose mais l'on n'entendait que le hoquet du sanglot.

Victoria que faisais-tu là, tu n'avais donc pas pris le train, tu guettais notre départ cachée derrière la grille des voisins ?

... Ils avaient arrangé ce « rendez-vous » avec leur histoire de dictionnaire et de costume gris. C'est aussi simple que cela ma fille.

Et — l'on n'est pas forcément une oie blanche même si l'on n'a que seize ans — Tala savait bien qu'ils étaient *amants* au sens indécent de ce mot. Pour s'embrasser ainsi il faut se connaître comme « Adam connut sa femme Eve ». ... Essaie de raisonner ma fille et ne perds pas la tête. Dimanche dernier ils sont allés ensemble à la gare, et avons-nous tous été naïfs, ils ont dû passer ensemble cette nuit-là (où ?) et la journée du lendemain, et il y a eu tous ces mensonges, trains ratés, la nuit chez Goga, la crise d'appendicite, le prétendu rhume de Victoria, tous deux comme de juste occupés chaque soir — mensonges vulgaires il est si facile de mentir à ceux qui ont confiance en vous, et tout cela pour aller *coucher*, oui *coucher* ensemble, ô ma pauvre fille voilà ton raisonnement terminé, si j'avais de l'argent sur moi j'irais voir le film de Fernandel, mais c'est trop tôt il commence à huit heures et demie.

Elle examinait l'une après l'autre les photos du film

accrochées au panneau de bois près de la porte. Il faut bien avoir l'air de faire quelque chose. Elle ne voyait que des taches noires et blanches à travers un écran d'eau, tiens je pleure. Une fois qu'elle y avait pensé son envie de pleurer était devenue si forte qu'elle ne voulait plus qu'une chose : trouver un coin tranquille, s'y blottir, pleurer tout haut.

Et il n'y avait plus au monde de coin tranquille. La rue. Plus de maison. *Je ne retournerai plus dans cette maison.* En attendant elle avait tiré de sa poche le petit mouchoir blanc et s'épongeait discrètement les paupières. — Hé mademoiselle ? je peux vous consoler ? un chagrin d'amour ? » Le petit jeune homme pâle, en casquette et en blouson de toile grise, la regarde d'un air narquois. Mains dans les poches, un sourire à la fois effronté et timide aux coins des lèvres. Tala faisait semblant de s'intéresser *énormément* à la photo d'un Fernandel en béret à plume parlant à une dame décolletée. « Hé mademoiselle, on peut répondre tout de même, soyez polie... »

Mon Dieu, pour qui me prend-il ? Pour une *poule ?* Elle quitta la place du Val, ses échoppes délabrées et ses petits chantiers dominés par les premiers remblais de la côte du viaduc, et se mit à descendre par le passage sous la voie ferrée électrique ; et le jeune homme la suivait, et elle ne savait pas s'il fallait courir ou marcher lentement. « Hé mademoiselle ? » Elle s'était retournée, prise d'une rage telle que les mains lui brûlaient d'impuissante envie de tenir une grosse pierre qu'elle pût lancer au visage de l'insolent. « Foutez-moi la paix, espèce de sale voyou ! » Elle avait hurlé, à ne pas reconnaître sa propre voix. Deux vieilles femmes en tabliers bleus sur le seuil d'une porte cochère s'étaient retournées, choquées sans doute par les mauvaises manières de cette sage demoiselle en robe bleue à pois. Le jeune voyou s'enfuit.

Voici le creux de la vallée. Pas tout à fait le creux :

derrière le viaduc au bas duquel le chemin de fer électrique croise la grande voie ferrée, la côte descend vers le carrefour de Verdun, et, de là, on peut aller tout droit jusqu'à la porte de Versailles, trois ou quatre kilomètres en tout... Mais où aller ? Peut-être au centre du Mouvement des Etudiants Chrétiens, rue Olivier de Serres ? On est sûr d'y rencontrer des visages connus. Ou bien — monter, au contraire, la côte qui longe le viaduc et la voie ferrée Montparnasse, et arriver jusqu'à l'église, et y voir le père Piotr ? Monter — descendre — monter descendre. L'énorme viaduc blanc dresse ses trois rangées de hautes arcades au-dessus de sa tête.

Grimper ici même, par les terrains vagues et les haies sauvages, jusqu'en haut du viaduc, et courir, courir sur les rails, elle voit dans le ciel le long du parapet de pierre blanche une frêle silhouette bleue qui court, cheveux au vent... le choix : se lancer du haut du viaduc ou se faire écraser par le premier train qui passera.

L'éternel refuge des cœurs blessés. O mort douce. *C'est la mort qui console hélas et qui fait vivre...* Si à l'horreur que j'ai vue je ne veux pas penser, si ma propre maison m'est devenue objet de dégoût, irai-je chercher de banales consolations auprès d'êtres indifférents qui tous me diront (en supposant que j'ose en parler) mais ma petite tu as mal compris, mal vu, ne juge pas, oui, maman avec ses « ne juge pas », ils me donneront des bonbons pour me consoler.

Ce n'est rien, tu es trop jeune pour comprendre.

Ah ! mademoiselle Klimentiev Victoria de dix mois plus âgée que votre servante n'est pas trop jeune pour *coucher* avec mon père, et moi ils pensent m'avoir avec leurs « ne juge pas » « tu n'as pas compris » et peut-être les manteaux de Noé ? Tu aurais dû fermer les yeux et tu as contemplé la nudité de ton père comme l'ignoble Cham, et tu y as peut-être (et même sûrement ?) pris un plaisir pervers, tu es perdue tu n'as plus qu'à te crever les yeux.

Sans y penser elle avait gravi la côte le long du viaduc, traversé le petit pont, suivi la verdoyante et ombreuse rue Alexandre-Guilmant jusqu'à la double grille qui par un passage longé de grands jardins mène à l'Institution Notre-Dame. C'est dimanche, la grille est fermée, il faudrait sonner. Elle s'est laissé tomber par terre, s'appuyant à la grille, s'accrochant aux barres de fer rouillées — mon enfance lointaine, ô les défilés de premières communiantes dont j'étais exclue, ô Bernadette d'Aiglemont en voiles blancs mon pur et premier amour — moi qui voulais l'aimer toujours et l'ai échangée contre une *prostituée*, ô non je n'ai pas peur des mots je n'ai plus peur d'aucun mot.

« ne juge pas ne juge pas tu as peut-être mal compris... »

Attendez jusqu'au bout pour voir les choses sûres
Et ne vous fiez pas aux simples conjectures —
— Eh diantre ! le moyen de m'en assurer mieux... ?

Ah ! ça tombe bien, cette citation. Tartuffe. Tartuffe. Tartuffe. Tartuffes tous les deux. Et c'est peut-être *la Vie*, comme on dit, mademoiselle Victoria en sait long sur les réalités de la vie, « c'est le soleil et le reste est la nuit » et après ça elle a osé m'embrasser, « je t'adore ma Talinette », ses écœurantes lèvres molles encore tout humides des baisers de...

Mais je deviens folle pensait-elle. Ceci n'est jamais arrivé. J'y pense, comme ça, froidement (froidement ?), je trouve même moyen de citer Molière, alors qu'un tel malheur s'est abattu sur moi que je ne sais plus si j'ai le droit de vivre ?

Le ciel devient rose, le ciel devient rouge, et si au moins elle avait pensé à prendre son sac à main avec la carte de chemin de fer et les trois francs de monnaie... Je n'ai plus où aller. Chez l'oncle Marc avec sa pauvre fête familiale, pour affronter tant de visages stupidement innocents, avec mon visage profané, impur, mes yeux lourds de péché ?

Mille chemins ouverts y conduisent toujours
Et ma juste douleur choisira les plus courts.

Elle a décidé d'aller à pied jusqu'à Paris, de traverser Paris en prenant la rue de Vaugirard, d'arriver devant Notre-Dame et d'attendre le lever du jour sur le parvis. Mais — pour monter dans les tours il faut payer ? Bon, je mendierai, je dirai qu'on m'a volé mon sac.

En marchant, à la nuit tombante, le long des tristes et gris faubourgs d'Issy-les-Moulineaux, de Vanves, elle montait en pensée les escaliers à vis de la grande tour. Prenant le temps de souffler, de se préparer au grand passage.

O voyez, ô oyez bonnes gens, la triste destinée de Tatiana Thal la femme damnée, morte à seize ans pour avoir été trahie par les deux êtres qu'elle aimait le plus au monde ! Du haut de la plus haute tour je leur clame ma douleur et mon mépris, vous m'avez tuée moi qui vous aimais, et maintenant embrassez-vous, *couchez ensemble,* vous avez tué en moi ce que j'avais de plus sacré, je ne veux pas d'une vie dégradée.

On parlera de moi comme on parle de cette jeune fille russe de Clamart qui il y a trois ans s'est jetée du haut de la tour Eiffel. Elle ne voulait pas se marier et sa famille l'empêchait de rompre ses fiançailles — alors elle est montée sur la tour Eiffel, avec une amie, et lui a dit tout à coup : « oh non, oh non, les hommes sont trop dégoûtants » et a sauté dans le vide. Je sauterai comme elle. Après avoir embrassé la Chimère du « diable-penseur », vieux philosophe qui contemple du haut des tours l'écœurante et dérisoire comédie humaine. Ah. Ils « couchent » tous, ils couchent, il ont besoin de cela, eh bien, pas moi.

Elle marchait le long de la rue de Vaugirard, les réverbères s'allumaient, faux jour, faux jour, c'est vrai jusqu'ici j'ai tout vu sous un *faux jour,* j'étais si innocente et si pure, papa, maman — maman, oui, maman est un ange, mais ne croyais-je pas, chère idiote, que papa l'était aussi ?... Car — raisonnons — je n'avais rien deviné.

Ils s'aiment. Par quel charme ont-ils trompé mes yeux ?

Comment se sont-ils vus ? depuis quand ? dans quels lieux ?

il sait mentir : Victoria n'est peut-être pas la première — car pour embrasser une *maîtresse* dans la maison de ses parents et de ses enfants il faut depuis longtemps avoir perdu toute honte — peut-être est-il comme le mari de la comtesse Strahl dont on dit qu'à cinquante ans il séduit des jeunes filles ? C'est du *vice*.

Arrivée aux quais, elle contemplait les masses, blêmes sur le ciel noir, des tours désirées, et se grisait de ses propres sanglots. Serai-je là-haut demain matin ? Aurai-je la force ?

Et le souvenir lui revenait, peu à peu, des chers, bons visages — grand-père avec sa moustache grise et sa pipe, les larges yeux d'or brun de grand-mère et ses éternelles, dures et vaillantes plaisanteries. ... Maman pâle et frêle et la bonté pensive de son petit sourire, Gala, Pierre, l'oncle Marc, même l'oncle Georges — Anissime, Nathalie Pétrouchenko — non, ils ne sauront pas, ce serait cruel, mieux vaut en finir de telle façon que ma mort ait l'air d'un accident, ils pleureront une fille innocente, je serai pour eux comme la petite tante Ania, la sœur de papa.

Mais à *lui* j'écrirai une lettre. Pour qu'il sache. Je l'adresserai sous plis couvert à Mlle Victoria Klimentiev, 2 rue A.V. Paris XVe... Chère (non, pas « chère », ou plutôt si, cela fait plus ironique) Victoria, je compte sur votre honneur si toutefois il vous en reste encore (non : si toutefois vous en avez jamais eu) pour ne parler de cette lettre à personne et pour la transmettre à qui de droit. A vous je n'ai rien à dire. » Je ne signe pas. Mais lui. — J'ai vécu toute ma vie dans un rêve rose et bleu. J'étais une enfant, il t'était facile de te parer à mes yeux de toutes les vertus, je t'admirais alors que tu es un homme sans envergure, sans talent, sans caractère, je te croyais au moins honnête... Pardonne-moi si j'ai surpris ton secret, je n'ose te dire lequel, le respect que j'ai eu pour toi paralyse ma main. Je t'ai aimé jadis. Il ne m'est plus possible de vivre en gardant de toi une image... — une image odieuse?... une image honteuse?... — telle que je ne pourrai plus jamais te regarder sans rougir — de toi? pour toi? Ce nom de *Père* est une escroquerie, tu n'es pas un père, tu n'es qu'un homme comme les autres, j'ai aimé un masque, tu te trouveras facilement des consolatrices...

Mais ce que je ne comprends pas, oh! non, c'est que tu aies choisi entre toutes celle que tu savais m'être si chère, que tu aies abusé de mon amitié pour elle, que tu aies fait de la maison de tes parents, de tes enfants, une ' maison de rendez-vous '... parce que cette misérable fille a été *par moi* livrée au mal, et tu as fait de moi une entremetteuse...

Effondrée sur le parapet du quai elle sanglotait à présent si fort qu'un agent de police s'approcha d'elle et la prit par l'épaule. « Je peux faire quelque chose pour vous aider, mademoiselle? »

Il avait l'air d'un brave homme, fort, rougeaud, à petite moustache blonde — paternel... oh! Dieu non, plus de ce mot! Mieux vaut un bandit qu'un monsieur « paternel ». « Oh pardon, dit-elle, je... ce n'est rien, j'habite juste en face. Je rentre. » Mais l'agent l'avait dégrisée. Il représentait un ordre rassurant et en même temps redoutable, cela ne se fait pas de pleurer tout haut dans la rue, sans papiers et sans un sou en poche, on peut se faire emmener au poste pour vagabondage.

Elle se demandait : Où en étais-je? Les mots de la lettre qu'elle composait dans sa tête lui échappaient, ils étaient sortis d'elle avec les larmes et les sanglots et n'existaient plus, il lui en restait seulement une vague sensation de souillure, oui ces deux-là l'avaient souillée, forcée à penser bassement, et à présent elle avait faim et froid, et mal aux pieds avec ses escarpins neufs, et ne savait plus où aller. Non, elle ne monterait pas sur les tours de Notre-Dame, puisqu'elle avait décidé de chercher une mort qui ait l'air d'un accident. *Mille chemins ouverts*... Et en attendant de prendre un de ces chemins elle marchait le long de la Seine, puis retrouvait la rue de Vaugirard, c'est encore le chemin le plus court — *et ma juste douleur choisira les plus courts*, le plus court, quoi, rentrer, gravir tout le calvaire en sens inverse, dans le noir, mourant de peur à la vue de chaque silhouette masculine ; clopinant à cause d'une grosse ampoule au talon gauche.

Retour sans gloire d'une pauvre bête blessée, trop lâche pour s'abandonner à sa douleur. O lâche et molle affection pour des êtres qui sans doute t'aiment moins que tu ne crois, et que tu as peur d'affliger — non, si je meurs, personne ne saura rien, même lui — car elle s'était grisée de paroles amères qu'elle voulait plus cruelles encore et à présent la haine pour ceux qui l'avaient trahie se muait en dégoût d'elle-même et de sa propre cruauté. Elle était si lasse d'elle-même et de son corps douloureux, transi, effrayé — car les voyous, cela existe, la preuve, que je ne veux pas vraiment mourir, puisque j'ai si peur des voyous —

et même, dans le fond de son cœur, le remords et la peur d'être grondée en rentrant, et, Seigneur, que vais-je leur dire ?... Inexcusable. Impardonnable. Comment as-tu pu faire un tel affront à l'oncle Marc ?

Et, en montant, clopin-clopant, la côte de l'avenue du Maréchal J., elle voit à la lueur du réverbère, cent mètres plus haut, deux silhouettes, debout, au milieu de la rue, un homme et une femme. Ils l'ont vue et font de grands gestes, papa dévale la côte en courant, il est à côté d'elle, la saisit à pleins bras, la soulève en l'air comme un petit enfant. Mais qu'est-ce que tu fais, mais où étais-tu, mais nous sommes tous *morts* d'inquiétude que t'arrive-t-il ? Il la porte, soufflant péniblement car la côte est raide. Maman les a rejointes, et soutient la tête de sa fille « Enfin Dieu merci Dieu merci oh comme nous avons eu peur. »

Sur le divan-lit des grands-parents on l'enveloppe de couvertures, on frotte ses mains glacées, ses pieds douloureux, on lui donne du thé bouillant à boire. « Avec un peu de rhum peut-être ? » dit grand-père. Ils sont tous les quatre joyeux comme devant une ressuscitée. « Nous causer des émotions pareilles ! Ton père est déjà deux fois allé au commissariat. » « Mais où étais-tu ? demande grand-mère. Les Pétrouchenko étaient presque aussi affolés que nous. »

Leur première joie passée, ils l'examinent, anxieux, comme s'ils cherchaient sur son visage des traces d'outrages, de sévices. « Ne la presse pas, elle est à bout de forces... » « Tu n'as pas été attaquée par des voyous ? » « Regarde ses pieds, elle a fait des kilomètres... sa chaussure est pleine de sang. » « Je disais bien : ces escarpins.. » Oh c'est trop drôle. Tala éclate d'un rire nerveux. Les escarpins.

Elle est comme Natacha-fille de marchand, de la ballade de Pouchkine *Le Fiancé :* témoin d'un crime affreux elle rentre à la maison, trop choquée pour parler... *Natacha n'écoute rien*
Tremble et respire à peine...
Elle voudrait pouvoir s'endormir pour échapper aux questions, mais elle n'a pas sommeil et grelotte de fièvre. « Oh encore du thé, maman. » Elle les voit tous les quatre penchés sur elle, à la fois dédoublés et étrangement nets, papa aussi inquiet que les autres, elle a la sensation d'avoir six ans et non seize.

Il y a quelque chose qui ne va pas... elle doit se forcer pour se rappeler que tout est mensonge, qu'elle a vu de ses yeux un grand Mensonge, qu'ils sont tous là autour d'elle en train de vivre une comédie à l'eau de rose alors que dans les coulisses une vérité innommable les guette. Nue — oh oui, Nue elle sort du puits, eux ils sont toujours tous si *habillés*... « Mais non, maman, grand-mère, je vous jure, il ne m'est rien arrivé de mal, j'ai eu un terrible coup de cafard, c'est tout... je ne peux pas expliquer, c'est comme une angoisse sans raison, alors j'ai marché, marché, ce sont peut-être des troubles de la croissance... »

— Oh ma petite, laisse les diagnostics aux médecins », dit grand-mère. — Elle s'est surmenée, dit Ilya Pétrovitch, on appelle cela un *breakdown* — ce bachotage et tous les soirs travailler jusqu'à minuit... » Et le père l'observe d'un œil perplexe, lourd de peur inavouable, quoi, la porte fermée à double tour, les rideaux tirés... ou bien ne l'étaient-ils pas assez, *il ne manquait plus que cela.* — Pour le rassurer, car elle sait encore lire dans ses yeux, Tala eût inventé les mensonges les plus bizarres... oui, pour qu'il puisse être sûr qu'elle n'a rien vu.

— Voilà, dit-elle, oh j'ai honte, j'avais rendez-vous à la gare avec Victoria et nous sommes allées toutes les deux sur la Terrasse, et ensuite à la Fontaine Sainte-Marie... » — Oh! Vraiment! s'exclame Tatiana Pavlovna, ta Victoria! Cette fille devient un vrai problème! » Comme ça, se dit Tala, il pensera que j'étais avec un garçon et que je me sers de Victoria comme d'un alibi — ça se fait, des filles le font. Et elle a le courage de prendre un air si innocent qu'elle éprouve bientôt l'amère joie de voir les yeux de son père s'éclaircir, mais c'est drôle, pense-t-elle, il est exactement comme il a toujours été, je n'arrive même pas à ne pas l'aimer ? *Dr Jekyll and Mr Hyde* je n'ai qu'à faire semblant qu'il est dédoublé, que je suis dédoublée, que Victoria est dédoublée et tout le monde est heureux et vivent les petites filles modèles !

« ... Et après nous sommes allées au cinéma de la

415

Convention voir *Théodora devient folle,* et après il était si tard que je suis rentrée à pied par la porte de Versailles... »

L'atmosphère est détendue : ils sont tous fâchés, papa y compris. Enfin... tous sauf maman qui ne se fâche jamais. « Nous en parlerons demain, ma petite, dit grand-mère sur un ton de solennelle menace. Va te coucher. Et j'espère bien que tu ne te seras pas rendue malade ! Je n'oublierai pas cette histoire de sitôt. » — Tout de même, dit papa. Tu aurais *dû* avoir un peu plus d'égards pour Marc, je ne parle pas de nous. »

Et tous les quatre se regardent, encore mal remis de leur frayeur et de leur joie, et déjà soucieux. « J'ai toujours dit que cette amitié excessive ne mènerait à rien de bon. » — Tu ne l'as jamais dit, Tania, mais passons. Ce qui me paraît grave, ce n'est pas l'amitié en elle-même, mais cette tendance au mensonge qu'elle semble provoquer. » — Voyons, dit Myrrha, elle a bien fini par nous dire la vérité. »

Vladimir, avec une bonne foi qui le déconcerte lui-même, fait observer : « Je n'en suis pas si sûr... » — car, sachant fort bien que Victoria n'était pour rien dans l'escapade de sa fille, il commence à se demander s'il n'a pas péché par négligence, si quelque garçon ne cherchait pas à profiter de l'innocence de Tala, et là-dessus comptez sur les filles : elles savent mentir.

Tatiana Thal, envoyée au lit comme une enfant de dix ans, se sent murée dans une telle prison de solitude qu'elle regrette déjà ses voyages imaginaires sur le grand viaduc et les tours de Notre-Dame. Ils m'auront jusqu'au bout. La petite fille. Joue ton rôle ou meurs. Et si je ne veux pas mourir ? — Et voilà que ses yeux rencontrent un mince corps en chemise rose, plié en quatre, recroquevillé devant la fenêtre, la tête noire et lisse collée à la vitre. O ma Gala, ô ma sœur, ô ma compagne unique, elle s'est endormie là à me guetter, ma forte petite sœur mon épaule ferme sur laquelle je

416

pourrai m'appuyer sans craindre de trébucher. « Gala, Gala, Gala, je suis rentrée. » Gala se réveille en un sursaut brutal et la serre dans ses bras.

Elles s'installent sur le lit de Gala au milieu de coussins, d'oreillers, de traversins, comme quand elles étaient petites filles. La veilleuse bleue allumée et masquée par un drap. Elles parlent bas, pour ne pas réveiller Pierre derrière son paravent. — Alors ? » — Alors voilà. » — Tu as eu un coup dur ? » — Tu parles ! Je suis morte. »

— Tu peux me dire ? » — Mais jure-moi de ne pas le répéter. C'est trop terrible. » — Je jure. »

— Voilà : papa est amoureux de Victoria. »

— Oh !... » Gala a le souffle coupé et ne dit rien. Puis elle serre les lèvres, réfléchit. « Alors tu l'as deviné, n'est-ce pas. Tu vois : je m'en étais un peu doutée. Et d'abord, j'ai toujours dit que cette fille avait mauvais genre. Il ne faudra plus qu'elle vienne chez nous. Papa, bien sûr, est trop naïf, il ne s'en rend pas compte lui-même. »

O ma pauvre... pense Tala.

— Mais non. Tu n'y es pas du tout. J'ai honte de le dire. Je les ai vus s'embrasser ! » Gala devient si rouge que même dans la pâle petite lumière bleue son visage brûle comme du feu. « Oh non ce n'est pas possible pas possible tu as dû mal voir... » — O Gala si je n'en étais pas sûre sûre tout à fait sûre tu crois que je t'en aurais parlé ! »

— Ma pauvre fille, qu'est-ce que tu as dû souffrir ! Je parie que tu as voulu te tuer ! » — Oui je l'ai voulu. »

... — Tu te rends compte ! Faire ça à maman ! » Pour la première fois Tala « se rend compte » en effet que maman est la première personne concernée, et elle, l'égoïste, n'avait pensé qu'à elle-même.

La veilleuse éteinte, les sœurs parlent à voix basse, décidant ensemble de la conduite à tenir. Se débarrasser de Victoria, d'abord. Trouver un prétexte pour une brouille. Et que, bien sûr, papa n'apprenne jamais jamais jamais qu'elles sont au courant. Donc, ne rien dire à Victoria, elle serait capable de lui rapporter... « Tu peux comprendre une fille pareille ? » — Il y en a qui aiment les vieux. Tu vois : Mazeppa et Marie. » — Mais Mazeppa était hetman d'Ukraine ! »

Ça ne colle pas. Maldonne. Jeu truqué. Comme dans *Alice in Wonderland* où tout devient tantôt trop grand tantôt trop petit, où *tale* devient *tail*, et les jardiniers-cartes peignent au pinceau les roses blanches en roses rouges... Est-ce qu'on parle vraiment de *papa ?* Avec Gala on se retrouve dans un monde noble et net comme une partie d'échecs. Notre vie innocente. — Dis. Tal. Tu ne crois tout de même pas que... » à la voix étouffée, apeurée de sa sœur Tala comprend. « Oh non, oh non, je suis tout à fait sûre que non ! » Qu'elle reste ma petite sœur de quinze ans, dans le beau jardin derrière la petite porte où je ne peux plus entrer : énorme Alice avec sa petite clef d'or sur la table de verre.

Vladimir avait passé quelques heures très cruelles, cette nuit-là, après un silencieux retour à la maison (tout de même, cette Tala...) — la maison vide et noire, il est dix heures et demie, un arrêt chez les Pétrouchenko leur avait appris que personne n'y avait vu Tala pour la bonne raison que les Pétrouchenko étaient sortis pour la journée et venaient de rentrer. « ... A vrai dire... je comptais un peu sur les charmes de votre ping-pong... Excusez-nous. » — Mais vous avez bien fait, Vladimir Iliitch ! Vous trouverez sûrement la petite à la maison. »

Il était allé au commissariat de police. Non, pas d'accident signalé. C'est que ma fille n'avait rien sur elle, pas de sac, pas de papiers... Une robe en foulard de soie bleu à pois blancs, et ses longs cheveux couleur noisette roulés en boucles anglaises — et le fait est que des bandes de jeunes voyous s'aventurent même jus-

418

que sur l'avenue de la G. (non, du Maréchal J.) Un soir, Tala était revenue tremblante, éplorée, les horribles gamins l'avaient touchée, pincée, lui avaient dit des mots qu'elle ne comprenait pas... « Papa, ils m'ont *salie*! »

Pour son malheur, il avait oublié que la porte était restée grande ouverte pendant cinq bonnes minutes — car la petite Tempête était entrée et s'était jetée sur lui, et l'avait emporté dans un tel feu d'artifice de remords et de joie qu'il était ensuite allé fermer la porte d'un geste tout machinal et ne se souvenait plus que du mouvement de sa main tournant la clef. Donc, s'il devinait la cause de l'absence de sa fille, il ne pouvait qu'imaginer quelque chose de trop affreux pour être imaginé, un coin de rideau accroché, mal rabattu, et l'inexpiable crime du scandale suprême, sa petite fille salie par lui, par sa négligence, comme elle ne l'eût pas été par dix bandes de gamins loqueteux — même si la chose était peu probable —, il se disait qu'après cela un homme n'a plus qu'à se tirer une balle dans la tête — métaphoriquement parlant, mais c'était tout de même assez horrible.

... Donc, elle avait raconté cette histoire après tout plausible d'une fugue avec sa chère Victoria — et c'était *tout de même* un peu fort, mais à la duplicité des petites filles il commençait — par la force des choses — à s'habituer, et le papa Klimentiev n'était peut-être pas un naïf non plus, simplement un père confiant, donc s'il y avait garçon sous roche la petite Tala trouvait commode de clamer sur les toits son adoration pour une camarade de lycée... O stupide chassé-croisé, en être à l'âge de quarante ans arrivé à se plonger jusqu'au cou dans des intrigues de collégiennes !

Et — ce qui est plus stupide encore et même révoltant — en arriver à souhaiter que ta fille, âgée de seize ans, traîne dans le bois de Meudon avec un jeune homme, espérons encore que c'est un jeune homme, qu'elle n'a pas présenté à ses parents ?

... M. Klimentiev, Alexandre Ignatytch, était un bel homme, quadragénaire bien conservé en dépit de neuf heures par jour chez Citroën et d'une quantité indéterminée d'alcool pris sur le zinc et de vin rouge bu à la maison. Noueux, nerveux, nez droit, bouche forte, un regard ombrageux, et des sourcils qui, en deux fois plus gros, étaient ceux de Victoria... Et pourquoi diable ce veuf encore séduisant ne songeait-il pas à se remarier ? Compagnie uniquement masculine, militaires célibataires, ouvriers ou chauffeurs de taxi, de ceux qui passent leur temps à enterrer la Russie dans les larmes d'un vin triste, plutôt qu'à la sauver par des discours enflammés sur la politique internationale. « ... Il a un revolver, disait Victoria, mais ce n'est pas *uniquement* pour moi, quelquefois il parle de tuer des traîtres... » Elle n'avait jamais pu découvrir la cachette. « ... Et tu sais, la concierge n'eût pas mieux demandé, elle est veuve aussi. Et très gentille. Dans les trente ans. Toujours ma petite Vica par-ci, monsieur Clément par-là, et : vous n'avez besoin de rien ? il me reste de la blanquette... Lui, avant qu'il comprenne, on verra la tour Eiffel se rendre à Marseille. »

— Peut-être qu'il aimait trop ta mère ? » — Penses-tu ! C'était : Maria mes chaussures ! et : femme tais-toi ! »

Elle était allée avec lui au cinéma le dimanche, pour voir cette *Théodora devient folle* que Tala prétendait avoir vue en compagnie de la même Victoria. « Un film si *drôle*, et il n'a pas ri du tout, il a tout compris de travers et dit que c'était immoral. J'adore Irène Dunne, pas toi ? » Irène Dunne — *Back Street*. « Non, je ne l'aime pas. Devine pourquoi. Il n'y aura pas de Back Street. »

... Car il ne faut pas que cette enfant commence à

420

prendre peur, et à se résigner, et à s'accommoder d'une situation équivoque. Le bac ? Attendre jusqu'au bac ? « Une fois pour toutes, ma chérie — est-ce que je ne peux *vraiment* pas lui parler, c'est quand même ton père, je lui promets un divorce rapide ma femme ne me fera jamais de difficultés, nous ne sommes plus dans l'ancienne Russie que diable... » — Tu ne le connais pas, tu ne le connais pas. »

Jusqu'au cou et par-dessus la tête. « Tu n'es pas drôle. » « Tu n'es vraiment pas drôle du tout. » Boris garde son air sceptique et pincé. Avec Tolia, mardi, une longue conversation à bâtons rompus, sur la terrasse du *Flore*, face à l'admirable tour pré-romane de Saint-Germain — Paris, Paris... Souvenirs d'une déchirante fraîcheur évoqués de façon quasi automatique — Ania qui courait dans les bois de la banlieue de Louga, Ania et sa robe jusqu'aux chevilles suivant la mode de 1914, ses drôles de nattes brunes sautillant et dansant comme deux zibelines sur le bord d'un pré. « Vladia ! Tolia ! Une *masse* de framboises ! Donnez-nous vos chapeaux ! » Elle, et une Tassia non pas en noir mais en corsage blanc à fleurettes roses, gravement affairées à la cueillette. « ... Oh ! sont-elles grosses, sont-elles mûres !... » et les deux chapeaux de paille des garçons si pleins, au soir, de jus rouge qu'il avait fallu les jeter. Eux, pendant la cueillette, allongés à plat ventre dans une mousse épaisse, d'un vert profond et vif qui faisait venir l'eau à la bouche, mettaient au point les détails de la mise en scène de leur grand drame lyrique encore dans les limbes — mais la mise en scène était déjà là, hiératique et somptueuse, les ors sombres des arcades florentines au coucher du soleil, les théories de processionnaires à flambeaux en robes blanches et noires, et Béatrice (incarnée par Ida Rubinstein qui n'avait du reste aucun lien de parenté avec Tolia, mais les deux futurs génies pouvaient-ils se contenter d'une autre interprète ?) dansant nue sur la Place de la Seigneurie entourée de voiles couleur de feu ondoyants comme des serpents. Et les chœurs des anges aux ailes d'or sur les balcons du ciel rouge, alternant leurs *hosanna* de triomphe délirant avec le monotone et guttural *De Profundis* des processionnaires. « ... Tu le vois encore ? » — Comme si je l'avais vu de mes yeux. » Une journée chaude, l'odeur des pins, le goût sucré des fleurs de trèfle rouge que l'on suce et que l'on recrache, et le bourdonnement enivrant, de mouches et d'abeilles suspendues dans le lourd parfum des herbes chaudes, quelque part au-dessus de vos têtes. Le rire strident d'Ania, le rire grave de Tassia. « De nous tous, dit Anatole, c'est elle qui a le moins changé. »

— Le célibat conserve. Un bien ? un mal ? qu'en penses-tu ? »

— Question tendancieuse. J'ai beaucoup « bossé » comme on dit, et ceci pour me prouver qu'un intellectuel russe n'est pas forcément un buveur d'océans et un mangeur d'étoiles, et vas-y donc ! ils se disent tous : bien sûr, un *Rubinstein*... Bon. Mon beau-père m'a aidé, homme dur, fils de paysan, un *cent* est un *cent*, et il voulait que je change mon nom en O'Hara tu vois ça ? Je l'ai attendri : que dira *my Dad ?* Il a compris.

« Baptisé, tu vois ça, et la messe tous les dimanches. En manquer une est un péché mortel. Donc, geai paré de plumes de paon, ou l'inverse, comme tu veux, pour les milieux juifs un renégat, pour les Russes... Dieu sait qui, pas le temps de fréquenter les cafés littéraires, je travaille dur, et la famille c'est sacré, j'adore mes gosses je te dirai, qu'est-ce qui te reste d'autre à adorer dans la vie ?... »

— On ne sait jamais. »

Tolia n'est pas aveugle. Il a les yeux rêveurs, complices. « C'est vrai qu'ici, à Paris... Des gens qui avaient les moyens de faire le voyage nous en racontaient de toutes les couleurs, sur les nuits de Montparnasse, voire de Montmartre. Les beaux noms ! Si tu n'es pas en train de vivre une *Vita Nuova* avec une Béatrice plus généreuse que celle de Dante, je veux bien être pendu. »

— Ah ! ça se voit tant que cela ? »

Tolia parle de femmes. *Très* peu d'opportunités, surtout pour un catholique, elles savent que tu ne peux pas divorcer — ce qui est du reste une sécurité, car « là-bas chez nous » elles entraînent l'homme au divorce par tous les moyens possibles, et j'ai vu d'excellents ménages brisés pour un « verre d'eau », et d'ailleurs Sheelagh... bref, Sheelagh a *toutes* les qualités. Le tempérament irlandais, des scènes, de la vaisselle cassée, des « je retourne chez maman » à n'en plus finir, mais on ne s'ennuie jamais. Un malheur, mais n'en parle à personne, surtout pas à mes parents bien sûr, portée sur le « sans soda », elle n'y est pour rien, l'hérédité — mais chez nous, et a fortiori dans les familles juives, on n'y est pas habitué... Je l'en aime peut-être davantage. »

— Je comprends cela. »

— Ah ! Vladia, Vladia... » La voix tendre et brisée, l'œil langoureux, les bras nonchalamment étalés sur les accoudoirs du fauteuil d'osier, Anatole Rubinstein se laissait aller à la volupté de se désaméricaniser, de se désembourgeoiser, de se débrider et débrailler, et prenait de tels airs du bon gars russe « cœur déboutonné » que Vladimir en était à la fois attendri et pris de pitié, courtes vacances mon vieux, et ce que nous étions il y a vingt ans était tout à fait autre chose, voilà que tu fais de la couleur locale, et quels petits loups affamés et prétentieux nous étions !

... si heureux d'envoyer promener son bureau, et ses *affaires*, et l'épouse charmante mais..., et même les deux superbes enfants et leur caméra, et la messe du dimanche — puisqu'il dispose pour une fois d'une excuse respectable, l' « ami d'enfance », *bosom friend*[1] que Sheelagh aurait mauvaise grâce à lui reprocher, et tout ceci est un jeu dont on se lasse vite. Pris dans l'engrenage pour de bon. Il joue un rôle, il n'a jamais été ainsi.

— Papa m'a étonné, il devient juif-juif, tout juste s'il n'est pas sioniste, il ne peut dire un mot sans paraître avoir peur de m'offenser, tu n'imagines pas comme c'est pénible. »

— Ha ha! sais-tu que mon père lui a un jour reproché de ' retomber dans le ghetto de son enfance ' ? Une dispute homérique. »

— Diable. Ton père ne manque pas de courage. »

— Tu crois ça. Avocat en mal de plaidoiries fracassantes, ses amis en font les frais. Je ne veux pas vieillir bêtement. »

— Pourquoi dis-tu cela tout d'un coup ? »

— Si je te présente demain à ma ' Béatrice ', tu verras. »

— Oh! dit Anatole — il se redresse et ses yeux s'allument — mais je n'osais pas espérer. Trop ravi. » Vladimir cligne de l'œil et Tolia se dit : il est décidément charmant, quoique pas mal fané.

— ... Et si tu prends peur, tâche de ne pas trop le montrer. »

— Peur, pourquoi ? » Vladimir a un rire bref qui est plutôt cri de bonheur que moquerie — mais, avec l'instabilité d'humeur propre aux amoureux en situation peu claire, il est soudain dessaoulé et se demande si son trop-plein de tendresse pour son ami ne l'a pas entraîné à une imprudence, si Victoria aimerait être ainsi exhibée sans avoir été consultée, dans sa tenue des soirs prétendument consacrés au bachotage avec Tala, cartable et robe de lycéenne. — Non, en fin de compte ce sera plutôt pour après-demain, le temps de

1. Ami intime.

424

la prévenir. Si tu es libre après-demain. » — Je me libérerai. »

Vladimir secoue la tête et se rend compte que ses cheveux deviennent longs et qu'il ferait bien de passer chez le coiffeur. Oui, il essaie d'expliquer, une personne extraordinaire, une intelligence tout à fait supérieure, un tempérament — enfin, un *caractère* à mettre dans sa poche dix hommes comme toi et moi (parle pour toi mon cher, pense Tolia) — par malheur il y a une situation familiale difficile, elle ne dispose pas de son temps comme elle veut... Bref, à l'écouter Tolia imagine une dame d'une trentaine d'années, mariée et mère de famille, un peu mégère, un peu bas-bleu, et monstrueusement laide.

Il n'ose demander si la dame est jolie — il demande si elle écrit des vers. — Heu... non, pas que je sache, non. Je te disais donc ; une situation difficile. Je ne sais comment je parviendrai à l'en tirer. Je ne dis pas que ce sera facile du côté de ma famille à moi, et je sais que ce sera dur, mais chez nous au moins on est entre gens de bonne compagnie... »

— Quoi ? » Tolia manque s'étrangler avec sa gorgée de whisky, repose précipitamment son verre sur la table. « Non ! Tu songes à divorcer ? »

— Et de quoi donc parlions-nous ? Tu ne me prends pas pour un coureur de jupons ? »

Un assez long silence. Tolia finit par murmurer, détournant les yeux : « Enfin. Quand on a des enfants, il me semble... »

— Père juif. » Vladimir a un long sourire affectueux. « C'est plus compliqué que ça. »

Et le surlendemain Anatole Rubinstein faisait la connaissance de la dame dont il n'approuvait plus du tout l'existence. Ils en étaient presque venus — Vladimir et lui — à une sorte de reconstitution factice mais non dénuée de charme d'un prolongement de leur passé d'étudiants, située dans un temps indéterminé où ils auraient tous deux entre vingt-cinq et trente ans, et seraient en train d'enterrer à Paris les restes de leur vie de garçon déjà très compromise par un métier ennuyeux et des épouses charmantes mais absentes et ennuyeuses elles aussi.

« Rien à dire : après l'Amérique, on *respire* ici. Je ne suis pas encore tout à fait américanisé, comme le sont la plupart de nos chers compatriotes, mais d'ici dix ans — tu verras. Diablement fort — l'air du pays !... Et ce n'est pas, crois-moi, un amalgame hétéroclite de cultures européennes abâtardies tant bien que mal digérées à la sauce anglo-saxonne... C'est le Grand Large, l'Aventure humaine défiée et mécanisée, une Race, mon cher, le seul pays au monde où l'on puisse vraiment parler de Race ! »

— Paradoxe, non ? »

— Bien sûr, Vladia mon frère, est-ce que tu crois que je t'ai retrouvé pour autre chose que pour le plaisir de ranimer les cendres presque froides de nos délirants paradoxes d'autrefois ? La Race sur le plan biologique la plus forte, celle des grands aventuriers et capitaines d'industrie, et de tous les indomptés, et des persécutés qui ont su dire non et ont choisi l'action plutôt que le martyre inutile. Des têtes brûlées, des rêveurs qui ont su vivre leur rêve, et des Stenka Razine et des Cartouche, et des Avvakoum et des Savonarole, et des Théodora (n'oublions pas leurs femmes !) — la race des affamés de puissance auprès desquels le petit Julien Sorel et le jeune Rastignac font figure de têtards dans un bocal... Car n'oublie pas, la loi de la sélection naturelle a été féroce, seuls survivaient les moins scrupuleux, et les plus malins et les plus rapides, et les plus avides et les plus fanatiques, race terrible. Et je te dis qu'ils n'ont peut-être pas encore trouvé les *formes* de leur civilisation, mais l'*esprit* y est, et ça donnera quelque chose de grand... dans cent ans peut-être ? Je préfère notre tendre et subtile décadence occidentale, mais question de goût... »

— Tolia, de quoi parles-tu avec ta femme ? »

— Elle est cultivée à sa manière. Elle aime la musique. Nous recevons beaucoup, tu sais là-bas c'est la vie sur la place publique. »

— Cela ne te change guère de la tradition russe. »

— Pas pareil. Le Russe est sociable par laisser-aller et facilité d'humeur. Chez l'Américain — tout est combat. »

— Ne te laisse quand même pas dévorer. »

... — Ta Béatrice se fait attendre. » Ils sont devant la bouche du métro de la station Vavin. « Elle doit être en train de se faire belle pour t'éblouir. »

— Au fait, et son nom ? Pas Béatrice ? »

— Victoria. Victoire. Victory. Niké. Sieg. Vittoria. Pobiéda. C'est beau, hein ? Pobiéda Alexandrovna ? Tu sais que j'ai le trac ? »

— Tiens, pourquoi ? »

— C'est la première fois que je la présente comme... comme une Béatrice, si tu veux. »

Tolia en est touché, et le dit.

Et il est tout de même saisi, et sans se l'avouer choqué, par le visage candide de la belle blonde, par son corps délicatement sensuel, ses longues mains presque enfantines. Elle sourit, hésitant entre la timidité de l'adolescente face au monsieur mûr, et une affectation de coquetterie mondaine et adulte. Elle a mis un petit tailleur bleu roi avec jupe « en forme », un chapeau de toile blanche assez ordinaire mais orné par elle de faille bleue, et tente de paraître aussi vieille qu'elle le peut. Un peu de rouge corail maladroitement appliqué sur des lèvres pleines — de ces douces lèvres fermement dessinées mais gardant un reste d'émouvante mollesse, et dont on dit qu'elles sentent encore le lait. Anatole pense (comme Boris l'avait pensé) « ce n'est pas de jeu ».

Au bar *Dominique* ils mangent des blinis au caviar, au saumon, à la crème, et vident quelques verres de vodka, perchés sur les hauts tabourets devant le comptoir. « Vas-y, Béatrice, reprends du caviar, c'est le riche Américain qui règle l'addition... Tu as l'honneur de nous inviter à notre première sortie en public, Tolia, ça s'arrose, hein ? Victoria si tu savais à quel point ton voisin de gauche est un garçon extraordinaire j'en serais jaloux... »

— Dis donc, tu es vexant — tu crois que mon physique ne plaide pas suffisamment en ma faveur ? » Tous trois rient, lancés sur la pente facile de la plaisanterie légère et oubliant peu à peu leur gêne grâce à l'effet bénéfique de l'alcool.

« ... Si j'avais pu imaginer, même de loin... effondré et foudroyé mon vieux, tu nous as tous battus à la course, et de dix longueurs d'avance. Mais dites-moi, mademoiselle Victoria, par quel miracle cet individu a mérité ?... »

— Ah ! soupire-t-elle, tous les goûts sont dans la nature. »

— Tu vois comme elle me traite. Tolia, franchement, suis mon exemple, et nous émigrerons tous les quatre à Tahiti ! Tant qu'il n'est pas trop tard. » Victoria pouffe. « Trop tard pour qui ? » — Impitoyable. Elle est impitoyable. Je vais commencer à me teindre les cheveux. » Elle, avec une douceur inattendue, passe un instant sa main sur la tempe de Vladimir où une vingtaine de cheveux d'argent frisottent parmi leurs frères noirs.

— J'attends avec impatience qu'il ait des moustaches *blanches comme neige.* Il se fait tout une montagne de son âge. »

— Oh non. Je fais semblant. »

— Rien de plus ennuyeux, dit Tolia, que d'être en tiers avec deux amoureux, vous resteriez là à marivauder jusqu'à demain. » — Quoi, le spectacle n'en vaut pas la peine ? Viens, maintenant c'est moi qui vous paie une tournée au *Dôme*. »

En entrant au *Dôme* ils sont happés au passage par Hippolyte Berséniev, assis sur la terrasse couverte en compagnie de sa muse du moment, Hélène Andréevna Dolinsky, dame de quarante ans environ teinte en auburn incandescent, fardée de blanc comme un Pierrot et posant de façon anachronique à l' « âme slave ». Hippolyte, lui, à cinquante-huit ans, s'est affiné et ratatiné ce qui lui donne un visage de renard famélique. « Ah ! ce *cher* Vladimir Iliitch ! Vous délaissez le *Sélect* ?... Mais comme la charmante Tatiana a grandi, je l'ai vue guère plus haute que cette chaise, à la mémorable réception chez votre beau-frère !... » Il est plus fasciné qu'il ne veut le paraître par la fausse Tatiana, et, apprenant qu'Anatole Rubinstein est américain, se met à parler de Dos Passos.

Hélène Andréevna mordille sa cigarette et se dit que la blonde n'est certainement pas la fille de Thal. « ... Ce que Roosevelt pense de la guerre d'Espagne ?... » — Vous en savez plus long que moi, ici vous êtes beaucoup plus politisés que nous — voyez, je dis déjà 'nous'. » — C'est ce que je trouve admirable ! La générosité de ce pays où l'homme est citoyen à part entière, s'il y vit et y travaille... alors qu'ici même l'Auvergnat et le Breton sont des étrangers. »

— Non, il n'y a pas d'étrangers à Paris... tout homme a deux patries, comment dit-on ? son pays et la France ? son pays et Paris, plutôt ?... » Victoria pouffe de rire, pensant naturellement à la chanson de Joséphine Baker, Vladimir l'imite, il est secoué par un fou rire contre lequel il lutte en vain — en vertu de cette docilité quasi mécanique de l'amoureux qui épouse, en les amplifiant, les moindres sautes d'humeur de la bien-aimée. « Vous deux dans votre coin », dit Tolia, et il se rappelle que le monsieur à nez de renard a pris la blonde pour une des filles de Thal, et se mord la lèvre.

Oui, dit Hippolyte Hippolytovitch, je m'en souviens — comme il l'amenait à mon bureau, chez Payot — quelle fille superbe est elle devenue ! A présent, elle semble tenir de son oncle maternel... Vous le connaissez déjà, Anatolyi Marcovitch ? Un phénomène !... Enfin, je lui tire mon chapeau. » Vladimir, sentant sur le bout de son pied la pression, rien moins que caressante, d'un talon pointu, se demandait comment Victoria souhaitait qu'il réagît. Partir ? Parler ? Hippolyte était bavard. « ... Un homme digne d'être américain, dans la bonne lignée des cireurs de chaussures qui deviennent patrons d'usines à milliers d'ouvriers... » — Oh ! n'exagérez-vous pas un peu ? Songeriez-vous à faire de lui le héros d'un roman ? » — Mais... excellente idée, Vladimir Iliitch ! Je n'exagère pas, je fabule. Transplantés hors de leur milieu certains êtres développent des talents qu'on n'eût jamais soupçonnés — et figurez-vous, Anatolyi Marcovitch, un jeune étudiant, famille d'universitaires tout ce qu'il y a de plus distingué — entre nous soit dit, le père, Lev Lvovitch était un village à la Potemkine, plus de façade que de fond — je vous demande pardon, mademoiselle Tatiana... »

Sentant le talon lui écraser décidément les orteils, Vladimir se vit obligé de couper la parole à son ex-employeur. « Ecoutez : désolé du malentendu, nous n'avons pas fait les présentations en règle, bref mademoiselle que voici n'est ni Tatiana ni ma fille. » Confusion, présentations et serrements de mains, puis nouveaux serrements de mains pour les adieux. Le trio se retrouve dans l'éblouissement des lumières nocturnes.

« ... N'est-il pas temps, demande Victoria, que je prenne à la gare de Meudon-Val-Fleury le train de onze heures dix ? » Elle est sarcastique, presque amère, et semble oublier la présence de Tolia. Ou plutôt, elle s'en souvient pour se montrer plus amère encore. « Tu crois

que ce vieux raseur méritait d'être détrompé ? » Elle
dit : « Oh ! il n'est pas vieux », sur le même ton
sarcastique.

Au coin de la rue A.V. ils s'embrassent plus ou moins
comme père et fille, ne pouvant faire autrement en
présence d'un tiers. Puis les deux hommes descendent
les marches de la gare de Pont-Mirabeau.

— Eh bien ?... » — Eh bien !!! » — Je ne te demande
pas ton avis. » — Et ne te le donne pas. »

— Vraiment pas ? » — As-tu un passeport pour
Tahiti ? »

*

Tatiana Thal avait une excellente raison pour ne pas
voir au lycée son amie dont le fantôme passait chez
elle, Tala, presque toutes ses soirées. Le père Klimentiev croyait cela : Tala est malade, il faut bien que je
lui porte mes notes de cours. A Gala elle disait : papa
n'est pas bien, il faut que je rentre m'occuper de lui.
Décidément les maladies sont une bénédiction, mais
celle de Tala était vraie ; elle avait pris froid dans la
nuit du dimanche. Angine à ne pas pouvoir parler,
fièvre, abattement, cachets d'aspirine, ouate Thermo-
gène, boissons chaudes du matin au soir portées au
premier étage tantôt par grand-mère tantôt par grand-
père.

Recours des cœurs lâches. Je n'ai pas la force de haïr
et je n'ai plus personne à aimer. Oh non, je les aime
tous, comme la bonne petite fille que je suis, je joue
mon petit rôle dans ma petite vie, pour ne pas leur
faire de la peine. Dans un demi-sommeil brûlant elle
réclamait de temps à autre Gala. « Je ne veux que
Gala. » — Mais elle est au lycée, ma chérie. » — Quand
reviendra-t-elle ? »

Maman, entre deux ménages, passe en coup de vent,
les yeux étirés comme si l'on avait mis du plomb

dedans. « Tu brûles ». Elle trempe et retrempe un mouchoir qu'elle pose sur le front de Tala. « Est-ce que tu vas prier pour moi, maman ? » La voix faible est juste un tout petit peu ironique.

... J'ai peur de m'endormir et de délirer. Une peur trop consciente la forçait à vouloir évoquer les images affreuses, pour les épuiser et les rendre inoffensives. Et elle finissait même par y trouver un sombre plaisir, je me damne, je me damne, j'ose ce que personne n'a jamais osé, *et des crimes peut-être inconnus aux Enfers.*

Que diras-tu mon père à ce spectacle horrible ?
Je crois voir de ta main tomber l'urne terrible.
Je crois te voir cherchant un supplice nouveau
Toi-même de ton sang devenir le bourreau.

et son père la punit cruellement parce qu'elle a osé être une femme damnée et lui préférer les baisers perfides d'une fille à la trop belle bouche. O il a eu raison, il me l'a prise il a cherché le supplice nouveau, il sait ce qu'il fait.

Il est Père. Et quand même par volonté de me venger j'imaginerais les visions les plus terribles, moi seule en serai salie car ce nom de Père le protège et tout le mal retombe sur moi... Lui qui tient l'urne fatale, il l'a laissée tomber. Voici, je l'ai vu, défiguré, dénudé, son visage à nu, « ivre du vin de la vigne », il a bu, il a bu, il boit, pas comme monsieur Klimentiev, il boit son cœur à elle, mon cœur à moi — non, son *corps* à elle, pourquoi nous dit-on qu'il y a tant de honte dans le corps, c'est si peu de chose, une « guenille » et pourtant tout est là-dedans, je ne surmonterai jamais cette honte.

Le matin, il se penche sur elle — inquiet — comment te sens-tu ? « Oh ! beaucoup mieux. Bien, même. » Devant lui elle parvient à retrouver un regard clair, car elle sait que sa maladie est un peu jouée, lui parti à son travail elle sera libre de se laisser aller à des rêves cruels. Avec de l'aspirine, des grogs, et les tournoiements d'étoiles rouges sous les paupières pressées par les doigts.

Gala arrive à cinq heures. « Tu peux faire ton problème d'algèbre ? » — J'essaierai. Non. Trop fatigant. « ... Et la fille K. ? » — Elle m'a dit de t'embrasser. Et qu'elle voudrait bien venir te voir mais son père a besoin d'elle. » Tala part d'un rire volontairement grotesque, et sinistre car il est caverneux comme un râle. « Ha ! ha ! ha ! ha ! *son* père, trop drôle. Elle s'embrouille dans ses adjectifs possessifs. » — Oh ! tu es courageuse, dit Gala, avec sa naïveté grave. Mais ne ris tout de même pas de ça. » — Je ris, je ris, je ris, vive l'amour. » — Tu délires. » — ... Gala, qu'est-ce que nous allons devenir ? Nous sommes seules à savoir, n'est-ce pas ? »

La petite Tala est un ange. « Il ne faut *surtout* pas inquiéter papa. » « Grand-mère, dis à papa que je vais bien. » « ... C'est si important pour lui de sortir avec son ami Tolia. » « Je ne veux pas qu'il s'inquiète pour moi. » Comme il est *facile* de jouer à l'ange. D'ailleurs je n'ai fait que ça toute ma vie. D'ailleurs tout le monde trouve si touchant son amour pour papa. Et l'amitié de papa pour Tolia. Et qu'est-ce qu'il raconte à Tolia ? qu'il reste auprès de sa fille malade ?

O je suis scandalisée, scandalisée, comme on dit dans les Evangiles, la meule de moulin au cou, et il eût mieux valu que cet homme-là ne fût jamais né ! (ô pardon... d'avoir pensé cela). Et qu'est-ce qu'on dit de ces filles-là ? Des chiennes.

Chienne. Petite chienne couchante. Mon Dieu comme tout est banal et vulgaire, on croit qu'elles ont quelque chose dans la tête et tout ceci n'est qu'une sauce pour faire passer le plat principal devinez lequel mesdemoiselles. Amour amour amour, les chansonnettes de Jean Sablon. Les hommes... comme en parlent les dames bavardes. Ils ne pensent qu'à ça. Et peut-être Tolia (tiens, je ne l'ai pas encore vu, le fameux

433

Américain auteur d'opéras jamais écrits) est-il complice ? Et s'il s'est trouvé *aussi* une « petite amie » dans le *Gay Paris ?* Et ils sont tous comme ça ? et tout le monde le sait et le cache aux pures petites filles ? et l'oncle Georges, et Boris (au moins il est franc) et qui sait, le père Piotr ?... allons-y, voilà le père Piotr qui enlève sa soutane et sa croix d'argent, pour...

La nuit du jeudi à vendredi elle a fait un cauchemar. Papa était mort. Couché sur un grand catafalque tendu de noir, sans coussin sous la tête, et cette tête renversée en arrière, la pomme d'Adam le menton et le nez saillant comme trois pointes. La bouche entrouverte et les yeux fermés enfoncés dans le crâne au milieu de cernes noirs. Dans ses cheveux emmêlés les cheveux blancs se multiplient à vue d'œil, et peu à peu sa tête blanchit, et quelqu'un dit : oui cela arrive, sur le cadavre les cheveux vivent encore, voyez même des poils de barbe blanche apparaissent au menton. Une sorte de moisissure.

Tout le monde s'agite, parlant à voix basse, on s'inquiète des « trois cierges », il faut absolument les trois cierges, Tala les apporte sur un triple chandelier, ses mains tremblent, les flammes vacillent et à travers les larmes elle les voit se fondre en une insoutenable lumière.

Mais on (qui ?) la regarde avec horreur, en apportant ces trois cierges elle a rendu la mort de papa irrémédiable, les « trois cierges » portent malheur, Ils pleurent, ils pleurent, la voix de Marina Tzvétaiéva clame : *Pleurez !... Pleurez sur l'ange mort !* Il était un ange et je l'ai fait mourir. Il s'enfonce peu à peu dans le catafalque, il ne reste plus rien de lui. Vide, vide, une place vide, elle se met à hurler et se réveille.

Il fait encore noir. Gala est près d'elle, la secoue. « Tu as fait un cauchemar ? » Une porte s'ouvre, papa en pyjama traverse la pièce, dans sa main une allumette dont il protège la flamme avec les doigts de l'autre main. « Taliouche, Louli, voyons... » Les doigts brûlés, il fait craquer une autre allumette, et Gala trouve le commutateur de la veilleuse. « ... Un cauchemar ? »

Elle fait semblant d'être encore endormie. « Ah... quoi ?... je ne sais pas, je ne me rappelle rien. » — Non, son front n'est pas très chaud. » Il se penche pour l'embrasser, et, sans l'avoir prémédité ni voulu elle le repousse, étouffant un cri, et retombe sur l'oreiller, feignant le demi-sommeil.

Je l'ai tué, pleurez sur l'Ange mort. Une fille normale se fût précipitée dans ses bras, joyeuse de le voir vivant. Trop tard, il est reparti.

La situation d'un homme qui fait des promesses sans avoir réfléchi aux moyens de les tenir n'est jamais réjouissante. Vladimir avait tenté une manœuvre d'approche auprès de l'obstacle principal ; sans grand résultat.

Le vendredi, il avait fait semblant de ramener la jeune Victoria à la maison, encore une fois à cause d'un retard de train, comme si rentrer à minuit et demi était beaucoup plus dangereux que rentrer à onze heures et demie. « Vous nous excuserez, nous abusons vraiment de la gentillesse de votre fille... » et cette fois-ci il avait forcé la main à Klimentiev, ou plutôt forcé sa porte, il avait pénétré en tout bien tout honneur dans cette pièce tristement éclairée qu'il connaissait trop bien. Victoria posait son cartable sur une chaise et piquait deux baisers rapides sur les joues de l'homme.

« ... Ma femme a quelques remords ; elle croit que nous l'accaparons trop, vous savez ce que c'est, les amitiés scolaires... » — Bon, asseyez-vous, dit Klimentiev, qui, fatigué, a lui-même envie de s'asseoir. Je n'ai rien à vous offrir à cette heure-ci, excusez... » (Tant mieux.) L'homme a bu, et bu pas mal, mais tient la boisson. Il est un peu pâle, les paupières agitées de tics, et tente vainement de reboutonner une veste de pyjama où manquent trois boutons. « Du vin rouge, peut-être ? » cela dit du bout des lèvres, avec l'angoisse du buveur qui craint de voir diminuer sa réserve de vin. « Non, merci, rien. » Victoria s'adosse à la fenêtre et les surveille tous deux de son œil de faucon ; pas très rassurée.

« ... J'ai craint, à vrai dire, que vous ne teniez pas à encourager cette... amitié. » Phrase stupide, car qui empêche l'homme de répliquer : dans ce cas, l'aurais-je laissée venir chez vous ? mais Klimentiev est intimidé par un *monsieur* instruit, et ne songe pas à se montrer légitimement insolent.

« ... Pour tout vous dire, heu... Vladimir Iliitch, n'est-ce pas ?... c'est moi qui devrais être gêné. Voyez-vous : une fille sans mère. C'est dur pour un homme seul. Tant que la défunte était là, j'étais tranquille. »

Tout en se sentant le dernier des salauds, Vladimir hoche la tête d'un air entendu. Klimentiev est ce soir-là d'humeur bavarde. « Vous êtes comme moi : des filles. Ici à Paris : pas comme chez nous. Quels exemples ?... tenez, je ne devrais pas le dire devant la petite, tous ces gars et ces gamines, encore du lait sur les lèvres et qui, pardonnez-moi, s'embrassent dans le métro ou en pleine rue... Chez nous ça ne se faisait pas, vous le savez comme moi.

« Vica est une bonne petite, rien à craindre. Mais ici, dans le quartier... des Françaises qui Dieu me pardonne préfèrent à quinze ans déjà les garçons aux filles. C'est pourquoi le lycée est bon. Les études, c'est sacré, pour elle. Mais ça a envie de s'amuser quand même, à cet âge que voulez-vous ?

« ... Bon, cette amie qu'elle a, la fille de l'épicier, Blancha qu'elle s'appelle — vingt ans, et déjà mariée, et les amies mariées, comme vous savez, ce n'est pas bon pour les filles. Alors — chez vous — une maison russe, une famille... Pour une fille sans mère ça compte beaucoup. »

— ... Bon, dit Vladimir, vous me rassurez, je craignais d'abuser. » Il est tard, il n'a plus qu'à aller passer la nuit chez Goga, d'ailleurs cette fois-ci il avait prévenu les siens.

... Pas si terrible que cela? Voire. L'homme a de petites étincelles sauvages qui lui passent de temps à autre dans les prunelles sans raison apparente. Confiant à vous faire rentrer sous terre de honte, mais selon toute vraisemblance un baril de poudre.

Bien content de laisser sa fille traîner jusqu'à onze heures du soir chez des gens qu'il ne connaît pas. Elle aurait pu tomber plus mal, belle et sensuelle comme elle est, et assez fine pour mener par le bout du nez cet abruti qui ne cherche qu'un prétexte pour dormir sur ses deux oreilles. Mais allez donc lui dire : monsieur, votre fille aurait pu tomber plus mal ?...

III

EXÉCUTIONS

Donc : exécution. Exécution. Vladimir se rend compte qu'il est un seul être au monde dont il ne pourrait pas (il faudra bien, tout de même ?) ne pourra pas, rien à faire, il ne peut même pas l'imaginer, affronter le regard : son fils. Le fils à maman, l'enfant buté et faussement dur, la filiforme réplique de Georges — et à quel point il tenait à ce garçon il le comprend pour la première fois, car dans la vie de famille l'amour reste diffus, indécis, sollicité par trop d'objets à la fois, on s'y perd.

Myrrha. Depuis des mois, des années peut-être, ils ne s'étaient pas *parlé* — cœur à cœur, seul à seule des heures durant comme on le fait entre amis. Manque de temps. Parents ou enfants ou amis toujours en tiers, ou encore la peinture, ou encore le bon Dieu... La Femme forte de l'Ecriture ? une drôle de femme forte qui plie, se tait, s'efface, prend sur elle. Et le jour de sa Fête où elle avait tout d'un coup explosé, et jeté sans compter les feux d'arc-en-ciel de ses diamants à cent carats, elle n'avait réussi qu'à attiser dans le cœur d'un homme une passion sans retour pour la petite rivale sombre assise au bout de la table.

— J'ai demandé congé pour cet après-midi, Myrrha. J'ai à te parler. » Les parents sont chez Marc, les enfants au lycée (Tala est guérie). — Parler ? » Elle prend peur, ils ont peur tous les deux. Ils s'installent, elle sur le divan, lui sur une chaise à deux mètres d'elle. Ils allument des cigarettes.

— Tiens, tu veux le cendrier ? » Elle pose la petite coupe de terre cuite sur le divan à côté d'elle.

— C'est grave ? C'est au sujet des enfants ?... De Tala ? »

— Attends, ne nous rendons pas les choses plus difficiles. Tu ne t'es aperçue de rien, ces derniers temps ?... » Elle a son petit pli perplexe entre les sourcils, elle réfléchit. — Je ne sais pas. J'ai des 'antennes' comme on dit, mais elles ne sont pas bien connectées avec mon cerveau. Pardonne-moi, je suis distraite par tempérament. »

— Myrrha, j'aime une autre femme. »

Elle ouvre la bouche, oublie de la refermer, se reprend, serre les lèvres, redresse son dos comme une élève qui se tient mal et qu'on rappelle à l'ordre.

« ... Je n'ai pas très bien compris... » parole stupide pense-t-elle, car ce qu'on lui avait dit était d'une admirable simplicité. Du reste on le lui fait observer, avec douceur :

— Ce n'était pas très difficile à comprendre. »

Elle happe l'air de ses lèvres brusquement engourdies. « Oh oui, bien sûr. Bien sûr. »

Il semble en attendre davantage, et elle demande :

— Et, donc, tu veux ta liberté ? » Comme elle l'a dit, pense-t-il, exactement comme si elle demandait : donc, tu préfères que j'achète du poisson ?... — et ceci non par volonté de faire face, mais par incapacité de trouver le ton convenable pour une situation aussi inhabituelle. Mais, sous le ton banal, la voix rend un son étrangement creux.

— Myrrha. Essayons de nous expliquer — » O les hommes et leurs explications. *Männer*. Au fond, j'aurais dû deviner. A mi-voix elle demande :

— C'est Victoria ? »

— Bien sûr. »

440

Et elle va, s'efforçant de marcher droit, vers le réchaud à gaz, pour prendre la boîte d'allumettes et allumer une autre Gauloise. Mais elle règle mal son souffle, aspire à contretemps, et, suffoquée, se met à tousser, à tousser jusqu'aux larmes, « Oh! quelle saleté, quelle saleté, ces allumettes soufrées! » de colère, elle jette la boîte, et pleure.

— Fais pas attention, Milou. C'est le choc.

« ... Oui, j'aurais dû deviner.

« C'est... c'est une fille bien, je crois. » Et elle vient se rasseoir parmi les coussins du divan, tirant de toutes ses forces sur une cigarette à demi abîmée par les larmes.

Sans avoir jamais douté de l'amour de sa femme, Vladimir ne s'était pas attendu à la voir aussi désemparée ; en fait, il s'était jeté à l'eau sans s'attendre à rien de précis. « Myrrha. C'est terriblement pénible pour nous tous, mais si je pouvais t'expliquer... »

— Mais j'ai compris, Milou. »

— ... Parce que cela peut avoir l'air de quelque chose de — disons — vulgaire, mais c'est un sentiment authentique... »

Elle murmure : « J'en suis sûre. »

— ... Et si je pouvais seulement éviter de tout casser, après tout ce qu'il y a eu entre nous et tu sais que je n'ai jamais mérité une femme comme toi. »

Elle hausse les épaules, il est presque content de ce mouvement d'humeur. Et qu'y a-t-il à expliquer sans s'enfoncer dans la pire muflerie ?

Myrrha finit par demander : « Mais, *pratiquement*, qu'est-ce que tu penses faire ? »

— Aller loger ailleurs. »

— Ah... » là, elle commence à se raidir de plus en plus dans l'effort pour ne pas perdre sa dignité. O s'il pouvait s'en aller.

— Ce sera dur pour les enfants. »

— C'est ce qui me tracasse le plus. »

Le plus. O vive la spontanéité !... Il a raison, le vrai drame est là. Pierre surtout. Trop jeune. Elle se lève, regarde sa montre. « ... Oh excuse-moi. C'est l'heure de Madame Vogt, je suis déjà presque en retard... c'est idiot. Nous en reparlerons ce soir, tu veux, nous chercherons à faire pour le mieux... » Affairée, contente à l'idée de s'échapper, elle retrouve presque une voix naturelle, oui, juste un peu essoufflée.

— Myrrha. »

— Mais, Milou, ne te tracasse pas, nous réfléchirons, vraiment il faut que je file. »

Elle manque mettre son chapeau à l'envers comme Akhmatova le gant droit sur la main gauche (elle sourit presque à cette réminiscence), lance à son mari un regard qu'elle veut gentiment rassurant et s'enfuit — il veut la suivre, elle lui claque la porte au nez.

Chez Mme Vogt, dans la Grande Maison troisième étage, elle arrive presque en courant, et dit : « Je suis un peu en avance excusez-moi. » — Mais ce n'est rien, si cela vous arrange mieux, vous brosserez les tapis aujourd'hui, il n'y a que le couloir et la salle à manger à cirer. » — Donc, je commence par le brossage. » Elle s'arme du balai en paille de riz, de la brosse, de la pelle, et ses mouvements sont si rapides, dans leur précision quasi mécanique, que Mme Vogt lui demande si elle est particulièrement pressée ce jour-ci, si elle voudrait se libérer plus tôt... — Oh ! non, non, pas du tout alors ! » elle a un rire malgré elle amer. — Votre fille va mieux ? » — Oh oui, elle est allée au lycée. »

Mme Vogt est une dame relativement riche, son mari est ingénieur-chimiste, elle a une fille mariée et un fils qui vit encore avec les parents ; une personne majestueuse, droite, d'une froide bonté qui ferait croire qu'elle est protestante ; elle ne l'est pas, agnostique plutôt, mais le sang prussien est tenace. Elle est de ces émigrées qui sont fières, à bon droit peut-être, d'avoir toujours su rester du bon côté de la barricade — bref, d'avoir des femmes de ménage et non être femme de ménage elle-même — d'avoir su résister aux facilités morales d'une misère trop souvent considérée comme un alibi. Son mari avait su se montrer exigeant, s'imposer, il est vrai qu'il possédait un métier utile à la société.

La fille du professeur Zarnitzine est une personne consciencieuse et douce, qui ne profite jamais — comme le font certaines dames russes — de son passé bourgeois pour travailler mal. Il lui arrive de casser des tasses ou des bibelots, on ne sait comment, car elle est adroite, et elle s'en montre chaque fois surprise et désolée... « C'est *si* bizarre, ce doit être subconscient, chez moi je ne casse jamais rien !... » Depuis dix ans les objets cassés par Myrrha Lvovna sont pour la famille Vogt (entre autres familles) sujets d'affectueuses plaisanteries. Elle a reçu des Vogt un certain nombre de vieilles robes et de vieux manteaux pour ses filles. Elle les aime bien.

... Si même il arrive à Lydia Avgoustovna de se permettre une remarque au sujet d'un marbre de cheminée mal essuyé, elle le fait avec cet air de reproche triste que maman avait jadis pour ses bonnes finnoises... les Finnoises, de bonnes filles mais vraiment peu dégourdies. Un chiffon sur les cheveux, Myrrha se débat avec une poussière fine qu'il faut éviter de soulever, on brosse doucement, à coups secs, on la ramène sur la pelle — il y a bien un aspirateur mais il abîme les tapis délicats. Lydia Avgoustovna traverse le salon, son ouvrage de tricot à la main (sa fille attend un bébé pour juillet) — Oh, Myrrha Lvovna, il me semble qu'aujourd'hui vous brossez le tapis dans le mauvais sens... » Myrrha se redresse, toujours à genoux, si brutalement que la poussière ramassée sur la pelle s'étale sur le tapis. « Oh ! c'est le comble ! J'en ai assez, assez, assez ! je connais ce tapis mieux que vous, peut-être ?... » La dame recule, son long visage un peu gras aux lèvres fines pétrifié de stupeur, « Chère Myrrha Lvovna, qu'avez-vous donc ? Calmez-vous. »

— C'est stupide, pardonnez-moi. Rien. De... mauvaises nouvelles. »

— Je regrette... » Comme elle est froide. Elle se moque bien de mes mauvaises nouvelles. Il faut donner une explication de cette crise d'hystérie. « Une tante... de Russie. » Ce n'est pas un mensonge, puisqu'elle n'a pas de tante en Russie — ni ailleurs. — Oh je regrette. » Elle a roulé le tapis et se met à passer le parquet de la salle à manger à l'encaustique. Ces mouvements-là, plus violents, la calment un peu. Elle a tout fini presque avec une heure d'avance. « Que faut-il que je fasse maintenant ? » — Il y a une pile de linge à repasser dans le placard de la salle de bains. » — Merci. » Le linge à repasser. Les chemises d'hommes. Celles des miens sont plus souvent repassées par Tatiana que par moi — *aller loger ailleurs* — mais il est fou, il n'y pense pas, ça ne tient pas debout, que sera la maison sans lui ?

Après avoir fait ses trois heures et touché ses douze francs, elle décide de s'arrêter dans un café avant de se rendre aux Monuments Funéraires et Pompes Funèbres. Là-bas, ils ne sont pas à cheval sur l'heure, elle peut rester jusqu'à minuit si cela lui plaît.

Dans le café face à la gare, elle prend son paquet de cigarettes et demande au garçon un... voyons, n'importe quoi, un alcool. Cognac ? — Va pour le cognac. — Un apéritif plutôt, Madame ? Si vous voulez. Quelque chose de fort. » Pernod ? « elle se mit à boire... » j'ai toujours adoré l'alcool. Elle en boit deux coup sur coup d'un trait. Ça va mieux, je suis d'attaque pour astiquer mes cercueils et mes regrets éternels. O mon Pierre ô mon Pierre si je pouvais t'épargner cela.

O mes petites filles.

Je ne suis pas difficile. Sans préjugés. Nous en avons

444

assez vu pour savoir garder la tête froide. Je lui dirai :
Qu'il ait une liaison mais qu'il épargne les enfants.
Voilà ce qu'une femme doit dire. Il agit en égoïste. O
Regrets Eternels, A mon Cher Epoux, A notre Mère, A
notre Mère Bien-aimée, et voilà une plaque de Regrets
qui a reçu un coup, le marbre éraflé, pas par moi, non.

Regrets. Mais, mon pauvre Milou, qu'est-ce qui t'arrive ? Elle s'était promis de « réfléchir » et l'heure
avançait et elle réfléchissait de moins en moins. Elle
n'avait dans la tête que des pensées affreusement
banales et stupides, et en même temps elle était
comme dédoublée et un petit personnage malin quelque part à côté d'elle l'observait et s'étonnait de sa
stupidité.

Au milieu du jardin noir la large rangée de vitres
éclairées faisait une tache jaune et projetait un pâle
tapis orangé sur le gravier et les herbes. Et un bruit de
voix masculines irritées faisait trembler la porte mal
fermée. Le général Hafner et sa femme étaient là — et
les trois hommes discutaient âprement des droits des
Républicains espagnols et de ceux des Nationalistes.
Franco. Queipo de Llano — « La Pasionaria... mais
savez-vous *qui* est la Pasionaria ? *Légitimité !* et si un
mouvement de révolte avec appui de militaires se
déclenchait demain en Russie, les Soviets en devien-
draient-ils *légitimes ?* L'appui du fascisme ?... celui du
communisme vaut-il mieux ?... »

Le *peuple* espagnol s'était prononcé ! oui, librement !
Ne mélangez pas tout et ne nous ressortez pas votre
impossible rébellion militaire contre Staline, car, *justement,* il ne pourra jamais exister une telle rébellion
donc les situations ne sont pas comparables... Tiens, le
cher Milou est tout feu tout flamme, pour les Républicains espagnols et leur légitimité.

Myrrha s'attable devant une tasse de thé, à côté de sa
belle-mère — après le baise-main du général et le
sourire acide de la générale. « Mais tu n'as pas dîné.

Tiens, je te fais réchauffer le borchtch. » — Mais non, Tania chérie, je n'ai pas faim. Je suis confuse je tombe dans vos discussions enflammées comme un chien dans un jeu de quilles, excusez la métaphore boiteuse... Je vous en supplie continuez messieurs. » — Il était grand temps que tu arrives ! dit le beau-père. Ton époux prend de l'âge ma chère, il adopte le ton des bons esprits de la belle époque tzariste. » — Contagion, papa. Mais il y a une énorme différence, tu avoueras : aujourd'hui nous parlons de ce que nous savons. Je reprochais justement à Alexandre Ivanytch de se laisser gagner par cette espèce de manichéisme abstrait et gratifiant qui sévit chez les innocents intellectuels occidentaux... »

— Ne comparez pas ! s'écrie le général, notre manichéisme à nous est payé avec le sang de millions et de millions... »

O comme c'est gentil, se dit Myrrha, si noblement masculin.

... Il connaît l'adresse des Vogt et celle des Pompes Funèbres. Ces âmes tendres qui vous laisseraient brûler à petit feu sans lever le doigt parce que la vue des souffrances leur fait trop mal. Il cherche à noyer ses remords dans le bavardage : tu vois, Myrrha, je suis un *homme*, et capable de penser à autre chose qu'à mes problèmes sentimentaux.

La générale, perfide, lui dit : « Vous avez mauvaise mine, ma chère amie. » Car elle a cinquante-cinq ans et cherche désespérément à paraître belle, on prétend même que son amitié pour le maître de ballet, ami de son fils... *honni soit qui mal y pense* je n'en crois du reste rien, mais l'esprit des dames de Meudon me contamine par osmose. O chère, chère Véra Borissovna, soyez belle, soyez-le aussi longtemps que vous pouvez !

... Et il a toujours été ainsi, réfléchit-elle, négligeant égoïstement les malheurs de la guerre civile espagnole, il était l'homme disponible que les femmes guettent au tournant, le piège à mouches, miel et non vinaigre — l'homme qui ne trouve pas dans le lien conjugal ce qu'il serait en droit d'en attendre. Il n'est pas à blâmer. Il m'a toujours été fidèle. Aujourd'hui il me le fait payer. Tatiana Pavlovna l'attire discrètement vers le divan. « Myrrha, ma chérie, quelque chose ne va pas ? je ne t'ai jamais vue ainsi. » Ainsi, comment ? »

... On s'explique au lit. Le *lit*, quelle ironie. Un seul, et pas tout à fait assez large pour deux. La lampe allumée. — C'est pénible. Je sais que c'est pénible. » — Alors évitons cela ? » — Myrrha, tu as toujours voulu tout éviter, arrondir les angles, jeter les voiles, *least said...*; ce qui est une attitude noble et digne, mais qui finit par donner aux autres un terrible complexe de culpabilité... » — Je ne vois pas très bien, Milou... »

Il essaie d'expliquer que la vie qu'ils mènent actuellement n'est plus possible, « les enfants diras-tu — je ne compte plus les parents ils sont capables d'encaisser, à leur âge on a la peau dure — et pour Pierre surtout j'aurais aimé pouvoir mentir pendant des années, et me résoudre à toutes les humiliations, car si tu crois que ce n'est pas humiliant... »

— Depuis quand ? »

— Depuis dix-huit jours. Ça n'a l'air de rien mais c'est beaucoup.

« ... Est-il possible que nous en soyons là, à discuter si platement, quand ce qui nous arrive est quelque chose de si grave... »

— Ce qui t'arrive à *toi*, pas à moi. Moi, il ne m'arrive rien, Milou, il me *désarrive*... » Voyons, serais-je en train de me plaindre ? « Mais, dis-moi. C'est une question indiscrète, et, bien sûr, inutile. Tout de même : es-tu vraiment sûr de toi — et d'elle ? »

Il réfléchit. « *Sûr ?* » Et là, sa voix déraille sur une note si aiguë de tendresse heureuse que Myrrna pour la première fois de sa vie déjà longue commence à entrevoir ce que peuvent être les fameuses flèches de feu. « ... Comment saurais-je — pour elle ? Disons qu'elle croit m'aimer, c'est déjà énorme. »

Ce qui veut dire : elle m'adore, pense Myrrha — car elle sent qu'en dix-huit jours il en a déjà assez appris sur cette science d'amour jusqu'alors par lui ignorée qu'il devine que pour la femme bafouée l'image de la rivale amoureuse est plus cruelle encore que celle de la rivale aimée ; et qu'il essaie de la ménager, avec la générosité propre aux amants comblés.

Cette merveilleuse confiance que peuvent avoir les gens dans la sagesse des lendemains, les miracles de l'avenir... d'ici là « le roi, l'âne ou moi, nous mourrons ». Seulement mon cher, mon très cher ami, tu es pressé et espérons que personne ne mourra. Demain on rase gratis. Espérons que notre demain va d'une façon ou d'une autre traîner des semaines et des mois, car que me reste-t-il d'autre à espérer ?

Et il est assez ennuyeux d'avoir pour confesseur et directeur de conscience un ami intime — jamais Myrrha n'avait approuvé les dames pieuses qui cherchent à l'autre bout de Paris ou même à l'étranger des prêtres réputés pour leur haute spiritualité et entourés d'essaims d'adoratrices — les pères Untel ou Untel, moines de préférence, certains venant cinq ou six fois par an d'Angleterre ou d'Allemagne — érudits et inspirés et représentant chacun une école d'enseignement mystique strictement orthodoxe bien entendu mais très personnelle... « Moi, je me contente du curé de ma paroisse ». En découvrant la religion elle avait aussi découvert le bonheur de l'obéissance et de l'effacement intérieur. Elle eût parfois préféré que le curé de sa paroisse ne fût pas Pierre Barnev, mais elle n'y pouvait rien.

Elle était allée voir Pierre une heure environ avant les Grandes Vêpres du samedi. Et Nadia avait une fois de plus sa crise de désespoir. L'énergie et la constance de ce désespoir forçaient presque l'admiration : quelle âme il faut posséder, pour l'user ainsi chaque jour dans des paroxysmes de douleur qui eussent épuisé pour des mois une créature normale.

— ... Ah ! Voici la Femme Heureuse ! s'écrie Nadia, quittant le divan sur lequel elle s'était recroquevillée pour pleurer. La muse et la Madone. Comme tu as bien fait de venir ! Il leur faut un peu de contrepoids... Est-il possible qu'une femme soit heureuse à ce point ? N'as-tu jamais songé à l'anneau de Polycrate ? »

Le bonheur de Myrrha faisait partie des leitmotive dont se nourrissait la sombre humeur de Nadia.

Pierre, vêtu de son dessous de soutane en cotonnade grise, debout devant la petite glace de la cuisine, brossait et lissait ses longues boucles brunes ; il se préparait à l'office avec la raideur méticuleuse des militaires et des sportifs, taille bien sanglée, poignets serrés, barbe disposée en ondes régulières et parallèles. Et c'était lui qui, le plus souvent, repassait sa soutane.

— Tu voulais me parler ? » — En principe. Rien d'urgent. Après l'office peut-être. » Une fois en soutane et croix, il la bénit, puis l'embrasse sur le front.

— Je me demande ce que Myrrha peut bien avoir à confesser ? poursuit Nadia, reprise par un de ses démons mineurs. Elle n'a jamais su ce qu'est un péché. Elle est la femme dont le contact change les crapauds en colombes blanches. » Pierre, anesthésié par son immense lassitude, et plongé dans la récitation mentale des psaumes de préparation, ne dit rien.

— ... Ce que je dis est donc trop stupide pour mériter une réponse ? »

— Nadia chérie, dit Myrrha, je t'en supplie ne te moque pas. Tu vois devant toi la plus malheureuse des femmes. Vladimir me quitte. Aie donc un peu pitié. » Le seul être au monde dont la pitié puisse être implorée — en toute humilité et simplicité, car ses démons ont brûlé chez Nadia jusqu'aux traces des bonnes ou mauvaises hypocrisies sociales.

La femme oiseau finit par comprendre ce qu'on vient de lui dire. Elle vient vers Myrrha et l'embrasse. « O pauvre femme heureuse, qui donc aura pitié de toi ?... Tu me jettes cet os pour me consoler... c'est bien vrai, qu'il te quitte ? » — Mais que dis-tu là ? » demande Pierre, incrédule — comme s'il pensait qu'il s'agit en effet d'une boutade destinée à tirer Nadia de son état d'absence agressive.

Après l'office, dans l'église obscure où ne brûlent plus que les veilleuses multicolores et le cierge posé sur le lutrin du confessionnal, agenouillée sur le petit tapis brun aux pieds du prêtre, Myrrha essaie de parler au Christ invisiblement présent, et de lui expliquer comment par mille péchés involontaires elle en est arrivée à pousser au mal une âme pure, et à causer ainsi le malheur de ses enfants. Car les péchés involontaires, les péchés ignorés de nous-mêmes sont les plus graves, et elle la pécheresse Myrrha pareille aux pharisiens a passé son temps à lutter contre les mouches et les moucherons et à avaler des chameaux.

— Ne cherche pas à t'humilier par orgueil, enfant. C'est un péché. »

— Tu vois, Père, que je suis tout entière péché. Explique-moi. Dis-moi que les deux autres sont coupables, qu'ils ont commis une faute grave à mon égard, qu'il y a eu adultère, et qu'une femme jeune et belle me l'a volé parce que je ne suis plus ni jeune ni belle...

« Dis-le moi, Pierre, parce que je n'arrive pas à le croire et pourtant il faut bien que je le croie, sinon je serai dans le mensonge. Dis-moi ce que le Seigneur veut que je fasse, puisqu'Il est réellement présent ici entre nous. Je te croirai. »

— Essaie de lui faire entendre raison. C'est ton devoir. »

450

Et Myrrha savait qu'elle était absolument incapable de faire son devoir.

« ... Mais, Georges, j'accepterai *tout* plutôt que de ne pas les voir. Le ménage à trois, si nos mœurs chrétiennes le permettaient sans que cela choque les enfants !... Pourquoi ne sommes-nous pas musulmans ou chinois, et que l'homme n'a pas le droit de se prendre une 'petite épouse' jeune et agréable, puisqu'il paraît que vous en avez tous envie ? Une seconde épouse à quarante ans, et une troisième à cinquante ? A toi, ça ne te dirait rien ?... »

Elle était allongée sur le canapé Louis XV du salon de la rue Lecourbe, les chevilles croisées sur le mince accoudoir tendu de soie brochée bleu et or. « Le salaud, disait Georges. Le salaud. »

Installé dans un fauteuil, il avait poussé entre lui et sa sœur un guéridon sur lequel un seau à champagne se dressait entre deux verres GZ. « Ça s'arrose comme on dit, oui ma chérie, ça s'arrose, puisque nous adorons le champagne tous les deux. J'ai dit à mes femmes de nous laisser tranquilles. Tu peux rester jusqu'au soir, tu peux même coucher. Je fais sauter le bouchon, tu veux ?... »

— Oh oui... Oh ça fait du bien, tu sais. Georges, que je te raconte, ce matin donc je leur ai dit que j'irais tout droit chez toi après la messe. Il a eu l'air tout content.

« Cela fait... quand ? vendredi après-midi donc presque deux jours, et je suis encore tout à fait sonnée. Peut-être qu'à notre âge les réactions sont plus lentes ?... »

— Laisse notre âge tranquille. Tiens : à la tienne. Veuve Clicquot 1923. il est bon, ça ne saoule pas vraiment. » — Excellent. » Elle se relève, appuyée sur un coude, et contemple les savantes arabesques mates gravées sur le cristal scintillant. « Attends : jouons à inventer des noms : *Griselda Zingarelli. Godiva Zarte-*

451

sherz[1]... non — die *Grausam Zerrissene,* la cruellement déchirée, Georgik, trouve quelque chose de gai. » Sous le coup du chagrin elle était retombée en jeunesse et retrouvait les manières langoureusement mutines de ses dix-huit ans. Ces manières, entre elle et Georges, faisaient partie des cent langages chiffrés que les jumeaux s'inventent comme ils respirent.

« *Grober Ziegenbock* (bouc grossier), dit Georges, sombre. *Gsinistre Zlâcheur...* » — Tu triches, tu triches ! »

— Pour ne pas dire des mots que je n'oserais prononcer devant toi, ni même devant ma belle-mère. Veux-tu que j'aille lui casser la figure ? »

— Georges, trêve de blagues. Je suis vraiment très embêtée. »

— Mais ce n'était pas une blague. »

— Encore mieux. Je te l'ai dit : je ne suis pas fière. Pas comme Sacha. Je suis même amorale. J'accepterais le mensonge et le partage, et tout, et qu'il ne fasse pas ça aux enfants. Il s'est déjà trouvé une chambre — rue de la Convention, pas loin de l'église Saint-Christophe. »

— Bon... pas de casse-gueule. D'ailleurs je suppose que le père de la petite s'en chargera. A ta place je refuserais le divorce. »

Il croise les jambes et prend son visage d'homme d'affaires dur et pratique — et compte sur ses doigts : « *Primo :* ça le fera réfléchir un peu. *Secundo :* il t'estimera davantage, car tu l'avais trop gâté jusqu'ici. *Tertio :* il n'a peut-être pas aussi envie de divorcer qu'il le dit. *Quarto :* la fille perdra ses illusions et ne s'accrochera plus à lui... »

— O mon pauvre Georgik — vas-y, et *quinto* et *sexto* et *septimo* — il dit que c'est *très* sérieux. »

Georges se croise les bras, à présent. Avec un rire

1. *Zartesherz :* Cœur Tendre.

452

dur. « Mais je te crois, ma fille, que c'est sérieux !
Quand un gars de notre âge a la chance de s'envoyer
une belle mignonne, c'est même mor-tel-lement
sérieux. Il tue, il vole, il arrache le cœur de sa mère et
dit merci par-dessus le marché, mais tu ne connais pas
la vie. Ça ne dure pas. Au bout de six mois c'est fini. Il
te revient tête basse... »

— Je n'aimerais pas le voir revenir tête basse. »

— Bon, donne-lui raison. Et Pierre, tu y as pensé ? »

— Si j'y pense !!! »

Et tous deux reprennent du champagne, assis côte à
côte sur le canapé, dans des poses régulièrement
symétriques, verres levés, jambes étirées en avant, et
regardant la pointe de leurs pieds.

— ... Raisonnons, Mour. Je comprends que tu perdes
la tête, mais il ne faut pas. Je vois la situation. Je
suppose que cette petite l'a littéralement violé, car il
n'est pas assez salaud pour avoir fait les premiers pas.
Une fois le vin tiré, que veux-tu qu'il fasse ? Elle a...
combien ? dix-huit ans ! »

— Dix-sept. »

— Assez écœurant tout de même, mais comme je te
le disais : que veux-tu qu'il fasse ? Du sentiment.
Puisqu'il n'a rien d'autre à donner pour sauver la face ;
qu'il n'est ni jeune ni beau, ni riche ni célèbre — donc
c'est la passion fatale, parce qu'avec une fille de cet âge
un galant homme n'a pas le choix — mais dis-toi bien
que c'est là une de ces comédies que les gens se jouent
— déguisements, plume au chapeau, pourpoint de
velours, mandoline, bref tu vois Vladimir se promenant
dans Paris ainsi accoutré ? c'est bon pour le tête-
à-tête, mais il serait le premier désolé si d'autres que sa
petite amie le prenaient au mot. »

— Oh non, ce n'est pas si simple que cela, Georges,
tu simplifies toujours tout. »

— Mais il *faut* simplifier, Mour. Réduire au plus
grand commun dénominateur. On y voit plus clair.

Qu'un homme offre son cœur sur un plateau, c'est son affaire — vu que ce qui est en jeu n'est pas précisément le *cœur* — mais qu'il offre la vie de sa femme et de ses enfants parce qu'il n'a rien de mieux à donner... je ne passe pas pour un saint mais j'estime que c'est la plus belle saloperie. »

— Georges. Toi aussi tu tombes dans les mandolines — des phrases tout ça. De la convention sociale. Ne juge pas.

« Il aime pour la première fois de sa vie. Je le connais. Vois-tu, Georges, jusqu'ici. Tout dans la vie lui a été imposé, il n'a pas eu le choix. Ses parents, ses enfants — on ne peut pas vivre toute sa vie sur des amours qu'on t'a imposés de force... »

— Là, ma fille!... Tu me renverserais avec une plume (comme disent les Anglais). Et toi? Ses parents l'ont marié de force avec toi? »

— Oh! moi, oui, moi... » comme si elle se souvenait brusquement de ce détail. « Eh bien, quand j'y pense, moi aussi, Georges — je suis tombée sur ce garçon désemparé, seul, perdu dans la tourmente, révolté comme nous l'étions tous alors, et j'étais la première fille convenable qu'il ait rencontrée dans un moment de terrible solitude, il s'est accroché, il a cru que c'était de l'amour parce que nous étions jeunes. »

— Il a 'cru', comme tu y vas. Et qu'est-ce que l'Amour, je te le demande, sinon ce qu'on croit être l'Amour? »

— Justement. Je ne sais pas. C'est peut-être autre chose. »

La voilà, pense-t-il, qui se met comme une taupe à fuir dans des subtilités si sublimes qu'elles sont invisibles. Vaillant petit tailleur charitablement escroc, et le Roi est Nu. — Prépare ton rôle, ma fille, prépare-le bien, si toutefois tes enfants veulent te prendre encore au sérieux. A chacun sa vérité. » La princesse entre dans le salon, boitillant sur sa jambe raide et portant un carafon de vodka, des petits verres et des olives sur un plateau. « Ah bon, les mécréants, ils se sont déjà servis. Ne va pas te mettre à boire pour noyer ton chagrin, ma belle. » Elle dit « tu » à tout le monde, comme les gens de sa race, les paysans, et feu l'Empereur Alexandre III.

Elle écrase l'épaule de Myrrha de sa main en vieux cuir tanné. « Moi ma fille, je n'ai eu qu'un homme dans ma vie, et un bon. Et ça me manquait, le champagne — à hurler. Même du *samogon* je ne trouvais que deux fois par semaine. Mais le tien, Dieu merci, est vivant, alors pourquoi tenter la destinée ? Un *petit* malheur, je te dis ! »

— Tu parles d'or, dit Georges. Alors, vodka, à la russe ? » Sa sœur dit : « Appelons Sacha. » Sacha, debout, raide et sombre, vide deux verres coup sur coup en deux secondes. « Je l'avais prévu, quand elle dansait ici, en robe blanche : il ne lui a pas dit un mot de la soirée. »

— Je me demande, dit Myrrha, combien de gens ont 'prévu'. Même mes filles ont l'air de deviner quelque chose, moi seule suis stupide. A ma place tu l'aurais tué, Sacha ? »

— Ne te moque pas. Veux-tu que je te fasse les cartes ? »

— Surtout pas. J'aurais peur. »

— Je les ferai seule pour toi — tiens, touche cette dame de cœur. C'est toi. » Myrrha retire vivement sa main.

Des deux femmes, la jeune passe pour avoir un don des cartes supérieur à celui de la vieille. Debout devant la table, Sacha se met à disposer une *patience*. « ... Trouve-toi un autre gars — riche, sérieux. Il te paiera les études des enfants. Tu seras bien vêtue, tu exposeras dans une bonne galerie... » Sacha n'a pas l'habitude de parler si longuement. Sa voix est si monocorde que l'on se demande si elle donne des conseils ou jette un sort.

— Tu sais, dit Georges, que Nisboïm, celui qui est dans l'importation de fourrures, ferait n'importe quoi pour t'avoir ? » Myrrha trouve que la plaisanterie va tout de même un peu loin : la plaisanterie de Georges, revigorante, cruelle, puérile. La vieille Tzigane lui avait dit un mot si terrible qu'à présent tout lui est égal. « Le tien Dieu merci est *vivant.* » Eh bien qu'il fasse ce qu'il veut. De tout ce qu'il pourra faire je bénirai Dieu.

Mais comment feras-tu ? Dans leur chambre, il ramasse ses chemises, ses costumes, les quelques livres auxquels il tient ; un oreiller, une paire de draps, des chaussures, la couverture de coton (la plus mauvaise, naturellement) « ... Mais tu en auras encore besoin, jusqu'à samedi prochain ! » — Laisse, je fais le tri. » Il semble très, très absorbé. « Peut-être ce pouf ? de toute façon il lui sort du crin partout. » Une petite étagère à livres bancale jadis fabriquée par lui-même.

— Il y a de l'eau courante, là-bas ? » — Oui, sur le palier. »

— Et des volets ? » — Je n'ai pas regardé... J'achèterai un lit de camp aux Puces de la rue Mouffetard, dimanche. »

Cette façon de vouloir s'éclipser aussi discrètement que possible a quelque chose d'humiliant — pour lui, pense-t-elle, pour sa dignité d'homme à qui je n'ai pas su expliquer qu'il est dans son droit, que je ne tiens pas tellement à l'aumône de cette fausse délicatesse. « Mais ce *Guerre et Paix* est à toi ! » — A nous deux. J'aime autant que tu le gardes. »

Pierre passe en trombe : il faut traverser la chambre des parents pour entrer dans celle des enfants. « Tiens, tu déménages ? » parole lancée d'une voix distraite et rapide, il ne songe pas à ce qu'il dit.

456

— Je range. » — Et tu fais bien ! Avec votre éternel désordre... »

— Pierre, ne parle pas ainsi à ta mère. » — Je parlais de *toi* ! » Il a plaisir à provoquer son père, qui depuis quelque temps lui semble bien mou. Il ne veut pas de réflexions stupides sur la jeunesse moderne, entre dans sa chambre qui est celle de ses sœurs, et s'y enferme au loquet avec un *clic* brutal.

« Prends ce napperon. » Tatiana Pavlovna l'avait partiellement brodé dans des temps immémoriaux, pour apprendre à la petite Ania le point de croix. Les mères les plus détachées des biens terrestres ont leurs faiblesses. Un cadeau pour les treize ans de Vladimir. — Non. »

— Mais tu dois. » Il a une petite moue insouciante et triste. — Je vois d'ici la tête de maman. »

— Les chaussettes. Mais je les repriserai d'abord. »

— Mais non. Non vraiment. » Il les lui arrache presque des mains.

Mais quoi, c'est vrai ? se dit Myrrha, ce n'est pas un jeu, un caprice ? Nous jouons à croire que c'est une « aventure », qu'il veut se payer un ou deux mois de vacances, il y a droit il a toujours travaillé si dur, et l'on pourrait peut-être inventer pour les enfants une histoire quelconque — ah, tu t'enfonces maintenant dans le goût du mensonge, ma fille ?

— Mais — tu n'auras pas de table... » — J'en trouverai une aux Puces. » — Et la vaisselle ? »

Les objets triés sont soigneusement empilés sur le lit. « Je prends le cendrier rouge, tu permets ? » — Ecoute, Mi... Milou (curieux comme elle a du mal à prononcer ce nom, à présent) tu m'agaces avec tes airs de faux coupable, et ta façon de parler du bout des lèvres comme si tu enterrais quelqu'un. S'il ne tenait qu'à moi je te laisserais prendre tous les coussins et la couverture rayée et la potiche de cuivre...

« Mais enfin je comprends que tu veuilles repartir à

zéro, et tu t'installeras peu à peu et je suis sûre que ce sera très bien. » Elle s'arrête parce que sa voix flanche. Il est si loin d'elle, il n'écoute pas, il regarde le grand cendrier couleur de sang de bœuf, et le pouf dont s'échappe le crin, et les consacre et les transfigure et les imprègne de la présence future de son extraordinaire jeune fille, il est perdu dans un rêve bienheureux.

— Qu'est-ce que tu penses ? dois-je leur parler *avant* ou au dernier moment ? »

— A toi de juger. »

— Vois-tu... au dernier moment, ça fait un peu lâche, je fais mes valises et je m'enfuis. Le fait accompli. Mais pour te dire que je n'ai pas le trac... »

Donc, la grande scène pour le lundi matin. Au petit déjeuner.

... Car, d'un côté, annoncer la nouvelle *urbi et orbi* à cinq personnes réunies, donc forcées de faire bonne figure les unes devant les autres, est une facilité, et par ailleurs une action un peu ridicule. Mais prendre à part chacun séparément pour se lancer dans des explications qui auraient l'air de confidences indiscrètes... et recommencer avec chacun le même pénible déballage, les faire en quelque sorte tous passer au confessionnal, avec l'assurance que le premier informé aura déjà informé les autres, et aller au-devant d'affronts inutiles...

— Ecoutez-moi bien. Puisque ce matin nous sommes levés assez tôt pour ne pas avoir à courir aux trains... »

— Oui, quelle belle matinée, dit Tatiana Pavlovna. Les oiseaux faisaient un tel vacarme que je ne dors plus depuis cinq heures et demie. »

— Gala, surveille donc le lait, il va déborder », dit Ilya Pétrovitch qui a horreur du lait brûlé.

— Ecoutez, dit Vladimir, ce que je vais vous dire est assez grave. » Il se rend compte que seules les deux filles se sont redressées, pâles, les yeux grands ouverts.

— Grave ? dit le père, occupé à beurrer son pain. Ton travail ?... »

— Non. Je vais être obligé de quitter la maison. »

L'effet est immédiat et foudroyant. Tous sont pétrifiés mais le regardent comme s'ils avaient mal entendu. Tatiana Pavlovna finit par dire, d'une voix sèche et hésitante : « Explique-toi. Obligé, dis-tu ? »

— Je vais déménager dimanche prochain. »

— Mais... c'est du délire, dit le père. Qu'est-ce qui t'arrive ? »

— Papa. Je préfère pour le moment ne pas donner mes raisons. Mais vous pouvez être sûrs qu'elles sont respectables. Je sais que cela va créer une situation pénible pour tout le monde.

« Si, donc, je prends une telle résolution, j'espère que vous me connaissez assez bien... »

Comme il s'embrouillait dans son discours devant le silence médusé des cinq paires d'yeux, Tatiana Pavlovna demanda avec un petit rire bref et dur : « ... C'est une plaisanterie, n'est-ce pas ? »

— Maman. N'essaie pas de m'écraser par ta fausse ironie. J'ai dit à peu près tout ce que j'avais à dire. Et sois sûre, maman, que si je ne me couvre pas la tête de cendres, c'est parce que ce serait un spectacle ridicule et pénible, mais à quel point tout cela est dur pour moi *aussi*, tu devrais avoir la générosité de le comprendre. »

Silence. Ilya Pétrovitch s'éclaircit la gorge. « Mais enfin, Vladimir — tu nous prends par surprise — c'est une question qui devrait être discutée. »

— Mes enfants, dit la grand-mère, ne manquez pas votre train. » C'est un ordre. Naturel, prévisible et souhaitable. Froides et muettes les deux filles prennent leurs cartables et leurs chapeaux, et Pierre tourne vers sa mère des yeux de petit garçon apeuré. Gala le tire par le bras. « Allez tu viens, Pierre. »

— Oui, va, mon chéri », dit Myrrha.

... « Enfin, vas-tu nous *expliquer ?*... »

— Papa, ça a bien l'air d'une flèche de Parthe mais il faudra bien que je prenne le train suivant, on ne s'explique pas en vingt minutes.

« Je crois que moins nous en parlerons mieux ça vaudra. Myrrha sait à peu près tout. Une histoire aussi banale que possible direz-vous, et quoi que tu en penses, maman, la banalité n'est pas un crime en soi. »

— Ha ! ha ! Une femme bien sûr. Je m'en doutais. Depuis des mois. Je ne suis pas aveugle mon cher. Eh bien, nous n'avons rien à dire, tu es majeur. De mon temps je militais pour l'union libre. J'espère que c'est une femme sérieuse, mais ne t'attends tout de même pas à des bénédictions, et il me semble qu'avec la liberté et la confiance dont tu as toujours joui tu n'avais pas besoin d'en venir à ces décisions mélodramatiques. »

— Figure-toi, maman, que je ne suis peut-être pas seul en cause. »

— La femme qui exige cela est une *salope*. »

— Tania, Tania, dit le mari, voyons — laisse-le aller à son train, nous nous expliquerons ce soir... »

— ... Non, Iliouche, il lui reste encore cinq bonnes minutes. Alors ? tu penses, avec ton salaire, vivre sur deux ménages ? Ou bien la dame dispose d'une fortune personnelle ? »

— N'essaie pas de tout rapetisser et vulgariser. Cette question d'argent nous a suffisamment dégradés, depuis tant d'années, et nous la subissons par la force des choses, mais de grâce offrons-nous au moins le luxe de ne pas la faire intervenir dans les décisions vitales. »

— Comme tu y vas ! Tu veux peut-être que Myrrha entretienne seule tes enfants avec ses ménages ? »

Myrrha et son beau-père avaient sauté debout, mains en avant, comme s'ils pensaient que les deux autres allaient échanger des soufflets.

— Tania ma chère, nous en reparlerons, tu es encore trop émue. »

— *Emue ?* Pas le moins du monde ! Va mon garçon, ne rate pas ton train et rentre le plus tard possible. »

Depuis sa guérison Tatiana Thal avait changé de place, ce que tout le monde avait remarqué, une brouille entre inséparables provoque toujours la curiosité. Victoria Klimentiev était à présent la voisine d'Irène Sidorenko, et Tatiana Thal celle d'Hélène Bastide, et les grandes amies se disaient à peine bonjour. Victoria semblait peinée. « Mais qu'est-ce qui t'arrive, ma vieille ? qu'est-ce que je t'ai fait ? »

— Tiens ! J'étais malade à crever, et tu n'es pas venue une seule fois ! Je n'appelle pas ça de l'amitié. Tu craignais la contagion, peut-être ? »

— Mais je te jure, Taline. C'est à cause de mon père. Il rentrait tous les soirs avec une fièvre de cheval, je devais faire les grogs, les inhalations, tu sais comment sont les hommes ils ne savent pas se soigner. »

Elle était si naturelle. Ses yeux francs, l'insouciante bonté de ses lèvres, sa voix comme toujours convaincante et chaude. Et qui ne l'eût pas crue ? Tu auras trouvé ton maître en hypocrisie, ma fille. Je te méprise trop pour te donner prise sur moi. Je ne lance pas de coups d'œil équivoques, d'allusions méchantes, je suis la fille bonne et brave qui ne pense qu'à son bac, *beaucoup* trop pure pour avoir même des soupçons, mais choquée tout de même par l'égoïsme d'une amie oublieuse. « Mais vraiment vraiment tu es fâchée ?... C'est bête de ta part. » « Oh non, pas fâchée, même pas. Enfin, j'ai des problèmes personnels qui ne te concernent en rien. »

— Dis : on t'aurait raconté des choses sur moi ? » une petite lueur sournoisement inquiète dans les yeux bleu océan.

— Idiote, que veux-tu qu'on raconte ? » Par

461

moments elle oubliait. Ce n'était pas la même fille. Cette prostituée qui avec tant de rage se laissait embrasser les mains, cette fille indécente collée contre un homme comme si elle voulait entrer dans lui, cette fille débauchée — ces mains, ses mains sales que je fais de mon mieux pour ne pas toucher.

Mais ce lundi — après quelques jours de comédie froide et hautaine, quelle joie de se dire qu'on va bientôt régler son compte à l'amie perfide. Tant de phrases pensées la nuit, ruminées le jour au rythme des roues du train, au son monotone et sec de la voix du professeur, cette fois-ci, ma petite, nous ferons route ensemble à midi jusqu'au Pont Mirabeau.

« Alors ? Tu n'avais pas encore compris ? que je te ménageais, pas pour toi, tu penses bien... » — Je ne comprends pas, dit Victoria.

— Attends : dis-moi, qu'est-ce que tu faisais avec mon père l'autre dimanche le jour de la fête à Marc, dans notre maison ? »

Et elles s'étaient arrêtées au coin de l'avenue Mozart et de la rue de l'Assomption, balançant toutes deux leurs cartables à bout de bras autour des genoux, rouges toutes les deux, brûlantes jusqu'aux oreilles, l'une de colère l'autre de honte.

— ... Ah ! je t'ai eue, tu vois. Tu me croyais toute timide. Ton père, tiens ! Tu le soignais. Toi tu sais comment sont les hommes. Je n'ai pas honte, je n'ai plus honte de rien, tu es une voleuse, tu veux briser le cœur de ma mère, tu nous prends papa, il ne t'a pas suffi de le séduire... »

— Mais..., dit Victoria — mais tu dérailles ? »

— On ferme les portes, ma fille, quand on ne veut pas être vu ! Tu comprends maintenant ? » Victoria reculait contre le mur, devant une tête tremblante, tendue, effrayante — des yeux instables, brillants comme ceux des chats, et qui ne parvenaient pas à la regarder en face.

« ... O si tu savais comme je te hais ! La vie me dégoûte à cause de toi.

« Tu croyais que je n'oserais jamais rien dire. Tiens — ma sœur sait tout, elle te méprise autant que je te méprise. »

Elles marchent encore une centaine de mètres, le long de l'avenue Mozart, Tala comme une Erinnye déchaînée poursuivant son amie « O n'essaie pas de te défiler. Je vais te dire : tu t'es insinuée, tu t'es faufilée, avec tes manières flatteuses, et tu m'as joué la comédie de la Grrrande Amitié, et tout ça pour essayer de devenir la *maîtresse* de papa, parce que tu es une vicieuse qui aime les vieux... et le vice moi ça me dégoûte, et puis ose me dire que tu n'es pas, que tu n'as pas, ose me dire que tu n'as pas fait de choses sales et tu as profité de ce qu'on ne pouvait pas te soupçonner parce qu'il est vieux et marié... »

— A... attends, dit Victoria, Arrête. Arrêtons-nous à ce coin je vais t'expliquer. » Les mains derrière le dos serrées sur la poignée du cartable, elle se redresse, toute recul. Immobile. Elle a l'émouvante noblesse des cerfs traqués.

— Sois pas méchante, Taline. Je t'aime vraiment tu sais. Je vais te dire. »

— Et tu penses que je te croirai après tous tes mensonges ? »

— Dis. Qu'est-ce que tu crois ? Je ne suis pas une Messaline. C'est un grand amour. Je serais capable de mourir pour lui. Tiens : tu vois. » Là, elle lève la main droite, et la passe sur son front, sa poitrine et ses deux épaules en un lent et solennel signe de croix. « Tu vois : je jure que c'est vrai. Comme Roméo et Juliette, Tristan et Iseult... »

— *Roméo*, tiens, tiens ! Tu t'es trouvé un beau Roméo. »

Victoria dit, doucement : « Je pensais que tu l'aimais... »

— Idiote. Ce que tu peux être idiote. »

— Je comprends que tu aies de la peine, Talette, mais ne sois pas méchante pour lui. Il ne peut pas vivre sans moi. Il me l'a dit. Il m'a juré qu'il n'a jamais aimé personne au monde autant que moi. »

— Pauvre gourde tu crois ça. Tous les hommes le disent. »

Et Tala regardait cette fille désarmée, désemparée, belle par ce désarroi même qui alourdissait ses profondes prunelles bleues et plaquait des taches rouges sur ses joues. Et elle éprouvait une pitié méprisante et presque joyeuse, voilà ce que leur fameux « amour » peut faire d'une fille que l'on croyait forte.

— Tu crois ça parce que tu n'es qu'une pauvre gosse, et moi je te dirai : j'ai compris beaucoup de choses depuis cette fameuse journée. Voilà : tu n'es *sûrement* pas la première. Ni la dernière. Les enfants ne peuvent pas penser ça de leur père, mais je suis sûre que tout le monde était au courant.

« Et je te dirai aussi : je suis sûre qu'il n'aimera jamais que maman, et que le reste ne compte pas, de petites 'aventures', et maman lui pardonnera toujours. »

Victoria, un peu troublée tout de même, hochait la tête. « Oh non, tu n'y es pas du tout. »

Victoria rentrait déjeuner chez elle, et les enfants Thal prenaient leur repas de midi chez des amis de leurs parents, rue George-Sand. Du reste, ni l'une ni l'autre des filles ne pensait à manger. « ... Non, tu vois, disait Victoria, tu vois, au fond, j'aime autant. M'expliquer avec toi, parce que je n'aimais pas te mentir, je ne suis pas une menteuse. »

— Qu'est-ce qu'il te faut ! »

— Non, je suis franche *dans le fond,* et j'avais même essayé de t'expliquer, l'autre jour au Bois de Boulogne... »

`— Tu appelles ça expliquer, ton histoire d'agrégatif

en philo ? » — Je pensais expliquer *peu à peu*. Tu sais, je l'aimais avant de savoir qu'il est ton père, je le voyais passer dans la rue de la Convention, je trouvais qu'il ressemblait à Ronald Colman dans *Le Marquis de Saint-Evremond*. »

Tala eut envie de dire : quelle mentalité de midinette ! et ne le dit pas, cette fille devenait presque trop facile à accabler. Et ce mouvement de pitié amenait par contrecoup une amère pitié pour elle-même et pour sa folle amitié gâchée.

— ... Alors si je comprends bien tu venais chez nous pour lui, et tu me jouais les grandes amies à la vie à la mort. »

— Mais ne crois pas, Taline. Je t'aimais, je t'aime vraiment, je t'aimais encore plus parce que tu étais sa fille. »

— Merci. »

Devant la maison des amis de la rue George-Sand Tala s'arrêta et dit : « Bon, *finita la commedia*, je vais rejoindre mon frère et ma sœur... Bon Dieu !... Espèce de pauvre idiote. Est-ce que tu te rends compte de ce que tu as fait !? »

— Oh tu devrais comprendre, si tu aimais vraiment ton père tu comprendrais, tu ne sais pas comment il est... »

— Et toi tu as tout compris en trois semaines ? Et qu'est-ce qu'on sait de la vie, à notre âge ? il te raconte ce qu'il veut et tu marches. »

— Ecoute : c'est un préjugé. Il n'est pas plus vieux que moi. Je t'assure, il est même très jeune, qu'est-ce qu'on peut rire, ensemble... »

— Rire ! C'est le bouquet. Au revoir et merci. Je te souhaite de rire longtemps. »

Elle laisse se rabattre la lourde porte munie de la fermeture *Blount* (le Blount s'en chargera), regrettant de ne pouvoir la claquer avec fracas.

Au cours de cette semaine-là le pauvre Vladimir Thal commençait à se demander si son bonheur n'était pas un de ces phénomènes insolites pareils à quelque manifestation de mondes extra-terrestres, qui dérangent tout le monde par leur singularité si bien que tout le monde y cherche des explications rationnelles et platement inadéquates. Car la série des « exécutions » comme il appelait les scènes prévues avec un macabre cynisme où il entrait pas mal de remords, ne pouvait être évitée, même après son discours du lundi matin ; et l'idée d'avoir à déballer son cœur et à subir des reproches offensants quoique en partie mérités, et ceci non pas une fois mais cinq voire six fois, lui causait le sentiment pénible que doit éprouver un acteur d'avance certain de jouer mal son rôle et de se couvrir de ridicule.

La Mère. Et avec elle du moins ni gêne ni remords, mais duel d'escrime où le fleuret est parfois démoucheté mais jamais empoisonné. « Mais enfin, daigneras-tu nous dire ?... C'est le feuilleton à épisodes, la suite au prochain numéro ?... Et d'abord, était-ce vraiment indispensable ? et ne pouvais-tu aller passer la moitié de tes nuits ' chez Goga ' sous prétexte d'avoir manqué le train ?...

« Si je comprends bien, ce n'est pas une femme seule, puisque tu as l'air de vouloir t'installer à ton compte avec cent francs de loyer par mois ; et crois-en mon expérience, les femmes mariées se raccommodent avec leurs maris beaucoup plus souvent qu'on ne le dit — donc tu te déconsidères aux yeux de tes enfants sans être sûr de pouvoir refaire ta vie. Dans ces cas-là, mon cher, on attend six mois, un an, on ne se lance pas de but en blanc du haut des clochers...

« ... Car tu ne me diras pas que c'est une liaison ancienne, j'ai tout de même, encore, de bons yeux — et cela date du dimanche soir où tu étais allé à la gare sous prétexte de raccompagner Victoria... »

— Bon. Tu brûles. Si je te disais que la dame est justement Victoria ? »

Ils étaient assis à la terrasse du Café de la Gare, où Tatiana Pavlovna avait entraîné son fils après un dîner en famille expédié à la hâte, pour pouvoir lui parler, pensait-elle, plus librement. Et après avoir entendu ces monstrueuses paroles Tatiana Pavlovna regretta de se trouver dans un lieu public. Elle regardait son fils, hébétée, presque terrifiée. — Non. Qui de nous deux est devenu fou ? Vladia je t'en conjure dis-moi que c'est une plaisanterie. »

— Toi avec tes plaisanteries, maman. Ne fais pas cette tête. Victoria n'a pas dix ans. C'est une femme. »

Tatiana Pavlovna s'écarte de lui, se rejette en arrière sur sa chaise, tente d'allumer une cigarette d'une main si tremblante qu'elle gâche trois allumettes et que son fils doit résister à la tentation de lui offrir du feu.

Elle finit par allumer, tire sur sa cigarette par saccades, et son beau visage de momie de Nefertiti est parcouru de spasmes qui font danser les tendons du creux des joues. Deux longues larmes coulent dans les sillons qui des paupières descendent vers les coins de la bouche. Un groupe de garçons et de filles s'installe en riant à la table voisine ; ils sucent des cornets de glace et demandent des limonades. A leur vue, les larmes de Tatiana se mettent à couler si abondamment que la cigarette est trempée. Elle prend son mouchoir, se mouche longuement, sans bruit, regarde son fils avec une sorte de crainte incrédule, aplatit rageusement la cigarette sur le bord du cendrier.

— ... Tu me rendras cette justice, dit-elle à la fin d'une voix enrouée — que je ne pleure pas souvent. »

— Maman, si tu veux m'écraser par ta douleur, libre à toi, mais tu t'imagines certainement des choses qui ne sont pas vraies. Je n'ai à rougir devant personne. »

— Bon, continue, continue, j'aiguise mes flèches pour plus tard, je suis encore trop abasourdie. »

— Je veux dire : à *toi*, elle paraît une enfant, mais elle est déjà très mûre... je veux dire : je n'ai nullement abusé d'elle. »

— Epargne-moi les détails scabreux, veux-tu. »

Par degrés, elle retrouve sa vivacité, les larmes sont séchées, la nouvelle cigarette allumée d'une main presque ferme ; elle suit des yeux la bande de jeunes qui est en train de quitter la terrasse en bousculant des chaises et en poussant de petits rires excités.

— Regarde-les. Tu peux être fier.

« Il y a une limite à l'inconscience, mon cher.

« Si tu avais trente ans je t'aurais traité de salaud...

« Mais *maintenant* !...

« Regarde-toi. Si tu oses encore te regarder dans une glace. Mais regarde-toi : tu as des rides sur le front, des cheveux gris aux tempes, des joues rentrées à cause de tes molaires perdues, tu te prends pour un Adonis ?... »

— Maman, Myrrha a été plus généreuse que toi. »

— Myrrha ! Elle tiendrait le chandelier et dirait pardon ! »

— Tu n'as pas le droit !... »

— Bon. D'accord. J'aime bien Myrrha. Nous ne sommes pas de la même race. Trop bien élevée pour avoir des sentiments.

« Je ne suis pas bien élevée, je dis ce que je pense... Que tu en sois venu, toi, mon fils, à pervertir une enfant... »

— Maman, retire ce mot. »

— Je ne le retire pas. Et en supposant même, à titre d'excuse, que tu n'aies pas été le premier... »

— Sois tranquille, je l'étais. »

— Tu vois ! Et moi qui n'osais pas le croire. Pervertir une enfant, profiter — de quoi ? de la faiblesse d'une petite fille impatiente de jouer aux grandes personnes... et lui voler sa jeunesse — oui, et ces rires bêtes et ces cornets de glace et les toboggans de la foire de Saint-Cloud... »

— Maman, des mots, des mots. Tu te racontes des romans. Pense un peu à moi dans cette affaire. Pour une fois dans ta vie pense à moi. A ce qui peut être bien ou mal pour moi. Les enfants peuvent me dire tout ce qu'ils veulent, je leur donnerai raison. Mais toi. Après tout je suis ton fils ! »

— Je n'ai jamais été comme cette mère dont parle Tchékhov, qui si elle voyait sa fille étrangler quelqu'un l'eût cachée avec ses jupes. »

— Des mots encore. Que vient faire là Tchekhov ? Tu m'as toujours préféré Ania. Depuis... qu'elle n'est plus là tu n'as jamais pu te consoler de me voir vivant et elle morte.

« Même mon mariage avec Myrrha, la plus admirable des femmes, tu as tout fait pour le gâcher, et j'avais accepté cela, parce que je t'avais aimée comme peu de fils ont aimé leur mère. »

— Vladimir. Ne juge pas une femme qui a vu mourir son enfant. Ces femmes-là sont des infirmes. Des hémiplégiques. Ce que tu me reproches, je me le suis reproché aussi, mais sois certain — je t'en conjure —, sois certain qu'il en eût été de même si je t'avais perdu, toi, et non elle. »

— Et aujourd'hui tu regrettes plus que jamais que ce ne fût pas le cas. La mère spartiate. Et il me semble que tu me trouves beaucoup trop vieux pour être libre de mes sentiments, mais assez jeune pour me laisser faire la morale par ma mère comme un gamin, et je te dirai que cette jeune fille est la seule personne qui m'aime pour ce que je suis, sans phrases ni étiquettes. »

Elle l'interrompt. « Tu es ingrat. »

— Parce que tu me pousses à bout. Mais tu devrais

être assez femme pour comprendre que j'ai contracté à l'égard de cette jeune fille des obligations qui passent avant tout le reste. »

— Où le sens du devoir ne va-t-il pas se nicher ? » Elle se lève et, démonstrativement, jette deux pièces de deux francs sur la table. « Alors. Il va faire noir. Qui sait, il y a peut-être à l'autre bout de la terrasse des consommateurs russes ? Tu ne souffres pas précisément d'extinction de voix. Ne m'offre pas le bras... »

— Je ne songeais pas à avoir cette audace. »

Dans leur chambre, où ils sont montés pour apprendre leurs leçons, les enfants écoutent la grille claquer doucement, et Gala va vers la fenêtre donnant sur le toit de la véranda, et regarde les silhouettes de la grand-mère et du père passer sur le sentier sombre — tous trois, même Tala, espèrent vaguement que grand-mère a opéré un miracle, qui sait, elle est tellement intelligente ?

Elle est forte, elle n'est pas comme maman, elle saura nous défendre.

Myrrha, près de la lampe de bureau de son beau-père, est courbée en deux sur son tableau commencé il y a un mois, et qui, ce soir-là, va très mal : il est malade, il hurle et crie, les couleurs deviennent fausses à croire qu'elles sont composées par un daltonien, pis, par un croûtiste. Je deviens folle, que vient faire là cet orange dans ce plumage rose et bleu, c'est du violet qu'il fallait, non, c'est encore pire... Tatiana Pavlovna est entrée, de son pas décidé plus décidé encore que d'habitude, elle jette sur la table son sac et son chapeau. « *Basta !* mes enfants. On apprend à tout âge. Iliouche, c'est toi qui me feras du thé, ce soir.

« Et toi, Myrrha, je te retiens. Un tel sang-froid n'est pas de l'héroïsme, ma chère, mais de l'indifférence pathologique. » Le vieux monsieur se sépare à regret du journal où il étudiait un problème d'échecs et se dirige vers le réchaud à gaz. — Tania, si tu éclairais notre lanterne... »

Vladimir ferme la porte, tire les rideaux, et échange avec son père un coup d'œil bref et résigné.

— Je ne marche pas. Non je ne marche pas. Nous sommes des êtres humains, pas des chiens, que diable. Qu'il te raconte lui-même, je ne m'en mêle plus. »

Myrrha pose rageusement par terre son tableau et ses pinceaux, et se lève. « Mais enfin, crie-t-elle (elle a si peu l'habitude de crier que sa voix résonne de notes ridiculement enfantines). Qu'est-ce que c'est que cette *Inquisition ?* Que lui voulez-vous, est-il un gamin ? A sa place je me serais enfuie de la maison dix ans plus tôt ! »

— Autrement dit : à bas les vieux, place aux jeunes, j'oubliais que toi aussi tu es ' jeune ', Myrrha. Quant à ton fils, mon cher Ilya Pétrovitch, il a miraculeusement rajeuni de vingt ans. Myrrha, je te préviens que si tu le prends sur ce ton nous irons dès demain, ton beau-père et moi, loger chez Marc en attendant de trouver d'autres amis charitables, car celui-là m'a déjà laissé entendre que j'ai gâché votre vie conjugale, et si toi, tu es assez large d'esprit pour l'accueillir ici, au rez-de-chaussée avec sa — je ne sais quel mot trouver — en faisant comprendre aux enfants que tout cela est très bien et très gentil... »

— Maman, voyons, dit Vladimir, bouleversé — maman. Pardonne-moi. Je n'imaginais pas que tu le prendrais ainsi. »

Après cette demi-victoire, Tatiana se laisse tomber sur une chaise, haletante mais maîtresse d'elle-même. « Eh bien, ce thé, Iliouche ? »

Après cela, le père ne pouvait qu'être un allié. Allié réticent mais sûr. Entre hommes, n'est-ce pas. Et puis — *Profite de la vie mon gars tant que tu es encore jeune*, et puis aux yeux d'un homme, eût-il soixante-sept ans, bébé au maillot ; on peut désapprouver, on le doit, même. Seulement — à compter les années, Ilya Pétrovitch Thal, qui est encore assez viril pour le rappeler de temps à autre à son épouse, se dit qu'il est vexant d'entendre traiter de vieillard un homme de quarante ans.

Et après avoir si longtemps souffert, à l'égard de ce fils, d'un cruel sentiment de dépendance, il n'est pas mécontent de se voir réintégré dans un rôle de protecteur. Et puis — une mauvaise cause, c'est-à-dire en langage d'avocat une ' belle ' cause, délicate, pleine de chausse-trapes, avec avocat général coriace et partie civile exigeant tous les ménagements... « Bon, voyons ce qu'on peut faire. Et d'ailleurs, il ne faut pas mettre la charrue avant les bœufs. Il y a bien détournement de mineure. Mais de mineure nubile, ce qui fait une différence.

« Le père est un petit gradé sorti du rang — avec tous les préjugés de sa caste. Il n'avalera pas cela, n'y compte pas. Donc, crois-tu que le divorce soit vraiment nécessaire ? De toute façon tu aurais presque quatre ans à attendre. A moins qu'il n'y ait moyen d'obtenir l'émancipation — ce qui paraît difficile. Pas d'inconduite notoire du père... » — Il boit. » — Pas jusqu'au *delirium*, semble-t-il, puisqu'il ne s'est pas fait mettre à la porte de son usine.

« ... Et si tu ménageais la chèvre et le chou en imaginant une histoire de dépression nerveuse, de retraite provisoire, besoin de solitude ? »

— Papa, j'apprécie ton intention mais j'ai encore assez d'amour-propre pour ne pas m'abaisser jusqu'à invoquer des alibis de ce genre. »

... Ce mardi soir, à sept heures et demie, au café de la rue Balard, Victoria est déjà debout — son café payé. « Il n'est pas là ce soir, il rentre à minuit. » C'est le bonheur, mais ils ne songent même pas à s'en féliciter, ils échangent à peine un regard, et ne desserrent pas les lèvres jusqu'au moment où la porte du rez-de-chaussée sur cour se referme.

Et même là, dans la chambre aux volets déjà rabattus et où un dernier rai de lumière d'or s'étale sur la toile cirée de la table, ils ne parlent pas. Trop pressés.

Car tout souci de convenances est dérisoire, et cette pièce est presque trop belle, trop rassurante — après des journées passées à guetter avidement tous les lieux imaginables où l'on pût allonger Victoria — les coins obscurs des sentiers de Bellevue et les bas-côtés des églises désertes, et la cave-entrepôt du magasin, et les étranges jardinets de la zone que l'on voit par la fenêtre du train — les salles de gares la nuit et les fourrés épais des jardins publics — et l'herbe sauvage au pied de la grille sous le vieux tilleul et les ravins boisés de la forêt de Meudon et tous ces lieux, vus effectivement ou imaginés appelaient la blancheur de Victoria comme une terre sèche appelle l'eau, ô Dieu, cela serait *possible* et elle n'est pas là ! De quel droit ?

De quel droit avoir à tenir toute la journée un rôle dans une comédie sociale — en essayant de freiner ce sentiment de manque qui tourne à l'obsession érotique — car il faut le dire, depuis le jour de la décision prise, de la chambre louée, une faim qui n'était qu'impatience devenait douleur véritable. Tant il est vrai que cette solution en apparence si boiteuse promettait une plénitude de paix que dans les premiers jours il n'avait pas même osé concevoir.

« Ma Victa Victoriosa. Un jour de plus et j'étais un homme mort. » Elle ne parle pas, et, debout, plaquée sur lui droite et raide, blottit sa tête contre son épaule, la tournant et la roulant comme si elle voulait à tout prix laisser se défaire son chignon, ou se faire relever la tête par des baisers qui la font rougir de sa propre avidité. Jusqu'à ces dernières semaines Vladimir avait cru que tout ce que l'on peut raconter sur l'ardeur des femmes est pure fanfaronnade d'hommes imaginatifs. Donc, celle-ci l'avait bouleversé jusqu'à la perte de la raison parce qu'elle n'était pas moins que lui-même prise au jeu, s'allumant contre lui avec une confiance éblouie — et sans trace de cette réserve qu'il avait toujours crue naturelle aux femmes.

Donc béni soit cet homme avec sa réunion de camarades de régiment, car ces quelques heures, après les étreintes brèves à pleurer (et l'une avait effectivement eu lieu dans un sombre et poussiéreux coin de l'église St-Christophe, derrière le confessionnal), étaient une vraie libération. « Minuit, as-tu dit ? » — En tout cas pas plus tôt que onze heures et demie. »

« Cette fois-ci je veux ton lit à toi. » Le cagibi étroit, avec son « jour de souffrance » d'un orange grisâtre, et un petit lit à ressorts de fer si usé qu'il grince comme les roues d'un train à essieux mal huilés, mais cela aussi, pourquoi pas, est magnifique. « Tu sais que j'aime cette chambre ?... » Là, Victoria allume sa lampe — soudain soupçonneuse. « Pourquoi ? »

— Mon Inquisitrice. Qu'est-ce que tu crois ? Je compte les minutes et les secondes. Dimanche prochain nous serons *chez nous*, libres comme l'air, jusqu'à minuit au moins... »

— Qu'est-ce qu'ils t'ont dit ? »

— Ça m'est égal, je n'y pense plus. »

— Ma Victorieuse, si je trouvais encore des mots, j'écrirais ceci — ce qu'est la grande franchise de tes seins qui sont exactement les mêmes que tu sois debout ou couchée, sais-tu que cela ne se voit presque jamais ? Dieu sait à quoi les amoureux ne les ont pas comparés, mais il n'est pas d'objet au monde dont la perfection défie à ce point toute métaphore — parce qu'on compare beaucoup de choses au soleil, mais à quoi comparer le soleil ?... » — C'est drôle, dit Victoria, tu parles comme si tu avais bu. » — J'ai bu j'ai bu, je bois, je te bois. » — ... Est-ce que cela veut dire — est-ce que cela veut dire que tu es surtout amoureux de mon corps ? »

O l'enfant naïve. « De *toi*. N'écoute jamais ceux qui font la distinction entre ' corps ' et ' âme ' — des bêtises. Je te vois si bien tout entière comme un soleil que j'ai envie de caresser ta bonté et de parler à tes jambes, et chacun de tes doigts est comme une pensée. »

— Tiens, et mes vraies pensées ? » — Victa Vinta dis-toi bien une fois pour toutes : je n'ai jamais rencontré d'être aussi intelligent que toi. »

— Ça y est : je n'oserai plus dire un mot. » Elle s'étire et se soulève tout entière vers lui comme une vague. « Je vais te prouver mon intelligence. » Elle la prouve par des baisers d'abord emportés puis de plus en plus lents et tremblants, et se laisse manger et boire. Prise comme un oiseau au piège, tant elle se débat pour être serrée toujours davantage dans le filet.

Une fille qui sait en riant être terriblement grave, et au moment où elle est soumise comme un enfant montrer de l'autorité. Il est onze heures et demie, elle dit : « Le bonheur, ça se paie, n'est-ce pas ? »

— J'aurais aimé que toi, tu n'aies pas à payer. »

— Pourquoi cet égoïsme ? Donc, payons. » Elle se met à ramasser ses vêtements, puis à passer dans les longues et lourdes mèches de ses cheveux l'énorme peigne en os acheté par sa mère encore en Russie. « Dis. Habille-toi. » Rien à faire, elle a peur.

— Bon, tu vois. Correct comme un jeune marié. Et après tout... s'il me trouvait ici ce ne serait peut-être pas pire qu'autre chose ? Nous nous cassons la figure en hommes honnêtes et loyaux, et je t'emmène avec moi. »

— Oh non, oh non, tu es cinglé ? Oh non. Il est *très* fort, tu sais. » Vladimir était touché par cette admiration pour la force paternelle. — Bon, dit-il. Fort et après ? Je ne suis pas un moucheron. Je me sens tout à fait capable de te défendre. »

— Oh non, oh non. » Et elle regarde l'heure.

— Je m'en vais, fille timide. »

Et, brusquement, elle s'accroche à lui, comme si on le lui arrachait de force. « Ne les laisse pas te parler, ne les écoute pas. »

— Je suis sourd.

« ... Tu sais que ma mère m'accuse de t'avoir pervertie ? »

Victoria n'a pas l'air de trouver cela drôle, elle s'efforce de répondre à un sourire par un sourire. « Les gens vont dire du mal de toi. »

— Ma chérie, *le crime fait la honte et non pas l'échafaud*, bref ne te laisse pas influencer par ce que les gens peuvent dire. »

Et comme il est déjà minuit Vladimir n'a plus qu'à s'en aller, et à dire « Cordon s'il vous plaît » en passant devant la loge de la concierge.

Au coin de la rue de la Convention il se heurte à M. Sacha Klimentiev en personne ; l'homme passe devant lui, d'un pas lent et mal assuré ; absorbé dans l'effort pour marcher droit. Il marmonne un vague « Pardon m'sieur », Vladimir le regarde qui s'éloigne le long de la petite rue, rasant le mur et essayant de ne pas se cogner aux balcons de fer des fenêtres de rez-de-chaussée. Il se dit qu'avec un homme dans cet état une bagarre n'eût guère été possible de toute façon.

Vivant depuis quinze ans dans un pavillon de ban-lieue, Vladimir ne connaissait que par ouï-dire l'im-portance de ce personnage anonyme et abstrait qu'est le concierge ; d'autant plus que ce personnage, souvent présent dans les conversations entre femmes, semblait être ignoré des hommes — alors que c'étaient juste-ment les hommes, surtout les hommes seuls, qui entretenaient avec leurs concierges des rapports com-plexes, de caractère presque passionnel, où il pouvait entrer de la peur, de la servilité, de la méfiance, de la gratitude, de la manie de la persécution, parfois même

476

de l'amour, sentiments dont en général on ne se vante pas devant ses pairs.

La concierge des Klimentiev était une voisine et une amie. Sa loge avait un mur commun avec le logis de l'ex-lieutenant de cavalerie de la Garde Blanche. Elle avait vu grandir Victoria ; lors de son veuvage Mme Klimentiev avait arrangé ses robes de deuil et les crêpes des chapeaux et même pleuré à l'enterrement. Donc cette personne bien intentionnée ne pouvait que s'affliger de voir la petite Vica mal tourner et recevoir des hommes en l'absence de son père.

Mme Legrandin était une femme de trente-cinq ans encore attrayante — du genre des beautés opulentes qui, dit-on, plaisent aux Russes ; elle se négligeait un peu, portait des châles pour ne pas user son manteau, laissait ses cheveux châtains pendre en mèches, oubliait son rouge à lèvres un jour sur deux, et lisait beaucoup de romans à quatre sous mais aussi Zola et Victor Hugo. Donc, le lendemain du jour où elle avait vu un homme sortir de chez Victoria à minuit et M. Klimentiev rentrer cinq minutes plus tard, elle crut devoir intervenir, non auprès de Victoria elle-même, mais auprès de Mlle Blanche, ou plutôt Mme Blanche Moretti, ex-Cornille, la fille des épiciers — Blanche et Victoria avaient été très liées, en dépit de trois ans de différence d'âge.

Comme Blanche travaillait à l'épicerie de ses parents, Mme Legrandin l'avait prise à part après avoir fait ses emplettes ; pour l'avertir que ça n'allait pas, et que la petite Clément risquait d'avoir des ennuis avec son père.

« Car vois-tu ma petite Blanche, une petite comme elle, qui va au lycée, et remporte des premiers prix à chaque fin d'année scolaire, c'est tout de même dommage si elle se met à n'être pas sérieuse, et depuis qu'elle n'a plus sa mère tu aurais dû la voir plus souvent, et l'avertir, et d'abord même pour moi — par

rapport à M. Clément — c'est une chose que je ne
devrais pas permettre et pour bien faire je devrais
fermer la porte au nez de cet individu, seulement mets-
toi à ma place je ne peux pas faire d'esclandre. »

— Je ne vois pas ce que je peux faire. Il faut croire
que le type lui plaît. Il est bien, au moins ?

— Un peu vieux pour elle — la trentaine peut-être,
plutôt bel homme, genre intellectuel ou employé de
bureau. Et c'est tout de même dommage qu'on abîme
ainsi une jeunesse. Et je parie que c'est un homme
marié. Alors, tu vois ça, M. Clément ? Un militaire, et
pour ces gens-là l'honneur c'est l'honneur, il n'est pas
méchant homme mais il serait capable de la tuer. »

On en a parlé, on en parle, on se demande qui et
comment, peut-être Anna Ossipovna Rubinstein a-
t-elle trop laissé déborder sa tristesse indignée devant
sa voisine Mme Grinberg ? Ou bien la *matouchka* qui
n'a guère d'amies a-t-elle trouvé au moins ce moyen de
devenir un centre d'attention ? Ou la princesse D. a-
t-elle proféré quelques mots amers devant la baronne,
et la baronne qui aime beaucoup Myrrha a-t-elle pris
l'atelier à témoin de l'indignité de M. Thal ?... Or, dans
l'atelier travaillent des dames de tous les milieux.

Nastassia Nikiphorovna Touchine annonce l'événement inouï à ses parents et à son mari, en affirmant
qu'elle l'avait toujours prévu, et que du reste l'histoire
de Mlle Delamare ne lui avait jamais paru très claire...

— Enfin Tania, dit Marc Sémenytch avec son éternel et doux optimisme, il y a sûrement moyen d'arranger cela ? » — Non, Marc mon cher, même s'il y avait
'moyen' comme tu dis, ce qu'il a brisé en moi ne sera
pas recollé. Heureusement il me reste une fille. » La
fille est Tassia, bien entendu, et non Myrrha.

— Vous êtes sûre, *matouchka* ? » (on est assez
méfiant à l'égard des propos de Nadejda Mihaïlovna
Barnev). — Si vous me croyez capable de mentir,

pourquoi m'écoutez-vous ? Si vous l'aviez vue pleurer devant moi comme une Madeleine repentante... Je vous prédis : elle ne s'en remettra jamais. » — Oh ! elle n'est pas si fragile. »

— Une fillette de quinze ans, dites-vous, baronne ? Mais c'est un délit passible de la Cour d'Assises ! » — Je ne connais pas les lois, et du reste elle a peut-être plus de quinze ans, elle en paraît bien dix-huit. » — Pas possible, vous l'avez vue ? » — Au Nouvel An chez le patron. Et tenez-vous bien Mesdames ce n'est pas du tout une petite Française, vendeuse ou apprentie, — une Russe, et une lycéenne, et la meilleure amie des petites Thal ! »

— Ecœurant. Ces hommes-là méritent la prison. » — Oh ! la fille a l'air dégourdie. Une belle pouliche qui se cherchait un dompteur... » — Oh ! baronne ! » — Si vous aviez vu son décolleté ce soir-là, et comment elle dansait avec le patron... » — Gheorghi Lvovitch n'est pas de ce genre-là. » — Justement. L'autre, il faut le croire, n'est pas un héros — il y sera passé tout entier comme un carpillon happé par un brochet, ce n'est pas pour l'excuser, mais j'en ai connu de ces petites anguilles sous roche qui vous séduiraient le Métropolite en personne ! » Eclat de rire général à peine scandalisé, même un ange descendu du ciel n'eût pas séduit le saint vieillard qu'est le Métropolite, l'image est piquante tout de même.

— Bon, chère baronne : je comprendrais qu'on veuille séduire le Métropolite, ou Gheorghi Lvovitch, mais quel intérêt peut-elle avoir à séduire un homme qui ne gagne même pas de quoi faire vivre sa famille ? — Ah ! Mesdames, ne me demandez pas cela, je suis une femme pure et vertueuse. »

— Mais, chère Anna Ossipovna, que deviennent les enfants dans tout ceci ? Songez à ce qu'une âme

479

enfantine peut souffrir, devant une honte pareille ?... »
— *O mein Gott,* Rachel Efremovna, qui peut le dire ? Je
crois qu'ils ne savent pas encore — on leur a dit que
leur père déménageait à Paris, sans dire pourquoi. » —
Oh ! les enfants devinent — d'autant plus que l'aînée a
déjà seize ans. » — Le même âge que *l'autre.* Aurais-je
jamais cru cela possible, je l'ai pour ainsi dire vu
naître ! »

... — Et toi, Tolia, tu savais, et vous continuez à vous
voir ? » — Papa, suis-je un censeur des mœurs ? Il peut
arriver à des gens très bien de perdre la tête. » — Et si
une chose pareille arrivait à Maureen ? »

— ... Tassia, ma chère, qu'en penses-tu ? » — Anna
Ossipovna, je manque d'expérience en la matière.
Disons, avec Tolstoï ou plutôt avec Anna Karénine : 'Il
y a autant de formes d'amour qu'il y a de cœurs.' — Ma
chérie, dit Tatiana Pavlovna en enlaçant sa fille adop-
tive. Toujours tes réponses parfaitement sages. Ne
crois pas que ce soient des réponses : car on pourrait te
dire qu'il y a des cœurs inconsistants, et des amours
lâches. Un amour sans dignité est un crime contre
nous-mêmes. »

... — ... Et de quel droit l'as-tu jugé, Tania ? Avec
toutes les stupides bonnes femmes qui disent pis que
pendre de lui... » — Iliouche, je t'en prie. Je t'ai déjà dit
que ton attitude était offensante et, pardonne-moi
frivole et même vulgaire. Je ne m'attendais pas à te
voir, sur tes vieux jours, devenir un champion de la
plus rétrograde et cynique solidarité masculine... » —
Tania, je crois que tu n'as jamais voulu admettre que ton
fils n'avait pas seulement une mère, mais *aussi* un père. »

... — Et tu attendais venir le jour où tu pourrais,
enfin, le 'protéger' contre moi ? Faire front commun ? » — Tania... ce n'est nullement le cas. »

— ... Thal ? C'est vrai ce qu'on raconte ? » c'est
samedi, et Pierre, un peu désemparé, se promène sur la

480

Terrasse avec son ami Pétia Touchine. Avec des frondes fabriquées par eux-mêmes ils s'excercent à abattre les dernières fleurs des marronniers. « Ce qu'on raconte ? » Pierre rougit. « Je ne sais pas. Qu'est-ce qu'on raconte ? » — Pour ton père ? » Il hausse les épaules. — Et après ? Je m'en moque. »

Pétia est un peu rassuré. « Alors tu sais ? » — Bien sûr. »

— Alors c'est vrai qu'il veut partir de la maison pour aller vivre avec une copine de tes sœurs ? »

Cela Pierre ne le savait pas. Donc, il s'élance sur son camarade poings en avant, et comme il est le plus fort il le met assez rapidement sur les épaules — genou sur la poitrine. « Tu te rends ? » — Non je ne me rends pas. » — Tricheur ! » A demi étouffé, Pétia finit par se rendre. « Alors ? Avoue que tu as menti ! » — Non je n'ai pas menti ! » — Tu as menti, tu as menti, tu as menti ! » A ses cris de rage, un des gardiens de la Terrasse se retourne et se voit obligé d'intervenir. « Hé mon petit gars, on ne bat pas un homme à terre. »

Pétia n'a pas envie de prendre sa revanche, il est un peu gêné ; il secoue son dos couvert de gravier, frotte sa joue sanglante. Pierre, haletant, le regarde comme s'il était prêt à recommencer. Mais il ne recommence pas. — Qui t'a raconté ça ? » — J'ai entendu maman et grand-mère qui en parlaient. » — Elles sont des salopes. » Et cette fois-ci c'est une empoignade aux cheveux, et ceux de Pierre sont plus longs que ceux de Pétia.

— ...Elles ne sont pas des salopes ! D'abord, tout le monde le sait. La *matouchka*. La preuve, il paraît qu'elle a raconté comment ta mère est venue pleurer chez eux. »

Dompté, Pierre ne dit plus rien. Il n'en est plus à des bagarres stupides avec de petits garçons comme Touchine. Il vieillit, il vieillit, il sent son visage s'étirer, tout juste s'il n'y sent pas des rides. Il regarde devant lui, il lui semble que ses yeux se vident par l'intérieur, qu'à la place d'yeux il n'a plus que cette eau chaude salée qui s'écoule par le nez ; et il renifle.

— C'est égal. *Toutes* des salopes quand même, elles ne devraient pas en parler. »

— Ce n'est peut-être pas vrai », dit Pétia.

— C'est *sûrement* vrai. Je m'en moque. La vie est une saloperie.

« Touchine : si ton père faisait ça à ta mère, qu'est-ce que tu ferais ? »

— J'irais casser la figure à la fille. »

— Idiot. On ne se bat pas avec les filles. »

— A mon père alors. »

— Mais s'il est beaucoup plus fort que toi ? »

— J'attendrais d'être assez grand, et je me vengerais. »

Ils marchent côte à côte au milieu de l'énorme pelouse verte, tête basse, échangeant des phrases volontairement enfantines et conventionnelles, car Pierre a d'abord besoin de s'étourdir. Ils partagent un bâton de réglisse qu'ils se mettent à sucer. — C'est lâche, c'est lâche, dit Pierre, je suis moins fort que lui, je vais tout juste avoir quatorze ans, je suis en classe de troisième, je ne sais rien faire ; pour les filles c'est différent. Mais un homme n'a pas le droit de supporter ça, n'est-ce pas ?

« Les femmes sont faibles. Maman n'aurait pas dû aller pleurer et se plaindre. Mais je ne la juge pas.

« Si j'étais un homme, Pétia, je l'emmènerais avec moi et nous irions tous deux vivre quelque part dans le Midi où personne ne nous connaît. »

— Tu ne regretterais pas tes grands-parents ? »

Entre Pierre et Pétia (qui ne vont plus à la même école) l'amitié, sans qu'ils s'en doutent, repose sur la similitude de leur situation familiale : maison où parents et grands-parents vivent ensemble, et où sans cesse confrontés avec deux générations d'adultes les enfants gardent une grande indépendance intérieure — et se sentent paradoxalement très mûrs. L'excès même de la tyrannie de l'âge la rend inoffensive.

— Mes grands-parents ? » Pierre réfléchit, honnêtement. « Grand-père est gentil avec moi. Je l'aime bien. Mais — tu vois, Touchine, pour moi ce n'est pas pareil. Toi, ce sont les parents de ta mère, chez nous c'est l'inverse, et je sais que grand-mère a été assez vache avec maman. Alors, je ne me sens pas d'obligations, tu comprends ? »

Consolé un instant par le projet de partir dans le Midi avec sa mère — réfugié dans un univers de conte de fées, tel le « Prince Guidon » qui, enfermé à sa naissance dans un tonneau avec sa mère répudiée, devient adulte en vingt-quatre heures et prend des revanches éclatantes, Pierre oublie la véritable cause de son chagrin.

Il n'a pas envie de rentrer à la maison, et s'arrête chez les Siniavine-Touchine dont l'appartement est situé dans une des petites rues en contrebas de la Terrasse. Ils sont tous là, et à table — les deux vieux, les trois frères de Pétia, la mère, le père à cheveux toujours blancs de plâtre. Tous, ils ont pour Pierre des sourires gentils et gênés ; et des regards inquiets : sait-il, ne sait-il pas ? Vsevolod Touchine propose d'allumer le poste de radio pour suivre le déroulement d'un match de football. « Oh, de grâce, Séva !... » puis, après un regard échangé avec sa fille Anna Pétrovna s'empresse d'approuver le match de football, Pierre a surpris le regard, désormais il ne verra que ces regards partout, l'infamie colle à son visage comme le Masque de Fer, il se voit jugé quoi qu'il fasse, manquant à la fois de fierté et de sensibilité, peut-être même méprisé (tel père tel fils) il est peut-être même des gens qui penseront : un autre se serait suicidé ? et il reste là à refuser poliment une assiette de soupe.

« Non, excusez-moi. Il faut que je rentre. » — Je

t'accompagne ? » dit Pétia. Pierre a presque envie de le frapper. « Et quoi encore ? Je ne suis pas une fille. »

Et, une fois dans la rue de la République, fonçant droit devant lui, à pas si grands et si réguliers qu'on le prendrait pour un fanatique du *sprint,* il se souvient brusquement de ce dimanche soir déjà lointain où, justement, son père raccompagnait « une fille »... et il rougit, comme si sa réponse à Pétia avait été une allusion cynique à sa honte familiale.

Il n'a rien à dire. Maman n'est pas encore rentrée des Vêpres, papa n'est pas là il n'est plus jamais là. Grand-mère bavarde avec Tassia, toutes deux assises sur le divan, jambes repliées sous elles. Grand-père met sur le feu une casserole d'eau. « Où sont les filles ? » » — Là-haut. »

Pierre n'a pas envie d'écouter les bavardages des filles : elles savaient tout et ne lui ont rien dit. Le bébé de la famille. Elles ne savent pas qu'il est à présent le seul *homme* de la famille.

Il prend un livre et fait semblant de lire avec passion, tout en louchant avec une douloureuse nostalgie du côté de la porte, les Vêpres ne devraient-elles pas être terminées depuis longtemps, qu'a-t-elle à tarder ainsi ?... Elle aussi m'oublie. Il voit arriver une Myrrha plus frêle et svelte que jamais sous son grand béret bleu marine ; timidement hagarde, sur ses lèvres un sourire poli qui n'est même pas un sourire. — ... Mais laisse donc, Ilya, ... Iliouche je m'en occuperai. » Le fait est que voir Ilya Pétrovitch préparer le dîner est un spectacle insolite. Naturellement, il a mis trop peu d'eau pour trop de pâtes.

« Maman. Allons dans le jardin. » Il fait lourd. Elle dit : « Ça va tourner à l'orage ; demain — après-demain au plus tard. O ces étés parisiens. » C'est fatigant, ces repas silencieux, plusieurs foyers orageux dont le plus puissant est Tatiana Pavlovna, mais Tala et Gala sont elles aussi des paquets d'étincelles muettes, Ilya Pétrovitch, tête basse, a l'air d'un vieux lion captif, et Tassia s'efforce de ressembler à une image allégorique de la Prudence consolatrice. La mère et le fils vont s'installer sur le banc du jardin, et des regards entendus — peut-être soulagés — les suivent.

« Maman, On nous regardera toujours comme ça maintenant. » Elle veut le prendre dans ses bras et il la repousse. « Maman, pardon ! mais il ne faut plus me traiter en bébé. » Et il pleure, le visage dans ses mains les coudes sur les genoux, il pleure haut et fort, avec les râles rauques d'une voix qui mue. Elle sait que tous les baisers et toutes les caresses qu'elle s'interdit à force de volonté sont reçus par lui avec une gratitude passionnée. Il laisse durer l'épreuve longtemps. Oui, elle n'a pas cédé à la tentation, elle a jusqu'au bout respecté sa douleur d'homme.

« O maman, quelle honte, quelle honte. »

— Il n'y a pas de honte, Pierrot. Les gens jugent sans savoir. »

— Savoir quoi ? il se tourne vers elle comme une bête qui va mordre. Tu vas me dire que ce n'est pas vrai ? »

— Je ne t'ai encore rien dit, il me semble. Ni papa non plus. »

— Oui. Vous avez voulu me mentir. Les filles savaient, elles. »

— Elles l'ont donc appris par elles-mêmes. Ton père est un homme *bien*, Pierrot. Le reste est sans importance. »

— Alors tu appelles ' bien '... » elle lui coupe vivement la parole. « Ne dis rien ne dis rien, quand on aime quelqu'un Pierrot on lui fait confiance jusqu'au bout. Dis-moi, si l'on te disait que j'ai volé ses derniers sous à un pauvre vieux, tu le croirais ?... »

— Quel rapport ? Ce ne serait pas vrai. »

— Tu vois : tu me fais confiance. Aie confiance en papa aussi. »

A ce moment-là il est prêt à la détester. Il élève la voix : « Mais je ne l'aime pas, *lui !* Toi, c'est ton affaire. Nous ne sommes pas des poussins sous ton aile, je pense ce que je veux. Et je le hais. Pardonne si tu veux, quelle importance, tu pardonnes tout. J'aime encore mieux grand-mère.

« ... Et pour moi, ça a de l'importance, que tout le monde nous montre du doigt. Et que Tala et Gala pleurent la nuit. Et que je n'ai plus de père. Et qu'on raconte partout que tu vas pleurer chez les voisins. Et que je n'ose même pas dire tout haut ce que papa a fait.

« Tu dis que ça n'a pas d'importance, *qu'est-ce* qui a de l'importance ? » Elle se laisse glisser à terre, s'effondre, la tête sur le banc.

— Oh ! Arrête ! Ne dirait-on pas que tu te mets à genoux devant moi ? Arrête ! » Après avoir dit ces paroles si dures il ne peut plus que demander pardon.

« Maman. Allons-nous-en. Je n'aime plus cette maison. Allons chez l'oncle Georges. » Elle dit, d'une voix mouillée : « Et les filles, Pierrot ? »

— Emmenons-les aussi. L'oncle Georges est riche. Il nous trouvera un appartement pas loin de chez lui. »

— Nous verrons cela. Nous organiserons notre vie pour le mieux. » Par charité il fait semblant de se laisser consoler.

*

... On apprend en long et en large ce que coûte le droit au bonheur. Car ce dimanche de déménagement ne devait pas être gai malgré la sensation de joie presque délirante qui forçait Vladimir à se détourner dès qu'il se sentait regardé. Il avait peur d'être trahi par l'éclat de ses yeux qui devaient être, lui semblait-il, rayonnants de phosphore roux comme ceux des lynx. « Très bien. Boris et notre livreur viendront m'aider, avec la petite camionnette. Après, on passera rue

Mouffetard chercher le reste aux Puces, mais oui c'est déjà acheté. »

Mais même dans son état de surexcitation il s'aperçoit — et constate avec amertume — que de toute la famille c'est encore lui qui seul est capable de déchiffrer le langage des yeux et du corps de Myrrha — il s'aperçoit qu'elle est sur le point de s'évanouir ; qu'elle n'est que frémissement intérieur dans un cruel effort pour paraître calme et douce. Il dit : « Mais repose-toi. J'ai presque fini. »

— Oui. Peut-être ai-je pris froid ? Je claque des dents. » Elle s'allonge, fume une cigarette, promène ses yeux sur la pièce qui paraît dévastée à cause de l'amoncellement de ballots et de petits colis, par terre et sur les chaises. — Ah ! je voudrais que ce soit fini. Tu as eu raison de faire vite. O quel méli-mélo, mon pauvre ami. »

— ... Myrrha. Il n'y a que toi qui tenais vraiment à moi, n'est-ce pas ? »

— Pourquoi me le demander ? »

Il transporte les paquets au rez-de-chaussée, pour aller ensuite les déposer devant la grille d'entrée du jardin. Pour que ces objets ne blessent pas la vue de personnes indignées.

Pierre s'est enfermé dans la chambre d'enfants, ses sœurs (respectant son chagrin) restent assises devant la table de la salle à manger et apprennent leurs leçons. Tatiana Pavlovna est en visite chez les Rubinstein.

— Je te fais suivre ton courrier ? » demande Ilya Pétrovitch. — Je crois que ce serait préférable.

— Enfin — j'aimerais quand même avoir de tes nouvelles de temps à autre. »

— J'ai toujours su que tu étais un *gentleman,* papa. »

Il se permet ces paroles de gratitude qui sont aussi un reproche adressé à ses filles ; d'ailleurs la gratitude est de loin la plus forte.

— Mes filles intransigeantes. Disons que d'ici une demi-heure je ne ferai plus partie de la maison. Me direz-vous si vous aurez, en quelque occasion, envie de me rencontrer ? »

Directement interpellées, les deux filles sentent qu'il serait lâche de continuer à se réfugier dans le silence. Toutes deux avaient préparé dans leur tête des discours variés dont elles ne savaient plus le premier mot. Gala détache les yeux de son livre, puis se redresse, puis se met debout — comme si dans un moment malgré tout solennel il était ridicule de rester assise sur une chaise.

— Papa. J'estime que tu aurais dû nous parler de tout cela beaucoup plus tôt ; comme à des personnes responsables. Tu nous as traitées comme des objets. Ou de petits chiens. Tu voudrais que nous soyons gentilles, mais au fond tu t'en moques... » Elle ne sait plus quoi dire, et c'est sa sœur qui prend la relève. — Je... je crois que nous ne te pardonnerons jamais, papa. Parce que tu n'as pas de cœur. On peut pardonner tout le reste... » là, elle baisse la tête pour cacher ses larmes et s'en va dans le jardin. Et lorsqu'il la suit, elle recule, se tasse, comme effrayée par l'idée d'être touchée par lui. « Tu ne sauras jamais, tu ne sauras jamais !... Je te hais ! » Est-il possible que ce soit la même fille ? Ce visage long et pâle, durci par la passion.

— Louli, je ne veux pas jouer les crocodiles. Adieu jusqu'à des jours meilleurs ? » — Jusqu'à jamais ! Il n'y aura jamais de jours meilleurs ! »

Puisque la plus grave offense dont on puisse se rendre coupable envers des êtres aimants et aimés — la négation même de leur existence — a été commise, délibérément et joyeusement, il n'y a pas lieu semble-t-il de s'affliger ni encore moins de montrer une tristesse qui pour sincère qu'elle fût serait tout de même hypocrite — c'est presque en spectateur qui assisterait à la projection d'un film dont lui-même est un des acteurs principaux que Vladimir vivait ces heures pénibles ; sachant pourtant que l'homme que les autres avaient aimé n'était pas lui-même et n'avait peut-être jamais existé.

Boris était là. Angelo, le livreur, attendait, assis au volant. « Mais dis-lui donc d'entrer, de dire bonjour à mon père. » Les réflexes de sociabilité semblent, en des moments de gêne réciproque, devenir une sorte de paratonnerre — dans le cas présent, l'entrée du jeune Angelo dans la maison ne fit qu'augmenter la gêne, Ilya Pétrovitch levait les sourcils, se demandant visiblement ce que ce prolétaire italien venait chercher là, les filles voyant en lui un complice de la désertion paternelle le saluaient d'un air à peine poli, Myrrha lui souriait gracieusement comme s'il avait été un ravissant garçon de dix ans, tous se croyaient obligés de parler français.

— ... Eh bien... si vous devez encore passer rue Mouffetard... » (autrement dit : dépêchez-vous de débarrasser le plancher pour l'amour de Dieu — car même la patience courtoise d'Ilya Pétrovitch était sur le point de craquer). Le mari et la femme échangent un bref regard presque apeuré. « Je vais monter. Vous m'attendez cinq minutes. » Pierre. Pierre. Pierre. Pierre.

Enfermé au loquet. « Je pars, Pierre. » Silence. « Pierre, tu es là ? » « Pierre, tu vas m'ouvrir. »

— Tu n'as qu'à enfoncer la porte. »

— Ne fais pas l'enfant. »

La voix rageuse, rauque, répond : « Va-t'en rejoindre ta putain. »

Vladimir se dit qu'il faudrait, peut-être, en effet, enfoncer la porte — mais qu'il est trop tard. Le visage qu'il redoutait le plus, il ne l'a pas vu. Pierre s'était enfermé depuis l'aube.

... — Eh bien... *arrivederci*, tout le monde. » Cette formule banale paraît tout d'un coup ridicule, à cause de la présence d'Angelo. Ilya Pétrovitch et Myrrha accompagnent les trois hommes jusqu'à la grille.

— Je te souhaite... » Myrrha, brusquement très lasse, ne sait plus ce qu'elle souhaite. Ils s'embrassent sur les deux joues. Boris pose sur la main de la femme un baiser qu'il veut à la fois discret, respectueux, admiratif, plein de la plus chaude sympathie, et qui est simplement un peu trop rapide.

*

Et la camionnette roule le long de la voie ferrée électrique, puis, passant sous le grand viaduc descend en trombe vers le carrefour de Verdun... plus loin, c'est la traversée d'un Paris de dimanche d'été, à moitié désert, alangui, où les enfants jouent sur les trottoirs, les femmes tricotent sur le pas des portes, des foules de Parisiens jeunes et vieux consomment des limonades et des glaces sur les terrasses des cafés — et Angelo fait observer qu'il y aura de l'orage demain. — A propos, dit Boris, je ne voudrais pas que... ta famille me fasse grief de ce... dépannage. Je les estime beaucoup, je suis absolument *neutre* dans cette affaire. »

Vladimir ne répond pas. La tête vide. Non pas épuisé — en dépit d'une nuit blanche, et de la souffrance aiguë que lui cause la pensée de son fils — car pour tous les autres il s'était au cours de ces quatre semaines fait une raison, tout en voyant ce que pouvait avoir de méprisable cette résignation à la souffrance d'autrui — Pierre reste une pierre, c'est le cas de le dire. La porte légère fermée par une petite targette qu'il eût été facile d'enfoncer et qu'il n'avait pas le droit d'enfoncer.

Mais parce que l'heure avançait, et qu'à six heures la chambre devait être prête, c'est une exaltation angoissée qui s'emparait peu à peu de lui — car en l'absence de Victoria le plus vif sentiment de bonheur était inévitablement pénétré, comme un papier à filigrane, d'une peur panique de n'être plus aimé, d'être moins aimé — et d'une autre peur, moins secrète : un empêchement, une maladie, un accident, voire la colère du père, bref tous les dangers imprévus qui, loin de lui, peuvent la guetter.

Bref, les « apparences ». Ce monde d'apparences qu'il était en train de détruire pendait de tous côtés en franges noires, et c'était comme si, sans cesse, il devait écarter mentalement ces franges de devant ses yeux — alors que le corps et l'âme vivaient dans la Vérité de cet acte qui faisait enfin de Victoria aux yeux du monde sa vie et sa raison de vivre.

Malgré lui timide, il guettait le regard de la jeune fille — au moment où, entrée dans la pièce rangée à la hâte et encore encombrée de paquets non défaits, elle fronçait ses grands sourcils pour examiner le nouveau logis d'un œil critique. « Evidemment... dit-il, ce n'est pas encore le Palais des Mille et une Nuits. » Elle est si troublée qu'elle ne relève même pas la banalité du propos. Et pour la première fois depuis quatre semaines il a un moment de faiblesse — c'est-à-dire tout bonnement de peur : elle est encore une enfant, elle s'attendait à quelque chose de plus beau — elle regrette de s'être engagée si loin. Il dit : « Eh bien, notre couche nuptiale », et la soulève dans ses bras pour l'allonger sur le maigre lit de camp.

Elle avec ses bras confiants et généreux qui n'hésitent jamais, au premier appel ouverts puis tendrement refermés, ô la douce fleur carnassière qui tout entière s'ouvre et se referme et s'enroule, et accueille — la grande Victoria Regina qui se laisse cueillir et refleurit sans cesse. « ... Ma Victa ma très vaincue, si tu savais comme tout le reste est *pauvre* à côté de cela... » elle dit : « Je le sais. » Elle lui prend la tête pour la serrer contre le corsage dégrafé de sa robe rouge du premier jour. « ... A quoi pensais-tu aujourd'hui ? » J'avais peur d'eux. Qu'ils te fassent du mal. »

— Victoire des Victoires, personne d'autre que toi ne peut me faire de mal. » Elle lui tire les cheveux en arrière.

— Oh non, ne te moque pas. Je veux que tu me prouves, je veux que tu m'expliques... » — Ah ! tu veux que je le prouve ?... mais je ne demande que ça — jour et nuit si c'était possible... » Elle lui donne une tape très légère sur le nez, avec un sourire involontaire et alangui, car elle avait envie d'être presque sérieuse.

Il ne voyait rien de plus ensorcelant que ces interrogatoires conjugaux, sur le lit en désordre, corps à corps, tête à tête, et le visage de Victoria tout d'un coup si impitoyablement sérieux et même sévère, et d'en dessous les sourcils d'or les yeux d'un maître qui dit : attention, je verrai bien si tu cherches à me tromper.

— Ah ! tu regrettes. Avoue que tu regrettes. »

— Dis ce que tu veux, Vita. Tu ne le penses pas, tu joues. Nous sommes en train de nous renvoyer des balles de ping-pong. Si tu étais vraiment jalouse, tu crois que je ne l'aurais pas su ?

« Si tu veux mon alliance, tiens, tu peux en faire ce que tu veux sauf la passer à ton doigt... » en effet, elle est beaucoup trop grande, Victoria l'essaie sur tous ses doigts « Sur le pouce, peut-être ? » elle l'examine longuement. « Vladimir-Myrrha-1920... l'année de ma naissance, c'est donc un peu *ma* bague aussi. Je vais l'accrocher à ma chaînette, à côté de ma croix. »

Elle tournait et retournait entre ses doigts l'alliance accrochée près de la croix « sauve et préserve ». « Tu vois *tout* ce que tu me dis, je le crois ; si j'ai l'air de me méfier je fais semblant. »

Et le réveille-matin sonne à onze heures. Il fait si bien nuit qu'ils ne savent plus où ils sont, ni comment allumer la lampe. « *Faut-il vraiment* que tu rentres ? » — Je ne sais pas, je ne sais plus, j'ai sommeil.«

— Dormons. Tu diras que tu as manqué le dernier train. »

492

— O ces derniers trains. J'ai peur, il va commencer à se méfier. » Et elle s'habille et se coiffe, titubant de sommeil ; essayant vainement d'étirer les faux plis de sa robe rouge. Il dit : « Mais c'est un supplice chinois, nous ne tiendrons pas le coup. »

— ... Ce bleu que tu m'as fait sur le bras. » — Tu vois bien. Reste. Demain nous verrons. »

— Non, tant pis. Demain je mettrai un corsage à longues manches. »

— Finis au moins ces fraises. » Elle dévore les fraises à la crème restées sur l'assiette, avec une voracité puérile. « Oh je ne t'ai rien laissé. Eh bien, allons-y. »

Il l'accompagne jusqu'à la porte de l'immeuble, et n'entre pas dans la cour avec elle — d'ailleurs, Mme Legrandin a eu le temps de relever son rideau avant de tirer sur le cordon. Elle voit la petite Clément embrasser son type puis pousser la porte. Elle regarde le type faire les cent pas devant la maison pendant deux bonnes minutes.

Le matin du dimanche suivant Tatiana Pavlovna, au bruit de la vieille sonnette rouillée dont personne ne se servait, se dirigeait vers la grille d'entrée donnant sur la rue, et se trouvait en présence d'un homme assez grand, pâle et sec, vêtu d'un vieux costume gris propre mais porté gauchement ; un homme qui avait des cernes sous les yeux et des yeux plus sombres qu'un ciel de tempête.

— Par... don, vous désirez ? »

— Madame Thal ? » — Moi-même. » Il se met à parler en russe. « Je voudrais voir votre mari. »

— A qui ai-je l'honneur ? »

— Klimentiev. »

Ne voulant pas laisser voir qu'elle a peur, Tatiana Pavlovna le laisse entrer. « Ilouche, une visite pour toi.

M. Klimentiev. » Il semble qu'il y ait malentendu, car Klimentiev, qui connaît un M. Thal, est tout surpris de le voir changé en un respectable vieillard, massif, un peu voûté, un peu chauve et à moustache grise.

Les deux époux le regardent ; aux aguets, et peu à peu rassurés par son allure timide. « Heu... c'est que... je connais votre fils, monsieur — je suppose... »

— Mon fils n'est pas là. Je peux lui transmettre ?... »

De plus en plus embarrassé, M. Klimentiev avoue qu'à vrai dire, non, ce n'est pas *exactement* à M. Vladimir Thal — votre fils, monsieur — qu'il eût aimé parler, mais...

— Mais asseyez-vous donc, Monsieur... si nous pouvions vous être utiles... » Ils le jaugent, poliment hautains, se demandant jusqu'à quel point il joue la comédie de la simplicité. Car quelque chose de gris (qui ne vient pas uniquement du costume gris et du teint sans fraîcheur), de transparent, de fuyant est entré dans la pièce avec cet homme — lequel est de toute évidence un être simple, désireux de faire bonne impression, inquiet pour ses manières frustes en présence d'une dame assez racée pour rester jeune d'allure à un âge qui était sans doute celui de sa mère à lui.

Et, brusquement, il se décide — et rougit, par plaques, comme si son front, ses joues, son menton se couvraient de soufflets invisibles. « Voyez-vous, dit-il, vous savez que j'ai une fille, Vica c'est-à-dire Victoria, qui est une bonne camarade à votre fille c'est-à-dire à votre petite-fille Madame...

— Mais oui, dit Tatiana Pavlovna, à la fois suave et pincée, j'espère qu'elle va bien ?... » Il attaque, directement : « Quand est-elle venue chez vous pour la dernière fois ? »

— Oh, il y a quelques jours, je ne sais plus... » Les époux Thal n'ont pas envie d'être pris en flagrant délit de mensonge, mais sont presque sûrs que l'homme n'est au courant de rien. — Eh bien voilà. » Il rougit, jusqu'aux larmes. « Je suis désolé. Elle a — je crois qu'elle a quitté la maison. »

Ils en sont désolés également. A-t-il prévenu le Commissariat de Police ? Depuis quand ?

— J'ai trouvé un mot hier soir en rentrant. »

— A-t-elle donc, demande doucement Ilya Pétrovitch, fait allusion à *nous* dans ce mot ? »

Klimentiev s'empresse de le rassurer, non, il n'en est rien bien sûr, mais... étant donné... l'amitié de Vica pour Mlle Tatiana, vous savez les jeunes filles se font des confidences, donc il se peut que Mlle Tatiana...

— Je comprends, dit Tatiana Pavlovna à mi-voix. C'est possible en effet. Si vous voulez je ferai descendre ma petite-fille. »

Donc Tala descend, dûment chapitrée, pâle mais calme, et sourit à ce monsieur que, depuis un an, elle a tout de même rencontré une vingtaine de fois. Il demande aux grands-parents l'autorisation de parler à la jeune fille seul à seule, disons — à l'autre bout de la pièce — ce n'est pas qu'il y ait des secrets, mais... « Notre petite-fille n'a pas de secrets pour nous, Monsieur, heu... Alexandre... »

— Ignatytch. Vous voyez, Madame... c'est *très* important pour moi. »

— Si tu sais quelque chose, Tala... »

— Tenez. » Il tire de sa poche un papier froissé, et le fourre dans la main de Tala, avec un coup d'œil à la fois suppliant et menaçant vers les deux vieux. « Lisez. Lisez, vous. »

Personne, pas même ses grands-parents, ne sait à quel supplice Tala est livrée. Elle lit. Le billet étalé sur la table devant elle, la tête penchée très bas, si bien que ses cheveux cachent le papier aux autres.

« Mon cher cher papa. Pardonne-moi mais je m'en vais de la maison. Ne me cherche pas. Je suis en sécurité. Je ne peux pas te donner mon adresse. Ne va pas me chercher au lycée car je n'y serai pas. Ne dis rien à la Directrice. Je ne fais rien de mal mais je sais que tu ne voudras pas me comprendre. Ne t'inquiète pas pour moi, je vais très bien. Pardonne-moi. Je sais que maman m'aurait pardonné. Je t'embrasse très fort. Ta fille Victoria. »

Tala, qui retient mal ses larmes, aurait envie de froisser ce billet, comme M. Klimentiev l'avait déjà froissé, et se lève pour aller vers la fenêtre. Il la suit. N'est-ce pas vous me comprenez Tatiana Vladimirovna, vous voyez ce que c'est, enfin vous devinez, c'est votre camarade mais si jamais elle vous a dit quelque chose, je sais ce que c'est, entre jeunes filles, enfin ce n'est pas ce que je veux dire, je ne vous blâme en rien mais vous connaissez ses secrets mieux que moi... et que c'est pure folie n'est-ce pas de quitter le lycée quelques semaines avant le *bachot*, il y va de son avenir, et s'il y avait un... garçon avec qui elle sortait...

— Mais non je ne sais rien, dit Tala, le visage collé à la vitre, je ne sais rien du tout. »

Il insiste. « Je sais bien. C'est normal. Une camarade. Mais vos parents vous diront. Si votre père était dans ma situation, hein ? Je ne lui ferai pas de mal. Mais ça ne se fait pas de quitter la maison, je la ferai chercher par la police. Alors ? »

— Puisque je ne sais rien »

Elle a l'impression que, si ses grands-parents n'avaient pas été là, il lui eût volontiers tordu les poignets pour la faire parler.

— Vous savez que je la trouverai de toute façon, et là ça ira mal pour elle. » Tala se met à pleurer et s'enfuit de la chambre, et M. Klimentiev affronte les regards glacés de M. et Mme Thal — il n'a plus qu'à s'excuser de les avoir dérangés.

... — Eh bien, dit Tatiana Pavlovna, il fallait s'y attendre, non ? Je me fais l'effet d'une voleuse. J'espère que ce pauvre homme ne m'a pas vue rougir. »

— Tu n'as pas rougi. Vladimir ferait peut-être mieux de changer encore une fois de domicile. »

— Au bout de huit jours ? Ne t'inquiète pas pour lui, il le fera. Avec deux loyers à payer au lieu d'un car je ne compte plus sur lui pour le nôtre... Et sais-tu que cette question d'argent rend toute l'affaire encore plus écœurante si possible ?... Combien t'a-t-il donné sur ce qu'il t'avait promis ? »

— Cinq cents francs. »

— Tu vois ! »

Myrrha revient de la messe, et secoue son béret et sa jaquette trempés — car il s'est mis à pleuvoir assez fort, elle dit : « C'est mieux, nous aurons un peu de fraîcheur. J'étouffe, depuis quelque temps. »

Au cours de cette incroyable semaine elle a passé des heures à attendre, partout, dans la rue, sur le seuil de la porte, chez ses divers employeurs dont Vladimir connaissait les adresses, à l'église... se réfugiant dans un monde où l'on se raconte de belles histoires, le voici qui vient, qui apparaît au coin de la rue, qui frappe à la porte des Pompes Funèbres, qui se tient dans le fond de l'église près de la porte d'entrée, viens, sortons, faisons un tour, parlons un peu... tu n'as pas cru que c'était possible, nous nous étions un peu négligés toutes ces années, nous allons enfin nous retrouver ?... Et cette fille ? Un coup de folie... Ça ne dure pas comme dit Georges. On a besoin de contes bleus pour vivre.

Donc, ils la croient tous indifférente ou résignée. « Tu es une sainte, maman. » Quel étrange reproche. On a décidément mauvaise opinion des « saints », ils ne comptent pas et n'intéressent personne. « Et qu'aurais-je dû faire, Gala ? » — Te défendre ! » Tiens, et comment ? A coups de bâton ?

Mais cette semaine a été comme un temps de répit — et la suivante le sera peut-être aussi — car on prend l'habitude de croire qu'un laps de temps court est quelque chose d'inoffensif en soi, et, donc, on peut durer « une semaine » ce n'est pas tragique, et ensuite à-Dieu-vat, on fait semblant qu'il s'agit d'un arrangement provisoire, peut-être peut-on passer sa vie à faire semblant ?

Mais Pierre est devenu dur comme un roc ; il ne parle plus, sinon pour dire quelques paroles plutôt grossières à ses sœurs. A Ilya Pétrovitch qui avait voulu le prendre à part et lui parler d'homme à homme, il a carrément répondu : « Tu es gâteux. Tu m'ennuies. »

IV

CE QUE COÛTE LE BONHEUR FOU

Vladimir vivait place de la Contrescarpe, où il sous-louait une chambre à la belle-mère d'un de ses collègues — cette dame le faisait passer pour un neveu de province. Il était officiellement inscrit au Commissariat de la rue Lacordaire, dans le XVe et avait laissé au... rue de la Convention une partie de son maigre mobilier. La chambre de la place de la Contrescarpe (assez grande pièce au deuxième étage d'un immeuble en coin, munie d'une sorte d'alcôve ou petite pièce sans autre fenêtre qu'une large ouverture sur la grande chambre) était meublée, et le contrat (verbal) de sous-location donnait droit à l'usage de la cuisine — cuisine vaste, aux murs et au sol recouverts de larges dalles de céramique en fort mauvais état, et que l'on partageait avec Mme Marossian.

Cette maison très ancienne, délabrée, tarabiscotée, à W.C. sinistres desservant trois appartements, à entrée sur rue si sombre qu'en plein jour on n'y voyait pas l'accès aux escaliers, plus sombre encore la nuit car la minuterie ne fonctionnait pas, avait dû, jadis, être une maison bourgeoise : des fenêtres assez grandes à larges encorbellements, les moulures plates le long des poutres à peinture écaillée, le miroir mangé d'énormes taches jaunes qui couvrait la moitié d'un des murs de l'étrange cuisine trapézoïdale — la hauteur des plafonds, la beauté des épaisses lames de chêne du parquet à peine vermoulues le long des murs — tout évoquait des souvenirs d'une relative aisance qui, parce qu'elle n'était plus que souvenir, se parait d'une certaine poésie.

Le mobilier était, lui aussi, vétuste : trois chaises rustiques, une grande table ronde en acajou sur lourd pied unique figurant trois lions, un maigre petit canapé Louis XVI tendu de toile bise et dont un pied manquait ; et dans l'alcôve un lit énorme, style paysan, à montants en merisier jaune tout piqueté de petits trous noirs. Et, dans la grande pièce, une lampe unique, suspendue au plafond et garnie d'un abat-jour en porcelaine blanche à perles roses.

Le matin où, pour la première fois seule et désœuvrée, Victoria put contempler sa première *vraie* maison, elle trouva une beauté émouvante à chaque objet, elle caressa les lions de la table, le pied cassé du canapé, les lourdes planches du lit où les petits cercles bruns du dessin du bois formaient, avec les serpentins et spatules laissés par les vers, des arabesques inquiétantes et joyeuses.

Pour bien faire, elle eût dû s'occuper du rangement de la pièce. Elle n'en avait pas envie, elle l'avait trop souvent fait pour son père. Elle regardait les draps qui, beaucoup trop petits pour un lit si grand, traînaient sur le matelas comme des vagues d'écume blanche sur le sable. Et la vue de ces longs plis sinueux, et des creux sur le traversin, faisait passer dans ses genoux une langueur lancinante et la forçait à respirer à pleins poumons comme si elle manquait d'air. Et pour tromper sa faim de caresses, car par moments il lui semblait impossible d'attendre jusqu'au soir, elle montait sur la table, tentant d'exécuter des pas de danse espagnole, et faisant tournoyer les pans de sa large chemise de nuit.

« Tu vas t'ennuyer » « Surtout ne t'ennuie pas » « Sors faire un tour rue Mouffetard » — Comme les hommes sont conventionnels. Faut-il avoir le cœur et la tête assez vides, pour pouvoir s'ennuyer. Se languir — c'est autre chose. Plaquer les joues contre cette porte, et contre le tissu rêche de ce canapé, boire ce qui reste de café au fond des deux tasses, jouer avec le rasoir et le blaireau ; orgueil des femmes pense-t-elle, l'homme est vraiment à vous le jour où vous disposez de son savon à barbe. — O ce bonheur de n'avoir plus à rentrer nulle part, plus de « maison », plus de père, plus d'état civil, ni lycée ni profs ni comédie à jouer, être comme l'oiseau qui a trouvé son nid, mon nid cette étagère de vieux livres, son cendrier rouge et ses chemises rangées dans la commode peinte en bleu.

Par la fenêtre on voit les vieilles maisons de la place, l'auvent de la petite épicerie russe du coin, les pavés gris et défoncés qui ont l'air de se bousculer et qui, sous la pluie soudaine, prennent des couleurs d'ardoise et d'arc-en-ciel ; et les marchands des quatre saisons mettent des bâches sur leurs étalages bigarrés et des journaux sur leurs têtes. La joyeuse pluie de juin, les feuilles des platanes rabougris verdissent comme des dentelles de satin vert émeraude. Dans la longue échancrure de la chemise de nuit bleu pâle, en plein milieu entre les deux seins, le cercle d'or à côté de la petite croix d'or, la seconde croix de baptême qui n'ira plus jamais sur aucun doigt.

Mme Marossian frappe à la porte. « Auriez-vous besoin de quelque chose ? Je descends faire mes courses. » Elle est un peu surprise de voir la nouvelle locataire en chemise de nuit à onze heures du matin. Les cheveux défaits. Mme Marossian, personne plutôt romanesque, avait accepté d'abriter ce couple irrégulier, son gendre lui ayant expliqué que le père était une sombre brute qui buvait et battait sa fille. Dommage tout de même que l'amoureux ne fût pas plus beau ni plus jeune.

« Si j'ai besoin de quelque chose ?... » Victoria

rêvasse, souriant gentiment. « Je ne sais pas. Que me conseillez-vous de faire pour dîner ? »

— Ma chère enfant, je ne sais vraiment pas... » — Oh ! mais asseyez-vous un instant — là, sur ce canapé, je l'ai calé avec une caisse. Je vais réfléchir. »

Maria Abramovna Marossian, dame de quarante-cinq ans, depuis six ans veuve, est assez curieuse pour sacrifier quelques minutes, elle s'assied. Cette fille n'est pas une maniaque de l'ordre, sa robe traîne par terre, ses chaussures sur une chaise, les tasses à petit déjeuner sur la commode. « ... C'est que, explique Victoria, j'avais débarrassé la table exprès. Tenez : vous voulez voir ? » Elle saute sur la table et commence à mimer sa danse espagnole, une main levée en l'air claquant des doigts, l'autre faisant voler les plis de sa chemise bleu pâle en vagues tournantes autour de ses jambes roses. Elle fredonne — « *La cucarâ-âcha... la cucarâ-âcha...* il faudrait une écharpe orange... vous avez vu le film ? »

— Attention, dit Maria Abramovna, peu convaincue, vous pourriez tomber. » Victoria saute à terre. « Oh pardon, j'oubliais : c'est *votre* table. Mais elle est très solide ! Alors je vous danserai la *russe,* vous connaissez : *vo sadou li v ogorôdié...* dans le jardin le potager... vous n'avez qu'à chanter et battre les mains au rythme... » Elle esquisse les pas de la danse nationale au milieu de la pièce, mais comme Mme Marossian hésite à lui servir d'accompagnatrice, elle s'arrête.

Elle vient s'installer elle aussi sur le canapé, ses pieds nus repliés sous elle, les mains passées autour des genoux.

— Faites pas attention. C'est parce que je suis tellement heureuse.

« ... Vous savez : c'est la deuxième nuit qu'on dort ensemble. Avant — il fallait toujours que je sois rentrée à minuit.

« Et ça fait une *sacrée* différence ! Vous ne trouvez pas ? »

La question est peut-être indiscrète, les honnêtes femmes sont rarement obligées de « rentrer à minuit ». Il y a dans les yeux bleus de la jeune fille une curiosité à la fois détachée et tendrement bienveillante. Elle examine Maria Abramovna, ses opulents cheveux teints en cuivre rouge, ses grands yeux las cernés de brun, sa poitrine molle et encore belle, une brave femme, oh oui, et qui doit avoir *du cœur*, Victoria a tendance aujourd'hui à voir du cœur partout.

« ... Quel âge avez-vous, Victoria Alexandrovna ? »

— Dix-huit ans. Enfin — je suis dans ma dix-huitième année, pour ne pas mentir. Mais je suis très vieille de caractère. » Elle se rend compte que cette vantardise est un peu ridicule — devant une femme qui vient de la voir danser la *cucaracha* sur la table. Elle adresse à Maria Abramovna un sourire qu'elle veut plein d'humour et qui ne réussit qu'à être béatement heureux.

Conquise, et saisie de cette mélancolie que l'on ressent devant les roses épanouies (que seront-elles demain ?) Mme Marossian se lève, comme à regret. « Eh bien, si vous n'avez besoin de rien... » — Oh ! Ecoutez. En une minute je suis habillée, je descends avec vous. Vous me montrerez les magasins. »

... Les deux amants devaient donner à la semaine qui venait de s'écouler le nom de « Purgatoire ». Purgatoire, la chambre de la rue de la Convention, belle par son agressive insignifiance, barque vermoulue qui par gros temps les transportait vers le grand navire, et dont il fallait sans cesse éponger l'eau qui montait du fond et s'abattait par-dessus bord.

Car ce qu'ils avaient cru être une libération s'était révélé un supplice de Tantale : *leur* chambre qu'il fallait quitter juste au moment où l'on en avait le moins envie, avec la crainte latente de voir le singulier aveuglement du père prendre fin de façon dramatique ; si bien qu'après avoir raccompagné sa maîtresse Vladimir restait un quart d'heure devant la porte, prêt à intervenir au cas où il entendrait des cris. Et il avait à deux reprises aperçu, collé à la vitre noire, le visage inquiet de la concierge. Et puis, Blanche Moretti avait pris Victoria à part, le matin, et l'avait accompagnée jusqu'au lycée : il fallait faire attention, on en parlait dans le quartier, d'ici que M. Clément l'apprenne, et là ça va barder je t'assure, tu sais comment sont les hommes, ils n'ont pas honte de boire et même s'ils ont honte ça les rend encore plus méchants. Est-ce un gars sérieux au moins ? — Il est marié. Mais ne crois pas, il va divorcer. » — C'est ce qu'ils disent. »

— Il prend des précautions au moins ? » — Je ne sais pas. » — Et puis même ta copine de Meudon trouvera ça bizarre, et tu vas la voir s'amener un jour pour demander de tes nouvelles à ton père ? »

Au lycée Tatiana Thal n'adressait plus la parole à son ex-amie. Ce qui n'étonnait plus personne, on sait que des amitiés trop passionnées finissent parfois par des brouilles à mort. Mais il y avait aussi des « bruits », dont les filles Thal n'étaient pas responsables, seulement une Nathalie Pétrouchenko (classe de philo) avait pu parler, sous le sceau du secret, à une Véra Evdokimov (1re B) laquelle sous le sceau du secret aurait parlé à Sidorenko, laquelle, incrédule et indignée, aurait dit à Klimentiev... oh je n'ose même pas te dire ce qu'on raconte... et ne le disait réellement pas, car l'attitude des filles Thal était assez éloquente, mais Sidorenko, loyale, niait la chose devant Bastide et Hébrard... Et Victoria finissait par comprendre que la moitié de ses camarades la regardaient avec une sorte de dégoût hautain, elle était d'une autre race, la vicieuse, la fille qui sait déjà *tout*, et a le front de se mêler aux vraies jeunes filles. Une fille qui se ferait exclure du lycée avec fracas si la directrice savait la vérité.

Une fille impure est un monstre, un fruit véreux au milieu de fruits sains, on l'observe avec une curiosité inquiète, ses regards et ses sourires paraissent équivoques, à son passage on n'ose même pas rire malgré l'envie de neutraliser la gêne par la moquerie, car le rire est déjà complice. « Mais non, ce n'est pas possible. » « Mais si, tu te souviens de Jeanine Louvier, de la 1re A, l'année dernière ? » « Un *avortement*, dis-tu ? » « Un voyage en Suisse, et il paraît qu'elle a été malade, après, pendant six mois... » « Le *père* de Tatiana Thal ? Tu veux dire le frère ?... » « Mais non, le frère est en 3e, à Janson de Sailly. » « C'est Thal que je plains. Elle a bien maigri de trois kilos, ce mois-ci. » « Tiens ! toi qui ne rêves que de maigrir. » « Comme cure d'amaigrissement ce n'est pas ce que j'aurais choisi. » « Dégueulasse. Qu'il existe des hommes comme ça. » — D'ailleurs, elle *baisse :* un 3 à sa dernière version latine. »

Comme de juste, Victoria Klimentiev avait les yeux cernés, stigmates — bien connus — du vice, et ses lèvres trop rouges et craquelées intriguaient ses camarades, au fond passionnément curieuses : elle *sait* comment cela se passe ; pour un peu elles eussent posé des questions — et puis, un homme, un vrai, pas un gamin.

Vendredi, à la sortie du lycée, Victoria finit par dire à la loyale Sidorenko : « Je crois que je ne reviendrai plus dans cette boîte. » — Comment ça ? Et ton bac ? » — Tant pis, je me présenterai sans livret scolaire. Ou à la session d'octobre. J'étudierai chez moi. » — Ton père te laissera faire ? » — Tu parles ! » — Qu'est-ce que tu feras alors ? — Un secret, ma fille. Je prends la clef des champs. Je me cacherai si bien qu'il ne me trouvera jamais. » Sidorenko hochait la tête, désolée. « Je te donnerai de mes nouvelles mon chou. Tu as été chic, je n'oublierai jamais ça. »

— Alors c'est vrai, ce qu'on raconte de toi ? »

— C'est vrai *et* c'est faux. C'est la vie, ma vieille. »

… En regardant la jeune fille empiler ses livres et ses vêtements dans un taxi, Mme Legrandin faisait semblant de se détourner d'un air offensé. « Mais vous savez comment il est… », disait Victoria. — Justement ma petite Vica, je ne voudrais pas être mêlée à ça. » Mais vous lui direz que vous étiez sortie faire vos courses et n'avez rien vu. » Eh ! que pourrai-je dire d'autre ? N'empêche que ce n'est pas bien. Si je tenais ce monsieur… » — Dites, Madame Legrandin, si jamais il vous interroge. Vous direz qu'on m'a vue avec un jeune homme blond. » — Ma pauvre petite, tu voudrais faire mentir tout Paris. » Victoria l'embrassa sur les deux joues. « Ça me fait triste de vous quitter, vous savez. » Elle n'avait pas l'air triste du tout, dans le taxi elle se retenait pour ne pas chanter à pleine voix.

Terminé le Purgatoire, au prix d'une avance de cinq cents francs sur le salaire de juillet. Deux loyers, et le second s'élevait au double du premier — et de toute évidence Vladimir ne pouvait laisser son amie seule place de la Contrescarpe sans un sou en poche. Elle s'amusait à acheter des cerises, des pêches, des groseilles, des croissants, des frites en cornets, du saucisson à l'ail, de la pâte d'anchois, des bleuets, des pivoines, des reproductions de tableaux en format carte postale, et aussi de vieux chiffons et de la ferraille aux Puces de la rue Mouffetard. « Tu vois, je me fais entretenir, j'ai des goûts de luxe ». « Oh ! mais c'est comme ça les premiers jours : c'est notre *fête*. Après je ferai des économies. »

« … Je voudrais que tu m'achètes un phonographe d'occasion : aux puces, il est très bien, je te le montrerai, dimanche. » Tout ce qu'elle pouvait demander était un cadeau royal qu'elle lui faisait. Non qu'elle le prît pour un Crésus, elle savait fort bien compter. Et justement parce qu'elle le savait sans argent et faisait semblant de ne pas en tenir compte, il admirait cette immense générosité de l'amour qui se refuse à humilier l'être aimé.

Après tout, il pouvait emprunter, prendre des avances, en attendant de trouver une source supplémentaire de revenus... s'adresser à Hippolyte qui peut-être lui confierait la rédaction de quelques articles, le centenaire de Pouchkine était une aubaine, toutes les revues sortiraient avec nombre de pages doubles.

Ceci pour l'avenir, Victoria, le lointain avenir d'ici deux ou trois mois, d'ici là nous aurons bu les mers et les océans car voici ce que tous ces gens ne peuvent comprendre : que le temps s'est arrêté et que nous sommes entrés dans une dimension où ils n'auront jamais accès. — Ce qu'ils nomment des semaines, ce qu'ils nomment des jours. Ces nuits triomphantes qui se fondaient en une seule, coupée de haltes ni longues ni brèves, insignifiantes dans leur monotonie.

La plus grande des folies avait été de croire qu'il était possible de ne pas vivre ensemble — car le retour vers la Terre Promise et la certitude d'y rester jusqu'à cette mort symbolique qu'on nomme le lendemain est pour le cœur une de ces nécessités qui ne souffrent aucune loi. Ce Retour — en général vers sept heures et demie, par le métro Cardinal-Lemoine, et la vieille petite place aux maisons chaudes, craquelées et bancales, aux auvents déteints, et les deux étages d'un escalier étroit noir comme l'enfer, et la porte ouverte, et la prise de possession muette, quasi rituelle, car depuis leur première journée ils avaient sans paroles conclu ce pacte — commençant chaque rencontre par cette réaffirmation âpre et brutale des droits qu'ils avaient l'un sur l'autre.

Comme s'ils s'accordaient par avance toute licence et toute soumission et toute victoire — comme pour tuer à l'avance tous les dangers de routine et d'hypocrisies volontaires ou involontaires qui peuvent risquer

de fausser un amour. Le nôtre est faim du corps. Par cette connaissance vraie qui est vie et joie, Victoria, connaissance jusqu'au moindre creux de vague sur tes douces dunes blanches, jusqu'au moindre battement de veine sur le cou jusqu'au moindre soupir, et Dieu sait si ses soupirs à elle savaient parler dix langues — et peu à peu le souvenir revenait d'années perdues et de tout ce qui s'appelle vie extérieure, laquelle, comme on sait, ne saurait consister à passer son temps au lit ni dans des bavardages amoureux (et pourquoi pas, au nom de Dieu ?) « ... Parce qu'on finirait par se lasser ? »
— O cruelle créature, voilà une idée qui ne me serait jamais venue. »
— Parce que tu es trop galant. »
— Donc ma Victoire des Victoires, réjouissons-nous de tous les obstacles, de toutes les entraves et difficultés que la vie nous réserve, ils nous empêchent de nous lasser toi de moi moi de toi. »
— Pas très original. » — Pas original du tout. »
Donc, moralité, comme tu l'as dit : il faut payer. Le malheur de l'homme est qu'il a une âme de comptable. Je te payerais de tous les prix licites et illicites, mais que je te dise ceci : je ne permettrai pas que tu te lasses de moi.
— Oh ! très bien, tourmente-moi, fais-moi trembler d'inquiétude, mourir de jalousie, rentre à des une heure du matin, prends des airs d'archange malheureux, ou de sultan offensé, tu verras comme nous serons heureux — » et elle lui tirait les cheveux et lui mordillait le cou comme pour se venger d'avance des mauvais traitements qu'elle venait d'énumérer. — Oh mais ne crois pas, j'ai l'air de plaisanter, mais il m'arrive de souffrir *vraiment* quand je reste seule.
... Et je me dis que quand tu vas à ton travail tu es toujours le même monsieur qui avait femme et enfants, et que tu regrettes peut-être ces grands arbres autour

de votre drôle de maison, et que tu as des remords parce que tu ne peux pas leur donner d'argent...

— Arrête, arrête, arrête et puis quoi encore ? Comme on dit : ' je ne savais pas que j'étais si malheureux ' — tu voudrais que je quitte mon travail ? »

« Je suis sûre que tu regrettes. » — Que je regrette *quoi*, Créature sans Défense ? » — De lui avoir fait de la peine. Tu es bon, tu as du cœur. »

— Admettons que je regrette. Et après ? » — Jure-moi de ne pas la revoir. » Elle en arrivait à lui faire croire que Myrrha était une créature redoutable, forte de sa culture, de son esprit, de ses talents, de sa beauté (encore appréciable), de sa noblesse d'âme, de dix-sept ans de bonheur conjugal, bref — une reine dont la douleur était encore un moyen pour gagner sur tous les plans. « Et puis, tu ne me diras pas : un seul lit, ça compte ! Toutes les nuits ensemble. Ah ! ah ! tu me l'as assez répété, tu ne vas pas te dédire. C'est *capital !* »

— Mais je t'ai dit... »

— Oui, oui, tu me l'as dit ; elle n'était pas très passionnée. Ça prouve que toi, tu l'étais. »

— Pas plus que n'importe quel homme. Rien à voir... »

— Je sais : rien à voir avec *moi*. Ça ne change rien. En te réveillant chaque matin tu la voyais. Aussi longtemps que *toute ma vie*, tu te rends compte ? »

— ... Et veux-tu que je te dise une chose, ma grande psychologue : tu aurais dû choisir un célibataire. »

— Mais je ne savais pas ! Avant que nous vivions ensemble je ne savais pas ! Oh, et puis elle était si sûre de toi, tu ne l'as jamais trompée, j'aurais presque mieux aimé que tu l'eusses fait... »

Le sujet était pénible ; et Vladimir avait dix fois failli perdre patience et dire : je t'en supplie, parlons de tout ce que tu voudras mais non d'*elle*. Et il ne le disait pas sachant qu'une telle parole serait interprétée comme une preuve de reste d'amour pour Myrrha. Mais par cette jalousie tracassière Victoria l'attachait à elle plus implacablement encore. On eût dit qu'à coups d'aiguille, avec un fil solide, elle cousait dans son cœur, dans sa chair, comme on voudrait coudre ensemble deux morceaux d'un vêtement — si bien qu'au moment où elle parvenait à l'exaspérer il était brusquement pris pour elle d'une tendresse qui donnait le vertige.

Ces journées — ou plutôt ces nuits car ils ne se retrouvaient que le soir pour se quitter le matin — passées hors du temps n'étaient pas consacrées à des échanges de pensées fulgurantes ou à des méditations passionnées. Car la nouveauté de la couche partagée tout au long d'une miséricordieuse nuit les avait éblouis tous les deux jusqu'à leur faire paraître insignifiant le rôle qu'ils avaient à jouer vis-à-vis l'un de l'autre dans la journée.

La vraie vie de l'homme est sa nuit — le Chaos originel aux côtés de la femme qui respire doucement, confiante comme mille oiseaux dans mille nids. Et qui, même agressée en plein sommeil, devient plus confiante encore. Ils ne nous auront pas Victoria nous avons vaincu le monde.

Le matin chanter à pleine voix en se rasant, tandis que Victoria exécute ses pas de danse sur la table ronde. « J'adore ça, papa n'a pas voulu que je sois danseuse. » — Tant mieux, tu ne danseras que pour moi. »

— Le mâle égoïste. Tu crois que je pourrai me présenter au *bac* ? » — Téléphone à Blanche — la convocation est peut-être arrivée ? » — J'aurai peur. Papa sait que les Russes et autres secondes langues rares passent toujours à la Sorbonne. Et je dois être déjà signalée à la Police. »

— Tu le passeras en octobre. » A présent, cela n'a guère d'importance. Victoria se promet chaque jour de se remettre à ses livres de classe et n'y parvient plus. « Tu sais : je me fais l'effet de la petite gourde du

Portrait de Dorian Grey. Ce que je m'en balance, de mes études, de ma bourse, du concours général... Tiens ! si je jouais Juliette ? Cette table est le balcon. » — Je ne connais pas le texte. » — Moi, si. Je suis Andromède sur son rocher, enlève-moi. »

... *O sole mio...* Elle dit : « Ne chante pas ça me donne des fourmis dans tout le corps. » Mais il est temps de partir, on lui reproche assez d'arriver toujours en retard. « Et si tu venais à la Porte de Saint-Cloud à midi, nous déjeunerions ensemble ? » — Je ne choquerai pas tes collègues ? » — J'ose espérer que tu te tiendras correctement. »

Ils déjeunaient de café-crème, de sandwiches apportés du magasin (avantages en nature non compris dans le salaire) — Boris, Karp Ivanytch — le deuxième vendeur — Irina Grigorievna, la caissière. Les employés de la grande épicerie formaient deux ou trois bandes : seuls les préposés aux cuisines mangeaient sur place, les autres se dispersaient dans les cafés voisins. Malgré son avarice, Piotr Ivanytch eût jugé indécent de faire payer leurs repas aux employés ; aussi les sandwiches étaient-ils garnis de viandes ou salades de la veille. Pour Victoria Vladimir avait jugé plus prudent d'acheter des *pirojki.* Elle était venue en chapeau blanc et robe rose, et les épaules et le dos de la robe étaient couverts des taches sombres d'une brève averse. « Voyons. Il y a un courant d'air sur cette terrasse. Tu veux mon veston ? »

Les trois collègues affectaient des airs d'attendrissement railleur devant le regard soucieux de Vladimir et ses gestes de poule couveuse. « *Amour amour, quand tu nous tiens...* », déclamait Boris — vous ne me croirez peut-être pas, Victoria Alexandrovna, mais avant de vous connaître il était un gars tout à fait normal. »

— Je le trouve très bien comme il est ! »

— Eh bien..., dit Irina Grigorievna, en clignant avec nonchalance ses beaux yeux gris et myopes, Vladimir

Iliitch, nous attendons maintenant un recueil de poèmes — » Irina Grigorievna, dame quadragénaire, forte,
brune, volontairement négligée d'allure et vêtue d'un
corsage rouge framboise fort seyant, examinait la
virtuelle inspiratrice du virtuel recueil de poèmes avec
la gentillesse sceptique de la femme mûre pour la fille
trop fraîche, attends ma petite d'ici deux ans tu
n'auras plus cette poitrine-là.

— Vous ne craignez pas la concurrence ?... dit Vladimir. Irina Grigorievna, tu l'apprendras, est poète, nous
avons chez nous son recueil *Angles aigus* si tu t'en
souviens... Irina Lounnaïa — la *Lunaire.* »

— La concurrence ? Mon cher, vous m'attribuez des
mœurs spéciales. »

— Vois-tu Boris, elle imagine déjà que mes futurs
poèmes seront d'un érotisme déchaîné et m'attend au
tournant... Mais, ce que je reprochais jadis à votre
érotisme à vous, chère amie, ce n'était pas l'audace des
images Dieu m'en garde, mais la recherche d'une
perfection baroque et glacée qui tue le principe même
de l'érotisme, et ceci parce que vous étiez, à l'époque,
encore jeune et mal libérée de vos inhibitions féminines... » Aux mots « encore jeune » Victoria se mordit
les lèvres, puis, secouée de spasmes brefs, partit dans
un éclat de rire sonore qui coupa court aux réflexions
sur les poèmes d'Irina Lounnaïa.

Réprimant lui-même une forte envie de rire (bien
qu'il ne comprît pas la raison de cette gaieté) Vladimir
crut devoir enchaîner « ... non que je vous reproche de
chercher à rompre en visière à certain lyrisme féminin
érotico-sentimental qui, partant de Myrrha Lokh-
vitzky, en était tombé à Mariette Chaghinian... »

— Ne prononcez pas ces noms devant moi ! Nous
avons tous vu ce qu'est devenue Chaghinian [1]. Mais ce
que je vous reproche, Thal, à vous comme à un certain

1. Restée en U.R.S.S., et communiste.

nombre d'autres pouchkinistes super-quintessenciés, c'est d'affecter de condamner la recherche formelle directe au profit d'une recherche si subtile qu'elle aboutit à l'indigence, puis au désossement de la structure verbale... »

— Je ne sais dans le potager de qui vous jetez cette pierre, Irina Grigorievna, mais il me semble que personne n'a reproché à mes *Trombes* de souffrir de désossement ».

— Soyons francs, Vladimir Iliitch, vos *Trombes*, que j'apprécie, étaient dans la lignée des *Tristia* d'Ossip Mandelstam, avec un peu de brutalité post-révolutionnaire en plus, mais dans la *Pierre à Feu* vous en êtes venu à un ' dépouillement volontaire ' si agressif qu'il fallait avoir de bons yeux pour deviner qu'il était volontaire... »

— Et je m'en suis si bien rendu compte, chère amie, que comme vous le savez depuis cinq ans je me suis ' dépouillé ' pour de bon — ce qui n'est pas une pose, croyez-le bien. Mais lorsque je vous vois — je ne vous vise pas particulièrement, il y a dans *Angles aigus* des vers d'une tonalité métallique très personnelle — mais enfin, lorsque je vous vois chercher refuge dans un pseudo-folklore... »

— Tzvétaïéva le fait bien ! »

— Justement : on le sait trop ! »

— Vous voyez, dit Boris à Victoria, les poètes normaux, c'est-à-dire occidentaux, se rencontrent pour s'accabler mutuellement d'éloges (éloges dont ils ne pensent pas le premier mot) et chez nous chacun n'a rien de plus pressé que de dénoncer les défauts de l'autre, ceci en toute amitié, et savez-vous la raison de cette belle franchise ? Toujours le grand, le divin, l'inimitable Pouchkine, juge et témoin suprême, dont l'omniprésence occulte rend dérisoires les petites vanités personnelles. »

— Est-ce que vous écrivez des vers, vous aussi ? » —

Je n'ai plus ce malheur. Le poète, mis à part les dix par siècle qui deviennent réellement des idoles, est un personnage plutôt ridicule, vous ne trouvez pas ? »

Karp Ivanytch, sexagénaire peu lettré mais respectueux des lettres et amoureux de Pouchkine, écoutait les « jeunes » parler avec l'indulgence de ceux qui ont une fois pour toutes décidé que personne n'égalerait jamais les grands auteurs classiques. Par politesse, il demande : « Et vous, mademoiselle... Victoria, vous aspirez également aux lauriers du Parnasse ? » — Heu... après ce que Boris Serguéitch vient de nous dire... »

Vladimir se tourna vers elle, assez vivement. « Boris Serguéitch n'est pas un oracle, que je sache. Il cherche à justifier sa propre futilité. »

Irina Grigorievna vivait un roman d'amour assez semblable à celui de Vladimir Thal — deux ans plus tôt elle avait quitté son mari et son fils pour un jeune homme (vingt-deux ans en 1937) français, bourgeois, et interne à Laënnec. Elle se disait donc que Thal avait, somme toute, fait preuve de plus de courage que beaucoup d'autres (bien qu'il fût regrettable que la fille fût presque indécemment mineure), que la vraie vie commence à quarante ans, âge où l'on possède encore la plupart des avantages de la jeunesse, sans ses illusions, vanités, préjugés et anxiétés — et du reste, il n'y a qu'à le regarder, un autre homme, non pas « rajeuni » à proprement parler, mais superbe statue de bronze comparée à l'ébauche en terre glaise qu'il était avant.

... Et après tout, le bonheur qu'un être jeune peut trouver auprès d'une maturité épanouie, dépouillée des égoïsmes de la jeunesse — n'est-il pas préférable aux marchés de dupes que sont la plupart des unions dites « bien assorties » ?

... — Et à propos, demanda Vladimir, pourquoi diable avais-tu éclaté de rire, tout à l'heure ? j'avais dit

514

quelque chose de drôle ? » Victoria pouffa de nouveau, trouvant à peine la force d'expliquer « ... Mais... dire à une dame... qui a des prétentions à la jeunesse... en *ce temps-là* — vous *étiez* — *encore* jeune... » — Oh ! en effet, dit-il, surpris. Ma chérie, admire l'innocence de cœur des gens de lettres : ni elle ni moi n'avons remarqué cela. » — Naïveté des hommes : *toi*, tu ne l'as pas remarqué. » — Elle non plus. Tu ne la connais pas. » De nouveau voici Victoria soucieuse et méfiante.

— ... Ah ! parce que toi, tu la connais si bien. Au fait, ça t'amusait bien plus de bavarder avec elle qu'avec moi. Avec vos allusions dont je ne comprenais pas la moitié. »

— C'est ça ma chérie : tu es la pauvre petite fille ignorante séduite par un grand intellectuel. Et quel rôle vas-tu encore t'inventer pour me libérer de mes complexes ? »

— Oh ! dit-elle, riant malgré son désir de paraître sérieuse, tu tournes tout à la blague mais en fin de compte c'est vrai, non ? que je suis plus ignorante que toi. »

— Enfant terrible, et moi qui croyais que c'était justement ma haute culture qui t'avait éblouie. » Elle plissa le nez, en une petite grimace pensive.

— Oui et non. Mais plutôt *non,* tu sais. »

Les collègues avaient déjà regagné leur lieu de travail. Un peu perplexes. « Un manque de goût, tout de même, déclarait Boris. On a beau dire que... attendez, comment est-ce ? *Les amants, les fous et les poètes...* » — A vrai dire, soupira Karp Ivanytch, je trouvais sa fille plus jolie. Dommage tout de même. » — Sa *fille,* Karp Ivanytch ? s'écria Irina, quel rapport ? selon vous il aurait simplement changé de fille ? »

— Mais, chère Irina — ce qu'il vient de dire est même d'une justesse frappante : cas typique de complexe d'Œdipe. Il adore sa fille, laquelle grandit et arrive à un âge dangereux, il effectue un *transfert* — la morale, si l'on peut dire, est sauve. »

— Je ne crois pas, dit Karp Ivanytch, qu'il soit nécessaire d'avoir une fille pour effectuer ce genre de transfert. » Boris, définitivement consolé de Georgette, avait à présent pour amie une nommée Josyane, âgée de vingt ans et travaillant au Marché aux Fleurs dans l'Ile de la Cité.

*

Boris était tout de même passé, un samedi soir, au 33 ter, pour prendre des nouvelles. Il éprouvait pour Myrrha Thal un amour platonique et romantique qui faisait partie de ces sentiments purs dont on s'imagine qu'ils vous rendent meilleurs alors qu'ils ne jouent aucun rôle dans votre vie. Environ quinze ans plus tôt, il avait tenté d'expliquer à cette jeune mère délicate comme une fleur d'églantier à quel point les charmes d'une femme aussi belle qu'inaccessible peuvent faire perdre la tête à un homme — Myrrha l'avait repoussé de façon si franchement amicale qu'il lui en avait pour toujours gardé de la gratitude.

Avec une froideur agressive Tatiana Pavlovna lui demanda s'il leur apportait des nouvelles du Fils Prodigue. Question gênante et voulue telle. « Vous me voyez, dit-il, on ne peut plus embarrassé, car on peut être collègue et ami de quelqu'un sans approuver ses façons d'agir... » Il mangeait ses pâtes aux oignons assis à côté d'une Myrrha dont la santé ne semblait pas excellente ; des cernes bleutés sous les yeux, des paupières fiévreuses. Elle souriait avec bonne grâce mais parlait peu. Et Boris observait les trois enfants, avec une curiosité dont il éprouvait quelque remords. Que peut-il bien se passer dans ces jeunes têtes ? Les deux filles affectaient une froide insouciance, et échangeaient des remarques plus ou moins drôles sur leurs professeurs respectifs. Le garçon se tenait droit et raide comme un soldat montant la garde ; le front rouge, les lèvres boudeuses. Ses longs yeux gris ne voyaient rien. Ils étaient troubles, fixes, lourds — lourds comme si réellement ils pesaient des tonnes, comme si le sentiment dont ils étaient chargés — haine, ou mépris, ou menace ? — écrasait dans une région inviolée de l'âme quelque ennemi invisible. Et le grand-père laissait prudemment glisser sur le garçon des regards à la fois las et vaguement coupables. Le point névralgique, selon toute apparence — et il les terrorise tous, sauf peut-être la mère... Boris se demandait si ce n'était pas sa présence à lui qui, en troublant l'enfant, créait cet état de tension auquel même Tatiana Pavlovna ne parvenait pas à faire face.

Le repas terminé Pierre se leva et sortit de la pièce sans regarder personne ; les filles, inquiètes, le suivaient des yeux. « T'en fais pas grand-mère, dit Gala. Il n'a *vraiment* pas perdu l'appétit ! »

— Il t'arrive, ma chérie, de faire des remarques déplacées. »

— A toi aussi, grand-mère. »

— *Quod licet Jovi non licet bovi*[1]. Boris Serguéitch est un ami, mais ce n'est pas une raison pour le faire participer à des scènes de famille. »

— Je t'en prie, Tania... » dans la voix du vieil homme perce une fatigue exaspérée. Les deux filles se lèvent. Tala, elle, n'a presque pas touché au repas — ce qui justifie, ou explique, la remarque déplacée de sa sœur. Assez naïvement, Gala s'imagine que le chagrin coupe automatiquement l'appétit ; que, puisque Pierre dévore comme un ogre, sa peine est moins profonde qu'il ne veut le faire croire.

— ... J'ai bien peur, dit Boris, que ma visite n'ait pas été des plus opportunes. Mais croyez bien... »

1. Ce qui est permis à Jupiter... (v. note p. 187).

— Nous croyons tout, interrompit Tatiana Pavlovna ; cher ami surtout n'ayez pas de ces faux scrupules, je ne voudrais pas que nos amis nous traitent en
pestiférés. »

— C'est exactement ce que je voulais dire, Tania,
enchaîne son mari, qui semble revivre depuis que les
enfants ont quitté la pièce — voyez-vous Boris Serguéitch, c'est... un cap à franchir, chaque famille peut
connaître des... aléas de toute sorte. Seulement,
comme vous l'avez remarqué sans doute, mon petit-fils
nous cause quelques problèmes — oui des problèmes
sérieux j'en ai peur —, je n'y verrais qu'une seule
solution, mais je suppose qu'elle n'est pas à envisager
pour le moment ?... »

— ... Mais pourquoi tourmenter le pauvre Boris ? dit
Myrrha. Si nous parlions d'autre chose ? » et Boris
surprend son regard — furtivement posé sur lui —
pensif, avide et tendre, et il n'est certainement pas
l'objet de cette tendresse... ô l'imbécile, l'idiot, se dit-il,
cette femme l'adorait ! que diable allait-il chercher
ailleurs ? Si nous parlions d'autre chose — d'amis
communs, du prochain retour en Amérique de Tolia
Rubinstein (qui est tout de même resté assez longtemps à Paris pour pouvoir visiter la Grande Exposition, enfin inaugurée), de la regrettable américanisa-
tion des Russes qui ont échoué aux U.S.A. « ... rien qu'à
voir le niveau de leur presse... » et, en montrant à Boris
quelques exemplaires d'un journal russe publié à New
York, Ilya Pétrovitch obtient même un succès de
franche gaieté, et Myrrha n'est pas celle qui rit le
moins fort.

« Oh, mais regardez-moi toutes ces publicités d'entreprises de pompes funèbres... des collègues à moi, en
quelque sorte. Avec leurs incroyables néologismes. »

— Plutôt sinistre : il y en a pour la moitié de la page.
« Enterreur Untel, enterreur Untel » on se croirait au

temps de la Peste Noire, ils ne pensent qu'à enterrer ?... »

— Ah ! et celui-ci, dit Tatiana Pavlovna. Energique, non ? *Vivement, Rapidement, Imperceptiblement !* » Tous les quatre étouffent de rire en essayant d'imaginer ces enterrements imperceptibles. « Rien à dire, dit Boris, c'est un *autre* monde, nous ne les comprendrons jamais. »

— Oui... ce que Tolia racontait l'autre jour — reprend Ilya Pétrovitch. Des voisins avaient perdu un bébé ; lui et Sheelagh viennent présenter leurs condoléances, c'est le jour de la levée du corps... Tout le monde est assis dans le salon — de corps, de chapelle ardente, aucune trace. Des messieurs genre employés du Gaz viennent discrètement et se sauvent au bout de cinq minutes en emportant une petite valise — et c'est tout ! je vous jure. Et cinq minutes après on sonne à la porte : d'autres voisins ont eu la délicate idée de faire livrer aux parents affligés une bombe glacée. »

Myrrha frissonne. « Affreux, affreux, je n'irai jamais dans ce pays-là. Imperceptiblement, qu'en pensez-vous, Boris ? Le deuil devrait être imperceptible ? »

— Peut-être une forme de sagesse ? suggère Tatiana Pavlovna. « ... Un chien vivant vaut plus qu'un roi mort, donc un roi mort vaut un chien mort, pourquoi pas ? Mais... regardez-moi ceci : ce sont des journaux russes, tout de même ! et toutes ces annonces publicitaires ne sont pas faites pour les pauvres diables à fosse commune. Et d'ailleurs — les Américains dépensent un argent fou à parer et à embaumer les cadavres et vous avez lu *La Fontaine de Jouvence* d'Huxley ? Quel est ce mystère ? Une fuite devant la mort ? »

— Voyons, Tania, dit Ilya Pétrovitch, sois logique avec toi-même et tes convictions : quand je mourrai, comment organiseras-tu mes funérailles ? » Elle croise les bras et prend un air solennel.

— Hum. Laisse-moi réfléchir. Non, je ne tiendrais

pas à les laisser passer inaperçues. Des annonces dans tous les journaux, et bon nombre d'articles nécrologiques. Rassemblement à la maison mortuaire, et cérémonie laïque aussi imposante que possible — des discours sur la tombe, et j'accepte toutes les fleurs et couronnes... »

— Oh! oh! vous entendez cela, Boris Serguéitch ? Voilà qui vous donnerait presque envie de mourir. »

— Envie ou pas nous y viendrons tous. Alors ? Je continue : la solution américaine me déplaît, non parce qu'elle choque des sentiments religieux, mais parce qu'elle déshumanise la mort, phénomène humain par excellence, et cherche soit à l'escamoter soit à en faire un simulacre de la vie — or de nos jours, où tant d'hommes meurent comme des chiens, vivent comme des chiens, j'en viens à croire que notre *dignité* réside non pas dans la pensée comme disait l'autre, mais dans le respect de certaines *formes* de la condition humaine... »

— Ah ! dans l'' agenouillez-vous ', Tatiana Pavlovna ? Vous en venez là ? »

— Ecoutez : si par hasard je viens à l'église pour assister à une cérémonie funéraire, je m'y tiendrai dignement, je ne ferai pas de pied de nez au curé — je ne sortirai pas dans la rue sans chapeau ou en chemise de nuit, et je ne laisserai pas non plus emporter le corps de mon enfant dans une petite valise sous prétexte de ménager mon cœur trop sensible, et je n'irai pas non plus escamoter mes enfants par un tour de passe-passe le jour où je m'apercevrai qu'ils me gênent, car le respect de certaines *formes* comme je le disais, est inséparable du respect de soi... »

— Tu y reviens, Tania », dit Myrrha à mi-voix.

— Oui, ma chérie, je suis incapable de cacher des squelettes dans mes placards. De changer les cercueils en valises. Dites à ce monsieur à valises, Boris Serguéitch, qu'il ne suffit pas de rayer les gens de sa vie pour les faire mourir. Et que les rapports entre êtres humains ne se réduisent pas, Dieu merci, à des exploits d'alcôve... »

— Tania ! » dit son mari, assez horrifié.

... Elle est une femme passionnée..., disait Myrrha — appuyée sur le bras de Boris elle marchait le long de la nocturne, bourgeoise et paisible rue des Ruisseaux — le long de grilles où pendaient des glycines, de grilles derrière lesquelles se noyaient dans l'ombre les massifs d'hortensias, se dressaient des marronniers, des cerisiers, des tonnelles couvertes de rosiers grimpants, çà et là éclairés par les douces lumières jaunes de fenêtres ouvertes ; et à travers la dentelle de voilage une lampe de bureau à abat-jour en parchemin éclairait une table, un vase de fleurs, une tête penchée, avant de disparaître dans un trou noir et de faire place à des feuillages noirs sur fond de ciel d'un gris-bleu sombre qui vers l'horizon se teintait de l'éternelle brume rouge-mauve sale planant sur la grande cuvette de Paris.

— Il ne vous arrive pas, Boris, de vous arrêter devant ces fenêtres éclairées ? Pourquoi chacune d'elles nous promet-elle une telle paix du cœur — n'est-ce pas ? — elles sont *toujours* l'image d'un bonheur auquel nous aspirons comme s'il était le droit absolu de tout homme, alors que ce couple sous la lampe, qui sait, se dispute ou meurt d'ennui, et cela nous est égal... et si quelqu'un passait (mais nous ne sommes pas dans un passage) devant nos fenêtres du 33 ter ? Il ne faut pas, surtout pas, vous laisser impressionner par les discours de ma belle-mère, sans doute vous mettent-ils dans une situation gênante mais je serais heureuse si vous veniez nous voir de temps à autre... »

— Et je vous en remercie. »

— Non, voyez-vous. Notre situation est absurde. Comme dit ce vers trop fameux : *un seul être nous manque...* et il se peut en effet qu'il nous manque cruellement, car une famille finit par apparaître comme un corps vivant, dont chaque membre (vous voyez la métaphore ?) est nécessaire à la vie des autres. Et c'est injuste, n'est-ce pas, de se nourrir ainsi des forces vives d'autrui, et d'oublier que chacun naît, vit et meurt *seul,* nous sommes compagnons n'est-ce pas, et non pas membres les uns des autres, membres du Christ seulement — Vous voyez ce que je veux dire Boris ? vous m'écoutez ? »

— Myrrha, je sais bien que si vous étiez avocat vous feriez acquitter le diable. Non, je ne jette pas la pierre, ne le croyez pas. Vos beaux-parents souhaiteraient, me semble-t-il, quelque nouveau *modus vivendi* qui ne privât pas entièrement les enfants de leur père — franchement, le souhaiteriez-vous ? »

— Quelle question cruelle — pardonnez-moi. Non. Je ne le souhaite pas — c'est comme une partie de cartes où vous avez été si mal servi que vous perdez, si bon joueur que vous soyez. L'affaire est trop mal partie, Boris. On dit que le malheur (admettons que ce soit un malheur) rapproche les 'membres' d'une famille, mais ce qui nous arrive est exactement le contraire. A part mes deux filles, qui semblent plus unies qu'autrefois, nous sommes devenus comme des étrangers les uns aux autres. J'ai pour ainsi dire perdu mon fils, le seul moyen de le retrouver serait de quitter la maison et d'aller vivre chez mon frère, et je ne me sens pas en droit d'abandonner mes beaux-parents — et ma belle-mère et mes filles semblent me croire responsable de ce qui est arrivé — et mon beau-père voudrait bien ne pas prendre les choses au tragique simplement parce qu'il tient à sa tranquillité... Il est peut-être le plus intelligent de nous tous ? »

Elle brûlait d'envie de poser des questions. Comment va-t-il, de quoi parlez-vous ensemble ? est-il calme ou préoccupé ? elle avait espéré un message personnel, mais elle voyait bien que Vladimir n'était pas au courant de la visite de son ami au 33 ter, et jamais Boris ne lui dirait la vérité, à savoir : il est au Septième Ciel. Et c'est ce septième ciel que personne, sauf peut-être le vieux M. Thal, ne peut lui pardonner — et pourtant, quand il était là, s'étaient-ils donc tant préoccupés de lui et de son bonheur ?... Seigneur, je ne vais pas me mettre à pleurer ?

Et ils repassent devant la maison à l'abat-jour en parchemin. La lampe est éteinte, une lumière rose vient d'une porte ouverte sur la chambre du fond et se reflète dans une glace murale, et une jeune femme se penche au-dessus de massifs de rhododendrons pour fermer les volets. Myrrha s'accroche à la grille. « Ça ne fait rien, ils ne nous verront pas. Nous sommes les vagabonds qui passent. Les voyeurs. Aviez-vous un beau jardin, à Moscou, Boris ? » — Un petit jardin d'allure provinciale, avec lupins, dahlias, pivoines et quelques tournesols. Une maison en bois, avec colonnade peinte en blanc. »

— Pourquoi seuls les jardins d'autrui, les jardins inconnus, nous parlent-ils de beauté parfaite ?... Je vous ennuie, Boris. Voyez : nous croyons aimer, et quand notre amour est mis à l'épreuve nous refusons à l'être aimé la confiance et le respect, nous lui reprochons d'être ce qu'il est, nous l'étalons sur des lits de Procuste. Vous aussi, n'est-ce pas, vous êtes son ami, mais vous détournez vertueusement les yeux, le jugement social est une chose terrible — une grande force, vous savez. Le Gros Animal de Platon.

« On m'a toujours reproché mes éternels ' ne jugez pas ', mais je crois que c'est moi qui ai raison, oh ! sans vanité aucune, le Christ le sait, car voyez-vous il est même plutôt ridicule de dire : ' j'ai raison '. »

Et Boris se demandait comment cette femme osait, sous un ciel de juin parisien où des étoiles perçaient çà et là parmi des masses de brume presque aussi noires que le ciel, s'abandonner à des confidences aussi intimes, et l'impression d'intimité troublante n'était pas tant dans les paroles que dans la voix, toute changée, à la fois étouffée et vibrante, pareille à une lamentation en sourdine — ... faut-il, faut-il que j'existe peu pour elle, en dépit du sincère élan d'amitié qui rend ces paroles possibles. — Vous êtes une femme terrible, Myrrha, car ami ou non, que je ' juge ' ou non, vous croyez qu'il m'est facile de supporter qu'on vous fasse souffrir ? »

— Vous voyez : c'est un préjugé. Qui fait souffrir qui ? Vous croyez qu'il n'a pas pour moi dix fois plus d'amitié et de respect que vous ne pouvez en avoir ? La souffrance nous vient de nous-mêmes et non des autres. Vous dites : *faire* souffrir ? si j'ai mal aux dents vais-je accuser mes dents ? »

Il dit : « Vous savez que je vous ai aimée... » il sentit que c'était là une platitude inutile, et que pourtant il lui était impossible de ne pas prononcer cette phrase. — Et je vous en suis reconnaissante », dit Myrrha avec douceur.

Ils rentraient lentement, bras contre bras, épaule contre épaule, contournant l'angle aigu que la plate rue des Ruisseaux faisait avec l'abrupte avenue du maréchal J., longeant d'autres pavillons où des lumières brillaient aux étages, et où la dernière chanson de Tino Rossi s'échappait de quelques fenêtres ouvertes. Il ne restait presque plus d'étoiles au ciel, Myrrha dit : « Nous aurons encore de la pluie. Le jour le plus long de l'année. » Ni l'un ni l'autre n'avait envie de revenir au 33 ter pour affronter le vieux couple. Ils trouvaient tellement plus simple de jouer, dans quelque vie hors de l'espace et du temps, le rôle de deux jeunes gens insouciants et vaguement amoureux, qui en vacances dans une calme petite ville se promènent à nuit tombée au milieu de jardins verts en attendant de rentrer dans une maison où sur la véranda, sous la lampe verte, leurs amis bavardent et jouent de la

524

guitare en prenant le thé. Il dit : « Nous avons quarante ans. »

— L'âge critique, à ce qu'on dit. Je ne sais combien de fois on me l'a dit depuis un mois... l'âge, l'âge ! Savez-vous qu'ils sont vexants ? Ils parlent de lui comme d'un vieillard — et moi, alors ? j'ai un an de plus que lui. Je me crois très jeune. »

— Vous ne songez pas à refaire votre vie ? »

Elle eut un étrange petit rire qu'elle voulait gai. « Pas encore. Mon frère m'a déjà trouvé un prétendant. Brave homme, mais pas du tout dans notre genre. Non, sérieusement non. Je suis de ceux qui n'aiment qu'une fois. »

Elle l'avait dit avec un petit soupir résigné. Et Boris méditait sur le réalisme désabusé — ou l'inconstance naturelle — de l'âme russe, ou, ce qui revient au même, de la langue russe, qui assimile presque les cœurs à amour unique (*odnolioub*) à des fruits secs ; ou tout au moins y voit des cas d'espèce, comme des plantes qui ne fleurissent qu'une fois, et de leur fidélité ne leur fait aucun mérite. Mais ce soir de solstice de juin devait marquer le début de la grande passion de Boris Kistenev pour Myrrha Thal — comme si la folie de Vladimir était contagieuse, et d'un cœur à l'autre entraînait des réactions en chaîne, car Myrrha elle-même, pensait-il, ne se découvrait si éprise de son mari qu'à cause d'une rupture qui éveillait en elle la nostalgie de sa jeunesse perdue.

... Et il pensait qu'après tout, si on lui proposait un prétendant « dans notre genre », elle comprendrait qu'à quarante ans la soif de vivre et la joie de vivre sont une libre conquête de l'âme débarrassée des ignorances et des hasards de la première jeunesse...

Dans la salle à manger, Tala, installée à la petite table-bureau aux côtés de son grand-père, déchiffrait une strophe des *Bucoliques*. Le bac. Il était bien entendu qu'elle ne pouvait ni ne devait penser qu'au bac. Elle était (provisoirement et conventionnellement) le point de mire de l'attention de la famille, comme pourrait l'être un grand malade, mais elle était au contraire censée symboliser l'espoir et la fierté des siens, elle affrontait une épreuve qui allait lui conférer un titre officiel, bref on lui forgeait tant bien que mal une carapace protectrice — occupation qui, pour les grands-parents et pour Tala elle-même, servait d'alibi et de « divertissement ».

Bref, que d'autres se noient dans leurs problèmes sentimentaux, nous nous adonnons à des tâches plus sérieuses. Virgile, Cicéron, Coleridge, Shakespeare, Racine, Balzac, la géométrie dans l'espace, la chimie organique, 1789 et les Droits de l'homme, Napoléon, la botanique sans oublier *Eugène Onéguine* et *Guerre et Paix*, devaient se réunir dans la tête de Tatiana Thal pour y former un édifice harmonieux et solide... « Car tu sauras que rien dans la vie ne remplace cela, et que si tu n'as pas la tête *bien faite* à ton âge tu n'auras plus de tête du tout dans dix ans... »

En attendant, Ilyia Pétrovitch s'indignait contre la prononciation française du latin, son mépris barbare de l'accent tonique qui changeait en cacophonie l'admirable musique des poèmes de Virgile ; et il déclamait de sa belle voix grave, à la manière chantante des Russes, de longs passages des *Bucoliques* qui n'étaient pas dans le programme. Tala écoutait, et rêvait aux amours de Tityre, d'Amaryllis, de Corydon et autres bergers et bergères assez heureux pour n'avoir pas de *bac* à passer, et à des vacances au bord de la mer, pleine lune, grillons crissant dans les herbes sèches et la terne grisaille argentée des oliviers, et la svelte fille blonde dansant en chemise blanche au clair de lune et les serments d'amour éternel, *Amaryllidam formosam* ô qu'elle était belle, s'ils savaient !

Elle qui ne mettra plus les pieds au lycée Molière, ne fera plus de blague sur les profs, ne courra plus le long des galeries couvertes... oh Taline ton tablier est tout mis de travers, que je te rajuste les plis... et qui aurait pu croire que c'était un *bonheur,* oui, encore un bonheur, de la voir assise à son double banc aux côtés de Sidorenko, sombre, humiliée, et prenant ses grands airs hautains, et quêtant parfois un regard qu'on lui refusait avec une joie vengeresse — un bonheur encore, de lui tourner le dos et de se dire : aura-t-elle le front de tenir bon jusqu'au bac ? Eh bien non, elle a flanché, la lâcheuse, la lâche, la pauvre fille séduite, la pauvre fille qui n'avait que l' « amour » en tête, moi il me reste mon Virgile et mon Eugénie Grandet et mes tétraèdres et mes cônes tronqués...

Boris et maman rentrent de leur promenade, pensifs et se demandant s'il faut prendre un air gai ou un air triste, et grand-mère les interroge du regard, et comme les yeux de grand-mère sont lourds d'indiscrétion désinvolte ! ils disent à la fois : « avez-vous cherché une solution à notre problème ? » et « ne songeriez-vous pas à ébaucher un *roman ?* » et si maman tombait amoureuse de Boris, serait-ce une bonne chose ? Oh oui, et qu'il revienne, lui, et qu'on lui dise : trop tard, mon cher, qui va à la chasse perd sa place, qu'il revienne personne ne lui parlera plus, oh Pierre a mille fois raison, je ne lui parlerai plus jamais, *n'y touchez pas il est brisé*, ils sont tous là à vouloir recoller un vase qui n'est plus là.

On veut me recoller avec des pages de manuels scolaires. Allez-y allez-y, vous verrez une Tala toute rapiécée et reprisée de chiffres et de lettres, une nouvelle Tassia de noir vêtue, dommage que je n'aie pas un long nez.

Et cet homme-là, qui fait le joli cœur auprès de maman, va demain voir papa, et ils se parleront comme les meilleurs amis du monde, et se feront des confidences sur leurs amours respectives — et comment va la pauvre famille ?... ils souffrent beaucoup

527

n'est-ce pas ? Tala heureusement a la chance d'être absorbée par son bac, oh oui elle est courageuse n'est-ce pas... ils sont tous très courageux n'est-ce pas mais Tala plus que les autres

passe passe passera
la dernière la dernière
passe passe passera
la dernière restera !...

*

Alexandre Klimentiev se trouvait dans la situation ridicule du lion prêt à bondir au milieu d'un désert où il n'y avait pas de proie sur laquelle bondir. Il avait tellement parlé de son honneur et de son revolver qu'au moment où il lui devenait nécessaire de passer à l'action les adversaires s'étaient cachés, et « un homme seul dans un champ n'est pas un guerrier », bref il avait beau s'agiter il ne voyait pas comment il pouvait se venger d'un ennemi dont il ignorait le nom, l'aspect et le lieu de résidence.

Au Commissariat de Police, où il passait au moins trois fois par semaine, on lui répondait avec lassitude que sa déclaration, et même sa plainte en détournement de mineure, avaient été dûment enregistrées, que les recherches suivaient leur cours, mais que Paris était grand, et qu'il n'était pas même certain que la fille disparue se trouvât dans Paris, et que la police ne pouvait passer son temps à demander leurs papiers d'identité à toutes les jeunes personnes présumées mineures (et pourquoi pas ? pensait-il. Si la police était bien faite...) — que, du reste, le signalement et la photographie de Mlle Klimentiev avaient été communiqués aux commissariats de quartier, mais que — nouvelle peu consolante pour un père — dix filles mineures par jour en moyenne disparaissaient ainsi dans Paris.

Quant à la plainte en détournement de mineure, portée contre X, il n'était pas possible de lui donner suite tant qu'il n'y avait pas de preuve qu'un tel délit ait eu lieu. Et même au cas où la fille serait retrouvée et ramenée à son domicile, le commissaire de police ne pouvait protéger M. Klimentiev contre la possibilité de nouvelles fugues. — Oh! ça, disait-il, vous en faites pas! Je ne la lâcherai plus! » d'un air si décidé que le Commissaire (passablement exaspéré) se demandait si la fille n'avait pas eu de bonnes raisons pour fuir ce père.

La Police française s'intéressait peu à l'honneur d'un pauvre émigré russe, blanc, et ouvrier chez Citroën. Je parle mal, j'ai un accent à couper au couteau. Chez eux, les filles de quinze ans embrassent les garçons en pleine rue. Ils ont de 'petites amies' et s'en vantent devant leurs collègues, et vont regarder des femmes nues dans des cabarets. Mme Legrandin avait pleuré, et juré qu'elle ne savait rien de rien, que la petite avait profité du moment où elle était sortie faire ses courses. « Et à quoi sert une concierge, alors? vous laisseriez dévaliser toute la maison! Je porterai plainte au propriétaire! » — Ce n'est pas beau ce que vous dites, M. Clément. » Blanche Moretti ne savait rien non plus. « Depuis qu'elle fréquentait son amie de Meudon... » et l'amie de Meudon savait sûrement quelque chose mais va donc la forcer à parler en présence de parents et de grands-parents.

Il avait même réussi, prétextant une démarche en vue du renouvellement de ses papiers, à quitter l'usine plus tôt, et à guetter la petite Thal à la sortie du lycée. Allez donc! elle marchait dans la rue, toute raide avec ses airs de pimbêche, entourée de filles comme elle, et lorsqu'il s'était approché d'elle, elle avait pris une mine apeurée, tout juste si elle n'allait pas appeler l'agent de police. « Mademoiselle Tatiana, c'est sérieux pourtant. » Elle, rouge, les larmes aux yeux : « Mais je vous assure, je vous assure... » — Vous le regretterez, vous le regretterez ! » Et que pouvait-on faire ? Après tout une fille russe ne trahit pas une camarade, entre filles la camaraderie est presque aussi forte qu'entre garçons.

Ses amis lui tapaient sur l'épaule et lui offraient des tournées de Pernod, mais c'étaient des consolateurs du saint homme Job, « On t'avait bien dit, Klim, tu lui as trop fait peur avec ton histoire de revolver. » « Tu as été à la fois trop sévère et trop coulant — et qui te prouvait qu'elle allait bien à Meudon chez sa petite copine ? » « Il ne fallait pas lui permettre de rentrer après six heures du soir. » — Mais voyons, j'ai parlé au père Thal lui-même, il m'a affirmé que Vica était tout le temps chez eux. » — Les filles sont malignes, Klim, peut-être qu'elle les quittait à dix heures et te disait avoir pris le train de onze heures dix. »

« ... Il ne faudra pas être trop dur avec elle quand tu la retrouveras. » « A Paris une fille qui fait une bêtise, ce n'est pas comme chez nous autrefois. » — Eh quoi, elles sont faites autrement que chez nous, les filles ? et les gars sont fait autrement peut-être ? et si c'est un garçon honnête, pourquoi se cacher ? Un garçon riche, je te dirai, qui ne veut pas l'épouser parce qu'elle est pauvre ! Je la laisserais à un type pareil ? » Ses amis étaient de faux amis, il ne leur disait pas la moitié de ce qu'il pensait. « Bien sûr que non, je ne serai pas dur. Pourvu qu'elle me revienne. Je n'avais plus qu'elle. »

« Mais qu'est-ce que vous croyez, que je suis une brute, mais je ne toucherai pas à un cheveu de sa tête, c'est ma petite fille, non ? »

Ils se retrouvaient devant la grande grille de l'usine, à la tombée d'un jour qui avait encore des heures de lumière devant lui, mais pour la foule d'hommes vêtus de gris et de bleu sale, le visage grisâtre ou rougeâtre sous les casquettes grises, c'était vraiment la fin de la journée, parce qu'ils étaient vidés de leurs forces et de leur pensée, et ne songeaient même pas encore à ce *reste* de jour qui était pourtant à leurs yeux le seul moment de vraie vie. Ils sortaient par groupes, en désordre, traînaillant dans la vaste cour pavée, devant la large grille qui était bel et bien la porte d'une prison, où prisonniers sur parole ils allaient s'enfermer à nouveau le lendemain matin de bonne heure.

Et ils longeaient les entrepôts et les murs aveugles, et les bistrots voisins en engloutissaient quelques-uns au passage ; et d'autres préféraient les cafés proches de la station de métro, d'autres s'engouffraient directement dans le métro, pressés de retrouver qui un foyer heureux qui des enfants ou des parents malades. Ceux qui s'arrêtaient au zinc n'avaient pas envie de quitter des camarades, ou avaient simplement besoin d'un peu de ce liquide qu'on n'appelle pas pour rien (d'une façon ou d'une autre) eau-de-vie, pour retrouver goût à la vie après les neuf heures de vie perdue.

Klimentiev était un ouvrier consciencieux, il était même de ceux qui n'aiment pas les grèves — du désordre et rien d'autre — respectant les patrons, respectant les machines, et ne desserrant pas les lèvres pendant les heures de travail. Il avait, à l'usine, plusieurs camarades à peu près de son âge, et de milieu social assez semblable au sien bien qu'ils ne fussent pas de la même province : deux d'entre eux étaient cosaques de l'Oural, un ex-gendarme sibérien, un sous-lieutenant de cavalerie ukrainien et ex-légionnaire. Il lui arrivait aussi de rencontrer des hommes qui avaient servi comme lui sous les ordres de Koltchak, dans le même régiment, et à une camaraderie militaire il se raccrochait plutôt par principe que par goût, car dans les réunions d'anciens militaires il se sentait humilié, il y rencontrait des officiers de carrière, des nobles qui lui tapaient parfois sur l'épaule d'un air condescendant : « oui, un brave, je sais ! » et n'avaient rien à lui dire.

Parmi ses amis de l'usine, seul un des cosaques était marié ; les autres, célibataires, aimaient la boisson, il l'aimait aussi. Il se rendait compte à présent que le sentiment de sa « faiblesse » comme on nomme ce vice l'avait peut-être rendu trop indulgent pour sa fille ; s'étant dit une fois pour toutes qu'elle n'oserait faillir à l'honneur il l'avait laissée à elle-même, trop content de savoir qu'elle s'était trouvé une amie russe et sérieuse.

Et parce qu'il se sentait en faute, il s'excitait à une colère de plus en plus implacable. Car à son courroux légitime s'ajoutait la rancune contre les deux petits drôles qui le forçaient, lui Alexandre Klimentiev, à s'avouer coupable, et de cette culpabilité il ne voulait à aucun prix.

... Il s'était fait proprement rouler par la gamine et le jules, preuve de manque d'intelligence, et il sentait que ses amis n'avaient pas une haute idée de son intelligence, ce qui était plus vexant encore que le crime de « faiblesse » car l'amour de l'alcool peut servir d'excuse à presque tout, mais être pris pour un imbécile est la pire des offenses. Oh non, il n'était pas un imbécile. Un homme honnête, c'est tout. Un Homme. Maria et la petite, en femmes qu'elles étaient, et expertes en ruses féminines, s'étaient toujours fait des signes derrière son dos. Mais Maria avait été une femme honnête, à la manière des femmes : elle eût volé mille francs plutôt que de faire de l'œil à un homme.

... Et que peut faire un pauvre veuf, resté avec une fille sans mère ? Est-ce à lui de conseiller sa fille, c'est l'affaire des femmes.

Cette petite leur était née à Yalta, dans un centre d'accueil dirigé par une grande dame, l'épouse d'un amiral — et cette dame, belle et maigre, à cheveux blancs comme de l'argent poli, avait servi de marraine à l'enfant et lui avait fait présent d'une croix d'or. On l'avait baptisée Victoria, en pleine défaite, déroute et débâcle, alors que les Rouges enfonçaient le front et que la Crimée risquait de devenir une souricière pour les dizaines de milliers de réfugiés qui attendaient les bateaux. Victoire quand même, nous reviendrons avec les Alliés !... Victoire et vengeance, et il était né en ces années-là, mais surtout deux ou trois ans plus tôt, beaucoup de Victors et de Victorias, et, malheureusement, encore plus d'Irènes, car une propagande judéo-libérale parlait beaucoup plus de paix que de victoire, et leur *paix*, ils l'ont eue, on peut le dire !

Et la petite Victoria Klimentiev était venue un peu tard, au moment où l'on ne parlait plus guère de victoire, et où la grande affaire était de prendre son tour pour trouver place sur un bateau. Et lui, Alexandre, avait mis des semaines à se consoler du malheur de n'avoir pas un Victor au lieu d'une Victoria — et peut-être du malheur plus grand encore d'être encombré de femme et d'enfant alors que les hommes, les vrais, faisaient des projets — engagements dans des armées étrangères, dans la Légion, voire dans les corps francs qui se battaient encore en Extrême-Orient, pour ce qu'on en savait.

Il avait vingt-trois ans alors, et sortait de plusieurs enfers, et son ami Gricha mangé par les chiens, et lui-même hurlant et se tordant, suspendu au-dessus de ce feu de bois humide dont la fumée âcre lui dévorait les poumons et dont la chaleur, à distance, semblait écorcher vives ses jambes ; on l'avait dépendu évanoui, si terrifié qu'il en avait pendant huit jours perdu l'usage de la parole. Et il avait retrouvé Maria à Odessa, enceinte et toute jaune sous son voile blanc d'infirmière, et véhiculant dans des brouettes des jambes et des bras coupés. Heureuse, bêtement : « Sâchenka, ma lumière, ma vie ! je n'espérais plus te revoir ! » Et il avait regardé cette boule énorme bêtement collée sur le corps maigre de la femme, et s'était mis à rire avec une amertume cruelle : « C'était bien le moment, Maria, une pierre autour de mon cou. » Elle, comme toutes les femmes en ce temps-là, n'avait eu qu'un sourire triste. « On s'en sortira, Sacha. » Les femmes croient toujours qu'on s'en sort.

Et la misère, et les humiliations qu'à cause de cette Victoria il avait supportées, homme de devoir, élevé dans de bons principes. Le second enfant, venu à six mois à la suite d'un accident (à Constantinople Maria avait passé sous une charrette d'oranges) était un garçon. Mort-né.

Une belle petite : saine comme une pomme mûre, une chair blanche si ferme qu'on ne pourrait pas la pincer, les joues rouges, des lèvres qu'on eût dit peintes, de grosses nattes blanches comme du lin peigné, un plaisir à voir — à Meudon tous les Français se retournaient sur elle dans la rue, et une fille comme ça est forcément bien dressée ; ne parle à personne, ne te laisse pas offrir de bonbons. A l'école communale toujours le prix d'honneur, votre petite Victoire pourra aller jusqu'au baccalauréat et puis passer des concours... et les femmes, ça leur monte à la tête. L'Instruction. Quand on est pauvre il faut avoir de l'instruction.

Et il l'aimait bien malgré tout. Une croix, oui, une pierre au cou pour un homme, car de Maria toute seule il se fût plus facilement dépêtré, il rêvait soit de Légion Etrangère soit d'action clandestine en Russie, soit d'attentat spectaculaire — et à cause de cette enfant il remettait toujours ses rêves d'action à plus tard, sachant bien que Citron (maudits soient les juifs) épuisait peu à peu ses forces et son courage, et tout ceci à cause d'une gamine qui grandissait, et commençait à avoir des formes comme on dit, et à écrire en latin et en anglais et à faire la demoiselle devant ses parents, le petit du coucou tous les enfants le sont — à quinze ans d'une demi-tête plus grande que sa mère et mangeant trois fois plus, et si bien vêtue qu'on avait honte de marcher dans la rue à côté d'elle — « Le Lycée, tu comprends Sacha » — et parlant français avec ses camarades russes et disant « Oh papa, tes histoires de guerre... » « Combien de Pernods as-tu bu, papa ? » et il avait tout supporté. Il était fier d'elle. Et Maria qui meurt au mauvais moment.

... Ce samedi soir où il était rentré et avait trouvé le petit mot sur la table, et le cagibi de sa fille vidé, il n'avait pas compris tout d'abord. Il avait lu et relu la lettre. Partie, avec ses vêtements et ses livres et la photo de sa mère ; et elle lui laissait la vieille icône, pour ce qu'il avait à en faire — ah ! ah ! aucune explication, donc il n'y en avait qu'une seule (il n'était pas bête à ce point) « ... Je ne fais rien de mal mais tu ne voudras pas comprendre... » qu'est-ce qu'un père peut ne pas *vouloir* comprendre ? La chiennerie. Et imaginer sa belle petite fille plus nette qu'un œuf fraîchement pondu, se faisant sauter par un type, cela non il ne voulait pas l'imaginer. Donc il avait froissé le billet, jeté à terre l'icône, roué de coups de pied le vieux mannequin de Maria (si la maudite femme n'avait pas été couturière Victoria n'eût pas porté de si jolies robes...) — déchiré ce qui restait des affaires de sa fille, brisé même la longue glace étroite que Maria avait eu jadis tant de mal à se procurer.

Il avait fait beaucoup de tapage, trop occupé à étourdir sa douleur pour passer à une action immédiate (c'est-à-dire, pour interroger Mme Legrandin), puis s'était jeté sur une chaise, la tête sur la table, cognant son front contre la toile cirée, puis s'était précipité sur son litre de vin, et avait bu comme un fou, comme un homme qui a marché dix heures en pleine chaleur sans avaler une gorgée d'eau

et à la fin il s'était effondré sur le lit, gardant encore assez d'empire sur lui-même pour comprendre qu'il n'était pas en état d'aller faire un scandale à la concierge.

Cette femme était une traîtresse, en dépit des airs

mielleux qu'elle prenait depuis la mort de Maria, oh oui quel malheur, Monsieur Clément, quel malheur, une petite si sérieuse qui l'aurait cru jamais de ma vie je n'aurais pensé ! « Jamais de visites en mon absence ? » — Mais vous pensez bien que je vous l'aurais dit, Monsieur Clément ! » Sottise des gens qui vous prennent pour un sot, ne savait-il pas qu'on avait peur de lui, elle l' « aurait dit », tiens ! les femmes se soutiennent entre elles, toutes des putes, mais nul homme n'a intérêt à entrer en guerre ouverte avec sa concierge.

Personne ne savait rien. Presque trop beau. Victoria s'était enfuie avec un fantôme.

Voilà ce qu'il en coûte de passer pour un homme violent : en fait, beaucoup de gens du quartier avaient vu Victoria Clément avec son amoureux, mais personne n'osait l'avouer, pour n'avoir pas à décrire l'individu, car si jamais Klimentiev le connaissait, qui sait ce qu'il serait capable de faire à l'homme et à la fille, donc il valait mieux ne pas s'en mêler.

Or, Mme Legrandin eût peut-être mieux fait de dire, comme Victoria le lui avait demandé, « un jeune homme blond », car même une description aussi vague eût été, pour le père, plus supportable que l'ignorance totale. Il voyait aux côtés de sa fille un monstre sans corps et sans tête, il avait besoin de cogner sur quelque chose et les poings de sa colère heurtaient un nuage qui se dissipait pour laisser place à un trou béant. Il n'y avait pas d'homme, et pas de Victoria non plus, car la créature qu'il avait jadis juré d'abattre d'un coup de revolver ne pouvait pas être la fille qui lui préparait son petit déjeuner et repassait ses chemises, et disait papa, et papa ne bois plus !

Il avait juré de les tuer, elle et son amant, un jour où il n'était pas ivre, juste un peu gris, et où la voyant peigner ses longs cheveux devant la glace il avait brusquement compris ce que pouvaient signifier ses jolis seins et sa taille fine pour un homme ; et cette image l'avait blessé comme si le sacrilège était commis devant ses yeux, et il avait pris son revolver se jurant que jamais cela n'arriverait. Puisqu'elle était belle, il fallait une menace sérieuse, il avait donc agi en père raisonnable.

Mais il imaginait alors un flagrant délit, sa fille surprise les épaules nues et même la poitrine à demi découverte, et le visage rouge de honte et de luxure, et un Moretti ou autre beau gars italien ou français la tenant par la taille, et là il était facile d'appuyer l'arme sur la tempe de l'homme et de presser sur la gâchette — et peut-être même de dire : « Chienne ! » et de viser la fille en plein cœur, car il aurait alors, lui Alexandre Klimentiev, subi un affront sanglant et se serait conduit comme un ancien Romain, et aurait ensuite tenu la tête haute devant les juges, l'honneur d'un officier russe, mieux vaut ma fille morte que déshonorée.

Mais aujourd'hui il se demandait si son revolver lui servirait à quelque chose — car jamais il n'aurait le courage de tuer Victoria, et comment peut-on rêver de tuer un homme qui n'existe pas ? Ses amis disaient « Sacha, tu ne vas tout de même pas... » « Enfin Klim, pas de blagues, tu n'as même pas ton permis de port d'arme. » Et puis : « Tu verras, ça s'arrangera, ce n'est peut-être pas un mauvais gars. »

Des idiots. Car en lui parlant de cette façon ils ne faisaient que l'enrager davantage, allaient-ils dire ensuite : eh ! eh ! ce Klim, un braillard, un dégonflé, il n'aurait jamais eu le cran et ne demande qu'à être persuadé... Et de son côté lui-même faisait semblant de se laisser adoucir, et prenait un air tristement résigné, et protestait de son amour paternel, jamais il ne toucherait à un cheveu de sa fille, ni même de l'homme, il avait enfin compris ce que c'est que d'être père... et il disait tout ceci dans l'espoir qu'un ami, apercevant quelque jour Victoria dans la rue, le mettrait sur la piste de la fugitive.

Mais comme le rôle qu'il jouait était humiliant, il se voyait obligé dans son for intérieur de se durcir encore dans sa résolution de vengeance. En attendant, le rez-de-chaussée sur cour du... de la rue A. V. était devenu le centre de réunions amicales, un des cosaques — Martin Chichmarev — et Youry Fokine, le gendarme sibérien, et deux ou trois autres, passaient des soirées plus ou moins gaies en compagnie de Klim, jouaient à la belote ou discutaient de politique, ils venaient distraire le camarade pour la seconde fois veuf si l'on peut dire. Car qui sait, s'il a le vin triste, et si jamais il lui prend envie de se pendre... La glace brisée avait été recollée au sparadrap, le cagibi de Victoria fermé à clef et la clef jetée dans une bouche d'égout — le cheval parti il est bien tard pour fermer l'étable

et Klim se souvenait avec amertume et envie du poème lu jadis, *Le Boyard Orcha* (de Lermontov ou de Pouchkine il ne savait plus) : le boyard ayant surpris sa fille avec un gars l'enferme à clef dans sa chambre et jette la clef dans le fleuve. Et l'amant, Arsène, qui réussit à échapper aux bourreaux, revient des années plus tard, et trouve sur le lit un squelette. Ça, c'était un père ! De nos jours il n'y en a plus de pareils.

Le squelette de Victoria se défaisait et tombait lentement en poussière dans le cagibi noir. Je n'ai plus de fille. Une prostituée n'est pas ma fille. Elle pleurait la nuit, papa ouvre-moi ! papa j'ai peur, j'ai faim ! Et il pleurait en rêve, on m'a tué ma fille, on m'a souillé ma fille, que n'est-elle morte à l'âge de cinq ans !

... Avec ses amis il parlait de s'engager pour aller se battre en Espagne, c'est là que commence enfin la vraie croisade contre le bolchevisme, des hommes se battent là-bas alors que nous restons ici à tourner des boulons chez Citron ou chez Renault, des hommes se battent pour leur nation et pour leur foi... « Vas-tu donc aimer les catholiques, maintenant ? » Il avait horreur des catholiques. Mais les catholiques espagnols valaient mieux que les français. Des cœurs ardents, ces Espagnols. Ils aiment la Vierge. Leurs curés savent se battre. Pas comme les nôtres. On viole les religieuses là-bas, catholiques ou non tu peux tolérer ça ?

Et ils remplissaient leurs verres à moutarde de vin rouge et les vidaient à la santé du général Franco. Et de Mussolini tant qu'ils y étaient — et pourtant ils n'aimaient pas les Italiens. « Je m'engagerai, disait Klim, quand j'aurai retrouvé ma fille. »

— Tu es malin : et qui la surveillera, en ton absence ? » Il rejetait la tête en arrière avec un rire proche d'un aboiement sec. — Et qu'est-ce qui reste à surveiller, hein ? Un ballon, si ça se trouve ?... pas à moi de surveiller ça, non. » Ivre, il se laissait aller, oubliait son rôle — puis le reprenait assez habilement : « ... Que je sache qu'elle est vivante et qu'on ne l'a pas mise au tapin, je me moque du reste... je la trouve et je lui dis : tiens, tu t'es déshonorée, tu m'as brisé le cœur, et moi je te pardonne, tu t'es punie toi-même... Et moi je vais aller mourir pour le tzar et la patrie... »

— Eh ! pour quel tzar, dis, Vorochilov ? »

— Espèce d'abruti, c'est comme ça, pour faire bien. Quand c'est contre *eux*, c'est toujours pour le tzar, non ? Cyrille Vladimirovitch ou un autre, je m'en moque. »

Et l'on se mettait à discuter des droits au trône de Cyrille Vladimirovitch. Le malheur de Klim était devenu pour ses camarades un moyen de tromper tant soit peu l'ennui de leur vie d'ouvriers célibataires, déracinés, et déjà lassés par des discussions politiques qui ne mènent à rien, et des rêveries patriotiques de plus en plus imprécises. En dix-sept ans d'émigration ils avaient vu mourir un certain nombre de vieux colonels et généraux, des camarades moins vieux mais rongés par la tuberculose et l'alcool — ils avaient vu Staline succéder à Lénine, Hitler à Hindenburg, Roosevelt à Hoover, la République Espagnole à Alphonse XIII, Bénès à Masaryk, George VI à George V (en passant par Edouard VIII et Mrs Simpson), et vu le Paris de l'Exposition Coloniale, et du 6 février, et du Front Populaire et des grandes grèves de 36, où ils avaient eux-mêmes participé, et cette année-ci le Paris de la Grande Exposition Universelle — et tout cela dans leur vie de labeur ingrat et sans but visible faisait l'effet d'un spectacle immense et incohérent auquel ils assistaient assis sur les derniers strapontins de la plus haute galerie.

L'homme n'a qu'une vie. La vie d'hommes seuls qui voient approcher la fin de leur jeunesse ressemble à celle de vieilles filles de province, beaucoup de ces ouvriers longtemps nourris d'espoirs et de rêves quasi obligatoires devenaient malgré eux philosophes, et s'abîmaient dans de profondes méditations sur la solitude humaine et la vanité des choses terrestres. Et les petits drames privés comme Paris en voit des centaines chaque jour leur rappelaient qu'il existe encore une *vie*, heureuse ou cruelle, dont ils étaient à jamais exclus.

L'aventure de la fille de Klim, banale en elle-même, prenait des allures de roman policier et de scandale de petite ville de province, car, rien à faire, Klimentiev inquiétait et intriguait ses amis, homme simple et même trop simple pensaient-ils, mais incapable de se laisser oublier. Car dans ce visage ascétique, encore assez beau, les yeux gris de plomb fatigués par la chaleur des machines avaient un éclat trouble qu'on préférait ne pas remarquer.

*

Le bac (première partie) tant attendu, enfin arrivé, enfin *passé*, avec beaucoup d'émotion, de fièvre, de rires, de pleurs, de monômes sur le Boulevard Saint-Michel et d'agitation des parents — le bac 1937 signalait le triomphe relatif de Tatiana Thal, reçue avec mention *Assez Bien* et fière et heureuse en dépit de chagrins intimes, car elle n'avait jamais été très bonne élève, et sa sœur était allée l'accompagner aux épreuves orales dans un des petits amphithéâtres de la Sorbonne. Tala avait catégoriquement refusé la présence d'autres membres de sa famille, les grands-parents attendaient dans un café, rue des Ecoles.

Après avoir, le cœur battant, écouté le président du jury annoncer les noms des triomphateurs, la vingtaine de garçons et de filles présents dans l'amphithéâtre se précipitaient vers la porte où un surveillant mystérieux moyennant une pièce de cinq francs leur communiquait les notes de l'écrit, pendant que les parents et amis exprimaient hautement leur joie — ou leur tristesse. Sidorenko Irène était là aussi, par un hasard prévisible, et passait sans mention. — Pas juste, il me manquait deux points, ce vache d'examinateur d'Histoire ne m'a même pas laissé parler ! » — Oh oui, quel bavard, disait Tala, on eût cru que c'était lui qu'on interrogeait. Dieu merci je me suis rattrapée en physique. » — Toi en physique ? on aura tout vu. » — T'en fais pas ma vieille, regarde, tu as des notes d'écrit formidables, c'est ça qui compte. »

— Non ? demande Irène, intéressée, tu crois que ces notes restent dans le dossier ? » — Sûrement. Regarde, 17 en composition française, on n'a jamais vu ça ! » — Eh bien, fait modestement Irène, ils notent large ! »

Les fortes voix des garçons, à notes de baryton fêlé, couvrent les voix des filles « ... Et quand je te dis qu'il m'a interrogé hors programme ! Je vais écrire une lettre au Recteur ! » — Pourquoi pas au Ministre ? » — Avec trois points de plus, avec mon livret scolaire j'aurais dû avoir au moins l'indulgence du jury ! » —

Tu passeras en octobre. » — Tu parles ! des vacances gâchées. » — ... Moi, mon paternel m'a dit si tu n'as pas au moins la Mention Bien... » — Plains-toi. Tu l'as, non ? » — La mention ? » — Non, le bac. »

Sidorenko, un peu gênée, se laisse embrasser par sa mère. « C'est ton père qui sera content ! » — Et qu'est-ce qu'il pensait ? Sans mention, tu vois ça ? »... C'est ton père... pense Tala. La très maigre et très brune Pétrossian, de Victor Duruy, mention Très Bien, marche avec les sœurs Thal le long des vastes couloirs déjà à moitié vides qui mènent vers le hall d'entrée. « Embêtant, les parents qui veulent assister — moi, j'ai dit que je ne voulais personne. Ça m'a porté bonheur, la preuve ! » Les sœurs Thal la toisent avec respect. « Il n'y en a pas eu dans tous les amphis, tu sais... » — Et pas un seul garçon ! ajoute Gala, tu étais la seule... » — Et je suis *nulle* en maths et en physique ! clame Pétrossian, vous vous rendez compte ? » Elle avait eu un deuxième accessit en version latine au Concours Général.

Les sœurs Ramirez les rejoignent en courant devant la balustrade du hall. « Thal ! alors, ça a marché ? » — *Assez Bien.* » — Chic ! dit Mercédès. Moi, *Bien.* Je suis tombée sur un *chou*, en histoire et géo. Il m'a mis un 18, j'ai vu ! Oh ! si je m'y attendais ! » elle est toute rose de joie. « Papa m'a promis un vélo. Oh ! dites, venez les filles, on va se payer une glace chez Dupont. » Elles sont six, à présent, avec Pétrossian, et Valentine Marquez de la Iʳᵉ B de Molière. Tala et Gala en mouraient d'envie. Mais les grands-parents les attendent au café... et du reste elles n'ont pas un sou en poche. Les grands-parents. Les autres filles poussent un soupir de sympathie. « C'est pire que les parents, des fois... »

Les grands-parents sont assis depuis près de deux heures à la terrasse du *Balzar.* Il fait assez beau, des nuages rapides dans un ciel bleu lavande, le vent

542

soulève les jupes en godet, fait claquer les toiles des auvents ; à une lumière gaie succède une lumière triste, les reflets rouges des toiles et des petites tables rondes s'éteignent. Les deux époux, qui depuis des années n'étaient pas sortis ensemble à Paris, encore moins au Quartier Latin, se sentent en vacances, en escapade, si sérieux que soit le prétexte de ce déplacement inusité — car ils sont inquiets ou font semblant de l'être, l'enfant ne risque-t-elle pas d'être gravement perturbée en cas d'échec, oui, un enfant beaucoup trop sensible, et la faute en incombe à...

— J'ai confiance, dit M. Thal, elle était bien préparée. » — Mais l'oral ! avec sa timidité ! » Rien à faire, ils font un peu semblant, un couple de banlieusards heureux de se dépayser dans Paris, et même de respirer l'air de leur très lointaine jeunesse estudiantine — bien que Paris soit, depuis 1890, devenu tout à fait méconnaissable, ce bruit, cette cohue, ces filles en jupes courtes... tu te souviens des fiacres ?

— J'ai cru — dit Tatiana. — Quoi donc ? » — Rien, rien. Regarde bien, dans le café d'en face, tout au fond — » — Je ne vois rien. » — Derrière ce pilier — mais penche-toi ! sans avoir l'air de regarder. C'est lui ? »

Reflété dans une glace murale, le visage à l'envers. Assis à une table du fond, devant un bock, et scrutant la rue d'un regard avide — mais à présent deux jeunes gens debout devant le bar masquent le reflet dans la glace. « Si, c'était lui. » — Il a son costume gris. » — Il ne semble plus jamais aller chez le coiffeur. »

— Tiens ! Ça fait plus poète. » Insupportables, ces garçons qui s'attardent devant le comptoir... — Seul ? » — Tu voudrais tout de même pas ?... » — Mais non, à cette heure-ci il est à son travail. » — Il se sera libéré. » Et parce qu'ils ne l'avaient pas vu depuis six semaines, et ne connaissaient même pas son adresse, cette rencontre à sens unique devient elle aussi une sorte de jeu excitant, quoique douloureux. Oui, un

543

pincement au cœur, une joie vive dont on se dit trop vite qu'elle n'est pas une joie. Une tendresse amère. « Tu crois qu'il nous a vus ? » — Très probablement. Nous ne sommes pas cachés au fond du café. »

Il y a quelque chose d'exaspérant dans un visage connu reflété par une glace, le nez paraît de travers, les yeux ont l'air de loucher et regardent dans la mauvaise direction — car, visiblement, il guette le passage des bacheliers sortant de la Sorbonne. Il guette âprement, sourcils relevés, tous les muscles du visage tendus dans l'effort de ne pas manquer, parmi la foule des garçons et filles qui encombre le trottoir, la personne qu'il attend. Tendue elle aussi et se penchant en avant comme si elle voulait se lever, alors qu'elle n'y songeait pas, Tatiana s'agrippe à l'avant-bras de son mari. A lui faire mal. — Iliouche. Il a maigri et rajeuni. » — Maigri, oui », dit l'homme. — Et rajeuni. Je t'assure, je t'assure... »

*

Au grand Bal du 14-Juillet Vladimir enterrait pour la centième fois sa vie de père de famille, place de la Contrescarpe d'abord, sur des pavés inégaux, incommodes pour la danse, au milieu de guirlandes de lampions rouges blancs et bleus pendant si bas qu'on les heurtait de la tête — tendus sur des cordes à travers la place, accrochés d'un auvent de café à l'autre, entourant le dais de l'estrade de bois sur laquelle un vieux pianiste parvient mal à jouer de concert avec deux violonistes pleins de bonne volonté. Oh j'aime mieux les accordéons, dit Victoria.

Les accordéons, les phonographes sur les comptoirs des petits cafés, où s'allument les boules jaunes des lampes, les guirlandes de papier rouge dans les rues, sur la pente de la rue Mouffetard charrettes chargées de fruits, charrettes de fleurs et les grands lampions rouges à forme d'accordéon se balançant sur un ciel rouge pourpre sous des nuages noirs et violets. Çà et là le lampion prend feu et la flamme dorée éclate un instant, aux cris légers de femmes aussitôt emportés par des rythmes grêles de musique de danse, TSF ou disques jouant à son plein, peu de couples dansant à cette heure-ci mais des essaims de passants qui traînent, d'un trottoir à l'autre, un peu gris sans avoir rien bu encore et se balançant au son de musiques discordantes qui d'un coin à l'autre de la rue les appellent, et de tous côtés des rires de très jeunes femmes pétillent, étincelles sonores sur un bruit de fond assourdi, mugissant, grinçant — on eût dit la fosse d'un orchestre gigantesque qui essaie ses instruments avant le concert.

Mais l'on danse déjà, par groupes de trois, quatre couples, là où les trottoirs sont plus larges ou la rue goudronnée, et l'on hue les rares voitures qui passent, éblouissant le faux jour rougeâtre de leurs jets puissants de feu jaune citron... On se casse les talons, ici, montons vers le Boulevard — et de la gare du Luxembourg on voit les derniers feux rouges du ciel au-dessus de la Seine et, dans la lumière bleue, les feux blancs de projecteurs, d'enseignes lumineuses, et les balancements rougeâtres de guirlandes de lampions. On danse en pleine rue de la Sorbonne, des jeunes, des enfants, les quelques adultes du quartier. Ici l'orchestre est sérieux et couvre de ses flonflons le concert des voix et des rires, et des klaxons de voitures sur le Boulevard. Jupes claires, chevelures flottantes, croupes tendres, dos raides en vestons, têtes jeunes, têtes frisées ou tondues de près, casquettes et petits chapeaux à fleurs ou à rubans — les larges trottoirs sont couverts de chaises et de petites tables, et la rue tout autour du monument se balance mollement au rythme d'un *slow-fox* où résonnent des miaulements de guitares hawaïennes.

« Eh mademoiselle, on est bien sage, on ne danse qu'avec son papa ?... » elle ne danse qu'avec son papa, des jeunes gens plutôt ouvriers qu'étudiants, œillets rouges à la boutonnière, frôlent en passant la belle blonde en robe rouge qui danse comme une reine. Aux notes finales du *slow,* elle attire des deux mains la tête de l'homme vers la sienne et colle ses lèvres à sa bouche, et ils restent ainsi tout le temps du silence de l'orchestre. « Es-tu folle... » — Il fallait bien, puisque tu ne te décidais pas. Pour faire taire ces idiots. » Il réprime son envie de rire, parce que ce rire joyeux en réponse à tout ce qu'elle dit devient une manie... En plein milieu d'un tango elle s'accroche à lui : « Tiens, regarde. C'est Légouvé, une fille du lycée ! Mais regarde donc ! Là-bas près du monument. La robe en biais à fleurs mauves, qui danse avec le petit brun à lunettes ! » Ils sont à présent si près du couple désigné que Vladimir demande : « Tu veux qu'on s'en aille ? » — Au contraire ! Je peux crâner devant elle : tu es dix fois mieux que son type, tu ne trouves pas ? »... « ... Oh ! regarde comme il la tient ! Ben dis d-d-donc ! Si Mlle Lenfant voyait ça !... » elle ajoute, sur un ton confidentiel : « C'est la surveillante générale. »

Un peu gêné, Vladimir affronte Légouvé et son jeune homme à la faveur d'une halte de l'orchestre. « Ça va ? demande Victoria, ça a marché, ton bac ?... » — Recalée à l'oral. Je fête ça comme tu vois. Et toi ? » — Je ne me suis pas présentée. » — Tu sais qu'Hélène Bastide a eu la Mention Bien ? » — Veine alors ! Quillan va en faire une tête ! » (Quillan est le professeur de français qui persécutait Bastide.) Françoise Légouvé jette d'en dessous sa tignasse couleur noisette un coup d'œil vers le monsieur qui, suppose-t-elle, est ce père de Tatiana Thal dont on avait sans certitude absolue jasé quelques semaines plus tôt. Pas tellement « père », svelte, un demi-sourire léger, des yeux pensifs, une cravate nouée à la diable. « Oh ! que je te présente mon fiancé.

Vladimir Thal. » Le jeune homme à lunettes, lui, s'appelle Georges Dalbret. « Oh! comme Jeanne?... » Il est en khâgne à Louis-le-Grand. Ah! ah! pense Vladimir, d'ici qu'ils me demandent : « et vous? » Normale sup, agrégation d'histoire?... » T'en fais pas, dit Victoria, tu passeras *sûrement* en octobre. »

Lui voler sa jeunesse... et ce *bac* où elle était sûre d'avoir la mention Bien. Même ici, on voit quelques couples d'âge moyen ; une opulente matrone teinte en roux, un balcon de graisse débordant du corset sous une robe couleur turquoise ; le visage encore frais, beau de naïve gaieté ; son compagnon, rougeaud, blond, lourd, danse fort bien — à l'ancienne manière. Il a les yeux rêveurs. Vladimir se dit : il ne doit guère être plus âgé que moi ? ou est-ce une obsession ?... non, il a cinquante ans au moins — mais celui-là, diable ! quel garçon superbe. Ils passent sous des rangées d'ampoules électriques rouges et bleues, rouges et bleues, Victoria a des reflets bleus sur sa joue, son cou tendre couleur de pierre de lune, la voici tout d'un coup violette, une flamme pourpre dans les yeux, et c'est le *Danube Bleu* que l'on joue maintenant.

— Tu te souviens ?... » Elle est pensive, absente. — De quoi ? » — De la salle Tivoli. » Elle a un soupir profond. « ... Oh... oh oui... la première fois que tu m'invitais à danser, tu te rends compte ? ça m'a fait un effet tu n'imagines pas. Je me suis presque trouvée mal tu te rappelles. Je te voulais tellement. »

— ... Pas autant que moi. Tu es drôle : tu ne savais encore rien, qu'est-ce que tu pouvais vouloir ? »

— Toi. »

Jusqu'à la douleur il ressent le choc au cœur, l'afflux brutal d'une joie qui le guette et le surprend à tout moment au hasard d'une de ces paroles qu'elle lance sans y penser. « Joie-souffrance » car à ces bonds vertigineux succèdent parfois des chutes dans des précipices sans raison apparente. Le beau Danube bleu de plus en plus bleu monte, descend, tourne et s'enroule autour des dizaines de couples brusquement devenus langoureux, sous les platanes dont les feuillages illuminés par endroits pendent comme des cascades de lampes vertes. Sur le trottoir devant le *d'Harcourt* des gamins allument un feu de Bengale qui crépite, siffle, et lance une épaisse fumée violette. Elle danse, elle aime danser, elle danse et son cœur ne se débat plus comme un fauve pris au piège, elle n'est pas sur le point de se trouver mal, nous avons déjà des « souvenirs »... Elle cherche sa camarade des yeux dans la foule des danseurs ; elle remarque les robes des femmes... oh ! quel décolleté, regarde ! tiens, tu vois ce drapé aux épaules, en crêpe marocain bleu paon ? » — Je ne m'y connais pas tellement, tu sais... » Elle rit, elle rit. « Dis que tu me trouves frivole. Je t'ennuie, hein ? » ... — Eh bien figure-toi que je voudrais — que je voudrais que tu puisses m'ennuyer de temps à autre. » — Quelle horreur, je mourrais si cela arrivait. » — Moi aussi. »

— Oh ! si nous remontions jusqu'au Montparnasse ? On y rencontrerait sûrement tes amis... » — Le bel avantage. Je serais obligé de te laisser danser avec eux. » Mais ils se trouvent, une demi-heure après, au carrefour Vavin, où l'on danse aussi. « Tu tiens tellement à rencontrer mes amis ? » — Toi pas ? Je suis un peu fatiguée de danser. »

Bien entendu, il y a toujours deux ou trois bandes d'amis, au *Sélect* ou à *La Rotonde*, et Victoria, une écharpe de voile rouge nouée autour de sa tête en guise de chapeau, sa robe corail rehaussée par une rose de velours noir piquée dans l'échancrure du corsage, est du nombre des filles qui font se retourner les hommes. Elle veut être exhibée. Elle veut lui faire honneur. Et ils s'arrêtent devant la grande vitrine d'André Baumann, où des gerbes de roses, de lilas, d'orchidées, de glaïeuls, de lis, dans l'ombre illuminée des palmiers et des fougères géantes, tremblent et ruissellent derrière le voile brillant et frémissant de mille filets d'eau... « Il paraît qu'on peut mourir si l'on reste enfermé la nuit avec beaucoup de fleurs. » — Mais non : mathématiquement impossible. Il faudrait pour cela qu'on t'enferme dans une petite chambre avec un énorme chêne. » Elle rêve. « Une petite chambre, un énorme chêne. C'est toi, l'énorme chêne. » — Comment, dit-il, je te fais mourir ? » Elle secoue la tête, doucement.

A deux pas de là, au premier rang de la terrasse de *La Coupole*, ils voient Georges Zarnitzine en compagnie de sa décorative épouse, de sa presque aussi décorative belle-mère, de la baronne et de deux collaborateurs de sexe masculin — et d'un bel homme brun, lourd et portant une épingle à diamant sur sa cravate de soie gris perle. Vladimir eût préféré passer inaperçu, mais Georges est dans une de ses humeurs méchantes. « Eh ! mais voici mon cher ex-beau-frère en personne. Très heureux de vous revoir, Victoria... Alexandrovna. Vous venez vous joindre à nous ? » — Merci, nous avons rendez-vous avec des amis. »

Les dames examinent sous toutes les coutures la robe modeste de Victoria. Sacha, plus princesse égyptienne que jamais, le cou et la poitrine couverts d'une savante et barbare mosaïque de colliers de jais, de jade, de turquoise et d'argent, s'allonge d'au moins dix centimètres tant elle tient à paraître hautaine, et la baronne dit : « Mes félicitations Vladimir Iliitch ! » L'homme brun laisse peser sur Vladimir le regard sombre et menaçant de ses beaux yeux bovins. « Ah ! vous ne vous connaissez pas, je crois ? Haïm Nisboïm, un excellent ami à moi. Excellent, c'est le mot !... et que j'échangerais volontiers contre certains autres... non, Haïm mon cher, ne rougis pas comme une colombe. » Haïm, dont les joues ont en effet pris la couleur framboise mûre, grommelle, d'une voie de basse assourdie : « Les colombes ne rougissent pas. »

— Ah ! ah ! tu l'as deviné ? Bon, ne retenons pas les heureux mortels, mes respects Victoria Alexandrovna. »

— Mes respects — princesse, Sacha — baronne... »

... — Tu vois bien ? C'est toi qui voulais venir ici. » — Et après ? je m'en moque. » — Pour un peu nous tombions sur Myrrha. »

Elle se tourne vers lui, vivement, dans un sursaut d'oiseau en colère. « Et après ? et après ? Tu as peur d'elle. Avoue que tu as peur d'elle. »

« ... On danse devant *La Rotonde,* tu viens ? » Elle n'a plus envie de danser. Fatiguée. « Fatiguée, toi ? » Elle soupire, étonnée. « Oui, je ne sais ce que j'ai. » Elle fronce les sourcils. — Tu es ennuyé. Quelque chose que ton beau-frère a dit. A propos de ce gros juif. » — Comment fais-tu pour deviner ? C'est vrai. C'est le... fiancé qu'il propose à Myrrha, je ne l'imaginais pas aussi abruti. »

— Mais qu'est-ce que ça peut te faire, bon Dieu ? Tu ne la vois pas épousant un abruti ? »

— Tu as raison comme toujours. »

— ... Et si elle l'épousait, ça te ferait quelque chose ? » Il hausse les épaules : « Bien sûr. » Et là Dieu merci elle ne se montre pas bêtement jalouse.

Fatiguée. Et ils sont assis au milieu d'un groupe d'amis dans le grand hall de *La Rotonde,* car il commence à faire frais. « C'est idiot tu aurais dû prendre une veste. » — Oh ! pour danser ? » Boris est là avec Josyane, Irina Grigorievna avec son Bernard, deux amis peintres se sont joints à eux, ils sont accompagnés d'assez jolies filles, pour une fois le groupe est composé de couples d'âges mal assortis, ce qui ne manque pas de charme, mais Bernard qui se trouve être le seul jeune homme se sent vaguement ridicule : comme s'il était, lui aussi, la « jeune fille » d'un monsieur quadragénaire.

Les aînés parlent, par habitude — ils sont beaucoup

550

plus bavards que les jeunes. Bernard — Bernard Altdorfer, garçon d'un blond fade, taillé en hercule, à visage plaisant régulier et froid de type germanique (il est alsacien) lance des regards jaloux sur les quatre hommes mûrs aux yeux et aux sourires étincelants des feux de la passion intellectuelle, puis hésite, tel Pâris, entre les quatre jeunes femmes, craignant, par une invitation à la danse, d'en vexer trois. Il choisit Victoria parce qu'elle est assise à ses côtés mais elle refuse, et il s'en va en compagnie de la fraîche, féline, rousse et blanche Josyane qui ressemble à l'actrice Simone Simon et ne paraît pas ses vingt ans.

— Ha ! cher Boris Serguéitch, dit Irina, vous oubliez vos devoirs de chevalier servant ! Dansons, dansons ! » Vladimir lui offre le bras. A la fin, Victoria reste seule devant la petite table avec un des peintres qui la déshabille d'un regard expert et nullement concupiscent. « Vous n'avez jamais songé à poser ? » — A poser ? dans quel sens ? » — A être modèle. » Elle répond par un « Non ! » horrifié et indigné.

— Ne croyez pas, c'est un métier honorable. » — Merci ! » — Mais savez-vous que vous êtes extrêmement belle, et que pour un peintre ou un sculpteur ce serait une chance rare... » Très ennuyée, et se méprenant sur les intentions de l'artiste, elle cherche Vladimir des yeux, et le voit valsant avec une Irina alanguie et désireuse de rendre jaloux son jeune homme.

« ... Il est des jours, dit Irina Grigorievna, où je me sens prête à jeter l'éponge. » Elle a des yeux superbes, d'un gris profond, rehaussé par des paupières bistre, et un grands corps juste assez alourdi pour évoquer l'idée d'une riche féminité maternelle. — Ne me dites pas cela ! » — Vous saurez ce que c'est, au bout de deux ans. Mon cher, quand nous sommes là à trimer du matin au soir moi derrière notre caisse ou vous derrière votre machine à écrire... à quoi nous sert notre *prestige ?* Ayez de l'argent ! » — Cambriolons une banque. »

— L'argent justifie tout, Vladimir Iliitch, il excuse tout, il embellit tout. Nos pauvres petits dimanches et jours fériés ! Parlez-moi d'une tournée des grands-ducs sur la Riviera ! » — Quels rêves mesquins, Irina Grigorievna ! Fondons une communauté d'écrivains, à Barbizon ou en Bretagne... » — Savez-vous que la petite Josyane n'en a plus pour longtemps ? » — Quoi ? s'écrie Vladimir, désolé, elle serait si malade ? » — Pas elle. Lui. Si vous voulez appeler cela une maladie. »

Un long garçon mangé de taches de rousseur traverse la salle vaste, vertigineuse et grouillante du café, avec l'air faussement indifférent de quelqu'un qui se cherche de la compagnie. « Mais ! ma parole ! C'est Vica Klimentiev ! Espèce de lâcheuse. » Il se mord les lèvres. « C'est vrai, excuse-moi. J'ai appris. Ta mère... » Victoria bat des paupières : mais oui, elle n'a pas vu ce garçon depuis deux ans. Déjà !... comme on vieillit. Kostia Steinbock. « Alors ? Qu'est-ce que tu deviens ? On ne te voit plus jamais aux Sokols. » Elle hausse les épaules : « Le bac... » — Mais oui, bien sûr. Alors ? » — Mention Assez Bien. » — Bravo ! moi, c'est sans mention. Tu sais que le père Alexis est parti pour le Canada ?... On a gagné le dernier match amical de basket sur les Fédorov. » — Grâce à Nikitine je parie. » Il a encore grandi, il n'est pas loin des deux mètres. Dis : tu danses ? » Pour fuir le peintre Victoria se lève et met la main sur l'épaule du garçon. Et la musique s'arrête.

Mais elle est obligée de lui accorder la danse suivante.

Et Vladimir, enlaçant la taille molle et douce de Josyane et respirant le parfum bon marché de ses cheveux d'or roux, ne se demande même pas s'il est possible de trouver à cette charmante fille un attrait quelconque. Il a le vertige. On danse sur le Boulevard

Raspail, autour de la statue de Balzac, les couples s'égaillent, se perdent de vue, on n'entend presque pas la musique de l'orchestre de *La Rotonde,* les guirlandes d'ampoules électriques blanches tendues entre les arbres éclairent faiblement, et laissent partout des trous d'ombre noire, l'asphalte de la place brille sous les réverbères blancs.

Une bande de jeune gens court en riant et déverse sur les danseurs une pluie de confetti multicolores.

La fille rouge tourne, tourne là-bas sur le large trottoir près du café, dans les bras du long jeune homme en chemise bleue. Elle n'est plus là, elle a disparu. « Josyane, excusez-moi. »

Victoria est attablée, sur le bord de la terrasse du café, devant un verre de limonade, le garçon assis en face d'elle la couve d'un œil inquiet. « Ça va mieux ? » — Oh rien. Un étourdissement. » Son fichu de voile rouge roulé en diadème a glissé sur le côté ; elle reprend souffle, boit une longue gorgée. Debout et immobile, Vladimir les observe, se demandant s'il ne va pas lui-même être victime d'un étourdissement.

Le jeune homme en chemise bleue, à face maigre tout en taches de son, n'est pas beau, et Vladimir est fasciné par la candide majesté de ses grosses lèvres molles. Un enfant, dix-huit ans peut-être. Le garçon dit : « Ça va mieux ? Tu veux qu'on aille voir les feux d'artifice ? » Elle répond : « Mais non, je ne suis pas seule. » En effet mademoiselle vous ne l'êtes pas. Le maître laisse connaître sa présence, pose sa main sur l'épaule de la fille.

Elle tressaille et se retourne vivement. Toute transfigurée. Pas de sourire, non, mais le regard à la fois reconnaissant et affolé d'un enfant perdu qui retrouve son père. « Oh ! Où étais-tu donc ? » — Quoi, tu t'es trouvée mal ? » — Mais non. » — Viens, on s'en va. » C'est tout juste si elle ne lui saute pas au cou. — Oh oui, oh oui ! Merci Kostia, au revoir, à un de ces jours... » Le jeune homme, éberlué, regarde le monsieur mûr qui n'est pas M. Klimentiev poser démonstrativement une pièce de deux francs à côté du verre de limonade.

« ... Eh bien ? tu veux voir les feux d'artifice ? » On entend, de très loin, des éclats et des crépitements faisant irruption dans le fond sonore d'airs de danse, de ronrons de radio, de voix, de rires, de fracas assourdi de voitures qui démarrent — c'est plus calme, ici, presque pas de vitrines éclairées sur le boulevard Raspail. « Pour descendre jusqu'à la Seine c'est le plus droit. » Il la sent peser sur son bras. Elle s'étire et allonge le cou chaque fois que, dans le ciel, derrière les arbres noirs du boulevard, une retombée d'étincelles rouges et or file et disparaît. « Nous allons tout rater »... elle ne semble pas très affligée. Ils croisent des couples qui rient, ils sont un couple silencieux.

Pour la première fois. Et, bon Dieu, qu'a-t-elle donc, à ne pas parler ? Il a du brouillard dans la tête, plus les minutes passent plus il lui est difficile d'ouvrir la bouche. Sur le quai, face à la rue de l'Université, assis sur le parapet de pierre froide, ils regardent la Seine illuminée, et les derniers éclats des grandes fusées qui en gerbes et en cascades à gigogne se déroulent et s'effondrent et s'effritent à leur gauche, du côté d'une tour Eiffel parcourue de vermisseaux de lumière. — Tu aimes ça ? » Elle soupire. « Quand j'étais gosse j'aimais ça. Oh si, c'est bien. »

— Tu veux mon veston ? » — Oh oui. » — Tu boirais quelque chose de chaud ? » — Oh oui. » Elle se ranime en buvant du thé chaud debout devant un comptoir, elle rit. « Oh ce que je peux avoir l'air cloche avec ce veston sur le dos. » ... « Dis-moi : tu as laissé tomber tes amis de façon un peu cavalière, ils seront vexés... » « Dis : elle est mignonne, la Josyane, tu ne trouves pas ? et ses cheveux sont *naturels* ! »... « Dis : tu as fait vœu de silence ? »

554

Il ose parler, sur le chemin du retour au bercail. « Qui était ce garçon ? » — Un Sokol. Un ancien copain. »

— Tu le connaissais bien ? » — Oh ! non ! dit-elle, d'un air malheureux. Te faire des idées pour *ça*, c'est le comble. » Très bien, on peut parler. « N'empêche que mademoiselle n'était pas trop fatiguée pour danser avec *lui*. » — Mais si, je l'étais : la preuve, j'ai eu le vertige. »

— Ah ! ah ! le vertige. » Et Victoria pour de bon retrouvée éclate de rire. « Au fait, c'est vrai ! Oh dis donc. Ça avait l'air équivoque... oh non, sans blague, c'était pour de vrai. »

— Circonstance aggravante ; pourquoi avoir accepté de danser ? »

— Mais tu ne comprends pas : c'était pour me débarrasser de ce vieux. »

— De mieux en mieux : il est plus jeune que moi. »

— ... Tiens ! Même Mme Marossian est sortie danser. Il n'y aura pas moyen de dormir cette nuit, regarde-moi cette *orgie* sur la place. Si encore ils jouaient bien ! » Des dizaines de couples débraillés tournent en rond sous les guirlandes entrelacées des gros lampions en papier rouge. Les fumées roses, vertes, violettes de petits feux de Bengale montent des trottoirs. On rit on rit on crie. « Oh non ne ferme pas la fenêtre, on va manquer d'air. »

— Je te fais du thé. » Blottie sur le canapé à trois pieds et une caisse, elle frotte ses pieds endoloris. Elle a changé sa robe rouge contre un kimono japonais de Prisunic, blanc à dragons rouges, or et verts. Les cheveux déroulés traînant sur la toile gris-beige du canapé. Les joues pâles, même les lèvres décolorées, un beau nénuphar touché par la grêle. « Oh ce que je suis contente d'être à la maison. » Que faire quand on vit les affres d'un amour un peu trop fou, effrayé par le moindre soupir de lassitude ? — Victa Victoria je te tourmente, je ne voudrais pas te tourmenter. » — Oh si, dit-elle, tourmente-moi. »

— Ma *Vita*, tu vois : c'est plat, c'est vulgaire, c'est ridicule, je m'affole comme un gamin, une mouche se poserait sur ton nez que j'en serais jaloux. »

Assis devant la table il joue distraitement avec ses mains, étirant ses doigts comme pour énumérer une série d'arguments. « ... Car vois-tu on dit bien qu'une demi-vérité est pire qu'un mensonge. Depuis que nous sommes ensemble je ne vois de vérité qu'en toi. En toi — et par voie de conséquence je ne peux vivre sans mentir qu'avec les gens qui nous acceptent sans arrière-pensée... que ce soit par amitié ou indifférence peu importe.

« Avec les autres, quoi que nous fassions nous nous enfonçons dans des mensonges... Comment rétablir des rapports humains avec des personnes à qui je ne pourrais dire qu'une chose : que je suis fou de toi. » Car il faut qu'il lui explique — une fois de plus — que sa jalousie à lui est tout autre chose que sa jalousie à elle, laquelle est faite d'imagination et de préjugés... Cessant de regarder le bois de la table, il se tourne vers le petit canapé et le peignoir japonais strié de longues mèches de cheveux or paille. Elle dort. Dans une pose étrange de sirène style 1900, sinueuse, alanguie, rejetée en arrière et enroulée sur elle-même, le bras nu formant cercle autour de la tête. Les lèvres à peine entrouvertes, comme celles de petits enfants.

Si seulement il était possible de la transporter sur le lit sans la réveiller — ne pas profiter de cet abandon enfantin pour voler des baisers sur cette bouche innocente qui ne demande rien — elle qui se vante de n'avoir pas besoin de soutien-gorge, et les pans de soie blanc-crème s'écartent sur les dures pointes rose pâle cerclées d'un halo mat et plus pâle encore, fleurs vives — couronnant les deux irréprochables calices entre lesquels dans une ombre chaude reposent la petite croix et l'anneau d'or. Les yeux entrouverts et les deux bras réveillés retrouvent leur mouvement naturel comme la fleur se tourne vers la lumière. Autour du cou autour des épaules, autour de la tête — mal réveillée, ne sachant où elle est, pourquoi sur le canapé en pleine lumière devant cette fenêtre ouverte sur les avalanches de musique de danse ? « Tu me serres trop fort tu me fais mal. » — Tu ne veux pas ? » — Si. Encore plus fort. » Cette douleur dans les seins est comme un plaisir nouveau ; excitante et tendre. « Tu vois, je deviens toute sensible comme une écorchée pour mieux te sentir sur moi. Tu sais je te sens même dans mes cheveux. Touche-les : ils frissonnent tout seuls. »

*

Journée de paresse tranquille. Jour férié fête nationale. Grasse matinée. Après une nuit blanche et de toutes les couleurs. Derrière la fenêtre ouverte il pleut, il bruine, mais les lampions sont toujours là, et les guirlandes. Le bal va durer trois jours. Journée bizarre. Le lit saccagé comme dix champs de bataille, et un plateau avec deux tasses de café vides, par terre au pied du lit. Journée bizarre. Victoria allongée, les bras derrière la tête, roulée et enveloppée dans un drap comme une statue grecque.

Sérieuse, réfléchie, petite fille sage... « Et si j'avais un enfant ? » — Ça m'étonnerait — avec ma femme il n'est rien arrivé depuis quatorze ans. » Elle se dit qu'il est, tout de même, bien naïf — cette absence d'enfants pouvait aussi bien être imputée à la femme.

— Moi, ça ne m'étonnerait pas du tout. A la façon dont je me sens. » — Ah ! parce que tu as une grande expérience ?... » Elle a une petite moue impatiente et importante. — J'ai entendu des femmes parler. Figure-toi. »

— Moi qui te croyais innocente comme un bébé. Sérieusement, tu crois que... »

— Je crois que. J'y ai beaucoup réfléchi. »

— Ah! Sans rien me dire? »

Silence. Donc, elle a « beaucoup réfléchi ». Comment se fait-il que la plus franche des filles vous cache des réflexions de cette importance? Car c'est important, hallucinant et d'une gravité presque métaphysique — et très difficile à avaler d'un seul coup. Après tout, un événement prévisible. Silence encore et toujours. Elle demande : « Alors? »

— Tu n'as jamais vu, Victoria, d'homme aussi stupide que moi. Je n'y avais pas songé un instant. »

Elle soupire, devient légère et douce. « Eh bien tu sais : moi non plus. Jusqu'à ces deux dernières semaines. Je me sentais bizarre. J'en ai parlé à Blanche. »

— Tiens. A Blanche et pas à moi. »

— Blanche s'y connaît mieux — paraît-il, mon amour. Elle m'a dit : ' ne lui dis rien avant d'être sûre qu'il le veut vraiment très fort '. Mais ce n'est pas mon genre. Est-ce que tu le veux? »

Génie des questions directes.

— Je ne sais pas. Je crois que oui. Ça dépend surtout de toi. » Elle a un faible sourire pensif, triste — déçu.

— Blanche m'avait dit : ' s'il te répond : ça dépend de toi, c'est qu'il n'y tient pas beaucoup '. »

Là, il perd patience. « Ma pauvre chérie si tu te laisses guider dans tes décisions capitales par des Blanches, Noires ou autres personnes bien intentionnées de sexe féminin, tu iras loin.

« Voilà ce que c'est que de travailler toute la journée et de laisser sa jeune épouse seule et libre de fréquenter n'importe qui.

« Ta Blanche m'a l'air d'être une petite commère lectrice du journal *Marie-Claire*. Je n'ai pas de snobisme social mais je ne tiens pas à ce que ma vie dépende des opinions d'une fille d'épiciers — non, pardonne-moi ma chérie, il ne s'agit pas d'épiciers mais d'une mythologie féminine à bon marché et plus particulièrement française, cultivée par une presse de bas étage... »

Victoria, assise sur le lit, coudes sur les genoux, enroule des mèches de ses cheveux autour de ses doigts. « Blanche est une fille intelligente. »

Bon. Il se promène de long en long dans l'étroite alcôve où il n'y a guère plus d'un mètre entre la fenêtre-cloison et le lit ; tête basse, mains enfoncées dans les poches du pantalon — et il finit même, dans sa distraction, par marcher sur le plateau du petit déjeuner, renversant les tasses.

— Intelligente — bien sûr, sinon tu ne serais pas son amie. Je ne dis rien contre elle. Tu as besoin de société féminine. Surtout dans une — circonstance pareille. Je ne me suis pas montré bien malin. Je l'admets.

« Tout de même. Si je ne suis pas le premier averti je pourrais aussi bien être le dernier, et tu en avais parlé et discuté avec une personne étrangère, essayant de prévoir mes réactions et te demandant ce qu'il faut me dire ou ne pas me dire — ça brouille drôlement les cartes, je ne sais plus où j'en suis, parce que c'est un manque de confiance qui me tourne la tête à tel point que le reste me paraît secondaire... ce qui est idiot bien sûr, c'est aussi peu secondaire que possible mais encore incertain, tandis que le fait que tu sois allée te confier à une autre personne qu'à moi est tout ce qu'il y a de plus certain... »

Roulée dans son drap comme dans un sari, Victoria se lève, ramasse le plateau renversé et passe dans la chambre. Dehors, par une déchirure de ciel bleu, le soleil fait briller les longs fils tremblants de la pluie, des gouttières prennent des teintes argentées et sur les pavés mouillés se reflète la verdure des arbres et les taches rouges des lampions défraîchis. Victoria est trop préoccupée pour trouver cela joli ; entre les dents elle fredonne, mélancolique et sarcastique : *Il pleut sur la route...*

— Il ne manquait plus que Tino Rossi. » Il est là, derrière elle, et l'écarte pour fermer la fenêtre. Il est sur le point de lui dire : si tu tiens à faire admirer tes épaules nues... et se retient. Il y a des limites à la muflerie. — Victoria, je me conduis de façon vulgaire. C'est cette histoire de Blanche. J'ai toujours eu peur d'être jaloux, eh bien, je le suis. Ta confiance, tu vois.

« Installons-nous sur ce canapé et réfléchissons. Qu'a-t-elle dit encore, ton oracle ?... Comment serais-je censé réagir si je voulais *vraiment* cet enfant ? »

Elle, perchée sur ses genoux, serrée contre lui, joue contre joue, rit et pleure à la fois, subissant avec joie sa première vraie défaite ou ce qui en a l'air. « Tu parles, j'ai tout oublié. Tu crois que ça me faisait plaisir, de l'entendre parler ? »

Très bien, il fait toutes ses excuses à Blanche, il serait même ravi de la rencontrer, de l'inviter à dîner ici avec son mari, mais en attendant il voudrait connaître le fruit de ses réflexions à elle, Victoria. « ... Je ne sais plus. Quand tu es là j'oublie tout. Ça ne m'intéresse même plus. C'est de la littérature. »

— Quel mépris pour la littérature ! Mais dis-le-moi quand même. J'y tiens. » Rien à faire, elle n'est pas inspirée. « Je ne peux pas y penser, ça me paraît tout faux. Et d'abord ce n'est même pas sûr. Il faudrait voir une doctoresse — » au mot de *doctoresse* elle a les joues en feu « mais je n'en connais pas. »

Il réfléchit. — J'en connaîtrais une, peut-être... » et elle se redresse comme un serpent prêt à bondir. « Ah ! non, ah non, pour rien au monde ! Ne t'en occupe pas surtout ! De quoi tu aurais l'air ? J'en mourrais de honte. »

Puis, lentement, recueillie et appliquée, elle se met à modeler, avec ses deux index, le visage osseux et nerveux levé vers elle, appuyant sur les arcades sourcilières, l'arête du nez, les creux sous les pommettes, le pli des lèvres — Tu vois. Je t'apprends par cœur. Si jamais je devenais aveugle je te reconnaîtrais. Tiens : si l'on me donnait à choisir — devenir aveugle ou ne plus être avec toi ? Tu ne t'es jamais posé cette question ? »

— Non, jamais. »

— ... Je crois, dit-elle, avec cet air de tendresse heureuse qu'elle a chaque fois qu'elle croit découvrir en lui quelque trait de caractère nouveau — que tu ne te poses jamais beaucoup de questions. »

— Et la réponse ? »

— J'y ai réfléchi. J'aimerais mieux être aveugle. »

Les amoureux disent toujours cela. Mais c'est une façon de parler d'un autre choix.

Tout cela vaut la peine d'être examiné et débattu. Changement de programme. Nécessité d'agir et intervention de nombreux facteurs étrangers dans une vie qu'il est déjà assez difficile de tenir à l'abri de facteurs étrangers existants. Joie panique et violente contrariété, en fait il y a déjà certitude — rétrospectivement. Il faut dire, si cela peut servir d'excuse à une lâcheté, que les grossesses et les accouchements de Myrrha avaient été un avant-goût de l'enfer pour toute personne aimant Myrrha, et il l'avait aimée.

Tout de même. Impossible de penser à autre chose. Et Victoria devient une sorte de vase fragile qu'il faut protéger on ne sait contre quoi, car son ventre est encore magnifiquement plat, son teint frais et à peine moins rose que d'habitude. « Sortons. Regarde, le ciel est tout dégagé. » — Pour ce qu'on voit d'ici... » — Justement. Allons à la brasserie du Luxembourg. Il y a un orchestre. » — Pas à cette heure-ci ! » — Ça ne fait rien, l'estrade donne une ambiance *chic*. » Pensée bizarre et assez honteuse : elle ne tient pas à rester à la maison, elle cherche à éviter des hommages trop pressants et l'inévitable lit — et si elle se mettait (dans son état) à y voir une corvée, et si ?... Réserve légitime et même louable. Très bien. La grande brasserie avec son estrade ronde et basse couverte d'instruments de musique désertés.

Une superbe lumière de fin d'orage. La place du Luxembourg avec sa fontaine au puissant jet d'eau resplendissant au soleil sur fond d'un ciel gris de plomb presque noir. Le petit imperméable gris et les jambes croisées, lisses et mates dans leurs bas de soie ambrés.

« Non, vois-tu — elle garde les yeux baissés et écrase distraitement avec la cuiller la glace qu'elle n'a pas mangée —, on parle beaucoup de ça. Ça m'a fait quelque chose. Avoir un peu de ta vie à toi dans mon corps. C'est... c'est très émouvant, tu ne trouves pas ? »

— Le moins qu'on puisse dire. »

— Voilà. Mais ce n'est pas *toi*. Quelqu'un d'autre. Quand tu es là je n'ai envie de rien d'autre. »

— Vi, si je pouvais *vraiment* savoir ce que tu sens. »

— Ah ! tu vois, dit-elle, tu vois, cela jette déjà un trouble entre nous. Un élément étranger. Toi, sois franc. »

— *Vorrei e non vorrei.* Exactement cela. Le *vorrei* est très fort. Le *non vorrei* aussi. »

Elle parle rapidement. Toujours sans lever les yeux. « Je suis trop jeune. Oh ! je m'en rends compte, je n'ai pas de complexes. J'ai peur, avec toutes les histoires de papiers, de démarches, et que si j'ai à déclarer mon nom, les recherches dans l'intérêt des familles, papa qui me retrouve, et être malade et affaiblie, et que tu m'aimes moins parce que je ne serai plus très en forme... » il l'interrompt : « Ne dis pas cela, c'est injuste. »

— Non vois-tu. C'est vrai. Des enfants, après ma majorité, nous pourrons en avoir trente-six... »

— Tant que cela ? »

— Enfin — six, si tu veux. Mais maintenant, tu vois où ça nous mène ? »

... Bref, pense-t-il, bref — irréprochable sagesse féminine, sagesse que Myrrha n'avait jamais eue mais qui, de nos jours, est à la portée des adolescentes. — Il me semble que tu en sais assez long sur la question. Blanche, encore une fois ? »

— Oh ! pas seulement Blanche. Des clientes de maman. Des dames de tous les âges, distinguées ou non. Et il y en avait dont les maris ne savaient pas. »

Il semble bien... il le pense et ne le dit pas — que ladite Blanche lui avait conseillé ce genre de trahison, « ne *lui* dis pas, si... » les femmes entre elles nous traitent en éternels mineurs, fussent-elles d'âge à être nos filles, et peut-être même ont-elles raison car rien n'est plus stupide qu'un homme qui fait un enfant à une femme sans y avoir songé, et exige encore le droit à la parole.

— Tu as l'air décidée. Ou est-ce une façon de vouloir me tirer d'embarras ? »

— Tu vois tu vois. Tu deviens déjà méfiant. Qu'est-ce que tu veux ? Jouons à pile ou face ? »

« Non, poursuit-elle, non, écoute : si nous voulons l'avoir, ça voudra dire que nous nous engageons à risquer de tout *lui* sacrifier. Tu trouves que je suis lâche, que je manque de cœur ? »

— Toi ? !

« Tu n'as encore rien compris ? pas compris que je ne peux rien penser ni vouloir en dehors de ce que je veux — et où en serions-nous maintenant si nous avions agi comme des gens convenables et selon les règles de la saine morale ?... »

Elle rêvait, un sourire triomphant mal réprimé tremblant sur ses lèvres, flottant dans ses yeux. « Si tu savais. J'y vois clair maintenant. Ce n'est plus un problème. Plus du tout. »

C'est un problème. Dès qu'il s'agit d'aborder des

détails techniques. Lesquels sont aussi scabreux que possible. Il se trouve que Victoria a une opinion lamentable des personnes de sexe masculin dès qu'il s'agit de problèmes dits féminins.

Donc surtout ne t'en mêle pas, ne t'en occupe pas, en aucun cas, je ne veux pas, rien à faire. Elle devient intraitable comme une petite-bourgeoise de l'Ancien Régime défendant sa vertu. « Mais pourquoi, grand Dieu ? » — Tu ne peux pas comprendre, non tu ne peux pas comprendre. Ce serait humiliant pour toi. » — C'est à moi de juger, non ? » — Pas du tout. Si je te voyais t'occuper de ça je t'estimerais moins. » — Donc, ton estime est un peu fragile ?... » — Oh tu es bête. Ce sont des choses qu'on n'explique pas. »

Elle semble en connaître un bout — la pauvre enfant — enfant des rues, enfant des faubourgs, la petite qui mendiait des pièces de cuivre à Constantinople, et s'entendait avec sa mère pour cacher au père le prix touché sur la façon d'un manteau, et écoutait les bavardages de clientes — et qui à l'occasion servait d'alibi à Blanche pour ses rencontres clandestines avec le jeune Moretti — et qui à douze ans savait très bien pourquoi des femmes ont besoin de « se reposer » pendant un ou deux jours... « Dangereux ? penses-tu ! On en fait tout un plat, des accidents bien sûr il y en a, mais tu peux aussi bien te faire renverser par un autobus... »

— A croire que cela t'est déjà arrivé. » Elle ne se vexe pas, trop glorieusement sûre de sa virginité sacrifiée le grand Lundi matin à huit heures et demie sur le lit — à jamais béni — de M. Klimentiev. « Une cousine de Mme Cornille (la mère de Blanche) travaille à l'hôpital Boucicaut section maternité, c'est dire qu'elle s'y connaît. » — Ah ! et elle en fait profession ? » — Laisse, je n'aime pas parler de ça. » — Elle le fait pour l'amour de l'art ? Je croyais que cela coûtait assez cher. » Victoria devient très rouge. « Pour moi, elle le fera. Elle connaît papa. » Le comble des combles, faire des économies grâce à la mauvaise réputation de M. Klimentiev. « Franchement, laisse tomber, ça me dégoûte trop. » — Et quoi encore ? »

Pour elle, à présent, il ne s'agit plus que d'une démarche bizarre, un peu angoissante tout de même, et excitante — elle joue à la vraie femme. — Ah non, une fois la décision prise on ne regrette plus. Non, ne me donne pas le vertige, je n'aime pas m'attendrir. »

Ce ventre tendre et vivant, plat au milieu de lignes douces et pleines d'un corps si enfantin dans son épanouissement innocent, qu'il est, du cou aux chevilles, comme une seule coulée ferme sans qu'aucun muscle y soit apparent. Et qu'un enfant y vive paraît à la fois miracle et sacrilège. Chair de la chair de la Victoria la plus secrète et la plus chaude — et où jettent-elles cela ? à la poubelle, dans la cuvette des W.C. ? « Oh non oh non, pas question, j'y vais *seule*, Blanche me ramènera en taxi. » — Donne-moi l'adresse. » — Pas question. *Pas question.* » — Tant pis, je n'irai pas à mon travail cet après-midi. » — Tu ne vas pas m'*espionner ?* » Pour ne pas la blesser on ferait les plus inimaginables sottises. Elle se croirait — fille absurde — blessée dans sa pudeur, pudeur intransigeante et inattendue qui se dresse entre eux comme un mur — fille de son père, pour une fois, une vraie bûche. Et elle revient, pâle, les sourcils froncés, les coins des lèvres un peu crispés ; accompagnée de la fameuse Blanche, grande fille blonde et molle aux yeux pâles à front de tête.

Le moment est peu propice aux présentations, mais Blanche se montre aimable. Le regard doux, curieux, juste un peu hostile... pas malin, voyez ce que vous faites de cette fille. Blanche la connaît depuis dix ans, Blanche l'avait vue tous les ans rentrer de l'école puis du lycée avec les prix d'excellence. L'arrachement, le saignement de cœur, devant la petite fille humiliée qui se laisse installer et allonger sur le lit, frissonnante, faisant la brave, oh c'était trois fois rien, moi qui me faisais des idées, Blanche mon chou passe-moi cette serviette qui est là...

Elle claque des dents — effrayée après coup. « Douloureux ? oh non. Enervant — comme si on te grattait les nerfs à vif. Oh oui, du thé très faible. » Elle s'endort. C'est une bonne réaction dit Blanche. Assis au pied du lit, Vladimir la regarde dormir, dans la pénombre de l'alcôve. Mate et moite, immobile, le visage sévère. Il eût préféré être seul avec elle, car il a les mâchoires et les épaules secouées de spasmes et se mord les lèvres pour ne pas se mettre à sangloter. Blanche lui touche doucement le bras. « Vous êtes *tout à fait* fou d'elle, n'est-ce pas ? » et là, il pleure comme un enfant. La tête sur le lit, contre les jambes de Victoria.

Il offre à Blanche du thé avec du pain d'épice, et, les nerfs à vif, louche sans cesse du côté de la fenêtre d'alcôve. « Il faut la laisser se reposer, qu'elle ne bouge pas surtout...

« M. Clément n'est pas un mauvais homme, vous savez. Il est têtu. Il est très malheureux vous savez. » — Si vous croyez que j'ai pitié de lui. » Les ronds yeux couleur d'eau soudain alourdis, durcis (ce n'est pas à vous de dire ça).

Victoria, réveillée, demande un cachet de Kalmine. « Oh ce n'est rien, juste comme ça. Blanche tu as été un chou, passe me voir demain si tu peux. » Elles s'embrassent. Idiot d'être jaloux de cette grande fille aux joues molles ; bonne fille, à peine maquillée, à peine frisée, en robe de Prisunic à fleurs bleues et rouges.

« Demain ce sera fini je t'assure. Tu diras à Mme Marossian de passer me voir. » — Bref, tu me traites en étranger. » — O ne sois pas bête. »

Il se montre bête, pourtant, au point de faire venir le lendemain soir un médecin (gynécologue) qu'il connaît, un client assidu du magasin Bobrov, pas

566

exactement un ami mais il boit de temps à autre un verre avec Boris, Irina, Vladimir et Karp. Quinquagénaire, juif de la vieille émigration, charmant, parfois leste dans ses propos, et amateur de poésie. Lev Mihaïlovitch Blum. « Si urgent que cela, mon cher ? » — Je n'en sais rien, un peu délicat, un accident... » Victoria est horrifiée. Il est du reste horrifié lui-même de sa propre audace, mais comme — dans son idée — c'était presque une question de vie ou de mort... La pauvre fille est toute rouge et en larmes et n'ose faire de scène devant un monsieur distingué et froid.

Il se trouve que « Léon Blum » est furieux, car malgré son goût des propos légers il a des principes. « Mon devoir serait d'avertir la police. Vous avez une sacrée chance que cette gamine ait, touchons du bois, une constitution de fer, je ne vois pas de menace d'infection. Mineure, n'est-ce pas ? Combien, seize ans ? » — Dix-sept. » Lev Mihaïlytch hausse les épaules, sa mince bouche et son nez se pincent en une ostensible expression de mépris. « Nous n'avons pas l'habitude de poser des questions. Et c'est dommage. Pour l'amour de Dieu ne m'appelez pas une autre fois, je ne tiens pas à être complice en cas d'accident. » — Oh soyez tranquille. » — Ce sera cinquante francs. » C'est beaucoup, c'est énorme, mais le brave M. Blum cherche à exprimer ainsi sa désapprobation.

Dans sa vertueuse naïveté il ne se rend pas compte que son client, après son départ, est prêt à chanter de joie. « Pardonne-moi, Vi, un abus de confiance et tout ce que tu voudras, mais cette peur, c'était plus fort que moi. C'est un grand spécialiste. » Il examine l'ordonnance laissée par Blum comme si elle était un texte autographe des Tables de la Loi. « Eh bien, tu vois, pour une fois je m'en moque que tu sois fâchée. » Le plus curieux, c'est qu'à présent elle s'en moque aussi.

— Tu es drôle, non ? dit-elle, d'une voix rêveuse,

enrouée de tendresse. Si drôle... tu ne sauras jamais
jamais jamais combien je t'aime.

« Pour te pardonner cela, il faut que je t'aime, non ?
Ne te tracasse pas, je n'oublierai jamais cela, j'y
penserai comme à quelque chose de très bien. » Pour
un peu, on eût cru qu'il avait accompli une action
héroïque. Car elle se sentait héroïque elle-même : avoir
subi une honte pareille sans broncher, en avalant ses
larmes.

Cher Papa

Il m'aura été difficile, ce mois-ci, de vous envoyer le
mandat. Raisons de santé (à présent personne n'est
malade, tout va bien). Le cher Boris K. me donne de
temps à autre des nouvelles de vous tous, peut-être
vous donne-t-il des miennes, mais je ne te cacherai pas
que j'aimerais te rencontrer un jour en personne. Il
m'est difficile d'écrire. Tout ce que je pourrais dire
(aux autres qu'à toi) me paraît être d'un odieux
pharisaïsme. Ce n'est pas crois-moi la tendresse qui me
manque. Mais, en premier lieu, le fait que je sois
incapable de leur assurer au moins l'aide matérielle —
que j'avais promise — m'interdit de parler de sentiments dont ils peuvent à bon droit douter. Si triste que
cela puisse paraître, c'est la question d'argent qui, en
définitive, rend les situations de ce genre pénibles, et,
je ne mâche pas les mots, un peu sordides.

Pourrais-tu trouver moyen de te libérer ce dimanche
après-midi, je viendrais, disons, au Café de la Gare,
vers 3 ou 4 heures ?... »

Ilya Pétrovitch s'était libéré sans trop de mal car sa
femme passait l'après-midi du dimanche avec Tassia,
elles avaient pris à une heure le train pour Versailles ;
et Myrrha restait dans le jardin, à peindre. « Je vais
faire un tour chez Marc. » La maison désertée par les

enfants partis en colonie de vacances était silencieuse et paisible, douce mare d'eau stagnante envahie par les mousses flottantes, les branches pourries et les feuilles mortes, Myrrha peignait un énorme étang (est-ce que cela ne fait pas trop penser aux *Nymphéas ?*) où l'eau noire prenait des reflets glauques entre les verts crus des plantes sauvages et les violets et ors sombres des feuilles pourries. Et elle sentait que les verts chantaient faux : une souffrance aiguë, comme d'entendre jouer un piano désaccordé. Seule dans le jardin. « Oh oui, excellente idée, tenez, n'oubliez pas de lui rapporter son parapluie. » Rien à faire, il prend le parapluie. Ils ne se parlent pas, ils ne s'étaient jamais beaucoup parlé. Une entente muette, qui repose sur une paisible et amicale compréhension mutuelle. Respect de la solitude de l'autre, tellement reposant lorsqu'on vit avec un être qui ne respecte la solitude de personne. « Ma chère, si je reviens tard, tu diras à Tania... » Car, bien entendu, il passera la soirée chez Marc.

« ... Combien de mois ? » — Voyons — Vladimir compte sur ses doigts pour constater : deux mois et dix jours. « Mais nous t'avons vu, ta mère et moi, au café, le jour du bachot de Tala. Je ne trouve pas, dit le père, que tu aies une mine resplendissante. »

Lui est si peu changé que le fils en est presque saisi (eh quoi, tu ne t'attendais pas à le voir blanchi et ridé ? de chagrin, peut-être). Cette terrasse de café jadis si familière que le vieux serveur l'appelait par son prénom — toujours les mêmes siphons bleus dans leur armature de métal chromé. « Non, un Vichy pour moi mon cher. » Vladimir demande un Dubonnet, et se mord les lèvres en pensant au prix de la consommation — et à ce que son père en pensera.

— Non, tu n'as pas bonne mine » Ilya Pétrovitch observe le visage mobile et osseux, aux yeux trop brillants, de l'homme encore jeune assis face à lui, dans cette pose nonchalante qui lui est si douloureusement familière qu'il se dit : grand Dieu sommes-nous stupides, gâcher notre vie par l'absence, pour des histoires de jupons — eh oui, ce pli aigu et nerveux sur la joue, ce creux accentué sous la paupière, pensées dures : « eh oui, toi aussi tu y viens », pensées égrillardes, « hé hé, une jeune femme n'est pas une sinécure », tendresse fraternelle et vague inquiétude. « Tu avais dit : raisons de santé, dans ta lettre. »

— Pas *ma* santé. J'espère que tu ne t'es rien imaginé. Venons-en aux questions scabreuses, papa. Pour ne plus y penser. »

— Tu veux dire le divorce ? Ilya Pétrovitch se met, diplomatiquement, à bourrer sa pipe. « Ecoute-moi : tu comprends très bien que ce n'est pas à *nous* d'en parler à Myrrha. » Vladimir baisse les yeux. — Je vois. Donc, n'en parlons plus ? »

— Ecoute mon cher. Nous sommes en période de vacances, et ces messieurs du Palais s'en paient, comme tu le sais, d'interminables. Elle va déposer une plainte en abandon de famille. Mais comme tu le sais elle a une horreur maladive de la paperasserie et des démarches officielles. D'autre part, son frère lui conseille de refuser le divorce, ou plutôt, il est un gars assez tortueux qui lui joue je ne sais quel jeu avec un trafiquant de fourrures lequel aurait les moyens (il est assez riche) de lui faire obtenir son divorce en trois mois... Enfin, passons, l'homme ne lui déplaît pas mais elle ne songe nullement à l'épouser. A cela près, un divorce coûte de l'argent, et ce n'est pas Georges qui lui en prêtera. D'autre part — j'ai vu le père. Il ne me paraît pas être homme à accorder son autorisation, fusses-tu dix fois divorcé. »

— Bon. Attendons trois ans et quatre mois.

« Et vois-tu papa, cette situation ridicule : que ta vie dépende du caprice d'un déséquilibré (car il l'est) qui a de son côté la Loi et les Prophètes ? »

Silence. « Enfin, finit par dire le père, tu l'as cherché. Je suppose que tu y trouves quelques avantages. »

— Tous les avantages du monde » — Tout de même, pense Ilya Pétrovitch, saisi, pincé au cœur par une bizarre délectation à la fois détachée et mêlée d'envie rétrospective... que ça dure six mois ou dix ans, qui donc ne voudrait pas être à sa place ?... beau comme un dieu malgré ses fils blancs aux tempes et ses joues creuses, et ça n'arrive pas tous les jours ni à tout le monde. — Car enfin, continue Vladimir, transfiguré par la contemplation de ses *avantages*, tu te doutes bien que si j'accepte cette situation peu glorieuse c'est que le jeu vaut la chandelle, et il ne s'agit pas de passion physique, bien que l'amour physique tienne une place considérable dans nos rapports, mais d'un attachement total dont je n'avais jusqu'ici jamais soupçonné l'existence — si bien que, tu diras peut-être que je suis un monstre, il m'est difficile de concevoir d'autres obligations que celles que j'ai contractées à l'égard de cette jeune fille. »

— Mon cher, dit le père avec un long et profond soupir, tu n'es pas le premier homme au monde à tomber amoureux. Faut-il dire : mieux vaut tard que jamais ? »

— Ah ! ah ! toi aussi tu me trouves vieux ? »

— Non, loin de là. Tard parce que tu n'es pas célibataire. »

— Mais vois-tu... Pierre. C'est ce qui me fait le plus mal. Parce que je l'ai blessé dans son orgueil. Et un orgueil de quatorze ans, c'est dur.

— J'aurais cru que tu pensais davantage à Myrrha. »

— C'est un reproche n'est-ce pas. Attends : ce n'est pas pour me justifier. Mais je te jure que je croyais que Myrrha est le soleil qui luit sur les justes et les injustes. »

« — Je crois, dit le père, que tu n'étais pas le seul à penser cela. »

— Je sais. Et ce n'est pas une excuse. Papa. Une question : j'ai été *très* heureux de te revoir — crois-tu que toi et maman pourriez, disons, nous rencontrer tous les deux — sur terrain neutre — à titre amical ? »

L'autre, pris de court et plus choqué qu'il ne pensait devoir l'être, demande (manœuvre dilatoire) : « ... Moi et maman ?... »

Le fils baisse les yeux. « Simple question. Cela me semblait plus correct. »

— Je crains que ce ne soit difficile. » Vladimir posa un instant la main sur le bras du vieillard. « Avocat, va. Pardon de t'avoir posé la question. »

— Sais-tu ? Je t'aimais mieux quand tu t'emportais. »

— Tiens, et moi donc. On apprend à marcher sur la pointe des pieds. Papa, il nous sera 'difficile', comme tu dis, de nous rencontrer. Là où je ne suis pas reçu de plein droit, c'est-à-dire avec Victoria, je me considère comme indésirable. »

... Chez Marc Rubinstein, où Ilya Pétrovitch arrive en se rendant compte qu'il a oublié le parapluie dans le café, Anna Ossipovna bavarde avec une amie récemment émigrée d'Allemagne, et Marc écrit une lettre à son fils. Entre lui et Tolia s'est établi, depuis la visite du fils, un dialogue par lettres, vif et passionné, qui témoigne surtout, semble-t-il, de l'échec de la vie conjugale d'Anatole. « Un *fils* qui t'écrit des lettres de dix pages ! tu as de la chance, mon cher. » Il reçoit en réponse un regard qui est à ranger parmi les 'gifles' (oui, bien sûr, mon fils n'est pas un écervelé comme le tien).

Anna est pâle et flasque à présent ; ses cheveux sont un halo de flocons blanchâtres voletant dans tous les sens, et elle porte toujours ses corsages trop larges à petits plis qui semblent dater de 1900. « Alors ?

demande-t-elle. Des nouvelles des enfants ? » « Gala écrit, elle est la seule. Ils s'amusent bien. » — Oh oui, une bonne chose pour eux, ça leur change les idées... » (Bref, les pauvres enfants). Tolia, en ses heures de liberté, se plonge dans l'étude comparée de saint Thomas d'Aquin et de Maïmonide — « mais, dit Marc, entre nous soit dit, il manque d'entraînement... » — Tu veux en faire un kabbaliste ? »

— N'emploie pas à tort et à travers des mots que tu ne comprends pas. Tu te laisses aller. Combien de livres as-tu lus cette semaine ? » Bon. Ilya Pétrovitch reprend sa pipe et sa blague à tabac. « Les livres m'ennuient. Tania me le reproche assez. Les journaux me suffisent, je contemple du haut de mon Olympe meudonnais le spectacle toujours plein d'imprévu de la folie humaine — toi, si tu crois que la sagesse des aïeux peut t'en consoler... »

— J'ai toujours dit que tu étais défaitiste, Iliouche ! 'consoler' ! si tu veux le savoir, la lecture de ces mêmes 'journaux' n'est pas à mes yeux un spectacle pour Diable Boiteux, mais un déchirement tel que je préfère encore ménager mes vieilles artères, j'en sais et j'en lis assez long. Ce n'est pas une partie d'échecs, c'est ma chair qui saigne, et ceci tu ne l'as jamais encore compris — parce que vois-tu ta chair à toi est toujours notre vieux *corned-beef* positiviste, scientiste, socio-démocrate, parce que tu es un métèque fils et arrière-petit-fils de métèques qui n'a jamais eu de racines, alors que moi, je suis en train, bien malgré moi, de retrouver les miennes... »

— Bravo Marc, et ceci sans nulle ironie puisque tu es devenu aussi intouchable que l'Arche d'Alliance — les juifs sont les seuls non-métèques de notre monde gréco-latin et judéo-chrétien, et c'est pourquoi ils excitent la jalousie universelle. Et je sais bien que, descendant d'Allemands, de Polonais, d'Anglais et d'un bon pourcentage de Russes tout de même et produit d'une culture franco-germanique artificiellement implantée, et d'un internationalisme idéaliste du siècle dernier, je n'ai guère le droit de *saigner* pour le peuple russe, et je saigne il faut le dire depuis plus de vingt ans, cela commence à devenir une vieille rengaine — je t'envie d'avoir des *racines*. C'est peut-être, à notre âge, un moyen de se sentir vivant ? »

— Je m'en serais bien passé, Iliouche. » Curieux, se dit Ilya Pétrovitch, il ne se taille plus la barbe, à peine les cheveux, à croire qu'il voudrait avoir l'air d'un rabbin, et il n'y réussit pas. Toujours la même allure d'aristocrate russe.

— J'ai oublié ton parapluie, Marc. Pas chez moi, au café de la Gare, où, j'espère, il n'aura pas été volé. » Marc range lentement dans le tiroir du bureau la lettre de son fils. « ... Il te reste, poursuit Ilya Pétrovitch, la ressource de ramener le fils prodigue à la conscience de ses racines. Un de ces jours, tu l'engageras à se faire circoncire et à forcer sa femme à se convertir au judaïsme, qu'en penses-tu ? »

— Eh bien figure-toi, dit Marc, figure-toi, espèce de vieux Méphisto, que s'il le faisait je n'en rougirais pas. »

Ilya Pétrovitch hoche la tête d'un air d'indulgence résignée, et n'ose pousser plus loin l'amicale agression. « Ce qui compte, c'est d'avoir retrouvé le contact. Ils reviendront sûrement l'été prochain ? » — Si tu voyais comme Anna compte les mois et les semaines ! » Il soupire, pensant au fils de son ami.

— ... Vois-tu Marc, ce qui est terrible, c'est que chaque tentative de rapprochement aboutit à un éloignement plus profond. Entre nous, je l'ai vu aujourd'hui — c'est même là que j'ai oublié ton parapluie — pour m'entendre dire que malgré toute son affection, etc., il ne tient plus à me revoir. Et il est bien vrai que des rendez-vous clandestins dans des cafés de la Gare ne sont plus de mon âge ni même du sien. Que ferais-tu à ma place ? »

Marc lève en l'air ses longues et frêles mains roses bosselées de veines bleues. — Mon cher, j'ai déjà consacré tant de nuits blanches à mes propres problèmes... A ta place ? Mais rien du tout, il n'y a rien à faire. Dans les temps anciens, chez nous, des fils comme le mien (je ne parle pas du tien mais c'est un point de comparaison) étaient tenus pour morts et la famille prenait le deuil. Clair et net. Maintenant, ce n'est plus ni chair ni poisson. Bon, je n'ai pas songé, tu penses bien, à maudire Tolia, je ne te conseillerais pas non plus de prendre le deuil ; mais il y avait dans les vieilles coutumes une sagesse cruelle, moins cruelle parfois que ces tiraillements à l'infini... On te claque la porte au nez, qu'est-ce qui te reste à faire ? »

*

En chômage forcé — vacances payées — Alexandre Klimentiev se promenait dans un Paris de mois d'août tranquille, presque provincial, deux fois moins de voitures, la moitié des magasins fermés, un temps changeant, ces maudits étés parisiens, chaleur étouffante puis orage, bruine, fraîcheur, ciel bleu, Seine bleue, nuages blancs, nuages rouges, lumière d'or sur le Pont Mirabeau, statue de la Liberté se dressant toute noire au milieu du Pont de Grenelle. Avec ces vacances payées, la moitié des camarades français ont pu s'offrir un séjour à la campagne, chez des parents, cousins, beaux-parents, ou même des voyages au bord de la mer.

Leur campagne — pas grand-chose — au fait, Klimentiev ne la connaît pas, n'étant jamais allé plus loin que Conflans-Sainte-Honorine, où vivait jadis certain camarade, marié et établi à son compte comme serrurier. Pas grand-chose, cette Seine étroite aux eaux

575

sales louvoyant entre les collines basses où tout est petit — les prés, les champs, les bois, les vergers — seuls les chevaux de labour sont imposants, ah si l'on pouvait implanter cette race-là chez nous, mais aussi ils doivent manger le double des nôtres. Pays riche, rien à dire, belles maisons à jardins, mais peu de terre — il pensait aux champs de seigle autour de sa ville natale, aux champs de choux et de tournesols, et aux rues de la ville larges comme le Boulevard Saint-Germain (et c'était une petite ville !), larges, jaunes et vertes, creusées de profondes ornières, jusqu'à quatre attelages pouvaient y passer de front. Des troupeaux de moutons traversaient la ville, s'arrêtant pour brouter l'herbe des talus, et au printemps, à la saison des agneaux, c'était beau à voir ! Et des deux côtés de la rue les maisons à couleurs vives, guère plus d'un étage, ça ne vous pesait jamais sur la tête ; derrière les palissades des tournesols, des sorbiers, des lilas ; potager pour chaque maison, les enfants jouaient à cache-cache dans les haies de pois et de haricots — aux vacances d'été on allait jusqu'à la rivière pour se promener en barque et pour nager.

Il pensait à son enfance innocente, aux cloches de l'église paroissiale (et comment il rêvait de devenir sonneur de cloches), au chant des alouettes au-dessus des seigles mûrs, aux odeurs de foin et de fumier ; aux glissades sur l'étang gelé, gris acier au milieu de congères blanches, sous un ciel gris fer où, des toits blancs, montent des fumées blanc jaunâtre, et où sur les arbres noirs se posent des corbeaux plus noirs encore. Et les belles bagarres entre deux camps de garçons, chaque rue avait sa bande. Ce Paris si pauvre, si mort, un squelette peuplé de fourmis, jamais il ne l'avait détesté autant qu'en cet été 1937 ; forcé à l'inaction, et le diable emporte ces vacances payées et la fermeture de l'usine pour deux semaines.

« Ecoute, Sacha, tu te souviens de ta parole... » Il

n'est pas bête, il sent tout de suite qu'il y a du nouveau, se tapit intérieurement comme à l'approche d'un ennemi. « Si j'ai donné ma parole c'est que je m'en souviens. » Youra Fokine est un brave garçon — tout Sibérien qu'il est — un de ces costauds à pommettes hautes et mâchoires lourdes qui ont de vraies têtes de bandits et ne feraient pas de mal à une mouche. « C'est que je t'aime bien, Sacha. »

Mais oui, la parole, la parole il l'avait donnée un jour — le 14 juillet — à cinq de ses amis assemblés dans le café du *Muguet*, face au Pont Mirabeau, on célébrait la Fête Nationale en mélangeant les pastis et les Pernods. Parole : donnant donnant. Si jamais l'un d'eux voit ou apprend quelque chose, il avertit Klim, et Klim de son côté jure de ne pas se livrer à des actes de violence. « Sois raisonnable, voyons et si c'est un gars petit et fluet, et que tu tapes trop fort et qu'il ait le cou brisé, tu vois la responsabilité. » « Tu passes aux Assises, et nous serions complices de mort d'homme... » — Il faudra que je le caresse, peut-être ? »

— Ecoute, Vorochilov : si le type a détourné une mineure, ta plainte tient toujours, on ne lui passera pas de la pommade sur les cheveux pour ce qu'il a fait, la police, et le scandale à son travail... » — Tu parles, la belle punition. » — ... Bref, il aura des ennuis, peut-être même la prison, et toi, tu ne vas pas risquer la prison pour un salaud, non ? Et comment t'engagerais-tu pour la guerre d'Espagne, si tu es sous le coup de poursuites ? »

Bon. Il jure et fait même le signe de croix, de toute façon il se moque de Dieu et du diable (mais pas de sa parole, tout de même), si l'homme n'est ni un juif, ni un nègre, ni un maquereau, il ne fera rien.

« Donc, tu te souviens de ta parole ? Eh bien, hier à Montparnasse, au café *Le Sélect*, j'ai vu Vica. » C'est comme si on lui assenait un coup de gourdin sur la tête. — Alors ? alors ? avec le type ? » Il se demande parfois si le type a jamais existé, si Vica ne s'est pas engagée dans quelque organisation politique, ou retirée dans un couvent catholique, les filles sont folles parfois. *Pas Vica, non.* « ... Ça, mon vieux, je ne saurais dire. Un type ? Je n'ai pas regardé de trop près, crainte de me faire reconnaître. Elle avait sa robe bleue et le même petit chapeau — preuve qu'elle ne mène pas la mauvaise vie, c'est toujours ça, non ? » — Après ? » — Elle n'était pas seule, ils étaient cinq ou six autour de la table, des gens plutôt comme il faut qui avaient l'air de Russes. Trois hommes... pas des gamins, non, et une femme pas très jeune non plus, et ils avaient tous l'air de bien s'amuser. »

— Elle s'amuse, oui. Attends un peu. Des Russes, quel genre ? » — Comment saurais-je ? Le genre intellectuel, tu vois ? » — Et le type ? » — Klim, voyons, il y en avait trois. »

Montparnasse, aux yeux de Klim, était un mauvais lieu. A peine moins mauvais que Montmartre. Des peintres y ramassent des petites filles, les saoulent et les déshabillent pour les faire poser toutes nues. Ils couchent avec, et les pauvres sottes pensent qu'elles deviennent artistes... Mais Vica n'est pas si sotte, tout de même.

Il lu faut du temps pour s'habituer à l'idée que Vica se promène à Montparnasse en compagnie d'intellectuels russes pas très jeunes. Et si le type était peintre ? Il voit les peintres comme des messieurs à grand chapeau, barbiche noire, cheveux longs, un pinceau à la main, pas tout à fait maquereaux mais organisant des orgies dans leurs ateliers pleins de femmes nues. Rien qu'à voir les tableaux exposés dans les vitrines des galeries, de quoi vous soulever le cœur. Des femmes nues, heureux encore si elles ont l'air de vraies femmes et n'ont pas trois seins et des jambes sortant du cou, une belle mentalité, des hommes vicieux, pourris jusqu'à la moelle.

« Pas des gamins, tu as dit ? » — Oh ! à peu près comme toi et moi, ou dans les trente ans, je ne sais plus. » Pendant plus de deux mois il avait pensé à un homme jeune. Un « vieux » ? Encore pire Du vice. Aucun scrupule à avoir. Car se battre avec un gamin ne serait tout de même pas drôle... Et au moment où il décide d'aller faire un tour à Montparnasse, il est pris de peur, tant une longue colère sans objet l'a épuisé. « Pas de blague, Klim, j'y vais avec toi. » — Pourquoi faire ? Et ma parole ? » — On sera deux, on pourra mieux juger de la situation. » C'est vrai. Mieux vaut être deux. Il faut procéder avec prudence. Un scandale dans un lieu public peut ne mener à rien.

Mais, malchance, huit soirs de suite il revient bredouille, pas trace de Vica au *Sélect* ni dans aucun des cafés avoisinants, les deux amis ont traversé au moins dix fois les salles de *La Coupole*, de *La Rotonde*, et du *Dôme*, et du *Patrick's*, et arpenté le boulevard, de la Gare jusqu'à l'Observatoire, et Youra Fokine commence à maudire ses confidences et son rôle d'ange gardien. Mais, de toute façon, ni lui ni Klim n'ont rien à faire de leurs soirées. Ils s'arrêtent à des bars, boire un verre. Ils s'offrent même deux petits verres de vodka chez *Dominique*. « Vous n'auriez pas vu par hasard, demande Youra au barman de *Dominique* (un Russe, on peut lui parler)... une grande fille blonde à chignon sur la nuque, en robe bleue ?... » — Mais comment donc ! je vois qui c'est. Un beau brin de fille, mes respects ! et qui n'a pas l'air de s'embêter, toujours à rire et à plaisanter. »

— Donc, elle vient souvent ici ? » — Non, pas tellement. » — Seule ? » demande Klim. — Seule ? elle ne le resterait pas longtemps ! non, avec un monsieur plutôt brun, en costume gris — qui pourrait bien être son père, mais, pas de danger, il ne l'est pas ! »

— ... Il a une barbe ? » demande Klim, d'une voix étranglée, il tient à l'idée que les peintres sont barbus.

Le barman regarde l'homme pâle aux yeux figés, et ne sourit plus. « Une barbe ? non, pas la moindre. » Il n'en dira pas davantage.

« C'est bien le dernier soir, dit Youra Fokine, fatigué de la chasse à l'homme. « Mon vieux, ce n'est pas ton malheur à toi, je ne te demande rien. » — J'y vais quand même, tant pis. » Ce soir-là, ils voient Vica à *La Rotonde*.

Elle est dans la salle et non sur la terrasse. Dans la salle près de la petite estrade où s'exhibe une chanteuse en robe blanche et collante tombant jusqu'à terre. Et une fois encore elle est avec plusieurs personnes, à une table ronde sur laquelle se dressent six verres de bière. Mais cette fois-ci il n'est pas difficile de détecter le type : il la tient enlacée — le bras passé autour des épaules — et ils se serrent l'un contre l'autre. Oui, il la tient serrée comme un objet qui lui appartient, et rit — et elle rit aussi — et tous les autres rient, ils ont l'air de se raconter des histoires très drôles.

« ... Eh bien, dit Klimentiev, allons-nous-en maintenant, j'en ai assez vu. » Et Youra dit : « Hé Klim, tu ne vas pas te trouver mal ? allons boire un coup. » Ils vont à côté, au *Sélect* — Klim se voit forcé de s'asseoir. Ses dents claquent contre le verre. Il y a tant de haine dans ses yeux qu'ils en sont blancs et mats, deux cailloux. Il pose le verre sur la table par peur de le briser, sa bouche se remplit de salive et il en crache un long jet par terre. Et il crache encore. « Hé, tu vas te faire attraper par le garçon... Hé dis donc, ça te fait cet effet-là ?... » Cet effet-là. Il retrouve la force de parler.

« *Je connais cet homme.* »

Youra Fokine, qui est frivole et curieux, s'exclame vivement : « Qui est-ce ? »

— ... Le plus immonde de tous les salauds, la dernière des ordures, le plus... » il crache encore, et un couple de touristes anglais, dégoûté, se lève et quitte la terrasse.

— Mais *qui*, bon Dieu ? son nom ? »

Klimentiev se penche en avant, étale les coudes sur la table. « Tu vois ça, Fokine. Cet homme-là, je vais te dire. Il habite une maison à étage, avec jardin... petit, mais un jardin ! un grand tilleul à côté. Il a une femme, encore jolie paraît-il. Et de vieux parents. Encore vivants. Et des enfants. Tu sais combien ? Trois. Un petit gars ! Et deux filles, la grande est copine de Vica. Un homme instruit, il travaille comme comptable ou je ne sais plus, dans la grande épicerie russe à la Porte de Saint-Cloud. Tu vois ça, Youra ?...

« Attends, dis-moi. Je ne suis pas un idiot ? » — Bien sûr que tu ne l'es pas, Sacha. »

— Donc : je laissais Vica aller chez eux, et rentrer tard, et jusqu'à trois quatre fois par semaine. Et les dimanches. J'aurais dû me méfier ? Sûrement pas, parce qu'une telle saleté, *personne* ne pourrait l'imaginer, non ? »

— Thal ? » Klim crache encore, entendre ce nom lui remplit de nouveau la bouche de salive.

— Personne, non. On n'imagine pas ça. Il a une fille comme Vica. Dans la même classe. Des gens comme il faut — un nom allemand, et après ? Wrangel, Miller avaient aussi des noms allemands. Comment je me serais méfié ? Alors ? Profiter, parce que la petite n'a plus sa mère. La pousser au mal, comme ça, la séduire, justement parce que personne ne pourrait se méfier, tu vois ça ? »

Fokine voit, et trouve en effet que c'est un peu fort.

— Tu vois ça. Avec tout ce qu'il a. Un grand garçon, des filles toutes mignonnes. Et il ne travaille pas à l'usine, pas lui. Et me prendre Vica à moi qui n'ai rien d'autre. Et me la ramener le soir en s'excusant pour un train raté. Poli, froid, je me sentais tout lourdaud devant lui, et si ça se trouve il avait déjà... Une telle *saloperie*, tu en as déjà vu ?... » il parle si fort à présent que des passants se retournent. A moins d'être russes ils ne peuvent comprendre, mais la voix de basse rauque sans cesse coupée de notes criardes en dit plus que les mots.

— ... Tu l'as vu, Youra. Tu l'as bien regardé. Il est beau ou quoi ? Une figure ordinaire. Il ne roule pas non plus en voiture. Alors ? Il l'aura fait boire, je te dis, ou droguée, car Vica n'est pas bête, toujours su se défendre, un très beau gars j'aurais encore compris. Il faut être un reptile pour ça, un reptile.

« Un reptile. »

Ce mot répété, sifflé, craché, est un soulagement. La sombre joie d'avoir trouvé le mot juste. Youry Fokine, à la fois horrifié par la noirceur d'âme du séducteur, et effrayé par la colère de son ami, se dit qu'il est plus prudent de payer et de partir, car si jamais Klim songeait à passer aux actes... « Enfin, c'est écœurant au possible, un tel homme mériterait le bagne, tu as raison, c'est sûr qu'il l'aura de quelque façon droguée, ou hypnotisée, on lit ça dans les journaux, maintenant rentrons pour réfléchir à ce qu'il faut faire... » Klim sursaute, il avait oublié qu'il est possible de se lever et de marcher, il regarde autour de lui comme un fauve traqué. « Tu crois qu'ils sont toujours là-bas... dans ce grand café là-bas au coin ?... » (il a même oublié le nom du café) — Sûrement partis. » — Pourquoi tu dis ça ? Tu me crois bête ? » — Sacha, réfléchis : s'ils sont là, une supposition, et que tu ailles lui casser la figure, là, en plein milieu de la salle.. tu te fais vider c'est tout. Le gars est averti, il cachera Vica... »

— Le reptile. Le reptile. Tu vois bien, Youra ? Avec votre parole d'honneur. Que j'ai le droit de la reprendre ? »

— Le droit, oui, il va sans dire. On ne prévoyait pas ça. Voici ce que tu dois faire, Sacha. Ne frapper qu'à coup sûr. Un plan d'attaque. Ne pas foncer comme un taureau. »

— Pas facile. Pas facile. Va voir s'ils y sont toujours. Je ne tiens pas à regarder ça une deuxième fois. »

... Le personnage travaille à la grande épicerie de la Porte de Saint-Cloud. Laquelle est fermée jusqu'au 15 août. Mais après le 15 août finies les vacances payées. En marchant vite on peut, en sortant de l'usine, arriver à l'épicerie avant l'heure de la fermeture... S'il était patron, tiens, je ferais de la casse dans le magasin — et je peux le faire de toute façon, le patron le rendrait responsable — mais... les amis, car ils sont venus chez lui, ils sont quatre à discuter autour de la table à carreaux rouges et blancs et de ses verres de pinard, vu que la nouvelle a tout de même fait sensation, Chichmarev est là, de tous le plus indigné, les amis sont tous d'accord : ne pas donner l'alerte.

En allant faire du scandale à Meudon, tu aboutis à quoi ? Tu ne crois pas qu'il cache Vica dans sa maison à un étage, dans la chambre de sa femme ? Ecœuré, Klim hausse les épaules, il ne sait plus rien, des mœurs aussi dépravées, la mentalité de ces « intellectuels », j'aurais dû me méfier, les vieux sont des « sociaux-démocrates » à ce que m'a dit Vica... « Sois raisonnable, Klim, ils ne sont tout de même pas musulmans. Donc — tu viens, ils te disent encore une fois qu'ils ne savent rien, mais toi tu as découvert ton jeu et l'oiseau s'est envolé. La seule chose à faire est de le surprendre à la sortie de son magasin. » Ce qui fait quatre jours de gagnés. Ils se disent : il aura le temps de digérer ça. Et, rien à dire, Klim est ce qu'il est, mais la chose est bel et bien dure à digérer. Un reptile, pas d'autre mot.

« A cette même table, Martin, aussi sûr que je te vois. Il me parlait, là, et moi sur cette chaise, je lui ai même offert à boire, il a refusé — c'est la preuve, non ? — et je me suis sali la bouche en lui parlant comme à un homme honnête, alors que peut-être il faisait déjà Dieu sait quoi avec Vica, et il m'a fait ça, de me laisser lui parler avec respect. Avec respect, je te jure. »

Ignoble. Les amis se demandent tout de même ce que devient le fameux revolver. Tout de même, il vaudrait mieux s'en passer... pour Klim, qui n'y couperait pas d'au moins cinq ans de prison, dix ans peut-être, la justice est dure pour les pauvres et les étrangers, les maris se font acquitter, mais les pères ? « ... On vient d'acquitter une femme qui a tué son amant. » Klim crache par terre — sa chambre est à présent un taudis, Mme Legrandin a bien proposé de faire un peu de ménage, il n'a pas voulu. « Chiennerie, chiennerie. Les Français ne pensent qu'à ça. Un cocu a des droits, un père, non. Vous croyez que je veux récupérer Vica, maintenant ? Elle me dégoûte, un torchon sale, voilà ce qu'elle est. »

— Un péché, Klim », dit Chichmarev. — Non, mon revolver, je le garde... pour de *vrais* hommes, si l'occasion s'en présente. Je salirais les balles... » — Signale-le toujours au Commissariat. » Il se frotte le menton, et s'aperçoit qu'il ne s'est pas rasé depuis deux jours. — Ça... c'est à voir. Pour ce qu'ils m'ont rendu service jusqu'ici... On le convoque, il nie tout, je suis bien avancé. »

Mais le 16 août à sept heures et demie il vient se planter au coin de la rue Gudin, à dix mètres de la grande vitrine de l'épicerie, et — il n'a pu l'empêcher — Fokine et Chichmarev le suivent à trois mètres de distance, tu sais, ça vaut mieux, on te sert de témoins en cas de bagarre... Il a vécu ces quatre jours dans un état d'ivresse qui n'était pas dû à l'alcool. La tête prise dans des tenailles — car la certitude que jadis il souhaitait se révélait plus torturante que l'ignorance, et d'avoir de ses yeux revu Vica toute pareille à ce qu'elle avait toujours été (même cette vieille robe à rayures roses qu'il connaissait si bien) et se serrant

584

contre l'individu dans un lieu public était le plus incroyable des cauchemars, justement parce que c'était trop simple — un homme que l'on connaît, des gens de bonne compagnie qui rient ensemble, Vica et son sourire innocent, rien ne s'est passé, demain elle rentre « papa, j'étais à *La Rotonde* avec M. Thal et des amis... » et quoi encore et pourquoi pas, ce que M. Thal lui fait — une bagatelle, toujours la même coiffure et les joues roses, et la longue fossette qu'elle a sur la joue quand elle rit.

Et ça ne se passera pas comme ça — mais voir l'homme, face à face, et c'est comme si l'on voyait double car il a bien l'air d'un homme alors qu'il est un reptile — et le rideau de fer du magasin commence à descendre, des plaques de fer peintes en gris prennent la place des piles de gâteaux, de pirojkis, de fruits exotiques et de bouteilles de vodka — le ciel est déjà écrasé par un soleil orangé, derrière les toutes neuves et lourdes fontaines de la place ; de petits groupes de vendeuses courent vers la bouche de métro. La porte de la grande épicerie s'ouvre, et, comme au théâtre on attend *la prima donna* en regardant défiler les figurants et les petits rôles, on regarde sortir un jeune commis, une vendeuse à tête couverte de bouclettes blondes, un vieil homme à moustache en brosse, une dame en manteau vert...

Le *personnage* est là, sur le pas de la porte, bavardant avec la dame en vert et un homme blond et pâle en veston bleu marine, et ils sont gais tous les trois, comme n'importe quels employés qui ont fini leur journée.

Et Sacha Klimentiev a tout de même un bref sursaut de joie, en attrapant au vol, dans les yeux de l'homme, un éclair de panique. Vu et reconnu. L'homme a un bref recul, il reprend contenance et se tourne vers ses amis. Quelque chose comme : « attendez-moi » — et il s'avance d'un pas si rapide que c'est Klim, à présent, qui esquisse un mouvement de retrait — comme si l'autre ne lui laissait pas le temps de prendre son élan, l'autre qui fonce droit sur lui, non pas menaçant, mais, dirait-on, à la fois alarmé, contrarié et décidé, comme si c'était à lui de demander des comptes — et ils sont face à face, à portée de bras, et l'autre s'arrête pile. « Eh bien ? Qu'est-ce que vous me voulez ? »

Klim a la réaction la plus simple, il lève la main, deux soufflets rapides et secs, sur les deux joues, un avec la paume de la main l'autre avec le revers — et en reçoit deux exactement semblables presque au même instant, si bien que des passants sur le trottoir éclatent de rire, tant ce brusque échange de claques sur les joues paraît sortir de quelque film muet tourné à l'accéléré.

Et, déjà, des badauds se sont arrêtés pour voir la suite, alors que les amis — des deux côtés — se rapprochent, voyons, en pleine rue... Voyons, que se passe-t-il ?

Donc les deux hommes giflés se toisent, à un mètre de distance, rouges, et également incapables de penser à autre chose qu'à continuer la bagarre. Le vieux à moustache en brosse se croit le mieux désigné pour intervenir. « Voyons messieurs, voyons Vladimir Iliitch, et vous... monsieur ?... expliquez-vous en hommes civilisés... » — Après ça ? » dit Thal, d'une voix enrouée, se passant le revers de la main sur la joue, Fokine prend les amis de l'autre à témoins : « Une histoire de famille, messieurs, Madame. Toi, Sacha, je t'avais dit... « — Va au diable. »

— Si ce monsieur ne comprend que ces arguments-là », dit Thal. — Salaud. » Bon, Youra lui maintient le bras, et Youra est un hercule.

— Puisqu'il en est ainsi, dit Klim, et il a du mal à parler tant la douleur dans la mâchoire et le saisissement de l'outrage lui coupent le souffle, puisqu'il en est ainsi — je ne peux pas dire devant une dame ce qu'est cet homme. Il m'a volé ma fille. Une enfant. »

586

— ... Quand on n'a pas, lance l'autre, su mériter la confiance de sa fille... » il est haletant de colère, et Klimentiev se sent, un instant, presque désemparé — comme s'il trouvait bizarre d'affronter un homme fou de colère, et pourtant que peut-on attendre d'un homme qui vient d'être frappé au visage ? il avait prévu une bagarre, mais non un échange d'injures d'égal à égal, car trop grande était l'injustice, pas d'égalité entre le voleur et le volé. Et les témoins gênants, et l'attroupement, et un agent de police désœuvré qui s'approche. « Boris, tu vas nous laisser. Si jamais je t'ai demandé un service. On ne va pas continuer ce... cirque, non ? »

Donc, ils descendent, par la rue du Général Niox, le boulevard Murat vers la Seine, jugeant que les berges sont un lieu plus calme, et s'emboîtent le pas au point d'avoir l'air de tourner l'un autour de l'autre, comme si chacun craignait de voir sa proie lui échapper — et les deux amis de Klim suivent à distance, aussi curieux il faut le dire qu'alarmés — et surpris de voir deux hommes d'aspect civilisé changés en coqs de combat. Par bonheur ou malheur il n'y a plus de pêcheurs sur la berge — l'heure du dîner. « Alors ? dit Thal, se forçant à l'ironie, on met bas les vestes ? » il est terriblement rouge, il jette à terre son veston gris clair. Klim songe d'abord à en faire autant — puis, sortant d'un rêve pour entrer dans un autre, plus lourd et plus grave, tire son revolver de sa poche et lève doucement le cran d'arrêt.

Il avait trop souvent répété cette scène dans sa tête. Il ne sait même plus exactement qu'il a devant lui le *reptile...*

Et l'autre ouvre des yeux terrifiés et tend la main — « eh non pas de blagues, dites, pas de blagues... » de la voix d'un soldat qui, dans le feu d'un tir de mitraillettes ennemies, cherche à ramener à la raison un camarade brusquement devenu fou. « Pas de blagues, mon vieux. » Et Klim devait toute sa vie regretter les deux secondes bêtement perdues à viser — à hésiter entre le front et le cœur — ces deux secondes de peur animale devant la destruction d'une chair vivante. Rouillé, le cœur rouillé, depuis trop longtemps il ne s'était pas servi de son arme. Car l'homme visé, avec l'imprévisible rapidité de celui qui défend sa peau, a saisi le poignet qui tient le revolver, et c'est la prise gréco-romaine, deux bras, deux mains crispées autour de l'arme, qui risque à tout moment de se décharger dans le visage de l'un ou de l'autre.

Fokine se tient là, à deux pas, se demandant s'il ne sera pas, lui, la victime innocente de cette lutte, et tourne en rond de façon à ne pas se trouver face au court canon gris fer. « Mais pour l'amour du Christ arrêtez ! Martin est allé chercher un agent ! » Et le revolver tombe à terre et Thal le ramasse et le jette dans la Seine, dans l'eau noire entre deux péniches amarrées. « Espèce de lâche. Espèce de lâche. Espèce de lâche. »

Or, jamais Alexandre Klimentiev n'eût cru qu'après l'outrage sans nom subi par lui il serait encore traité de lâche. Assommé, frottant son poing douloureux, il regarde l'eau noire et rougeâtre qui bouge et ne bouge même plus au-dessus du revolver englouti. Vingt ans il l'avait gardé — protégé, caché — vingt ans de rêve, ce camarade lourd et muet plus fidèle que des amis de chair, idiot idiot, je n'ai pas su, idiot, il fallait le prendre par surprise.

« Pas de danger, dit l'autre — la voix graillonneuse, ivre de haine. Il ne surnagera pas. On est brave tant qu'on a une arme, hein ? » Et c'est le casse-gueule en règle, et le bon Youra Fokine n'y peut plus rien, d'autant plus que Martin n'est pas allé chercher un agent, ou ne l'a pas trouvé.

Ceci jusqu'au moment où Thal, des deux le moins fort, et décidément *knock-out*, ne se relève plus. De tout son long étalé sur les pierres blanchâtres de la berge, la tête à l'ombre de l'énorme anneau de fer où sont noués les cordages de la péniche, le visage sanglant. Klimentiev se tenant le côté d'une main et s'épongeant le visage de l'autre, reprend souffle. Et il voudrait bien achever le reptile à coups de pied, un reste de respect humain et la présence de son ami l'en empêchent, mais les jambes lui démangent, il frappe du talon la main de l'homme couché — pas très fort, non, plutôt pour montrer qu'il n'est pas méchant ; l'autre gémit et ne bouge pas.

Le soleil est déjà couché, le ciel est rouge derrière les arcades du viaduc d'Auteuil, avec des nuages violets et roses. Quel lâcheur, ce Martin, pense Youra Fokine. Des passants, du haut de leur balcon de granit, regardent ce qu'ils prennent pour un règlement de comptes entre deux clochards. Pourvu qu'ils n'appellent pas la police. « Tu l'a drôlement sonné. »

Fokine aide l'homme à se relever. En triste état, lèvre fendue, la peau du front éclatée, les paupières enflées virant déjà au bleu, mais Klimentiev n'est guère plus beau à voir, il ramasse son veston avec une grimace de douleur. « Laisse donc cette ordure. Il ne perd rien pour attendre. »

Klim est trop mal en point, battu à poings nus, osseux à les croire armés de boules de fer, le visage sanglant et des dents branlantes, et si déprimé par la perte de son revolver qu'il se sent presque vaincu. O triple imbécile, attendre et menacer. Quand on tire à bout portant sur un homme qui n'a pas les mains liées, qu'est-ce que tu croyais ? qu'il se mettrait au garde-à-vous ? Eh oui — on croit ça — quand on exécute un traître — faut-il encore le mettre hors d'état de se défendre — une balle entre les deux yeux — il avait fait ça — un espion — attaché à un poteau télégraphique, en plein champ — mais le reptile n'est pas reptile pour rien. Dangereux. Rapide. Ici entre les deux péniches, coulé à pic. Draguer la Seine, va donc. Sonné, et la tête lui fait si mal, et sous les côtes, la rate, ou quoi ? éclatée peut-être ? L'homme au visage sanglant, à la chemise sanglante, titube, repousse Youry Fokine et va s'adosser au mur du quai. Cherchant des yeux son veston gris clair, chiffon quelque peu piétiné dans la bagarre.

Il crache du sang. Crache encore du sang. Fait quelques pas, toujours appuyé au mur, avançant de côté comme un crabe. Une main écorchée passe et repasse sur le menton, pour essuyer le sang. Le ciel est rouge entre les arches sombres du viaduc, un bateau-mouche passe, chargé de promeneurs accoudés aux bastingages, d'enfants qui rient. Sur l'eau rose. Et un lent remous soulève les péniches et les cogne contre la berge. « ... Hé, vous !... dites ! » Fokine qui, bras ballants, contemple les deux hommes battus, se retourne avec toute la mauvaise grâce apparente dont il est capable. « Quoi encore ? »

— Si vous me passiez mon veston ?... vous avez l'air d'un homme convenable. » L'homme convenable hausse les épaules et obéit, après tout le type a eu son compte.

Allongé sur le plaid écossais du *cosy* de la chère Irina Grigorievna Landsmann — qui par chance demeurait à moins de cinq cents mètres du viaduc d'Auteuil — et très conscient du ridicule de la situation, Vladimir tentait de faire le point : à coup sûr, l'homme ne connaissait pas l'adresse de la place de la Contrescarpe. Il s'y serait présenté d'abord... « Désolé. Et tout à fait honteux. Mais les pharmacies sont fermées. Je ne sais où aller. » Contrariée, à cause de Bernard qui ne pouvait être ravi par l'irruption dans leur intimité d'un collègue saignant et titubant, Irina s'était tout de même montrée maternelle, aussi bonne camarade que possible. Car la scène devant le magasin lui avait laissé quelques remords. « Quand vous êtes parti avec ces trois brutes... » — Mais non, une brute. Plus que suffisant. Est-ce que Boris a eu l'idée d'aller place de la Contrescarpe ? Inventer une histoire quelconque ? »

— Mon cher, il a de la bonne volonté mais peu d'imagination. Il a dû comme moi rentrer chez lui avec des remords. »

Bernard, gentiment, propose d'y aller, et la situation devient plus ridicule encore à cause d'un chassé-croisé sentimental singulièrement déplacé en la circonstance. Bernard est jeune, Victoria jolie, Irina jalouse, Victoria jalouse, Irina encore charmante, Vladimir lui-même sinon jaloux du moins pas très sûr des motivations subconscientes de Bernard, et du reste on ne voit pas quelle histoire plausible inventer. Ils rient tous les trois, bien que pour Vladimir, avec sa figure arc-en-ciel couverte de mouchoirs mouillés, et ses côtes doulou-reuses, le rire soit une torture.

— Heureux encore, dit-il, si je m'en tire sans côtes brisées. Le salaud. »

— Cher ami, je reconnais qu'il a tout à fait tort de vouloir briser des côtes, mais au nom de Dieu, pour-quoi une telle ardeur à vous colleter avec cet homme des cavernes ? »

— C'est que... voyez-vous. C'est qu'il y a une énorme énorme énorme différence, chère Irina, entre un homme des cavernes et un gorille. »

Elle soupire. Ennuyée, mais excitée tout de même. Un événement dramatique. Des bagarres, elle en avait vu plus d'une dans les cafés de Montparnasse, gifles et insultes échangées en pleine salle, ou sur le trottoir devant la terrasse, et duels improvisés (à coups de poing) près du cimetière, se terminant au Commissa-riat de la rue Delambre. Entre Américains, Anglais, Russes, Italiens... Français aussi. Pour des femmes ou des divergences d'opinions politiques, ou pour rien — état d'ivresse. — A présent Montparnasse baissait.

591

Calme, bourgeois. Finies les années folles où Irina elle-même était sinon belle du moins femme fatale, jeune, hardie, poétesse déclamant dans des cafés (où les auditeurs russes ne manquaient pas) des poèmes que les adeptes du classicisme jugeaient pornographiques... et son mari s'était à deux reprises fait casser la figure pour défendre ses poèmes. Bernard n'aura pas connu cette vie-là.

Ils sont jaloux — les jeunes. Jaloux de notre âge. Des feux d'artifice multicolores, de ces concerts, tonnerres, éclairs, canonnades, sérénades, sang et lumières, danse et lumières, qui forment la toile de fond de nos mémoires... figurante dans les ballets de Diaghilev, suivante de la Reine de Chamahan dans le *Coq d'Or*, couverte de fausses perles, de faux brocarts, de fausses tresses noires... jeune fille, avec des parents malades du typhus, en perdition sur une barque en mer Noire et mourant de soif. — A Constantinople, dit Vladimir, je me suis battu — comme ça — avec un Turc. Je ne sais plus pourquoi. Dans les docks. Je l'ai jeté à l'eau. » — Oh ! Noyé ? » — Pour qui me prenez-vous ? Tout le monde a ri. »

« Non, sérieusement. Elle sera morte d'inquiétude. Juste l'avertir. » Il a quelque mal à parler. « L'avertir. Quoi. On a fêté nos retrouvailles, après les vacances... Trop bu. Et dire à Mme Marossian qu'elle ne laisse entrer personne. » — J'irai, dit Irina, nous irons tous deux, Bernard et moi. »

Il reste seul dans le studio net, un peu trop moderne, du couple Irina-Bernard — *cosy* plaqué de noyer verni, tapis à carreaux rouges et bleus à peu près assorti aux couleurs du plaid écossais, lithographie de Picasso, sur une petite table de verre un bloc de marbre noir lisse comme du verre, dont la forme rappelle à la fois un obus et un sexe de femme. Des glaïeuls blancs et des tulipes noires dans un vase en verre bon marché.

Ils ont eu la gentillesse de laisser une bouteille de

whisky sur un tabouret près du lit. Le pire est cette douleur dans les côtes, du côté gauche. Il pense à l'affolement de Victoria, les femmes nous prennent pour de pauvres êtres fragiles.

Lui dire la vérité ? Il faudra bien. Au cœur, un coup de frayeur rétrospective, assez déplaisant : le salaud, il a failli me tuer. C'est qu'il y pensait pour de bon, l'idiot. Et fini, fini mon gaillard, fini de crâner avec ton joujou, une bonne chose de faite au moins. Va donc le chercher au fond de la Seine, mon brave, et reste-z-y, au fond de la Seine, non, mais... Ton *revolver*, tiens. Espèce de Zorro à la manque, épouvantail à moineaux.

Mais pour affronter Victoria, le lendemain, c'est une autre histoire. Avec un visage désenflé, mais jaune, bleu, violet, des croûtes rouges sur la lèvre et au front, dans le métro les gens se retournent, une bonne vieille demande ; « mon pauvre monsieur, que vous est-il donc arrivé ? » des hommes lèvent les sourcils en réprimant un sourire. Ils lui ont dit — Irina a dit — qu'il était tombé dans l'escalier, ceci pour parer au premier choc. Elle ouvre la porte, toute pâle. O mon Dieu. Je voulais venir ils m'ont empêchée. Mais ce n'est pas vrai, mais tu t'es battu !

... Et si l'on inventait une peu plausible bagarre avec... Boris ? le patron ? un inconnu ? Rien à faire, il raconte tout. Du début à la fin. Ce n'est pas drôle, de raconter à une fille de telles choses sur son père — mais d'un autre côté il est bon qu'elle apprenne que le fameux revolver n'existe plus. « Mais je ne peux pas te mentir, même si je voulais t'éviter du chagrin, et ne crois pas que je lui en veuille, de son point de vue il avait raison, bien que le coup du revolver soit tout de même un peu raide, un irresponsable, oui, mais après ce qu'il a subi pendant la guerre... » — Oh dit Victoria, martelant la table de ses poings, oh je le déteste je le déteste, je voudrais le voir mort, je comprends Violette Nozière ! » Peiné, il tente de la calmer — ces choses-là ne se disent pas, même si on ne les pense pas. « Mais je le pense ! tu es trop bon. Trop *moral*. Oh !... » elle le regarde encore, l'air consterné. « Ce qu'il t'a fait ! »

— Sois juste, mon amour, il en a reçu à peu près autant. Si tu l'avais vu — ce n'est pas pour me vanter. Regarde mes mains. »

Des mains enflées, à jointures écorchées ; elle fronce les sourcils, caresse doucement les phalanges rouges, le pouce démis. Elle lève ses lourds yeux bleu de mer, brûlants d'admiration. « Pour moi. Tu t'es battu pour moi. » Il serre les coins de la bouche, dans un sourire qui a du mal à ne pas être une grimace de douleur.

— Tu vois. Le brave chevalier couvert de gloire. »

Elle prend un air sévère. « Ne te moque pas de toi.

« ... Je ne lui pardonnerai jamais. C'est fini entre nous. Je penserai jour et nuit maintenant à ce revolver. »

— Mais, Vi, c'est une bonne chose, justement — il ne l'a plus. »

Elle est à présent si pâle, elle s'assied sur le bord du lit et respire fort, luttant contre un étourdissement. — Vi, Victa, chérie, voyons, attends je vais te chercher de l'eau... » — Oh ! surtout ne bouge pas c'est passé. Oh comme tu es insouciant, à ne pas y croire ! Quand je pense à ce qu'il aurait *pu*... ce qu'il aurait *pu*... » Elle pleure, elle pleure tant qu'il se lève, ne sentant plus ses côtes ni ses jambes ni rien, s'agenouille devant elle, la force à boire. C'est elle qui est couchée, maintenant, secouée par les sanglots. « Tiens, tu veux du thé ? ou de l'alcool, il nous reste du rhum... de l'aspirine ? » ses connaissances médicales sont très faibles. « C'est le choc. Je n'aurais pas dû te raconter. Là, là ma terrible, là ma Victime, ma Mouette mon Albatros, là, buvons un verre de rhum, il n'y a rien de mieux — lève la tête, je te ferai boire. »

Elle lape avidement le liquide d'or fauve, en quatre gorgées le verre est vide, Vladimir en reprend pour lui, se brûle la bouche, regarde le visage blafard, taché, flétri, reprendre peu à peu ses teintes douces, ô merveille de ces changements aussi rapides que ceux des visages d'enfants.

« Voilà. On va se soigner au rhum. *Quinze hommes sur le coffre du mort !*... Admire-moi donc, au lieu de pleurer. »

Elle se jette dans ses bras, avec un cri, on ne sait si c'est de joie ou de frayeur — mouette affolée. « Oh ! et tout ça au lieu de rester tranquille ! Oh, je te fais mal, pardon ! Je te serre, c'est plus fort que moi. »

Et penchée sur lui comme une Sainte Femme sur une *Pieta* elle commence à lui effleurer les meurtrissures, croûtes, bleus du visage de baisers légers comme une aile de papillon, elle embrasse les mains, elle embrasse les ecchymoses et les taches bleuâtres sur le torse découvert. « Je ne te fais pas mal, non, je ne te fais pas mal ? » — Tu me guéris. Ça vaudrait la peine d'avoir dix côtes cassées. »

Mais les côtes sont bel et bien cassées — fêlées en tout cas. Au dispensaire, Victoria attend sagement dans le hall d'entrée. Les trois inférieures du côté gauche du thorax ; côtes flottantes démises. L'homme de blanc vêtu, la trentaine, visage carré, puissant et exprimant une sévère compétence, lève les sourcils. « Ce n'est pas un accident, je suppose ? » — Une sorte d'accident. » — Vous avez porté plainte ? »

— Pourquoi faire ? je veux dire : le... enfin, l'autre pourrait porter plainte de son côté. »

L'homme examine le cliché noir et gris étalé sur l'écran lumineux. — Je vois. Pour les Assurances Sociales, tout de même... Traces de coups. Vous ferez bien, tout de même, de passer au service de phtisiologie. »

— Pourquoi ? » — Il y a décollement de la plèvre, et des complications possibles. Comme vous n'avez pratiquement plus de poumon droit... » Là, Vladimir le regarde d'un air si ahuri que l'homme en blanc renonce à son affectation de sévère compétence. — Enfin — vous devez le savoir, tout de même ? Jamais hospitalisé, pas de séjours en sanatorium ?... »

— Pas que je sache. Peut-être une ou deux pneumonies, pendant la guerre. Rien de grave. »

— Eh bien — c'était grave. Vous ferez attention. Passez en phtisiologie tout de suite, je vous donne un mot pour mon confrère, vous n'attendrez pas. » Leurs « vous n'attendrez pas » durent des heures, mieux vaut repasser par la salle d'attente. La Magnifique est là, sur le bout d'une banquette, perdue au milieu de rangées de gens fatigués, ouvriers, ménagères, matrones, vieillards, adolescents, patiente comme eux tous, fleur rose, or et bleu pâle dans cette grisaille ; jambes croisées et lisant *Le Lys dans la Vallée*.

Le cou tendu, le regard anxieux. « Alors ? » — Rien de grave. Un instant encore, il faut que je passe dans un autre service. » Le regard s'assombrit. « Un autre ? — Simple vérification. »

La première réaction est plutôt enfantine : maman avait raison... La voilà vengée de trente ans de haussements d'épaules, elle pourra dire : « Ah ! tu vois, tu vois ? » Ses fameux « poumons ». Ensuite — un peu d'affolement. Qu'est-ce que cela signifie : n'avoir pratiquement pas de poumon droit ? Ensuite haussement d'épaules (au sens figuré) : tout ceci prouve qu'on peut très bien vivre en parfaite santé avec un seul poumon, il s'agit d'une maladie depuis longtemps liquidée et qui, à un âge aussi avancé, ne reparaîtra pas.

Il n'avait jamais cru aux maladies. Il y avait — depuis son adolescence — vu un des aspects touchants mais irritants que peut prendre la tyrannie maternelle ; et il avait réussi à préserver, sur ce plan, son indépendance. Maintenant encore... elle avec ses éternels « Iliouche, n'oublie pas ton écharpe », « Iliouche, l'humidité qui tombe de ce tilleul... », « Tu ne devrais pas manger de choucroute » — et Iliouche, lui, prenait sa santé au sérieux, ce n'était pas une questions d'âges, à quarante ans il s'alarmait pour un rhume. Assez naturellement, le fils triomphait de son père en prenant le contrepied de cette faiblesse indigne d'un homme ; et il s'en était fort bien trouvé, supportant grippes, bronchites, crises d'appendicite (car il en avait réellement eu) debout et sans se soigner, un cachet d'aspirine par-ci par-là. Sauf pendant la Guerre Civile ; là il avait eu quelques coups durs mais la faute en incombait aux circonstances, froid, famine, épidémies, poux, marches forcées, nuits à la belle étoile en plein hiver, bref quand on n'en meurt pas c'est signe de bonne santé.

— Mais — déplaisant. Radioscopie et radiographie, et visages fermés des médecins et assistants, attente dans des boxes où l'on étouffe, l'ordre « Respirez » alors qu'il est terriblement douloureux de respirer, l'image n'est pas très nette mais enfin la plèvre a bien l'air un peu décollée, des taches opaques, lésions fibreuses à la base du poumon gauche, où avez-vous été soigné ? — Nulle part. — Et c'est bien dommage. Revenez demain pour les résultats, apportez des crachats. »

— ... Mais non, Vi, simple contrôle. Côtes légèrement fêlées, il faut les laisser se ressouder elles-mêmes. » — Pas de plâtre ? » — Tu ne veux pas qu'on mette un thorax dans le plâtre ? » — Et pourquoi pas ? » — Parce que les poumons bougent quand on respire, tu n'as pas remarqué cela ? » La pudeur vous empêche d'avouer une tare physique, quoi, je ne serai plus un homme à ses yeux —

elle a vieilli, en ces deux jours, elle a été marquée comme si elle avait elle-même reçu ces coups au visage et dans les côtes.

« ... Non, il serait déjà venu s'il connaissait l'adresse. » « Ne sors jamais seule, regarde autour de

toi » Blanche ? elle lui a téléphoné. M. Clément a dû
avoir une bonne bagarre avec quelqu'un, a manqué
une journée d'usine, si, si, il *sait* quelque chose, il a dit
à Mme Legrandin que, puisqu'il connaissait l'homme il
finirait par remettre la main sur Vica et là... « Là,
quoi ? »... Là elle allait voir.

Ma pauvre pauvre pauvre petite, dans quoi je t'ai
entraînée — ce n'est pas du revolver qu'elle avait peur,
mais de l'homme, et l'homme est coriace, on ne le
change pas en agneau par quelques coups de poing.

   ... Et s'il revenait...

Au magasin, Piotr Ivanytch Bobrov laissait voir à
Boris Kistenev son mécontentement — si Vladimir
Iliitch avait un compte à régler il aurait dû le faire
pendant les vacances et ne pas attendre juste le jour de
la rentrée, et toute une pile de correspondances à
remettre à jour — et depuis son histoire de famille il se
relâche, deux lettres tapées avec une fausse adresse
vous voyez l'effet pour le client ? et vous croyez que je
n'ai pas remarqué qu'il travaille à des traductions à ses
moments « perdus », perdus qu'il dit, et pris sur le
temps que je lui paie... en fait, Piotr Ivanytch, veuf et
aussi seul qu'un loup solitaire, est un homme moral, et
comme il est âgé il aime à adopter un ton de patriarche
— bref, il estime que la vie de ses employés le concerne,
qu'ils devraient vivre sous son égide comme une
grande famille. Comme dans le bon vieux temps où le
marchand ou le patron d'un atelier arrangeait les
mariages, servait de parrain aux enfants, allait parfois
jusqu'à doter les filles, et mettait à la porte les maris
infidèles ou les garçons notoirement coureurs.

A Paris de telles mœurs n'était plus possibles, et ceci
parce qu'il avait employé des gens qu'il ne pouvait,
lui, ex-épicier de Riazan, s'empêcher de considérer
comme ses supérieurs, tout en se disant qu'il était un
homme arrivé et eux d'assez tristes ratés. L'éducation,

rien à faire, l'éducation qu'il avait reçue, lui jeune commis enlevant son chapeau et saluant bien bas des messieurs du genre de ceux-ci — la dame poétesse, une traînée : deux maris vivants et un jeune amant, caissière irréprochable, est bien aimable, bien polie, mais vous sourit exactement comme si elle était une riche cliente, sauf les jours où elle demande une avance sur son salaire.

« ... Et puis, Vladimir Iliitch, je ne me mêle de rien, mais, excusez un vieillard, je n'approuve pas... moi qui vous ai toujours estimé, et payé plus largement que d'autres ne l'auraient fait, vu votre situation familiale, et vos trois charmants enfants et vos respectables parents... »

— Très aimable à vous, Piotr Ivanytch... » l'autre prend un air détaché, et, avec sa figure jaune et violette, a quelque mal à paraître grand seigneur. — Mais voyez vous-même, un scandale juste devant la vitrine du magasin, les gens du quartier qui regardent, vous mettre comme ça à donner des gifles et à provoquer des attroupements, à votre âge — et je respecte la vie privée de chacun mais à mon âge il y a des choses qu'on n'aime pas beaucoup... »

Vladimir Thal n'a rien à dire, il ne peut se permettre de perdre sa place. Le vieux, assis sur la longue table de l'arrière-boutique, bras croisés, jambes à demi ballantes, se laisse aller au plaisir de parler — un luxe parmi d'autres, il est le maître. A ce fils de famille qui connaît quatre langues et n'a su tirer parti ni de son instruction ni de ses belles manières il a depuis longtemps fait comprendre qu'on n'est plus sous l'Ancien Régime, et que c'est Piotr Bobrov qui tient à présent le haut du pavé, et un Piotr Bobrov paternel, généreux, de bonnes mœurs et de bonne compagnie.

La Famille, rien de tel. Nos familles doivent donner le bon exemple. Chez les Soviets, il se passe Dieu sait quoi, on se rend au Commissariat, ni une ni deux, on est divorcé... » — Hé non, dit Vladimir, même là-bas ce n'est plus si facile. » — Vous voyez bien ! J'ai du respect pour les pères de famille. Si Boris Serguéitch se mariait, parole, je l'augmenterais de cent francs par mois et du reste vous savez bien que vous êtes mieux payé que lui, je ne suis pas un bureaucrate, je tiens compte des situations, je ne regarde pas aux tarifs syndicaux... D'homme à homme. Une famille, des gosses, comme il est écrit : croissez et multipliez, la loi humaine et divine, il n'y a pas à aller contre ça... »

— Mais comment donc. » Vladimir trie le courrier et parle du bout des lèvres car sa dent brisée lui fait mal. « Mais comment donc, je suis même en train de fonder une deuxième famille. »

— Ah ! ah ! ce n'est pas bien, Vladimir Iliitch, tout prendre à la blague. Mais ayez-en trois si vous voulez à condition que ça ne dérange personne. Mais si ça dérange, hein ? Un vieillard peut en parler, pas d'offense. Moi, veuf à quarante-cinq ans — et je vis seul depuis, je ne m'en porte pas plus mal. Mon fils, si Dieu ne me l'avait pas repris, du diable si j'aurais pensé à autre chose qu'à bien l'élever. »

— A chacun ses soucis, n'est-ce pas. »

— Ça se dit. N'empêche que ça me ferait plaisir, au vieillard que je suis, oui, ça me ferait plaisir... pour les vôtres. Mauvaise paix, comme on dit... »

Il n'est pas un vieillard, pas encore, soixante-dix ans, rougeaud, musclé ; un ventre assez volumineux lui donne l'allure d'un marchand de deuxième guilde, il ne manque que la barbe ; la moustache blanche est jaune de tabac, un péché, dit-il, mais cela vaut mieux que la vodka — sobre, oui, juste une bonne virée à la russe, les jours de fête —, il roule lui-même ses cigarettes et ne fume que du gros gris, il ne se ruine pas en anglaises ni en américaines. — Pensez-y, Vladimir Iliitch, pensez-y. »

Trois mois. Trois mois sans avoir vu Myrrha.

— Tu te doutes bien, dit Ilya Pétrovitch, que Pierre s'est enfermé dans sa chambre. »

— J'aime autant. » Ils sont là tous les quatre, autour de la table familiale où les tasses à thé sont toujours les mêmes. Les mêmes coussins bariolés sur le grand divan-lit où certain dimanche après-midi Victoria s'était couchée sans enlever sa robe rayée de rose et de gris. Ils sont là — tous les trois, mais Myrrha seule compte parce qu'envers elle on ne prend pas le ton dégagé et ironique de l'homme qui garde sa dignité. Il y a eu des exclamations. « Un accident ? » — Si vous voulez. N'en parlons pas, aucun intérêt. »

— Non, c'est sérieux, dit Ilya Pétrovitch, car si tu en es déjà là avec ce monsieur, sois sûr qu'il ne te laissera plus tranquille. »

Myrrha, tête basse, semble avoir froid et se serre dans son châle bleu, et pourtant la soirée est douce. « Que puis-je faire ? demande Vladimir. Je suis la cinquième roue du carrosse, Pierre n'a envie que de m'oublier. »

— Dis plutôt — Tatiana Pavlovna prend la direction des opérations — que tu es la quatrième roue, par malheur détachée, et le carrosse ne roule plus. Tu crois nous faire une faveur royale par ta présence, mais si c'est pour nous dire que tu ne peux rien faire, je ne vois pas pourquoi tu t'es imposé cette corvée. »

— Tania, arrête donc de flirter, dit son époux — avec la nonchalance calculée et bon enfant qui, pour Tatiana, signifient un sérieux appel à l'ordre. Et venons-en au fait. Il est, de toute évidence, au moins une chose qu'il *peut* faire : nous dire où en est sa situation financière ?

« Car nous en sommes là, mon cher : le vil métal.

Bref jusqu'à quel point, nous pouvons, à l'avenir, compter sur toi. »

Le double loyer. Les frais du dispensaire (seront-ils remboursés par les Assurances Sociales ?). Le mois de septembre déjà aux trois quarts entamé sous forme d'avances... — Cinq cents francs, dit-il. Je ne prévois pas de nouveaux coups durs. »

— Tu ne *prévois* jamais rien — coupe son père. Sois juste : cinq cents francs n'est pas ce que tu nous avais promis au début. »

— Iliouche, mon très cher, dit Myrrha, essayons de n'être pas aussi terre à terre. Pour une fois que nous le voyons... »

— Non Myrrha — si vous vouliez toutes les deux nous laisser parler entre hommes et ne pas nous troubler l'esprit avec vos délicatesses de sentiment. Pour tout te dire, mon cher fils, la situation est la suivante : il est question, pour Myrrha, d'aller vivre, provisoirement, rue Lecourbe — avec Pierre, bien entendu. Il va de soi qu'il ne lui sera pas facile, vivant à Paris, de continue à travailler comme elle l'a fait jusqu'ici. »

— Mais je le peux ! » s'exclama-t-elle, sur le ton d'une petite fille mise au défi.

— Mais oui, dit Tatiana Pavlovna, elle peut tout. »

— Laisse, Tania... je disais : je n'aimerais pas cela. D'autre part tu sais très bien que j'ai déjà écumé les divers organismes de bienfaisance et d'aide aux émigrés au-delà de ce que je jugeais convenable », il avance ses mains à longues veines noueuses avec le geste machinal et inutile de compter sur ses doigts, « ce que j'en tire encore ne paie même plus notre loyer, et ta mère n'a pas le courage d'aller invoquer partout l'abandon de famille, déjà trop connu du reste, mais dont nous ne tenons pas à faire une source de profits... »

Tatiana ouvre doucement la bouche. « Toi, Iliouche, quand tu t'y mets... »

— Il me comprend. Je suis vieux, Vladimir. Pas assez vieux pour ne pas pouvoir travailler — trop vieux pour me voir confier un travail. J'ai perdu pied, sans doute en suis-je responsable. Pour les traductions des vieillards plus illustres que moi attendent leur tour... et l'époque des enveloppes copiées à la main est révolue, si tant est que ces enveloppes aient jamais été pour moi autre chose qu'une occupation symbolique. »

— N'exagère pas. »

— Laisse, Tania. Que Myrrha assure la subsistance de ses filles, c'est normal, même s'il est injuste qu'elle soit seule à le faire. Qu'elle travaille pour *nous*, si elle ne vit plus avec nous, tu la sais trop généreuse pour n'être pas prête à le faire, mais je n'aimerai pas avoir à accepter cela. »

— Iliouche mon cher! s'écrie Myrrha, désolée et s'efforçant de donner à son intervention une grâce un peu désuète — comme on agite une clochette au milieu de débats houleux. — Discutez-en hors de ma présence au moins, car je ne comprends *absolument* pas ton formalisme, encore moins ta façon si gentille mais vexante avoue-le de me traiter en étrangère... Je ne vois pas du tout ce que tu exiges de Vladimir, tu le connais assez bien... »

— Myrrha, je l'ai dit. Vous feriez aussi bien toutes les deux d'aller faire un tour au jardin. Enfin, ce n'est pas ce que je voulais dire... » Tatiana se lève d'un bond et ramasse sa veste en tricot noir qui traîne sur le lit. « ... La première fois, mon cher, la première fois qu'on me met à la porte de cette façon. Viens, Mélisande, laissons nos sultans à leurs délibérations. » En fait, elle est ravie de s'échapper. Elle prend Myrrha sous le bras et l'entraîne.

— Et après? dit Vladimir. Nous voilà bien avancés. J'aime autant. Les points sur les *i*. J'essaie de gagner un peu plus, quelques supervisions de traductions, de vagues recherches pour Hippolyte, tu te doutes bien que ce n'est pas le Pactole. J'irai jusqu'à sept cents francs. Je trouverai un logement moins cher que celui de la place de la Contrescarpe... »

— Ah !... tu vis donc place de la Contrescarpe ? Je ne le savais même pas. »

— Enfin, papa, il ne s'agit pas de cela. Parle-moi de Pierre. C'est pour cela que je suis venu. »

Il est surpris par le brusque rictus de souffrance sur les lèvres du père — par le regard traqué, lourd de rancune, de l'homme las qui semble dire : quand donc me laissera-t-on la paix ? « Pierre, dit le vieux. Pierre. Là-haut. La targette tirée. Il a encore grandi. La lèvre fendue — lui aussi, si ça te fait plaisir. Bref, d'après ce que m'a dit le moniteur du camp de vacances, une calamité, et l'on me conseille de m'adresser à un psychiatre. Odieux avec moi, bien entendu, mais j'y suis déjà résigné, seulement je te le dis en toute franchise, le jour où il quittera la maison je dirai ouf.

« ... Mets-toi à ma place mon cher. J'en ai assez vu. Ta sœur... Tu crois que je l'oublie ? Et toutes les coupes sombres, dans nos rangs, je n'en parle pas, même ton oncle André... on n'oublie pas ça. La politique — pour toi c'était peut-être un jeu, pas pour moi. Le cœur fatigué. Voir ce garçon abîmé ainsi, et Dieu sait que je l'aime. — Fragile, je veux bien, mais à quel point un enfant peut être dur, à quel point il peut t'écraser par son regard, par sa bouche méprisante, et être plus fort que toi avec tes soixante-sept ans... Bon. Qu'il fasse ce qu'il veut. Il sait mieux, il croit se venger de toi... Mais le *hic* est que Myrrha doit partir aussi, et comme je te l'ai dit ça complique *drôlement* la situation matérielle... sans parler de l'autre. »

— Je suppose que je n'ai pas voix au chapitre ? »

— Ah ! 'Autorisation paternelle', etc. ? Non. Tu n'as pas voix au chapitre. Excuse-moi. Je n'aime pas

Georges. Mais entre deux maux... Enfin, tu vois Myrrha vivant rue Lecourbe et passant ses journées à faire des ménages à Meudon ? Je fais mes comptes. Jusqu'aux centimes. Je ne fais même que cela... A propos, nos parties d'échecs me manquent plus que tu ne l'imagines. Il y a bien le vieux Hafner, mais il baisse. Sais-tu que j'ai emprunté de l'argent à Marc ? Qui, lui, vit plus ou moins sur ce que lui envoie son fils, et ce n'est pas une pierre dans ton jardin, Tolia peut largement se le permettre — cela ne m'a pas fait plaisir, non que je me gêne avec Marc, mais à cause de toi. »

— Sais-tu ? dit Vladimir, imitant malgré lui les mouvements des mains de son père qui a toujours l'air de compter sur ses doigts — ils sont assis face à face, coudes sur la table, deux paires de mains dansant leur lent ballet — « sais-tu, je suis content que tu m'en parles franchement. On est sur un terrain solide avec toi. »

— Et — autre chose : je ne voudrais pas que Tassia ait le moindre prétexte pour vouloir nous aider, tu comprends ? J'aimerais encore mieux exploiter Myrrha si honteuse que soit cette solution — »

Vladimir sent rougir jusqu'aux cheveux et jusqu'aux oreilles son visage douloureux et multicolore. Le vieil avocat qui ménage le grand argument pour la fin, Tassia, Dieu sait pourtant oubliée, l'oubliée par définition, et d'où viennent ces points d'honneur et cette folle querelle d'amour-propre avec un être qui ne vous est rien ?

— Tu n'avais pas besoin de me le dire. »

— Je voudrais être sûr de pouvoir compter sur toi. Myrrha et ta mère, vois-tu, attachent beaucoup trop d'importance à l'aspect sentimental de l'affaire... »

— Et tu les envoies se reposer dans le jardin. »

— Il fait beau. C'est aussi bien. Le beau gâchis, mon garçon. Ah ! le beau gâchis ! »

— Papa, un mot encore : dis-moi pourquoi cette

injustice, et pourquoi si j'étais (après tout cela arrive) parti avec une femme de trente ans, les choses se fussent arrangées de façon plus simple — et parce qu'il s'agit d'une femme trop jeune... pourquoi son âge lui fait-il du tort ? et nos soi-disant ' amis ' la traitent-ils, je le sens bien, en quantité négligeable, une sorte de fardeau ou de malentendu ?... »

— Je ne vais pas t'exposer les considérations sociales, psychologiques, physiologiques et autres, qui créent les préjugés et orientent les lois... Tu es trop pressé. Dans quatre ou cinq ans nous formerons peut-être tous une famille unie, qui sait ? »

— Pressé. Et Pierre ? Bon, parle-moi des filles. »

... — C'est aussi bien, dit Myrrha, que Pierre ne soit pas descendu. Ta figure... » — Je me demande, dit Vladimir. Je me demande. Elle lui eût peut-être inspiré du respect ? Si je lui disais que j'ai roué mon type de coups après lui avoir arraché des mains un revolver braqué sur moi ?... » Elle bat des paupières, effrayée. « C'est vrai, ce que tu dis ? »

— Tiens ! On n'inventerait pas ça. Une des expériences les plus déplaisantes de ma vie. Après coup, ça me fait un drôle d'effet. »

Ils sont debout, à la grille grinçante près de l'ancien mur de l'Anglaise d'où pendent des feuilles de glycine. Myrrha plaque ses mains contre ses tempes. « Je ne serai pas tranquille. »

— Il ne manquait que ça. Je sais me défendre. C'est à Pierre que je pense. Papa a parlé de psychiatre. »

— Milou, tes parents, ton père surtout, ont tendance à dramatiser. C'est une mesure provisoire. Tu verras, je saurai très bien m'organiser. Et même... ça peut leur faire du bien à tous, tu ne crois pas ? Un nouveau rythme de vie. Et n'aie pas peur je ne les abandonne pas, je vivrai sur deux maisons...

« Après tout — cela pourra même être drôle. Je me

606

suis un peu laissée aller, tu sais. Des crises de cafard. Rupture de vieilles habitudes. Ma peinture dans un état de blocage — des couleurs abominablement fausses, tu vois ? Un coup de fouet ne me fera pas de mal. »

Ils font quelques pas de long en large, devant les grilles des maisons voisines, n'osant trop s'éloigner. Tant de choses à se dire — et la crainte de retrouver trop facilement le langage d'une tendresse ancienne que nulle parole amère n'a encore rompue. Les filles. Tala a changé, oh oui, beaucoup changé. Un peu comme Pierre, mais je la comprends moins bien... En pleine révolte... Le séjour en camp de vacances lui aura sans doute fait du bien... « Curieux, Myrrha ? comme tout fait ' du bien ' à tout le monde ? je crois que nous avons une énorme confiance dans la vie, tous les deux. »

— C'est ce que j'ai toujours apprécié en toi, Milou. C'est la *foi implicite* — comme il est écrit : ' non pas tous ceux qui Me disent Seigneur, Seigneur ! '... »

— C'est ça : tu vas faire de moi un saint homme. »

— Pourquoi pas ? Nous sommes tous des saints — à en croire Paul ! Des saints trop modestes. On fait des tas de bêtises par excès de modestie. ' Aimez et faites tout ce que vous voulez ', on n'ose pas prendre le mot d'Augustin à la lettre... Pourquoi ? et quelle est cette peur au fond de nous-mêmes, qui fait de nous ces êtres hérissés de tous côtés d'énormes épines ? »

— Sais-tu que nous sommes en pleines épines, Myrrha ? Et que me voici en train de te parler — et nous parlerions encore pendant des heures, de tout et de rien, et je n'ai pas envie que cela finisse — et toi ?... » — Moi non plus. » — Et je ne m'en reconnais pas le droit. Donc les paroles d'Augustin ne sont pas aussi claires que tu le crois. » Elle baisse la tête, serre les bras sous son châle. — Je t'ai blessée. » — Pas vraiment. J'y ai déjà tellement pensé. Un jour, Milou,

La Joie-Souffrance (Tome 1).   20.

nous connaîtrons comme nous sommes connus, et d'ici là, patience. »

Séparation à regret. Presque amoureuse. Vladimir reprend le chemin de la gare, sous un ciel lourd et sans étoiles, se demandant par quelle étrange malice des dieux une telle femme a pu être abandonnée sans regrets ni remords. Et une joie — quelque peu inquiète — qui grandit, dans le train, puis dans le métro, puis devant la porte où l'on frappe les trois coups et les quatre, puis devant la porte ouverte. Oui, je l'ai revue, oui je lui ai parlé. A cause de Pierre. Des problèmes sérieux.

« Oh tu m'avais juré, tu m'avais juré ! » Elle a les joues brûlantes les yeux brûlants.

« ... Tu m'avais juré. Elle est plus forte que moi, elle te reprendra. Tu ne te rends pas compte. Ce n'est pas *juste.*

« Tu ne devais pas me faire ça. J'aimerais encore mieux retourner chez mon père, qu'il me batte et m'enferme, au moins je n'aurais plus à craindre qu'il vienne encore t'embêter... » — Vic, Victoria, voyons, tu n'es pas un peu folle ? »

— Oh si, je suis folle, j'en dis trop, mais après ce que tu m'avais promis... Ils te reprendront, un jour c'est Pierre, un autre jour c'est Tala, un autre jour ta mère, que sais-je ? » Elle lance, comme une accusation grave : « *Tu les aimes !* »

— Rien à voir avec... » elle ne le laisse pas parler. Je sais, je sais, je sais ! Tu me l'as dit mille fois. On aime ou on n'aime pas. »

— Bon. J'ai eu tort. Je me suis laissé entraîner — un automatisme, il y a des automatismes du cœur, n'oublie pas que je suis déjà quelque peu usé, je n'ai plus ta force. » — Ah ! tu vois, tu vois, tu l'avoues ! »

Il y avait chez elle une rapidité de changements d'humeur, qui vous bouleversait, comme les orages soudains et les soleils éclatant en pleine averse. Assise sur le bord de la table, les bras passés autour d'un genou relevé, elle le regardait, la tête penchée de côté, et elle avait ce regard auquel il résistait le moins ; pensif, vaguement incrédule, vaguement ébloui... celui d'un enfant qui contemple un objet trop beau auquel il n'ose pas toucher — regard lumineux mais dont la lumière est cachée, noyée au fond d'un puits et rayonne à travers on ne sait quelles profondeurs glauques et chaudes. Elle hoche lentement la tête. « Oh ! tu es *bien*, n'est-ce pas ?... Je te fais des scènes, ne fais pas attention. Je finirai par te lasser. »

Elle sait bien que non, elle le sait trop bien. Mais comme un enfant elle joue à croire sérieusement que cela pourrait arriver. Il se demande comment elle peut caresser ainsi du regard un visage encore sinistre à voir, et même franchement défiguré, couleurs inimaginables et lèvre enflée d'un côté sous la croûte noire — amour aveugle ? « Je n'ai pas encore compris *pourquoi*, Vi. »

Un sourire triomphant qui est à la fois admiration et raillerie tendre — incroyable, à quel point ce visage aux lignes simples peut exprimer des sentiments divers à la même seconde —, humble orgueil, agressive bonté — à quel point ses larges dents sont égales et blanches. « Tu es tellement modeste. C'est pour ça. »

— Modeste oh que non ma beauté, je me prends pour le roi des rois. Et si tu savais à quel point même tes reproches injustes sont un *bonheur* à côté de tout le reste. Et je veux dire : à côté du plaisir que je peux trouver auprès d'une autre personne... »

Elle est aux aguets. « Ah ! du plaisir ? Tu parles de trouver du plaisir auprès d'elle : ça peut aller loin. Après, tu éprouves du bonheur à me voir faire des scènes — donc à me voir malheureuse. Tu es d'un égoïsme *fou*. »

— Tiens, tu t'en aperçois ? Et dis-moi fille présomptueuse, si je n'étais pas d'un égoïsme vraiment fou, tu crois que tu serais aujourd'hui assise sur cette table ronde, en train de me contempler ? »

— Ah ! ah ! et moi qui croyais que tu m'avais cédé par bonté d'âme ! »

— Cédé, Seigneur ? Pour qui me prends-tu ? Tu ne t'es donc pas aperçue que je t'avais subtilement et sournoisement conquise... Et ne ris pas, car c'est une provocation à l'action directe. » Elle soupire, elle tourne autour du fauteuil où il est assis, lui effleurant les épaules, énervée parce qu'il est minuit, et qu'ils ont une faim terrible l'un de l'autre après huit jours de jeûne pour cause de côtes fêlées. « Au fond, il n'y a qu'une chose qui compte vraiment pour toi, dit-elle, pensive (difficile de dire si elle en est heureuse ou triste). Tu sais quoi. Ne dis pas non. L'amour physique. Les gens appellent ça le Démon de Midi. »

— Ah ! tu sais même cela. Et pour toi, ça ne compte pas ? » Et ils commencent un ballet autour de la table ronde, car elle cherche à lui échapper. « ... Donc, ta jalousie, Vi, est un jeu d'enfant. » Oh non, tu ne dois pas, il ne faut pas. » — Et, parfaitement, je vais t'écraser contre mes côtes brisées, si bien que je briserai les tiennes, essayons de tout : ce sera la ' joie-souffrance ', non ? » Elle tente de lutter, avec des mouvements prudents, délicats, maternels « non, je te jure, non j'ai peur, non ce sera pénible et rien d'autre, j'aurai trop mal pour toi. » — Eh bien, je vais te montrer si ce sera pénible. » Elle halète. « Oh non oh non », pour la première fois un peu effrayée par une voix trop enrouée, des yeux trop vides, elle qui connaît si bien cela pourtant — en plein dans les eaux troubles, dans les brumes chaudes, la tête la première dans les grands vertiges, pour la première fois malgré sa volonté.

Pour la première fois contre sa bouche, contre son cou, le souffle de paroles brutales, d'une voix brutale où la tendresse se brise et déraille. Oh je vais te violer qu'est-ce que tu crois, oh tu verras si tu peux ne pas vouloir. — Contre sa volonté. Effrayée, affolée, ne sachant pas si elle partage des gémissements de douleur ou de joie, les deux — Vi pardonne-moi je suis une brute, Vi ouvre les yeux. La lampe de la chambre, restée allumée, projette une lumière indécise jusqu'à l'alcôve, à travers les longues perles de verre rose de l'abat-jour, et l'énorme lit est une tempête de couvertures rouges, draps, oreillers, traversins chemises et chrysanthèmes violets et jaunes du papier peint, le tout noyé d'ombres verdâtres, le visage de Victoria pâleur vivante et tache de lumière sur la toile rayée de gris du matelas, ses épaules cachées par le petit châle noir, premier chiffon qui s'était trouvé sous la main. — Tu auras froid — et s'il était facile, sans la désenlacer, d'attirer autour d'elle tous les coussins et couvertures possibles, non elle n'a pas froid, elle a chaud, non ne bouge pas, regarde ta lèvre saigne de nouveau.

« Pardonne-moi, Vi. » — Oh non dit-elle, tu as fait exactement ce que je voulais. » Elle a une tache de sang sur la joue gauche, une autre à la racine des cheveux.

Et le réveille-matin sonne beaucoup trop tôt, par terre près du lit en débâcle, dans une aube grise brouillée par la mélancolique et équivoque lumière de la lampe rose. — Tiens, elle est restée allumée toute la nuit — tiens, il pleut. — Tiens tu as du sang partout quel affreux spectacle. Elle s'étire, fraîche et douce comme un enfant. « Oh mais c'est vrai !... Je te collerai la bouche avec du sparadrap. Et ne bouge pas, c'est moi qui fais chauffer l'eau. » — Pardon : c'est moi ! » Car à vrai dire la douleur au côté gauche est très supportable. Tout est très supportable. « Tu vas voir : c'est la meilleure façon de ressouder les côtes fêlées. Je prendrai un brevet. » La lèvre ne saigne plus, puis resaigne sur les dents blanches de Victoria, ils sont pris de fou rire tous les deux. « Sinistre, nous sommes des vampires. »

— Dis-moi : es-tu *vraiment* obligé d'aller travailler ? »

Obligé, rien à faire. Il prend son rasoir, et observe dans la glace ronde les lents progrès de ses bleus qui jaunissent. Dans quelques jours il n'y paraîtra plus, dans quelques jours où serons-nous ?

— C'était notre Premier Ciel, Victa. Le Deuxième sera dans le Quatorzième. »

— Quoi ? » dit-elle, si perplexe qu'elle ne rit même pas.

— Le Quatorzième Arrondissement, et je ne voulais pas faire de l'esprit. Une chambre rue de la Tombe-Issoire — moins bien qu'ici, question finances, mais un quartier plus tranquille. »

Elle soupire. Elle aimait bien cette chambre et ce quartier. Mais c'est plus prudent. Il est des jours où elle pense : et si papa mourait demain nous serions libres de nous marier et d'avoir des enfants... et elle a peur, elle se demande si de telles pensées ne risquent pas de porter malheur.

Peut-être le Commissaire de police de la rue Lacordaire, convaincu de l'instabilité mentale de Klimentiev Alexandre, n'est-il pas pressé de poursuivre l'affaire — car la plainte en détournement de mineure déposée contre Thal Vladimir ne va pas plus loin que la convocation dudit Thal au Commissariat. Il nie tout. Il ne sait absolument pas ce qu'a pu devenir la fille de M. Klimentiev, d'ailleurs voyez si c'est vraisemblable, je suis un homme mûr, marié et père de famille... — Mais domicilié au... rue de la Convention ? Arrangement provisoire à cause de mon travail. — Tout de même : occupez-vous de faire transférer votre dossier, vous n'êtes plus en Seine-et-Oise, au fond vous n'êtes pas en règle.

Klimentiev, lui, le jour où il peut enlever le panse-
ment qui déparait son nez, se présente à l'épicerie de
M. Bobrov. C'est l'heure d'affluence de la petite clientèle : fromage blanc, kacha et harengs salés. Une
dizaine de ménagères et de vieux garçons attendent
leur tour en bavardant. « Vous désirez, Monsieur ? » —
Je veux parler au patron. » On lui répond froidement :
« Bon, attendez » car on le prend pour un homme qui
cherche un emploi de vendeur ou de livreur. Mais la
dame de la caisse l'a reconnu. Alarmée, elle fait des
signes au chef vendeur, mais, trop tard, Piotr Ivanytch
arrive lui-même du fond de la boutique, tout jovial,
tout humble, raccompagnant à la porte un grand
Français bien habillé. Klimentiev, ne voulant pas
passer pour un rustre, laisse partir le client, ce qui
demande du temps car M. Bobrov n'en finit pas avec
ses sourires ; mais, le monsieur en complet prince-de-
Galles sorti, Klimentiev aborde le vieil homme, s'inclinant, portant la main à son chapeau. « M. Bobrov, ai-je
l'honneur... Klimentiev. » — Très heureux, que puis-je,
pour vous servir ? »

« Une affaire privée, Monsieur, une affaire sérieuse,
j'ai à me plaindre d'un de vos employés. » Piotr
Ivanytch devine de qui il s'agit et devient froid et
digne. « Je regrette, je suis occupé. Les affaires privées... à un autre moment. » Comme ils sont devant la
porte, Piotr Ivanytch fait sortir le visiteur dans la rue.
« Bon ? Eh bien ? »

Il n'est pas facile de se défaire d'un homme qui sait
ce qu'il veut. Pour ne pas attirer l'attention des
passants, Bobrov s'avance, les mains dans les poches,
en direction de la Place, Klimentiev le suit et lui
emboîte le pas. « Vous devriez comprendre, vous êtes
un bon Russe, un homme respectable, père de famille
peut-être... » — Je ne le suis pas. »

— Nous devrions nous aider. Ici à Paris. » Il s'embrouille et rougit. « Il y a une justice. Je ne sais pas où

il a caché ma fille, il faut qu'il me la rende. » — La vie privée de mes employés... » — Non non très respecté monsieur Bobrov, pas 'vie privée' justement ! Un délit ! Si vous saviez qu'un de vos employés a commis un vol, est-ce que vous le garderiez ? Non ! Et c'est pire qu'un vol. C'est du droit commun. Ça se juge. »

— Ce serait donc l'affaire de la police. Je n'en fais pas partie. »

— La police ne fait rien. Il faut arranger ça entre hommes, comme je vous vois, vous êtes un homme âgé, raisonnable... » Klim cherche d'autres mots encore pour flatter l'amour-propre du vieux commerçant : un *marchand,* c'est vaniteux, on le sait. « ... Un vrai Russe, un homme de cœur, mettez-vous à ma place, je n'ai qu'une fille. » Excédé, Bobrov contourne l'angle du Boulevard Murat et s'arrête pile. — « Excusez-moi. Je suis surtout un homme occupé. Je compatis, bien sûr, mais je ne vois pas... » Le fait est qu'il compatit vraiment. L'homme a l'air malheureux. Un bel homme malgré son nez enflé, et qui aurait pu être son fils, pauvre type, bien sûr, ouvrier et quelque peu alcoolique. — Mais dites-moi, monsieur... Klimentiev si je ne me trompe, vous parlez vous parlez, adressez-vous à un pope. Et d'abord — quelle preuve avez-vous ?... »

— Je l'ai vue. Je les ai vus de mes yeux. » — Ah ! dit Bobrov, curieux, et où donc ? » — Dans le café de *La Rotonde.* A Montparnasse ! »

Pressé de retourner à son magasin Bobrov promet tout, promet de faire la leçon à son employé, il ne se débarrasse pas pour autant de l'homme, qui le suit, qui l'accompagne jusqu'à la porte de l'épicerie, « Non, n'insistez pas, monsieur. » — J'insiste. Appelez la police si vous voulez. S'il est là je veux lui parler devant témoins. » Les clients détournent les yeux des cornichons, harengs et *pirojki* pour observer les gestes de l'homme raide et hagard qui a forcé la porte refermée à son nez et cherche déjà à les prendre à témoins. « Il y a une justice monsieur Bobrov, je ne vais pas me laisser faire. » — Allez, vous avez bu. » — Appelez la police. Je reviendrai tous les soirs s'il le faut. » Triste perspective. August (le chef vendeur) et Bobrov parviennent à maîtriser l'homme qui, à vrai dire, s'en tient encore à une résistance passive — on le dépose, debout, lourd comme une statue, sur le trottoir. « Eh oui, monsieur, si vous n'êtes pas plus raisonnable, j'appelle la police pour de bon. » Et il reste planté devant la porte, barrant le passage aux clients qui veulent sortir — puis s'écarte, et colle son long visage pâle à la vitrine.

... — Et j'espère, dit Bobrov, passant dans l'arrière-boutique, que Vladimir Iliitch a eu le bon esprit de partir avant l'heure ! Car des scandales de ce genre, je n'en veux plus, et s'il ne s'arrange pas à l'amiable avec ce raseur, je lui donne son mois de préavis. »

Le soir même, Boris passait place de la Contrescarpe. Vladimir empaquetait déjà le peu d'objets personnels qu'il y possédait. « Tu vois : les nomades. La prochaine fois je m'achète un cheval et une roulotte, et je vais camper dans la zone de fortifications. » Victoria, gracieuse et fraîche mais un peu pâle, servait le thé. « Boris Serguéitch, vous l'aimez fort. » — Noir. Merci. » Et malgré lui il ne parvenait pas à détacher les yeux du visage de son ami : béatement perdu dans la contemplation des mains blanches qui maniaient la vieille théière d'argent. Mignonne, rien à dire, mais une telle adoration... presque indécent. Un homme qui a eu dix fois mieux. Et il s'absorbe à son tour dans la pensée d'autres mains, maigres, calleuses, rougies, crevassées par les lessives, les encaustiques, les détersifs — elle a toujours son alliance, lui ne porte plus la sienne.

« Va, je te donne quand même notre nouvelle adresse. C'est petit. Un réchaud à gaz dans la chambre mais pas d'eau courante... un vieux couple qui me sous-loue la chambre de leur fils, marié. Cinquième étage sur cour, portrait de Nicolas par Sérov au-dessus de la cheminée, des napperons brodés presque sur le réchaud à gaz, on peut encore ranger dans le placard les napperons mais pas le portrait. » — Et ils ont un chat blanc aux yeux bleus, dit Victoria. Tout jeune ! » elle ajoute : « N'empêche. J'aimais bien Mme Marossian. Je passerai la voir. » — Garde-t'en bien. » — Je lui écrirai des cartes. »

Klimentiev revint le lendemain ; et il fut reconnu par deux ou trois clients de la veille. Le chef vendeur, August Ludwigovitch, homme robuste qui soulevait facilement les caisses de trente kilos, lui demande de sortir. « Je viens comme client, dit l'autre avec insolence. Pesez-moi une demi-livre de cornichons malossol. » — Allez en acheter ailleurs, on ne veut pas d'histoires. » — Vous n'avez pas le droit de renvoyer un client. Vous ne le feriez pas si je vous demandais un kilo de caviar ! » — Même pas dix kilos de caviar. Allez, soyez raisonnable. » — Mesdames et messieurs, dit Klimentiev, mélangeant le russe et le français et se traduisant lui-même à mesure qu'il parlait, vous êtes témoins, ce vendeur refuse de me servir... je vais vous expliquer... » Ce jour-ci il est vraiment ivre. « Vous expliquer... je suis un père désespéré. Un homme qui travaille ici... *qui travaille ici* m'a pris ma fille. Je veux qu'il me la rende... *qu'il me la rende...* et le patron d'ici m'empêche de lui parler... Ils se cachent tous de moi comme des lâches, parce que je suis un pauvre ouvrier, mais je suis officier et sous-lieutenant de cavalerie de la Garde Blanche... » Expulsé comme la veille, il se débat, et heurte du coude une pile de boîtes de thon et l'épaule d'une vieille dame. Brutalement jeté sur le trottoir, il se relève et revient. « Hé, Angelo ! dit le chef vendeur, va sur la Place, chercher un agent. » — Je ne demande que ça », dit Klimentiev.

Clients et passants hochent la tête, un ivrogne, et

d'ici qu'il se mette à casser les vitres... Le gardien de la paix, impeccable, jeune, joues roses, moustache blonde et épaules carrées, l'empoigne par le bras. — Allez, allez, circulons... » — Je veux voir un homme qui est ici. » — Vous le verrez plus tard. Circulons, ou je vous emmène au poste. » — Monsieur l'agent, vous êtes témoin. Cet homme a refusé de me servir. J'ai déposé une plainte au Commissariat de la rue Lacordaire. J'irai au poste s'il y vient avec moi. »L'agent regarde le chef vendeur : « C'est après vous qu'il en a ? » L'autre hausse les épaules, et porte son index à son front.

Et Klimentiev se laisse emmener, parce qu'il comprend qu'il n'est pas en état de livrer bataille, ses idées sont rouges et floues, il ne trouve pas ses mots, oui ce dernier Pernod était de trop. Et il a le respect de l'uniforme, même français, même d'agent de police, — l'autre, en homme habitué à manier les ivrognes, déjà cinq ans de service, lui dit : « Mais oui, mais oui, on va vous le chercher votre type, vous vous expliquerez au poste. » — Monsieur l'agent, j'ai porté plainte. Au Commissariat de la rue Lacordaire. » — Eh bien ! c'est là qu'il faut aller. » — Avec lui ! » — Bon, bon, avec lui. »

— Vous êtes pas en train de me rouler ? Il viendra ?... » — Oui, oui. Qu'est-ce qu'il vous a fait ? » — Il met sa... » Ici, le gardien de la paix sursaute, n'ayant jamais entendu un père s'exprimer aussi crûment en parlant de sa fille.

Une fois au poste, Klim s'affale sur un banc, à côté de deux hommes bruns aux mines sombres, qui, eux, sortent d'une bagarre. Et, coudes sur les genoux, front dans ses mains, il tente de comprendre. Il sait bien, à présent, que l'agent n'ira pas chercher son ennemi, qu'on l'a roulé, qu'il est bon pour une nuit au poste, la chose lui est déjà arrivée, mais, Seigneur ! jamais pour une telle humiliation.

En réclamant le droit à la justice il était ridiculisé.

Bafoué. Ils se moquent tous de lui. Et de sa honte. Et de sa haine. Et il ne pouvait même pas leur parler. Pour ses amis, lui Klim, était un homme. Pour ceux-là... Dieu sait quoi, un pantin grotesque qu'on flanque dans une salle de commissariat puante à sol couvert de crachats. Il crache. Et en pensant à l'homme il a envie de cracher encore, de s'exciter en se souvenant pour la centième fois de ce soir où il avait reçu le reptile chez lui, l'avait laissé s'asseoir sur une chaise. Devant sa table. Vica debout qui les regardait tous les deux. De ses yeux de serpent. La prostituée qu'elle était déjà (il le sent), la putain de cet homme. Elle ne lui a pas épargné cette humiliation, la fille sans cœur, cette humiliation de prendre une voix déférente, de regarder tranquillement dans les yeux... Pire qu'un vol. Vous tendez la main, et l'on vous met sur la main de la merde. Et vous la mangez, sans savoir. Elle lui a fait ça, la salope, elle n'a pas rougi.

J'aurai sa peau. A-t-il seulement une peau ? Voilà : ce qu'Alexandre Klimentiev ne comprenait pas, c'était la scène d'il y avait... dix jours, douze jours ? Le soir cruel où il avait perdu son arme.

Je ne l'ai pas tué ? et même après qu'il m'eut volé mon arme je ne l'ai pas tué ? Avec la haine qu'il ressentait aujourd'hui s'il pouvait revenir douze jours en arrière et se retrouver debout devant l'homme évanoui, la belle occasion manquée, tuer, oui, il ne sait encore de quelle façon.

Est-ce un homme ? lui, Klim (pas un saint mais un homme pas pire que d'autres) avait été si cruellement blessé qu'il avait cru — voici ce qu'il avait cru : le salaud capable d'une telle bassesse, se voyant démasqué, devient — par la honte qu'il éprouve — pareil à une poupée de son. Il est juste qu'il tremble devant le canon du revolver, mais non qu'il cherche à vous saisir le poignet. Et si une telle pensée est stupide... au moins est-elle la preuve d'une honnêteté foncière, et honnête,

Klim l'avait toujours été, un homme honnête ne peut pas se mettre dans la peau d'un salaud, il croit au pouvoir foudroyant de la honte, au pouvoir souverain de la justice, car il avait le droit de se faire justice —

et ils étaient tous à se moquer de lui comme s'il s'agissait d'une bagatelle, quoi, une grande fille, qu'est-ce que tu croyais, à Paris et même chez nous on en voit bien d'autres, ça ne te plaît pas que ta fille lève les jambes pour un quelconque salaud, va donc hé corniaud, elle est la fille du roi peut-être, une affaire d'Etat, tu cours ameuter tout Paris parce qu'on a sauté ta fille, et tu vas crier ça sur les toits, tu es un juif, ou quoi, un bouffon ?

Et un père n'a même pas le droit de penser à des choses pareilles, pas même de *penser* et on me l'a *fait* ! Se cacher comme un loup dans sa tanière à lécher sa plaie, se cacher Klim ça peut se faire si on ne rit pas de toi. — Une nouvelle pensée le prend : et si j'allais en faire autant à sa fille à lui, il verrait ce que c'est ?... Et lui donnerait-on dix millions qu'il ne ferait rien de tel à une petite fille innocente — voyez, je suis un homme, moi, pas un reptile, même par juste vengeance je ne ferai pas ce qu'il m'a fait.

On le laisse partir, il est neuf heures du soir, il a soif. Pas envie de boire seul. Au café du coin de la rue Balard il retrouve Youry Fokine, Ivan Fadéev et Martin Chichmarev qui font une partie de belote, sur une table de marbre blanc devant trois verres de rouge. Neuf heures et le café est déjà mal éclairé, une lumière jaune tombe des ampoules à abat-jour plats au-dessus du comptoir. Des hommes boivent debout et des amoureux s'embrassent sans vergogne, reflétés par la vitre déjà noire. Des gosses, ils n'ont pas quarante ans à eux deux, eh quoi, pense Klim, *ça* encore j'aurais compris. « Du rouge, comme d'habitude, M. Clément ? » Il est un habitué.

— Je crois que je tiens mon homme, les gars », dit-il.

Dans les visages gris de fatigue des trois hommes les regards s'allument faiblement, leur curiosité est lasse elle aussi. Les histoires de Klim, surtout depuis qu'il a perdu son revolver, sont comme une soupe dix fois réchauffée, tournant à l'aigre. « Comment ça, tu le tiens ? » — Ecoute Sacha, dit Fokine, pour un autre casse-gueule je ne marche pas, je t'ai prévenu. Tu m'as joué un drôle de tour. » Il n'oublie pas le revolver. — Plus de danger maintenant, non ? » ricane l'autre. — Et qui me garantit qu'une autre fois tu ne sortiras pas un couteau de ta poche ? Je n'ai plus confiance — tiens, demande à Ivan... »

— Je ne me salis plus les mains. Mais je lui mènerai une telle vie les gars, que les chiens crevés seront plus heureux que lui. »

— Eh ! laisse tomber, dit Chichmarev, je vois ce que tu veux. Des scandales. Tu te crois malin. Résultat, tu perds ta dignité, tu passes pour un cinglé, et comme de juste les gens diront que ta fille a eu bien raison de filer avec le premier venu. »

— La dignité, dit Klim, je l'ai déjà perdue, non ? L'honneur, je l'ai perdu, non ? Ma fille, tiens ! Fallait que je raconte partout qu'elle s'est retirée au couvent et on m'aurait cru, tiens ! J'ai rien à perdre. Je passe déjà pour le dernier des crétins, non ? »

PREMIÈRE PARTIE

    I. *Aube inquiète et verte*   9

   II. *Arc-en-Ciel et Ciel de Plomb*   61

  III. *Fêtes des Courts-Circuits et des Courants d'Air*   153

DEUXIÈME PARTIE

    I. *Fêtes de la Flamme Nouvelle*   245

   II. *Danse de Soleil au-dessus de Quelques Pleurs*   355

  III. *Exécutions*   439

  IV. *Ce que coûte le Bonheur Fou*   499

DU MÊME AUTEUR

Aux Éditions Gallimard

COLLECTION FOLIO

Dernières parutions

1331. Victor Hugo — *Han d'Islande.*
1332. Ernst Jünger — *Eumeswil.*
1333. Georges Simenon — *Le cercle des Mahé.*
1334. André Gide — *Thésée.*
1335. Muriel Cerf — *Le diable vert.*
1336. Ève Curie — *Madame Curie.*
1337. Thornton Wilder — *Les ides de mars.*
1338. Rudyard Kipling — *L'histoire des Gadsby.*
1339. Truman Capote — *Un arbre de nuit.*
1340. D. H. Lawrence — *L'homme et la poupée.*
1341. Marguerite Duras — *La vie tranquille.*
1342. François-Régis Bastide — *La vie rêvée.*
1343. Denis Diderot — *Les Bijoux indiscrets.*
1344. Colette — *Julie de Carneilhan.*
1345. Paul Claudel — *La Ville.*
1346. Henry James — *L'Américain.*
1347. Edmond et Jules de Goncourt — *Madame Gervaisais.*
1348. Armand Salacrou — *Dans la salle des pas perdus, tome I.*
1349. Armand Salacrou — *Dans la salle des pas perdus, tome II.*
1350. Michel Déon — *La corrida.*
1351. Stephen Crane — *La conquête du courage.*
1352. Dostoïevski — *Les Nuits blanches. Le Sous-sol.*
1353. Louis Pergaud — *De Goupil à Margot.*

1354. Julio Cortázar — *Les gagnants.*
1355. Philip Roth — *Ma vie d'homme.*
1356. Chamfort — *Maximes et pensées. Caractères et anecdotes.*
1357. Jacques de Lacretelle — *Le retour de Silbermann.*
1358. Patrick Modiano — *Rue des Boutiques Obscures.*
1359. Madeleine Chapsal — *Grands cris dans la nuit du couple.*
1360. Honoré de Balzac — *Modeste Mignon.*
1361. Pierre Mac Orlan — *Mademoiselle Bambù.*
1362. Romain Gary (Émile Ajar) — *La vie devant soi.*
1363. Raymond Queneau — *Exercices de style.*
1364. Eschyle — *Tragédies.*
1365. J. M. G. Le Clézio — *Mondo et autres histoires.*
1366. Pierre Drieu la Rochelle — *La comédie de Charleroi.*
1367. Romain Gary — *Clair de femme.*
1368. Fritz Zorn — *Mars.*
1369. Émile Zola — *Son Excellence Eugène Rougon.*
1370. Henri Vincenot — *La billebaude.*
1371. Carlos Fuentes — *La plus limpide région.*
1372. Daniel Defoe — *Journal de l'Année de la Peste.*
1373. Joseph Kessel — *Les cavaliers.*
1374. Michel Mohrt — *Les moyens du bord.*
1375. Jocelyne François — *Joue-nous « España ».*
1376. Léon-Paul Fargue — *Le piéton de Paris,* suivi de *D'après Paris.*
1377. Beaumarchais — *Le Barbier de Séville,* suivi de *Jean Bête à la foire.*
1378. Damon Runyon — *Broadway, mon village.*
1379. Jean Rhys — *Quatuor.*
1380. Sigrid Undset — *La femme fidèle.*
1381. Stendhal — *Le Rose et le Vert, Mina de Vanghel et autres nouvelles.*
1382. Paul Morand — *Le Flagellant de Séville.*
1383. Catherine Rihoit — *Le bal des débutantes.*
1384. Dorothy Baker — *Le jeune homme à la trompette.*
1385. Louis-Antoine de Bougainville — *Voyage autour du monde.*

1386.	Boileau/Narcejac	*Terminus.*
1387.	Sidney Sheldon	*Jennifer ou La fureur des anges.*
1388.	Damon Runyon	*Le complexe de Broadway.*
1389.	Guyette Lyr	*L'herbe des fous.*
1390.	Edith Wharton	*Chez les heureux du monde.*
1391.	Raymond Radiguet	*Le Diable au corps.*
1392.	Ivan Gontcharov	*Oblomov.*
1393.	Réjean Ducharme	*L'avalée des avalées.*
1394.	Giorgio Bassani	*Les lunettes d'or et autres histoires de Ferrare.*
1395.	Anita Loos	*Les hommes préfèrent les blondes.*
1396.	Anita Loos	*Mais ils épousent les brunes.*
1397.	Claude Brami	*Le garçon sur la colline.*
1398.	Horace Mac Coy	*J'aurais dû rester chez nous.*
1399.	Nicolas Leskov	*Lady Macbeth au village, L'Ange scellé, Le Vagabond enchanté, Le Chasse-Diable.*
1400.	Elio Vittorini	*Le Simplon fait un clin d'œil au Fréjus.*
1401.	Michel Henry	*L'amour les yeux fermés.*
1402.	François-Régis Bastide	*L'enchanteur et nous.*
1403.	Joseph Conrad	*Lord Jim.*
1404.	Jean de La Fontaine	*Contes et Nouvelles en vers.*
1405.	Claude Roy	*Somme toute.*
1406.	René Barjavel	*La charrette bleue.*
1407.	Peter Handke	*L'angoisse du gardien de but au moment du penalty.*
1408.	Émile Zola	*Pot-Bouille.*
1409.	Michel de Saint Pierre	*Monsieur de Charette, chevalier du Roi.*
1410.	Luigi Pirandello	*Vêtir ceux qui sont nus*, suivi de *Comme avant, mieux qu'avant.*
1411.	Karen Blixen	*Contes d'hiver.*
1412.	Jean Racine	*Théâtre complet*, tome I.
1413.	Georges Perec	*Quel petit vélo à guidon chromé au fond de la cour ?*
1414.	Guy de Maupassant	*Pierre et Jean.*

1415. Michel Tournier — *Gaspard, Melchior & Balthazar.*

1416. Ismaïl Kadaré — *Chronique de la ville de pierre.*

1417. Catherine Paysan — *L'empire du taureau.*

1418. Max Frisch — *Homo faber.*

1419. Alphonse Boudard — *Le banquet des Léopards.*

1420. Charles Nodier — *La Fée aux Miettes*, précédé de *Smarra* et de *Trilby.*

1421. Claire et Roger Quilliot — *L'homme sur le pavois.*

1422. Philip Roth — *Professeur de désir.*

1423. Michel Huriet — *La fiancée du roi.*

1424. Lanza del Vasto — *Vinôbâ ou Le nouveau pèlerinage.*

1425. William Styron — *Les confessions de Nat Turner.*

1426. Jean Anouilh — *Monsieur Barnett*, suivi de *L'orchestre.*

1427. Paul Gadenne — *L'invitation chez les Stirl.*

1428. Georges Simenon — *Les sept minutes.*

1429. D. H. Lawrence — *Les filles du pasteur.*

1430. Stendhal — *Souvenirs d'égotisme.*

1431. Yachar Kemal — *Terre de fer, ciel de cuivre.*

1432. James M. Cain — *Assurance sur la mort.*

1433. Anton Tchekhov — *Le Duel* et autres nouvelles.

1434. Henri Bosco — *Le jardin d'Hyacinthe.*

1435. Nathalie Sarraute — *L'usage de la parole.*

1436. Joseph Conrad — *Un paria des îles.*

1437. Émile Zola — *L'Œuvre.*

1438. Georges Duhamel — *Le voyage de Patrice Périot.*

1439. Jean Giraudoux — *Les contes d'un matin.*

1440. Isaac Babel — *Cavalerie rouge.*

1441. Honoré de Balzac — *La Maison du Chat-qui-pelote. Le Bal de Sceaux. La Vendetta. La Bourse.*

1442. Guy de Pourtalès — *La vie de Franz Liszt.*

1443. *** — *Moi, Christiane F., 13 ans, droguée, prostituée...*

1444. Robert Merle — *Malevil.*

1445. Marcel Aymé — *Aller retour.*

1446. Henry de Montherlant — *Celles qu'on prend dans ses bras.*

1447. Panaït Istrati — *Présentation des haïdoucs.*

1448. Catherine Hermary-Vieille — *Le grand vizir de la nuit.*

1449. William Saroyan — *Papa, tu es fou !*

1450. Guy de Maupassant — *Fort comme la mort.*

1451. Jean Sulivan — *Devance tout adieu.*

1452. Mary McCarthy — *Le Groupe.*

1453. Ernest Renan — *Souvenirs d'enfance et de jeunesse*

1454. Jacques Perret — *Le vent dans les voiles.*

1455. Yukio Mishima — *Confession d'un masque.*

1456. Villiers de l'Isle-Adam — *Contes cruels.*

1457. Jean Giono — *Angelo.*

1458. Henry de Montherlant — *Le Songe.*

1459. Heinrich Böll — *Le train était à l'heure suivi de quatorze nouvelles.*

1460. Claude Michel Cluny — *Un jeune homme de Venise.*

1461. Jorge Luis Borges — *Le livre de sable.*

1462. Stendhal — *Lamiel.*

1463. Fred Uhlman — *L'ami retrouvé.*

1464. Henri Calet — *Le bouquet.*

1465. Anatole France — *La Vie en fleur.*

1466. Claire Etcherelli — *Un arbre voyageur.*

1467. Romain Gary — *Les cerfs-volants.*

1468. Rabindranath Tagore — *Le Vagabond et autres histoires.*

1469. Roger Nimier — *Les enfants tristes.*

1470. Jules Michelet — *La Mer.*

1471. Michel Déon — *La Carotte et le Bâton.*

1472. Pascal Lainé — *Tendres cousines.*

1473. Michel de Montaigne — *Journal de voyage.*

1474. Henri Vincenot — *Le pape des escargots.*

1475. James M. Cain — *Sérénade.*

1476. Raymond Radiguet — *Le Bal du comte d'Orgel.*

1477. Philip Roth — *Laisser courir, tome I.*

1478. Philip Roth — *Laisser courir, tome II.*

1479. Georges Brassens — *La mauvaise réputation.*

1480. William Golding — *Sa Majesté des Mouches.*

1481. Nella Bielski — *Deux oranges pour le fils d'Alexandre Lévy.*

1482. Pierre Gripari — *Pierrot la lune.*

1483. Pierre Mac Orlan — *A bord de L'Etoile Matutine.*

1484.	Angus Wilson	*Les quarante ans de Mrs. Eliot.*
1485.	Iouri Tynianov	*Le disgracié.*
1486.	William Styron	*Un lit de ténèbres.*
1487.	Edmond Rostand	*Cyrano de Bergerac.*
1488.	Jean Dutourd	*Le demi-solde.*
1489.	Joseph Kessel	*La passante du Sans-Souci.*
1490.	Paula Jacques	*Lumière de l'œil.*
1491.	Zoé Oldenbourg	*Les cités charnelles ou L'histoire de Roger de Montbrun.*
1492.	Gustave Flaubert	*La Tentation de saint Antoine.*
1493.	Henri Thomas	*La vie ensemble.*
1494.	Panaït Istrati	*Domnitza de Snagov.*
1495.	Jean Racine	*Théâtre complet*, tome II.
1496.	Jean Freustié	*L'héritage du vent.*
1497.	Herman Melville	*Mardi.*
1498.	Achim von Arnim	*Isabelle d'Egypte* et autres récits.
1499.	William Saroyan	*Maman, je t'adore.*
1500.	Claude Roy	*La traversée du Pont des Arts.*
1501.	***	*Les Quatre Fils Aymon ou Renaud de Montauban.*
1502.	Jean-Patrick Manchette	*Fatale.*
1503.	Gabriel Matzneff	*Ivre du vin perdu.*
1504.	Colette Audry	*Derrière la baignoire.*
1505.	Katherine Mansfield	*Journal.*
1506.	Anna Langfus	*Le sel et le soufre.*
1507.	Sempé	*Les musiciens.*
1508.	James Jones	*Ce plus grand amour.*
1509.	Charles-Louis Philippe	*La Mère et l'enfant. Le Père Perdrix.*
1510.	Jean Anouilh	*Chers Zoiseaux.*
1511.	Robert Louis Stevenson	*Dans les mers du Sud.*
1512.	Pa Kin	*Nuit glacée.*
1513.	Leonardo Sciascia	*Le Conseil d'Egypte.*
1514.	Dominique de Roux	*L'Harmonika-Zug.*
1515.	Marcel Aymé	*Le vin de Paris.*
1516.	George Orwell	*La ferme des animaux.*
1517.	Leonardo Sciascia	*A chacun son dû.*
1518.	Guillaume de Lorris et Jean de Meun	*Le Roman de la Rose.*
1519.	Jacques Chardonne	*Eva ou Le journal interrompu.*

1520.	Roald Dahl	*La grande entourloupe.*
1521.	Joseph Conrad	*Inquiétude.*
1522.	Arthur Gold et Robert Fizdale	*Misia.*
1523.	Honoré d'Urfé	*L'Astrée.*
1524.	Michel Déon	*Le Balcon de Spetsai.*
1525.	Daniel Boulanger	*Le Téméraire.*
1526.	Herman Melville	*Taïpi.*
1527.	Beaumarchais	*Le Mariage de Figaro. La Mère coupable.*
1528.	Jean-Pierre Chabrol	*La folie des miens.*
1529.	Bohumil Hrabal	*Trains étroitement surveillés.*
1530.	Eric Ollivier	*L'orphelin de mer.*
1531.	William Faulkner	*Pylône.*
1532.	Claude Mauriac	*La marquise sortit à cinq heures.*
1533.	Alphonse Daudet	*Lettres de mon moulin.*
1534.	Remo Forlani	*Au bonheur des chiens.*
1535.	Erskine Caldwell	*Le doigt de Dieu.*
1536.	Octave Mirbeau	*Le Journal d'une femme de chambre.*
1537.	Jacques Perret	*Roucou.*
1538.	Paul Thorez	*Les enfants modèles.*
1539.	Saul Bellow	*Le faiseur de pluie.*
1540.	André Dhôtel	*Les chemins du long voyage.*
1541.	Horace Mac Coy	*Le scalpel.*
1542.	Honoré de Balzac	*La Muse du département. Un prince de la bohème.*
1543.	François Weyergans	*Macaire le Copte.*
1544.	Marcel Jouhandeau	*Les Pincengrain.*
1545.	Roger Vrigny	*Un ange passe.*
1546.	Yachar Kemal	*L'herbe qui ne meurt pas.*
1547.	Denis Diderot	*Lettres à Sophie Volland.*
1548.	H. G. Wells	*Au temps de la comète.*
1549.	H. G. Wells	*La guerre dans les airs.*
1550.	H. G. Wells	*Les premiers hommes dans la Lune.*
1551.	Nella Bielski	*Si belles et fraîches étaient les roses.*
1552.	Bernardin de Saint-Pierre	*Paul et Virginie.*

1553. William Styron — *Le choix de Sophie*, tome I.
1554. Florence Delay — *Le aïe aïe de la corne de brume.*
1555. Catherine Hermary-Vieille — *L'épiphanie des dieux.*
1556. Michel de Grèce — *La nuit du sérail.*
1557. Rex Warner — *L'aérodrome.*
1558. Guy de Maupassant — *Contes du jour et de la nuit.*
1559. H. G. Wells — *Miss Waters.*
1560. H. G. Wells — *La burlesque équipée du cycliste.*
1561. H. G. Wells — *Le pays des aveugles.*
1562. Pierre Moinot — *Le guetteur d'ombre.*
1563. Alexandre Vialatte — *Le fidèle Berger.*
1564. Jean Duvignaud — *L'or de la République.*
1565. Alphonse Boudard — *Les enfants de chœur.*
1566. Senancour — *Obermann.*
1567. Catherine Rihoit — *Les abîmes du cœur.*
1568. René Fallet — *Y a-t-il un docteur dans la salle ?*
1569. Buffon — *Histoire naturelle.*
1570. Monique Lange — *Les cabines de bain.*
1571. Erskine Caldwell — *Toute la vérité.*
1572. H. G. Wells — *Enfants des étoiles.*
1573. Hector Bianciotti — *Le traité des saisons.*
1574. Lieou Ngo — *Pérégrinations d'un digne clochard.*
1575. Jules Renard — *Histoires naturelles. Nos frères farouches. Ragotte.*
1576. Pierre Mac Orlan — *Le bal du Pont du Nord, suivi de Entre deux jours.*
1577. William Styron — *Le choix de Sophie*, tome II.
1578. Antoine Blondin — *Ma vie entre des lignes.*
1579. Elsa Morante — *Le châle andalou.*
1580. Vladimir Nabokov — *Le Guetteur.*
1581. Albert Simonin — *Confessions d'un enfant de La Chapelle.*
1582. Inès Cagnati — *Mosé ou Le lézard qui pleurait.*
1583. F. Scott Fitzgerald — *Les heureux et les damnés.*
1584. Albert Memmi — *Agar.*
1585. Bertrand Poirot-Delpech — *Les grands de ce monde.*

1586.	Émile Zola	*La Débâcle.*
1587.	Angelo Rinaldi	*La dernière fête de l'Empire.*
1588.	Jorge Luis Borges	*Le rapport de Brodie.*
1589.	Federico García Lorca	*Mariana Pineda. La Savetière prodigieuse. Les amours de don Perlimplin avec Bélise en son jardin.*
1590.	John Updike	*Le putsch.*
1591.	Alain-René Le Sage	*Le Diable boiteux.*
1592.	Panaït Istrati	*Codine. Mikhaïl. Mes départs. Le pêcheur d'éponges.*
1593.	Panaït Istrati	*La maison Thüringer. Le bureau de placement. Méditerranée.*
1594.	Panaït Istrati	*Nerrantsoula. Tsatsa-Minnka. La famille Perlmutter. Pour avoir aimé la terre.*
1595.	Boileau-Narcejac	*Les intouchables.*
1596.	Henry Monnier	*Scènes populaires. Les Bas-fonds de la société.*
1597.	Thomas Raucat	*L'honorable partie de campagne.*
1599.	Pierre Gripari	*La vie, la mort et la résurrection de Socrate-Marie Gripotard.*
1600.	Annie Ernaux	*Les armoires vides.*
1601.	Juan Carlos Onetti	*Le chantier.*
1602.	Louise de Vilmorin	*Les belles amours.*
1603.	Thomas Hardy	*Le maire de Casterbridge.*
1604.	George Sand	*Indiana.*
1605.	François-Olivier Rousseau	*L'enfant d'Edouard.*
1606.	Ueda Akinari	*Contes de pluie et de lune.*
1607.	Philip Roth	*Le sein.*
1608.	Henri Pollès	*Toute guerre se fait la nuit.*
1609.	Joris-Karl Huysmans	*En rade.*
1610.	Jean Anouilh	*Le scénario.*
1611.	Colin Higgins	*Harold et Maude.*
1612.	Jorge Semprun	*La deuxième mort de Ramón Mercader.*
1613.	Jacques Perry	*Vie d'un païen.*

1614. W. R. Burnett — *Le capitaine Lightfoot.*
1615. Josef Škvorecký — *L'escadron blindé.*
1616. Muriel Cerf — *Maria Tiefenthaler.*
1617. Ivy Compton-Burnett — *Des hommes et des femmes.*
1618. Chester Himes — *S'il braille, lâche-le...*
1619. Ivan Tourguéniev — *Premier amour, précédé de Nid de gentilhomme.*
1620. Philippe Sollers — *Femmes.*
1621. Colin MacInnes — *Les blancs-Becs.*
1622. Réjean Ducharme — *L'hiver de force.*
1623. Paule Constant — *Ouregano.*
1624. Miguel Angel Asturias — *Légendes du Guatemala.*
1625. Françoise Mallet-Joris — *Le clin d'œil de l'ange.*
1626. Prosper Mérimée — *Théâtre de Clara Gazul.*
1627. Jack Thieuloy — *L'Inde des grands chemins.*
1628. Remo Forlani — *Pour l'amour de Finette.*
1629. Patrick Modiano — *Une jeunesse.*
1630. John Updike — *Bech voyage.*
1631. Pierre Gripari — *L'incroyable équipée de Phosphore Noloc et de ses compagnons...*
1632. Mᵐᵉ de Staël — *Corinne ou l'Italie.*
1634. Erskine Caldwell — *Bagarre de juillet.*
1635. Ed McBain — *Les sentinelles.*
1636. Reiser — *Les copines.*
1637. Jacqueline Dana — *Tota Rosa.*
1638. Monique Lange — *Les poissons-chats. Les platanes.*
1639. Leonardo Sciascia — *Les oncles de Sicile.*
1640. Gobineau — *Mademoiselle Irnois, Adélaïde et autres nouvelles.*
1641. Philippe Diolé — *L'okapi.*
1642. Iris Murdoch — *Sous le filet.*
1643. Serge Gainsbourg — *Evguénie Sokolov.*
1644. Paul Scarron — *Le Roman comique.*
1645. Philippe Labro — *Des bateaux dans la nuit.*
1646. Marie-Gisèle Landes-Fuss — *Une baraque rouge et moche comme tout, à Venice, Amérique...*
1647. Charles Dickens — *Temps difficiles..*

1648. Nicolas Bréhal — *Les étangs de Woodfield.*
1649. Mario Vargas Llosa — *La tante Julia et le scribouillard.*
1650. Iris Murdoch — *Les cloches.*
1651. Hérodote — *L'Enquête*, Livres I à IV.
1652. Anne Philipe — *Les résonances de l'amour.*
1653. Boileau-Narcejac — *Les visages de l'ombre.*
1654. Émile Zola — *La Joie de vivre.*
1655. Catherine Hermary-Vieille — *La Marquise des Ombres.*
1656. G. K. Chesterton — *La sagesse du Père Brown.*
1657. Françoise Sagan — *Avec mon meilleur souvenir.*
1658. Michel Audiard — *Le petit cheval de retour.*
1659. Pierre Magnan — *La maison assassinée.*
1660. Joseph Conrad — *La rescousse.*
1661. William Faulkner — *Le hameau.*
1662. Boileau-Narcejac — *Maléfices.*
1663. Jaroslav Hašek — *Nouvelles aventures du Brave Soldat Chvéïk.*

Impression Bussière à Saint-Amand (Cher),
le 23 août 1985.
Dépôt légal : août 1985.
Numéro d'imprimeur : 968.
ISBN 2-07-037666-4./Imprimé en France

Impression réalisée sur ... Saint-Amand (Cher)
le 23 avril 1996.
Dépôt légal : avril 1996.
Imprimé ... imprimerie ...
ISBN 2-11-0... Imprimé en France